D0470126

Zadie Smith

Sourires
de loup

*Traduit de l'anglais
par Claude Demanuelli*

Gallimard

Titre original :
WHITE TEETH

Zadie Smith, jamaïcaine par sa mère et anglaise par son père, est née dans une banlieue du nord-ouest de Londres en 1975. *Sourires de loup* est son premier roman. L'histoire de sa parution est étonnante : à peine commencé, ce livre fit l'objet d'enchères à la foire de Francfort, sur la foi de cent pages alors qu'il en compte cinq cents ! Il a reçu de nombreux prix dont les prix Guardian et Whitbread du premier roman.

À mon père et à ma mère
À Jimmi Rahman

« Le passé n'est que prologue. »

Shakespeare, *La Tempête*,
acte II, scène 1.

Remerciements

Je suis reconnaissante à Lisa et Joshua Appignanesi de m'avoir trouvé une chambre — une chambre à moi —, au moment où j'en avais le plus besoin. Merci aussi à Tristan Hughes et Yvonne Bailey-Smith pour avoir procuré à ce livre et à son auteur deux foyers heureux et confortables. Mais j'ai également une dette à l'égard des brillantes idées et de l'œil aigu des personnes suivantes : Paul Hilder, ami et caisse de résonance ; Nicholas Laird, compagnon d'idiotie savante ; Donna Poppy, d'une méticulosité à toute épreuve ; Simon Prosser, qui est bien le directeur de publication le plus judicieux dont on puisse rêver ; et pour finir, mon agent, Georgia Garrett, à qui rien n'échappe.

ARCHIE

1974, 1945

« C'est étrange, mais la moindre
broutille, aujourd'hui, semble prendre
des proportions vraiment incroyables,
et dire d'une chose "C'est sans grande
importance", c'est pour ainsi dire blas-
phémer. Il n'y a aucun moyen de savoir
— comment dire ? — lequel de nos
actes, laquelle de nos insignifiances
restera à jamais sans conséquence. »

Where Angels Fear to Tread
[Monteriano],
E.M. Forster

1

Le curieux mariage
en secondes noces d'Archie Jones

Un matin de bonne heure, tard dans le siècle, à Cricklewood Broadway. À six heures et vingt-sept minutes, en ce 1er janvier 1975, Alfred Archibald Jones, tout de velours côtelé vêtu, était assis dans un break Cavalier Musketeer, rempli de vapeurs d'essence, le visage sur le volant, à espérer que la sentence divine ne serait pas trop sévère. Prostré, les mâchoires relâchées, les bras en croix comme quelque ange déchu, le poing refermé d'un côté (gauche) sur ses médailles militaires, de l'autre (droit) sur son certificat de mariage, pour la bonne raison qu'il avait décidé d'emporter ses erreurs avec lui. Une petite lueur verte clignotait dans son œil, signalant un tournant à droite qu'il n'effectuerait jamais. Il y était résigné. Il y était même préparé. Il avait joué à pile ou face et s'était tenu sans défaillir au verdict du hasard. Il s'agissait là d'un suicide mûrement réfléchi. Mieux, d'une résolution de nouvel an.

Cependant que sa respiration se faisait plus difficile et ses phares plus faibles, Archie était tout à fait conscient que le choix de Cricklewood Broadway allait apparaître bien étrange. Au premier quidam venu qui remarquerait son corps affaissé à travers le pare-brise, aux policiers qui auraient à remplir le procès-verbal, au journaliste local qui serait amené à résumer l'événement en cinquante mots, à ses proches qui se croiraient obligés de les lire. Coincé entre un énorme complexe de cinémas en béton d'un côté et un gigantesque carrefour de l'autre, Cricklewood ne ressemblait à rien. C'était bien le dernier endroit où mettre un terme à ses jours. Pour tout dire, le type même d'endroit où l'on ne venait que pour aller ailleurs en empruntant la A41. Mais Archie Jones ne souhaitait pas trépasser dans un lieu agréable, forêt lointaine ou bord de falaise frangé de bruyère délicate. À ses yeux, les campagnards se devaient de mourir à la campagne, et les citadins à la ville. Rien de plus normal. *Dans la mort, ce qu'il a toujours été dans la vie*, air connu. Qu'Archibald expire dans cette rue épouvantable où il avait fini par échouer à l'âge de quarante-sept ans, pour vivre seul dans un studio sis au-dessus d'un *fish and chips* désaffecté, était dans la logique des choses. Les plans compliqués (notes de futur suicidé, instructions pour son enterrement), ce n'était pas son genre. Pas plus que l'esbroufe, sous quelque forme que ce fût. Tout ce qu'il demandait, c'était un peu de silence, un peu de tranquillité afin de pouvoir se concentrer. Il voulait un lieu d'un calme absolu, comme l'intérieur d'un confessionnal vide ou celui du cerveau au moment qui sépare la pensée de sa mise en mots. Il voulait que tout soit terminé avant l'ouverture des magasins.

Au-dessus de sa tête, une bande de cette vermine volante qui infestait le quartier prit son envol depuis un perchoir invisible, manifestement prête à fondre sur le toit de la voiture d'Archie, avant d'effectuer à la dernière minute un demi-tour, d'autant plus impressionnant qu'il était parfaitement synchronisé, pour aller se poser sur le toit d'Hussein-Ishmael, boucherie halal réputée. Archie était déjà trop mal en point pour avoir une conscience claire de l'incident, mais, réchauffé par un grand sourire intérieur, il les regarda débarquer leur cargaison, striant les murs blancs de coulures violettes. Il les regarda tendre leur cou d'oiseau par-dessus le chéneau d'Hussein-Ishmael ; il les regarda regarder le sang qui s'égouttait lentement des animaux morts (poulets, veaux, moutons) pendus à leurs crocs, comme des manteaux à leurs patères, tout autour du magasin. Des pas-vernis, ceux-là. Ces pigeons allaient d'instinct vers les pas-vernis, et c'est pourquoi ils avaient négligé Archie. Car, bien qu'il l'ignorât, et en dépit du flexible d'aspirateur placé sur le siège du passager et servant à lui expédier dans les poumons les émissions du pot d'échappement, la chance, ce matin-là, était de son côté. Oui, elle le recouvrait tel le manteau léger de la rosée matinale. Tandis qu'il commençait à perdre conscience, la configuration des planètes, la musique des sphères, l'infime battement d'ailes d'une écaille chinée en Afrique centrale, et toute une kyrielle d'autres trucs qui d'ordinaire vous mettent dans la merde avaient décidé que le moment était venu d'accorder une seconde chance à Archie. Quelque part, pour quelque raison obscure, quelqu'un avait décrété qu'il vivrait.

*

L'établissement Hussein-Ishmael était la propriété de Mo Hussein-Ishmael, un homme fort comme un Turc, dont le crâne était orné d'une couronne d'épis en guise de cheveux, qui formaient ensuite une fort jolie queue de canard dans le cou. Mo croyait ferme qu'en matière de pigeon, il fallait s'attaquer directement à la racine du mal, laquelle n'était pas la fiente, mais le pigeon lui-même. *L'ennui, c'est pas la merde,*

c'est le pigeon semeur de merde, tel était son mantra
favori. Et c'est ainsi que le matin de la quasi-mort
d'Archie, comme tous les matins chez Hussein-Ishmael, vit Mo, son ventre énorme posé sur l'appui de
la fenêtre, se pencher et fendre l'air à grands coups
de couperet pour tenter d'arrêter les dégoulinages
violets.

« Foutez-moi l'camp ! Foutez l'camp, espèces de
semeurs de merde ! Ouais !! Six ! »

Ni plus ni moins qu'une version revue et corrigée
du cricket, au fond, adaptée aux besoins de l'immigrant, six représentant le nombre maximum de
pigeons susceptibles d'être estourbis d'un seul coup
de batte.

« Varin », hurla Mo pour se faire entendre d'en bas,
tout en brandissant son couperet vengeur d'un geste
triomphal. « À toi de jouer, mon garçon. Prêt ? »

En dessous de lui, sur le trottoir, se tenait Varin,
un jeune Indien en surcharge pondérale plus qu'évi-
dente envoyé ici en stage par erreur et par l'école voisine, et ayant pour l'instant l'allure d'un gros point
désemparé et informe écrasé sous le point d'interrogation de Mo. Sa tâche consistait à grimper tant
bien que mal à une échelle pour aller récupérer les
fragments de pigeons sanguinolents, les fourrer
dans un sac en plastique de chez Kwik Save et, après
avoir soigneusement refermé celui-ci, aller le déposer
dans les poubelles situées à l'autre bout de la rue.

« Allez, mon gros, bouge-toi », cria l'un des employés de Mo, asticotant le derrière de Varin avec un
manche à balai, histoire de ponctuer ses encouragements. « Monte-ton-gros-cul-de-Ganesh-hindou-
là-haut-et-redescends-nous-un-peu-de-ce-bon-pâté-
de-pigeon. »

Du revers de la main, Mo essuya la sueur qui lui
dégoulinait du front, soupira, et parcourut Crickle-

wood du regard, passant en revue les fauteuils
défoncés et les bouts de moquette abandonnés qui
servaient de bars en plein air aux poivrots du coin ;
les arcades de jeux avec leurs machines à sous et les
taxis — uniformément couverts de fiente. Un jour,
Mo en était persuadé, Cricklewood et ses résidents le
remercieraient de cet holocauste quotidien ; un jour
viendrait où plus personne, homme, femme ou
enfant, n'aurait à mélanger dans cette rue un volume
de détergent à quatre volumes de vinaigre pour venir
à bout de la merde qui tombe sur le monde.
« *L'ennui, c'est pas la merde*, répéta-t-il d'un ton
solennel, *c'est le pigeon semeur de merde.* » Mo était
le seul, dans le voisinage, à saisir le problème dans
toute sa dimension. Il commençait à se sentir vraiment zen, plein de compassion pour l'humanité entière, quand, tout à coup, ses yeux tombèrent sur la
voiture d'Archie.

« Arshad ! »

Un maigrichon, au regard fuyant et à la moustache en guidon de vélo, arborant quatre nuances
différentes de marron, sortit de la boutique, du sang
plein les mains.

« Arshad ! » répéta Mo, au bord de l'apoplexie,
tout en pointant le doigt en direction de la voiture.
« Je ne te le demanderai qu'une fois, mon garçon.

— Oui, Abba ? » fit l'autre, tout en se dandinant
d'un pied sur l'autre.

« Qu'est-ce que c'est que cette putain de bagnole ?
Veux-tu me dire c'qu'elle fout là ? J'ai une livraison à
six heures et demie. Quinze carcasses de bovidés qui
se pointent à six heures et demie. Faut que je puisse
les faire rentrer par-derrière. La viande, c'est mon
boulot, tu comprends ou faut qu'j'te fasse un dessin ? Alors, je suis comme qui dirait perplexe..,
poursuivit Mo affectant un air d'innocence outragée.

Je croyais que le panneau "Livraisons" était clair. »
Accompagnant la parole du geste, il désigna du doigt
une caisse en bois défoncée sur laquelle s'inscrivait
la légende : « Formèlement interdit de stationé à
tout eure du jour et de la nuit. » « Alors, ta réponse ?

— Je sais pas, Abba.

— Tu es mon fils, Arshad. Je ne t'emploie pas pour
ne pas savoir. Lui, d'accord, je le paie pour ne rien
savoir… », dit-il en passant le bras par la fenêtre
pour appliquer à Varin, juste au moment où celui-ci
négociait les dangers du chéneau à la manière d'un
acrobate sur son fil, un grand coup sur la nuque qui
faillit déloger le garçon de son perchoir. « Mais toi,
tu es là pour comprendre. Pour entrer les informations sur ordinateur. Pour jeter la lumière sur les
zones obscures de l'univers mystérieux du créateur.

— Abba ?

— Débrouille-toi pour savoir ce que cette voiture
fiche ici et fais-la partir. »

Mo disparut à l'intérieur. Une minute plus tard,
Arshad revenait avec l'explication. « Abba ! »

La tête de Mo reparut à la fenêtre, tel le coucou
malicieux d'une pendule suisse.

« Y a dedans un type qui est en train de s'as-
phyxier, Abba.

— Hein ?

— J'ai gueulé pour me faire entendre à travers la
vitre, dit Arshad en haussant les épaules, et j'ai dit au
type de dégager, mais il m'a répondu : "Je suis en
train de me suicider, foutez-moi la paix." Comme ça,
qu'il m'a dit.

— Interdit de se suicider chez moi, aboya Mo, tout
en descendant l'escalier. On n'a pas d'licence. »

Une fois dans la rue, Mo marcha droit sur le véhicule d'Archie, arracha les serviettes qui colmataient
l'interstice de la vitre, côté conducteur, et, avec une

force décuplée par la colère, descendit celle-ci d'au moins dix centimètres.

« Vous entendez, m'sieur ? On n'a pas d'licence pour les suicides, ici. Nous, on est halal, kasher, vous comprenez ? Si vous voulez mourir dans cet établissement, va d'abord falloir qu'on vous saigne. »

Archie releva à grand-peine la tête du volant. Et au moment même où il prenait conscience de la masse transpirante d'un Elvis basané d'une part et de l'autre du fait qu'il était toujours en vie, il fit l'expérience d'une sorte d'épiphanie. Il lui fut révélé que, pour la première fois depuis le jour de sa naissance, la Vie disait Oui à Archie Jones. Pas simplement « O.K. » ou bien « Autant continuer maintenant que tu as commencé », mais un oui franc et massif. La Vie réclamait Archie. Elle l'avait jalousement arraché aux dents voraces de la mort, pour le presser contre son sein. Bien qu'il ne fût pas un de ses meilleurs spécimens, la Vie le réclamait, et lui, à sa grande surprise, réclamait la Vie.

Il baissa ses deux glaces comme un fou et aspira l'oxygène à grandes goulées. Remerciant Mo d'abondance, entre deux inspirations, les joues inondées de larmes, les mains agrippées au tablier de son sauveur.

« Ça va, ça va, dit le boucher, tout en se libérant des griffes de l'autre et en lissant ledit tablier. Dégagez, maintenant. J'ai d'la viande qui va pas tarder. Moi, mon métier, c'est saigner. Je fais pas dans l'assistance sociale. C'qu'y vous faut, c'est la Rue des Cœurs-Perdus. Pas Cricklewood Lane. »

Archie, toujours à ses effusions, passa la marche arrière, s'éloigna du trottoir et tourna à droite.

*

Archie Jones avait tenté de mettre fin à ses jours parce que son épouse, une Italienne aux yeux violets nommée Ophelia et dotée d'un soupçon de moustache, venait de le quitter. Ce n'était pas parce qu'il l'aimait qu'il avait passé le matin du nouvel an à ahaner sur un tuyau flexible d'aspirateur, mais bien plutôt parce qu'il avait vécu avec elle pendant tant d'années sans l'aimer. Le mariage d'Archie ressemblait assez à l'achat d'une paire de chaussures dont on découvre, une fois rentré chez soi, qu'elles ne vous vont pas. Histoire de sauver les apparences, il les avait gardées, ses chaussures italiennes. Et puis, un beau jour, sans crier gare et au bout de trente ans, elles avaient tapé du pied, les chaussures, et quitté la maison. Elle était partie. Au bout de trente ans de vie commune.

Aussi loin que remontaient ses souvenirs, ils avaient pourtant bien commencé tous les deux. Au début du printemps 1946, il était sorti, titubant, de l'enfer de la guerre pour entrer dans un café florentin, où une serveuse belle comme un soleil s'était occupée de lui : Ophelia Diagilo, toute de jaune vêtue, répandait chaleur et volupté en lui tendant un cappuccino mousseux. Ils s'étaient lancés dans l'aventure tels des chevaux pourvus d'œillères. Elle devait à tout prix ignorer que les femmes n'étaient qu'un déjeuner de soleil dans la vie d'Archie ; que, sans vouloir se l'avouer, il ne les appréciait guère, ne leur faisait pas confiance, et n'était capable de les aimer que si elles s'ornaient d'une auréole. D'un autre côté, personne n'avait jugé bon de faire savoir à Archie que dans l'arbre généalogique de la famille Diagilo nichaient deux tantes hystériques, un oncle qui parlait aux aubergines et un cousin qui portait ses vêtements sens devant derrière. Ils convolèrent donc et rentrèrent en Angleterre, où elle ne tarda pas à se rendre compte de son erreur : il la rendit très vite folle, et l'auréole s'empressa d'aller rejoindre au grenier, pour s'y couvrir de poussière, le bric-à-brac qui s'y trouvait déjà et les appareils ménagers détraqués qu'Archie promettait toujours de réparer. Au milieu dudit bric-à-brac se trouvait un aspirateur.

Le lendemain de Noël, six jours avant d'aller garer sa voiture devant la boucherie halal de Mo, Archie était retourné chercher cet aspirateur dans leur pavillon de Hendon. C'était sa quatrième expédition au grenier en quatre jours, car il tenait à convoyer jusqu'à son nouvel appartement les débris de son mariage, et l'aspirateur faisait partie des tout derniers articles qu'il souhaitait garder. C'était un vieil engin complètement déglingué, le genre d'objet que l'on réclame dans le seul but d'emmerder l'autre, parce que la maison vous est passée sous le nez. Au fond, le divorce, c'est ça : récupérer des choses dont on ne veut plus chez des gens que l'on n'aime plus.

« Alors, vous encore ? » lui lança en guise d'accueil la bonne espagnole, Santa-Maria ou Maria-Santa, ou quelque chose d'approchant. « Mi-i-ster Jones, qué vouloir maintenant ? L'évier, *si* ?

— L'aspirateur », dit Archie, l'air sombre.

Elle le fusilla du regard et cracha sur le paillasson, à quelques centimètres de ses chaussures. « En voilà une idée qu'elle est bonne, *señor*. »

L'endroit était devenu le refuge des gens qui le détestaient. En dehors de la bonne, il lui fallut affronter la famille, plus que nombreuse, d'Ophelia, son infirmière psychiatrique, l'assistante sociale et, bien entendu, Ophelia elle-même, que l'on finissait par dénicher, au cœur de cette maison de dingues, repliée sur elle-même en position fœtale sur la banquette, émettant des meuglements sourds dans une bouteille de whisky. Une heure et quart : simplement pour franchir les lignes ennemies — et pour quoi, je vous le demande ? Un aspirateur pour le moins pervers, que l'on avait mis au rebut depuis des mois, pour la bonne raison qu'il s'obstinait à faire exactement le contraire de ce que l'on attend d'ordinaire de ce genre d'appareil : il crachait la poussière au lieu de l'avaler.

« Mi-i-ster Jones, pourquoi vous vouloir venir ici, que vous vous mettez malheureux ? Faut être comme qui dirait raisonnable. Qu'esse-vous allez faire de c'machin-là ? » La bonne montait les marches du grenier à sa suite, armée d'un détergent quelconque : « C'est cassé. Vous pouvez rien en faire. Voyez ? Voyez bien ? » dit-elle tout en enfonçant la fiche dans une prise, et en manipulant sans résultat le bouton de mise en marche. Archie débrancha l'appareil et enroula consciencieusement le cordon. Si la chose était détraquée, elle partait avec lui. Normal. Tout ce qui était détraqué lui appartenait de droit. Il allait réparer toutes les saloperies de trucs cassés de cette saloperie de maison, ne serait-ce que pour prouver qu'il était bon à quelque chose.

« Bonàrienne, lui cria Santa machin tout en le pourchassant dans l'escalier. Vot' femme, elle est malade dans sa tête, et c'est tout c'que vous trouvez à faire ! »

L'aspirateur serré contre sa poitrine, Archie gagna le salon surpeuplé, où, sous les regards réprobateurs, il sortit sa boîte à outils et se mit en devoir de réparer l'engin.

« Régardez-moi ça », dit la plus séduisante des deux grands-mères italiennes, celle aux grands châles et aux grains de beauté pas trop poilus, « il embar-rque tout, *capisce* ? À l'Ophelia, il lui a pr-ris la raison, et maintenant, il emporté le mixère et la vieille sté-éréo — il emporté tout, sauf lé parqué. C'est à vous rendré malade... »

L'assistante sociale, qui même par temps sec ressemblait à un chat à poils longs trempé jusqu'aux os, opina vigoureusement de son chef décharné. « C'est révoltant, je suis bien de votre avis, révoltant... et, bien entendu, c'est à nous de nous débrouiller avec ce foutoir, c'est encore ma pomme qui a plus qu'à...

— Elle ne peut pas rester ici toute seule, la pauvre, hein, intervint l'infirmière en lui coupant la parole, maintenant que l'autre s'est tiré... Elle a besoin d'un vrai foyer, de... »

Je suis là, avait envie de dire Archie, mais je suis là, bon Dieu. Et puis, le mixer, il était à moi.

Mais la bagarre, Archie, c'était pas son genre. Il les écouta piailler pendant encore un quart d'heure, testant sans un mot le pouvoir aspirant de son appareil sur des morceaux de journaux, avant d'être envahi du sentiment que la Vie n'était qu'un énorme sac à dos, si incroyablement lourd qu'il était beaucoup plus simple, même si l'on devait tout perdre, de déposer son fardeau au bord de la route et de s'enfoncer dans les ténèbres. T'as pas besoin du mixer, mon gars, t'as pas besoin de l'aspirateur. Tout ça, c'est lourd, et ça sert à rien. Allez, pose ton sac, mon gars, et va-t'en rejoindre les rangs des heureux habitants des cieux. Était-ce un péché ? Archie, les jérémiades de son ex et de sa famille dans une oreille et, dans l'autre, les crachotements poussifs de l'aspirateur, avait simplement l'impression que La Fin était aussi proche qu'inévitable. Rien là-dedans qui suggérât un quelconque ressentiment à l'égard de Dieu ou des hommes. Simplement l'impression que c'était la fin du monde. Et qu'il allait lui falloir davantage, bien davantage qu'un whisky de piètre qualité, quelques biscuits salés et une malheureuse boîte de Quality Street — d'où auraient déjà disparu tous les bonbons à la fraise — pour justifier son entrée dans une nouvelle année.

Patiemment, il répara l'aspirateur et aspira le séjour avec une fermeté méthodique, allant fourrager avec l'embout dans les recoins les plus reculés. Solennellement, il fit tourner une pièce (pile, la vie, face, la mort), et ne ressentit rien de particulier quand elle retomba du côté du lion folâtre. Tranquillement, il enleva le flexible de l'aspirateur, le mit dans une valise et quitta la maison pour toujours.

Mais mourir n'est pas une mince affaire. Un suicide ne s'intercale pas, sur un pense-bête, entre, disons, le nettoyage du gril et la réparation d'un pied de la banquette du salon. Il s'agit en l'occurrence de la décision de ne plus rien faire, de dé-faire ; c'est envoyer un baiser à l'oubli. Quoi qu'on en dise, il faut avoir des tripes pour se suicider. C'est bon pour les héros et les martyrs, les gens vraiment imbus d'eux-mêmes. Et Archie n'en était pas. C'était un homme dont la signification dans le Dessein Universel pouvait s'évaluer à partir d'associations familières du type :

Galet : Plage.

Goutte d'eau : Vase.

Aiguille : Meule de foin.

Ainsi donc, pendant quelques jours, il ignora superbement la décision du sort et se contenta de vadrouiller en compagnie de son tuyau d'aspirateur. La nuit, il contemplait, à travers le pare-brise, le ciel mégapolitain, histoire de se convaincre de ses dimensions à l'échelle de l'univers, de sa petitesse infinitésimale et de son absence d'attaches. Il réfléchit au vide qu'il laisserait dans le monde en le quittant et l'estima tout à fait négligeable, trop infime même pour mériter d'être calculé. Il gaspilla de précieuses minutes à s'interroger sur le mot « Hoover » : était-ce, comme Frigidaire, un terme générique servant à désigner un appareil ménager, ou, comme d'aucuns le prétendaient, le nom d'une marque ? Et pendant ce temps, le tuyau du Hoover reposait, tel un long pénis flasque, sur le siège arrière de sa voiture, narguant sa secrète appréhension, se moquant de la manière circonspecte dont il s'approchait du bourreau, raillant ses hésitations impuissantes.

Et puis, le 29 décembre, il se rendit chez son vieil ami Samad Miah Iqbal. Compagnon inattendu, sans doute, mais de très longue date. C'était un musulman du Bengale, aux côtés duquel il avait combattu, quand le combat s'imposait, et qui lui rappelait précisément cette guerre ; une guerre qui, pour certains, évoquait le bacon dégoulinant de graisse et les coutures de bas nylon dessinées au crayon sur les jambes nues, mais qui réveillait en Archie le souvenir de fusillades, de parties de cartes et le goût exotique d'un alcool très fort.

« Archie, mon très cher ami », avait dit Samad, du ton chaleureux et emphatique dont il était coutumier. « Il te faut oublier ce problème avec ta femme. Tâter d'une nouvelle vie. Voilà ce dont tu as besoin. Allez, n'en parlons plus, je suis tes cinq shillings et je double la mise. »

Ils étaient assis dans leur nouveau lieu d'élection, O'Connell's Pool House, en train de jouer au poker avec seulement trois mains : deux pour Archie et une pour Samad, la main droite de ce dernier n'étant plus qu'une pauvre chose inutile et grisâtre, paralysée et pratiquement sans vie, si l'on excepte le sang qui en parcourait encore les veines. Ils se retrouvaient tous les soirs pour le dîner dans cet établissement, mi-café,

mi-maison de jeux, qui appartenait à une famille ira-
quienne dont les nombreux membres avaient en
commun des affections dermatologiques prononcées.

« Regarde-moi. En épousant Alsana, j'ai retrouvé
une nouvelle jeunesse, tu comprends ? Elle m'ouvre
des tas de possibilités. Tellement jeune, tellement
pleine de vie, une vraie bouffée d'air pur. Tu es venu
me demander conseil ? Eh bien, mon conseil, le
voilà. Laisse tomber ta vie d'avant, Archibald, ce
n'est pas une bonne vie. Elle ne te vaut rien. Mais
alors, vraiment rien. »

Samad l'avait regardé avec une sympathie extrême,
car il aimait beaucoup Archie. Trente années et des
résidences sur des continents différents auraient pu
avoir raison de leur amitié, née pendant la guerre,
mais au printemps 1973, Samad, homme d'âge plus
que mûr, était venu en Angleterre chercher une vie
nouvelle en compagnie de sa jeune épouse de vingt
ans, la minuscule Alsana Begum, au visage de pleine
lune et aux yeux perçants. Dans un accès de nostalgie, mais aussi parce que Archie était le seul individu qu'il connût sur cette petite île, il s'était mis en
quête de son ancien compagnon, pour finir par venir
habiter à Londres le même quartier que lui. Et lentement, mais sûrement, une nouvelle forme d'amitié
était née entre les deux hommes.

« Tu joues comme un plouc », dit Samad en
posant ses reines les unes sur les autres, avant de les
étaler sur la table en éventail d'une pichenette élégante de sa main gauche.

« J'suis vieux, dit Archie, en jetant ses cartes. Trop
vieux. Qui voudrait encore de moi à cette heure ? J'ai
déjà eu bien du mal à convaincre quelqu'un la première fois.

— Sottises, Archibald, sottises ! Il se trouve simplement que tu n'as pas encore rencontré l'âme sœur.

Cette Ophelia, Archie, elle n'était pas faite pour toi. D'après ce que tu m'as donné à entendre, elle n'est même pas faite pour notre monde… »

Par quoi il faisait allusion à la folie d'Ophelia, laquelle se prenait la moitié du temps pour la femme de chambre du célèbre mécène du XVe siècle Cosimo de' Medici.

« Elle est née et elle vit tout bonnement à la mauvaise époque ! Elle s'est trompée de siècle. Peut-être même de millénaire. Le monde moderne a pris cette femme complètement par surprise, à rebrousse-cul, comme qui dirait. Et du coup, elle a l'esprit à l'envers. Et toi là-dedans ? Toi, tu t'es trompé de vie au vestiaire et tu n'as plus qu'à la retourner maintenant. Qui plus est, elle ne t'a pas donné d'enfants — et la vie sans enfants, Archie, tu veux me dire à quoi ça sert ? Mais la deuxième chance dans la vie, ça existe, crois-moi, je suis bien placé pour le savoir, ça existe. Tu sais, poursuivit-il tout en faisant glisser les pièces vers lui de sa main inerte, tu n'aurais jamais dû l'épouser. »

Évidemment, avec le recul, c'est facile, se dit Archie. On gagne à tous les coups.

Finalement, deux jours après cette discussion, tôt le matin du jour de l'an, la douleur avait atteint une telle acuité qu'Archie s'était trouvé dans l'incapacité de continuer à suivre le conseil de Samad. Il avait au contraire décidé de mortifier sa chair, de s'ôter la vie, d'abandonner un chemin qui l'avait vu faire le mauvais choix à plus d'un carrefour, et l'avait conduit au désert avant de disparaître tout à fait, une fois picorées par les oiseaux les miettes de pain semées le long de son parcours.

*

Quand la voiture avait commencé à se remplir des gaz d'échappement, il avait eu l'inévitable vision de sa vie en raccourci. Expérience assez courte et somme toute bien peu édifiante, sans grande valeur récréative, sorte d'équivalent métaphysique du Discours du Trône. Une enfance terne, un mariage raté, un travail sans avenir (la triade classique, en somme) défilèrent devant lui, rapidement, silencieusement, pratiquement sans dialogues, lui laissant la même impression que lors de leur premier passage. Archie ne croyait pas vraiment au destin, mais, à la réflexion, il semblait bien que, dans son cas, la prédestination avait tout particulièrement veillé à ce que sa vie fût choisie pour lui comme on sélectionne les cadeaux de Noël pour le personnel d'une grande entreprise : de bonne heure, et le même pour tout le monde.

Certes, il y avait eu la guerre ; il avait fait la guerre, juste la dernière année, alors qu'il avait à peine dix-sept ans, mais cela ne comptait guère. Pas en première ligne, non, rien de ce genre. Lui et Samad, ce vieux Sam, ce bon Sammy, ils en avaient pourtant long à dire. Archie en était sorti avec un éclat d'obus dans la jambe, quand même, mais tout le monde s'en fichait. Plus personne ne voulait entendre parler de ça. Gênant comme un pied bot, une grosse verrue sur la joue ou des poils dans le nez. Les gens regardaient ailleurs. Si quelqu'un demandait à Archie : *Qu'est-ce que vous avez fait dans votre vie ?* ou bien encore : *Qu'est-ce qui vous a le plus marqué ?*, c'était la catastrophe s'il s'avisait de mentionner la guerre ; les regards se voilaient, l'inconfort s'installait, chacun s'empressait d'offrir la tournée suivante. Personne n'avait vraiment envie de savoir.

Au cours de l'été 1955, Archie avait mis le cap sur Fleet Street, chaussé de ses plus beaux escarpins, à la recherche d'un boulot de correspondant de guerre.

Un type aux allures de maquereau, fine moustache et voix pointue, lui avait demandé : *Et en fait d'expérience, Mr. Jones ?* C'est alors qu'Archie avait tout déballé : Samad, leur char Churchill et le reste. Le maquereau s'était penché sur son bureau, tout sucre, tout miel, pour lui dire : *Il nous faudrait quelque chose d'un peu plus convaincant que le simple fait d'avoir fait la guerre, Mr. Jones. L'expérience de la guerre, en l'occurrence, n'est pas vraiment pertinente.*

Qu'est-ce que vous voulez répondre à ça ? Pas pertinente, la guerre, en 55, alors en 74, vous pensez bien. Tout ce qu'il avait pu faire hier n'avait plus aucune importance aujourd'hui. Les compétences acquises n'étaient pas, dans le jargon contemporain, *transférables*.

Y a-t-il autre chose, Mr. Jones ?

Mais bordel, comment aurait-il pu y avoir autre chose, vu que le système éducatif anglais avait pris un malin plaisir à le piéger des années plus tôt ? Il reste qu'il avait bon œil, sinon bon pied, qu'il évaluait très bien la forme des objets, et que c'était comme ça qu'il avait fini, vingt ans auparavant, par décrocher ce boulot chez Morgan*Hero*, une imprimerie de Euston Road, où il décidait de la manière dont les choses devaient être pliées : enveloppes, courrier, brochures, imprimés. Pas ce qu'on pourrait appeler une réussite ; mais enfin, le pliage, c'est important, les choses doivent pouvoir s'empiler les unes sur les autres, sinon la vie ne serait plus qu'un grand placard imprimé, claquant au vent dans la rue, vous empêchant de distinguer les rubriques importantes. Non pas qu'Archie s'intéressât aux journaux. Si, à l'imprimerie, on ne prenait pas la peine de les plier correctement, il aurait bien aimé savoir pourquoi lui aurait dû prendre la peine de les lire.

Voyons, quoi d'autre ? Tenez, Archie n'avait pas toujours été plieur de papier. En son temps, il avait été pistard. Ce qu'il aimait dans la course sur piste, c'était le fait de tourner en rond sans arrêt. Encore et encore. L'idée de pouvoir progresser, de boucler le tour chaque fois un peu plus vite, de faire les choses BIEN. L'ennui avec Archie, c'est qu'il n'avait JAMAIS progressé. 62,8 secondes au tour (temps par ailleurs remarquable, de classe mondiale, pour tout dire), voilà la performance qu'il avait réalisée à chacune de ses tentatives pendant trois ans. Les autres s'accordaient des pauses pour le regarder tourner. Leur vélo couché sur le bord de la piste, ils le chronométraient avec la trotteuse de leur montre. Immuable, le verdict : 62,8. Pareille incapacité à améliorer une performance est extrêmement rare. Mais d'un autre côté, une telle régularité tient du miracle.

Oui, Archie aimait la course sur piste, sport qui le trouvait toujours à son meilleur niveau et qui lui fournit son seul et unique bon souvenir. En 1948, Archie Jones avait participé aux jeux Olympiques de Londres, partageant la treizième place (temps : 62,8 secondes) avec un gynécologue suédois du nom de Horst Ibelgaufts. Malheureusement, la négligence d'une secrétaire avait fait que son nom n'avait pas été porté sur les tablettes olympiques : en revenant de sa pause café un matin, alors qu'elle pensait à tout autre chose, la préposée avait omis de transcrire le nom d'Archibald Jones en recopiant la liste officielle. Et c'est ainsi que Dame Postérité s'était débarrassée d'Archie pour finir par le jeter aux oubliettes. La seule preuve qu'il conservât de sa participation à cet événement était les lettres et les notes qu'il recevait périodiquement d'Ibelgaufts en personne. Des notes telles que celle-ci :

17 mai 1957

Cher Archibald,

Ci-joint une photo de mon épouse et de moi-même dans notre jardin devant des échafaudages peu décoratifs, j'en conviens. L'endroit n'est certes pas paradisiaque, mais c'est ici que je suis en train de construire un vélodrome assez primaire — rien à voir avec celui sur lequel toi et moi avons couru en notre temps, mais bien suffisant pour mes besoins. L'échelle en sera beaucoup plus modeste, mais, vois-tu, il est destiné aux enfants que nous allons avoir. Je les vois déjà pédaler comme des fous dans mes rêves et je me réveille le matin souriant aux anges ! Une fois qu'il sera terminé, nous tenons absolument à ce que tu viennes nous rendre visite. Personne ne saurait être plus qualifié que toi pour étrenner la piste de ton dévoué concurrent

Horst Ibelgaufts

Ou comme la carte postale qui se trouvait sur son tableau de bord le matin même du jour où il avait failli y rester :

28 décembre 1974

Cher Archibald,

Je me mets à la harpe. Disons qu'il s'agit là d'une résolution de nouvel an. Décision tardive, j'en conviens, mais il n'est jamais trop tard pour vouloir apprendre aux vieux singes que nous sommes de nouvelles grimaces, qu'en penses-tu ? Je ne te cache pas que l'instrument est lourd quand on l'appuie contre son épaule, mais les sons qu'on en tire sont angéliques, et ma femme, grâce à lui, découvre en moi des qualités de sensibilité qu'elle était loin de soupçonner du temps où j'étais un obsédé du vélo ! Il faut bien dire que seuls de vieux compères comme toi, Archie, étaient capables de comprendre une telle obsession, toi et, bien entendu, l'auteur de cette petite note, ton vieil adversaire,

Horst Ibelgaufts

Il n'avait jamais revu Horst depuis leur affrontement mémorable, mais il gardait un souvenir ému de ce géant rouquin, aux taches de rousseur orangées et aux narines de guingois, qui s'habillait comme un play-boy de la jet-set et semblait trop gros pour son vélo. Après la course, Horst avait fait boire Archie plus que de raison et avait fait venir deux putains de Soho qui semblaient bien le connaître (« Je fais beaucoup de voyages d'affaires dans votre belle capitale, Archibald », avait-il expliqué à son compagnon). La dernière image de Horst que conservait Archie était la vision tout à fait accidentelle d'un énorme cul rose montant et descendant dans la chambre voisine de la sienne au village olympique. Le lendemain matin l'attendait à la réception la première missive de ce qui devait devenir une volumineuse correspondance :

Cher Archibald,
Dans notre monde de travail et de concurrence sans merci, les femmes sont vraiment le plus doux des repos du guerrier. J'ai dû partir de bonne heure pour prendre mon avion, mais je te l'ordonne, Archie, ne laissons pas la distance nous séparer. Je nous vois désormais comme deux hommes aussi proches l'un de l'autre dans la vie que nous l'avons été au terme de notre course ! Celui qui a dit un jour que le chiffre treize portait malheur a sorti une bêtise plus grosse que n'en sortira jamais ton ami

Horst Ibelgaufts

*P.-S. Veille, s'il te plaît, à ce que Daria et Melanie
rentrent chez elles sans encombre.*

Daria était celle qui avait échu à Archie. D'une
maigreur effrayante, avec des côtes qui rappelaient
assez les barres d'un casier à homards, et une poitrine quasi absente, mais gentille à l'extrême, douce
dans ses caresses et ses baisers et dotée de poignets
désarticulés qu'elle mettait en valeur en les parant
de longs gants de soie — le genre de truc à vous
coûter au moins quatre coupons-vêtements de rationnement. Archie s'entendait encore lui dire, d'un ton
désemparé : « Je t'aime bien, tu sais », tandis qu'elle
renfilait ses gants et ses bas. Elle s'était retournée et
lui avait souri, et, en dépit du fait que c'était une pro-
fessionnelle, il avait eu le sentiment qu'elle aussi
l'aimait bien. Peut-être qu'il aurait dû tout plaquer à
ce moment-là et partir avec elle par monts et par
vaux. Mais à l'époque, ça semblait impossible, affu-
blé qu'il était d'une jeune femme en cloque (grossesse nerveuse, au bout du compte, la cloque se
révélant n'être qu'une grosse bulle d'air), d'une patte
folle... sans parler de la pénurie de vaux dans les
environs.

Curieusement, c'était Daria qui lui était venue à
l'esprit au moment où il avait perdu conscience dans
la voiture. La vision d'une putain rencontrée vingt
ans plus tôt : c'était Daria et son sourire qui lui
avaient fait tremper de larmes de joie le tablier de
Mo, quand le boucher lui avait sauvé la vie. Elle lui
était brutalement apparue : une belle femme, dans le
renfoncement d'une porte cochère, avec un regard
aguicheur qui lui donna aussitôt des regrets de ne
pouvoir se rendre à ses avances. S'il y avait encore
une chance pour qu'il lui soit donné de revoir ce
genre de regard, alors, cette chance, il voulait la

saisir, il voulait à tout prix cette prolongation. Pas
simplement la seconde à venir, mais la suivante et
celle d'après, en fait tout le temps possible et disponible.

Plus tard, au cours de cette même matinée, Archie
se fit un circuit extatique de huit tours complets du
rond-point de Swiss Cottage dans sa voiture, la tête
passée par la portière, tandis que le vent lui fouettait
le fond de la bouche comme à travers une manche à
air. Putain, se dit-il, alors voilà l'impression que ça
fait quand un type vous sauve la vie. Comme si on
venait de vous faire cadeau d'une bonne tranche de
temps. Il passa devant chez lui sans s'arrêter, devant
les panneaux indicateurs (Hendon 4 miles), en riant
comme un dément. Au feu rouge, il joua à pile ou
face avec une pièce de dix pence et eut un grand sourire quand il vit que le Destin semblait vouloir le
pousser vers une autre vie. Comme un chien tirant
sur sa laisse à l'angle d'une rue. En règle générale,
les femmes sont incapables de ce genre de choses,
mais les hommes, eux, retiennent cette faculté très
ancienne de pouvoir planter là famille et passé. Une
boucle à détacher, aussi facile que si on enlevait une
fausse barbe, et le tour est joué : ils retournent se
fondre dans l'anonymat, transformés, méconnaissables. C'est de cette manière qu'un nouvel Archie
est en train de naître. Nous l'avons pris au dépourvu,
surpris entre deux eaux. Car son humeur est celle
d'un temps passé, d'un futur antérieur. Elle est du
genre *mon cœur balance*. En arrivant à un carrefour,
il ralentit, regarde son visage somme toute banal
dans le rétroviseur extérieur et choisit, sans réfléchir,
un trajet qu'il n'a jamais emprunté jusqu'ici, une rue
résidentielle qui mène à un endroit appelé Queens
Park. Allez, allez, tout droit, mon vieux, se dit-il, ne

t'arrête pas, et surtout, par pitié, ne regarde pas derrière toi.

*

Tim Westleigh (plus connu sous le nom de Merlin)
finit par prendre conscience de coups de sonnette
insistants. Il se leva à regret, pataugea d'un pas mal
assuré dans un océan de corps allongés pour sortir
de la cuisine et aller ouvrir la porte d'entrée. Là, il se
trouva nez à nez avec un homme d'âge mûr vêtu de
pied en cap de velours côtelé gris et présentant une
pièce de dix pence sur sa paume ouverte. Comme il
devait le faire remarquer par la suite en racontant
l'incident, le velours côtelé est en soi, et en toutes circonstances, une étoffe particulièrement stressante.
C'est la marque de ceux qui viennent encaisser les
loyers. Celle des employés du fisc. Les profs d'histoire y ajoutent le raffinement de pièces de coudes
en cuir. Mais se retrouver confronté à une masse de
velours côtelé, à neuf heures du matin, un 1er de l'an,
c'est s'exposer à une dose proprement mortelle de
radiations négatives.

« C'est pour quoi, mec ? » demanda Merlin en clignant les yeux en direction de l'homme en velours,
illuminé par le soleil hivernal. « Encyclopédies ou
bondieuseries ? »

Archie remarqua que le gamin avait une façon
exaspérante de souligner certains mots en faisant
exécuter à sa tête des grands mouvements circu-
laires de l'épaule droite vers la gauche. Puis, une fois
le demi-cercle achevé, de se mettre à opiner vigoureusement du chef.

« Pasque, si c'est pour des encyclopédies, on a
c'qu'y faut, comme infos... et si c'est pour fourguer
le bon Dieu, vous vous êtes gouré de maison. On est

cool ici, voyez c'que je veux dire ? » conclut Merlin, passant à la séquence hochements et s'apprêtant à refermer la porte.

Archie secoua la tête, sourit, et ne bougea pas d'un pouce.

« Euh... ça va comme vous voulez ? demanda Merlin, la main sur la poignée de la porte. J'peux faire quelque chose pour vous ? Vous êtes shooté ?

— J'ai vu votre message, dit Archie.

— Ah, celui-là ? » dit Merlin, l'air amusé, en tirant sur son joint. Il avança la tête pour suivre le regard d'Archie : un drap blanc, accroché à une fenêtre du premier étage, proclamait en grandes lettres aux couleurs de l'arc-en-ciel : BIENVENUE À LA « FÊTE DE LA FIN DU MONDE », 1975.

« Ouais, désolé, mec, dit Merlin en haussant les épaules. Apparemment, c'était prématuré. Un peu décevant, quand même. À moins que ce soit une bénédiction, ça dépend de la façon dont on regarde les choses.

— Une bénédiction, dit Archie d'un ton convaincu. Une vraie bénédiction, je vous assure.

— Alors, comme ça, vous l'avez kifé, notre truc ? » demanda Merlin, tout en reculant d'un pas au cas où le type, non content d'être schizo, se montrerait violent. « Vous donnez dans le genre apocalypse, sérieux ? Nous, c'était plus pour rigoler qu'autre chose.

— Je dirais que ça m'a accroché l'œil, dit Archie, l'air toujours aussi illuminé. J'étais dans ma voiture, je cherchais un endroit, vous voyez c'que je veux dire, un endroit pour prendre un dernier verre, c'est le jour de l'an, quoi... et puis, l'un dans l'autre, j'ai pas eu une matinée facile. Et, paf, ça m'est tombé dessus. J'ai joué à pile ou face et je m'suis dit : après tout, pourquoi pas ?

— C'est que..., commença Merlin passablement déstabilisé par le tour que prenait la conversation, le problème, c'est que la fête est pratiquement terminée, mec. Et puis, j'ai l'impression qu'vous êtes... peut-être... un p'tit peu trop vieux... si vous voyez c'que je veux dire... » Gêné, le Merlin, parce que, au fond, sous ses airs délurés, c'était un bon petit garçon, élevé dans le respect des aînés. « Oui, reprit-il après une pause embarrassée, c'est quand même des gens plus jeunes que ceux que vous avez l'habitude de fréquenter, je suppose. C'est comme une communauté hippie, quoi !

— "Mais j'étais tellement plus vieux à l'époque" », entonna malicieusement Archie, reprenant une chanson de Dylan vieille de dix ans et passant la tête par la porte. « "Je suis bien plus jeune maintenant".

— Écoutez, mon vieux, dit Merlin en fronçant le sourcil. Je peux pas laisser entrer le premier venu, vous comprenez ? Pour autant que je sache, vous pourriez être flic, ou cinglé, ou... »

Mais quelque chose dans le visage d'Archie — énorme, innocent, plein d'une attente béate — lui rappela ce que son père, le pasteur de Snarebrook, avec lequel il était brouillé, prêchait tous les dimanches à propos de la charité chrétienne. « Oh, et puis merde ! Après tout, c'est le jour de l'an, bordel. Feriez mieux d'entrer. »

Archie contourna Merlin pour se retrouver dans un long couloir, sur lequel donnaient quatre pièces aux portes ouvertes et d'où partait un escalier conduisant à l'étage supérieur, au bout duquel on apercevait un jardin. Des détritus de toutes sortes — animaux, minéraux et végétaux — jonchaient le sol ; des tas de couvertures, sous lesquelles dormaient des corps, encombraient le couloir d'un bout à l'autre, formant une mer rouge qui ne s'ouvrait qu'avec réticence chaque fois qu'Archie avançait d'un pas. Dans les pièces, certains recoins étaient le théâtre d'écoulements corporels divers : on s'embrassait, on baisait, on allaitait, on vomissait — bref, l'ordinaire d'une communauté de ce genre, si Archie devait en croire son Supplément illustré du dimanche. L'espace d'un instant, il caressa l'idée d'entrer dans la mêlée, de se perdre au milieu de tous ces corps (avec tout ce temps dont il disposait désormais, cet océan de temps qui s'écoulait entre ses doigts), mais il opta finalement pour la recherche d'une boisson forte. Il arriva tant bien que mal au bout du couloir et sortit dans le jardin glacé, où certains, qui avaient dû renoncer à trouver une place dans la chaleur de la maison, devaient se contenter de la froidure de la pelouse. Rêvant d'un whisky tonic, il se dirigea vers la table de pique-nique, où il avait vu quelque chose qui ressemblait fort par la forme et la couleur à du Jack Daniel's émerger, tel un mirage, d'un désert de bouteilles de vin vides.

« Je peux... ? »

Deux Noirs, une Chinoise aux seins nus et une Blanche en toge étaient assis autour de la table sur des chaises de cuisine en bois, en train de jouer au rami. Au moment où Archie tendait la main vers le Jack Daniel's, la Blanche secoua la tête en faisant le geste d'écraser une cigarette.

« Attention, whisky arôme tabac, chéri. Un pauvre connard n'a rien trouvé de mieux que d'éteindre sa clope dans ce whisky par ailleurs parfaitement acceptable. Y a du mousseux et d'autres merdes imbuvables par ici. »

Archie, reconnaissant de la mise en garde et de la proposition, eut un grand sourire. Il prit un siège et se versa un verre de Liebfraumilch, faute de mieux.

Bien des verres plus tard, et il avait l'impression de les avoir toujours connus : Clive et Leo, Wan-Si et Petronia. Il aurait pu, le dos tourné et avec l'aide d'un fusain, dessiner la moindre granulation des mamelons de Wan-Si, la moindre mèche folle sur le visage de Petronia. Dès onze heures, il les aimait tous tendrement, ils étaient les enfants qu'il n'avait jamais eus. En retour, ils lui firent savoir qu'il était doté d'une âme absolument unique pour un homme de son âge. Tout le monde s'accorda à trouver qu'Archie dégageait un karma extraordinairement positif, suffisamment fort, en tout cas, pour amener un boucher à baisser la vitre d'une voiture de l'extérieur au moment critique. Il s'avéra qu'Archie était le premier homme de plus de quarante ans à avoir été admis au sein de la communauté ; il s'avéra également qu'on parlait déjà depuis quelque temps de la nécessité d'une présence plus âgée pour satisfaire les curiosités sexuelles des femmes les plus aventureuses. « Génial, dit Archie. Super. Je suis tout à votre service. » Il se sentait si proche d'eux qu'il se sentit très perturbé quand, aux environs de midi, leur relation s'assombrit brutalement, d'abord en raison d'une gueule de bois carabinée, ensuite parce que, à son grand effarement, il se retrouva engagé jusqu'au cou dans une discussion sur la Seconde Guerre mondiale.

« Je ne sais même pas comment on en est venu à parler de ça », grommela Wan-Si, qui avait fini par se couvrir juste au moment où ils s'étaient décidés à rentrer et portait la veste d'Archie enroulée autour des épaules. « Laissons tomber. J'aimerais mieux aller me coucher que parler de ça.

— Mais comment ne pas en parler ? On est en plein dedans, fulmina Clive. C'est bien le problème

avec les gens de sa génération, ils pensent qu'ils peuvent se servir de la guerre comme d'un... »

Archie fut reconnaissant à Leo d'interrompre
Clive pour faire dévier sur un aspect mineur de la
question la conversation dont Archie était lui-même
à l'origine, puisque c'était lui qui avait commencé
quelque trois quarts d'heure plus tôt (avec une
remarque malencontreuse sur le rôle positif du service militaire dans le développement de la personnalité), pour le regretter aussitôt, dès qu'il avait été
assailli de demandes d'explication et de mises en
demeure. Finalement libéré de son pensum, il s'assit
au bas de l'escalier, la tête dans les mains, laissant la
dispute faire rage au-dessus de lui.

Quel gâchis ! Dire qu'il aurait adoré faire partie
d'une communauté. S'il avait été un peu plus malin
et s'était abstenu de sa remarque, l'amour libre, les
seins nus et le reste, tout était à lui ; et pourquoi pas,
en prime, un petit morceau de terrain pour faire
pousser quelques légumes ? Un moment (aux environs de deux heures, pendant qu'il racontait son
enfance à Wan-Si), il avait eu l'impression que sa
nouvelle vie allait être fantastique, qu'à partir de
maintenant il dirait toujours ce qu'il fallait au bon
moment, et que partout où il irait, il serait aimé de
tous. *Je ne peux m'en prendre qu'à moi*, se disait
Archie, ressassant sa connerie, tout en se demandant
si un dessein plus grand ne présidait pas à toute
l'affaire. Peut-être qu'il y aurait toujours des hommes
pour savoir dire ce qu'il fallait à l'instant où il le fallait, pour apparaître au bon moment, tel Thespis,
sur la scène de l'histoire, et puis qu'il y en aurait toujours d'autres, tel Archie Jones, qui n'étaient là que
pour faire nombre. Ou, pis encore, à qui on ne donnait leur chance d'entrer en scène que pour venir y
mourir à l'heure dite et sous le regard de tous.

Il n'y aurait donc plus eu qu'à tirer un grand trait sur toute l'histoire, sur cette malheureuse journée, si un événement ne s'était pas produit, qui devait transformer Archie Jones autant qu'un homme peut l'être, et ce sans le moindre effort de sa part, mais grâce à une collision totalement accidentelle et tout à fait fortuite. Le hasard veillait : il avait nom Clara Bowden.

Mais d'abord, une description. Belle, Clara Bowden l'était dans tous les sens du terme, sauf le plus banal : elle avait la peau noire. Elle était grande, superbement, noire comme de l'ébène, les cheveux tressés en fer à cheval, lequel était tourné vers le haut quand elle se sentait en veine, et vers le bas dans le cas contraire. En ce moment précis, il était tourné vers le haut. Difficile de dire si pareille position allait influer en quelque manière sur les événements.

Elle n'avait pas besoin de soutien-gorge — elle était totalement indépendante, même vis-à-vis de la pesanteur. Elle portait un dos-nu rouge qui s'arrêtait au ras de son nombril (qu'elle portait superbement) et, en dessous, un jean jaune très moulant. Tout en bas, une paire de chaussures à talon et à lanière en daim marron clair sur lesquelles elle descendait (superbement) l'escalier, telle une vision de rêve ou, du moins c'est ainsi qu'elle apparut à Archie, pursang dressé sur ses pattes arrière, au moment où il se retourna pour la regarder.

Archie savait qu'il est assez courant au cinéma de voir le silence s'installer dans la foule quand quelqu'un d'aussi extraordinaire descend un escalier. Dans la vie, il n'avait jamais assisté à semblable phénomène. C'est pourtant ce qui se produisit avec l'entrée de Clara Bowden. Elle descendit l'escalier au ralenti, dans un halo de lumière tamisée. Elle n'était pas seulement ce qu'Archie, jusqu'à ce jour, avait vu de plus beau, elle était aussi la femme la plus sécurisante qu'il lui eût jamais été donné de rencontrer. Elle n'avait rien d'une beauté froide et dure. Elle avait cette odeur de femme, un peu musquée, qui vous rappelle invariablement celle de vos vêtements préférés. Même l'allure quelque peu dégingandée qu'elle devait à un manque de synchronisation (comme si les jambes et les bras parlaient chez elle un langage légèrement différent de celui du système nerveux) apparut à Archie d'une suprême élégance. Elle arborait sa sexualité avec l'aisance d'une femme mûre, et non (comme Archie en avait fait l'expérience avec la plupart des filles qu'il avait pu sortir dans le temps) comme on porte un sac à main encombrant, sans jamais savoir s'il vaut mieux l'accrocher quelque part ou tout simplement le poser par terre.

« Du couraze, mec, dit-elle avec cet accent chantant des Antilles qui rappela à Archie un célèbre joueur de cricket jamaïquain, ça pou'ait ne pas awiver jamais.

— Je crois que c'est déjà fait. »

Ayant laissé tomber la cigarette qu'il avait à la bouche et qui, de toute façon, se consumait de sa belle mort, Archie vit Clara l'écraser prestement du pied. Elle lui adressa un grand sourire, qui révéla ce qui était sans doute sa seule imperfection : une totale absence de dents du haut.

« Man… a' zont pa'ties, zézaya-t-elle en voyant sa surprise. Mais ze me dis qu'au zour du zuzement de'nier, le Seigneur m'en voudwa pas si z'ai plus d'dents. » Elle eut un petit rire.

« Archie Jones, dit Archie en lui offrant une Marlboro.

— Clara. » Elle siffla sans y prêter attention tout en souriant et en avalant la fumée. « Archie Jones, tu m'as l'air d'êt'tout zuste dans le même état qu'moi. Clive et les autres, y t'ont so'ti leurs idioties, pas vrai ? Clive, t'as pas fait tou'ner ce pauv' homme en bouwique, dis ? »

Grognement de Clive, qui, sous l'effet du vin, ne gardait pas un souvenir d'Archie très précis, et qui reprit sa discussion là où il l'avait laissée, accusant Leo de confondre sacrifice politique et sacrifice physique.

« Mais non, rien de grave, bafouilla Archie, totalement subjugué par ce visage exquis. On s'est un peu attrapés, c'est tout. Clive et moi, on est pas d'accord sur un certain nombre de choses. Question de génération, sans doute. »

Clara lui appliqua une tape sur la main. « Tu veux bien t'taire, dis ? T'es pas si vieux qu'ça. Y a plus vieux, va.

— Quand même », dit Archie, qui ajouta parce que, brutalement, il eut envie de le lui dire, « vous n'allez pas me croire, mais j'ai failli mourir aujourd'hui.

— C'est pas vouai ! dit Clara, le sourcil dressé. Bienvenue au club. On est pas mal dans ce cas, c'matin. Étwange, comme qui dirait, cette fête. Tu sais, ajouta-t-elle en passant sa longue main sur sa calvitie naissante, t'as pas l'ai' mal du tout pour quelqu'un qu'est v'nu si près d'la po'te d'saint Piè'. Tu veux un bon conseil ? »

Archie opina vigoureusement du chef. Il avait toujours besoin de conseils, il se méfiait comme de la peste des premières opinions et quémandait toujours un deuxième avis. Raison pour laquelle il ne se déplaçait jamais sans sa pièce de dix pence.

« Rent'chez toi et repose-toi. Demain, y fera zour, tu sais. C'est qu'on a pas des vies faciles, nous aut'es ! »

Rentrer chez moi, mais où ? se dit Archie. Il avait dépendu son ancienne vie de son clou et s'avançait en territoire inconnu.

« Doux Zésus…, reprit Clara en lui tapant amicalement le dos. C'est vouai qu'on a pas des vies faciles. »

Elle laissa échapper un autre sifflement, un autre petit rire triste et, à moins qu'il fût en train de virer la carte, Archie vit dans ses yeux le regard aguicheur qu'il avait déjà vu chez Daria, mais teinté de chagrin, de mélancolie, cette fois-ci ; comme si la fille n'avait pas des masses d'autres possibilités. Clara avait dix-neuf ans, Archibald, quarante-sept.

Six semaines plus tard, ils étaient mariés.

2

Où l'on se fait les dents

Mais Clara Bowden n'était pas entrée *ex nihilo* dans la vie d'Archie. Il serait grand temps qu'on rétablisse la vérité sur les belles femmes. Elles ne passent pas leur temps à descendre des escaliers dans tout l'éclat de leur parure. Elles ne descendent pas du ciel, comme on a bien voulu le croire, avec leurs ailes pour seule attache. Clara sortait bel et bien de quelque part. Elle avait bel et bien des racines. Pour être plus précis, elle était de Lambeth (*via* la Jamaïque) et elle était liée, par un de ces accords tacites d'adolescents, à un dénommé Ryan Topps. Parce que avant d'être belle, Clara avait été moche. Et qu'avant Clara et Archie, il y avait eu Clara et Ryan. Ryan Topps, vous n'y échapperez pas. De même qu'un bon historien doit nécessairement admettre les ambitions napoléoniennes d'Hitler à l'est pour comprendre ses hésitations devant une éventuelle invasion de la Grande-Bretagne à l'ouest, de même Ryan Topps est-il essentiel à une bonne compréhension des motivations de Clara. Ryan est indispensable, un point, c'est tout. Son histoire avec Clara durait depuis huit mois quand Clara et Archie se sentirent attirés l'un vers l'autre de part et d'autre d'un escalier. Et Clara aurait fort bien pu ne jamais se précipiter dans les bras d'Archie Jones, si elle n'avait pas voulu fuir, ce faisant, ceux de Ryan Topps.

Pauvre Ryan Topps. Abrégé de traits physiques disgracieux. Très maigre, très grand, très roux, les pieds très plats, et des taches de rousseur en quantité telle que c'est à peine si on apercevait encore la couleur primitive de sa peau. Avec ses costumes gris trop grands et ses cols roulés noirs, Ryan affichait des airs de rocker, portant encore des bottes Chelsea à une époque où tout le monde les avait abandonnées. Et tandis que tout un chacun découvrait les joies du synthétiseur électronique, Ryan, lui, ne jurait que par les petits hommes aux grosses guitares : les Kinks, les Small Faces et les Who. Ryan Topps conduisait une Vespa G.S. verte, qu'il astiquait deux fois par jour à l'aide d'une couche pour bébé et qu'il gardait à l'abri dans un cocon de tôle ondulée fait sur mesure. À ses yeux, une Vespa n'était pas seulement un moyen de transport mais une idéologie, à la fois famille, patrie, amie et maîtresse. Le tout rassemblé en un seul parangon de la technologie des années quarante.

Ryan Topps — personne n'en sera surpris — avait peu d'amis.

Clara Bowden, avec son allure dégingandée, ses dents de lapin et son statut de Témoin de Jéhovah, reconnut aussitôt en Ryan une âme sœur. Rien ne lui échappait, et elle savait tout ce qu'il y avait à savoir de Ryan Topps avant même qu'ils aient échangé un mot. Et puis, ils partageaient la même école (St. Jude's Community School, Lambeth) et faisaient la même taille (un mètre quatre-vingt-deux) ; elle savait que, comme elle, il n'était ni irlandais ni catholique, ce qui suffisait à faire d'eux deux îles flottant dans l'immense océan de St. Jude's, et que seul le hasard de leur code postal les avait amenés à se retrouver dans cet établissement où ils étaient rejetés aussi bien par les profs que par les élèves. Elle connaissait la marque de sa Vespa, les disques qu'il écoutait, pour avoir déchiffré les titres des pochettes qui dépassaient de son sac. Elle savait même des choses à son sujet qu'il ignorait : par exemple, qu'il était le Dernier Homme sur la Planète. Il y en a un par école, et à St. Jude's, comme dans d'autres hauts lieux du savoir, c'étaient les filles qui choisissaient ce surnom et en affublaient un garçon particulièrement desservi par la nature. Bien entendu, il y avait des variantes :

Mr. Pas-Pour-un-Empire.

Mr. Même-Pas-Pour-Sauver-la-Vie-de-Ma-Mère.

Mr. Pas-Pour-Tout-l'Or-du-Monde.

Mais, en règle générale, les filles de St. Jude's s'en tenaient à l'expression consacrée par la tradition. Et si Ryan pouvait difficilement surprendre les conversations de vestiaires de ces demoiselles, Clara, elle, était au courant. Elle savait comment était traité dans les discussions l'objet de son affection, elle laissait toujours traîner une oreille et ne pouvait ignorer ce qu'on en disait quand on passait en revue les mérites respectifs de ces messieurs, à l'heure des soutiens-gorge de sport, des corps luisant sous la douche et des coups de serviettes mouillées sur les fesses.

« Seigneur, mais c'est pas vrai, tu m'écoutes pas. Je viens d'te dire, même si c'était le *dernier* homme sur la planète.

— N'empêche que j'en voudrais toujours pas.

— Mon cul, ouais. J'parie qu't'en voudrais.

— Écoute un peu. Imagine, t'imagines, hein, y a une bombe atomique qui vient d'tomber, comme au

Japon, tu m'suis ? Tous les beaux mecs, tous les vrais bons coups, comme ton Nicky Laird, y sont tous morts. Z'ont tous rôti comme des poulets. Tout c'qui reste, c'est Ryan Topps et des colonies de cafards.

— Putain, j'aimerais encore mieux les cafards. »

Si Ryan n'était pas populaire à St. Jude's, Clara ne l'était pas davantage. Son premier jour d'école, sa mère lui avait expliqué qu'elle allait entrer dans le repaire de Satan et lui avait rempli son cartable de deux cents exemplaires du *Phare*, en lui disant d'aller répandre la bonne parole. Semaine après semaine, Clara avait traîné son fardeau, tête basse, distribuant son journal à coups de « Le salut est en Jéhovah » à peine audibles. Dans un établissement où une pustule un peu trop sensible suffisait à vous faire mettre en quarantaine, essayer de transformer six cents catholiques bon teint en Témoins de Jéhovah, c'était pour une missionnaire noire d'un mètre quatre-vingts en chaussettes hautes l'ostracisme garanti.

Or donc, Ryan était rouge comme une carotte. Et Clara noire comme du charbon. Les taches de rousseur de Ryan auraient fait le bonheur du plus inconditionnel des tachistes. Clara, elle, était capable de faire indéfiniment le tour d'une pomme avec ses dents de devant avant que sa langue ait une chance de l'approcher. Et tout cela était impardonnable, même aux yeux des catholiques (Dieu sait pourtant que ces gens-là distribuent le pardon avec autant d'empressement que les hommes politiques leurs promesses ou les putains leurs faveurs) ; même saint Jude, qui, il y a bien longtemps, dès le premier siècle, s'était retrouvé bombardé saint patron des causes perdues (à la suite d'une similitude malencontreuse entre Jude et Judas), n'était pas prêt à se mouiller dans l'affaire.

À dix-sept heures, tous les jours, tandis que Clara, assise chez elle, composait un tract condamnant comme impie la pratique de la transfusion sanguine ou recevait le message des Évangiles, Ryan Topps passait devant sa fenêtre ouverte pour rentrer chez lui sur son agile monture. Le salon des Bowden était situé juste en dessous du niveau de la rue et son unique fenêtre était pourvue de barreaux, si bien que les vues qu'il offrait étaient pour le moins partielles. En règle générale, Clara apercevait des pieds, des roues, des tuyaux d'échappement, des parapluies en mouvement. Ces aperçus, si minces fussent-ils, étaient souvent révélateurs ; une imagination suffisamment vive était capable de construire tout un roman à partir d'un lacet effrangé, d'une chaussette reprisée ou d'un sac trop lourd qui avait connu des jours meilleurs. Mais rien ne l'affectait davantage que de regarder disparaître le tuyau d'échappement du scooter de Ryan. Faute de pouvoir mettre un nom sur les frémissements furtifs qui lui envahissaient le bas-ventre en ces occasions, Clara les attribuait à l'esprit du Seigneur. Elle sentait que, d'une manière ou d'une autre, elle avait pour mission de sauver cet impie de Ryan Topps. Elle avait bien l'intention d'attirer le garçon sur son sein, de le protéger de la tentation qui nous guette, tous autant que nous sommes, et de le préparer pour le jour de sa rédemption. (Se pouvait-il que se dissimulât plus bas que son abdomen — quelque part au plus profond des régions infernales proprement innommables — l'espoir à peine formulé que Ryan Topps puisse la sauver, elle ?)

Si Hortense Bowden surprenait sa fille assise, l'air absent, à côté de la fenêtre à barreaux, l'oreille tendue vers les crachotements d'un engin qui s'éloignait, et laissant les pages de la *Nouvelle Bible* tourner toutes seules dans le courant d'air, elle lui donnait une tape sur la tête et la priait de se rappeler que seuls 144 000 des Témoins de Jéhovah seraient appelés à siéger aux côtés du Seigneur au jour du Jugement. Et il n'y avait aucune place parmi les élus pour certains tristes sires conduisant des scooters.

« Mais si nous sauvions...

— Y en a qu'ont commis tellement des tas d'péchés, la coupa Hortense, qu'c'est two tard pou' eux d'commencer à vouloi' faire les yeux doux à Not' Seigneu'. Ça demande des effo' pour êt' tout pwès d'Jéhovah. Du dévouement et du sacwifice, oui. *Bénis soient les cœurs purs, car le royaume des cieux leur appartient.* Matthieu 5.8. C'est-y pas vouai, Da'cus ? »

Darcus Bowden, le père de Clara, était un vieillard moribond, bavant et nauséabond, enfoncé dans un fauteuil mangé aux mites que personne ne l'avait jamais vu quitter, pas même, cathéter aidant, pour une visite aux W.-C. extérieurs. Darcus était arrivé en Angleterre quatorze ans plus tôt et depuis, il n'avait pas décollé de ce coin reculé du séjour où il passait son temps à regarder la télévision. Au départ, ce n'était pas ainsi que devaient se passer les choses : il était prévu qu'il parte travailler en Angleterre pour gagner l'argent qui lui aurait permis de faire venir Clara et Hortense. Pourtant, quand il avait débarqué, il s'était retrouvé affligé d'une curieuse maladie débilitante. Une maladie dont aucun médecin n'avait été capable de cerner les symptômes, mais dont l'effet le plus évident était une incroyable léthargie, laquelle avait déclenché chez Darcus — lequel, avouons-le, n'avait jamais brillé par son tonus — une affection sans bornes pour l'allocation chômage, la station assise et la télévision anglaise. En 1972, Hortense, n'y tenant plus (elle attendait depuis quatorze ans), avait décidé d'entreprendre le voyage par ses propres moyens. Des moyens et de la ressource, Hortense en avait à revendre. Elle commença par défoncer la porte, tant sa fureur était grande, et — c'est du moins la version des faits qui parvint au pays — passa à Darcus Bowden un savon homérique. Certains disent que l'assaut dura quatre heures ; d'autres soutiennent qu'elle cita tous les livres de la Bible de mémoire et que l'affaire dura vingt-quatre heures pleines. Ce qui est incontestable, c'est que, une fois l'orage passé, Darcus se tassa encore un peu plus dans les replis de son fauteuil, regarda d'un œil lugubre la télévision avec laquelle il avait entretenu une relation si amicale, si intime, toute d'innocence et de compassion réciproque, et une larme réussit à se frayer un chemin le long de son canal lacrymal pour venir s'installer dans une crevasse, juste en dessous de son œil. Puis il prononça un mot, un seul, qui tenait davantage du borborygme : Hum.

Ce fut tout ce que Darcus trouva à dire à cet instant. Il n'en dit jamais plus par la suite, d'ailleurs. On pouvait lui poser n'importe quelle question sur n'importe quel sujet à n'importe quelle heure du jour ou de la nuit, l'interroger, bavarder avec lui, l'implorer, lui dire qu'on l'aimait, l'accuser de toutes les turpitudes ou le défendre, on obtenait invariablement cette seule et unique réponse.

« C'est-y pas vouai, Da'cus ?

— Hum.

— Et pis, d'abo' », reprit Hortense revenant à Clara, forte du grognement d'approbation de Darcus, « c'est pas l'âme d'ce jeune homme qui t'met dans tous tes é-états. Va falloi' que j'te répète ça combien d'fois : t'as pas d'temps à pe'dre avec les ga'çons. »

Le Temps, en effet, était compté chez les Bowden. On était en 1974, et Hortense voulait être prête pour la Fin du Monde, dont elle avait soigneusement entouré la date sur l'agenda familial au stylo bille bleu : 1ᵉʳ janvier 1975. Il ne s'agissait pas là d'une lubie propre aux Bowden. Huit millions de Témoins de Jéhovah attendaient la date fatidique aux côtés d'Hortense, laquelle se trouvait ainsi en bonne et large, encore qu'excentrique, compagnie. En sa qualité de secrétaire de la section de Lambeth des Kingdom Halls, elle avait reçu une lettre personnelle, sur laquelle était apposé le paraphe photocopié de William J. Rangeforth du grand Kingdom Hall de Brooklyn, aux États-Unis, confirmant la date. La fin du monde avait été *officiellement* confirmée sur un papier à en-tête en lettres dorées, et Hortense avait su se montrer digne de l'honneur qui lui était fait en mettant la lettre dans un joli cadre en acajou auquel elle avait réservé une place privilégiée : il trônait maintenant sur le poste de télévision, sur un napperon crocheté de ses mains, entre une figurine en verre de Cendrillon en route pour le bal et un couvre-théière sur lequel étaient brodés les Dix Commandements. Elle avait demandé à Darcus s'il trouvait la chose à son goût. Hum, avait-il dûment opiné.

La fin du monde était proche. On était loin cette fois — et les Témoins de Jéhovah de la branche de Lambeth n'avaient aucun doute à avoir là-dessus — des erreurs de 1914 et de 1925. On leur avait promis des entrailles de pécheurs enroulées autour des troncs d'arbres, et cette fois-ci, les troncs d'arbres recouverts d'entrailles, on les verrait bel et bien. Ils attendaient depuis longtemps de voir les rivières de sang déborder des caniveaux de la grand-rue, mais, cette fois-ci, leur soif allait être étanchée. L'heure avait sonné. La seule, la vraie, puisque toutes celles qui avaient été proposées jusqu'ici n'étaient que le résultat de calculs erronés : on avait oublié qui une addition, qui une soustraction, qui une retenue. Cette fois-ci, c'était la bonne. Or donc, l'apocalypse était fixée au 1er janvier 1975.

Hortense, pour sa part, était heureuse de la nouvelle. Le fameux matin de 1925, elle avait pleuré comme une enfant quand elle avait découvert en se réveillant — en lieu et place de la grêle, du soufre et de la destruction universelle — que la vie se poursuivait sans heurt, que les bus et les trains circulaient normalement. Ça n'avait donc servi à rien, cette nuit d'insomnie passée à attendre

que ces voisins, ceux qui ont refusé d'écouter vos mises en garde, périssent dans des flammes terribles qui détacheront leur peau de leurs os, feront fondre leurs yeux dans leurs orbites, brûleront les enfants tétant le sein de leur mère... si nombreux à mourir seront vos semblables ce jour-là que leurs corps, mis bout à bout, feraient trois fois le tour de la terre, et c'est sur leurs restes calcinés que les vrais Témoins du Seigneur marcheront à ses côtés.

The Clarion Bell, numéro 245

Quelle n'avait pas été sa déception ! Heureusement, les blessures de 1925 s'étaient cicatrisées, et Hortense était à nouveau prête à se laisser convaincre que l'apocalypse était pour demain, comme l'avait expliqué le très saint Mr. Rangeforth. La promesse de la génération de 1914 tenait toujours : *Cette race ne finira point que toutes ces choses ne soient accomplies* (Matthieu 24.34). Ceux qui étaient vivants en 1914 vivraient assez longtemps pour assister à la fin du monde. Chose promise, chose due. Née en 1907, Hortense commençait à se faire vieille, elle était

lasse, et ses pairs tombaient comme des mouches.
Aucun doute là-dessus, 1975 était sa dernière chance.

Deux cents des autorités intellectuelles de l'Église
n'avaient-elles pas passé vingt ans à lire et relire la
Bible et n'en étaient-elles pas toutes arrivées, avec
un bel ensemble, à la même conclusion ? N'avaient-
elles pas su lire entre les lignes de Daniel, décoder le
sens caché de l'Apocalypse de saint Jean, identifier
correctement les guerres asiatiques (en Corée et au
Vietnam) comme étant la période à laquelle l'ange
fait allusion, « un temps, des temps et la moitié d'un
temps » ? Hortense était convaincue que de tels
signes ne trompaient pas. Ils vivaient leurs derniers
jours. Plus que huit mois avant la fin du monde.
C'était vraiment court ! Avec toutes ces bannières à
confectionner, ces articles à écrire (« Le Seigneur
pardonnera-t-il à l'onaniste ? »), ces visites à faire,
ces sonnettes à tirer. Et puis il fallait penser à
Darcus : lui qui ne pouvait aller jusqu'au frigo sans
aide, comment allait-il bien pouvoir se traîner
jusqu'au royaume des cieux ? Pour tout ça, Hortense
avait besoin de Clara. Sa fille n'avait pas de temps à
consacrer à des Ryan Topps, pas de temps à perdre à
rêvasser ou à s'offrir une crise d'adolescence. Car
c'était un être à part. Elle était l'enfant du Seigneur,
le bébé miracle d'Hortense, laquelle avait quarante-
huit ans bien sonnés quand elle avait entendu l'appel
du Seigneur par un beau matin de 1955, alors qu'elle
évidait un poisson à Montego Bay. Elle avait incon-
tinent lâché son marlin, pris le premier tram pour
rentrer chez elle et s'était résignée à ce qu'elle aimait
le moins afin de concevoir l'enfant qu'Il réclamait.
Pourquoi donc le Seigneur avait-il attendu si longtemps ? Parce qu'Il voulait lui montrer un miracle. Il
faut dire qu'Hortense elle-même avait été en son
temps un bébé miraculeux, né pendant le fameux

tremblement de terre de Kingston, en 1907, à un moment où c'était plutôt la mort qui était à l'ordre du jour — les miracles, dans la famille, on connaissait. Voici comment Hortense voyait les choses : si elle-même avait pu venir au monde au milieu d'un séisme, tandis que des pans entiers de Montego Bay glissaient dans la mer et que le feu pleuvait des montagnes, alors « personne, il avait pas d'excuse, pour rien ». Elle aimait à dire : « Naît', c'est c'qu'y a de plus difficile ! Une fois qu't'as fait ça, apwès, y a pus de p'oblèmes. » Maintenant que Clara était suffisamment grande pour l'aider à faire du porte-à-porte, à écrire des discours et à s'occuper de toutes les autres affaires de l'Église des Témoins de Jéhovah, elle avait intérêt à se mettre au boulot. Et pas de temps à perdre avec les garçons. Le travail de cette enfant ne faisait que commencer. Hortense, qui était née au moment où la Jamaïque s'écroulait, n'allait pas tolérer la paresse chez son rejeton sous prétexte d'une apocalypse qui surviendrait avant son dix-neuvième anniversaire.

Pourtant, curieusement, mais peut-être aussi en raison du penchant si souvent vérifié de Jéhovah pour les voies impénétrables, c'est en travaillant au service du Seigneur que Clara finit par se retrouver nez à nez avec Ryan Topps. Un dimanche matin, les jeunes de la branche de Lambeth avaient été envoyés faire du porte-à-porte, afin de *Séparer les moutons des chèvres* (Matthieu 25.31-46), et Clara, qui ne supportait pas les jeunes Témoins mâles avec leurs cravates immondes et leurs voix mielleuses, s'en était allée avec sa petite valise tirer ses propres sonnettes dans Creighton Road. Les premières portes lui présentèrent les habituelles mines désolées, celles de charmantes dames qui cherchaient à l'éconduire aussi poliment que possible, tout en prenant garde

de ne pas trop l'approcher, de peur d'attraper la religion comme on attrape une infection. Quand elle
atteignit la partie la plus pauvre de la rue, les réactions se firent plus agressives.

« Si c'est ces putains d'Témoins d'Jéhovah, envoie-
les s'faire voir ! »

Ou bien, plus imaginatif : « Désolé, ma jolie, mais
tu sais quel jour on est ? Ça s'rait pas dimanche,
des fois ? J'suis cre-vé. J'ai passé la s'maine en-tière à
créer la Terre et les océans, moi. Alors, aujourd'hui,
repos. »

Au numéro 75, elle passa une heure avec un génie
de la physique de quatorze ans, prénommé Colin,
qui prétendait réfuter intellectuellement l'existence
de Dieu tout en reluquant sous ses jupes. Et puis elle
sonna au 87, et c'est Ryan Topps qui vint lui ouvrir.

« Ouais ? »

Il était là dans toute sa gloire : rousseur flam-
boyante, col roulé noir, lèvre retroussée — prêt à
mordre.

« Je... je... »

Elle essayait désespérément d'oublier sa tenue :
chemisier blanc, abondamment pourvu de ruches
autour du cou, jupe écossaise jusqu'au genou,
écharpe proclamant fièrement PLUS PRÈS DE TOI
MON DIEU.

« Tu veux quoi ? » dit Ryan, tirant rageusement
sur une cigarette mourante.

Clara y alla de son plus beau sourire de lapin et
enclencha le pilote automatique. « Bien l'bonjou',
m'sieur. J'suis du Kingdom Hall de Lambeth, où
nous aut', les Témoins de Jéhovah, on attend que
l'Seigneu' veuille bien nous acco'der la gwâce de Sa
sainte présence enco'une fois ; comme il l'a fait brièvement — mais twistement, sans se faire voi' — en
l'an de gwâce 1914. Nous c'oyons que quand il

révélera sa présence, il appo'tera avec lui les feux de l'enfe', et ce jou'là, un petit nomb' seulement sera sauvé. Ça vous intéresse-t-il...

— Quéssest, cette salade ? »

Clara, au bord des larmes tant elle avait honte, fit une nouvelle tentative. « Ça vous intéresse-t-il de connaît' l'enseignement d'Jéhovah ?

— Mais d'quoi tu causes ?

— De l'enseignement de Jéhovah — l'enseigne-ment du Seigneu'. Vous comp'enez, c'est comme un escalier, tout paweil. » Le dernier recours de Clara, c'était toujours la métaphore de l'escalier qu'utilisait sa mère. « J'vous vois qu'vous descendez c't escalier et qu'y a bientôt une ma'che qui manque. Alo', j'vous dis "Attention à la ma'che". Moi, j'cherche rien qu'à pa'tager l'ciel avec vous. J'ai pas envie d'vous voir casser vot' jambe. »

Ryan Topps prit appui contre le chambranle de la porte et la regarda un long moment à travers sa frange rousse. Clara se faisait l'impression de se replier sur elle-même, comme un télescope. À ce train-là, elle n'allait pas tarder à disparaître complètement.

« J'ai là de la lectu' si vous avez l'temps... » Elle s'affaira sur la serrure de sa valise. Elle parvint à débloquer le cliquet en s'aidant de son pouce, mais négligea dans le même temps de retenir le couvercle. Cinquante exemplaires du *Phare* se répandirent derechef sur le pas de la porte.

« Pove de moi, j'fais tout d'travers aujourd'hui. »

Elle se laissa tomber par terre pour ramasser sa littérature et s'écorcha le genou gauche. « Aïe !

— Ton nom, c'est Clara, dit Ryan d'un air pénétré. T'es dans mon bahut, non ?

— Ouais », dit Clara, tellement aux anges de cons-tater qu'il se souvenait de son prénom qu'elle en oublia momentanément la douleur. « St. Jude.

— Com'si j'savais pas comment qu'y s'appelle. »

Clara rougit, autant qu'on peut le faire quand on est noire, et fixa le sol des yeux.

« Ça, c'est des causes désespérées », dit Ryan, retirant subrepticement de son nez une bricole qu'il jeta négligemment dans un pot de fleurs. « Comme l'I.R.A., et tout le reste. »

Il examina complaisamment la longue silhouette de Clara une fois de plus, s'attardant sur deux seins de belle taille, dont les pointes se laissaient deviner sous le polyester blanc du corsage.

« Tu f'rais mieux d'rentrer », finit-il par dire, abaissant les yeux sur le genou en sang. « Faut met' quéque chose là-d'ssus. »

Cet après-midi-là, le divan de Ryan fut le témoin d'attouchements furtifs (qui allèrent beaucoup plus loin que ce à quoi on aurait pu s'attendre de la part d'une vraie chrétienne), et Satan n'eut aucun mal à remporter une nouvelle victoire dans sa partie de poker avec Dieu. On froissa, repoussa, arracha force articles d'habillement ; et quand retentit la sonnerie de fin des cours, le lendemain, Ryan Topps et Clara Bowden étaient devenus la fable de l'établissement. Dans le jargon de St. Jude, et pour le plus grand écœurement de leurs condisciples, ils « sortaient » ensemble. La réalité correspondait-elle à la fiction que Clara, avec l'imagination surchauffée de son jeune âge, s'était inventée ?

Pour tout dire, « sortir » avec Ryan se résumait à trois occupations essentielles (par ordre d'importance décroissant) : admirer le scooter de Ryan, admirer les disques de Ryan, admirer Ryan. D'autres filles auraient sans doute reculé devant des rendez-vous amoureux qui avaient pour décor le garage de Ryan et pour tout contenu le spectacle d'un grand rouquin abîmé dans la contemplation d'un moteur de scooter et dissertant sur ses merveilles et ses complexités, mais pour Clara, c'était le comble du bonheur. Elle découvrit assez vite que Ryan était on ne peut plus économe de ses mots et que les rares conversations qu'ils pourraient avoir ne concerneraient jamais que lui : ses espoirs, ses craintes (tous et toutes centrés sur son scooter) et sa curieuse conviction que lui et son engin ne vivraient pas longtemps. Pour une raison obscure, Ryan était un ardent partisan du mot d'ordre des années cinquante « Vivre à fond et mourir jeune » et, bien que son scooter ne dépassât guère les 35 à l'heure en descente, il aimait à dire à Clara d'un air sombre qu'il ne fallait pas trop qu'elle « s'attache », car il n'allait pas tarder à quitter ce monde, à « partir » dans un grand « bang ». Elle se voyait déjà tenant dans ses bras un Ryan couvert de sang qui lui déclarait enfin son amour éternel ; elle s'imaginait en veuve rocker, demandant que l'on joue « Waterloo Sunset » à son enterrement et ne portant plus que des cols roulés noirs pendant un an. La dévotion inexplicable de Clara à l'endroit de Ryan Topps ne connaissait point de bornes. Transcendant tout à la fois son physique peu avenant, sa personnalité ennuyeuse et son hygiène corporelle peu ragoûtante. Au fond, elle transcendait Ryan lui-même, car n'en déplaise à Hortense, Clara était une ado en tout point semblable à ses consœurs ; l'objet de sa passion comptait moins que la passion elle-même, laquelle, trop longtemps contenue, s'affirmait désormais avec la violence d'une éruption volcanique. Au cours des mois qui suivirent, l'esprit de Clara changea au moins autant que ses vêtements et sa démarche. Changea aussi son âme. La transformation qui affectait les filles un peu partout dans le monde avait nom Donny Osmond ou

Michael Jackson ou les Bay City Rollers. Clara, elle, choisit de l'appeler Ryan Topps.

Il n'y avait pas de rendez-vous, au sens habituel du terme. Pas non plus de fleurs, de restaurants, de séances de cinéma ou de soirées chez des amis. De temps à autre, quand l'herbe faisait défaut, Ryan l'emmenait dans un grand squat de North London, où un pétard coûtait trois fois rien et où des gens tellement défoncés qu'ils étaient incapables de distinguer les traits de votre visage vous traitaient comme s'ils vous connaissaient depuis toujours. Ryan s'installait dans un hamac et, après avoir fumé quelques joints, passait de son registre monosyllabique habituel à la catatonie pure et simple. Clara, qui ne fumait pas, s'asseyait à ses pieds, adorante, et essayait de suivre de son mieux les conversations autour d'elle. À l'inverse des Merlin, des Clive, des Leo, des Petronia, des Wan-Si et des autres, elle n'avait pas d'histoires à raconter. Rien sur les trips au L.S.D., les brutalités policières ou les marches sur Trafalgar Square. Mais elle se fit néanmoins des amis. Elle se montra assez futée pour se servir de ce qu'elle connaissait afin d'amuser et d'effrayer un assemblage hétéroclite de hippies, de camés, de marginaux et de funkies, avec une autre forme d'expérience et d'autres extrêmes, à savoir des histoires sur les feux de l'enfer et les damnés, sur le penchant de Satan pour les fèces, le plaisir qu'il prenait à écorcher vif, à brûler les yeux au fer rouge, à fouetter les parties génitales — bref, tous les plans que Lucifer, le plus fascinant des anges déchus, s'apprêtait à mettre à exécution le 1er janvier 1975.

Bien entendu, la créature qui avait nom Ryan Topps commença à repousser la Fin du monde de plus en plus loin dans les recoins de la conscience de

Clara. Il y avait tant d'autres choses qui se présentaient à elle, tant de choses nouvelles, qu'elle avait l'impression de faire déjà partie des Élus, là, en plein Lambeth. Et plus elle se sentait bénie sur cette terre, moins elle tournait ses pensées vers les cieux. Finalement, ce fut la redoutable épreuve de la division avec tous ces zéros qui eut raison de Clara. Tous ces gens qui seraient damnés ! Sur huit millions de Témoins de Jéhovah, seuls 144 000 d'entre eux pourraient rejoindre le Christ au ciel. Les femmes qui étaient bonnes et les hommes qui n'étaient pas trop mauvais obtiendraient le paradis sur terre (prix de consolation, somme toute, non négligeable), mais cela laissait encore plusieurs millions d'âmes en carafe. Ajoutez à ça tous les athées, les juifs, les catholiques, les musulmans, les pauvres habitants de la jungle amazonienne sur le sort desquels Clara, enfant, avait versé tant de pleurs, et les damnés, on n'en finissait plus. Les Témoins se targuaient de ne pas avoir d'enfer dans leur théologie : le châtiment, c'était le supplice, un supplice inimaginable le jour du Jugement, et ensuite la tombe, rien de plus, rien de moins. Mais aux yeux de Clara, c'était encore pire, cette idée de la Grande Foule goûtant les joies du paradis terrestre, tout en foulant au pied les squelettes torturés et mutilés des damnés.

D'un côté, les masses innombrables qui ne bénéficiaient pas des enseignements du *Phare* et se trouvaient dans l'incapacité de contacter le Lambeth Kingdom Hall, donc de recevoir la littérature susceptible de les conduire sur le chemin de la rédemption. De l'autre, Hortense, les cheveux pleins de bigoudis, se tournant et se retournant dans son lit, attendant dans l'allégresse que les pluies de soufre s'abattent sur les pécheurs, et notamment sur la locataire du 53. Hortense essayait bien d'expliquer que « Ceux-là qui mouwaient sans avoir connu le Seigneu' res-su-ci-te-raient et qu'y z'auwaient une aut' chance », mais pour Clara, l'équation manquait à tout le moins d'équité. Les comptes ne s'équilibraient pas. La foi s'acquiert difficilement, mais elle est facile à perdre. Clara mettait de moins en moins d'empressement à laisser l'empreinte de ses genoux sur les coussins rouges du Kingdom Hall. Refusait de porter écharpes et bannières ou de distribuer des brochures. De continuer à raconter son histoire de marche manquante. En découvrant la dope, elle oublia l'escalier et préféra bientôt les joies de l'ascenseur.

1ᵉʳ octobre 1974. Quarante-cinq minutes de retenue après la classe (pour avoir osé affirmer, dans un cours de musique, que Roger Daltrey était un musicien autrement plus génial que Jean-Sébastien Bach). Résultat : Clara avait raté son rendez-vous avec Ryan à l'angle de Leenan Street. Il faisait un froid de canard et la nuit n'était pas loin quand elle réussit enfin à sortir ; elle courut au milieu des tas de feuilles qui pourrissaient sur le trottoir, inspecta Leenan Street en long et en travers, mais aucun signe de Ryan. C'est pleine d'appréhension qu'elle arriva devant sa porte, offrant à Dieu maintes promesses muettes (*Je ne ferai jamais l'amour, Je ne fumerai plus jamais de joint, Je ne porterai plus de jupe au-dessus du genou*), en échange de l'assurance que Ryan Topps n'avait pas déjà tiré la sonnette de sa mère, en quête d'un abri contre le vent.

« Clara, viens-t'en te réchauffer. »

C'était la voix « chic » qu'adoptait Hortense quand elle avait de la compagnie, une voix marquée par une surcompensation sur toutes les consonnes, qu'elle réservait aux pasteurs et aux Blanches.

Clara referma la porte derrière elle, traversa le séjour dans une angoisse grandissante, passa devant l'hologramme encadré d'un Jésus en pleurs, et entra dans la cuisine.

« Seigneu', l'a-t-y pas l'air d'une cochonne'ie qu'le chat il a am'né avec lui ?

— Mmm », dit Ryan qui, assis de l'autre côté de la minuscule table de cuisine engloutissait tranquillement une assiette de beignets d'acra.

Clara bégaya, ses dents de lapin laissant de profondes marques sur sa lèvre inférieure : « Mais qu'esse-tu fais là, toi ?

— Ha ! s'exclama Hortense, presque triomphante. Tu crois qu'tu peux m'cacher tes amis, c'est-y pas vouai ? C'ga'çon-là, y se gelait dehors. J'l'ai fait entwer, et nous aut', on s'est fait un brin d'causette, pas vouai, jeune homme ?

— Mmm, oui, oui, Mrs. Bowden.

— T'as pas b'soin d'faire cette tête, hein. On c'oiwait bien qu'je vais l'manger tout c'u, pas vouai, Ryan ? » dit Hortense, que Clara n'avait jamais vue aussi rayonnante.

« Ouais, tout à fait vrai », dit Ryan, d'un air satisfait. Et tous deux de s'esclaffer.

Existe-t-il pire moment au monde pour une aventure que celui où l'amoureux se prend d'affection pour la mère de l'aimée ? Tandis que les nuits se faisaient plus sombres, et les jours plus courts, et qu'il devenait de plus en plus difficile de repérer Ryan dans la foule qui attendait à la sortie devant les grilles du lycée à quinze heures trente, c'est une Clara accablée qui, jour après jour, effectuait seule le long trajet à pied qui la ramenait chez elle pour trouver son amoureux dans la cuisine, bavardant d'un ton enjoué avec Hortense et profitant largement de l'hospitalité de la maison Bowden : beignets d'acra, poisson fumé, charqui, poulet au riz et aux pois, gâteau au gingembre et glace à la noix de coco.

Ces conversations, si animées qu'elles fussent quand Clara mettait la clé dans la serrure, retombaient dès qu'elle approchait de la cuisine. Comme des enfants pris en faute, ils devenaient maussades, puis prenaient l'air embarrassé, jusqu'à ce que Ryan s'excuse et parte. Et puis elle avait bien remarqué ce regard qu'ils avaient maintenant pour elle : mi-condescendant, mi-compatissant. Sans compter les commentaires qu'ils s'étaient mis à faire sur ses tenues — de plus en plus jeunes, de plus en plus colorées. Et voilà que Ryan — mais qu'est-ce qui lui prenait, à celui-là ? — délaissait son col roulé, l'évitait à l'école, et, *mirabile dictu*, finissait par faire l'emplette d'une cravate.

Bien entendu, comme toujours, comme la mère du drogué ou la voisine du *serial killer* du coin, Clara fut la dernière à être informée. À une époque, elle avait tout su de Ryan — et mieux que Ryan lui-même —, elle avait été experte en ryanologie. Et voilà qu'elle en était réduite à surprendre les Irlandaises à l'école en train d'affirmer que Clara Bowden et Ryan Topps ne sortaient plus ensemble — mais alors là, plus du tout, entre eux, c'était fini et bien fini.

Si Clara était à même de comprendre ce qui se passait, elle se refusait à y croire. Le jour où elle surprit Ryan devant la table de la cuisine, entouré de brochures, avant qu'Hortense les ramasse précipitamment et les fourre dans la poche de son tablier, Clara se força à oublier la scène. Plus tard, ce même mois, alors qu'elle était arrivée à convaincre un Ryan indolent de s'exécuter dans les toilettes désaffectées, elle affecta de ne pas voir ce qu'elle ne voulait surtout pas voir. Mais il était bel et bien là, sous son pull, il était là quand il s'était laissé aller contre le lavabo, l'éclat argenté, à peine visible dans la lumière sinistre — incroyable, mais il fallait se rendre à l'évidence —, oui, l'éclat d'une toute petite croix en argent.

Incroyable, mais vrai. Ce n'est pas autrement que les gens réagissent devant un miracle. Si étrange que cela puisse paraître, les contraires que représentaient Hortense et Ryan s'étaient rencontrés suivant la logique des extrêmes, leurs prédilections respectives pour la souffrance et la mort des autres se rejoignant comme des points de fuite sur un horizon morbide. Tout à coup, les élus et les damnés avaient accompli une révolution complète pour miraculeusement coïncider. Hortense et Ryan étaient maintenant en train d'essayer de la sauver, elle.

« Allez, monte. »

Clara sortait tout juste du lycée, et Ryan venait d'arrêter son scooter pile devant elle.

« Allez, j'te dis, monte.

— Qu'esse t'attends pour aller d'mander à ma mère d'y monter, sur ton engin ?

— Allez, s'il te plaît, dit Ryan, tout en lui tendant le deuxième casque. C't'important. Faut qu'on parle, nous deux. Et l'temps presse.

— Pou'quoi ? aboya Clara, tout en se balançant d'un air provocant sur ses talons compensés. Tu pars quéque pa' ?

— On part tous les deux, murmura Ryan. Et là où y faut, avec un peu d'chance.

— Pas question.

— Si te plaît, Claz.

— J't'ai dit non.

— Écoute un peu, bon sang. C't'important. Question d'vie ou d'mort.

— Bon, d'accord. Mais compte pas su' moi pour met' c'machin, dit-elle en lui rendant le casque et en montant sur le scooter. J'vais pas m'bousiller ma coiffu'. »

Ryan lui fit traverser Londres pour l'emmener jusqu'à Hampstead Heath, tout en haut de Parliament Hill, où, tout en contemplant l'orange malsain des lumières de la ville, il plaida sa cause, patiemment, tortueusement, dans un langage qui n'était pas le sien. Le fond de sa pensée tenait en peu de mots : il n'y avait plus qu'un mois avant la fin du monde.

« Et l'problème, tu comprends, c'est qu'elle et moi, on est juste…

— Qui ça, on ?

— Ta mère, ta mère et moi, marmonna Ryan. On s'fait du mouron pour toi. Y en a pas tant qui vont sauver leur peau. Et t'as pas fréquenté qu'des gens bien, ces derniers temps, Claz…

— Mais j'y cwois pas ! dit Clara en secouant la tête et en faisant claquer sa langue. Entend' des trucs paweils ! Ces gens, c'étaient des amis à toi, pas à moi.

— Plus main'nant. Non, plus main'nant. Et pis, l'herbe… l'herbe, c'est l'péché. Et toute cette bande… Wan-Si, Petronia, c'est pas bon pour toi.

— Mais c'est mes amies.

— C'est pas des filles bien, Clara. Elles devraient êt' chez elles, ces filles, dans leur famille, et pas s'habiller comme elles s'habillent et faire tout c'qu'elles font avec ces types, dans c'te baraque. Et toi, tu devrais pas l'faire non plus. Et tu d'vrais pas t'habiller comme, comme…

— Comme quoi ?

— Comme une pute ! explosa Ryan, soulagé de s'être enfin débarrassé du mot. Comme une femme de mauvaise vie.

— Mais qu'esse qui faut pas entend'... Allez, ramène-moi à la maison, va.

— Y vont tous déguster », dit Ryan, accompagnant sa prophétie d'un petit signe de tête entendu et d'un geste du bras qui englobait tout Londres depuis Chiswick jusqu'à Archway. « Mais toi, t'as encore une chance. Avec qui tu veux êt', Claz ? Avec qui, hein ? Avec les 144 000 qui siégeront au ciel avec le Christ ? Ou bien avec la Grande Foule, à vivre au paradis terrestre, ce qui est p't'êt pas mal mais... Ou bien est-ce que tu veux êt' de ceux qui vont s'en prendre plein la figure, et mourir dans des souffrances terribles ? Qu'esse que t'en dis ? J' fais rien que séparer les moutons des chèvres, Claz, oui, les moutons des chèvres. Ça, c'est Matthieu. Et j'crois bien qu't'es un mouton, c'est pas vrai ?

— J'vais t'dire une bonne chose, dit Clara en revenant au scooter et en s'installant à l'arrière. J'suis une chèv'e, mon vieux, et ça m'plaît. J'ai pas envie d'êt' aut' chose, voilà. Et, tiens, j'aimerais mieux gwiller dans les pluies de souf' avec mes potes que d'êt' assise au ciel, à m'ennuyer à mouri' avec Da'cus, ma mère et toi !

— T'aurais pas dû dire ça, dit Ryan d'un ton solennel, en mettant son casque. J'donnerais cher pour qu'tu l'aies pas dit. Pour ton bien. Y nous entend, tu sais.

— Et moi, j'en ai pa' dessus les oreilles d't'écouter, tu l'sais ça ? Allez, ramène-moi, va.

— Mais c'est la vérité. Y nous entend ! » hurla-t-il, en se retournant vers elle, pour tenter de couvrir les pétarades du moteur, tandis qu'il mettait plein gaz et dévalait la pente. « Et y voit tout ! Y nous surveille.

— Su'veille donc c'que tu fais ! » hurla Clara à son tour, au moment où ils semaient la panique en passant au milieu d'un groupe de juifs hassidiques. « Su'veille un peu la route !

— Y aura qu'les élus — c'est c'que ça dit — qu'les élus. Tout l'monde y passera — c'est c'que ça dit dans le Dieu-te-renomme — tout le monde y passera et y aura qu'les élus... »

Au beau milieu de cette remarquable exégèse biblique, l'ex-fausse idole de Ryan Topps, la Vespa G.S., s'en alla percuter un chêne quatre fois centenaire. La nature n'eut aucun mal à triompher de la technique : l'arbre survécut ; l'engin, lui, rendit l'âme. Ryan fut projeté d'un côté, et Clara de l'autre.

Les principes du christianisme et de la loi de la Poisse (également connue sous le nom de loi de la Guigne) sont les mêmes : *Tout ce qui arrive n'arrive qu'à moi, que pour moi.* En conséquence, si vous laissez tomber un toast et qu'il atterrit par terre sur le côté beurré, cet événement malencontreux est immédiatement interprété comme preuve d'une vérité essentielle concernant la malchance : à savoir que le toast est tombé ainsi uniquement pour vous prouver à vous, M. Pas-de-Chance, qu'il existe dans l'univers une force toute-puissante qui s'appelle la malchance. Rien à voir avec un quelconque hasard. Ce toast n'aurait jamais pu tomber du bon côté, nous démontre-t-on, pour la bonne raison que la loi de la Poisse, c'est ça : elle ne se manifeste que pour vous prouver qu'elle existe. Il reste que, contrairement à la pesanteur, elle n'a pas d'existence indépendamment des circonstances : quand le toast atterrit du bon côté, elle disparaît comme par enchantement. De la même manière, lorsque Clara, en tombant, se fracassa toutes les dents du haut, tandis que Ryan se relevait sans une égratignure, celui-ci sut aussitôt que c'était parce que Dieu l'avait choisi pour faire partie des élus et avait condamné Clara sans rémission. Que l'un ait porté un casque et l'autre pas n'avait rien à voir à l'affaire. Et si d'aventure les choses s'étaient passées autrement, si la pesanteur avait exigé le tribut des dents de Ryan pour les envoyer dévaler Parliament Hill comme autant de petites boules d'émail, eh bien... il y a fort à parier que Dieu se serait aussitôt volatilisé dans l'esprit de Ryan.

Quoi qu'il en soit, ce fut là le signe décisif qu'attendait Ryan. Quand arriva la Saint-Sylvestre, il était à son poste, dans le séjour, assis au milieu d'un cercle de bougies en compagnie d'Hortense, à prier avec ferveur pour le salut de l'âme de Clara, tandis que Darcus pissait dans sa canule en regardant *Generation Game* sur B.B.C. 1. Clara, de son côté, avait revêtu un pantalon pattes d'éléphant jaune et un dos-nu rouge et s'en était allée à une fête. C'était elle qui en avait suggéré le thème, elle avait aidé à confectionner la bannière et à l'accrocher à la fenêtre. Elle dansa et fuma comme tout le monde et eut l'impression, en toute modestie, d'être la star de la soirée. Et pourtant, une fois passé minuit sans que les cavaliers de l'Apocalypse fissent mine de pointer leur nez, elle fut prise d'un accès de mélancolie. Car se débarrasser de la foi, c'est comme faire bouillir de l'eau de mer pour en récupérer le sel : si l'on y gagne d'un côté, on y perd de l'autre. Ses amis (Merlin, Wan-Si et consorts) avaient beau la féliciter à grands renforts de claques dans le dos pour avoir réussi à exorciser ses rêves torrides de perdition et de rédemption, Clara pleurait sans bruit cette occasion perdue, après dix-neuf ans d'attente, de se retrouver emportée dans les bras aimants du Seigneur, Celui qui est l'Alpha et l'Oméga, le commencement et la fin, celui qui était censé l'emmener loin de tout ça, loin de la morne routine d'une vie confinée dans un sous-sol de Lambeth. Qu'allait-il désormais advenir d'elle ? Ryan se découvrirait une autre tocade ; Darcus n'aurait besoin que de changer de chaîne ; quant à Hortense, on lui proposerait bientôt une autre date, à laquelle elle croirait dur comme fer, et il y aurait d'autres brochures, d'autres combats à mener avec une foi décuplée. Mais Clara n'était pas Hortense.

Il reste que la foi de Clara ne s'était pas évaporée sans laisser quelque résidu : elle aspirait toujours à un sauveur. À un homme qui la ravirait à ce monde, qui la choisirait parmi toutes les autres afin qu'elle puisse *Marcher avec Lui tout*[e] *de blanc vêtu*[e] *car* [elle] *en est digne*. Apocalypse 3.4.

Pas étonnant, dans ces conditions, que Clara Bowden, lorsqu'elle tomba sur Archie Jones en bas d'un escalier le lendemain matin, ait voulu voir en lui plus qu'un Blanc d'âge mûr, plutôt trapu et joufflu, mal ficelé dans son costume de velours côtelé. C'est à travers les yeux gris-vert du deuil qu'elle le découvrit ; son monde venait tout juste de s'écrouler, la foi dans laquelle elle avait grandi s'était retirée comme mer à marée basse, et Archie, tout à fait par hasard, se trouvait là à point nommé pour remplir son rôle : celui du Dernier Homme sur la Planète.

3

Deux familles

Car il vaut mieux se marier que brûler, lit-on dans la Première Épître aux Corinthiens, chapitre sept, verset neuf.

Conseil judicieux, s'il en est. Cela dit, l'Épître aux Corinthiens nous avertit également qu'*il ne faut pas museler le bœuf pendant qu'il écrase le grain*... alors...

Février 1975 : Clara avait renoncé à l'Église et à la lettre de la Bible au profit d'Archie Jones, mais n'en était pas encore au stade de l'athée libéré capable de rire à proximité d'un autel ou de rejeter complètement l'enseignement de saint Paul. Le second adage ne faisait pas problème : n'ayant pas de bœuf, elle ne se sentait pas concernée. Mais le premier lui donnait des insomnies. Valait-il effectivement mieux se marier ? Même avec un païen ? Il n'existait aucun moyen de le savoir ; elle vivait désormais *sans* béquilles, *sans*[1] filet de sécurité. Plus problématique encore que Dieu, il y avait sa mère. Hortense était farouchement opposée à cette liaison, moins pour des raisons d'âge que de couleur, et quand elle en

1. En français dans le texte. (*Toutes les notes sont de la traductrice.*)

avait eu vent, avait promptement ostracisé sa fille un beau matin, sur le seuil de sa porte.

Clara persistait toutefois à penser qu'au fond d'elle-même sa mère préférait encore la voir épouser un homme qui n'était pas fait pour elle plutôt que de la voir vivre avec lui dans le péché ; écoutant son intuition, elle supplia Archie de l'emmener aussi loin de Lambeth qu'un homme de sa condition pouvait se le permettre... Maroc, Belgique, Italie. Archie serra sa main dans la sienne, hocha la tête et lui murmura quelques mots doux dans l'oreille, tout en restant parfaitement conscient qu'un homme de sa condition ne pouvait guère se permettre de viser beaucoup plus haut qu'une maison à deux étages, lourdement hypothéquée, dans Willesden Green. Mais à quoi bon aborder le sujet maintenant, au beau milieu des roucoulements ? Il serait toujours temps de la ramener sur terre plus tard.

Trois mois plus tard, Clara était à nouveau sur terre, et ils emménageaient. Archie, peinant dans l'escalier, tempêtant et jurant comme à l'ordinaire, croulant sous le poids de cartons que Clara portait sans effort, en empilant deux, voire trois, les uns sur les autres ; Clara faisant la pause, clignant des yeux dans le tiède soleil de mai, essayant de trouver ses repères, enlevant une couche de lainage pour ne conserver qu'un petit gilet violet et s'appuyant contre la grille du jardin. Quelle sorte d'endroit était-ce donc ? Le problème, voyez-vous, c'est qu'il n'y avait pas moyen d'être sûr. Depuis le siège du passager, dans la camionnette de déménagement, elle avait d'abord vu la grand-rue, qui (même s'il n'y avait ni Kingdom Halls ni églises épiscopaliennes) lui était apparue étrangement familière dans sa laideur et sa pauvreté, mais ensuite, sans transition, les rues s'étaient soudain habillées de verdure, de chênes superbes, les maisons se faisant plus hautes, plus grandes, plus espacées, et elle avait pu voir des parcs et des bibliothèques. Et puis, tout aussi soudainement, les arbres avaient à nouveau disparu, pour faire place à des arrêts de bus, comme au son d'une cloche égrenant les douze coups de minuit, signalant aussi aux maisons qu'il leur fallait redevenir plus petites, abandonner leurs escaliers, et s'aligner en face de centres commerciaux délabrés, le genre où l'on trouve invariablement :

une sandwicherie défunte qui n'en continue pas moins d'annoncer des petits déjeuners

un serrurier peu porté sur les raffinements du marketing (ICI CLEFS TOUS MODÈLES)

et un salon de coiffure unisexe définitivement fermé, qui persiste à arborer fièrement quelque jeu de mots innommable (*Diminu-tifs*, *Atmosph'hair*, *Free-Mousse*, *Aux Cent Tifs*).

Dans cette camionnette, c'était comme à la loterie : vous étiez là à regarder dehors, sans savoir si vous alliez vous installer à vie au milieu des arbres ou au milieu de la misère. Et puis, ils avaient fini par s'arrêter devant une maison, plutôt jolie, à mi-chemin entre les arbres et la misère, et Clara s'était sentie submergée par une grande vague de reconnaissance. Oui, elle était bien, cette maison, peut-être pas autant qu'elle l'avait espéré, mais moins moche en tout cas qu'elle l'avait craint : deux jardinets, un devant et un derrière, un paillasson, une sonnette, et des W.-C. à l'intérieur ! Le prix à payer ? L'amour, ni plus ni moins. Et n'en déplaise à saint Paul, ce n'est pas une affaire de renoncer à l'amour, surtout quand on n'en ressent pas. Or, Clara n'aimait pas Archie d'amour, elle avait simplement résolu, dès l'instant où elle l'avait rencontré au bas de l'escalier, de se vouer entièrement à lui si seulement il acceptait de l'emmener loin d'ici. Ce qu'il avait fait, et même si ce n'était ni le Maroc, ni la Belgique, ni l'Italie, c'était bien... oh, rien à voir avec la Terre promise, mais bien, bien mieux que tous les endroits qu'elle avait connus jusqu'ici.

Trois mois passés dans une seule pièce puante à Cricklewood avaient amplement suffi à Clara pour comprendre qu'Archie n'avait rien d'un héros romantique. Oh certes, il pouvait être affectueux, voire charmant de temps à autre, il était capable de siffler gaiement dès son lever, c'était un conducteur calme et responsable et, heureuse surprise, un cuisinier tout à fait compétent, mais l'amour, ce n'était pas son fort ; quant à la passion, il ignorait sans doute qu'un tel mot existât. Quand on se retrouvait avec un mec aussi terne, le moins qu'il pût faire, estimait Clara, c'était de vous être entièrement dévoué — dévoué à votre beauté, à votre jeunesse —, histoire de rétablir l'équilibre. Mais c'était mal connaître Archie. Au bout d'un mois de mariage, il avait déjà cet œil vitreux que prennent les hommes quand ils vous regardent sans vous voir, et il était retourné à son célibat : bières avec Samad Iqbal, dîner avec Samad Iqbal, petit déjeuner dominical avec Samad Iqbal, en fait tous ses moments de liberté, il les passait avec ce type dans cette saloperie d'endroit, O'Connell's, cette saloperie de bouge. Elle essaya de se montrer raisonnable. Lui demanda à plusieurs reprises : Pourquoi t'es jamais ici ? Pourquoi tu passes tout ton temps avec cet Indien ? Mais une petite tape sur l'épaule, un petit baiser sur la joue, et hop, il avait déjà attrapé sa veste et passé la porte, après lui avoir invariablement répondu : *Moi et Sam, on s'connaît depuis toujours.* Que répondre à ça ? « Depuis toujours », c'était bien avant sa naissance.

Rien donc, chez cet Archibald Jones, du chevalier à la blanche armure. Sans avenir, sans espoirs, sans ambitions, ses plus grands plaisirs dans la vie étaient le petit déjeuner anglais et le bricolage. Terne, en somme. Et vieux, avec ça. Et pourtant... un brave type. Oui, vraiment. Oh, bien sûr, un brave type, c'est pas ce qu'on peut rêver de mieux, c'est pas ce qui va illuminer vos jours, mais c'est déjà quelque chose. Cette qualité, elle l'avait tout de suite pressentie en lui, dès leur première rencontre sur l'escalier, de la même manière qu'elle était capable de repérer une bonne mangue sur un étal de Brixton sans même avoir à la tâter.

Voilà les pensées auxquelles se raccrochait Clara, appuyée contre la grille de son jardin, trois mois après son mariage, regardant en silence le front de son mari se creuser et se plisser comme un accordéon, son estomac déborder de sa ceinture comme un ventre de femme enceinte, remarquant le bleu de ses veines sur sa peau blanche et ces deux cordons de chair flasque qui apparaissent sur le gosier d'un homme (c'est du moins ce qu'on dit en Jamaïque) quand sa fin est proche.

Clara fronça les sourcils. Comment se faisait-il qu'elle n'ait rien remarqué de tout cela le jour de son mariage ? Parce qu'il souriait et portait un col roulé blanc ? Mais non — parce que ce jour-là, ce n'était pas ce qui l'intéressait, voilà tout. Pour tout dire, elle avait passé le plus clair de son temps à regarder ses pieds. Il faisait chaud en ce 14 février, inhabituellement chaud, et il avait fallu attendre, parce que le monde entier avait choisi de se marier le même jour à la même heure, dans le même petit bureau d'état civil de Ludgate Hill. Clara se rappelait avoir ôté les petits talons hauts marron qu'elle portait pour poser ses pieds nus sur le sol froid, en s'assurant de les

maintenir fermement de chaque côté d'une fente
sombre dans le carrelage, exercice d'équilibre sur
lequel elle avait misé sans réfléchir à son bonheur à
venir.

Archie, pendant ce temps, essuyait la sueur qui
perlait au-dessus de sa lèvre supérieure et maudissait un rayon de soleil, source d'un filet d'eau salée
apparemment inépuisable qui lui dégoulinait le long
de la jambe. Pour son second mariage, il avait choisi
un costume en mohair et un col roulé blanc, qui se
révélaient aussi problématiques l'un que l'autre. La
chaleur le faisait abondamment transpirer, et la
sueur en imprégnant le col roulé et en s'infiltrant
dans le mohair dégageait l'odeur très reconnaissable
du chien mouillé. Clara, elle, bien entendu, était
toute féline. Elle arborait une longue robe Jeff Banks
en lainage marron et une rangée de fausses dents
impeccables ; la robe découvrait entièrement le dos ;
les dents, elles, étaient blanches, et l'impression
d'ensemble évoquait bien un félin : une panthère en
robe du soir ; il n'était pas facile au premier coup
d'œil de distinguer où s'arrêtait le tissu et où commençait la peau de Clara. Et elle réagissait comme
un chat au rayon de soleil poussiéreux se déversant
par une haute fenêtre sur les couples qui attendaient. Elle se chauffait le dos, donnait presque l'impression de s'étirer voluptueusement. Même l'officier d'état civil, qui pourtant en avait vu — femmes
chevalines épousant des fouines d'hommes, hommes
éléphantesques épousant des chouettes de femmes
—, avait haussé le sourcil devant cette union contre
nature quand nos deux tourtereaux s'étaient appro-
chés de son bureau. Chien et chat.

« Bonjour, mon père, avait dit Archie.

— C'est un officier d'état civil, espèce d'abruti »,
avait dit son ami Samad Miah Iqbal, que l'on avait

sorti, en compagnie de sa femme, Alsana, de l'exil de la salle d'attente pour qu'ils officient comme témoins. « Pas un curé.

— C'est vrai. Bien sûr. Désolé. C'est la nervosité.

— Est-ce que nous pouvons y aller ? était intervenu l'officier du haut de sa morgue administrative. C'est un jour particulièrement chargé aujourd'hui. »

Voilà, ou presque, pour la cérémonie. On avait tendu un stylo à Archie qui avait inscrit son nom (Alfred Archibald Jones), sa nationalité (anglaise) et son âge (quarante-sept ans). Après avoir hésité un instant devant la case « Profession », il s'était finalement décidé pour « Publicité (Brochures imprimées) », avant d'apposer son paraphe. Clara avait elle aussi décliné son nom (Clara Iphegenia Bowden), sa nationalité (jamaïquaine) et son âge (dix-neuf ans). Aucune case ne se matérialisant pour lui demander sa profession, elle était passée directement à la fatidique ligne en pointillés qu'elle avait balayée de sa plume, avant de se redresser dans la peau de Mrs. Jones. Une Jones pareille à aucune autre avant elle.

Et puis, ils étaient sortis sur les marches, où une brise légère soulevait des confettis défraîchis pour les répandre sur les nouveaux couples. C'est là que Clara avait officiellement fait la connaissance de ses invités : deux Indiens, tous deux vêtus de soie violette. Samad Iqbal, grand et bel homme, pourvu de dents extra-blanches et d'une main toute raide, qui avait passé son temps à lui tapoter le dos de sa main valide.

« C'est mon idée, tout ça, vous savez, répétait-il à l'envi. Mon idée, ce mariage. Je connais ce vieux brigand depuis... depuis quand, au juste ?

— 1945, Sam.

— C'est ce que je suis en train d'essayer de dire à ta charmante épouse, 1945... quand on connaît un

homme depuis aussi longtemps, quand on a combattu à ses côtés, on fait tout pour le rendre heureux
quand on s'aperçoit qu'il ne l'est pas. Et il ne l'était
pas, heureux, croyez-moi. Tout le contraire, en fait,
jusqu'à ce que vous arriviez. Il était là à barboter
dans la merde, si vous me pardonnez l'expression.
Dieu merci, nous en voilà débarrassés, maintenant.
Il n'y a qu'un endroit pour les fous, et c'est là qu'on
les met avec leurs semblables... », dit Samad, perdant de son élan au beau milieu de sa phrase, car, de
toute évidence, Clara n'avait aucune idée de ce à
quoi il faisait allusion. « Bref, inutile de s'attarder
sur... Il reste que tout ça, vous savez, c'est mon idée. »

Et puis il y avait son épouse, Alsana, un tout petit
bout de femme à la bouche pincée, qui donnait
l'impression de ne pas apprécier du tout Clara (en
dépit du fait qu'elle n'avait sans doute que quelques
années de plus qu'elle) et qui se contentait de dire
sans arrêt « Oh, oui, Mrs. Jones », « Oh, non, Mrs.
Jones », au point que ladite Mrs. Jones avait fini par
remettre ses chaussures, tant elle était nerveuse et
embarrassée.

Archie regrettait pour Clara de n'avoir pu convo-
quer plus large assemblée. Mais il n'y avait personne
d'autre à inviter. Tous les autres parents et amis
avaient décliné l'invitation : certains, laconiques,
d'autres, horrifiés ; d'autres encore, jugeant le
silence la meilleure des réponses, avaient passé la
semaine à enjamber consciencieusement leur courrier et à éviter le téléphone. Le seul à envoyer ses
félicitations fut Ibelgaufts, qui n'avait été ni invité ni
même informé de l'événement, mais dont, bizarrement, ils avaient trouvé un petit mot dans le
courrier :

14 février 1975

Cher Archibald,

D'habitude, il y a quelque chose dans le mariage qui réveille le misanthrope qui sommeille en moi, mais aujourd'hui, tandis que j'essayais de sauver un parterre de pétunias de la mort, c'est avec une indubitable chaleur que j'ai répondu à la pensée de l'union d'un homme et d'une femme s'engageant à passer toute leur vie ensemble. N'est-il pas extraordinaire que nous autres humains tentions cet impossible exploit ? Mais soyons sérieux ; comme tu le sais, ma profession m'amène à examiner de très près la « Femme », et, à l'instar du psychiatre, à lui dresser un bilan de santé complet. Et je suis sûr, mon ami, que c'est dans le même esprit que tu as exploré ta future épouse, spirituellement et mentalement, sans la trouver déficiente dans quelque domaine que ce soit, alors, que puis-je te souhaiter sinon les meilleurs vœux de bonheur de ton vieil adversaire,

Horst Ibelgaufts

Quels autres souvenirs auraient pu faire de cette date un jour mémorable et le sortir de l'anonymat des 364 autres de l'année 1975 ? Clara se rappelait un jeune Noir, debout sur une caisse, transpirant dans un costume noir et exhortant ses frères et sœurs de couleur ; une vieille clocharde récupérant un œillet dans une poubelle pour le glisser dans ses cheveux. Et puis, tout d'un coup, tout avait été fini : les sandwichs sous scellofrais qu'avait préparés Clara avaient été oubliés au fond d'un sac ; le ciel s'était couvert, et ils n'avaient remonté la côte jusqu'au King Ludd Pub, sous les quolibets des gamins de Fleet Street imbibés de bière, que pour découvrir qu'Archie avait récolté une contravention.

Et c'est ainsi que Clara avait passé les trois premières heures de sa vie de jeune mariée au commissariat de Cheapside, ses chaussures à la main, à
regarder son sauveur discuter âprement avec un
agent de la circulation qui s'obstinait à ne pas suivre
Archie dans sa subtile interprétation des lois
régissant le stationnement dominical.

« Clara, Clara, ma chérie... »
C'était Archie, qui, en partie caché par une table
de salon, essayait non sans mal de passer à côté
d'elle pour entrer dans la maison.

« Les Ique-Balles viennent faire un tour ce soir, et
je voudrais bien mettre un peu d'ordre, tu voudrais
pas me laisser passer ?

— J'peux t'aider ? » demanda docilement Clara,
encore plongée dans sa rêverie. « J'peux porter
quéque chose si...

— Non, non, non... j'me débrouille tout seul. »
Clara essaya de s'emparer d'un côté de la table.
« Laisse-moi juste... »
Archie se battit avec l'encadrement de la porte,
essayant de faire passer à la fois les pieds et la
grande plaque amovible en verre.

« C't'un travail d'homme, ma chérie.

— Mais tu... » Clara souleva un gros fauteuil avec
une aisance incroyable pour l'apporter sur les
marches du hall d'entrée, là où s'était effondré
Archie, au bord de l'apoplexie.

« S'pa un p'ôblèm. S'tu veux d'l'aide, t'as rien qu'à
d'mander, dit-elle en lui passant doucement la main
sur le front.

— Mais oui, j'sais bien », dit-il, exaspéré, en lui
chassant la main comme il l'aurait fait d'une
mouche. « J'suis tout à fait capable d'm'en sortir, tu
sais...

— Mais bien sû'...

— C't'un travail d'homme, j'te dis.

— J'comp'ends bien... j'voulais pas...

— Écoute, Clara, ma chérie, tout c'que j'te d'mande, c'est d'te sortir d'là, et j'pourrai continuer, d'accord ? »

Clara le regarda retrousser ses manches d'un air décidé et s'attaquer derechef à la table.

« Si tu tiens vraiment à donner un coup d'main, ma chérie, commence donc à transporter tes vête-ments. Dieu sait qu'y en a assez pour faire couler un cuirassé. Comment t'as l'intention d'faire rentrer tout ça dans l'peu d'espace qu'on a, ça, j'me l'demande.

— J'te l'ai d'jà dit, non ?... On peut en jeter quéqu'z'uns, si tu cwois qu'c'est mieux.

— Ça dépend plus vraiment d'moi, tu crois pas ? Hein, tu crois pas ? Et le porte-habits, qu'est-ce qu'on en fait ? »

Ça, c'était Archie tout craché : incapable de prendre une décision, de faire valoir une opinion.

« J'te l'ai déjà dit, ça, qu'si tu l'aimes pas, on peut la rend'e, cette salop'rie. J'l'ai ach'tée, passque j'croyais qu'è t'plairait.

— Pour tout dire, ma chérie », dit Archie, un peu calmé maintenant qu'elle élevait la voix, « c'était quand même mon fric... et j'aurais bien aimé qu'on m'demande mon avis.

— Tu pa'les d'une histoi'. C'est rien qu'un po'tabit. Qu'est rouge. Ouais, l'est très rouge. Qu'esse t'as cont'le rouge, main'nant ?

— J'essaie simplement », dit Archie, baissant la voix pour adopter un chuchotement rauque et forcé (arme très prisée de l'arsenal conjugual : genre *Pas devant les voisins / les enfants*), « de donner un peu d'classe à cette maison. L'voisinage est plutôt bien, et on démarre une nouvelle vie, alors, c'est l'occasion, non ? Et puis, on va pas s'disputer pour ça. Tiens, c'machin, on va l'jouer à pile ou face, pile, on l'garde, face... »

Typologie des querelles de couples : si les deux partenaires s'aiment vraiment, ils retomberont dans les bras l'un de l'autre dans la seconde qui suit la dispute ; s'il s'agit d'amoureux plus chevronnés, ils iront jusqu'à monter l'escalier ou à entrer dans la pièce voisine avant de flancher et de revenir sur leurs pas ; si le couple est au bord de la rupture, l'un des partenaires sera déjà deux ou trois rues plus loin ou deux ou trois pays plus à l'est avant de sentir que quelque chose le rappelle, une responsabilité, un souvenir, le geste d'un enfant qui vous tire par la manche, une corde sensible, bref, quelque chose qui les pousse à accomplir le long voyage de retour pour retrouver leur moitié. Sur cette échelle de Richter des scènes de ménage, la réaction de Clara ne laissa pratiquement aucune trace. Mrs. Jones se tourna vers la grille, fit deux pas et s'arrêta.

« Pile ! » dit Archie, sans la moindre trace de rancune. « On l'garde. Tu vois, c'était pas bien dur, finalement.

— J'ai pas envie d'me disputer », dit-elle en se retournant, après avoir à nouveau décidé à part elle de ne pas oublier la dette qu'elle avait contractée à son égard. « T'as dit qu'les Iqbal, y v'naient pou' dîner et je m'demandais si un cuwy, ça leur f'rait plaisi'. Le cuwy, j'sais faire, mais c't'un cuwy antillais, on est d'accord ?

— Mais bon sang, Clara, c'est pas c'genre-là d'Indiens », dit Archie d'un ton irrité, comme si pareille suggestion l'offensait. « Sam bouffe son rôti comme tout l'monde, le dimanche, faut pas croire.

D'la bouffe indienne, il en sert tous les jours, tu voudrais pas aussi qu'il en mange.

— Oh, j'me d'mandais, c'est tout.

— Bon, ben, te d'mandes rien, va. »

Il lui donna un baiser affectueux sur le front : elle dut se baisser un peu pour le recevoir.

« Ça fait des années que j'connais Sam, et sa femme a pas l'air bégueule du tout. C'est pas des aristos, tu sais. Et c'est pas c'genre-là d'Indiens », répéta-t-il en secouant la tête, soudain troublé par un sentiment complexe qu'il n'arrivait pas vraiment à démêler.

*

Samad et Alsana Iqbal, qui n'étaient pas ce genre-là d'Indiens (pas plus que Clara n'était, aux yeux d'Archie, ce genre-là de Noire), et qui, à vrai dire, n'étaient pas indiens mais bangladeshi, habitaient quatre rues plus bas, du mauvais côté de Willesden High Road. Il leur avait fallu une année de labeur acharné pour faire le trajet crucial qui les avait fait passer du mauvais côté de Whitechapel au mauvais côté de Willesden. Une année de travaux de couture pour Alsana, sur la vieille Singer installée dans la cuisine, à assembler des morceaux de plastique noir pour une boutique de Soho, du nom de « Domination » (Alsana avait plus d'une fois, au cours de ses longues soirées, tenu à bout de bras un des morceaux qu'elle venait de piquer, en suivant scrupuleusement le patron, tout en se demandant ce que diable ça pouvait bien être). Une année de déférence pour Samad, tête légèrement inclinée, crayon dans la main gauche, à écouter Britanniques, Espagnols, Américains,

Français ou Australiens passer leurs commandes avec des accents épouvantables.

De six heures du soir à trois heures du matin, le reste de la journée étant passé à dormir, jusqu'à ce que la lumière du jour se fasse à peu près aussi rare qu'un pourboire décent. À quoi ça rime, se disait Samad, d'écarter deux bonbons à la menthe et une note pour trouver quinze pence sur la soucoupe ? À quoi ça rime de laisser comme pourboire à un serveur la pièce que l'on jette dans une fontaine publique dans l'espoir de voir son vœu exaucé ? Pourtant, avant même que la tentation de glisser discrètement les quinze pence dans la main armée de la serviette ait eu le temps de prendre corps dans l'esprit de Samad, Mukhul — Ardashir Mukhul, l'homme qui dirigeait le Palace et dont la silhouette maigre et nerveuse arpentait sans cesse le restaurant, un œil bienveillant sur les clients, un œil surveillant le personnel — Mukhul fondait sur lui.

« Saaamaad », disait-il, cauteleux, de cette voix mielleuse qui était la sienne, « est-ce que tu leur as bien léché le cul ce soir, mon cousin ? »

Samad et Ardashir étaient des cousins éloignés. Avec quel plaisir (quelle jouissance, même) Ardashir n'avait-il pas lu cette lettre, en janvier dernier : ledit cousin, de six ans son aîné pourtant, plus intelligent et mieux servi par la nature qu'il ne l'était lui-même, avait du mal à trouver du travail en Angleterre, si, par hasard, il lui était possible...

« Quinze pence, cousin, dit Samad en soulevant la main.

— Ah, il n'y a pas de petits profits », dit Ardashir, ses lèvres couleur de poisson mort s'étirant en un sourire mince. « Allez, tu me mets ça dans le Pot de chambre. »

Le récipient ainsi nommé était un vase balti noir, posé sur un socle à l'entrée des toilettes du personnel, dans lequel on mettait les pourboires en commun pour les répartir également entre tous les serveurs à la fin de la soirée. Pour les serveurs jeunes et séduisants, comme Shiva, c'était là une injustice de taille. Shiva était le seul hindou de l'établissement — qu'il ait été recruté en dépit de la différence de religion prouvait à quel point ses services étaient recherchés. Le lascar était capable de se faire quatre livres de pourboire dans une soirée, pour peu que la grosse Européenne divorcée, assise dans le coin, se sentît suffisamment solitaire et qu'il battît suffisamment de ses longs cils à son intention. Il pouvait également compter sur les metteurs en scène et les producteurs en col roulé (le Palace était en plein cœur du quartier des théâtres, et on était encore à l'époque du Royal Court, des beaux garçons un peu efféminés et du drame naturaliste), qui le couvraient de flatteries, le regardaient tortiller délibérément du cul pour aller jusqu'au bar et en revenir, et juraient leurs grands dieux que si quelqu'un adaptait un jour *La Route des Indes* pour la scène, ce jeune Indien pourrait décrocher n'importe quel rôle. Pour Shiva, donc, le principe du Pot de chambre était du vol pur et simple, en même temps qu'une injure à ses talents et compétences de serveur. En revanche, pour des hommes comme Samad, qui approchait la cinquantaine, et, à plus forte raison, pour ceux qui étaient encore plus âgés, comme le vieux Muhammed (le grand-oncle aux cheveux blancs d'Ardashir), qui avait au bas mot quatre-vingts ans, des sillons profonds de chaque côté de la bouche, souvenirs des sourires de sa jeunesse, pour ces hommes-là, le Pot de chambre était une aubaine. Mieux valait faire pot commun qu'empocher quinze pence au risque de se faire prendre (et de se voir confisquer ses pourboires de la semaine).

« Bon sang, j'vous ai tous sur le dos », disait Shiva d'une voix hargneuse, quand il lui fallait abandonner cinq livres à la fin d'une soirée et les placer dans le pot. « Ouais, vous vous engraissez sur mon dos, tous autant que vous êtes ! Qui c'est qui va m'débarrasser de ces losers ? C'était à moi, ces cinq livres, et maintenant, bordel, va falloir les partager en quarante-douze, juste pour faire l'aumône à cette bande de ratés. On est chez les communistes, ou quoi ? »

Les autres évitaient prudemment son regard furieux et s'occupaient en silence à autre chose, jusqu'à ce fameux soir, un soir à quinze pence, où Samad finit par dire « La ferme, tu veux ! », d'une voix égale, presque dans un murmure.

« Toi, ça va bien », dit Shiva en se retournant vers Samad, qui pilait des lentilles pour préparer le *dal* du lendemain. « T'es le pire de tous ! T'es bien l'serveur le plus nul qu'j'aie jamais vu ! Des pourboires, t'en aurais même pas en tabassant les mecs ! T'es toujours en train de bassiner l'client avec la biologie par-ci, la politique par-là... Contente-toi donc de faire ton boulot, pauvre crétin. T'es qu'un serveur, putain, pas Michael Parkinson. "Il me semble que vous venez de prononcer le mot Delhi" » — Shiva mit son tablier sur son bras et commença à prendre des poses (fort mal imitées) en faisant le tour de la cuisine — « "Je connais très bien, vous savez, j'ai été étudiant à l'université... c'était fascinant... et je me suis battu aux côtés des Anglais pendant la guerre... oui, oui, charmant, vraiment." » Faisant le tour de la cuisine, avec force salutations, courbettes, frottements de mains à la Uriah Heep, salamalecs et génuflexions à l'adresse du chef cuisinier, du vieux qui rangeait les grands quartiers de viande dans la chambre froide, du gamin qui récurait l'intérieur du four. « Samad, Saa-mad », dit-il avec une voix en apparence pleine de compassion, avant de s'interrompre brutalement et de remettre son tablier. « T'es vraiment pitoyable. »

Muhammed leva les yeux de la gamelle qu'il était en train de récurer et secoua la tête à plusieurs reprises. « Ces jeunes », commença-t-il, sans s'adresser à personne en particulier, « comment y parlent, quand même. Mais qu'est-ce que c'est, qu'cette façon d'parler ? Y a plus d'respect, d'nos jours. C'est pas une façon d'parler, ça.

— Toi, tu peux aller t'faire foutre, tout pareil », lui dit Shiva, brandissant une louche dans sa direction. « Pauv' vieux con, va. T'es pas mon père pour m'parler comme ça.

— Cousin au second degré de l'oncle de ta mère, marmonna une voix dans le fond.

— Foutaises, dit Shiva. Des conneries, tout ça. »

Il s'empara du balai-pont et prit la direction des toilettes, mais en arrivant à la hauteur de Samad, il agita le manche sous le nez de celui-ci. « Embrasse-le », ricana-t-il, avant d'ajouter en imitant l'accent traînant d'Ardashir : « Qui sait, mon cousin, tu pourrais avoir une augmentation ! »

Voilà à quoi ressemblaient les soirées de Samad : insultes de la part de Shiva et des autres, attitude condescendante de la part d'Ardashir, et jamais une occasion de voir Alsana, de voir le soleil ; tentatives avortées pour s'emparer de quinze pence et envie désespérée d'arborer un grand placard blanc sur lequel on pourrait lire :

JE N'AI PAS TOUJOURS ÉTÉ SERVEUR. J'AI ÉTÉ
ÉTUDIANT, SCIENTIFIQUE ET SOLDAT. MA
FEMME S'APPELLE ALSANA. NOUS HABITONS
EAST LONDON, MAIS NOUS AIMERIONS NOUS
INSTALLER DANS LE NORD DE LONDRES. JE
SUIS MUSULMAN, MAIS ALLAH M'A ABAN-
DONNÉ, À MOINS QUE CE NE SOIT MOI QUI AIE
ABANDONNÉ ALLAH, JE NE SAIS PLUS. J'AI UN
AMI — ARCHIE. J'AI QUARANTE-NEUF ANS,
MAIS LES FEMMES SE RETOURNENT ENCORE
SUR MOI DANS LA RUE DE TEMPS EN TEMPS.

Faute d'un tel placard, il ressentait l'envie, le
besoin pressant de parler à tout le monde, et, à
l'instar du Vieux Marin[1], de fournir sans arrêt des
explications, de réaffirmer à tout bout de champ
quelque chose, n'importe quoi. C'était important,
non ? Mais quelle déception de savoir que ce qui
importait en fait, c'était l'inclinaison de la tête, la
position du stylo dans l'attente de la commande, que
ce qui importait d'abord, c'était d'être un bon serveur, d'écouter poliment quand quelqu'un articulait
laborieusement :

« Poulet tendroriz. Avec des frites. Merci. »

Et, plus tard, les quinze pence qui sonnaient dans
la soucoupe. Merci, monsieur. Merci beaucoup.

*

Le mardi qui suivit le mariage d'Archie, Samad
attendit que tout le monde soit parti, plia son pan-

---

1. Héros éponyme du poème de S. T. Coleridge, « The
Ancient Mariner ».

talon blanc pattes d'éléphant (coupé dans le même tissu que celui des nappes) en un carré impeccable, puis grimpa l'escalier qui menait au bureau d'Ardashir, car il avait quelque chose à lui demander.

« Ah, cousin », s'exclama Ardashir, esquissant une grimace amicale à la vue de Samad. Il savait que celui-ci venait lui réclamer une augmentation, et il tenait à ce que son cousin ait l'impression qu'il avait accordé toute son amicale attention à cette demande avant de la rejeter.

« Entre, cousin, entre donc !

— Bonsoir, Ardashir Mukhul, dit Samad en pénétrant dans la pièce.

— Assieds-toi, assieds-toi », dit Ardashir, chaleureusement. « On va pas faire de manières entre nous, pas vrai ? »

Samad fut tout heureux de cet accueil. Et le fit dûment savoir. Il prit tout son temps pour parcourir la pièce, comme il se devait, d'un œil admiratif : dorures partout, tapis sur trois épaisseurs, meubles dans différents tons de vert et de jaune. Y avait pas à dire, Ardashir avait le sens des affaires. Il était parti de la simple idée d'un restaurant indien (petite salle, nappes roses, musique assourdissante, papier peint d'un mauvais goût fini, cuisine « indienne » comme personne n'en mangeait jamais en Inde, plateau tournant sur la table pour les sauces), puis il s'était agrandi. Il n'avait rien amélioré ; c'étaient toujours les mêmes vieilles cochonneries, mais sur une plus grande échelle : locaux plus vastes dans le plus gros piège à touristes de Londres, Leicester Square. On ne pouvait qu'admirer la réussite de cet homme, qui, en ce moment, était assis là, tel une affable sauterelle, son corps mince d'insecte noyé dans un grand fauteuil en cuir noir, penché tout sourires au-dessus du bureau. L'image même du parasite jouant au philanthrope.

« Qu'est-ce que je peux faire pour toi, cousin ? »

Samad prit une grande inspiration. Voilà de quoi il s'agissait...

Les yeux d'Ardashir se voilèrent de plus en plus au fur et à mesure que se compliquaient les explications de Samad. Ses jambes maigres s'agitaient sous le bureau, et ses doigts trituraient un trombone auquel il finit par donner à peu près la forme d'un A. A comme Ardashir. Voilà de quoi il s'agissait... au fait, de quoi s'agissait-il ? Ah, oui ! la maison. Samad déménageait, quittait East London (où il n'était pas question d'élever des enfants, absolument pas question, si on n'avait pas envie qu'il leur arrive malheur ; là-dessus, il était d'accord) quittait East London, donc, et ses gangs d'extrême droite, pour aller s'installer à North London, nord... nord-ouest, où les idées étaient plus... comment dire... plus larges, peut-être.

Était-ce à son tour de parler ?

« Il faut que tu comprennes, cousin... », dit Ardashir, se recomposant un visage, « je ne peux pas me permettre d'acheter des maisons pour tous mes employés, cousin ou pas... Je paie un salaire, pas des maisons... Les affaires, c'est comme ça, dans ce pays. »

Ardashir haussa les épaules, comme pour laisser entendre qu'il regrettait beaucoup l'état des affaires dans ce pays, mais que c'était ainsi. On l'obligeait — son regard le disait assez —, les Anglais l'obligeaient à gagner beaucoup, beaucoup d'argent.

« Tu m'as mal compris, Ardashir, dit Samad. J'ai ce qu'il faut pour la maison, j'ai versé les arrhes. Cette maison, elle est à nous, maintenant. On a emménagé... »

Comment diable s'était-il débrouillé ? Il devait faire trimer sa femme comme une esclave, se dit

Ardashir, sortant un autre trombone du tiroir du bas.

« Tout ce dont j'ai besoin, poursuivit Samad, c'est d'une petite augmentation pour m'aider à financer notre installation. Pour rendre les choses un peu plus faciles. Et puis, Alsana… elle est enceinte. »

Enceinte. Aïe ! Il allait falloir faire preuve de beaucoup de diplomatie.

« Ne te méprends surtout pas, Samad, nous sommes entre gens intelligents, et je crois pouvoir parler franchement… Je sais que tu n'es pas un *putain de* serveur » — il prononça le juron à voix basse, le faisant suivre d'un sourire indulgent, comme s'il s'agissait d'un vilain secret qu'ils étaient seuls à partager — « je comprends bien ta position… je la comprends parfaitement… mais il faut que toi aussi, tu essaies de te mettre à ma place… Si je commence à faire des exceptions pour tous les parents que j'emploie, je vais bientôt me retrouver comme ce foutrac de Gandhi. Sans même un pot de chambre pour pisser. À filer ma toile à la lueur de la lune. Pour te donner un exemple, en ce moment même, cette espèce de bon à rien, de gros Elvis à la manque, mon beau-frère, Hussein-Ishmael…

— Le boucher ?

— Oui, le boucher. Il veut me faire payer plus cher la saloperie de viande qu'il me vend ! "Mais enfin, Ardashir, me dit-il sans arrêt, on est beaux-frères." Et moi, je n'arrête pas de lui dire, "mais Mohammed, c'est de la vente au détail que tu me fais là"… »

Au tour des yeux de Samad de se voiler. Il pensa à sa femme, Alsana, qui était loin d'être aussi docile qu'il l'avait supposé au moment de leur mariage, et à qui il lui faudrait bientôt apprendre la mauvaise nouvelle ; Alsana, encline à des moments, voire des accès — oui, le mot n'était pas trop fort — de rage.

Cousins, tantes, frères voyaient là un signe de mauvais augure et se demandaient s'il n'y avait pas des « antécédents » dans la famille ; ils témoignaient à Samad le genre de compassion que l'on accorde à celui qui vient de se faire refiler une voiture volée avec un kilométrage bien plus élevé que celui initialement annoncé. Dans sa grande naïveté, Samad avait cru qu'une fille aussi jeune serait… facile à manipuler. Manipulable, elle ne l'était pas, Alsana, mais alors pas du tout. C'était sans doute le cas de toutes ces jeunes femmes aujourd'hui. L'épouse d'Archie, par exemple… mardi dernier, il avait bien cru voir dans ses yeux quelque chose qui donnait à penser qu'elle ne devait pas être facile non plus. C'était comme ça qu'elles étaient, les jeunes femmes d'aujourd'hui.

Parvenu au terme de son discours, d'une diplomatie à son sens irréprochable, Ardashir se laissa aller dans son fauteuil, le visage béat, et posa le M de Mukhul qu'il avait pétri pendant qu'il parlait à côté du A d'Ardashir, déjà sur ses genoux.

« Merci, monsieur, dit Samad. Merci beaucoup. »

Ce soir-là éclata une dispute mémorable. Alsana commença par envoyer valser la machine à coudre et les mini-shorts cloutés noirs qu'elle était en train de piquer.

« Ridicule ! Tu veux m'dire, Samad Miah, à quoi ça sert d'avoir déménagé ici… oh, elle est jolie, la maison, c'est même une très très jolie maison, je n'dis pas, mais nous, qu'est-ce qu'on mange, tu veux m'le dire ?

— Le quartier est agréable. Et ici, on a des amis.

— Où ils sont, ces amis ? » Elle assena son poing minuscule sur la table de la cuisine, faisant sauter le sel et le poivre, qui s'entrechoquèrent de manière spectaculaire dans les airs. « Je les connais pas, moi !

Tu continues à te battre dans une guerre que tout le monde a oubliée, aux côtés d'un Anglais... marié à une Noire ! C'est ça, tes amis ? C'est ça les gens avec qui mon enfant va devoir grandir ? Avec leurs enfants... des cafés au lait ? Mais dis-moi un peu », hurla-t-elle, revenant à son sujet favori, « qu'est-ce qu'on mange pendant c'temps ? » D'un geste théâtral, elle ouvrit tous les placards de la cuisine les uns après les autres. « Hein, qu'est-ce qu'on mange ? Ça s'mange, la porcelaine ? » Deux assiettes allèrent s'écraser par terre. Elle se tapota l'estomac pour désigner l'enfant qu'elle portait et montra du doigt les morceaux qui jonchaient le sol. « T'as faim ? »

Samad, qui n'était jamais en reste côté mélodrame dès qu'on le poussait un peu, tira d'un coup sec sur la porte du congélateur, d'où il sortit une montagne de viande qu'il s'en alla empiler au milieu de la pièce. Sa mère, elle, passait ses nuits à préparer la viande pour toute la famille, dit-il. Sa mère ne gaspillait pas l'argent du ménage, comme Alsana, à acheter des plats préparés, des yaourts et des spaghettis en boîte.

Alsana lui expédia un direct dans l'estomac.

« Nous y voilà ! Samad Iqbal, le défenseur des traditions ! Tu n'voudrais pas, pendant qu'j'y suis, que j'aille m'accroupir dans la rue devant mon seau pour laver le linge ? Hein ? À propos, mes vêtements ? Ils se mangent, eux aussi ? »

Tandis que Samad avait du mal à reprendre son souffle, elle se débarrassa, là, au beau milieu de la cuisine, de tout ce qu'elle avait sur le corps et envoya chaque pièce rejoindre les morceaux d'agneau congelé rapportés du restaurant. Elle resta un moment toute nue devant lui, le renflement encore discret de sa grossesse bien en vue, avant d'enfiler un long manteau marron et de quitter la maison.

Il n'en restait pas moins, se dit-elle tout en claquant la porte derrière elle, que c'était vrai : le quartier était agréable ; elle aurait eu mauvaise grâce à
dire le contraire, tandis que, courant en direction de
la grand-rue, elle devait veiller à éviter les arbres, là
où, à Whitechapel, il fallait éviter les matelas jetés
sur le trottoir et les sans-abri. Pour l'enfant, ce serait
mieux, c'était indéniable. Alsana croyait dur comme
fer que la proximité d'espaces verts ne pouvait être
que bénéfique aux jeunes enfants d'un point de vue
moral, et là, juste sur sa droite, il y avait précisément
Gladstone Park, une immense étendue de verdure
baptisée du nom de ce Premier ministre libéral du
XIXe (Alsana venait d'une vénérable famille bengalie
où l'on connaissait son histoire d'Angleterre à fond ;
s'ils la voyaient maintenant... les pauvres ! S'ils
voyaient les abîmes...), et, suivant la bonne tradition
libérale, c'était un parc sans clôtures, contrairement
à Queens Park (le parc de Victoria), plus riche et
hérissé d'une grille en fer de lance. Willesden n'était
pas aussi joli que Queens Park, certes, mais le quartier était agréable. Indéniablement. Pas comme Whitechapel, où cette espèce de cinglé d'E-knock
machin chose[1] avait fait un jour un discours qui les
avait tous précipités à la cave, pendant que des
gamins cassaient les vitres à coups de chaussures à
bout ferré. Des incitations à la violence pour débiles
mentaux, ni plus ni moins. Maintenant qu'elle était
enceinte, elle avait besoin d'un peu de tranquillité.
Encore que ce fût bien la même chose ici : tout le
monde la regardait d'un air bizarre, ce petit bout

[1]. En fait, Enoch (transformé en E-knock, le
« tabasseur ») Powell, leader de l'extrême droite britannique dans les années 70.

d'Indienne arpentant la grand-rue en mackintosh, les cheveux au vent. *Mali's Kebabs, Mr. Cheungs, Raj's, Malkovich Bakeries* — les enseignes qui défilaient sous ses yeux, elle n'en avait jamais vu de pareilles. Mais elle n'était pas idiote. Et elle comprenait bien de quoi il retournait. « Libéral ? À d'autres, oui ! » Pas plus libéral ici qu'ailleurs. La seule chose, c'est qu'à Willesden, il n'y avait pas de race ou de nationalité suffisamment étoffée en nombre pour pouvoir se déchaîner contre un autre groupe et l'envoyer chercher refuge dans les caves, pendant que les vitres volaient en éclats.

« Ce n'est qu'une question de survie ! » conclut-elle tout haut (elle parlait à son bébé, à qui elle aimait soumettre une réflexion sensée par jour), tout en faisant tinter la clochette d'*Aux Chauss'Folles*. C'était une cordonnerie à l'ancienne où travaillait sa nièce Neena. Neena était en train de recoller des talons aiguilles.

« Alsana, t'as une dégaine pas possible, lança Neena en bengali. C'est quoi, cette horreur d'manteau ?

—Ça t'regarde pas, voilà, répondit Alsana en anglais. Je suis venue chercher les chaussures de mon mari, et pas faire la causette avec Nièce-de-la-Honte. »

Neena avait l'habitude de cette appellation, et maintenant qu'Alsana habitait Willesden, elle n'avait pas fini de l'entendre. À une époque, les phrases avaient été plus longues, du genre *Tu nous as apporté la honte...* ou bien *Ma nièce, à la conduite scandaleuse...*, mais maintenant qu'Alsana n'avait plus ni le temps ni l'énergie de rassembler à chaque nouvelle rencontre l'indignation nécessaire, c'était la version abrégée, Nièce-de-la-Honte, qui avait cours, étiquette commode qui résumait bien l'intention générale.

« Tu les vois, ces semelles ? » dit Neena, balayant de ses yeux une mèche de cheveux teints en blond, et attrapant les chaussures de Samad sur un rayon pour les tendre à Alsana, accompagnées du petit ticket bleu. « Elles étaient tellement usées, tantine Alsi, que j'ai dû les reprendre à la base. À la base ! Mais qu'est-ce qu'il fait avec ses chaussures ? Il court des marathons ?

— Il travaille, dit Alsana d'un ton sec. Et il prie », ajouta-t-elle, car elle aimait faire étalage de sa respectabilité, et elle était par ailleurs très traditionaliste, très religieuse, même s'il ne lui manquait qu'une chose dans ce domaine, la foi. « Et ne m'appelle pas tantine. Je n'ai que deux ans de plus que toi », termina Alsana, tout en ramassant les chaussures sur le comptoir pour les fourrer dans un sac en plastique avant de sortir.

« Je croyais qu'on priait sur les genoux, dit Neena avec un petit rire.

— Les deux, les deux. Debout, couché, tout le temps », glapit Alsana, tout en repassant sous la clochette tintinnabulante de la porte. « Nous sommes constamment sous les yeux du Créateur.

— Et la nouvelle maison, c'est comment ? » cria Neena dans son dos.

Mais elle était déjà partie. Neena hocha la tête et soupira en regardant sa jeune tante disparaître en bas de la rue comme un boulet de canon. Alsana. Elle était jeune et vieille à la fois, se dit Neena. Elle était tellement raisonnable, elle avait tellement les pieds sur terre, dans son long manteau bien sage, et pourtant on avait parfois le sentiment...

« Eh ! Miss ! Y a là des chaussures qui réclament vot'attention, lui parvint une voix depuis l'atelier.

— O.K., O.K. ! y a pas l'feu », dit Neena.

Au coin de la rue, Alsana déboucha derrière la poste, s'arrêta pour enlever ses sandales trop étroites et enfiler les chaussures de Samad. (C'était là une des curiosités physiques d'Alsana : malgré sa petite taille, elle avait de très grands pieds. On sentait instinctivement, à la regarder, qu'elle n'avait pas fini de grandir.) En quelques secondes, elle rassembla ses cheveux en un chignon discipliné et resserra son manteau autour d'elle pour se protéger du vent. Puis elle repartit, passa devant la bibliothèque et s'engagea dans une longue rue bordée d'arbres qu'elle n'avait encore jamais empruntée. « Survivre, tout est là, petit Iqbal, dit-elle à nouveau à son ventre bombé. Survivre, un point c'est tout. »

À mi-chemin, elle traversa la rue, avec l'intention de tourner à gauche et de faire une boucle pour retrouver la grand-rue. Mais au moment où elle s'approchait d'une grosse fourgonnette blanche ouverte à l'arrière et commençait à regarder avec envie les meubles attendant d'être déchargés, elle reconnut la Noire négligemment appuyée sur la clôture de son jardin qui regardait dans la direction de la bibliothèque d'un air rêveur (à moitié nue, en plus. Une espèce de gilet violet d'un goût douteux, qui tenait plus d'un sous-vêtement que d'autre chose), comme si c'était là que se trouvait son avenir. Avant qu'elle ait eu le temps de retraverser pour l'éviter, elle s'était fait repérer.

« Mrs. Iqbal ! dit Clara, lui faisant signe d'approcher.

— Mrs. Jones. »

Toutes deux se trouvèrent momentanément gênées de leur accoutrement respectif, mais un coup d'œil à ce que portait l'autre suffit à leur redonner confiance.

« Que dis-tu de ça, Archie ? » lança Clara, attentive à ne pas avaler ses consonnes. Elle avait déjà perdu de son accent antillais et mettait toutes les occasions à profit pour s'améliorer.

« Hein ? Qu'est-ce qui s'passe ? » demanda Archie, qui était dans le hall d'entrée à s'énerver sur des rayonnages.

« C'est juste qu'on était en train de parler d'vous — vous venez dîner ce soir, c'est bien ça ? »

Les Noirs sont souvent amicaux, se dit Alsana, avec un sourire à l'adresse de Clara, mettant ce bon point au crédit des « pour » (encore peu fournis) sur la liste des pour et des contre qu'elle avait dressée concernant cette fille. Dans chaque minorité qui n'avait pas son agrément, Alsana sélectionnait un spécimen auquel elle était prête à accorder son pardon. À Whitechapel, il y avait eu plus d'un élu : Mr. Van, le pédicure chinois, Mr. Segal, le menuisier juif, Rosie, une Haïtienne qui n'arrêtait pas de venir la voir, pour le plus grand ennui mais aussi le plus grand plaisir d'Alsana, dans l'espoir d'en faire une Adventiste du septième jour — à tous ces bienheureux, Alsana avait accordé la grâce de la rédemption.

« Oui, Samad m'en a parlé », dit Alsana, ce qui était faux.

« Ah bon, très bien », dit Clara, avec un grand sourire.

S'ensuivit un silence, que ni l'une ni l'autre, les yeux rivés au sol, ne savait trop comment meubler.

« Ces chaussures ont l'air confortable, dit Clara.

— Oui, très. Je marche beaucoup. Et puis, avec ça..., dit l'autre en se tapotant l'estomac.

— Vous êtes enceinte ? dit Clara, surprise. Maazette ! Ma p'tite, z'êtes tell'ment wikiki que j'm'suis ape-e'çue de rien. »

Clara n'eut pas sitôt fini qu'elle rougit comme une tomate ; elle s'oubliait chaque fois qu'elle se laissait emporter par la joie ou l'excitation. Alsana se contenta d'un sourire affable, faute d'avoir vraiment saisi le discours de l'autre.

« Je ne m'en serais pas aperçue, dit Clara, soudain moins exubérante.

— Mon Dieu, dit Alsana, se forçant à l'hilarité. Nos maris ne se disent donc rien ? »

Les mots n'étaient pas sortis de sa bouche que l'autre éventualité se mit à peser de tout son poids sur l'esprit des deux jeunes épouses. Peut-être que leurs maris se disaient bel et bien tout, mais que c'étaient elles à qui on ne disait rien.

4

Et de trois

Archie était à son travail quand il apprit la nouvelle. Clara était enceinte de deux mois et demi.

« C'est pas vrai, ma chérie !

— Mais si !

— J'y crois pas !

— Mais j't'assure ! Et j'ai même d'mandé au toubi' à quoi y va r'ssembler, avec toute c't'affai' d'noir et d'blanc. Et lui, y m'dit qu'ça pouwait êt' n'impo'te quoi. Y pourrait même avoi' des yeux bleus. T'imagines ? »

Archie n'imaginait pas. Il n'arrivait pas à imaginer qu'un morceau de lui-même puisse aller en découdre dans le bassin à gènes avec un morceau de Clara, et en sorte vainqueur. Incroyable ! Mais ce serait quelque chose, quand même ! Il se précipita dans Euston Road pour acheter une boîte de cigares. Vingt minutes plus tard, il revenait chez Morgan*Hero* en bombant le torse, une boîte de loukoums à la main et commençait à faire le tour des employés.

« Noel ! Sers-toi. Ça colle, mais c'est bon. »

Noel, le benjamin de la troupe, jeta un coup d'œil soupçonneux dans les profondeurs graisseuses de la boîte. « En quel honneur, tout ça ?

— J'vais être papa, dit Archie en lui envoyant une

bourrade dans le dos. D'un beau garçon aux yeux bleus, tu te rends compte ? Ça s'fête, ça ! Le problème, c'est qu'on peut trouver quatorze sortes différentes de *dal* dans Euston Road, mais y a pas moyen de mettre la main sur un putain de cigare. Allez, Noel, sers-toi. Qu'est-c'que tu dis d'çui-là ? »

Archie lui en présentait un, moitié blanc, moitié rose, dont l'odeur n'était guère avenante.

« Hum, c'est très gentil à vous, Mr. Jones... Mais ce n'est pas vraiment ma tasse de..., poursuivit Noel qui fit mine de retourner à son classement. Il vaudrait mieux que je continue...

— Allez, Noel, un p'tit effort. Je vais avoir un enfant. Quarante-sept ans, tu te rends compte, et je vais a—voir — un — pe—tit bé—bé. Il faut bien fêter ça, non ? Goûte-z'en un au moins. Juste une bouchée.

— Ces spécialités pakistanaises, elles sont pas toujours... J'me sens un peu patraque... »

Noel se tapota l'estomac, l'air désespéré. Il avait beau être dans le mailing publicitaire direct, Noel avait horreur qu'on s'adresse à lui directement. Il aimait la fonction d'intermédiaire qu'il remplissait chez Morgan*Hero*. Il aimait passer les appels téléphoniques, dire à quelqu'un ce que quelqu'un d'autre avait dit, faire suivre le courrier.

« Bordel de merde, Noel... c'est juste une friandise. J'essaie simplement d'fêter l'événement, mon vieux. C'est-y que vous autres, les hippies, vous mangez jamais d'bonbons ? »

Noel avait les cheveux un poil plus longs que tout un chacun, et un jour, il avait acheté un bâtonnet d'encens qu'il avait mis à brûler près de la machine à café. C'était un petit bureau, les sujets de conversation y étaient rares, si bien qu'entre les cheveux et l'encens, c'est tout juste si Noel ne détrônait pas

Janis Joplin, exactement de la même manière qu'Archie avait quasiment le statut d'un Jesse Owens blanc pour avoir fini treizième aux jeux Olympiques vingt-sept ans plus tôt. Gary, à la comptabilité, avait une grand-mère française et soufflait la fumée de sa cigarette par le nez, ce qui en faisait le Maurice Chevalier du coin ; quant à Elmott, le collègue qui pliait les pubs avec Archie, c'était un second Einstein : il arrivait à faire aux deux tiers une grille de mots croisés du *Times*.

Noel prit un air peiné. « Archie... Est-ce que vous avez trouvé le petit mot que je vous ai transmis de la part de Mr. Hero concernant les pliures des...

— Des papiers pour les allocations aux jeunes mères ? Oui, Noel. J'ai dit à Elmott de déplacer les pointillés. »

Noel eut un air reconnaissant. « Eh bien, félicitations pour le... Je vais retourner à... », dit Noel en regagnant son bureau.

Archie le quitta pour aller tenter sa chance auprès de Maureen, la réceptionniste. Maureen avait de belles jambes, pour une femme de son âge — un peu comme des saucisses bien serrées dans leur peau — et elle avait toujours eu un petit faible pour lui.

« Maureen, je vais être papa !

— C'est pas vrai ? J'suis bien contente pour toi. Fille ou...

— C'est encore trop tôt pour le dire. Mais il ou elle aura les yeux bleus en tout cas ! » dit Archie, pour qui, d'occurrence génétique rare, le bleu de ces yeux était devenu un fait acquis. « Pas croyable, hein ?

— Des yeux bleus, t'es sûr ? » dit Maureen, parlant lentement pour se donner le temps de trouver la formulation la plus adéquate. « Je voudrais pas être méchante... mais ta femme est pas... c'est pas une femme de couleur ? »

Archie secoua la tête, songeur. « Je sais bien, c'est bizarre. Elle et moi, on fait un gosse, les gènes se mélangent, et, résultat, des yeux bleus ! Un miracle de la nature !

— Oui, c'est le mot, un miracle », dit Maureen, laconique, trouvant que c'était là une façon polie de dire les choses.

« Une p'tite douceur ? »

Maureen prit un air dubitatif. Elle tapota ses cuisses piquetées de rose et gainées de collants blancs. « Oh, Archie. Je devrais pas. Ça s'met tout dans les cuisses et les hanches. Et on rajeunit pas, ni l'un ni l'autre, hein ? Pas vrai qu'on rajeunit pas ? Pas moyen de remonter le temps, hein ? Cette Joan Rivers, je donnerais cher pour savoir comment elle s'y prend ! »

Et Maureen de partir de ce rire qui était devenu légendaire à Morgan*Hero*, un rire aigu et sonore, mais sortant d'une bouche à peine ouverte, car la dame avait une peur bleue des rides d'expression.

Elle tâta un des bonbons d'un ongle rouge sang plutôt sceptique. « C'est des trucs indiens, hein ?

— Oui, ma p'tite Maureen, dit Archie en lui coulant un regard qui se voulait viril. Épicés et doux à la fois. Un peu comme toi.

— Oh Archie, t'es vraiment un drôle, tu sais », dit Maureen un peu triste, car elle avait toujours eu un faible pour Archie, mais jamais plus qu'un faible à cause de ses manières bizarres, de cette façon qu'il avait de parler aux Pakistanais ou aux Antillais comme si ça ne le dérangeait pas. Et voilà qu'il était allé en épouser une et n'avait même pas jugé bon de leur dire de quelle couleur elle était, si bien que le jour du repas mensuel entre collègues, quand l'autre était arrivée, noire comme un pruneau, Maureen avait failli s'étrangler avec son cocktail de crevettes.

Maureen se pencha sur son bureau pour répondre à un appel téléphonique. « Je crois que je ferais mieux de m'abstenir, Archie, c'est gentil...

— Comme tu voudras. Mais tu sais pas ce que tu manques. »

Maureen sourit faiblement et décrocha. « Oui, Mr. Hero, il est justement ici, il vient d'apprendre qu'il allait être papa... oui, et il aura des yeux bleus, apparemment... oui, c'est bien ce que j'ai dit, mais d'après ce que j'ai compris, c'est des histoires de gènes... oui, d'accord, je le lui dis... je vous l'envoie tout de suite... Oh, merci, merci beaucoup, Mr. Hero, c'est vraiment très gentil à vous. » Maureen couvrit le récepteur de ses ongles acérés et murmura d'un ton théâtral à Archie, « Archibald, Mr. Hero veut te voir. Urgent, d'après lui. T'as fait des bêtises ou quoi ?

— Tu parles ! » dit Archie, en se dirigeant vers l'ascenseur.

Sur la porte, un écriteau :

Kelvin Hero
Directeur
Morgan*Hero*
Spécialistes de mailing publicitaire direct

C'était censé impressionner le visiteur, et Archie réagit en conséquence, tambourinant d'abord trop faiblement sur la porte, puis trop fort, pour finir par tomber dans les bras de Kelvin Hero, tout de velours de coton vêtu, lorsque celui-ci tourna lui-même la poignée pour le faire entrer.

« Archie », dit Kelvin Hero, révélant une double rangée de perles dont le blanc devait plus aux miracles dispendieux de la stomatologie qu'à des brossages réguliers. « Archie, Archie, Archie.

— Mr. Hero, dit Archie.

— Tu me stupéfies, Archie, dit Mr. Hero.

— Mr. Hero, dit encore Archie.

— Assieds-toi, Archie, dit Mr. Hero.

— Bien sûr, Mr. Hero », dit l'autre.

Kelvin passa un doigt dans le col douteux de sa chemise, tourna et retourna dans sa main son stylo Parker en argent et prit une série d'inspirations profondes. « Bon, l'affaire est délicate, très délicate... et je n'ai rien d'un raciste, Archie...

— Mr. Hero ? »

Bon Dieu, se dit Kelvin, tu parles d'un regard de chien battu. Quand on a quelque chose de très délicat à dire, on n'a pas envie de se retrouver confronté à un regard pareil. De grands yeux, comme ceux d'un enfant ou d'un bébé phoque, l'image même de l'innocence : regarder Archie Jones revenait à regarder quelque chose ou quelqu'un qui s'attendait à tout instant à recevoir des coups sur la tête.

Kelvin essaya la manière douce : « Disons les choses autrement. D'ordinaire, confronté à ce genre de situation délicate, j'en parlerais, comme tu le sais, avec toi. Parce que avec toi, Arch, je n'ai jamais plaint mon temps, et que tu es quelqu'un que je respecte. Parfaitement, que je respecte. Tu n'es pas du genre tapageur, tu ne l'as jamais été, mais tu es...

— Solide », termina Archie, qui connaissait le discours pour l'avoir déjà entendu.

Kelvin sourit : une sorte de grande balafre lui barra une seconde le visage, avec la violence soudaine d'un homme corpulent franchissant une porte battante. « Exactement, c'est tout à fait ça, solide. Les gens te font confiance, Archie. Tu ne te fais plus

très jeune, et ta jambe fait des siennes... mais quand
cette affaire a changé de mains, je t'ai gardé, Arch,
parce que j'ai tout de suite compris que les gens te
faisaient confiance. C'est grâce à moi que tu es resté
dans le business si longtemps. Et je te fais confiance,
Arch, pour comprendre comme il convient ce que
j'ai à te dire.

— Mr. Hero ?

— J'aurais pu te raconter des histoires, Archie, dit
Kelvin en haussant les épaules, te dire qu'on avait
fait une erreur dans le recrutement et que tu n'avais
plus ta place chez nous. En me bougeant un peu le
cul, j'aurais bien trouvé un prétexte — mais t'es pas
tombé de la dernière pluie. T'es pas complètement
crétin, Archie, t'as quelque chose dans le ciboulot,
t'aurais additionné deux et deux...

— Pour faire quatre.

— Pour faire quatre, exactement, Archie. T'aurais
trouvé tout seul. Tu vois où je veux en venir, Archie ?
demanda Mr. Hero.

— Pas du tout, Mr. Hero, dit l'autre.

— Ce dîner, le mois dernier », dit Mr. Hero, obligé
d'entrer dans le vif du sujet, « c'était désagréable,
Archie, pour ne pas dire très pénible. Et maintenant,
il va y avoir la petite fête annuelle avec la compagnie
jumelle de Sunderland... nous serons une petite
trentaine, oh, rien de bien extraordinaire, un curry,
une bière, un petit pince-fesses — c'est pas que je
sois raciste, Archie, je te l'ai déjà dit...

— Raciste...

— Cet Enoch Powell, en un sens, il me dégoûte...
mais il faut reconnaître qu'il n'a pas tout à fait tort.
Il arrive un moment où la situation... où les gens
saturent, commencent à se sentir mal à l'aise... Tu
comprends, tout ce qu'il dit, c'est...

— Qui ça ?

— Powell, Archie, Powell — fais un effort pour suivre, bon sang — tout ce qu'il dit c'est que trop, c'est trop, d'accord ? Tu comprends, le lundi matin, dans Euston Road, on se croirait à Delhi. Et il y a des gens par ici — attention, je n'en suis pas — qui trouvent ton attitude comme qui dirait un peu bizarre.

— Comment ça, bizarre ?

— Tu comprends, les femmes des collègues n'apprécient pas parce que, il faut bien le dire, elle est vraiment... vraiment chouette — et ces jambes qu'elle a, Archie, ces jambes ! Toutes mes félicitations pour ces jambes. Quant aux hommes, eh bien les hommes, eux, ils n'apprécient pas non plus parce que ça les ennuie de sentir qu'ils aimeraient bien être avec quelqu'un d'autre, alors qu'ils sont assis à côté de leurs légitimes pendant les dîners d'entreprise, surtout quand ce quelqu'un d'autre est... ah, tu vois bien ce que j'veux dire... ils sont perturbés, quoi.

— Qui ça ?

— Comment ?

— De qui vous voulez parler, Mr. Hero ?

— Tiens, Archie », dit Kelvin, qui transpirait maintenant abondamment, chose tout à fait regrettable pour un homme pourvu, comme lui, d'une abondante toison sur la poitrine, « prends ça. » Kelvin poussa dans la direction d'Archie un gros paquet de tickets-restaurant. « C'est un reste de la tombola, tu te souviens, au profit des Biafrais.

— Vous plaisantez, Mr. Hero. J'ai déjà gagné une manique pour mon four à cette tombola, faut pas vous croire...

— Prends-les, Archie. Il y en a bien pour cinquante livres, et tu peux les utiliser dans plus de cinq mille établissements partout dans le pays. Prends-les. Paie-toi quelques bons repas aux frais de la maison. »

Archie tripota les tickets comme s'il s'agissait d'autant de billets de cinquante livres. Kelvin crut voir des larmes de bonheur lui monter aux yeux.

« Ben, je sais pas trop quoi dire. Je vais souvent dans le même petit resto, je sais pas s'ils acceptent les tickets, mais si oui, j'en ai pour un bout d'temps. Je sais pas comment vous remercier. »

Kelvin se tamponna le front avec un mouchoir. « C'est rien du tout, Arch. Ça me fait plaisir.

— Mr. Hero, est-ce que je peux…, dit Archie en montrant la porte. C'est que… j'aimerais bien passer deux ou trois coups de fil, vous comprenez, pour apprendre la nouvelle aux gens… pour le bébé. Du moins si vous pensez qu'on en a terminé. »

Kelvin acquiesça, soulagé. Archie mettait la main sur la poignée de la porte quand Kelvin s'empara à nouveau de son stylo Parker d'un geste brusque avant de dire : « Oh, Archie, pendant que j'y pense, ce dîner avec l'équipe de Sunderland… j'en ai parlé avec Maureen, et je crois qu'il va falloir réduire le nombre des invités… on a tiré les noms au sort et le tien est un de ceux qui sont sortis du chapeau. Ceci dit, je ne pense pas que tu manques grand-chose, hein ? Ces trucs-là sont jamais bien folichons.

— Comme vous voulez, Mr. Hero », dit Archie, l'esprit ailleurs, priant le ciel pour qu'O'Connell's soit un des « cinq mille établissements » susmentionnés et imaginant déjà la tête de Samad quand il lui mettrait le paquet de tickets-restaurant sous le nez.

*

En partie parce que Mrs. Jones est tombée enceinte si peu de temps après Mrs. Iqbal et en partie à cause d'une proximité journalière (à ce moment-là, Clara travaille à temps partiel, elle s'occupe d'un groupe de jeunes de Kilburn, qui ressemblent à un orchestre de ska et de reggae au grand complet — tresses afro de quinze centimètres, survêtements Adidas, cravates marron, Velcro, visières teintées —, et Alsana suit des cours de préparation à l'accouchement pour Asiatiques dans Kilburn High Road, non loin de là), les deux jeunes femmes commencent à se voir régulièrement. Au début hésitant — un ou deux déjeuners par-ci par-là, un café de temps à autre —, leur combat d'arrière-garde, ou ce qui en tient lieu, contre l'amitié qui unit leurs maris n'a pas tardé à prendre de l'ampleur. Elles se sont résignées : somme toute, le fait que leurs époux passent beaucoup de temps ensemble leur en laisse à elles pas mal de libre, ce qui n'est pas forcément désagréable, puisqu'elles peuvent ainsi s'offrir pique-niques et excursions, discussions et plages d'enrichissement personnel, vieux films français qui voient Alsana se mettre à crier en se voilant la face à la seule suggestion d'un corps nu (Quelle horreur ! On n'a pas envie de voir tous ces trucs qui pendent !), tandis que Clara se fait une petite idée de la manière dont vit l'autre moitié de l'humanité, ceux qui connaissent l'amour, la passion, la *joie de vivre*[1]. Ceux qui *font* l'amour. Qui ont la vie qui aurait pu être la sienne si elle ne s'était pas trouvée un beau jour en haut d'un escalier au moment où Archibald Jones poireautait en bas.

Puis, quand leurs protubérances se font trop grosses et les fauteuils de cinéma trop petits, les deux femmes commencent à se retrouver pour le déjeuner à Kilburn Park, souvent en compagnie de

1. En français dans le texte.

Nièce-de-la-Honte, toutes les trois tassées l'une contre l'autre sur un banc aux formes généreuses, où Alsana met dans les mains de Clara une Thermos de thé au citron, sans lait. Déroule le mètre de film plastique qui enveloppe la spécialité du jour : boulettes de pâte savoureuses, douceurs indiennes moelleuses striées des couleurs de l'arc-en-ciel, feuilletés garnis de bœuf épicé, salade avec des oignons. La présente à Clara en disant : « Allez, mange ! Fais-toi péter la panse ! Il est là, dans ton ventre, à tourner comme un ours en cage à attendre le dîner. Ne le fais pas languir plus longtemps. Tu voudrais quand même pas le faire mourir de faim ! » Car, nonobstant les apparences, il y a six personnes sur ce banc (trois présentes, plus trois en gestation : une fille pour Clara, deux garçons pour Alsana).

« Ce n'est pas qu'on veuille se plaindre, attention, dit Alsana. Les enfants sont une vraie bénédiction, plus il y en a, et mieux ça vaut. Mais je vais vous dire une chose, quand j'ai tourné la tête et que j'ai vu ce truc d'ultra-machin...

— Ultrason, corrige Clara, la bouche pleine de riz.

— Comme tu dis, eh ben, j'ai bien cru faire un coup de sang ! Deux, vous vous rendez compte ! Y a déjà assez à faire pour en nourrir un ! »

Clara éclate de rire et dit qu'elle imagine sans peine la tête de Samad quand il a vu ça.

« Non, ma chère, rectifie Alsana tout en glissant ses grands pieds sous les plis de son sari. Il n'a rien vu du tout. Il n'était pas là. Je ne suis pas du genre à lui laisser voir des choses comme ça. Une femme a droit à son intimité... je veux dire, le mari n'a pas à se mêler de ses histoires d'organes, c'est les parties intimes... »

Nièce-de-la-Honte, qui est assise entre elles deux, fait claquer sa langue.

« Bon Dieu de merde, Alsi, il s'est forcément mêlé de tes parties intimes à un moment ou à un autre, ou alors, tu nous as fait l'coup de l'immaculée conception ?

— Mon Dieu, quelle vulgarité », dit Alsana à Clara, d'un ton snob, très british. « Trop vieille pour être aussi vulgaire et trop jeune pour avoir appris à se taire. »

Et puis Clara et Alsana, avec ce mimétisme qui commande parfois les réactions de deux personnes partageant la même expérience, posent en même temps la main sur leur renflement.

Histoire de se racheter, Neena dit : « Bon... ben... Vous en êtes où pour les prénoms ? Vous avez des idées ?

— Meena et Malana, dit Alsana d'un ton sans réplique, si ce sont des filles. Et pour des garçons : Magid et Millat. Le M, c'est bien, c'est fort : Mahatma, Muhammad, sans compter ce drôle de Mr. Morecambe, de Morecambe & Wise... c'est une lettre solide, qui inspire confiance. »

Clara est plus prudente : donner un nom lui semble relever d'une responsabilité dépassant les compétences d'une simple mortelle, relevant de pouvoirs quasi divins. « Si c'est une fille, j'crois qu'j'aime bien *Irie*. C'est du dialecte d'chez nous. Ça veut dire *O.K., c'est cool, peinard, tout va bien*, vous comprenez ?

— *O.K.* ? » s'exclame Alsana, horrifiée, avant même que l'autre ait terminé sa phrase. « T'appelles ça un nom ? Et pourquoi pas *"Etqu'estcequecesera-avecçamonsieur ?"* ou *"Beautempsn'estcepas ?"*.

— ... Archie, lui, il aime bien Sarah. Bof, y a rien à dire cont', mais y a pas grand-chose à dire pou' non plus. J'suppose que si c'était assez bon pour la femme d'Abraham...

— Ibrahim », corrige Alsana, machinalement plus que par respect de la lettre coranique. « Eh oui, cette femme qui, par la grâce d'Allah, se met à pondre des bébés quand elle a déjà cent ans.

— Ben, moi, dit Neena, qui n'apprécie guère le tour que prend la conversation, Irie, j'aime bien. C'est dans l'coup. C'est pas vu. »

Alsana lève les yeux au ciel. « Qu'est-ce que tu racontes ? Tu crois qu'Archibald, il est dans le coup, lui, qu'il est pas vu ? À ta place, ma petite, dit-elle en tapotant le genou de Clara, j'en resterais à Sarah, sans me poser de questions. Parfois, il faut laisser les hommes en faire à leur tête. Leur accorder un p'tit quelque chose, histoire d'avoir un peu la paix. »

En réponse, Nièce-de-la-Honte prend son plus bel accent indien, bat ostensiblement de ses longs cils, et s'enveloppe la tête de son écharpe comme si c'était un voile. « Nous y v'là, tante Alsi en p'tite épouse indienne soumise. Tu lui parles pas, et lui y t'aboie après. Vous vous engueulez, vous vous criez après, mais y a aucune communication, et au bout du compte, c'est lui qui gagne, passqu'il fait c'qui lui chante quand ça lui chante. La moitié du temps, tu sais même pas où il est, c'qu'y fait ni c'qu'y pense. On est en 1975, Alsi. Ce genre de rapports, c'est fini. C'est plus possible. C'est pas comme chez nous, au pays. Pour les Occidentaux, y faut qu'les hommes et les femmes communiquent entre eux, y faut qu'y s'écoutent, sinon... » Neena fait le geste d'un petit champignon atomique lui sortant de la main.

« Tu parles d'un ramassis d'âneries », dit Alsana d'une voix sonore, en fermant les yeux et en secouant la tête, « c'est toi qui n'écoutes pas, oui. Par Allah, ce que je donne est toujours à la mesure de ce que je reçois. Parce que tu crois peut-être que j'ai envie de savoir ce qu'il fait, que ça m'intéresse. La vérité, c'est qu'on n'a pas besoin de toutes ces palabres pour qu'un mariage survive, parler, parler, parler, mais à quoi ça sert : "Je suis comme ci", "Je suis comme ça", "Et toi, au fond, qu'est-ce que t'es ?" comme dans les journaux, toutes ces révélations — surtout quand on a un mari qui est vieux, tout fripé et décrépit —, on n'a a-bso-lu-ment pas envie de savoir ce qui rôde sous le lit ou ce qui se cache dans l'armoire. »

Neena fronce les sourcils, Clara est incapable de soulever une quelconque objection, si bien que le riz fait une fois de plus le tour de la compagnie.

« Qui plus est », poursuit Alsana après un silence, croisant ses bras potelés sur son estomac et ravie de broder sur un sujet si proche de son ample sein, « quand on vient de familles comme les nôtres, s'il y a une chose que l'on a apprise, c'est que le silence, ce qui n'est pas dit, c'est encore la meilleure recette pour préserver la paix des ménages. »

Car elles ont été toutes les trois élevées dans des familles très strictes et très croyantes, des maisons où Dieu apparaissait à tous les repas, s'insinuait dans tous les jeux d'enfant, était présent, assis en lotus, sous les couvertures, avec sa lampe de poche pour vérifier qu'il ne se passait rien d'illicite.

« Dis-moi si j'me trompe, dit Neena, sarcastique, mais t'es pas en train d'dire que c'est en refoulant tout un tas de choses qu'on peut espérer sauver son mariage ?

— Sottises », s'exclame Alsana, qui redémarre au quart de tour. « Qui te parle de refouler quoi que ce soit ? Moi, je te parle de bon sens. Mon mari, c'est qui, c'est quoi ? Et le tien ? poursuit-elle à l'adresse de Clara. Ils avaient d'jà vécu vingt-cinq ans qu'on était pas encore nées. Alors, qu'est-ce qu'ils sont ? De quoi ils sont capables ? Quel sang est-ce qu'ils ont sur les mains ? Il y a sûrement des choses pas jolies jolies à voir dans leur petit monde, mais quoi ? Qui pourrait le dire ? » Elle lance les bras en l'air dans un geste d'ignorance, lâchant ses questions dans l'air pollué de Kilburn et expédiant un vol de moineaux effrayés à leur suite.

« Ce que tu n'comprends pas, Nièce-de-la-Honte, ce que personne de ta génération ne comprend... »

À ce stade, Neena n'arrive pas à prévenir l'expulsion d'un morceau d'oignon qui, sous la violence de sa protestation, se trouve projeté hors de sa bouche. « Ma génération ? Mais où tu pisses, Alsi, t'as qu'deux ans d'plus que moi ! »

Alsana poursuit, impavide, imitant du geste un couteau tranchant la langue ordurière de sa nièce « ... c'est que tout le monde n'a pas forcément envie d'aller voir c'qui se passe dans le petit monde privé, suant et gluant, des autres.

— Mais tantine », insiste Neena, élevant la voix, parce que c'est là ce dont elle a vraiment envie de discuter, la véritable pomme de discorde entre elles deux : le mariage arrangé d'Alsana. « Comment est-ce que tu peux supporter de vivre avec quelqu'un que tu n'connaissais ni d'Ève ni d'Adam ? »

En réponse, un clin d'œil exaspérant : Alsana adore se montrer joviale au moment même où son interlocuteur commence à s'énerver sérieusement. « Parce que, Mademoiselle Je-sais-tout, c'est de loin la solution la plus simple. C'est précisément parce que Ève ne connaissait Adam ni d'elle-même ni d'Adam qu'ils se sont si bien entendus. Laisse-moi t'expliquer. C'est vrai qu'on m'a mariée à Samad Iqbal le soir même du jour où je l'ai rencontré pour la première fois. C'est vrai que je ne le connaissais ni d'Ève ni d'Adam. Mais il ne me déplaisait pas. On s'est rencontrés dans la salle du petit déjeuner d'un

hôtel de Delhi, un jour où il faisait une chaleur épouvantable, et il m'a éventée avec le *Times*. J'ai trouvé
qu'il avait un visage sympathique, une voix douce et
un joli p'tit derrière pour un homme de son âge.
Bon. Maintenant, chaque fois que je découvre
quelque chose de nouveau sur son compte, je
l'apprécie un peu moins. Donc, tu vois, tout compte
fait, on était nettement mieux avant. »

Neena tape du pied, exaspérée par une logique
aussi pervertie.

« En plus, j'arriverai jamais à le connaître vraiment. Vouloir tirer quelque chose de mon mari,
autant pisser dans un violon, si vous me passez
l'expression.

— C'est toi qui es vulgaire, maintenant », dit Neena,
incapable de s'empêcher de rire.

« Oui, oui, je sais bien que tu me crois idiote. Mais
détrompe-toi, je ne manque pas de sagesse sur le
chapitre des hommes. Je te le dis, en vérité » —
Alsana s'apprête à mettre un terme aux débats à
l'aide d'une formule frappante, comme elle l'a vu
faire, des années plus tôt, aux jeunes avocats de
Delhi, avec leur raie bien nette sur le côté — « les
hommes sont le dernier mystère de la création. À
côté d'eux, Dieu est un jeu d'enfant. Bon, la philosophie, ça suffit comme ça. Qui veut un samosa ? »
Elle enlève le couvercle en plastique de la boîte et se
carre sur sa conclusion, jolie, repue et satisfaite.

« C'est d'autant plus dommage que tu doives en
avoir », dit Neena à sa tante, tout en allumant une
cigarette. « Des garçons, j'entends. C'est regrettable
que tu t'apprêtes à avoir des garçons.

— Qu'est-ce que tu veux dire ? »

La question émane de Clara, qui bénéficie en
secret (c'est-à-dire à l'insu d'Alsana et d'Archie) des
bienfaits de la bibliothèque à laquelle est abonnée

Neena, grâce à qui elle a lu, en l'espace de quelques mois, *La Femme eunuque* de Greer, *Le Complexe d'Icare* d'Erica Jong et *Le Deuxième Sexe*, résultat d'une tentative clandestine de la part de Neena pour débarrasser Clara de sa « fausse conscience ».

« Ce que j'veux dire, c'est que les hommes ont fait suffisamment d'dégâts comme ça. Y a bien assez d'hommes comme ça dans l'monde, bon Dieu. Moi, si j'savais que j'allais avoir un garçon » — elle s'interrompt une seconde, le temps de préparer ses deux amies à cette nouvelle vision des choses —, « j'envisagerais sérieusement de m'faire avorter. »

Cri d'Alsana, qui se bouche une oreille d'une main et plaque l'autre sur l'oreille de Clara, avant de s'étrangler avec un morceau d'aubergine. Sans trop savoir pourquoi, Clara trouve cette remarque drôle, terriblement, désespérément, incroyablement drôle ; si bien que Nièce-de-la-Honte, ahurie, regarde tour à tour les deux femmes ovoïdes pliées en deux à côté d'elle, l'une de rire, l'autre de suffocation horrifiée.

« Quelque chose qui ne va pas, mesdames ? »

La question émane de Sol Jozefowicz, l'homme qui a pris sur lui, il y a des lustres de ça, de s'occuper de l'ordre public dans le parc (même si des coupes claires dans le budget municipal ont fait disparaître son boulot de gardien depuis bien longtemps), et qui maintenant, debout devant elles, se montre prêt, comme à son habitude, à proposer ses services.

« Quelque chose qui ne va pas ? Mais on va toutes brûler en enfer, Mr. Jozefowicz, explique Alsana, retrouvant son souffle.

— Parle pour toi », dit Nièce-de-la-Honte en roulant des yeux blancs.

Mais quand il s'agit de faire feu pour répondre à l'attaque, Alsana tire plus vite que son ombre. « C'est bien ce que je fais — heureusement, c'est ainsi que l'a voulu Allah.

— Bonjour, Neena, bonjour, Mrs. Jones, dit Sol, leur offrant à chacune une jolie petite courbette. Vous êtes sûres que ça ira ? Mrs. Jones ? »

Clara n'arrive pas à retenir les larmes qui perlent au coin de ses yeux. Elle n'arrive pas non plus, pour l'instant, à savoir si elle pleure ou si elle rit.

« Ça va bien... très bien. Désolée de vous avoir inquiété, Mr. Jozefowicz... j'vous assure, ça va bien.

— Je ne vois pas ce qu'il y a de si drôle, marmonne Alsana. Le meurtre de pauvres innocents — vous trouvez ça drôle, vous ?

— D'après mon expérience, pas du tout, Mrs. Iqbal », dit Sol Jozefowicz, de ce ton pondéré qui ne le quitte jamais, tout en tendant son mouchoir à Clara. Brutalement, les trois femmes sont amenées à se demander — comme parfois l'histoire vous oblige, sans prévenir et sans ménagements, à vous interroger — ce qui a bien pu constituer l'expérience passée de l'ex-gardien du parc. Du coup, elles gardent le silence.

« Eh bien, si vous m'assurez que tout va bien, mesdames, je m'en vais continuer ma ronde », dit Sol, faisant signe à Clara qu'elle peut conserver le mouchoir et replaçant sur sa tête le chapeau qu'il avait ôté en les abordant, comme dans l'ancien temps. Nouvelle petite courbette, et le voilà reparti, lentement, pour faire le tour du parc dans le sens inverse des aiguilles d'une montre.

« D'accord, d'accord, tante Alsi, dit Neena quand Sol s'est suffisamment éloigné. Je m'excuse, je m'excuse... Oh, merde alors, qu'est-ce qu'y t'faut d'plus ?

— Mais y me faut tout, bon Dieu », éclate Alsana, qui soudain lâche prise et révèle sa vulnérabilité.

« Qu'on m'explique tout ce bon Dieu d'univers une bonne fois pour toutes. Je n'comprends plus rien de rien, et ça n'est qu'un début. Tu m'suis ? »

Elle pousse un grand soupir, n'attendant de toute évidence pas de réponse, ses yeux non pas sur Neena, mais sur la silhouette voûtée de Sol qui disparaît au loin entre les ifs. « Peut-être que tu as raison pour Samad... et pour d'autres choses aussi. Peut-être que tous les hommes sont mauvais, après tout, même ceux que j'ai là, dans mon ventre... peut-être que je ne parle pas assez avec mon mari, peut-être que j'ai épousé un étranger. Il se peut bien que tu voies la vérité mieux que moi. Après tout, qu'est-ce que je sais ? Qu'est-ce que je suis ? Une fille de la campagne aux pieds nus... qui n'est jamais allée à l'université.

— Oh, Alsi », dit Neena, pour qui chaque mot d'Alsana sonne comme un reproche et qui maintenant s'en veut d'avoir parlé comme elle l'a fait. « Tu sais que c'est pas du tout c'que j'voulais dire.

— Mais je peux pas me permettre de me casser la tête à chercher la vérité avec un grand V. La seule vérité à laquelle je dois m'intéresser, c'est celle qui est praticable dans la vie de tous les jours. La différence est de taille, mais dans les deux cas, il y a de quoi te faire perdre la boule. Toi, tu crois aux vertus de la parlotte, pas vrai ? » continue Alsana, avec quelque chose qui ressemble à un sourire. « Allez, on déballe tout, et tout ira mieux. On est sincère, on ouvre son cœur et on répand son contenu à la ronde. Mais le passé, c'est pas seulement des mots, ma belle. Nous, on a épousé des vieux ; tu comprends ? Ces p'tits-là » — Alsana flatte les deux estomacs renflés —, « ils auront toujours des faucheux en guise de père, avec une patte dans le présent, et une autre dans le passé. T'auras beau parler, ça changera rien à l'affaire. Leurs racines, elles seront toujours emmêlées. Et les racines, ça s'arrache. T'as qu'à regarder mon jardin — pas un matin où ces saloperies d'oiseaux viennent pas s'attaquer à la coriandre... »

Au moment où il atteint la grille du fond, Sol Jozefowicz se retourne pour leur faire un grand signe ; en réponse, les trois femmes agitent la main dans sa direction. Clara se fait l'effet d'être un peu théâtrale, à agiter ainsi le mouchoir de l'autre au-dessus de sa tête. Comme si elle disait au revoir à quelqu'un qui prend un train pour l'étranger.

« Comment ils se sont rencontrés ? » demande Neena, faisant des efforts louables pour dissiper le malaise qui est venu troubler leur pique-nique. « Mr. Jones et Samad Miah, je veux dire. »

Alsana rejette la tête en arrière, comme pour se débarrasser du sujet. « Oh, pendant la guerre. Pendant qu'ils égorgeaient quelques pauvres types qui ne demandaient sans doute rien à personne. Et tu veux me dire ce qu'ils en ont retiré ? Une main foutue pour Samad et une patte folle pour l'autre. Belles récompenses, y a pas à dire.

— A'chie, c'est la jambe dwoite », dit Clara calmement, montrant du doigt sa cuisse à elle. « Un mo'ceau d'mé-étal, j'cwois. Mais y m'dit pas g'and-chose, pour sû'.

— Et alors, quelle importance ? s'exclame Alsana. Je ferais plus facilement confiance à ce pickpocket de Vishnu aux cent bras qu'à ce que ces types peuvent avoir à dire. »

Mais l'image du jeune soldat Archie est très chère à Clara, surtout quand Archie le vieux plieur de publicités bedonnant est grimpé sur elle. « Oh, t'exagères, on sait pas, apwès tout, c'que... »

Alsana crache carrément dans l'herbe. « C'est du bidon, tout ça. Si c'est des héros, où c'est qu'ils ont mis leur attirail de héros ? Les héros, ils ont des tas d'trucs. Du matos bien à eux, qui fait que tu les repères à des kilomètres à la ronde. Moi, j'ai même jamais vu la queue d'une médaille... même pas une photo. » Un bruit très désagréable monte du fond de sa gorge, signal chez elle d'une totale incrédulité. « Si tu r'gardes bien les choses — et je t'assure, ma belle, qu'il le faut, qu'il faut même les regarder de très près —, qu'est-ce que tu vois ? Samad a plus qu'une main ; à l'entendre, y cherche Dieu, mais j'ai comme une idée que Dieu l'a laissé tomber. Et ça fait maintenant deux ans qu'il est dans cette boîte à curry, à servir d'la chèvre filandreuse à des gogos d'Blancs qui n'y connaissent rien, et Archibald... eh bien, à regarder les choses de près... »

Alsana s'arrête le temps de voir si elle peut continuer et dire ce qu'elle pense sans risquer d'offenser Clara ou de lui faire inutilement de la peine, mais Clara a les yeux fermés : elle est déjà en train de regarder les choses de près, de très près ; la jeune femme qu'elle est regarde de très près le vieil homme qui lui sert de mari. C'est elle qui finit la phrase d'Alsana, tandis qu'un sourire lui éclaire peu à peu le visage :

« ... il plie du papier pour gagner sa vie, Seigneur. »

5

Les racines d'Alfred Archibald Jones et de Samad Miah Iqbal

À propos : toutes ces instructions d'Alsana, comme quoi il faut regarder les choses de près, les regarder bien en face, sans flancher, honnêtement, procéder à une inspection méticuleuse qui vous emmènera du cœur jusqu'à la moelle, de la moelle jusqu'à la racine, c'est très bien tout ça, mais la question reste quand même de savoir jusqu'où vous voulez aller. De quoi vous êtes prêt à vous contenter. Si l'on en croit leur expression, c'est du sang que veulent les Américains. Mais il va vous falloir sans doute plus que du sang : apartés à voix basse ; conversations oubliées ; médailles et photographies ; listes et certificats ; papier jauni portant la trace à peine visible de dates décolorées. Plus loin, toujours plus loin dans le passé. Bon, d'accord, allons-y, remontons le temps. Jusqu'à Archie qui, propre comme un sou neuf, le teint rose et frais, a l'air tout juste assez vieux, à dix-sept ans, pour tromper les toubibs du conseil de révision avec leurs crayons et leur toise. Jusqu'à Samad, qui a deux ans de plus et qui, côté couleur, a tout d'un pain cuit à point. Jusqu'au jour où ils se sont retrouvés affectés l'un à l'autre, Samad Miah Iqbal (deuxième rang, allez, en avant, soldat !) et Alfred Archibald Jones (allez, plus vite que ça, plus vite que ça !), ce jour où Archie oublia un des articles fondamentaux du code britannique des bonnes manières : ne jamais dévisager son voisin. Marchant côte à côte sur un chemin de terre noir, quelque part en Russie, vêtus à l'identique : petites casquettes triangulaires perchées au sommet du crâne comme des voiliers en papier, uniforme standard on ne peut plus rugueux, bottes noires couvertes de la même poussière emprisonnant leurs doigts de pied gelés. Mais Archie gardait les yeux fixés sur l'autre. Et l'autre, Samad, s'en accommodait, attendant patiemment que ça se tasse, jusqu'à ce qu'il décide — au bout d'une semaine passée dans leur tank à suffoquer dans l'atmosphère étouffante de cet engin hermétiquement clos, à supporter sur lui le regard fixe d'Archie, jour après jour, heure après heure — que sa patience, à lui aussi, avait des limites.

« Dis-moi, mon ami, qu'est-ce que tu me trouves de si mystérieux, que tu restes là en contemplation devant moi ?

— Hein ? Quoi ? » dit Archie, qui n'était pas du genre à prendre sur son temps de service pour mener des conversations privées. « Personne... enfin... rien — j'veux dire, qu'esse-tu veux dire ? »

Tous deux chuchotaient, car leur conversation n'avait rien de simple, même s'il y avait deux autres simples soldats avec eux, plus un capitaine, dans leur Churchill cinq places qui traversait Athènes pour remonter sur Thessalonique. C'était le 1er avril 1945. Archie Jones conduisait le tank, Samad était l'opérateur-radio, Roy Mackintosh le copilote, Will Johnson, tassé sur une poubelle, l'artilleur. Quant à Thomas Dickinson-Smith, il était assis sur un siège légèrement surélevé, position à laquelle l'orgueil qu'il tirait d'un grade encore tout frais lui interdisait de renoncer, même si elle lui coinçait la tête contre le plafond. Aucun d'entre eux n'avait vu qui que ce soit en dehors d'eux-mêmes depuis trois semaines.

« Ce que je veux dire, c'est qu'il y a de fortes chances pour qu'on passe encore deux ans coincés dans ce truc. »

Une voix grésilla dans la radio, et Samad, peu désireux de paraître négliger ses devoirs, répondit de manière aussi rapide qu'efficace.

« Et alors ? » demanda Archie, une fois que Samad eut communiqué leurs coordonnées.

« Alors, il y a qu'il arrive un moment où, avec la meilleure volonté du monde, on ne peut plus supporter de se sentir observé sans arrêt. Est-ce que tu fais une enquête, ou une thèse, sur les radios, ou est-ce que c'est mon cul qui t'intéresse ? »

Leur capitaine, Dickinson-Smith, qui, lui, s'était pris de passion pour le cul de Samad (pas seulement le cul, d'ailleurs, l'esprit aussi ; sans compter deux bras minces et musclés qui ne pouvaient avoir d'autre fonction que de se refermer sur le corps d'un amant ; et deux yeux marron tachés de vert des plus affriolants), tenta de mettre un terme à la conversation.

« Ique-Balle ! Jones ! Ça suffit. Vous en voyez beaucoup, ici, qui passent leur temps à bavarder ?

— Je faisais juste une objection, mon capitaine. C'est dur, mon capitaine, de se concentrer sur ses F comme Fox-trot et ses Z comme Zèbre, ses points et ses traits, quand un plouc suit le moindre de vos mouvements de ses yeux de plouc, mon capitaine. Chez moi, au Bengale, on dirait que des yeux pareils sont ceux d'un homme rempli de...

— La ferme, Sultan, pauv'tapette », intervint Roy, qui ne supportait pas Samad et ses manières de lopette.

« Mackintosh, dit Dickinson-Smith, ça suffit, maintenant. Laisse continuer le Sultan. Allez, vas-y, Sultan. »

Pour éviter de se voir taxé de partialité à l'égard de Samad, le capitaine avait tendance à s'en prendre systématiquement à lui et à encourager la pratique de ce surnom détestable de Sultan. Mais il ne s'y prenait jamais comme il fallait : trop de mollesse dans la voix, des accents trop semblables à ceux de Samad lui-même. Résultat : Roy et les quatre-vingts autres Roy sous son commandement direct détestaient Dickinson-Smith, passaient leur temps à le ridiculiser, témoignant ouvertement de leur manque de respect. En avril 45, ils en étaient arrivés à ne plus éprouver pour lui que du mépris et en avaient plus que soupé de ses manières de lopette de commandant. Archie, qui était nouveau dans le Premier régiment du génie, commençait tout juste à le découvrir.

« Je lui disais juste de la fermer, et c'est ce qu'y va faire, s'y veut pas d'ennuis, ce sultan indien d'mes deux. Sauf vot'respect, mon capitaine, ça va d'soi », ajouta Roy, histoire de maintenir un semblant de politesse à l'égard de l'autre.

Dickinson-Smith n'était pas sans savoir que dans les autres régiments, dans les autres tanks, il n'était pas question que les simples soldats répondent à leurs supérieurs, il n'était même pas question qu'ils ouvrent la bouche. Le semblant de politesse de Roy en disait long sur l'échec de Dickinson-Smith. Dans les autres tanks, les Sherman, les Churchill, les Matilda qui parsemaient les ruines de l'Europe comme des cafards impossibles à écraser, il n'était question ni de respect ni de manque de respect. Mais seulement d'obéissance, de désobéissance et de punition.

« Sultan... Sultan..., dit Samad d'un air songeur. Vous savez quoi, Mr. Mackintosh, le surnom ne me gênerait pas s'il avait au moins le mérite d'être exact. Or, historiquement, il est inexact. Et il l'est tout autant d'un point de vue géographique. Je suis sûr de vous avoir déjà expliqué que j'étais originaire du Bengale. Le mot "sultan", lui, s'applique à certains hommes des pays a-rabes — à des milliers de kilomètres à l'ouest du Bengale. M'appeler Sultan, c'est à peu près aussi correct, en termes de distance, que si, moi, je vous traitais de gros salopard de Boche.

— Je t'ai appelé Sultan, et je continuerai à t'appeler comme ça, si j'veux.

— Mr. Mackintosh, est-ce que c'est vraiment aussi compliqué que ça, est-ce qu'il est vraiment impensable que vous et moi, coincés dans cet engin britannique, nous ne puissions parvenir à nous traiter l'un l'autre comme deux sujets britanniques combattant côte à côte ? »

Will Johnson, qui était un peu simplet, se découvrit, comme il le faisait toujours dès que quelqu'un prononçait le mot « britannique ».

« Mais d'quoi elle cause, la pédale ?

— De rien, dit Samad. Je ne cause de rien de spécial. Je parlais, c'est tout, j'essayais de tailler une bavette, comme on dit, et par la même occasion de convaincre le sapeur Jones d'arrêter de me dévisager à jet continu, avec des yeux comme des soucoupes, c'est tout ce que j'essayais de faire... et il semblerait que j'aie échoué dans mes deux entreprises. »

Il donnait l'impression d'être réellement blessé, et Archie se sentit soudain envahi du désir, peu commun chez un soldat, de soulager cette souffrance. Mais ce n'était ni le lieu ni le moment.

« Bon, ça commence à bien faire, tous autant que vous êtes. Jones, vérifiez la carte », dit Dickinson-Smith.

Archie vérifia donc la carte.

Leur voyage était on ne peut plus ennuyeux, les actions étant des plus rares. Le tank d'Archie était un engin du génie appartenant à l'une de ces divisions spéciales qui n'étaient rattachées ni à un comté anglais ni à une arme en particulier, mais constituaient un service commun à toute l'armée et passaient d'un pays à un autre, récupérant le matériel endommagé, rétablissant les liaisons, ouvrant un passage pour une bataille à venir, ou une route, là où les routes avaient été détruites. Leur boulot n'était pas tant de faire la guerre que de veiller à ce que celle-ci se déroule sans encombres. Quand Archie avait rejoint les forces combattantes, il était déjà évident que les décisions cruelles et sanglantes se feraient dans les airs et n'auraient rien à voir avec les trente centimètres d'écart entre le diamètre d'un obus perforant allemand et celui d'un obus anglais du même type. La vraie guerre, celle où des villes capitulaient, celle qui se faisait à coups d'explosions et de statistiques macabres, se déroulait à des kilomètres au-dessus de la tête d'Archie. Cependant qu'au sol, leur lourd tank blindé avait une mission plus simple : éviter la guerre civile dans les montagnes (cette guerre dans la guerre) entre groupes de partisans rivaux ; choisir soigneusement leur route entre les cadavres et la « jeunesse perdue » ; s'assurer que les voies de communication d'un bout à l'autre de cet enfer permettaient effectivement de communiquer.

« L'usine de munitions bombardée est à trente kilomètres au sud-ouest, mon capitaine. Nous devons récupérer tout ce que nous pouvons. Le soldat Ique-Balle m'a communiqué à 16 heures 47 un message radio qui nous informe que, autant qu'on puisse en juger d'en haut, la zone est libre, mon capitaine, dit Archie.

— Ça ne ressemble pas à la guerre, tout ça », dit Samad d'une voix tranquille.

Quinze jours plus tard, tandis qu'Archie vérifiait l'itinéraire jusqu'à Sofia, Samad dit tout à trac, sans s'adresser à quiconque en particulier : « Je ne devrais pas être ici. »

Comme d'habitude, tout le monde l'ignora, mais personne davantage qu'Archie, qui pourtant aurait donné n'importe quoi pour écouter ce que l'autre avait à dire.

« J'ai de l'instruction, une formation complète, je devrais être avec la Royal Air Force en ce moment, en train de bombarder tout ce qui se présente de là-haut ! Je suis officier ! Pas un mollah ni un quelconque cipaye, qui gâche ses meilleures années à trimer au bas de l'échelle. Mon arrière-grand-père, Mangal Pande » — il guetta autour de lui un signe de reconnaissance, et, ne trouvant rien d'autre que des visages d'Anglais dénués de toute expression, poursuivit —, « a été le grand héros de la Révolte des Cipayes. »

Silence.

« En 1857 ! C'est lui qui a tiré la première de ces cartouches infamantes enduites de graisse de porc et l'a envoyée ricocher dans les oubliettes de l'histoire ! »

Nouveau silence — plus long et plus pesant.

« Si ce n'était de cette saloperie de main », dit Samad, maudissant intérieurement la mémoire historique inexistante des Britanniques et levant cinq doigts paralysés et recroquevillés sur eux-mêmes de son plexus, là où ils reposaient le plus souvent, « de cette saloperie de main dont cette pauvre armée indienne m'a si gentiment fait cadeau en échange de mes services, j'aurais fait aussi bien que mon ancêtre. Et pourquoi cette infirmité ? Parce que l'armée indienne s'y entend davantage pour lécher les bottes et les culs que pour affronter les dangers des combats. N'allez jamais en Inde, sapeur Jones, mon ami, on n'y trouve que des ânes et des crétins. Tous des crétins, depuis les hindous jusqu'aux Pendjabis en passant par les sikhs. Et voilà maintenant qu'on se met à parler d'indépendance — l'indépendance pour le Bengale, alors là, oui, je signe tout de suite, Archie —, mais qu'on laisse donc l'Inde faire la pute dans le lit des Anglais, si c'est ce qu'elle veut. »

Son bras s'abattit contre son côté de tout son poids mort pour prendre quelque repos, comme un vieillard après un accès de colère. Samad s'adressait toujours à Archie comme s'ils avaient partie liée contre les autres occupants du tank. Archie tentait bien de l'ignorer, mais ces quatre jours d'observation continuelle avaient tissé entre les deux hommes un lien ténu mais néanmoins solide sur lequel Samad tirait à la moindre occasion.

« Tu comprends, Jones, dit Samad, la véritable erreur du vice-roi a été de donner une position de pouvoir aux sikhs, uniquement parce qu'ils avaient remporté quelque succès avec les kafirs en Afrique. On leur a dit : Mais oui, Mr. Man, peu importe votre tronche grasse et luisante de transpiration, votre fausse moustache à l'anglaise et votre couvre-chef ridicule qui ressemble à un gros étron en équilibre sur votre tête, peu importe tout ça, vous pouvez quand même devenir officier, car nous allons indianiser l'armée ; allez, partez donc vous battre en Italie, major Pugri, Daffadar Pugri, aux côtés des vaillants soldats de Sa Majesté ! Voilà ce qu'il leur a dit, le vice-roi. Erreur grossière ! Et puis ils sont venus me chercher, moi, héros du 9e régiment des forces montées du nord Bengale, héros de l'escadron de l'air du Bengale, pour me dire : "Samad Miah Iqbal, Samad, nous allons vous conférer un grand honneur. Vous allez aller vous battre en Europe — pas crever de faim et être obligé de boire votre propre pisse quelque part en Égypte ou en Malaisie —, non, vous allez aller tuer des Boches là où il y en a en pagaille." À deux pas de chez eux, sapeur Jones, à deux pas de chez eux. Alors je suis parti. Pour l'Italie. Je me disais, c'est là que je vais montrer à l'armée britannique que les musulmans du Bengale savent se battre aussi bien que n'importe quel sikh. Que dis-je, mieux ! Et plus longtemps ! Que ce sont eux les plus instruits, eux qui sont du meilleur sang, eux seuls dont on peut faire des officiers.

— Des officiers indiens ? Ça, c'est la meilleure, dit Roy.

— Dès le lendemain de mon arrivée, dit Samad, j'ai détruit une planque nazie depuis les airs. Comme un aigle qui fond sur sa proie.

— Foutaises, dit Roy.

— Le jour suivant, j'ai stoppé l'ennemi au moment où il approchait de la ligne gothique, libérant du même coup la trouée d'Argenta et ouvrant aux Alliés la route de la vallée du Pô. Lord Mountbatten lui-même devait me féliciter, lui-même en personne. Cette main, il devait me la serrer. Mais ça ne s'est jamais produit. Sais-tu ce qui m'est arrivé le troisième jour, soldat Jones ? Sais-tu comment je me suis retrouvé estropié ? Alors que j'étais en pleine force de l'âge ?

— Non, dit Archie doucement.

— Il y a eu ce crétin de sikh, sapeur Jones. Ce débile mental. On était dans la tranchée, son fusil est parti, et la balle m'a traversé le poignet. Mais j'ai refusé l'amputation. Le moindre morceau de mon

corps est un don d'Allah. Et c'est à lui qu'il retour-
nera. »

C'est ainsi que Samad avait échoué dans cette division peu glorieuse du génie de l'armée de Sa Majesté,
avec d'autres laissés-pour-compte : des hommes
comme Archie, comme Dickinson-Smith (dont le
dossier militaire comportait la mention : « Risque :
homosexuel »), comme Mackintosh et Johnson, qui
relevaient carrément d'une lobotomie frontale. Des
rebuts de la guerre. Le Bataillon des Baisés, comme
l'avait baptisé Roy, non sans affection. Le gros problème avec ce Premier Régiment d'Assaut du génie,
c'était son capitaine : Dickinson-Smith n'avait rien
d'un soldat. Et surtout rien d'un commandant, même
si le commandement était inscrit dans son patrimoine génétique. Contre sa volonté, on l'avait sorti
de l'université qu'avait fréquentée son père, sorti de
la toge qu'avait portée ce dernier et on l'avait obligé
à Faire une Guerre, comme son père avant lui. Et le
père de son père, et le père de son grand-père, *ad
infinitum*. Le jeune Thomas s'était résigné à son sort
et faisait de son mieux, de manière aussi concertée
que prolongée (quatre années maintenant), pour que
son nom aille allonger la liste inépuisable des Dickinson-Smith gravée sur une longue pierre tombale
dans le village de Little Marlow, et pour que son
cadavre soit couché au sommet de la pile de ceux
qui, encaqués comme des sardines, occupaient fièrement le caveau familial, installé tout en haut d'un
cimetière pour le moins historique.

Tués par les Boches, les Ritals, les Chinetoques, les
Français, les Écossais, les Latinos, les Zoulous, les
Indiens (des Indes et d'ailleurs, y compris les Peaux-
Rouges) et même, à l'occasion, pris à tort pour un
okapi en fuite par un Suédois lors d'un safari à Nai-
robi, les Dickinson-Smith faisaient preuve, inlassa-

blement et depuis toujours, d'un même désir insatiable : voir leur sang répandu en terre étrangère. Et quand par hasard il n'y avait pas de guerre en cours, ils reportaient leur attention sur la question irlandaise, sorte de villégiature de la mort pour la famille, question qui les occupait depuis 1600 et qui ne semblait pas devoir trouver de solution dans l'immédiat. Mais mourir n'est pas si facile. Et bien que la possibilité de se jeter devant la première arme mortelle venue ait toujours exercé sur la famille une sorte d'attraction magnétique, il n'en allait pas de même pour ce Dickinson-Smith-là. Le pauvre Thomas éprouvait une attirance bien différente pour la terre étrangère. Ce qu'il voulait, c'était la connaître, la nourrir, apprendre à son contact et l'aimer. Le petit jeu de la guerre ne l'intéressait absolument pas.

La longue histoire de la décadence de Samad, des hauteurs glorieuses de l'escadron du Bengale aux bas-fonds du Bataillon des Baisés, fut reprise *ad nauseam* pour le bénéfice d'Archie, sous différentes formes, avec diverses variantes et fioritures, au moins une fois par jour pendant la quinzaine qui suivit, et ce, que le destinataire écoutât ou non. Si fastidieuse qu'elle fût, elle constituait pourtant un morceau de bravoure à côté des autres histoires d'échecs qui remplissaient les longues nuits des hommes du bataillon et entretenaient leur absence de motivation et leur désespoir. Dans les annales figuraient quelques morceaux d'anthologie : la Mort tragique de la Fiancée de Roy, coiffeuse de son état, qui, en glissant sur des rouleaux, s'était brisé la nuque sur un lavabo ; l'Impossible Scolarité d'Archie, qui n'avait pu entrer au lycée parce que sa mère n'avait pas de quoi lui payer son uniforme ; les Mille et Une Victimes de la famille Dickinson-Smith. Quant à Will Johnson, s'il n'ouvrait pas la bouche de la journée, il pleurait et gémissait dans son sommeil, et son visage disait de manière suffisamment éloquente qu'en matière de désastres désastreux, il en savait plus long que tous les autres réunis. C'est ainsi que le Bataillon des Baisés poursuivit sa route pendant un certain temps, tel un cirque ambulant d'idiots et de phénomènes de foire trimballant leurs griefs d'un bout à l'autre de l'Europe de l'Est et condamnés à n'avoir qu'eux-mêmes pour tout public. Un cirque où chacun était tour à tour acteur et spectateur. Et ce, jusqu'à ce jour fatidique que l'Histoire n'a pas jugé bon de commémorer, que la Mémoire n'a fait aucun effort pour retenir, qui est tombé au fond de l'eau comme une pierre, qui a glissé comme un dentier sombrant sans bruit au fond d'un verre : le 6 mai 1945.

Aux environs de dix-huit heures, le 6 mai 1945, quelque chose explosa dans le tank. Pas un bruit de bombe, mais plutôt de catastrophe d'ordre mécanique. Sur quoi l'engin ne tarda pas à s'immobiliser complètement. Ils se trouvaient alors dans un minuscule village bulgare, près des frontières grecque et turque, que la guerre, après s'en être lassée, avait fini par quitter, rendant les habitants à une vie presque normale.

« Bon, dit Roy, après une vérification rapide. Le moteur est foutu, et une des chenilles est cassée. Va falloir passer un message radio pour demander de l'aide et attendre qu'elle arrive. On peut rien faire d'autre.

— On va pas au moins essayer de réparer nousmêmes ? demanda Samad.

— Non, dit Dickinson-Smith. Le soldat Mackintosh a raison. Je ne vois pas comment on peut réparer ce genre de panne avec l'équipement dont nous disposons. Nous allons devoir attendre les secours ici.

— Y en a pour combien de temps ?

— Une journée, dit Johnson. On est à des kilomètres du reste de l'armée.

— Est-ce que nous sommes tenus, mon capitaine, de rester dans le véhicule pendant les prochaines vingt-quatre heures ? » demanda Samad, que l'hygiène corporelle de Roy désolait et qui n'avait pas la moindre envie de passer une soirée confinée, sans bouger, en sa compagnie.

« Ben, évidemment qu'on reste dedans. Tu crois p't-être te payer un jour d'perme ? grogna Roy.

— Non, non... je ne vois pas pourquoi vous n'iriez pas faire un petit tour — il n'y a aucune raison pour que nous restions tous coincés là-dedans. Vous et Jones, vous y allez d'abord et vous revenez nous faire un rapport, et après, je sortirai en compagnie des soldats Mackintosh et Johnson. »

Et c'est ainsi que Samad et Archie s'en allèrent au village et passèrent trois heures à boire de la sambucca et à écouter le patron du café leur raconter la mini-invasion de deux nazis qui avaient débarqué un beau jour et qui, après l'avoir complètement dévalisé, avaient baisé avec deux villageoises aux mœurs dissolues et abattu un homme d'une balle dans la tête parce qu'il n'avait pas mis suffisamment d'empressement à leur indiquer la route menant au village voisin.

« Ils n'étaient pas très patients », dit le vieux, en secouant la tête. C'est Samad qui régla l'addition.

« Merde alors », dit Archie sur le chemin du retour, histoire de faire un bout de causette. « La conquête et le pillage, c'est pas une question de nombre.

— Un homme fort et un faible, c'est déjà une colonie, sapeur Jones », rétorqua Samad.

*

Quand Archie et Samad rejoignirent le tank, ils trouvèrent les soldats Mackintosh et Johnson et le capitaine Dickinson-Smith morts. Johnson, étranglé avec un fil à couper le fromage, Roy, tué d'une balle dans le dos. On lui avait ouvert de force la mâchoire pour lui enlever ses couronnes en argent ; la paire de pinces qu'il avait encore dans la bouche ressemblait à une langue de fer. Quant à Thomas Dickinson-Smith, il semblait que, au moment où son assaillant s'était avancé sur lui, il avait préféré se soustraire au sort qui lui était réservé en se tirant une balle dans la tête. Le seul Dickinson-Smith à avoir trouvé la mort aux mains d'un Anglais.

*

Pendant qu'Archie et Samad essayaient de prendre la mesure de leur nouvelle situation, le général Jodl, assis dans la salle d'une petite école en brique de Reims, secouait son stylo. Une fois. Deux fois. Avant d'entraîner l'encre dans une danse solennelle le long de la ligne en pointillés et d'écrire l'histoire en son nom. C'était la fin de la guerre en Europe. Tandis que l'homme penché à son côté faisait disparaître prestement le papier, Jodl baissa la tête, soudain pleinement conscient des conséquences de son acte. Mais il faudrait quinze jours pleins avant que Samad et Archie apprennent la nouvelle.

C'était une drôle d'époque, suffisamment drôle en tout cas pour qu'un Iqbal et un Jones deviennent amis. Ce jour-là, tandis que le reste de l'Europe fêtait l'événement, Samad et Archie se trouvaient au bord d'une route bulgare, Samad serrant dans sa main valide quelques fils, des bouts d'aggloméré et d'enveloppe métallique.

« La radio est en mille morceaux, dit Samad. Il va falloir repartir de zéro. Nous sommes dans de sales draps, Jones. De très sales draps. Nous avons perdu nos moyens de communication, de transport et de défense. Pire, nous avons perdu notre commandement. Un navire sans capitaine est dans de très sales draps. »

Archie se détourna, le temps de vomir dans un buisson tout ce qu'il avait dans le corps. Le soldat Mackintosh, en dépit de ses grands airs, avait chié dans son froc devant les portes de saint Pierre, et l'odeur s'était subrepticement infiltrée dans les poumons d'Archie, faisant remonter ses craintes, ses angoisses et son petit déjeuner.

Pour ce qui était de réparer la radio, Samad avait les connaissances théoriques nécessaires ; il avait la tête, mais c'était Archie qui avait les mains, car il était loin d'être maladroit, Archie, avec des fils, des clous et de la colle. Ce fut un curieux combat que se livrèrent théorie et pratique, tandis que les deux hommes réassemblaient les pièces de métal minuscules susceptibles de leur sauver la vie.

« Passe-moi le résistor 3 ohms, tu veux ? »

Archie rougit comme une pivoine, ne sachant trop à quelle pièce Samad faisait allusion. Sa main hésitait au-dessus de la boîte pleine de fils et de trucs divers. Samad toussota discrètement au moment où le petit doigt d'Archie s'égarait du côté de l'article réclamé. C'était curieux qu'un Indien en sache plus qu'un Anglais, choquant même — mais ils y mirent un tel naturel et une telle dignité qu'ils négocièrent au mieux ce moment difficile. C'est à cette occasion qu'Archie comprit la vraie valeur du bricolage et se rendit compte qu'on peut utiliser un marteau et des clous pour remplacer les noms et les adjectifs et trouver ainsi une autre façon de communiquer. Leçon qu'il devait retenir jusqu'à la fin de ses jours.

« Bien ! » dit Samad, tandis qu'Archie lui faisait passer l'électrode, mais quand il s'aperçut qu'une seule main ne suffisait pas à manipuler les fils et à les fixer sur le panneau, il la rendit à Archie en lui montrant où elle devait être placée.

« Ça va être fait en moins de deux », dit Archie, tout content.

« Tchouingum ! S'il vous plaît, monsieur ! »

Au bout du quatrième jour, les enfants du village avaient commencé à se rassembler autour du tank, attirés tout à la fois par les meurtres macabres, le charme des yeux pailletés de vert de Samad et le chewing-gum américain d'Archie.

« M'sieur l'Soldat, dit un poids plume de gamin dans un anglais laborieux, tchouingum, s'ilvousplaît merci. »

Archie fouilla dans sa poche, d'où il retira cinq barres minces et roses. Le gamin les distribua à ses camarades d'un air protecteur. Ils se mirent à mastiquer comme des fous, les yeux leur sortant presque de la tête sous l'effort. Puis, quand le goût eut disparu, ils tombèrent dans un silence respectueux, contemplant béatement leur bienfaiteur. Au bout de quelques minutes, le petit maigrichon s'avançait à nouveau, manifestement investi des fonctions de représentant du Peuple.

« M'sieur l'Soldat, dit-il en tendant la main. Tchouingum, s'ilvousplaîtmerci. »

« Y en a plus », dit Archie, ayant recours à un langage gestuel compliqué. « J'en ai plus.

— S'ilvousplaîtmerci. S'ilvousplaît ? répéta le gamin d'un ton pressant.

— Oh, par pitié, aboya Samad. Il faut qu'on répare la radio et qu'on fasse redémarrer cet engin. Alors, on s'y met, d'accord ?

— Tchouingum, M'sieur, M'sieur l'Soldat, Tchouingum. » La phrase devint bientôt une espèce de litanie, les enfants mélangeant les quelques mots qu'ils connaissaient et les plaçant dans n'importe quel ordre.

« S'il—vous—plaît ? » insistait l'enfant en mettant une telle vigueur à tendre le bras qu'il s'en retrouvait perché sur la pointe des pieds.

Il ouvrit soudain le poing, puis sourit d'un air enjôleur, prêt à marchander, révélant dans sa main quatre billets verts roulés en boule comme une poignée d'herbe.

« Dollars, m'sieur !

— Où est-ce que tu as trouvé ça ? » demanda Samad, faisant mine de vouloir attraper les billets. Le gamin retira prestement sa main. Il se dandinait sans arrêt d'un pied sur l'autre, de ce mouvement que la guerre apprend aux enfants et qui n'est qu'une façon, la plus simple, de se tenir sur ses gardes.

« D'abord tchouingum, m'sieur.

— Dis-moi où tu as trouvé ça. Je t'avertis, t'as pas intérêt à faire le malin avec moi. »

Samad se pencha et saisit le gamin par la manche de sa chemise. L'autre essaya désespérément de se dégager. Ses camarades commencèrent à s'éloigner en catimini, abandonnant là leur champion en déconfiture.

« Est-ce que tu as tué un homme pour ça ? »

Une veine battait furieusement sur le front de Samad, comme prête à crever la peau. L'homme cherchait à défendre un pays qui n'était pas le sien et à venger le meurtre d'hommes qui auraient refusé de le reconnaître comme un des leurs dans la vie civile.

Archie était sidéré. Ce pays était le sien, et à sa manière, discrète, effacée et, somme toute dépassionnée, il constituait l'une des nombreuses vertèbres essentielles de sa colonne, sans pour autant qu'il ressente pour lui quoi que ce soit de comparable.

« Non, m'sieur, non, non. C'est de lui. Lui, là-bas. »

Il tendait son bras libre pour désigner une grande maison délabrée, assise sur l'horizon comme une grosse poule en train de couver ses œufs.

« Est-ce que quelqu'un, dans cette maison, a tué nos hommes ? aboya Samad.

— Toi, dire quoi, m'sieur ? miaula le gamin.

— Qui est-ce qui habite là-bas ?

— Docteur. Lui, là-bas, docteur. Mais malade. Lui, pas bouger. Lui, docteur Malade. »

Quelques-uns des enfants encore présents reprirent le nom en chœur : « Docteur Malade, m'sieur, Docteur Malade.

— Qu'est-ce qu'il a ? »

Le gamin, maintenant tout fier de l'attention qu'on lui accordait, se mit à imiter d'une manière fort théâtrale un homme en train de pleurer.

« Anglais ? Comme nous ? Allemand ? Français ? Bulgare ? Grec ? » demanda Samad tout en relâchant le gamin, fatigué de gaspiller son énergie pour rien.

« Lui, personne. Lui, docteur Malade, rien que docteur Malade, reprit l'autre avec un geste évasif. Tchouingum ? »

Quelques jours plus tard, les secours n'étaient toujours pas arrivés. Archie et Samad commençaient à avoir du mal à se motiver quotidiennement pour la guerre dans un village aussi agréable, et ils se surprenaient à retourner insensiblement à la vie civile.

Tous les soirs, ils allaient dîner chez le vieux Gozan, dont le café faisait fonction de restaurant. Il leur en coûtait cinq cigarettes par tête pour un brouet très clair et une médaille en bronze médiocrement cotée pour un plat de poisson, quel qu'il fût. Étant donné qu'Archie portait désormais un des uniformes de Dickinson-Smith, le sien ayant rendu l'âme, il détenait certaines des médailles du mort et pouvait se procurer, grâce à elles, divers autres articles d'agrément ou de première nécessité : café, savon, chocolat. Pour de la viande de porc, Archie se sépara d'une photo de Dorothy Lamour, qui se trouvait dans la poche arrière de son pantalon, pressée amoureusement sur son cul, depuis qu'il s'était engagé.

« Allez, Sam — on s'en servira comme de tickets de rationnement, on pourra toujours les racheter quand on en aura les moyens, si tu veux.

— Je suis musulman », dit Samad, repoussant une assiette de porc. « Moi, ma Rita Hayworth, je ne m'en séparerais pour rien au monde.

— Pourquoi tu manges pas ? » dit Archie, engloutissant ses deux côtelettes à une vitesse stupéfiante. « C'est ridicule, ton histoire, si tu veux mon avis.

— Je ne les mange pas pour la même raison que toi, qui es anglais, tu es incapable de vraiment satisfaire une femme.

— Et pourquoi ça ? » dit Archie, interrompant son festin.

« Quelque chose à voir avec nos cultures, mon ami », dit Samad, qui réfléchit une minute. « C'est peut-être même plus profond. Quelque chose dans le sang. »

Après le souper, ils faisaient semblant de ratisser le village, à la recherche des assassins, fouillant toujours les mêmes trois estaminets minables et louches et les chambres des quelques jolies femmes du coin. Au bout de quelque temps, ils renoncèrent pourtant à ces pratiques, préférant fumer des cigares bon marché devant le tank en appréciant les longs couchers de soleil cramoisis et en bavardant de leurs précédentes incarnations : livreur de journaux (pour Archie), étudiant en biologie (pour Samad). Ils jouaient avec des idées qu'Archie ne comprenait pas toujours, et Samad livrait à la nuit des secrets dont il n'avait jamais parlé à personne. De longs silences confortables s'installaient entre eux, comme ceux qui peuvent s'installer entre des femmes qui se connaissent depuis des années. Ils contemplaient des étoiles qui éclairaient un pays inconnu, mais ni l'un ni l'autre n'était particulièrement attaché à sa terre natale. En bref, c'était là le genre d'amitié qu'un Anglais va nouer en vacances, et qu'il ne saurait nouer qu'en vacances. Une amitié qui ignore les distinctions de classe ou de couleur, qui se fonde sur la proximité physique et ne survit que parce que l'Anglais part du principe que cette proximité n'est pas destinée à durer.

Dix jours s'étaient écoulés depuis que la radio avait été réparée, mais les messages de détresse qu'ils avaient envoyés sur les ondes en quête d'oreilles compatissantes n'avaient toujours pas reçu de réponse. (Les gens du village, eux, savaient maintenant que la guerre était finie, mais n'avaient guère envie d'en informer leurs deux visiteurs, dont les trocs quotidiens se révélaient fort stimulants pour l'économie locale.) Pendant les longues plages vides, Archie soulevait l'un après l'autre des morceaux entiers de la chenille en se servant d'une longue barre de fer comme levier, tandis que Samad examinaît le problème. Les familles des deux hommes, sur leur continent respectif, les croyaient morts.

« Est-ce qu'il y a une femme qui t'attend là-bas, à Brighton City ? » demanda Samad, calant sa tête entre les mâchoires de fauve que formaient la chenille et le tank.

Archie n'était pas beau garçon. Il avait de l'allure si, en regardant une photo de lui, on lui cachait le nez et la bouche ; sinon, il n'avait vraiment rien de remarquable. Les filles se sentaient sans doute attirées par ses grands yeux bleus et tristes à la Sinatra, mais déchantaient vite en apercevant les oreilles à la Bing Crosby et le nez, orné en son extrémité d'un oignon bulbeux à la W.C. Fields.

« Il y en a quelques-unes, répondit l'autre d'un air nonchalant. Tu sais c'que c'est. Ici et là. Et toi ?

— On m'a déjà choisi une jeune fille. Une Miss Begum, fille de Mr. et Mrs. Begum. Les "beaux-parents", comme vous les appelez. Seigneur, ces deux-là sont si haut placés dans l'"Establishment" bengali que même le gouverneur est là à baver dans l'attente d'une invitation à dîner de leur part ! »

Samad partit d'un grand rire, attendant que l'autre l'accompagne, mais Archie, qui n'avait pas compris grand-chose, garda un visage impassible comme à l'accoutumée.

« Oh, ils sont très bien », poursuivit Samad, un tantinet dépité par le manque de réaction de son compagnon. « Vraiment très bien. Très vieille famille, très haute extraction… sans compter que les femmes, avantage non négligeable, ont une propension — depuis toujours — à avoir des melons vraiment énormes. »

Samad accompagna la parole du geste, puis se replongea dans la tâche consistant à replacer chaque dent dans son logement correspondant.

« Et alors ? demanda Archie.

— Et alors quoi ?

— Ils sont vraiment comme des… ? » Archie refit le geste de Samad, avec le genre d'exagération anatomique qui empêcherait toute femme normalement constituée de se tenir debout.

« Ah, mais il faut que j'attende encore un peu, dit Samad, un sourire rêveur aux lèvres. Il se trouve que la famille Begum n'a pas encore d'héritière de ma génération.

— Putain, tu veux dire que ta femme est même pas encore née ?

— Et alors ? » demanda Samad, prenant une cigarette dans la poche de veste d'Archie.

Il se l'alluma après avoir gratté une allumette sur le blindage du tank, pendant qu'Archie essuyait d'une main graisseuse la transpiration qui lui dégoulinait sur le visage.

« Moi, dans mon pays, dit Archie, on aime bien connaître un peu la fille avant de l'épouser.

— Dans ton pays, on a aussi pour habitude de faire bouillir les légumes jusqu'à ce qu'ils tombent en morceaux. Ce qui ne veut pas dire, dit Samad d'un ton sec, que c'est nécessairement une bonne chose. »

Lors de leur dernière soirée au village, la nuit était totalement sombre et silencieuse. La lourdeur de l'air n'incitait pas à fumer, si bien qu'Archie et Samad tambourinèrent un moment sur les marches froides de l'église, faute de pouvoir s'occuper les mains autrement. L'espace d'un instant, dans cette lumière crépusculaire, Archie oublia la guerre, qui, de toute façon, avait cessé d'exister. En somme, une nuit au temps passé ou, si l'on veut, au futur parfait.

C'est alors même qu'ils ne savaient toujours rien de la paix, au cours de cette dernière nuit d'ignorance, que Samad décida de cimenter son amitié avec Archie. Le plus souvent, il suffit pour ce faire de communiquer un petit secret : peccadille sexuelle, confidence amoureuse, passion cachée que les réticences propres à une relation fraîchement nouée ont jusqu'alors empêché de divulguer. Mais pour Samad, rien n'était plus vrai, plus intime, plus authentique que le sang qui coulait dans ses veines. Il était donc tout à fait naturel, étant donné qu'ils étaient assis sur une terre sainte, qu'il parlât de ce qui pour lui était sacré. Et pour évoquer le sang qui coulait dans ses veines et la terre qu'avait tachée ce sang au cours des siècles, il n'y avait pas mieux que l'histoire de son arrière-grand-père. Aussi Samad entreprit-il de raconter à Archie l'histoire négligée, centenaire et quelque peu mitée de Mangal Pande.

« Alors, comme ça, c'était ton grand-père ? » dit Archie, une fois l'histoire terminée, la lune cachée derrière les nuages, et lui-même dûment impressionné. « Ton vrai grand-père, par le sang.

— Mon ARRIÈRE-grand-père.

— Ah, ben vrai, c'est pas rien, dit Archie. Tu sais quoi, j'ai encore des souvenirs d'école — j't'assure — de l'histoire des colonies, c'était Mr. Juggs qui nous apprenait ça. Chauve, des yeux qui lui sortaient de la tête, une vraie peau d'vache — Mr. Juggs, j'entends, pas ton grand-père. N'empêche, il arrivait à faire passer le message, même si c'était à coups de règle sur les doigts. C'est vrai qu'on entend encore des gens dans l'armée traiter quelqu'un de *Pandie*, si l'type est du genre rebelle... J'm'étais jamais posé la question d'savoir d'où ça venait... Pande, c'était le rebelle, celui qu'aimait pas les Anglais, qu'a tiré le premier coup d'feu d'la rebellion. J'm'en rappelle main'ant, comme j'te vois. Dire que c'était ton grand-père !

— Mon ARRIÈRE-grand-père.

— Eh ben, vrai. C'est quéque chose, hein ? » dit Archie, se croisant les mains derrière la tête et s'allongeant par terre pour regarder les étoiles. « D'avoir un p'tit morceau d'histoire, comme ça, dans l'sang. Y a d'quoi vous stimuler un homme, comme qui dirait. Moi, j'suis un Jones, tu comprends. Pareil qu'un Smith ou un Martin. On est des riens du tout. Mon père, y disait "On est rien qu'la paille, nous aut', fiston, rien qu'la paille, pas l'grain". Remarque bien, ça m'a jamais beaucoup gêné. Ça empêche pas qu'on a sa fierté, pas vrai ? Un bon vieux fond anglais. Mais toi, quand même, tu peux dire qu't'as un héros dans ta famille !

— Absolument, Archibald. C'est exactement le mot qui convient, dit Samad, se rengorgeant sous le compliment. Évidemment, tu trouveras toujours des universitaires anglais assez mesquins pour tenter de le discréditer, parce qu'ils ne supportent pas de rendre son dû à un Indien. Mais c'était bel et bien un héros, et c'est son auguste exemple qui m'a guidé dans tout ce que j'ai pu entreprendre au cours de cette guerre.

— C'est bien vrai, c'que tu dis là, dit Archie, plein de prévenance. Les Anglais, y disent jamais beaucoup d'bien des Indiens. Ça s'rait sûrement mal vu si tu disais qu'un Indien a pu être un héros... tout l'monde te r'garderait d'un drôle d'air. »

Soudain Samad lui saisit la main. Archie se dit qu'elle était chaude, fiévreuse même. Jamais personne, en tout cas un autre homme, ne lui avait saisi la main : sa première idée fut de se dégager ou bien de lui envoyer son poing dans la figure. Et puis, réflexion faite, il s'abstint : les Indiens, c'est bien connu, sont très émotifs. À cause de toute cette nourriture épicée.

« Je t'en prie, Jones, rends-moi un grand service, veux-tu ? Si jamais tu entends quelqu'un, quand tu seras rentré chez toi — si tu rentres, si nous rentrons dans nos pays respectifs —, si jamais tu entends quelqu'un parler de l'Asie », à ce stade, sa voix baissa d'un ton et s'emplit de tristesse, « réserve ton jugement, je t'en prie. Si on te dit "Ils sont ceci", "Ils font cela" ou "Voilà ce qu'ils pensent", attends pour juger de façon définitive d'être en possession de tous les faits. Parce que ce pays que les gens appellent l'Inde connaît des centaines d'autres noms, il est habité par des millions d'individus, et si tu crois avoir trouvé deux hommes semblables dans cette multitude, eh bien tu te trompes. Ce sera juste une illusion d'optique. »

Samad lui lâcha la main et fourragea dans sa poche, passant son doigt dans un résidu de poussière blanche qu'il gardait toujours là, avant de se le glisser discrètement dans la bouche. Il s'appuya contre le mur et caressa la pierre du bout des doigts. C'était une toute petite église de mission, qui avait d'abord été transformée en hôpital, puis abandonnée au bout de deux mois quand le bruit des obus avait commencé à faire trembler les vitres. Samad et Archie avaient pris l'habitude d'y dormir à cause des matelas qui s'y trouvaient encore et des grandes fenêtres. Samad s'était intéressé (sous l'effet de la solitude, se disait-il, du vague à l'âme) à la morphine en poudre qui se trouvait disséminée ici et là dans les placards à médicaments, un peu partout dans le bâtiment : œufs de Pâques à découvrir dans une quête génératrice de dépendance. Chaque fois qu'Archie allait pisser ou faire une nouvelle tentative avec la radio, Samad, lui, s'en allait rôder dans sa petite église, pillant les armoires les unes après les autres, comme un pécheur qui passerait d'un confessionnal à un autre. Une fois qu'il avait mis la main sur son flacon de péché, il s'en frottait les gencives ou en fumait un peu dans sa pipe, avant de s'allonger sur la fraîcheur du sol en terre cuite et de fixer des yeux la courbe exquise du dôme de l'église. Cette église, elle était couverte de graffiti. De mots tracés là trois cents ans plus tôt par des rebelles qui avaient refusé de payer une taxe pour pouvoir enterrer leurs morts lors d'une épidémie de choléra et avaient été enfermés dans l'église par un propriétaire terrien corrompu et abandonnés là pour y mourir — mais pas avant qu'ils aient eu le temps de couvrir les murs de lettres adressées à leurs familles, de poèmes, de proclamations de désobéissance éternelle. Samad avait bien aimé l'histoire quand il l'avait entendue pour la première fois, mais il n'en ressentait pleinement les effets que quand il était sous l'effet de la morphine. Alors, tous ses nerfs étaient à vif, et les informations, toutes les informations contenues dans l'univers, celles que portaient ces murs, se trouvaient libérées d'un coup et se mettaient à le parcourir comme l'électricité parcourt un fil de terre. Alors sa tête s'ouvrait, comme une chaise longue. Et il choisissait de s'y asseoir un moment et de regarder le monde défiler devant lui. Ce soir-là, après une dose tout juste un peu trop forte, Samad se sentait particulièrement lucide. Comme si sa langue était enduite de beurre, comme si le monde était un œuf de marbre lisse et luisant. Et il se sentait des affinités avec ces rebelles morts, qui tous étaient frères de Pande. Il aurait voulu pouvoir discuter avec eux de la manière dont ils avaient laissé leur marque sur le monde. En avaient-ils fait assez ? Quand la mort était venue, qu'avaient-ils pensé ? Les milliers de mots qu'ils laissaient derrière eux les avaient-ils satisfaits ?

« Je vais t'dire un truc », dit Archie, qui avait suivi le regard de Samad et surpris le reflet du dôme dans ses yeux. « Si m'était resté que quelques heures à vivre, j'les aurais sûrement pas passées à peinturlurer l'plafond.

— Dis-moi », s'enquit Samad, irrité de se voir ainsi tiré de sa contemplation, « quel grand défi serais-tu prêt à relever dans les heures précédant ta mort ? Éclaircir les mystères du théorème de Fermat, peut-être ? Comprendre la philosophie aristotélicienne ?

— Quoi ? Qui ? Oh, non… C'que j'voudrais, c'est… tu sais bien… faire l'amour… à une *dame* », dit Archie, que l'inexpérience rendait prude. « Tu comprends, pour la dernière fois.

— Dis plutôt pour la première, dit Samad en éclatant de rire.

— Oh, arrête, j'suis sérieux.

— D'accord, d'accord. Mais supposons qu'il n'y ait pas de "dames" dans les parages ?

— Ben, tu peux toujours… », dit Archie, qui, à ce stade, devint rouge comme une pivoine, dans la mesure où il s'agissait là de sa manière à lui de cimenter une amitié, « astiquer popol, comme on dit.

— *Astiquer*, répéta Samad d'un ton méprisant, *astiquer popol*, c'est bien ça ? La dernière chose que tu aimerais faire avant de te débarrasser de ton enveloppe mortelle, ce serait donc "*astiquer popol*", avoir un orgasme, en somme. »

Archie, qui venait de Brighton, où personne ne prononçait jamais, mais alors ja—mais, des mots comme « orgasme », se mit à se tortiller tellement il était gêné.

« Qu'est-ce qu'il y a de si drôle ? » demanda Samad en allumant une cigarette en dépit de la chaleur, l'esprit ailleurs sous l'effet de la morphine.

« Rien, dit Archie d'un ton hésitant. Rien du tout.

— Mais tu ne vois rien, Jones ? Tu ne vois donc pas... », dit Samad, couché en travers du seuil, le bras tendu vers le plafond, « ce qu'il y a derrière tout ça ? Ils ne s'astiquaient pas la trique, eux, ils ne perdaient pas leur temps à ça ; ils étaient à la recherche de quelque chose d'un peu plus *durable*.

— Franchement, j'vois pas la différence. Quand t'es mort, t'es mort, un point, c'est tout.

— Oh non, Archibald, non, murmura Samad, attristé. Tu ne peux pas croire ce que tu dis. La vie, il faut la vivre en étant persuadé que nos actes demeureront. Nous sommes des créatures d'avenir, Archibald, dit-il, montrant les murs du doigt. Eux le savaient. Mon arrière-grand-père le savait. Un jour, nos enfants le sauront aussi.

— Nos enfants ! » ironisa Archie, amusé, l'éventualité d'une descendance lui semblant pour l'instant inenvisageable.

« Nos enfants naîtront de nos actes. Nos hasards deviendront leur destin. Nos actes demeureront, aucun doute là-dessus. Le tout est de savoir ce que tu feras quand les dés seront jetés. Quand les murs s'effondreront, que le ciel s'assombrira et que grondera la terre. À ce moment-là, nous serons ce que nos actes auront fait de nous. Et peu importe que ce soit Allah, Jésus ou Bouddha qui te regarde, ou qui, tout aussi bien, ne te regarde pas. Quand il fait froid, on voit la buée qu'on fait en respirant ; quand il fait chaud, on ne voit rien. Et pourtant, dans un cas comme dans l'autre, on respire bel et bien.

— Tu sais quoi », dit Archie, au bout d'un moment de silence, « juste avant d'quitter Felixstowe, j'ai vu un d'ces appareils qu'on fait maintenant, qui s'séparent en deux et au bout tu peux mettre plein d'trucs : une clef à écrou, un tournevis, un marteau, même un ouvre-bouteille. Vachement utile quand t'es coincé, à mon avis. Eh ben, j'vais t'dire, j'aimerais drôlement en avoir un d'ces machins.

— Allez, viens, rentrons à l'intérieur, dit Samad après avoir regardé Archie un instant et secoué la tête. Cette nourriture bulgare, elle me retourne l'estomac. Il faut que je dorme un peu.

— T'es pâlot, dit Archie en l'aidant à se relever.

— C'est à cause de mes péchés, Jones, à cause de mes péchés. Et pourtant, je suis plus victime que coupable, dit Samad en ricanant sous cape.

— T'es quoi ? demanda Archie qui soutenait Samad.

— J'ai mangé quelque chose », dit Samad, adoptant un accent plus british que jamais, « qui risque fort de m'incommoder. »

Archie savait pertinemment que Samad dérobait de la morphine dans les placards, mais devinait que l'autre ne voulait pas qu'il le sache. Aussi se contenta-t-il d'un « Allez, on va t'mettre au lit », au moment où il amenait Samad près d'un matelas.

« Quand tout ça sera fini, il faudra qu'on se revoie en Angleterre, d'accord ? dit Samad en chancelant sur ses jambes.

— Oui, c'est ça », dit Archie, qui essaya de s'imaginer en train d'arpenter la jetée de Brighton en compagnie de Samad.

« Parce que des Anglais comme toi, soldat Jones, il y en a peu. Je te considère comme un ami. »

Archie, lui, ne savait pas trop comment considérer Samad, mais il sourit gentiment histoire de remercier l'autre du compliment.

« Tu viendras dîner avec ma femme et moi en 1975. Quand on sera deux hommes à la panse respectable, assis sur des matelas de billets. D'une manière ou d'une autre, on se retrouvera. »

Archie, qui se méfiait de la cuisine exotique, eut un faible sourire.

« On sera amis à vie ! »

Archie aida Samad à s'allonger, se dénicha un matelas et se mit en devoir de trouver une position propice au sommeil.

« Bonne nuit, mon ami », dit Samad, la voix empreinte de la plus pure béatitude.

*

Le lendemain matin, c'était l'arrivée du cirque au village. Réveillé par des cris et des éclats de rire, Samad enfila péniblement son uniforme et s'empara de son fusil. Il sortit dans la cour baignée de soleil pour trouver des soldats russes dans leurs uniformes marron foncé en train de jouer à saute-mouton et à Guillaume Tell en tirant sur des boîtes de conserve posées sur la tête de leurs copains, ou à lancer des couteaux sur des pommes de terre fichées sur des bâtons et arborant chacune une petite moustache noire. Sous le choc de la révélation, Samad s'effondra sur les marches du porche avec un grand soupir, les mains sur les genoux, le visage tourné vers le soleil. Quelques minutes plus tard, Archie sortait en trébuchant, le pantalon à peine remonté, agitant son fusil, cherchant l'ennemi et, dans sa terreur, tirant une balle en l'air. Ce qui ne dérangea en rien les pitreries des autres. Samad tira sur le pantalon d'Archie d'un geste las et lui fit signe de s'asseoir.

« Qu'esse-qui s'passe ? demanda Archie, l'œil vitreux.

— Rien, il ne se passe rien. En fait, tout est passé.

— Mais c'est p't-être les hommes qui ont...

— Regarde un peu les patates, Jones.

— Qu'esse-que les patates viennent faire là-d'dans ? dit Archie, en regardant désespérément autour de lui.

— Ce sont des pommes de terre Hitler, mon ami. Des tubercules à visage de dictateur. D'ex-dictateur, poursuivit-il, en arrachant une de son bâton. Regarde un peu les petites moustaches. C'est fini, Jones. Quelqu'un a terminé le boulot pour nous. »

Archie prit la pomme de terre dans ses mains.

« C'est comme un bus, Jones. On l'a ratée, cette putain de guerre. »

Archie hurla en direction d'un Russe dégingandé, en passe d'occire une pomme de terre. « Tu parles anglais ? C'est fini d'puis combien d'temps ?

— Les combats ? demanda l'autre, incrédule, en partant d'un grand rire. Quinze jours, camarade ! Faudra aller au Japon, si t'en veux encore !

— Comme un bus », répétait inlassablement Samad, en secouant la tête. Une fureur incontrôlable montait en lui, le prenait à la gorge. Cette guerre aurait dû être la chance de sa vie. Il avait pensé rentrer chez lui, couvert de gloire, avant de retourner à Delhi, triomphant. Quand trouverait-il une autre occasion maintenant ? Il n'y aurait plus jamais de guerre comme celle-là, tout le monde le savait.

Le soldat qui venait de répondre à Archie s'avança vers eux. Il était vêtu de l'uniforme russe d'été : tissu léger, col officier, couvre-chef informe et trop grand. Il avait une taille substantielle sanglée dans une ceinture dont la boucle accrocha un rayon de soleil avant de le renvoyer dans l'œil d'Archie. Quand il put accommoder à nouveau, Archie aperçut un large visage ouvert, dont l'œil gauche louchait légèrement, et une masse de cheveux blond-roux qui partaient dans tous les sens. Apparition plutôt réjouissante en cette belle matinée ensoleillée. L'homme parlait couramment l'anglais avec l'accent américain, et ses mots venaient clapoter à votre oreille comme des vagues sur le sable.

« La guerre est finie depuis quinze jours, et vous n'étiez pas au courant ?

— Notre radio... elle était... » La phrase d'Archie resta en suspens.

Le soldat leur fit un grand sourire et leur donna à chacun une vigoureuse poignée de main. « Bienvenue dans le monde de la paix, messieurs ! Et nous qui pensions que les Russes étaient mal informés ! » dit-il, partant à nouveau d'un grand rire. S'adressant à Samad, il lui demanda : « Et alors, où est le reste de vos camarades ?

— Il n'y a pas de reste, camarade. Les autres soldats de notre tank sont tous morts, et nous n'avons aucune nouvelle de notre bataillon.

— Mais vous êtes censés faire quoi ?

— Ben... rien », dit Archie, comme s'il avait été pris en défaut.

« Que voulez-vous qu'on fasse, camarade ? » dit Samad, l'estomac tout retourné. « Maintenant que la guerre est finie, on se retrouve au chômage, pour ainsi dire. » Il eut un sourire forcé, serrant la main du Russe dans la sienne (la bonne). « Je vais rentrer », poursuivit-il, en louchant, « le soleil me fait mal aux yeux. Heureux d'avoir fait votre connaissance.

— Moi de même », dit le Russe en suivant Samad des yeux, jusqu'à ce que ce dernier ait disparu dans les profondeurs de l'église. « Bizarre, ce type, reprit-il en se tournant vers Archie.

— Hmm, dit Archie. Et vous, pourquoi vous êtes ici ? » demanda-t-il, en prenant la cigarette roulée à la main que lui offrait le Russe. Il s'avéra que ce dernier et les sept hommes qui l'accompagnaient étaient en route pour la Pologne avec mission de libérer les prisonniers de ces camps de travail dont on parlait de temps à autre à mots couverts. Ils avaient fait halte ici, à l'ouest de Tokat, dans le but d'arrêter un nazi.

« Mais il n'y a personne ici, mon pote, dit Archie d'un ton affable. Personne, sauf moi, l'Indien, quelques vieux et une dizaine de gosses du village. Tous les autres sont canés ou caltés.

— Canés ou caltés... *canés ou caltés* », dit le Russe, amusé, tournant et retournant une allumette entre ses doigts. « J'aime bien l'expression... elle est marrante. C'est ce qu'il me semble, à moi aussi, mais nous avons des renseignements de source sûre, voyez-vous — vos propres services secrets, en fait —, selon lesquels il y aurait un officier supérieur caché en ce moment même dans cette maison, là-bas, dit-il en montrant la maison assise sur l'horizon.

— Le docteur ? Y a des gamins qui nous en ont parlé. Il doit chier dans son froc à l'idée qu'vous êtes après lui », dit Archie, en manière de compliment, « mais y disent qu'c'est un type qu'est malade, ils l'appellent docteur Malade. Il est pas anglais, si ? C't'un traître ou quoi ?

— Oh non. Non, non. C'est le docteur Marc-Pierre Perret. Un jeune Français. Un vrai prodige. Très brillant. Il a travaillé pour les nazis, en qualité de scientifique, avant même le début de la guerre. Sur le programme de stérilisation, et puis, après, sur le problème de l'euthanasie. C'était un inconditionnel du régime nazi.

— Bordel », dit Archie, qui aurait donné cher pour comprendre de quoi il retournait au juste. « Qu'esse-quev'zallezfaire ?

— Le faire prisonnier et l'emmener en Pologne, où on le remettra aux autorités.

— Les autorités », dit Archie, toujours aussi impressionné, mais pas vraiment attentif. « Bo-ordel ! »

L'attention d'Archie avait une durée de vie relativement courte, et, qui plus est, il ne pouvait s'empêcher d'être distrait par la curieuse manière qu'avait le grand Russe amical de regarder dans deux directions à la fois.

« Étant donné que l'information nous a été communiquée par vos services secrets et que vous semblez être l'officier le plus gradé, Capitaine... Capitaine... »

Un œil de verre. C'était un œil de verre avec un muscle derrière, qui refusait de se tenir tranquille.

« J'ai bien peur d'ignorer votre nom et votre grade », dit le Russe, regardant Archie d'un œil et de l'autre le lierre qui s'accrochait au portail de l'église.

« Qui ? Moi ? Jones », dit Archie, suivant la trajectoire circulaire de l'œil : arbre, pomme de terre, Archie, pomme de terre.

« Eh bien, capitaine Jones, faites-nous l'honneur de conduire l'expédition sur cette colline.

— Capitaine... qué capitaine ? Ah, nom de Dieu, vous vous gourez complètement », dit Archie réussissant à se soustraire à la force magnétique de l'œil pour se concentrer sur lui-même et l'uniforme qu'il portait : celui de Dickinson-Smith. « J'suis pas un putain de...

— Le lieutenant et moi-même serions heureux de diriger les opérations, l'interrompit une voix derrière lui. Nous avons été tenus à l'écart des combats trop longtemps. Il est grand temps que nous nous replongions dans le feu de l'action, comme on dit. »

Samad était sorti sur le perron de l'église, silencieux comme une ombre, vêtu d'un des autres uniformes de Dickinson-Smith, une cigarette collée nonchalamment à sa lèvre inférieure, telle une phrase alambiquée. Il était beau garçon, ce que ne faisaient que mettre en valeur les boutons dorés de l'autorité ; encadré dans le portail de l'église, en pleine lumière, il avait vraiment fière allure.

« Ce que voulait dire mon ami », dit Samad, avec son accent anglo-indien le plus mélodieux, « c'est que ce n'est pas lui le putain de capitaine. C'est moi. Capitaine Samad Iqbal.

— Camarade Nikolai — Nick — Pesotsky. »

Samad et le Russe échangèrent un grand rire et une cordiale poignée de main.

« Je vous présente mon lieutenant, Archibald Jones. Je vous présente aussi toutes mes excuses pour ma conduite étrange de tout à l'heure, mais, voyez-vous, je n'étais pas dans mon assiette, à cause de cette sacrée nourriture. Bien, nous passerons à l'action ce soir, après la tombée de la nuit, d'accord ? Eh bien, lieutenant ? dit Samad avec un regard appuyé à l'intention d'Archie.

— Oui, oui, bafouilla Archie.

— Au fait, camarade », dit Samad, frottant une allumette contre le mur et l'approchant de sa cigarette. « J'espère que vous pardonnerez ma curiosité, mais c'est un œil de verre que vous avez là ? On s'y tromperait, vraiment.

— Absolument. Je l'ai acheté à Saint-Pétersbourg. J'avais perdu le premier à Berlin. La ressemblance est saisissante, vous ne trouvez pas ? »

Le gentil Russe fit sauter l'œil de son orbite et déposa la perle gluante dans la paume de sa main pour la montrer à Samad et Archie. Au début de la guerre, se dit Archie, on se battait, tous autant qu'on était, pour voir les jambes de Betty Grable sur une photo. Et maintenant que la guerre est finie, voilà qu'on s'agglutine autour de l'œil de verre d'un pauvre mec. Bordel, j'y crois pas.

Pendant quelques secondes, l'œil roula dans la paume du Russe avant de s'immobiliser au centre de sa ligne de vie, assez longue et plissée. Il resta là, à dévisager le lieutenant Archie et le capitaine Samad sans ciller.

*

Ce soir-là, le lieutenant Jones goûta à la vraie guerre pour la première fois. Répartis dans deux jeeps, Archie, les huit Russes, Gozan, le patron du café, et son neveu furent conduits par Samad au sommet de la colline avec pour mission d'arrêter un nazi. Tandis que les Russes descendaient allègrement les bouteilles de sambucca, au point d'être bientôt incapables de se rappeler les premiers mots de leur hymne national, tandis que Gozan vendait aux enchères des morceaux de poulet rôti, Samad, debout dans la jeep de tête, planant sur sa poudre blanche au moins aussi haut qu'un cerf-volant, pourfendant la nuit à grands coups de moulinet, hurlait des ordres que son bataillon était bien trop ivre pour entendre et lui-même bien trop parti pour comprendre.

Archie était assis à l'arrière de la seconde jeep, à jeun, silencieux, rempli d'une crainte respectueuse pour son ami. Archie n'avait jamais eu de héros ; il avait cinq ans quand son père était parti acheter le proverbial paquet de cigarettes pour ne jamais revenir, et, comme ce n'était pas un grand lecteur, les horribles livres destinés à fournir aux jeunes garçons un panthéon de héros vaniteux ne lui étaient jamais tombés entre les mains — pas plus de fiers-à-bras, de pirates borgnes que de casse-cou sans scrupules pour Archie. Mais Samad, debout dans son uniforme d'officier, dont les boutons luisaient dans le clair de lune comme des piécettes dans une fontaine romaine, avait atteint le jeune Archie et ses dix-sept ans d'un direct au plexus dont le sens était clair : voilà un homme qui, dans la vie, ne reculera devant rien. Voilà que se présentait à lui un cinglé bon teint, un ami, un *héros*, sous une forme à laquelle Archie ne se serait jamais attendu. Aux trois quarts de la montée, pourtant, la route qui jusqu'ici avait rempli ses fonctions se rétrécit tout à coup, obligeant le blindé de tête à freiner brusquement, ce qui eut pour effet d'en éjecter l'héroïque capitaine en une superbe pirouette, cul par-dessus tête.

Samad en fut donc réduit à rassembler autour de lui son bataillon, maintenant dans un état proche de la catalepsie, pour partir à pied à l'assaut de la colline, en quête d'une guerre qu'il pourrait un jour raconter à ses petits-enfants, comme lui avaient été contés à lui les exploits de son arrière-grand-père. Ils avaient du mal à avancer à cause des grosses mottes de terre qui avaient été arrachées à la colline par les obus et abandonnées çà et là le long du chemin. Des racines d'arbre mises à nu s'accrochaient encore à certaines d'entre elles, pointant à l'envers vers le ciel ; pour passer, il leur fallait les couper à l'aide des baïonnettes des fusils russes.

« Quel merdier ! » grommela le neveu de Gozan, essayant de se frayer un chemin dans un de ces nids de racines. « C'est l'merdier, partout.

— Excusez-le. Il réagit comme ça, parce qu'il est jeune. Mais c'est la vérité. C'était pas — comment vous dites ? — nos oignons, lieutenant Jones », dit Gozan, qui avait promis, moyennant deux paires de bottes, de ne rien dire sur la promotion soudaine de ses amis. « Qu'est-ce qu'on a à faire de tout ça, nous autres ? » poursuivit-il en écrasant une larme sur sa joue, sous l'effet partagé de l'ivresse et de l'émotion. « Qu'est-ce qu'on en a à faire ? On est des pacifiques, nous autres. La guerre, on en veut pas ! Cette colline — dans le temps, elle était belle, très belle ! Des fleurs, des oiseaux qui chantaient, vous comprenez ? Nous, on est de l'Est. Alors, les batailles de l'Ouest, on en a rien à faire. »

Instinctivement, Archie se tourna vers Samad, s'attendant à l'un de ses inénarrables discours, mais avant même que Gozan ait terminé, Samad avait soudain trouvé son rythme et, une minute plus tard, courait comme un lapin, dépassant les soldats ivres qui agitaient leurs baïonnettes dans tous les sens. Il courait si vite qu'il disparut bientôt, dérobé à la vue par la nuit et une courbe du chemin. Archie hésita, puis se libéra de la poigne sans merci du neveu de Gozan (lequel s'embarquait dans une histoire de prostituée cubaine rencontrée à Amsterdam) et se mit à courir vers l'endroit où il avait aperçu pour la dernière fois l'éclat d'un bouton argenté, englouti par un autre de ces tournants brusques que semblait prendre le sentier à volonté.

« Capitaine Ique-Balle ! Attendez, capitaine Ique-Balle ! »

Il courait toujours, répétant inlassablement la même phrase, agitant sa torche, qui n'éclairait rien d'autre que les fourrés, y multipliant les formes anthropomorphes les plus bizarres : ici, un homme, là, une femme agenouillée, plus loin, trois chiens hurlant à la mort. Il passa ainsi quelque temps à trébucher dans l'obscurité.

« Allumez votre lampe électrique ! Capitaine Ique-Balle ! »

Pas de réponse.

« Capitaine Ique-Balle !

— Pourquoi est-ce que tu m'appelles comme ça »,
dit une voix tout près, sur sa droite, « quand tu sais
pertinemment que je ne suis pas capitaine ?

— Ique-Balle ? » cria Archie, dont la torche, au
moment où il posait sa question, tomba accidentel-
lement sur l'autre, assis sur un gros rocher, la tête
entre les mains.

« Mais enfin, tu n'es quand même pas complètement idiot, et tu sais bien, du moins je l'espère, que
je ne suis qu'un simple soldat de l'armée de Sa
Majesté.

— Pour sûr que j'le sais. Mais faut bien qu'on
continue à faire semblant, non ? C'est not'couverture.

— Notre couverture ? Seigneur ! » Samad eut un
petit ricanement qu'Archie jugea sinistre, et quand il
leva la tête, ses yeux étaient injectés de sang, et il
était au bord des larmes. « Mais où tu te crois ? Tu
crois peut-être qu'on joue aux Indiens ?

— Non, j'voulais juste… ça va aller, Sam ? T'as pas
l'air bien. »

Samad était vaguement conscient du fait qu'il ne
devait pas avoir l'air d'aller trop bien. Un peu plus
tôt dans la soirée, il avait déposé délicatement sur
chacune de ses paupières une petite ligne de poudre
blanche. La morphine lui avait aiguisé l'esprit
comme une lame de rasoir. La défonce, tant qu'elle
avait duré, avait été des plus réussies, mais, par la
suite, les pensées qu'elle avait suscitées étaient
retombées dans une mare d'alcool, entraînant
Samad avec elles au fond du gouffre. Il se voyait ce
soir-là comme dans un miroir, et l'image réfléchie
n'était pas belle. Il se rendait bien compte de ce qu'il
était en train de vivre — la soirée d'adieu en l'honneur de la fin de l'Europe —, et il n'aspirait qu'à une
chose : retourner à l'Est. Il regarda sa main inerte, et

ses cinq appendices tout aussi inertes, sa peau, qui avait pris une couleur chocolat sous le soleil ; il vit l'intérieur de son cerveau, abruti par les conversations stupides et la sourde angoisse de la mort, rêvant de retrouver l'homme qu'il avait été : le beau Samad Miah, érudit et si clair de peau, si cher au cœur de sa mère que celle-ci le protégeait des rayons du soleil, lui trouvait les meilleurs précepteurs et lui enduisait le corps d'huile deux fois par jour.

« Sam ? Sam ? T'as pas l'air bien, Sam. Fais un effort, bon sang, y s'ront là dans deux minutes... SAM ? »

Le dégoût de soi vous amène à vous retourner contre la première personne qui vous tombe sous la main. Mais Samad trouva particulièrement exaspérant que cette personne dût être Archie, qui restait là à le regarder avec sollicitude, la peur le disputant à la colère sur son visage sans consistance, si peu fait pour exprimer l'émotion.

« Ne m'appelle pas Sam, gronda-t-il d'une voix qu'Archie eut du mal à reconnaître. Je ne suis pas un de tes potes anglais. Mon nom est Samad Miah Iqbal. Pas Sam. Ni Sammy. Ni — Dieu m'en préserve — Samuel. C'est SamAD. »

Archie prit un air contrit.

« Bon, ça va », continua Samad, soudain empressé et désireux d'éviter une scène. « Je suis bien content que tu sois ici parce que je voulais te dire que je ne me sens vraiment pas en forme, lieutenant Jones. Je ne suis pas bien, comme tu dis. Je n'ai vraiment pas la forme. »

Il essaya de se lever, mais retomba aussitôt sur son rocher.

« Debout, siffla Archie entre ses dents. Debout. Mais qu'esseque t'as, bon Dieu ?

— C'est vrai, je n'ai vraiment pas la forme, je t'assure. Mais j'ai réfléchi », dit Samad, en saisissant son pistolet dans sa bonne main.

« Pose-moi ça.

— J'ai réfléchi, lieutenant Jones, que je suis dans la merde. Je ne me vois aucun avenir. Je comprends que cette révélation ait de quoi te surprendre — je crains que ma peau n'ait pas tout à fait la dureté requise —, mais le fait est là. Je ne vois que...

— Pose-moi ça.

— ... ténèbres devant moi. Je suis infirme, Jones. » Le pistolet dansait joyeusement dans sa main tandis que lui-même se balançait d'un côté et d'autre. « Et ma foi est infirme, elle aussi, tu comprends ? Je ne suis bon à rien, même pas pour Allah, qui est pourtant tout-puissant dans sa miséricorde. Qu'est-ce que je vais faire, quand la guerre sera finie, cette guerre qui est déjà finie — qu'est-ce que je vais faire, hein ? Retourner au Bengale ? À Delhi ? Qui voudrait d'un Anglais comme moi là-bas ? Aller en Angleterre ? Qui voudrait d'un Indien comme moi ? Ils nous promettent l'indépendance en échange de notre âme. Mais c'est un marché infâme. Que faut-il que je fasse ? Que je reste ici ? Que je parte ailleurs ? Quel laboratoire voudrait d'un manchot ? À quoi suis-je donc encore bon ?

— Écoute, Sam... t'es en train d'te couvrir de ri-di—cule.

— Ah, vraiment ? C'est tout ce que tu trouves à me dire, mon ami ? » demanda Samad qui, en voulant se relever, trébucha sur une pierre et se retrouva dans les bras d'Archie. « Je te fais passer, dans l'après-midi, de deuxième classe de merde à lieutenant de l'armée britannique, et voilà tous les remerciements que j'en ai ? Où es-tu, à cette heure où j'ai tant besoin de toi ? Gozan ! » cria-t-il au corpulent patron de café qui apparaissait au détour du chemin, suant sang et eau. « Gozan — mon frère musulman — au nom d'Allah, ceci est-il juste ?

— La ferme, aboya Archie. Tu veux qu'tout l'monde t'entende ? Baisse un peu ce flingue, bon Dieu ! »

Le bras qui tenait le pistolet jaillit de l'obscurité et s'enroula autour du cou d'Archie, si bien que l'arme et les deux têtes se retrouvèrent pressées les unes contre les autres dans une sorte d'accolade immonde.

« Je ne suis plus bon à rien, Jones. Si je devais appuyer sur la détente, qu'est-ce que je laisserais derrière moi ? Un Indien, un Anglo-Indien qui a retourné sa veste, affligé d'une main molle de pédé et sans la moindre médaille à épingler sur son cadavre avant de le rapatrier. » Il relâcha Archie pour s'emparer de son propre col.

« T'as qu'à prendre celles-ci, bon Dieu », dit Archie, qui en arracha trois à son revers et les lui lança. « J'en ai des wagons.

— Qu'est-ce que tu fais du reste de notre petite histoire ? Est-ce que tu te rends compte que nous sommes des déserteurs ? Des *déserteurs*. Prends donc un peu de recul, mon ami, et regarde les choses en face : notre capitaine est mort ; on a endossé ses uniformes et on commande à des hommes d'un grade supérieur au nôtre. Mensonge et duplicité ! Est-ce que ça ne fait pas de nous des déserteurs ?

— Mais la guerre est finie. Tu vas pas m'dire qu'on a pas fait des efforts pour contacter les autres ?

— Crois-tu vraiment, Archie, mon ami ? Moi, je dirais plutôt qu'on est restés assis sur notre cul, à nous cacher dans une église comme des déserteurs pendant que le reste du monde s'écroulait autour de nous, pendant que des hommes mouraient au combat. »

Archie essaya d'arracher son arme à Samad, mais l'autre résistait avec l'énergie du désespoir. Au loin, Archie apercevait déjà le reste de leur troupe hétéroclite qui débouchait du tournant, masse informe et grisâtre dans le crépuscule, donnant sérieusement de la bande et braillant « Lydia la Tatouée ».

« Écoute, tu mets un bémol, d'accord ? Et tu te calmes, dit Archie en le lâchant.

— Nous sommes des imposteurs, des tournecasaques vêtus des dépouilles d'autrui. Est-ce qu'on a fait notre devoir, Archie ? Hein ? Franchement, est-ce qu'on l'a fait ? Je t'ai entraîné avec moi dans ma chute, Archie, et crois bien que j'en suis navré. La vérité, c'est que c'était là mon destin. C'était écrit depuis longtemps. »

Ô Lydia Ô Lydia Connaissez-vous Lydia Lydia la Taaa-touééée !

Samad enfonça le pistolet sans réfléchir dans sa bouche et l'arma.

« Ique-Balle, écoute-moi, dit Archie, quand on était dans c'tank, avec le capitaine, Roy et les autres... »

Ô Lydia, la reine des tatouages ! Sur son dos, elle a la bataille de Waterloo...

« T'arrêtais pas d'dire qu't'aurais voulu êt'un héros et tout ça — comme ton grand-oncle qu'j'ai oublié son nom. »

Et à côté, le naufrage de l'Hespérus...

Samad enleva le pistolet de sa bouche.

« Pande, le nom, arrière-grand-père, la parenté ! » Puis il remit l'arme où elle était.

« Et v'là qu't'as ta chance. Elle est juste là, t'as qu'à la saisir. Tu voulais pas rater l'bus, tu disais, et y a pas d'raison pour qu'on l'rate, si on sait s'y prendre. Alors, arrête tes conneries, hein ? »

*Et fièrement au-dessus des vagues, le rouge, le blanc
et le bleu-eu-eu*

On a tout à apprendre de Lydia !

« Camarade ! Au nom du ciel, que se passe-t-il ? »

Le gentil Russe s'était approché d'eux à leur insu
et, horrifié, regardait Samad avec sa sucette métallique.

« Je suis en train de le nettoyer », bafouilla
Samad, visiblement ébranlé, tout en enlevant l'arme
de sa bouche.

« C'est comme ça qu'y font, expliqua Archie d'un
air entendu, là-bas au Bengale. »

La guerre que douze hommes s'attendaient à
trouver dans la belle vieille maison sur la colline, la
guerre que Samad voulait mettre en conserve pour
la transmettre à ses petits-enfants comme souvenir
de jeunesse, cette guerre-là, ils ne la trouvèrent pas.
Le docteur Malade faisait honneur à son nom : il
était assis dans un fauteuil devant un feu de cheminée, l'air malade. Recroquevillé dans un plaid.
Pâle. Très maigre. Il était vêtu non point d'un uniforme mais d'une simple chemise blanche à col
ouvert et d'un pantalon foncé. Et jeune avec ça, pas
plus de vingt-cinq ans. Il ne broncha pas ni ne protesta quand ils forcèrent sa porte, pistolet au poing.
C'était comme s'ils venaient d'entrer dans une vieille
ferme française, commettant un impair de taille en
débarquant à l'improviste, sans invitation, et qui
plus est armés. La pièce était entièrement éclairée
par des lampes à gaz sur des supports en forme de
sirène, et la lumière dansait sur les murs, illuminant
une série de huit peintures représentant chacune un
fragment du même paysage bulgare. Sur le cinquième, Samad reconnut son église, simple tache de
peinture claire sur l'horizon. Les toiles étaient accro-

chées à intervalles réguliers, formant une sorte de décor panoramique tout autour de la pièce. Un neuvième tableau, un peu mièvre, encore dépourvu de cadre et placé sur un chevalet, un peu trop près de la cheminée, avait des prétentions au modern style. La peinture n'était pas encore sèche. Douze pistolets étaient pointés sur l'Artiste-Docteur. Et quand celui-ci se retourna pour leur faire face, des larmes dont on aurait dit qu'elles étaient teintées de sang coulaient sur ses joues.

Samad se détacha du lot. Il venait de connaître le goût d'un canon de pistolet dans la bouche et s'en trouvait maintenant enhardi. Il avait absorbé une quantité effarante de morphine, était tombé dans le trou noir qui suit une telle absorption et avait refait surface. On n'est jamais aussi fort, se dit Samad en s'approchant du docteur, que quand on reprend pied sur l'autre rive du fleuve Désespoir.

« Êtes-vous le docteur Perret ? » demanda-t-il avec un accent anglais si prononcé sur le nom propre que l'autre ne put s'empêcher de ciller, ce qui eut pour résultat de faire rouler de nouvelles larmes de sang le long de ses joues.

« Oui, c'est moi.

— Qu'est-ce que c'est ? Ce que vous avez là, aux yeux ?

— Je souffre de rétinopathie diabétique, monsieur.

— Quoi ? » demanda Samad, son pistolet toujours pointé sur l'autre, bien décidé à ne pas laisser un débat médical sans gloire venir entacher son moment de triomphe.

« Cela veut dire que quand je n'ai pas ma dose d'insuline, je me mets à excréter du sang, mon ami. Par les yeux. Ce qui n'est pas sans compliquer considérablement ma tâche, ajouta-t-il en montrant les peintures qui l'entouraient. Il devait y en avoir dix.

Un panoramique de 180 degrés. Mais il semblerait que vous soyez venus déranger mes plans. Ainsi, vous avez l'intention de me tuer, mon ami ? termina-t-il en se levant avec un soupir.

— Je ne suis pas votre ami.

— Non, probablement pas. Mais il est bien dans votre intention de me tuer ? Vous voudrez bien m'excuser si je vous dis que vous ne semblez même pas être en âge de tuer les mouches, dit le docteur en examinant l'uniforme de Samad. *Mon Dieu*[1], vous êtes encore bien jeune pour avoir fait déjà tout ce chemin, capitaine. » Samad, mal à l'aise, se dandina d'un pied sur l'autre, surprenant du coin de l'œil la panique qui se lisait dans le regard d'Archie. Mais, écartant un peu plus les pieds, il se reprit et ne pipa mot.

« Je crains d'être un peu lassant sur ce point... mais, encore une fois, est-il dans votre intention de me tuer ? »

Le bras de Samad ne bougea pas d'un pouce ; le pistolet ne tremblait pas. Bien sûr qu'il était capable de le tuer. De sang-froid. Samad n'avait besoin ni de la couverture de la nuit ni de l'excuse de la guerre. Il était capable de le tuer, et ils ne l'ignoraient ni l'un ni l'autre. Voyant la lueur qui s'était allumée dans les yeux de l'Indien, le Russe s'avança. « Excusez-moi, capitaine. »

Samad resta silencieux et immobile. Le Russe s'enhardit. « Nous ne sommes pas censés avoir des intentions en la matière, dit-il à l'adresse du docteur Malade. Nous avons ordre de vous emmener en Pologne.

— Une fois là-bas, me tuera-t-on ?

---

1. En français dans le texte.

— Il appartiendra aux autorités compétentes d'en décider. »

Le docteur pencha la tête de côté en fermant presque les yeux. « C'est simplement que... je veux dire, c'est là une chose qu'on aime bien savoir à l'avance. Cela peut paraître curieux, mais c'est ainsi. Et puis, simple question de politesse, on devrait tout de même dire aux gens s'ils vont mourir ou s'ils seront épargnés.

— Ce sera aux autorités compétentes d'en décider », répéta le Russe.

Samad vint se placer derrière le docteur et lui appuya le canon de son pistolet sur la nuque. « Avancez, dit-il.

— Aux autorités compétentes de décider... Ne redevient-on pas des hommes civilisés en temps de paix ? » fit remarquer le docteur Malade, tandis que douze hommes, qui pointaient tous leur arme sur sa tête, le conduisaient hors de la maison.

*

Plus tard dans la soirée, au pied de la colline, le bataillon laissa le docteur Malade menotté à la jeep et, comme un seul homme, se rendit au café.

« Vous jouez au poker ? demanda un Nikolai très jovial à Samad et Archie au moment où ils pénétraient dans la salle.

— Moi, j'joue à c'qu'on veut, dit Archie.

— Est-ce que vous y jouez bien serait une question plus pertinente, dit Samad en prenant un siège avec un sourire désabusé.

— Et c'est le cas, capitaine Iqbal ?

— Comme un dieu », dit Samad, en ramassant les cartes qu'on venait de lui distribuer et en les disposant en éventail de sa seule main valide.

« Eh bien », dit Nikolai, en versant à chacun une nouvelle rasade de sambucca, « puisque notre ami Iqbal a l'air si sûr de lui, il vaudrait peut-être mieux commencer petit. On va attaquer avec des cigarettes et on verra après. »

Des cigarettes, ils passèrent aux médailles, puis aux pistolets, qui à leur tour les menèrent aux radios, et enfin aux jeeps. Quand arriva minuit, Samad avait gagné trois jeeps, sept pistolets, quatorze médailles, la terre attachée à la maison de la sœur de Gozan, ainsi qu'une reconnaissance de dette pour quatre chevaux, trois poulets et un canard.

« Mon ami », dit Nikolai Pesotsky, dont la bonne humeur et la gentillesse habituelles avaient fait place à une gravité solennelle, « vous devez absolument nous donner une chance de regagner nos possessions. On ne peut décemment pas laisser les choses en l'état.

— J'exige le docteur », dit Samad, refusant de croiser le regard d'Archibald Jones, ivre sur sa chaise. « En échange de tout ce que j'ai gagné.

— Pour en faire quoi, grand Dieu ? » dit Nikolai, abasourdi, en se laissant aller sur sa chaise. « Quel usage pourriez-vous bien...

— J'ai mes raisons. Je veux l'emmener ce soir, sans être suivi et sans que l'incident fasse l'objet d'un rapport. »

Nikolai Pesotsky regarda ses mains, les hommes autour de la table, à nouveau ses mains, avant de fouiller dans sa poche et de lancer la clé des menottes à Samad.

Une fois dehors, Samad et Archie grimpèrent dans la jeep où se trouvait le docteur Malade, endormi sur le tableau de bord, firent démarrer le moteur et disparurent dans l'obscurité.

À cinquante kilomètres du village, le bruit d'une discussion concernant son avenir immédiat réveilla le docteur.

« Mais pourquoi ? sifflait Archie.

— Parce que, à mon avis, notre problème c'est que nous avons besoin d'avoir du sang sur les mains, tu comprends ? Pour nous racheter. Tu peux comprendre ça, Jones ? On a joué aux cons, toi et moi, dans cette guerre. Il y avait une croisade à mener contre le mal, et nous avons lamentablement échoué, et maintenant il est trop tard. Notre seule chance, c'est lui. Réponds un peu à ma question : pourquoi est-ce qu'on a fait cette guerre ?

— Dis pas d'bêtises », bégaya Archie, en guise de réponse.

« Pour pouvoir à l'avenir être libres. La question a toujours été : *quel monde voulons-nous donner à nos enfants ?* Et nous, nous n'avons rien fait. Nous sommes maintenant à la croisée des chemins, et le choix est crucial.

— Écoute, j'sais pas où tu veux en v'nir et j'veux pas l'savoir, coupa Archie. On va l'laisser, dit-il en montrant du doigt le docteur à demi conscient, à la première caserne qu'on trouve, et après, toi et moi, on s'sépare. Tu suis ton ch'min, j'suis l'mien, c'est la seule croisée qui m'intéresse.

— Ce que j'ai compris », poursuivit Samad, imperturbable, tandis qu'ils traversaient à vive allure un paysage uniformément plat, « c'est que les générations se parlent les unes aux autres, Jones. Elles communiquent entre elles. La vie n'est pas une ligne — qu'on pourrait lire comme les lignes de la main —, c'est un cercle, et les générations nous parlent à nous aussi. C'est la raison pour laquelle on ne peut pas lire notre destin à l'avance, on ne peut que le vivre. » Samad sentait que la morphine lui apportait à nouveau la connaissance — toutes les informations de l'univers, toutes les informations écrites sur les murs — sous la forme d'une unique et fantastique révélation.

« Sais-tu seulement qui est cet homme, Jones ? demanda Samad en attrapant le docteur par les cheveux et en lui renversant la tête en arrière. Les Russes me l'ont dit. C'est un scientifique, comme moi, mais quel genre de scientifique, à ton avis ? Le genre à décider de qui est digne de naître et de qui ne l'est pas — à élever les humains comme s'il s'agissait de poulets, à les détruire s'ils ne répondent pas aux normes. Ce qu'il veut, c'est contrôler, dicter l'avenir. Il veut une race d'hommes, d'hommes indestructibles, qui survivront aux derniers jours de cette terre. Mais ça, ça ne peut pas se faire dans un laboratoire. Ça ne peut se faire qu'avec la foi ! Seul Allah a le pouvoir de sauver ! Je n'ai rien d'un croyant — je n'en ai jamais eu la force — mais je ne suis quand même pas assez stupide pour nier la vérité.

— Là, j'te suis plus. T'as dit, t'as bien dit que c'était pas ton problème ? Là-haut sur la colline, c'est c'que t'as dit », s'excita Archie, tout heureux de pouvoir prendre l'autre en défaut. « Alors, même si c'mec fait… des trucs comme tu dis qu'y fait… c'est not'problème à nous, les Occidentaux, c'est c'que t'as dit, pas à vous. »

Le docteur Malade, dont les larmes de sang coulaient maintenant à flot et qui était toujours retenu la tête en arrière par Samad, commençait à suffoquer.

« Fais gaffe, t'es en train d'l'étouffer.

— Et alors ? hurla Samad dans la campagne sans écho. Les hommes comme lui croient que les organes humains doivent répondre à un schéma préconçu. Ils adorent la science du corps, mais pas

Celui qui nous a donné ce corps ! C'est un nazi. Et de la pire espèce.

— Mais t'as dit… », s'obstina Archie, décidé à faire valoir son point de vue, « t'as dit que ça avait rien à voir avec toi. Qu'c'était pas ton problème. Si y a quelqu'un dans cette jeep qui pourrait avoir un compte à régler avec ce dingue de fridolin…

— Français. Il est français.

— Ouais, d'accord, français. Si y a quelqu'un qui pourrait avoir un compte à régler avec lui, c'est probablement moi. C'est pour l'avenir de l'Angleterre qu'on s'est battus. Pour l'Angleterre. Tu sais bien », dit Archie, en se creusant désespérément la cervelle, « pour la démocratie, le rosbif du dimanche et… les fronts de mer, les jetées, les saucisses à la purée, tout c'qui est à nous, quoi, à nous. Pas à toi.

— Précisément, dit Samad.

— Quoi, précisément ?

— C'est à toi de le faire, Archie.

— Tu peux toujours courir !

— Jones, ton destin est là, en face de toi, et toi, tout ce qui te préoccupe, c'est d'astiquer popol », dit Samad avec des accents sarcastiques dans la voix, tout en continuant à maintenir la tête du docteur renversée en arrière.

« Du calme, bon Dieu », dit Archie, en essayant de garder un œil sur la route, tandis que Samad, tirant comme un forcené, semblait sur le point de briser la nuque de sa victime. « Écoute, j'dis pas qu'y mérite pas d'mourir.

— Alors, fais-le. Fais-le.

— Mais pourquoi tu tiens tant à c'que ça soye moi qui l'fasse ? Tu sais, j'ai jamais tué personne… face à face, j'veux dire. Et puis, on tue pas les gens comme ça, dans une voiture… Non, j'peux pas.

— Jones, le tout, c'est de savoir ce que tu feras quand les dés seront jetés. C'est une question qui m'intéresse énormément. Appelle cet instant comme tu veux : moment de vérité, ou mise à l'épreuve, si tu préfères.

— J'vois pas d'quoi tu parles.

— Je veux savoir quel genre d'homme tu es, Jones. Je veux savoir de quoi tu es capable. Dis-moi, Jones, est-ce que tu es un lâche ? »

Archie arrêta la jeep en catastrophe.

« Tu m'cherches, hein ? Tu vas m'trouver.

— Tu ne représentes rien, Jones, poursuivit Samad. Pas plus une croyance qu'une idéologie politique. Pas même ton pays. Comment, vous autres, vous avez pu nous coloniser restera toujours un putain de mystère pour moi. Tu es une non-entité.

— Une nonante quoi ?

— Et un crétin, par-dessus le marché. Qu'est-ce que tu diras à tes enfants le jour où ils te demanderont qui tu es, ce que tu es ? Tu sauras quoi dire ? Est-ce que tu sauras jamais quoi dire ?

— Et toi, tu veux m'dire c'que t'as d'si fantastique ?

— Je suis musulman, et je suis un Homme, un Fils et un Croyant. Je survivrai aux derniers jours de la création.

— T'es qu'un putain d'ivrogne, ouais, et un camé. Hein, qu't'es complètement camé, c'soir ?

— Je suis musulman, et je suis un Homme, un Fils et un Croyant », répéta Samad, comme s'il s'agissait d'une litanie.

« Putain d'merde, et qu'esse-que j'en ai à foutre ? » hurla Archie, qui, en même temps, se saisit du docteur Malade et attira son visage maintenant couvert de sang vers le sien, jusqu'à ce que leurs nez se touchent.

« Toi, aboya Archie, toi tu vas v'nir avec moi.

— Ce n'est pas que je refuse, monsieur, mais... »,
répondit le docteur en levant ses poignets menottés.

Archie se battit un instant avec la clé rouillée des
menottes, tira le docteur Malade pour le faire sortir
de la jeep et commença à s'éloigner dans l'obscurité,
son pistolet pointé sur la nuque du docteur Marc-
Pierre Perret.

« *Est-ce que vous allez me tuer, mon garçon ?* »
demanda le docteur Malade, tout en marchant.

« *On l'dirait bien, non ? dit Archie.*

— *Est-ce que je peux plaider ma cause ?*

— *Si ça te chante* », *dit Archie, en le poussant pour*
le faire avancer.

Cinq minutes plus tard, toujours assis dans la
jeep, Samad entendit un coup de feu. Qui le fit sur-
sauter. Il écrasa d'une grande claque un insecte qui
faisait le tour de son poignet, à la recherche d'un
endroit suffisamment charnu à son goût. Relevant la
tête, il vit Archie qui revenait : saignant et boitant
bas, tantôt visible, tantôt invisible, selon qu'il était
pris dans les phares de la jeep ou qu'il s'en écartait.
Il ne faisait vraiment pas plus que son âge ; sous la
lumière, ses cheveux blonds étaient translucides, et
son visage lunaire ressemblait à celui d'un gros bébé
entrant tête la première dans la vie.

SAMAD

1984, 1857

« Test-match de cricket : dans quel
camp sont-ils ?... Est-ce que vous
regardez toujours le pays d'où vous
êtes originaire ou est-ce que vous ne
regardez que le pays où vous vivez
maintenant ? »

Norman Tebbit

6

La tentation de Samad Iqbal

Les enfants. Samad avait attrapé les enfants comme on attrape une maladie. Certes, il en avait engendré deux bien volontiers — aussi volontiers que faire se peut pour un homme —, mais il n'avait pas compté avec le reste. Dont personne ne vous dit jamais rien. Et qui consiste à *vivre avec* les enfants. Pendant quarante et quelques années, cheminant joyeusement sur la grand-route de la vie, Samad était resté inconscient de ce que, semés comme des petits cailloux dans tous les relais-bébé de chaque station-service le long de ladite route, vivaient les représentants d'une sous-classe de la société, une sous-classe braillante et bavante ; il ignorait tout d'eux, et, de toute façon, ils ne l'intéressaient pas. Et puis brutalement, au début des années quatre-vingt, il fut victime d'une invasion d'enfants : les enfants des autres, les amis des siens, leurs amis ; puis les enfants des programmes pour enfants à la télévision. Au point qu'en 1984, trente pour cent au bas mot de ses fréquentations mondaines et culturelles avaient moins de neuf ans — ce qui, inévitablement, l'avait conduit à la position qu'il occupait maintenant. Celle de *parent, membre d'un conseil d'établissement*.

Par un étrange effet de symétrie, devenir délégué

de parents dans une école reflète à la perfection le processus qui consiste à devenir parent tout court. Les choses commencent bien innocemment. Sans même qu'on y prête attention. Vous vous pointez plein d'entrain à la kermesse de printemps, vous donnez un coup de main pour la vente des billets de tombola (parce que le professeur de musique, une jolie petite rousse, vous l'a demandé) et vous gagnez une bouteille de whisky (toutes les tombolas d'écoles sont truquées, de toute façon), et avant même de savoir ce qui vous arrive, vous voilà en train d'assister aux réunions hebdomadaires du conseil d'école, d'organiser des concerts, de débattre de la création d'un nouveau département de musique, de trouver des fonds pour remplacer les vieilles fontaines à eau : vous voilà impliqué dans la vie de l'établissement, *PRIS-AU-PIÈGE*. Arrive bientôt le moment où vous cessez de déposer vos enfants à la porte de l'école, pour les accompagner jusque dans leur classe.

« Baisse la main.
— Pas question !
— Baisse la main, s'il te plaît.
— Laisse-moi tranquille.
— Samad, pourquoi tiens-tu absolument à m'humilier ? Baisse-la, je te dis.
— J'ai une opinion. J'ai le droit d'en avoir une. Et, qui plus est, le droit de l'exprimer.
— Sans doute, mais est-ce que tu es vraiment obligé d'exprimer tes opinions aussi souvent ? »

Tels étaient les propos qu'échangeaient entre leurs dents Samad et Alsana Iqbal, assis au fond de la salle, lors d'une réunion du conseil d'école, en ce mercredi du début du mois de juillet 84, Alsana faisant de son mieux pour forcer son mari à ramener son bras gauche le long du corps.

« Lâche-moi, femme ! »

Alsana lui encercla le poignet de ses deux mains minuscules et tenta d'y planter ses ongles. « Samad Miah, tu ne vois donc pas que j'essaie simplement de te sauver de toi-même ? »

Tandis que la lutte continuait, sournoise et sourde, la présidente de séance, Katie Miniver, une Blanche, divorcée, maigre comme un coucou, au jean trop serré, aux cheveux trop bouclés et aux dents de lapin, essayait désespérément d'éviter le regard de Samad. Elle maudissait en silence Mrs. Hanson, la grosse dame assise juste derrière lui, qui parlait des vers qui infestaient le verger de l'école et, sans le vouloir, faisait qu'elle pouvait difficilement prétendre ne pas voir la main de Samad obstinément levée. Tôt ou tard, il faudrait bien qu'elle lui donne la parole. Entre deux hochements de tête à l'adresse de Mrs. Hanson, elle jetait un coup d'œil furtif aux notes que prenait la secrétaire, Mrs. Khilnani, assise à sa gauche, en vue du compte rendu de la séance. Elle voulait s'assurer que ce n'était pas là le fruit de son imagination, qu'on ne pouvait l'accuser d'être partiale ou antidémocratique, voire, quelle horreur, *raciste* (mais elle avait lu *De toutes les couleurs*, cette brochure si fondamentale de l'Association Arc-en-ciel, et elle avait réalisé un très bon score au test d'auto-évaluation), d'une forme de racisme si profondément ancrée et quasiment atavique qu'elle en échapperait à son attention. Mais non. Pas du tout. Elle n'était pas folle. Le moindre extrait, pris au hasard, ne faisait que souligner le problème :

13.0 Mrs. Janet Trott propose qu'une seconde cage d'écureuil soit construite dans la cour de récréation pour le confort et la sécurité des enfants, lesquels apprécient déjà grandement la première mais en rendent l'usage dangereux par suite de leur trop grand nombre. Le mari de Mrs. Trott, l'architecte Hanover Trott, se déclare prêt à dessiner les plans et à superviser l'exécution de cette cage sans qu'il en coûte rien à l'école.

13.1 La présidente ne voit pas d'objection et propose de mettre le projet aux voix.

13.2 Mr. Iqbal voudrait savoir pourquoi le système scolaire occidental privilégie systématiquement l'activité du corps aux dépens de celle de l'âme et de l'esprit.

13.3 La présidente s'interroge pour savoir si la remarque est véritablement pertinente.

13.4 Mr. Iqbal demande que le vote soit reporté jusqu'à ce qu'il soit en mesure de présenter au conseil un mémoire étudiant tous les aspects du problème. Il tient à préciser que ses fils, Magid et Millat, ont tout l'exercice physique nécessaire en faisant simplement le poirier, posture idéale pour ce qui est de fortifier les muscles et d'envoyer le sang stimuler le cortex somato-sensoriel.

13.5 Mrs. Wolfe demande à Mr. Iqbal s'il s'attend vraiment à ce que sa Susan se soumette à des séances obligatoires de poirier.

13.6 Mr. Iqbal suggère que, compte tenu des résultats scolaires de ladite Susan et de son problème de surcharge pondérale, un régime de poirier pourrait s'avérer hautement rémunérateur.

« Oui, Mr. Iqbal ? »

Ayant dégagé avec vigueur le revers de sa veste de la tenaille dans laquelle l'emprisonnaient les doigts d'Alsana, Samad se leva (sans véritable nécessité) et se mit à feuilleter une liasse de papiers retenus par une pince, avant de sortir celui qu'il cherchait et de le brandir à bout de bras.

« Oui, oui, j'ai une motion. J'ai une motion. »

Un grognement, à peine audible, parcourut l'assemblée, suivi d'une brève période de changements de position, croisements de jambes, grattages, farfouillages de sac et réarrangements de vestes sur les dossiers de chaise.

« Encore une, Mr. Iqbal ?

— Absolument, Mrs. Miniver.

— Vous en êtes déjà à la douzième pour la soirée. Je me demande si quelqu'un d'autre...

— Oh, c'est beaucoup trop important pour pouvoir attendre, Mrs. Miniver. Si vous le permettez, je vais...

— *Ms*. Miniver.

— Je vous demande pardon ?

— Il y a simplement que... c'est *Ms*. Miniver. Toute la soirée, vous avez... et c'est... en fait, ce n'est pas Mrs., c'est *Ms*. M S, vous comprenez ? »

Samad regarda Katie Miniver d'un œil perplexe, puis ses papiers, comme s'il devait y trouver la solution de l'énigme, puis à nouveau la présidente aux abois.

« Mais vous n'êtes donc pas mariée ?

— Divorcée, en fait, divorcée. J'ai gardé le nom de mon mari.

— Je vois. Mes sincères condoléances, Miss Miniver. Le sujet que je voudrais...

— Je suis désolée », dit Katie, passant la main dans ses cheveux indisciplinés. « Ce n'est pas Miss non plus. Je suis désolée. J'ai été mariée, voyez-vous, et donc... »

Ellen Corcoran et Janice Lanzerano, deux amies du Groupe d'Action des femmes, manifestèrent leur soutien à Katie en lui adressant un grand sourire. Ellen secoua la tête pour indiquer à Katie qu'il ne fallait pas qu'elle se mette à pleurer (*parce que tu te débrouilles très bien, vraiment très bien*) ; Janice forma le mot « Continue » sur ses lèvres tout en levant discrètement un pouce en l'air, poing fermé.

« Je ne me sentirais pas très à... il me semble simplement que le statut d'épouse n'est pas une fin en... non pas que je veuille vous mettre dans l'embarras, Mr. Iqbal. Mais je me sentirais plus... si vous... enfin, c'est Ms., quoi.

— Mzzz ?

— Ms.

— Une sorte de compromis linguistique entre Mrs. et Miss, si je comprends bien ? » demanda Samad, sincèrement intéressé et totalement oublieux des tremblements qui agitaient la lèvre inférieure de Katie Miniver. « Qui désigne la femme qui a perdu son mari ou a peu de chance d'en trouver un autre ? »

Alsana poussa un gémissement et s'enfouit la tête dans les mains.

Samad regarda ses papiers, souligna quelque chose par trois fois et se tourna à nouveau vers les membres de l'assemblée.

« La fête de la Moisson. »

Changements de position, grattages, farfouillages, croisements de jambes, réarrangements de vestes.

« Oui, Mr. Iqbal, dit Katie Miniver. Qu'avez-vous à dire sur le sujet ?

— Que j'aimerais bien savoir de quoi il s'agit. Connaître le pourquoi de cette fête. Savoir aussi pour quelle raison mes enfants devraient la célébrer. »

La directrice, Mrs. Owens, une femme aux manières raffinées et au doux visage à moitié caché par des cheveux blonds à la coupe agressive, fit signe à Kate Miniver qu'elle prenait les choses en main.

« Mr. Iqbal, nous avons traité en détail du problème des fêtes religieuses au cours des réunions de l'automne dernier. Comme vous n'êtes pas sans le savoir, l'école observe déjà un grand nombre de fêtes, religieuses ou non, dont Noël, le ramadan, le nouvel an chinois, le Diwali indien, Yom Kippour, Hanoukka, l'anniversaire de la naissance d'Hailé Sélassié et celui de la mort de Martin Luther King. La Fête de la Moisson s'inscrit dans la politique de respect de la pluralité religieuse qui est depuis longtemps la nôtre, Mr. Iqbal.

— Je vois. Et y a-t-il beaucoup de païens à Manor School, Mrs. Owens ?

— De païens... je crains bien de ne pas com...

— C'est très simple. Le calendrier chrétien ne compte pas moins de trente-sept fêtes religieuses. *Trente-sept*. Le calendrier musulman en a *neuf*. Seulement neuf. Qui sont tout bonnement évincées par cette formidable épidémie de fêtes chrétiennes. Ma motion est simple : si nous supprimions toutes les fêtes païennes du calendrier chrétien, cela libérerait... » Samad s'interrompit pour consulter ses notes. « ... environ vingt jours dans l'année, ce qui permettrait aux enfants de fêter, par exemple, Lailatul-Quard en décembre, Eid-ul-Fitr en janvier et Eid-ul-Adha en avril. Et la première fête à faire les frais de ce remaniement devrait, à mon sens, être cette histoire de fête de la Moisson.

— Je crains bien », dit Mrs. Owens, jouant de son sourire agréable mais réfrigérant et destinant sa repartie à l'ensemble des présents, « que supprimer purement et simplement les fêtes chrétiennes ne relève pas vraiment de ma juridiction. Sinon, je supprimerais le soir de Noël et m'épargnerais du même coup un travail considérable en décoration de sapins et emballages de cadeaux. »

Samad ne se laissa pas détourner de son propos par les petits rires que déclencha cette réplique. « Mais c'est précisément là où je veux en venir. Cette fête de la Moisson n'est pas une fête chrétienne. Où peut-on lire dans la Bible *Car tu voleras de la nourriture dans les placards de tes parents pour l'apporter à l'école et tu obligeras ta mère à cuire une miche de pain en forme de poisson* ? Il s'agit là d'idées païennes. Pouvez-vous me dire où l'on peut lire *Tu porteras une boîte de bâtonnets de poisson surgelés à une vieille femme qui habite Wembley* ? »

Mrs. Owens fronça les sourcils, peu habituée qu'elle était aux sarcasmes, à moins qu'ils appartinssent à la catégorie sarcasmes d'enseignant, genre *Tu te crois dans une porcherie ? Je suppose que tu en fais autant chez toi !*

« Mais précisément, Mr. Iqbal, c'est le côté *charité* de la fête de la Moisson qui fait qu'elle mérite d'être conservée. Porter de la nourriture aux personnes âgées dans le besoin me semble être une idée tout à fait louable, qu'elle soit ou non sanctionnée par les Écritures. Il n'y a rien dans la Bible, à ma connaissance, qui suggère que nous devions manger une dinde le jour de Noël, mais rares sont ceux qui condamneraient pour autant cette habitude. Pour être tout à fait franche, Mr. Iqbal, nous concevons la chose comme relevant de la bienfaisance davantage que d'un principe à strictement parler religieux.

— C'est à son Dieu qu'un homme doit réserver d'abord sa bienfaisance ! dit Samad en élevant la voix.

— Hum, hum... bien, mettons-nous cette motion aux voix ? »

Mrs. Owens jeta un regard fébrile autour d'elle pour voir si des mains se levaient. « Quelqu'un veut-il la soutenir ? »

Samad empoigna la main d'Alsana et la serra. Elle lui envoya un coup de pied dans la cheville. Il lui écrasa le gros orteil. Elle lui pinça le côté. Il lui retourna le petit doigt, et c'est à contrecœur qu'elle leva le bras droit tout en lui enfonçant son coude gauche dans l'aine.

« Merci, Mrs. Iqbal », dit Mrs. Owens, tandis que Janice et Ellen adressaient à Alsana ce sourire apitoyé qu'elles réservaient aux femmes musulmanes totalement soumises à leur mari.

« Tous ceux qui sont pour la suppression de la fête de la Moisson à l'école...

— En raison de ses origines païennes.

— En raison de certaines... connotations païennes. Levez la main. »

Mrs. Owens parcourut la salle du regard. Une main, celle de Poppy Burt-Jones, la jolie rousse professeur de musique, jaillit au-dessus des têtes, faisant tinter les nombreux bracelets qu'elle portait au poignet. Puis les Chalfen, Marcus et Joyce, un couple de hippies sur le retour, accoutrés de vêtements pseudo-indiens, levèrent chacun une main provocatrice. Samad regarda alors du côté de Clara et d'Archie, assis discrètement à l'autre bout de la salle, et deux autres mains, timides celles-là, s'élevèrent au-dessus de l'auditoire.

« Tous ceux qui sont contre maintenant ? »

Les trente-six mains restantes fusèrent dans les airs.

« La motion est rejetée.

« — Je suis certain que l'Alliance solaire des sorcières et des elfes de Manor School sera ravie de cette décision », dit Samad en se rasseyant.

Après la réunion, au moment où Samad émergeait des toilettes, après s'être vidé la vessie non sans difficulté dans un urinoir miniature, Poppy Burt-Jones, la jolie rousse, l'accosta dans le couloir.

« Mr. Iqbal.

— Humm ? »

Elle lui tendit un bras gracile et pâle, semé de taches de rousseur. « Poppy Burt-Jones. Magid et Millat sont avec moi pour le chant et l'orchestre. »

Samad substitua la main gauche (la bonne) à la droite qu'elle faisait mine de vouloir lui serrer.

« Oh, je suis désolée.

— Il n'y a pas de quoi. Ça n'est pas douloureux. Elle est comme morte, c'est tout.

— Ah, tant mieux ! Heu, non... je voulais dire que je suis contente que... que ce ne soit pas douloureux, quoi. »

Elle était jolie naturellement, sans effort, pour ainsi dire. Environ vingt-huit ans, trente-deux au plus. Mince, mais pas du tout anguleuse, dotée d'une cage thoracique légèrement incurvée, comme celle d'un enfant ; des seins longs et plutôt plats, relevés à leur extrémité ; un chemisier blanc à col ouvert, un Levi's passablement porté, des baskets grises, des taches de rousseur en quantité, une masse de cheveux roux foncé relevés à la diable en une queue-de-cheval approximative, à laquelle échappaient des mèches folles retombant sur la nuque. Et un sourire très agréable, un peu béat, dont elle était précisément en train de gratifier Samad.

« Vous aviez quelque chose à me dire à propos des jumeaux ? Il y a un problème ?

— Oh non, pas du tout... ils sont... ils sont adorables. Magid a quelques difficultés, mais je suis sûre qu'avec ses bonnes notes, jouer de la flûte à bec ne fait pas partie de ses préoccupations premières. Quant à Millat, il est vraiment doué pour le saxo. Non, je voulais simplement vous dire que vous aviez raison, vous savez », dit-elle, en faisant un geste du pouce par-dessus son épaule en direction de la salle de réunion. « Pendant le conseil. Cette fête de la Moisson m'a toujours paru ridicule. Si on veut aider les personnes âgées, on change de gouvernement aux élections, on ne leur porte pas des boîtes de spaghettis Heinz. » Elle lui sourit à nouveau, en faisant repasser une mèche rebelle derrière son oreille.

« C'est honteux qu'il n'y ait pas plus de gens de votre avis », dit Samad, flatté par ce second sourire et rentrant son estomac de cinquante-sept ans nonobstant assez plat. « Nous n'étions vraiment qu'une petite minorité, ce soir.

— Vous aviez tout de même les Chalfen derrière vous, des gens si gentils, des *intellectuels*, vous savez », murmura-t-elle, comme s'il s'agissait là d'une maladie tropicale des plus exotiques. « Lui est scientifique, et elle s'occupe de jardins, mais très simples, tous les deux. Je viens de leur parler, et ils sont d'avis que vous ne devriez pas laisser tomber. Vous savez quoi, je me suis dit qu'en fait nous pourrions peut-être nous retrouver, dans les mois qui viennent, et travailler sur une deuxième motion pour la réunion de septembre — à un moment moins éloigné de la date de la fête — pour tenter une action plus concertée, peut-être distribuer des tracts, ce genre de chose. Parce que, voyez-vous, personnellement, je m'intéresse énormément à la culture indienne. Je pense que ces fêtes dont vous avez parlé seraient tellement plus... colorées, et on pourrait sans doute les relier à un travail en classe de dessin et de musique. Ça pourrait être vraiment passionnant », dit Poppy Burt-Jones, se faisant vraiment passionnée. « Et puis, je pense que ce serait bien pour les enfants, vraiment bien. »

Il était impossible, Samad le savait, bien sûr, que cette femme éprouve pour lui une quelconque attirance d'ordre sexuel. Il n'en jeta pas moins un coup d'œil alentour pour voir si Alsana n'était pas dans les parages, il n'en agita pas moins ses clés de voiture nerveusement dans sa poche, il n'en sentit pas moins la crainte de son Dieu lui glacer le cœur.

« Je ne suis pas vraiment indien », vous savez, dit Samad avec infiniment plus de patience qu'il n'en avait jamais témoigné auparavant, depuis son arrivée en Angleterre, chaque fois qu'il s'était trouvé dans l'obligation d'apporter cette précision.

« Ah, vraiment ? dit Poppy Burt-Jones, à la fois surprise et déçue.

— Non, je viens du Bangladesh.

— Le Bangladesh...

— Avant, c'était le Pakistan. Et encore avant, le Bengale.

— Ah, oui. C'est tout dans le même coin, alors.

— Oui, si l'on peut dire. »

Le silence qui s'ensuivit fut un peu pesant, mais permit à Samad de se rendre compte que cette femme-là, il la désirait plus que toutes celles qu'il avait pu rencontrer au cours des dix dernières années. Le désir ne se préoccupa guère de surveiller la maison avant son casse, ni de vérifier si les voisins étaient là ou pas — il enfonça tout bonnement la porte d'un coup de pied et s'installa comme s'il était chez lui. Samad ne se sentait pas très bien. C'est alors qu'il s'aperçut que son visage passait de l'excitation sexuelle primaire à l'horreur, dans une parodie grotesque des mouvements de son âme, tandis qu'il jaugeait Poppy Burt-Jones et évaluait les conséquences tant physiques que métaphysiques dont elle lui semblait lourde. Il fallait à tout prix qu'il parle, sinon c'était la catastrophe.

« Eh bien, mais... pourquoi pas ? C'est une bonne idée que de présenter à nouveau la motion », dit-il contre son gré, car c'était quelque chose de bien plus bestial que son gré qui parlait. « Si vous trouvez le temps.

— On peut se rencontrer pour en discuter. Je vous appelle dans quelques semaines. On pourrait se retrouver après la classe d'orchestre, par exemple ?

— Ce serait... parfait.

— Génial ! On fait comme ça. Vous savez, vos garçons sont vraiment adorables... ils sortent tellement de l'ordinaire. J'en parlais aux Chalfen, et Marcus a mis exactement le doigt dessus, quand il a avancé que les petits Indiens, si je puis me permettre de le dire, sont habituellement bien plus...

— Bien plus ?

— Tranquilles. Remarquablement bien élevés, mais pas très, comment dire, exubérants. »

Samad accusa le coup, imaginant Alsana en train d'écouter pareils propos.

« Magid et Millat, eux, sont tellement... pleins de vie. »

Samad esquissa un sourire gêné.

« Magid est tellement impressionnant intellectuellement parlant, pour ses neuf ans. Tout le monde le dit. Il est vraiment remarquable. Vous devez être tellement fier de lui. C'est déjà un petit adulte. Même ses vêtements... je ne me souviens pas avoir jamais vu un enfant de neuf ans s'habiller aussi... sévèrement. »

Les jumeaux avaient toujours eu des idées bien arrêtées en matière vestimentaire, mais tandis que

Millat obligeait plus ou moins Alsana à lui acheter des Nike à bandes rouges et d'étranges pull-overs ornés de motifs à l'intérieur comme à l'extérieur, Magid, lui, était par tous les temps en pull gris, chemise grise et cravate noire, chaussures noires impeccablement cirées aux pieds, lunettes remboursées par la sécu perchées au bout du nez, ce qui lui donnait l'allure d'un bibliothécaire nain. Alsana lui disait bien « Mon petit bout d'homme, pourquoi tu ne mettrais pas la bleue pour Amma, hein ? » comme s'il était encore à la crèche, dans la petite section, et qu'elle essayait de lui faire découvrir les vertus des couleurs. « La bleue, juste pour une fois. Ça irait si bien avec tes yeux. Pour Amma, Magid. Comment est-ce que tu peux ne pas aimer le bleu ? C'est la couleur du ciel !

— Mais non, Amma. Le ciel n'est pas bleu. Il n'est que lumière blanche. La lumière blanche contient en elle toutes les couleurs de l'arc-en-ciel, et quand elle est diffusée dans les milliards de molécules du ciel, celles que tu vois sont les couleurs à faibles longueurs d'onde — bleu et violet. Le ciel n'est pas vraiment bleu. Mais c'est comme ça que tu le vois. C'est ce qu'on appelle l'effet Rayleigh. »

Étrange enfant, avec sa rigueur froide de scientifique.

« Vous devez être tellement fier de lui », répéta Poppy, le visage illuminé par un énorme sourire. « Je le serais à votre place.

— Malheureusement », dit Samad, déplorant dans un soupir d'être distrait de son érection à la pensée, pour le moins déprimante, de son fils cadet (cadet de deux minutes seulement), « Millat est un bon à rien.

— Oh non », dit Poppy, l'air gêné. « Ce n'est pas du tout ce que je voulais dire. Je crois qu'il est un peu écrasé par Magid, qui réussit tellement bien, mais il a énormément de personnalité ! Il n'est pas du tout... scolaire, c'est tout. Mais tout le monde l'adore — et il est tellement beau, en plus. Pas étonnant, ajouta-t-elle en lui adressant un clin d'œil et en le poussant du coude, avec des gènes pareils. »

Des gènes pareils ? Qu'est-ce qu'elle entendait par là ?

« Salut ! » dit Archie, arrivé derrière eux à l'improviste, et donnant à Samad une grande claque dans le dos. « Salut », reprit-il, serrant la main de Poppy, avec ces manières aristocratiques quasi parodiques qu'il adoptait quand il était en présence de gens instruits. « Archie Jones. Le père d'Irie, pour mon plus grand malheur.

— Poppy Burt-Jones. J'ai Irie en...

— Musique, je sais. N'arrête pas d'parler de vous. Un chouïa déçue quand même qu'vous l'ayez pas prise comme premier violon... l'année prochaine, peut-être, hein ? Alors », dit Archie, son regard passant de Poppy à Samad, qui se tenait légèrement à l'écart des deux autres, l'air bizarre, mais alors, drôlement bizarre. « Comme ça, vous avez fait la connaissance du célèbre Ique-Balle. Dis, Samad, t'as pas un peu attigé pendant la réunion ? Vous avez pas trouvé, vous ?

— Oh, je ne sais pas, dit Poppy gentiment. J'ai trouvé que Mr. Iqbal avait des choses intéressantes à dire. Et qui m'ont impressionnée. J'aimerais bien en savoir autant dans autant de domaines. Malheureusement, je n'ai qu'une seule corde à mon arc. Et vous, Mr. Iqbal, vous êtes professeur peut-être ?

— Non, non », dit Samad, furieux de ne pouvoir mentir parce que Archie était là, et incapable de se résoudre à prononcer le mot « serveur ». « Non, le fait est que je travaille dans un restaurant. J'ai bien fait des études dans ma jeunesse, mais il y a eu la guerre et... » Samad haussa les épaules, comme pour conclure sa phrase. La seconde d'après, il regardait, la rage au cœur, le visage couvert de taches de rousseur de Poppy Burt-Jones se déformer au point de n'être plus qu'un énorme point d'interrogation tout rouge.

« La guerre ? » demanda-t-elle, comme s'il venait de dire T.S.F., pianola ou water-closet. « Les Malouines ?

— Non, dit Samad d'un ton neutre. La Deuxième Guerre mondiale.

— Mais, Mr. Iqbal, on ne devinerait jamais ! Vous deviez être terriblement jeune.

— Y avait des tanks, ma p'tite, qu'étaient bien plus vieux qu'nous, dit Archie avec un grand sourire.

— Eh bien, Mr. Iqbal, pour une surprise, c'est une surprise. Mais on dit que les peaux foncées vieillissent mieux que les peaux claires, pas vrai ?

— Ah bon ? » dit Samad, se forçant à imaginer sa peau lisse et rose repliée sur elle-même en innombrables couches d'épiderme mort. « Je croyais que c'étaient les enfants qui conservaient jeune.

— C'est probablement vrai aussi, dit Poppy en riant. Toujours est-il », poursuivit-elle, rougissante, timide et sûre d'elle tout à la fois, « que vous êtes vraiment bien conservé. Je suis sûre qu'on vous a déjà dit plus d'une fois que vous ressembliez à Omar Sharif, Mr. Iqbal.

— Non, non, jamais, dit Samad avec un sourire béat. Tout ce que j'ai en commun avec lui, c'est l'amour du bridge. Non, non... Et puis, c'est Samad, ajouta-t-il. Appelez-moi Samad, je vous en prie, pas Mr. Iqbal.

— Vous l'appellerez Samad une aut'fois, Miss », dit Archie, qui s'obstinait à donner du Miss à tous les professeurs femmes. « Faut qu'on y aille. Les femmes nous attendent dans l'allée. C'est l'heure d'la croûte.

— En tout cas, j'ai été très heureuse de bavarder avec vous », dit Poppy, sollicitant à nouveau la main droite (la mauvaise), et rougissant quand Samad lui présenta la gauche.

« Moi aussi. Au revoir.

— Allez, presse-toi un peu », disait Archie, tout en guidant Samad vers la porte, puis le long de l'allée jusqu'à la grille d'entrée. « Seigneur, sacré joli morceau, celle-là ! Dis donc ! Jolie, vraiment jolie. Ma parole, t'essayais de t'la faire... Qu'est-ce que c'est qu'cette histoire d'amour du bridge, en commun avec l'autre ? Ça fait des lustres que j'te connais et j't'ai jamais vu jouer au bridge. Ton truc, à toi, c'est l'poker.

— Oh, la ferme, Archibald.

— Non, non. Faut t'rendre cette justice, tu t'es bien débrouillé. Mais c'est pas ton style, Samad — maintenant qu't'as trouvé Dieu et tout ça — d'te laisser tenter par les plaisirs de la chair.

— Pourquoi faut-il que tu sois toujours aussi vulgaire ! dit Samad en se débarrassant de la main qu'Archie avait posée sur son épaule.

— C'est pas moi qui... »

Mais Samad n'écoutait pas, il se récitait déjà pour lui-même deux formules anglaises auxquelles il essayait désespérément de croire, des mots qu'il avait appris au cours de ces dix dernières années passées en Angleterre, et dont il espérait qu'ils le protégeraient de l'abominable chaleur qui enflammait l'entrejambe de son pantalon :

Aux cœurs purs, tout est pur. Aux cœurs purs, tout est pur.
Je ne peux pas faire mieux. Je ne peux pas faire mieux.

Mais remontons un peu en arrière, voulez-vous ?

1. *Aux cœurs purs, tout est pur.*
Le sexe, ou du moins la tentation du sexe, était un problème depuis fort longtemps déjà. Quand la crainte de Dieu avait commencé à s'insinuer dans la moelle de Samad, aux environs de 1976, juste après son mariage avec Alsana la désintéressée, Alsana aux petites mains et aux faibles poignets, il s'était enquis auprès d'un alim de la mosquée de Croydon s'il était permis à un homme de... avec sa main de...

Avant qu'il soit arrivé à mi-chemin de sa tentative de mime, le vieil érudit lui avait tendu sans un mot une brochure, prise sur une table à côté de lui, et souligné de son doigt ridé le point numéro trois.

Les neuf actes qui annulent le jeûne :
  (i) Manger et boire
  (ii) Avoir des rapports sexuels
  (iii) Se masturber (*istimna*) jusqu'à éjaculation
  (iv) Attribuer des mensonges à Allah, ou à son Prophète, ou aux successeurs du Saint Prophète
  (v) Avaler de la poussière épaisse
  (vi) S'immerger la tête entièrement dans l'eau
  (vii) Rester à Janabat, Haidh ou Nifas jusqu'à l'Adhan pour les prières
  (viii) Se faire un lavement
  (ix) Vomir

« Et qu'en est-il, alim », s'était enquis Samad, fortement ébranlé, « si cet homme ne jeûne pas ? »
— On a posé la question un jour à Ibn 'Umar, dit le vieux sage d'un ton grave, et on dit qu'il aurait répondu : *Le frottement du membre viril jusqu'à ce*

que l'eau en sorte n'est rien. Ce n'est qu'un muscle que l'on pétrit. »

Samad avait repris courage à ces mots, mais l'alim poursuivait déjà : « Cependant, il existe une autre version de l'histoire, dans laquelle il aurait répondu : *Il est interdit d'avoir des rapports avec soi-même.*

— Mais alors, qui faut-il croire ? Halal ou haraam ? Il y en a qui disent, commença Samad timidement, *Aux cœurs purs, tout est pur.* Si l'on est fidèle et ferme vis-à-vis de soi-même, cela ne peut nuire à personne, ni offenser...

— Nous savons bien qui sont ceux qui disent cela, dit l'alim en riant. Allah ait pitié des anglicans ! Samad, quand l'organe viril de l'homme se dresse, ce sont les deux tiers de son intellect qui s'en vont, dit l'alim en secouant la tête. Et un tiers de sa religion. Il existe un hadith du prophète Muhammad — la paix soit avec Lui ! — qui dit : *"Ô Allah, protège-moi du mal qui siège dans mes yeux, mes oreilles, ma bouche, mon cœur et mes parties intimes."*

— Mais... mais si l'homme lui-même est pur, alors...

— Montre-le-moi, cet homme pur, montre-le-moi l'acte pur ! Oh, Samad Miah, je n'ai qu'un conseil à te donner : laisse ta main droite tranquille. »

Bien entendu, en bon Samad qu'il était, Samad n'avait fait ni une ni deux : il était rentré chez lui et, faisant preuve d'un pragmatisme tout occidental, s'était mis au travail avec vigueur de sa bonne main (par bonheur, la gauche), tout en répétant « *Aux cœurs purs, tout est pur. Aux cœurs purs, tout est pur* », jusqu'à ce qu'orgasme s'ensuive : gluant, sans joie, plutôt déprimant. Ce rite s'était poursuivi pendant près de cinq ans, dans la petite chambre tout en haut de la maison, où il dormait seul (pour ne pas réveiller Alsana) après son retour du restaurant vers trois heures du matin, toutes les nuits que le bon Dieu faisait ; un rite secret, silencieux, car, si incroyable que cela puisse paraître, cela le mettait au supplice, il était obsédé par ces séances furtives de tiraillage, de pétrissage, d'épanchage, par la peur de n'être point pur, de ne jamais l'être. D'ailleurs son Dieu n'arrêtait pas de lui envoyer de petits signes, de petits avertissements, de petits maux (infection de l'urètre, 1976, rêves de castration, 1978, draps tachés découverts par la grand-tante d'Alsana mais mal interprétés, 1979) jusqu'à ce qu'un point de non-retour soit atteint en 1980 et que Samad entende la voix d'Allah dans son oreille comme on entend la mer dans un coquillage : il était grand temps de conclure un marché.

2. *Je ne peux pas faire mieux.*

Le marché était le suivant : le 1er janvier 1980, à l'instar de celui qui, au régime, renonce au fromage à condition de pouvoir manger du chocolat, Samad renonça à la masturbation à condition de pouvoir boire. C'était un *deal*, un contrat passé entre lui et son Dieu, lui-même étant le parti principal, et Dieu le *sleeping partner*. Et depuis ce jour, Samad jouissait d'une relative paix de l'esprit et de maintes Guinness mousseuses partagées avec Archibald Jones ; il avait même pris l'habitude d'avaler sa dernière gorgée en regardant le ciel comme un chrétien et en se disant, au fond, je suis bon. Je n'astique pas popol. Alors, fichez-moi la paix et laissez-moi boire un verre de temps en temps. *Je ne peux pas faire mieux.*

Mais bien entendu, il s'était trompé de religion côté compromis, marchés, pactes, petites faiblesses, et arrangements à l'amiable. Il supportait la mauvaise équipe, si c'était d'empathie et de concessions qu'il avait besoin, d'exégèse libérale, ou si ce qu'il voulait, c'était qu'on *lui fiche la paix*. Son Dieu n'avait rien de l'inoffensif vieillard à barbe blanche des églises anglicane, méthodiste ou catholique. Son Dieu n'était guère du genre à *ficher la paix aux gens*. Cette vérité apparut très clairement à Samad en ce jour de juillet 1984, lorsqu'il posa les yeux sur Poppy Burt-Jones, la jolie rousse, professeur de musique. Il sut alors que son Dieu prenait sa revanche, et il comprit que c'en était fini de son petit jeu, que le contrat avait été rompu, que la clause de non-responsabilité n'existait pas en définitive et que la tentation avait été délibérément et malignement jetée en travers de son chemin. En bref, qu'il n'était plus question de compromis.

La masturbation reprit de plus belle. Les deux mois qui s'écoulèrent entre la première rencontre avec la jolie rousse et la deuxième furent les cinquante-six jours les plus longs, les plus gluants, les plus malodorants et les plus culpabilisants de toute la vie de Samad. Où qu'il fût et quoi qu'il fît, il se trouvait agressé à tout moment par une sorte de fixation synesthésique en rapport avec cette femme : écoutant la couleur de ses cheveux à la mosquée, respirant le contact de sa main dans le métro, goûtant son sourire tout en parcourant innocemment les rues pour se rendre à son travail, autant de phénomènes qui l'amenèrent bientôt à connaître tous les W.-C. publics de la capitale et une fréquence masturbatoire que même un ado de quinze ans vivant dans les coins les plus reculés des Shetlands aurait fini par trouver excessive. Son seul réconfort dans l'affaire, c'est que, à l'instar de Roosevelt, il avait conclu un New Deal : la branlette contre le jeûne. Ce qu'il voulait, c'était en quelque sorte se purger de la vue et des odeurs de Poppy Burt-Jones, du péché d'*istimna*, et, bien que l'on ne fût pas en période de jeûne et que ce fussent là les jours les plus longs de l'année, aucune substance solide ou liquide ne franchissait les lèvres de Samad entre le lever et le coucher du soleil, pas même, grâce à un petit crachoir en porcelaine, sa propre salive. Et dans la mesure où aucune nourriture n'entrait à un bout, ce qui ressortait à l'autre était si mince et si négligeable, si maigre et si translucide, que Samad arriva presque à se convaincre que le péché s'en trouvait atténué, et qu'un jour béni viendrait où il pourrait secouer son aveugle avec toute la vigueur possible sans qu'il en sorte rien d'autre qu'un peu d'air.

En dépit de l'intensité de cette faim — tant spirituelle que physique ou sexuelle —, Samad continuait à faire ses douze heures par jour au restaurant. Pour tout dire, c'était à peu près le seul endroit qu'il supportait encore. Il ne supportait plus sa famille, ni O'Connell's, ni Archie, à qui il ne voulait pas donner la satisfaction de le voir dans cet état. À la mi-août, il était passé à quatorze heures de travail par jour, et il trouvait son rituel quotidien — ramasser son panier rempli de serviettes roses en forme de cygne et suivre à la trace Shiva et ses œillets en plastique, redresser un couteau ou une fourchette, essuyer un verre, faire disparaître une trace de doigt sur la porcelaine d'une assiette — plutôt apaisant. Il était peut-être mauvais musulman, mais personne ne pouvait dire qu'il n'était pas un serveur accompli. Il avait su porter un talent fastidieux jusqu'à la perfection. Dans ce domaine, au moins, il pouvait montrer aux autres le droit chemin : comment faire passer un bhaji aux oignons réchauffé, comment donner à quatre ou cinq crevettes l'allure d'une dizaine, comment faire comprendre à un Australien qu'il n'a pas vraiment besoin de tous les piments qu'il réclame. À l'extérieur du Palace, c'était un masturbateur, un mauvais époux, un père absent, un homme doté des principes moraux d'un anglican. Mais à l'intérieur, entre ces quatre murs à motifs cachemire vert et jaune, c'était un manchot de génie.

« Shiva ! Il manque une fleur. Ici. »

C'était un vendredi après-midi comme les autres au Palace, quinze jours après l'entrée en vigueur du New Deal de Samad. On préparait la salle.

« Tu as oublié ce vase, Shiva ! »

Shiva s'approcha sans hâte de la table dix-neuf pour examiner le vase bleu outremer, mince comme un crayon, qui était resté vide.

« Et il y a une tranche de citron macéré qui flotte dans le chutney à la mangue sur le plateau des sauces table quinze.

— Vraiment ? » dit Shiva d'un ton sec. Le pauvre : trente ans ou presque, maintenant, plus aussi beau, et toujours là. Ses rêves de réussite, à vrai dire assez vagues, ne s'étaient jamais matérialisés. Il avait bien quitté le restaurant, d'après le souvenir assez flou qu'en conservait Samad, pendant une brève période, en 1979, pour essayer de monter une société de surveillance, mais « personne n'avait envie d'engager des videurs pakis », et il était donc revenu, un peu moins agressif, un peu plus désespéré, comme un cheval dompté.

« Si je te le dis, Shiva, c'est que c'est vrai.

— Et c'est ça qui te rend dingue ?

— Oh, je n'irais pas jusqu'à dire dingue... non, disons que ça me défrise.

— Ouais, toujours est-il qu'il y a quelque chose qui te bouffe la tête depuis quelque temps. Ça, on l'a tous remarqué.

— Qui ça, on ?

« — Eh ben, nous. Le personnel. Hier, c'était un grain de sel dans une serviette. La veille, c'était Gandhi qui était de guingois sur le mur. Toute cette semaine, tu t'es conduit comme ce führer de mes deux, là-bas », dit Shiva, avec un hochement de tête en direction d'Ardashir. « Comme un cinglé. Tu n'ris plus. Tu n'manges plus. T'arrêtes pas d'être sur le dos de tout l'monde. Et quand le chef de rang est pas à son boulot, ça fiche tout l'monde en l'air. Comme dans une équipe de foot quand le capitaine déconne.

— Je ne vois vraiment pas à quoi tu fais allusion, dit Samad en pinçant les lèvres et en lui tendant le vase.

— Et moi, je parierais que si », dit Shiva sur le ton de la provocation, en reposant le vase vide sur la table.

« Si j'ai des problèmes, il n'y a pas de raisons pour que mon travail ici en souffre », dit Samad, gagné par la panique, en lui faisant repasser le vase. « Je ne veux ennuyer personne.

— Alors, il y a bel et bien quelque chose, dit Shiva en remettant une fois de plus le vase à sa place. Allez, mon vieux… Je sais bien qu'on a pas toujours été d'accord sur tout, mais faut qu'on se serre les coudes. Ça fait combien de temps qu'on travaille ensemble, Samad Miah ? »

Samad leva brusquement les yeux sur Shiva, et celui-ci s'aperçut que l'autre transpirait et avait l'air hébété. « Oui… c'est vrai… il y a quelque chose.

— Alors pourquoi on laisserait pas tomber ce putain d'œillet, dit Shiva en posant la main sur l'épaule de Samad, et qu'on irait pas s'faire un p'tit curry ? Y va faire nuit dans vingt minutes. Allez, viens, tu vas tout raconter à Shiva. J'en ai rien à foutre, note bien, de tes histoires, mais j'bosse ici, et tu me rends marteau, mec. »

Samad, étrangement touché par cette offre peu académique d'une oreille compatissante, posa ses cygnes roses et suivit Shiva à la cuisine.

« Animal, végétal ou minéral ? »

Shiva, debout devant une surface de travail, se mit à débiter une moitié de poulet en cubes absolument parfaits avant de les tremper dans la farine.

« Pardon ?

— Le truc qui t'tracasse, c'est animal, végétal ou minéral ?

— Animal, pour l'essentiel.

— Sexe féminin ? »

Samad se laissa tomber sur le tabouret le plus proche et baissa la tête.

« O.K., féminin, conclut Shiva. Ta femme ?

— La honte, la souffrance l'atteindront elle aussi, mais non... la cause, ce n'est pas elle.

— Ah, ah, une autre femme. Mon sujet de prédilection », dit Shiva en faisant semblant de rouler une caméra et en entonnant l'indicatif de *Mastermind*, avant de se placer sous des projecteurs fictifs. « Shiva Bhagwati, vous avez trente secondes sur le thème de la baise avec une autre femme que la vôtre. Première question : est-ce que c'est conseillé ? Réponse : ça dépend. Deuxième question : est-ce que j'irai en enfer ?...

— Je ne... fais pas l'amour avec elle », l'interrompit Samad, écœuré.

« Maintenant qu'j'ai commencé, laisse-moi finir, tu veux ! Est-ce que j'irai en enfer ? Réponse...

— Oh, ça suffit. Tu fais comme si je ne t'avais rien dit, d'accord ?

— J'y mets des aubergines là-dedans ?

— Non... des poivrons verts, ça ira.

— O.K., dit Shiva en lançant un poivron en l'air et en le rattrapant sur la pointe de son couteau. J'ai un poulet Bhuna qui marche. Depuis combien de temps ça dure, ton histoire ?

— Mais il n'y a pas d'histoire. Je ne l'ai rencontrée qu'une fois. Je la connais à peine.

— Alors, où est le problème ? Une p'tite papouille ? Une main sur les fesses ?

— Une poignée de main, c'est tout. C'est le prof de mes fils.

— Ouais, bon, t'as fantasmé un coup. Et alors ? dit Shiva en versant les oignons et les poivrons dans l'huile chaude.

— C'est plus que des fantasmes, dit Samad en se levant. C'est tout mon corps qui est en ébullition et qui refuse de m'obéir. Jamais auparavant je n'ai eu à subir de telles humiliations dans ma chair. Tiens, par exemple, j'ai sans arrêt des...

— Oui, oui », dit Shiva, avec un geste en direction de l'entrejambe de Samad. « Ça, on s'en est aperçu aussi, vois-tu. Pourquoi tu t'l'astiques pas un bon coup avant d'venir au boulot ?

— Mais c'est bien ce que je fais... Je... Mais ça ne change rien. Et puis, Allah l'interdit.

— Oh, toi et ta religion, Samad. C'était pas fait pour toi, c'truc, dit Shiva en balayant une larme d'oignon de la main. Toute cette culpabilité, c'est pas sain.

— Ce n'est pas de la culpabilité. C'est de la peur. J'ai cinquante-sept ans, Shiva. À mon âge, la foi, ça devient important, on n'a plus le temps de reporter les choses au lendemain. L'Angleterre m'a corrompu, je m'en rends compte maintenant... comme elle a corrompu aussi ma femme et mes enfants. Peut-être que j'ai mal choisi mes amis. Peut-être que je me suis montré trop insouciant. Peut-être que j'ai eu tort de mettre l'intellect au-dessus de la foi. Et maintenant, il semble qu'on ait placé cette dernière tentation en travers de ma route. Pour me punir, Shiva, tu comprends. Tu connais les femmes, toi, alors, aide-moi. Comment expliquer une réaction pareille ? Je ne connais l'existence de cette femme que depuis quelques mois, et je ne lui ai parlé qu'une fois.

— Tu viens de le dire, t'as cinquante-sept ans. Le démon de midi, mon vieux.

— De midi ? le coupa Samad. Bon Dieu, Shiva, je n'ai pas l'intention de vivre jusqu'a cent dix ans.

— C'est une image, une expression. C'est ce qu'on lit dans les magazines, maintenant. Quand un homme arrive à un certain stade de sa vie, il commence à se dire qu'il est sur la pente descendante... et il veut se sentir aussi jeune que la fille qu'il rencontre, si tu vois c'que je veux dire.

— Je suis à un moment crucial de ma vie, et toi, tu me racontes n'importe quoi.

— Faut te tenir un peu au courant, mon vieux », dit Shiva, parlant lentement, patiemment. « Organes de la femme, point G, cancer des testicules, ménopause, andropause... la crise de la cinquantaine fait partie de ces trucs. C'est le genre d'informations que l'homme moderne se doit de posséder.

— Mais je n'en veux pas de tes informations », cria Samad, se levant et se mettant à arpenter la cuisine. « C'est précisément là qu'est le problème ! Je n'ai pas envie d'être un homme moderne ! J'ai envie de vivre comme j'étais fait pour vivre. Je voudrais retourner dans mon pays !

— Qui n'en a pas envie ? » murmura Shiva, retournant les oignons et les poivrons dans la poêle. « Je suis parti quand j'avais trois ans. Et j'ai rien fait dans ce putain d'pays. Mais tu veux m'dire où on trouve l'argent pour l'billet d'avion ? Et qui a envie de vivre dans une cabane délabrée avec quatorze domestiques à payer ? Qui sait ce que Shiva Bhagwati serait devenu chez lui, là-bas, à Calcutta ? Un prince ou un mendiant ? Et comment », conclut Shiva, dont le visage retrouvait un peu de son ancienne beauté, « se sortir l'Occident d'la tête une fois qu'on y est entré ?

— Je n'aurais jamais dû venir dans ce pays, dit Samad en continuant de faire les cent pas... C'est de là que viennent tous mes ennuis. Je n'aurais jamais dû élever mes fils ici, si loin de Dieu. Willesden Green, pour l'amour du ciel ! Revues pornographiques dans les vitrines des tabacs-journaux, B.D. à l'école, préservatifs sur les trottoirs, femmes fatales en guise de professeurs, fête de la Moisson », hurla Samad, ressortant pêle-mêle tous ses anciens griefs. « Shiva... tu veux que je te dise, de toi à moi, mon ami le plus cher, Archibald Jones, est un incroyant ! Tu veux me dire, après ça, quel genre de modèle je peux être pour mes enfants ?

— Iqbal, assieds-toi. Calme-toi. Écoute : tu as envie de quelqu'un, c'est tout. Tout le monde a envie de quelqu'un. Ça arrive tous les jours, de Delhi à Deptford. Et c'est pas la fin du monde.

— J'aimerais bien en être sûr.

— Quand est-ce que tu la revois ?

— On doit se retrouver pour parler des problèmes de l'école... le premier mercredi de septembre.

— Je vois. Elle est hindoue ? Musulmane ? Elle est pas sikh, au moins ?

— C'est bien là le pire », dit Samad, la voix brisée. « Elle est anglaise. Blanche et anglaise.

— J'suis sorti avec pas mal de nanas blanches, Samad, dit Shiva en secouant la tête. Pas mal, tu peux m'croire. Des fois, ça a marché, des fois pas. Deux jolies Américaines. Je suis tombé amoureux fou d'une Parisienne extra. J'ai même passé un an avec une Roumaine. Mais les Anglaises, ça, jamais. Ça marche jamais avec elles. Jamais.

— Pourquoi ? » demanda Samad, s'attaquant à son pouce de toutes ses dents et attendant quelque terrible réponse, quelque décret sans appel tombant des hautes sphères. « Dis, pourquoi, Shiva Bhagwati ?

— Le passé, mon vieux, trop d'passé », fut la réponse énigmatique de Shiva, tandis qu'il versait sa préparation sur un plat. « Trop de ce putain d'passé ! »

*

1984, premier mercredi de septembre, huit heures trente. Samad, quelque peu perdu dans ses pensées, entendit la portière du passager de son Austin Mini Metro s'ouvrir et se reclaquer — très loin dans le monde de la réalité — et se tourna sur sa gauche pour voir Millat s'installer à côté de lui. Ou du moins quelque chose qui ressemblait fort à Millat, à l'exception de la tête, laquelle était remplacée par un Tomytronic — un jeu informatique primaire qui avait la forme d'une grosse paire de jumelles. Dedans, Samad le savait d'expérience, une petite voiture rouge qui représentait son fils faisait la course avec une voiture verte et une jaune le long d'une route en trois dimensions.

Millat avait posé son derrière minuscule sur le siège en plastique marron. « Brrr ! Froid, le siège ! Froid ! Derrière glacé !

— Millat, où sont Magid et Irie ?

— Z'arrivent.

— À la vitesse d'un train ou à un pas d'escargot ?

— Aïe, aïe, aïe », couina Millat, en réponse à un obstacle virtuel qui menaçait d'expédier sa voiture rouge dans le ravin de l'oubli.

« Enlève-moi ça, Millat, s'il te plaît.

— Peux pas. Y m'faut un, zéro, deux, sept, trois points.

— Millat, il faut absolument que tu apprennes à lire les chiffres. Répète : dix mille deux cent soixante-treize.

— Dibil dozan zosandresse.

— Enlève ça, Millat.

— Peux pas. Sinon, je meurs. Tu veux pas que j'meure, Abba ? »

Samad n'écoutait pas. Il fallait impérativement qu'il soit à l'école avant neuf heures, sinon cette expédition n'aurait aucun sens. À neuf heures, elle serait rentrée en classe. À neuf heures deux, elle ouvrirait le cahier d'appel de ses longs doigts, à neuf heures trois, elle tapoterait un bureau de ses ongles aux lunules parfaites, quelque part hors de sa vue.

« Où sont-ils ? Ils cherchent à arriver en retard à l'école ?

— Ouh-ouh.

— Ils sont toujours en retard comme ça ? » s'enquit Samad, dont la présence à cet endroit et à cette heure était tout à fait inhabituelle : les trajets à l'école incombaient en principe à Alsana ou à Clara. C'était pour le plaisir d'apercevoir Burt-Jones (bien que leur rendez-vous ne fût éloigné que de sept heures et cinquante-sept minutes, sept heures et cin-quante-six minutes, sept heures...) qu'il avait accepté la plus odieuse des corvées parentales qui soit. Et il ne lui avait pas été facile de convaincre Alsana que ce soudain désir de prendre une part active aux transports scolaires de leurs rejetons à lui et à Archie n'avait rien d'extraordinaire.

« Mais Samad, tu ne rentres jamais avant trois heures du matin. Tu n'es pas bien ou quoi ?

— Je veux voir mes fils ! Je veux voir Irie ! Ils poussent un peu plus tous les jours... et moi, je ne vois rien ! Millat a pris au moins cinq centimètres.

— Mais pas à huit heures et demie du matin. C'est déjà assez curieux comme ça qu'il n'arrête pas de grandir, Allah soit béni ! C'est sûrement un miracle. Alors, qu'est-ce que ça cache tout ça ? ajouta-t-elle en lui plantant un doigt dans la panse. Un coup fourré, hein ? Je le devine rien qu'à l'odeur. »

Il faut dire que le talent olfactif d'Alsana pour détecter la culpabilité, la tromperie et l'appréhension autour d'elle n'avait pas son pareil dans tout le quartier de Brent, et il laissait Samad complètement désarmé. Savait-elle quelque chose ? Avait-elle deviné ? Ces angoisses, Samad avait dormi avec toute la nuit (quand il n'était pas occupé à s'astiquer la trique), avant de s'empresser de les apporter avec lui dans la voiture et de se passer les nerfs sur ses enfants.

« Mais bon Dieu, qu'est-ce qu'ils foutent ?

— Bon Dieu de Dieu !

— Millat !

— C'est toi qui as commencé à jurer », dit Millat, entamant son quatorzième tour et ramassant au passage un bonus de cinq-zéro-zéro points pour avoir fait brûler la voiture jaune. « Tu jures sans arrêt. Et m'sieur Jones aussi.

— Mais nous, on a des permis spéciaux, des permis de jurer. »

Ce n'est pas son absence de visage qui allait empêcher Millat d'exprimer son indignation. « ÇA EXISTE PAS, LES PERMIS DE...

— D'accord, d'accord », dit Samad, faisant promptement machine arrière, sachant trop bien qu'il est inutile de vouloir discuter ontologie avec un enfant de neuf ans. « D'accord, tu m'as eu. Les permis de

jurer, ça n'existe pas. Au fait, où il est, ton saxophone ? Vous avez bien orchestre aujourd'hui ?

— Dans le coffre », dit Millat, à la fois incrédule et
écœuré : pour ignorer que le saxophone allait dans le
coffre de la voiture le dimanche soir, il fallait être
une sorte de retardé mental. « Pourquoi est-ce que
c'est toi qui nous emmènes aujourd'hui ? Le lundi,
d'habitude, c'est m'sieur Jones. Toi, t'y connais rien,
pour nous emmener. Et pour nous faire entrer non
plus.

— Je crois que je vais y arriver, merci, Millat.
Entre nous, je ne pense pas qu'il y ait besoin d'avoir
fait polytechnique. Mais qu'est-ce qu'ils fabriquent,
ces deux abrutis ! » hurla-t-il en écrasant le klaxon,
troublé par l'aptitude de ce gamin de neuf ans à
remarquer son comportement inhabituel. « Et veux-
tu, s'il te plaît, m'enlever ce foutu machin, une
bonne fois pour toutes ! » ajouta-t-il en arrachant le
Tomytronic et en le faisant tomber autour du cou de
Millat.

« TU M'AS TUÉ ! » hurla Millat, plongeant des
yeux horrifiés dans le Tomytronic, juste à temps
pour voir son petit alter ego rouge aller heurter les
barrières de sécurité et disparaître dans une explosion orangée suivie d'une pluie d'étincelles jaunes.
« J'ÉTAIS EN TRAIN D'GAGNER ET TU M'AS TUÉ ! »

Samad ferma les yeux, s'obligeant à les faire basculer aussi loin que possible dans leurs orbites, avec
le vague espoir que son cerveau les recouvre, dans
une sorte d'auto-mutilation semblable à celle perpé-
trée contre lui-même par Œdipe, cette autre victime
de la corruption occidentale. Faisons le point : je
désire une autre femme. J'ai tué mon fils. Je jure. Je
mange du bacon. J'astique popol régulièrement. Je
bois de la Guinness. Mon meilleur ami est un
incroyant. Je n'arrête pas de me dire que si je me

frotte sans me servir de mes mains, ça ne compte pas. Mais ça compte bel et bien. Tout est pris en compte dans le grand registre de Celui qui compte. Qu'est-ce que je vais devenir au moment de Mahshar ? Comment vais-je pouvoir expier quand viendra le jour du Jugement ?

... Clic-vlan. Clic-vlan. Un Magid, une Irie. Samad ouvrit les yeux et regarda dans le rétroviseur. Sur le siège arrière étaient assis les deux enfants qu'il attendait : tous les deux avec leurs petites lunettes, Irie, affligée d'une coiffure afro indisciplinée (pas jolie la gamine : des gènes manifestement embrouillés, avec pour résultat le nez d'Archie et les dents de lapin de Clara), Magid, ses épais cheveux noirs plaqués sur le crâne et séparés au milieu par une raie peu avenante. Magid transportait une flûte à bec, Irie un violon. Mais au-delà de ces détails élémentaires, il était évident que tout n'était pas pour le mieux dans le meilleur des mondes. À moins qu'il se trompe fort, il y avait quelque chose de pourri dans cette Mini Metro. Les deux enfants étaient vêtus de noir de la tête aux pieds. Tous deux arboraient au bras gauche un brassard blanc sur lequel on avait peint grossièrement des paniers de légumes. Un bloc de papier à lettres et un crayon leur pendaient au cou, attachés par une ficelle.

« Qui est-ce qui vous a fait ça ? »

Silence.

« Amma ? Et Mrs. Jones ? »

Nouveau silence.

« Magid ! Irie ! Vous avez perdu votre langue ? »

Silence toujours : ce silence d'enfant, auquel aspirent désespérément les parents et qui, quand il s'installe enfin, a quelque chose de totalement insolite.

« Millat, tu es au courant, toi ?

— Ah, c'est nul, leur truc, gémit Millat. Z'essaient d'faire leurs malins, d'se montrer plus forts qu'les autres, ces crétins. M'sieur J'sais-tout et Miss Poche-tée. »

Samad se retourna sur son siège pour faire face aux deux récalcitrants. « Est-ce que je suis censé vous demander ce qui se passe ? »

Magid saisit son crayon et de son écriture nette, presque clinique, écrivit en lettres majuscules : SI TU VEUX, avant d'arracher la feuille du bloc et de la tendre à Samad.

« Une grève de la parole. Je vois. Toi aussi, Irie ? Je te croyais plus intelligente que ça. »

Irie gribouilla sur son bloc et fit passer son mes-sage vers l'avant. NOUS PROSTESTONS.

« Vous pros-testez ? Qu'est-ce que c'est que ces Pros et pourquoi voulez-vous les tester ? C'est ta mère qui t'a appris ce mot ? »

Irie donna l'impression d'être sur le point d'exploser, tant l'explication lui brûlait les lèvres, mais Magid lui enjoignit du geste d'observer la consigne et lui arracha le morceau de papier, sur lequel il s'empressa de biffer le premier *s* de PROS-TESTONS.

« Ah, je comprends. Vous protestez. »

Magid et Irie opinèrent énergiquement.

« C'est fascinant. Et je suppose que ce sont vos mères qui sont responsables de cette pantalonnade ? Costumes, blocs-notes et le reste ? »

Silence.

« Vous avez tout de prisonniers politiques irrépro-chables... refus d'ouvrir la bouche et j'en passe. Bien, bien, peut-on tout de même savoir contre quoi vous protestez ? »

Les deux enfants montrèrent avec insistance leur brassard.

« Les légumes ? Vous manifestez pour les droits des légumes ? »

Irie se plaqua la main sur la bouche pour s'empêcher de hurler la réponse, tandis que Magid s'empressait de s'activer sur son bloc : NOUS MANIFESTONS AU SUJET DE LA FÊTE DE LA MOISSON.

« Je t'ai déjà dit, grogna Samad, que je ne voulais pas te voir participer à ces singeries. Ça n'a rien à voir avec nous, Magid. Pourquoi est-ce que tu tiens absolument à te conduire comme quelqu'un que tu n'es pas ? »

Colère silencieuse et partagée, tandis que père et fils se souvenaient de l'incident pénible auquel il venait d'être fait allusion. Quelques mois plus tôt, le jour du neuvième anniversaire de Magid, un groupe de garçons, des Blancs aux manières impeccables, s'étaient présentés à la porte d'entrée et avaient demandé à voir Mark Smith.

« Mark ? Il n'y a pas de Mark ici, leur avait dit Alsana en se penchant vers eux avec un sourire aimable. Il n'y a que des Iqbal. Vous vous êtes trompés de maison. »

Mais à peine avait-elle terminé sa phrase que Magid s'était précipité vers la porte et s'était placé devant sa mère, l'obligeant à reculer.

« Salut, les mecs.

— Salut, Mark.

— Bon, j'm'en vais au club d'échecs, m'man.

— D'accord, M... M... Mark », dit Alsana, prête à fondre en larmes après le coup de grâce du « M'man » au lieu du traditionnel « Amma ». « Ne rentre pas trop tard. »

« JE TE DONNE LE NOM GLORIEUX DE MAGID MAHFOOZ MURSHED MUBTASIM IQBAL ! » avait hurlé Samad quand Magid était rentré à la maison ce soir-là et s'était précipité dans l'escalier pour monter se cacher dans sa chambre, « ET TOI, TU TE FAIS APPELER MARK SMITH ! »

Mais ce n'était là qu'un symptôme d'un malaise bien plus profond. Magid aurait vraiment voulu faire partie d'une autre famille. Il avait envie d'avoir des chats, et pas des cafards, il avait envie que sa mère joue du violoncelle, et pas de la machine à coudre ; il aurait voulu un treillis de fleurs grimpant à l'assaut de la maison, au lieu du tas d'ordures qui s'amoncelaient au pied du mur, un piano dans le hall d'entrée, à la place de la portière cassée de la voiture du cousin Kurshed, des vacances passées à parcourir la France à vélo, pas des aller et retour dans la journée à Blackpool pour aller rendre visite à des tantes ; une chambre avec un parquet bien ciré en lieu et place du vieux tapis vert tout tire-bouchonné récupéré au restaurant ; un père médecin, et pas serveur, manchot de surcroît ; et ce mois-ci, tous ces souhaits s'étaient cristallisés en un désir irrépressible de participer à la fête de la moisson, comme on était en droit de l'attendre de la part de Mark Smith.

MAIS ON VEUT Y ALLER, SINON ON AURA UNE RETENUE. MRS. OWENS DIT QUE C'EST LA TRADITION.

Samad péta les plombs. « Et puis quoi encore ? Quelle tradition ? » hurla-t-il, tandis qu'un Magid au bord des larmes se remettait à griffonner désespérément sur son bloc. « Bon Dieu, Magid, tu es musulman, pas un esprit des bois ! Je te l'ai dit, Magid, je t'ai dit à quelle condition tu obtiendrais la permission. Tu viens avec moi pour le haj. Si je dois toucher cette pierre noire avant de mourir, je le ferai avec mon fils aîné à mes côtés. »

Magid cassa la mine de son crayon à mi-chemin de sa réponse et termina laborieusement. C'EST PAS JUSTE ! JE NE PEUX PAS ALLER EN PÈLERINAGE.

IL FAUT QUE J'AILLE À L'ÉCOLE. JE N'AI PAS LE TEMPS D'ALLER À LA MECQUE. C'EST PAS JUSTE !

« Bienvenue au XXᵉ siècle. Ce n'est pas juste, en effet. Ce n'est jamais juste. »

Magid arracha la page suivante et la tint devant le visage de son père. TU AS DIT À SON PÈRE DE NE PAS LA LAISSER Y ALLER.

Samad ne pouvait nier cette affirmation. Le mardi précédent, il avait demandé à Archie, en signe de solidarité, de garder Irie à la maison pendant la semaine de la fête. Archie avait bien essayé de tergiverser, craignant les foudres de Clara, mais Samad l'avait rassuré. *Prends un peu exemple sur moi, Archie. Qui est-ce qui porte la culotte à la maison ?* Archie avait aussitôt pensé à Alsana, si souvent vêtue de cet adorable pantalon de soie resserré aux chevilles et à Samad, arborant tout aussi régulièrement une espèce de long morceau de coton gris brodé, un lungi, enroulé autour de la taille et ressemblant à s'y méprendre à une jupe. Mais il avait gardé cette réflexion pour lui.

NOUS NE PARLERONS QUE SI TU NOUS LAISSES PARTICIPER À LA FÊTE. SINON, NOUS NE PARLERONS PLUS JAMAIS. JAMAIS, JAMAIS. ET QUAND ON MOURRA, TOUT LE MONDE DIRA QUE C'ÉTAIT DE TA FAUTE ET RIEN QUE DE TA FAUTE.

Parfait, pensa Samad, *comme ça, ça fera encore un peu plus de sang et de culpabilité gluante sur mon unique main valide.*

*

En matière de direction d'orchestre, Samad n'y connaissait rien, mais il savait ce qu'il aimait. Certes, la manière dont elle s'y prenait n'était pas des plus complexes : un simple trois / quatre, une sorte

de métronome unidimensionnel dessiné dans le vide
avec l'index, mais, aaah, quelle joie c'était de la
regarder faire. Elle lui tournait le dos, ses pieds nus
quittant, tous les trois temps, ses ballerines pour
marquer le rythme ; son derrière ressortait juste ce
qu'il fallait, se dessinant plus fermement dans le jean
chaque fois qu'elle se lançait en avant pour signaler à l'orchestre un crescendo — quel spectacle
sublime ! Quelle *vision* ! C'est à peine s'il pouvait se
retenir de se précipiter sur elle et de l'enlever là, sur-
le-champ. Il était effrayé par cette force quasi
magnétique qui l'obligeait à la regarder de tous ses
yeux. Mais il lui fallait être raisonnable : l'orchestre
avait besoin d'elle, Dieu sait que sans elle, ils n'arri-
veraient jamais à sortir quelque chose de cette adaptation du *Lac des cygnes* (qui pour l'instant évoquait
davantage une bande de canards englués dans une
marée noire). Mais quel terrible gâchis qu'un objet
d'une telle beauté soit mis à la disposition d'enfants
trop jeunes pour savoir qu'en faire. À la seconde
même où lui vint cette pensée, il la corrigea aussitôt : *Samad Miah... il faut que tu sois tombé bien
bas pour être ainsi jaloux des plus jeunes, de ces
enfants qui sont notre avenir...* Et soudain — ce
n'était pas la première fois de l'après-midi —, tandis
que Poppy Burt-Jones, une fois de plus, soulevait les
pieds hors de ses ballerines, et que les canards finis-
saient par succomber au désastre écologique, il se
demanda : *Au nom d'Allah, pourquoi suis-je ici ?* La
réponse, toujours la même, revint avec une régularité de métronome : *Parce que je ne peux tout bonnement pas être ailleurs*.

Tic, tic, tic, Samad accueillit avec reconnaissance
le bruit de la baguette frappant le pupitre, car il le
détournait momentanément de ses pensées, lesquelles confinaient au délire.

« Les enfants, s'il vous plaît, arrêtez. Chu-u-ut, un peu de silence. S'il vous plaît, on ne souffle plus dans les instruments, on pose les archets. On pose, Anita. C'est ça, oui, oui, par terre. Me-e-e-rci. Bon, vous avez sans doute remarqué que nous avons un visiteur aujourd'hui. » Elle se tourna vers lui, et il essaya de fixer son regard sur une partie de sa personne qui ne fît pas bouillir son sang déjà passablement échauffé. « Il s'agit de Mr. Iqbal, le père de Magid et de Millat. »

Samad se leva, comme si on lui avait demandé de se mettre au garde-à-vous, drapa soigneusement son pardessus à larges revers sur son entrejambe fantasque, salua faiblement de la main avant de se rasseoir.

« Allez, tous ensemble, Bonjour, Mr. Iqbal.

— BONJOUR, MR. IQUE-BALLE », entonnèrent en chœur les musiciens, à l'exclusion de deux d'entre eux.

« Eh bien, la présence d'un auditeur va sûrement nous donner envie de nous surpasser, n'est-ce pas ?

— OUI, MISS BURT-JONES.

— Mr. Iqbal est notre auditeur aujourd'hui, mais c'est un auditoire très spécial, puisque c'est à cause de lui qu'à partir de la semaine prochaine nous ne jouerons plus le *Lac des cygnes.* »

L'annonce fut saluée par de grands cris, accompagnés d'un chœur discordant de bruits de trompette, de roulements de tambour et de claquements de cymbale.

« Ça suffit, ça suffit. Je ne m'attendais pas à une telle manifestation d'enthousiasme. »

Samad sourit. En plus, elle avait de l'humour. Il y avait là de l'esprit, un certain mordant — mais pourquoi penser que plus il y avait de raisons de pécher, moins grave était la faute ? Voilà qu'il raisonnait à nouveau comme un chrétien, qu'il disait au Créateur *Il n'y a pas plus équitable.*

« Posez vos instruments. Oui, toi, Marvin. Merci beaucoup.

— Et qu'est-ce qu'on jouera à la place, Miss ?

— Eh bien... », commença Poppy Burt-Jones, avec ce sourire à la fois timide et audacieux qui n'appartenait qu'à elle. « Quelque chose de vraiment passionnant. La semaine prochaine, j'aimerais essayer un peu de musique... indienne. »

Le préposé aux cymbales, craignant pour sa spécialité à la suite d'un changement de genre aussi radical, se chargea d'être le premier à ridiculiser le projet. « Hein, vous voulez dire cette musique Iiiiiii Ananan Aaaaa Iiii ? » persifla-t-il, s'attachant à reproduire assez fidèlement les accords que l'on peut entendre au début d'une comédie musicale hindi ou dans la salle d'un restaurant « indien », et accompagnant le tout des mouvements de tête appropriés. La classe tout entière éclata de rire et reprit aussitôt en chœur le Iiiiiii Ananan Aaaaa Iiii du guignol de service. Le charivari, soutenu par les grincements parodiques de quelques violons, pénétra la rêverie érotique de Samad et le transporta en imagination dans un jardin, niché dans le marbre, où, vêtu de blanc et caché derrière un gros arbre, il épiait une Poppy Burt-Jones en sari, un bindi au front, qui, espiègle et provocante, apparaissait et disparaissait au travers des jets d'eau des fontaines.

« Je trouve... », commença Poppy Burt-Jones, forçant le ton pour arriver à dominer le vacarme, avant de monter de plusieurs décibels, « JE TROUVE QU'IL N'EST PAS TRÈS GENTIL DE... » et là, sa voix retrouva son registre normal, car les élèves, soudain conscients de sa colère, s'étaient calmés. « Je trouve qu'il n'est pas très gentil de se moquer de *la culture des autres*. »

L'orchestre, qui n'était guère conscient d'avoir commis pareil impair mais sentait bien qu'il s'agissait là de la plus grave infraction au code de conduite en vigueur à Manor School, baissa les yeux avec un bel ensemble.

« Qu'en pensez-vous ? Hein, dites-moi, qu'en pensez-vous ? Toi, Sophie, qu'est-ce que tu dirais si quelqu'un se moquait de Queen ? »

Sophie, une gamine de douze ans vaguement attardée, arborant la panoplie complète du fan lambda du groupe de rock en question, lui décocha un œil noir par-dessus ses gros verres de myope.

« J'aimerais pas trop, Miss.

— Tu vois, c'est ce que je te disais.

— Ouais, Miss.

— Parce que Freddie Mercury et toi partagez la même culture. »

Samad avait entendu les rumeurs qui couraient parmi les serveurs du Palace, selon lesquelles ce Mercury était en fait un Iranien à la peau très claire, du nom de Farookh, que le chef cuisinier se rappelait avoir fréquenté à l'école à Panchgani, près de Bombay. Mais à quoi bon épiloguer ? Peu désireux d'interrompre l'adorable Burt-Jones au beau milieu de sa démonstration, Samad garda l'information pour lui.

« Il nous arrive de trouver la musique des autres bizarre parce que leur culture est différente de la nôtre, dit Miss Burt-Jones d'un ton solennel. Mais ça ne veut pas dire pour autant qu'elle ne vaille pas la nôtre, n'est-ce pas ?

— OUI, MISS.

— Nous avons toujours quelque chose à apprendre de la culture des autres, n'est-ce pas ?

— OUI, MISS.

— Tiens, Millat, par exemple, quel genre de musique est-ce que tu aimes ? »

Millat réfléchit un instant, puis cala son saxophone sous son bras et fit mine de pincer les cordes d'une guitare. « *Bo-orn to ru-un*. Da da da da daaa ! Bruce Springsteen, Miss ! Da da da da daaa ! *Baby, we were bo-orn...*

— Oui, d'accord... mais rien d'autre ? Quelque chose que tu as l'habitude d'écouter chez toi, par exemple ? »

Millat se rembrunit, troublé à l'idée que sa réponse ait pu ne pas être celle qu'on attendait. Il regarda du côté de son père, qui gesticulait comme un fou derrière le professeur, essayant de reproduire les mouvements saccadés de la tête et des mains du bharata natyam, cette forme de danse qu'avait affectionnée Alsana, avant que la tristesse vienne peser sur son cœur.

« *Thriiiii-ller* », chanta Millat à pleine voix, croyant avoir saisi le sens du message paternel. « *Thriiiii-ller night !* Michael Jackson, Miss ! Michael Jackson ! »

Samad enfouit sa tête dans ses mains. Miss Burt-Jones eut un regard étonné pour le gamin qui, debout sur sa chaise, se contorsionnait tout en se plaquant la main sur l'entrejambe. « O.K., merci, Millat. Merci d'avoir bien voulu partager... ça.

— Pas de quoi, Miss », dit Millat avec un grand sourire.

Tandis que les enfants faisaient la queue pour échanger vingt pence contre deux biscuits secs et un verre de jus de fruit insipide, Samad suivit le pas léger de Poppy Burt-Jones comme un prédateur — jusque dans le placard à musique, réduit dépourvu de fenêtre, sans aucun moyen d'évasion et rempli d'instruments, de meubles à tiroirs débordant de partitions et d'un parfum que Samad avait cru jusqu'ici être le sien et qu'il reconnaissait maintenant pour être un mélange de cuir, celui des étuis à violon, et du boyau de chat.

« C'est là », dit Samad, repérant un bureau derrière une montagne de papier, « que vous travaillez ?

— C'est petit, hein ? dit Poppy en rougissant. Pendant des années, on a fait des coupes claires dans les crédits accordés à la musique, si bien qu'à cette rentrée, il ne restait plus rien à couper. On en est à un point où il suffit de mettre une table dans un réduit pour pouvoir rebaptiser celui-ci bureau. Et s'il n'y avait pas les subventions de la municipalité, je ne disposerais même pas d'une table.

— Petit, c'est le moins qu'on puisse dire », dit Samad, scrutant désespérément la pièce pour trouver un endroit où se mettre sans qu'elle fût à portée de ses mains. « Il y a de quoi devenir claustrophobe.

— Je sais, c'est épouvantable... mais, vous ne voulez pas vous asseoir ? »

Samad chercha en vain un siège dans la pièce.

« Mon Dieu, c'est vrai, je suis désolée ! Il est ici », dit-elle en balayant d'une main papiers, livres et cochonneries diverses, qui tombèrent par terre, pour révéler un tabouret d'aspect plutôt fragile. « C'est moi qui l'ai fait... mais je crois qu'il est solide.

— Vous faites aussi de la menuiserie ? » s'enquit Samad, cherchant à nouveau de belles raisons de commettre un vilain péché. « Non seulement musicienne, mais aussi ébéniste.

— Oh, non. J'ai juste assisté à quelques cours du soir, rien de bien extraordinaire. J'ai fait ça et un petit tabouret pour les pieds, mais il s'est cassé. Je n'ai rien d'un... C'est bizarre, mais il n'y a aucun nom d'ébéniste célèbre qui me vienne à l'esprit.

— Dans le genre charpentier, il y a toujours Jésus.

— Certes, mais je me vois mal en train de dire "Je n'ai rien d'un Jésus"... Je veux dire, c'est évident, mais pour d'autres raisons. »

Samad prit position sur son siège branlant, tandis que Poppy Burt-Jones prenait place derrière son bureau. « Vous voulez dire que vous n'êtes pas une bonne personne ? »

Samad vit aussitôt que la solennité tout à fait accidentelle de la question la troublait : elle se passa les doigts dans sa frange, tripota un petit bouton d'écaille sur son corsage et eut un rire mal assuré. « J'aime à penser que je ne suis pas entièrement mauvaise.

— Et cela vous suffit ?

— Eh bien... Je...

— Oh, je vous prie de m'excuser..., commença Samad. Ce n'était pas sérieux, Miss Burt-Jones.

— Disons... disons que je n'ai rien d'un Chippendale, ça devrait faire l'affaire.

— Oui », dit gentiment Samad, tout en se faisant la réflexion qu'elle avait de bien plus jolies jambes que les pieds d'un fauteuil de l'époque Queen Anne. « Ça devrait faire l'affaire.

— Alors, où en étions-nous ?

— Est-ce que nous en étions vraiment quelque part, Miss Burt-Jones ? » s'enquit Samad en se penchant légèrement sur le bureau, pour lui faire face.

(Il joua des prunelles ; il se souvint de ce que les gens, dans le temps, parlaient toujours de ses yeux — ce garçon de Delhi, Samad Miah, disaient-ils, il a des yeux à faire damner un saint.)

« Je... je cherchais... Je cherchais mes notes... mais qu'est-ce que j'ai bien pu en faire ? »

Elle commença à farfouiller dans le chaos qui encombrait son bureau, et Samad se redressa sur son tabouret, heureux tout de même de voir, si ses sens ne le trompaient pas, le tremblement qui agitait les jolies mains blanches. Y avait-il eu un moment épiphanique ? Il avait cinquante-sept ans — cela faisait une bonne dizaine d'années qu'il n'avait pas connu d'épiphanie —, il n'était d'ailleurs pas sûr de la reconnaître s'il venait à en passer une. *Espèce de vieux débris*, se dit-il tout en s'épongeant le visage avec un mouchoir, *pauvre vieil imbécile*. Va-t'en maintenant... quitte cet endroit avant de te noyer dans tes coupables sécrétions (il transpirait à grosses gouttes), *pars avant que les choses empirent*. Mais se pouvait-il que pendant ce dernier mois — ce mois qui l'avait vu se tripoter et se répandre, qui l'avait vu prier et supplier, élaborer des compromis tout en pensant, tout en n'arrêtant pas de penser, à elle —, se pouvait-il vraiment qu'*elle* ait pensé à *lui* ?

« Oh, pendant que je cherche... je me souviens que j'avais quelque chose à vous demander. »

Oui ! dit la voix anthropomorphe qui avait élu résidence dans le testicule droit de Samad. Peu importe la question, la réponse est oui, oui, cent fois oui. Oui, nous ferons l'amour sur cette table, et tant pis si nous sommes damnés, et oui, Miss Burt-Jones, la réponse reste, inéluctablement, invariablement, OUI. Et pourtant, dans cet espace extérieur où se poursuivait la conversation, dans le monde rationnel situé à un bon mètre au-dessus de son scrotum, la réponse se trouva être : « Mercredi.

— Non, dit Poppy en riant, je ne vous demandais pas quel jour on est, je n'ai quand même pas l'air aussi tête en l'air, j'espère. Non, je voulais savoir si aujourd'hui était un jour spécial pour les musulmans. C'est que j'ai vu Magid dans une sorte de costume, et quand je lui en ai demandé la signification, il n'a pas voulu me répondre. J'étais très ennuyée, parce que je me suis dit que je l'avais peut-être blessé. »

Samad fronça les sourcils. Il est odieux de se voir rappeler ses enfants au moment précis où l'on est en train de supputer la teinte et la fermeté d'un mamelon capable d'affirmer une telle présence à travers soutien-gorge et corsage.

« Magid ? Ne vous faites surtout pas de souci pour Magid. Vous n'avez pas pu le blesser, j'en suis sûr.

— Ah bon, alors j'avais raison », dit Poppy, soulagée, « c'est bien une sorte de, comment dire, d'abstinence vocale ?

— Heu... oui, on pourrait le formuler de cette manière », dit Samad, peu désireux de divulguer les dissensions familiales. « C'est un symbole du Coran... une façon de signifier que le jour du jugement, nous serons tous frappés de mutisme. Vous comprenez ? Alors... heu... c'est pour ça que l'aîné de la famille s'habille en noir et que... comment... il refuse de parler pendant... pendant un certain temps... c'est comme une période de... de purification, quoi. »

Seigneur !

« Je vois. C'est absolument fascinant. Et l'aîné, c'est Magid.

— De deux minutes.

— C'est de peu, alors, dit Poppy en souriant.

— Deux minutes », dit Samad s'armant de patience, parce qu'il parlait à quelqu'un qui n'avait aucune idée de l'impact que des moments aussi courts pouvaient avoir eu sur l'histoire de la famille Iqbal.

« Et cette période de purification, elle a un nom ?

— *Amar durbol lagche.*

— Et ça veut dire ? »

Littéralement : *Je suis faible*. Ça veut dire, Miss Burt-Jones, que *toutes les fibres de mon corps sont affaiblies par l'envie que j'ai de vous embrasser.*

« Ça veut dire, dit Samad d'un air assuré, adoration silencieuse du Créateur.

— *Amar durbol lagche*. Eh bien, dites donc, dit Poppy Burt-Jones.

— Comme vous dites, répondit Samad Miah.

— Ce qui me fascine…, poursuivit Poppy Burt-Jones en se penchant sur le bureau, c'est cette incroyable maîtrise de soi. C'est une chose que l'Occident ignore, ce sens du sacrifice — j'ai tellement d'admiration pour cette aptitude à *l'abstinence*, au *contrôle de soi* dont vous autres êtes capables. »

C'est le moment que choisit Samad pour donner un coup de pied dans le tabouret, comme un candidat au suicide par pendaison renverse sa chaise à l'instant fatal, et poser sur les lèvres loquaces de Poppy Burt-Jones les siennes, tout enfiévrées.

7

Molaires

Et les fils nés en Occident seront punis pour les péchés du père venu d'Orient. Souvent, très tard, comme pour la calvitie ou le carcinome des testicules, mais parfois le jour même. Parfois exactement au même moment. Ce qui aurait au moins le mérite d'expliquer comment, quinze jours plus tard, pendant la semaine de la vieille fête druidique de la moisson, nous pouvons retrouver Samad en train de ranger soigneusement la seule des chemises qu'il ne porte jamais pour se rendre à la mosquée (*Aux cœurs purs, tout est pur*) dans un sac en plastique, de manière à pouvoir se changer plus tard avant de rejoindre Miss Burt-Jones (seize heures trente, sous l'horloge d'Harlesden), sans éveiller les soupçons... tandis que Magid et Millat (qui finalement s'est laissé persuader) ne glissent dans leur sac à dos respectif que quatre boîtes de pois chiches dont la date de péremption est dépassée depuis longtemps, un sachet de chips et quelques pommes (*Je ne peux pas faire mieux*) en vue d'une rencontre avec Irie (seize heures trente, devant le camion du marchand de glaces) et d'une visite au vieillard qu'on leur a assigné comme destinataire de leurs offrandes païennes, un certain J.P. Hamilton de Kensal Rise.

À l'insu des acteurs du drame, des leitmotive très anciens sous-tendent ces deux expéditions, ou, pour parler un jargon plus contemporain, il s'agit là d'une rediffusion. C'est du déjà-vu. On se croirait en train de regarder la télévision à Bombay, Kingston ou Dhaka, et de voir les éternels sitcoms britanniques régurgités dans les anciennes colonies en une longue boucle fastidieuse et ininterrompue. Parce que les immigrants ont toujours été enclins à la répétition — ce qui a probablement quelque chose à voir avec le passage de l'Occident à l'Orient ou inversement, ou d'une île à une autre. Même quand on arrive et qu'on s'installe, on continue à faire la navette, et les enfants, eux, tournent en rond. Il n'existe pas de terme adéquat pour décrire ce phénomène : « péché originel » semble trop dur ; « traumatisme originel » conviendrait sans doute mieux. Un traumatisme, c'est quelque chose qui se répète à l'infini, après tout, et c'est là la tragédie des Iqbal : ils ne peuvent pas s'empêcher de rejouer la scène du grand voyage qui les a fait passer d'un pays à un autre, d'une foi à une autre, d'une mère patrie basanée aux bras pâles et couverts de taches de rousseur d'une souveraine impériale. Il faudra encore quelques reprises avant qu'ils puissent enchaîner sur la scène suivante. Et c'est précisément ce qui est en train de se produire tandis qu'Alsana pique sur sa monstrueuse Singer, surfilant un entrejambe de pantalon pour l'instant inoccupé, sans prêter plus d'attention au père qu'aux fils, qui vont et viennent subrepticement dans la maison, emballant, qui sa chemise, qui leurs provisions. C'est un voyage à travers les continents. Mais, pour l'instant, chacun son tour, un à la fois...

*

Comment les jeunes se préparent-ils à une rencontre avec les vieux ? De la même manière que les vieux se préparent à une rencontre avec les jeunes : avec une certaine condescendance, sans attendre grand-chose des capacités rationnelles de la partie adverse, en sachant pertinemment que cette dernière aura du mal à comprendre ce qu'ils disent, parce que ça la dépasse (non pas que ça lui passe par-dessus la tête, mais plutôt entre les jambes) ; et avec le sentiment qu'il leur faut arriver porteurs de quelque gâterie susceptible de plaire. Des biscuits, par exemple.

« Y z'adorent ça », expliqua Irie aux jumeaux, quand ceux-ci discutèrent son choix, alors que tous trois se rendaient à leur destination, à l'étage du bus 52. « Y z'aiment les raisins secs qu'y a d'dans. Les vieux, y raffolent des raisins secs.

— Personne aime les raisins secs, siffla dédaigneusement Millat sous le cocon de son Tomytronic. Des raisins morts… berk. Personne voudrait manger ça.

— Les vieux, si », insista Irie, remettant le paquet de biscuits dans son sac. « Et y sont pas morts, sit'veuxsavoir, y sont *séchés*.

— Ouais, après qu'y sont morts.

— La ferme, Millat ! Magid, dis-lui d'la fermer. »

Magid repoussa ses lunettes en haut de son nez et, en bon diplomate, changea de sujet.

« Qu'est-ce que tu as d'autre ?

— Une noix de coco, dit Irie en farfouillant dans son sac.

— Une noix de coco !

— Sit'veuxsavoir », coupa Irie, éloignant le fruit des mains de Millat, « les vieux, y'z'aiment les noix d'coco. Y peuvent met' le lait dans leur thé. Et, se dépêcha-t-elle d'ajouter devant la mimique dégoûtée de Millat, j'ai aussi du pain français croustillant, et des biscuits au fromage et des pommes...

— Nous aussi, on en a des pommes, chef », l'interrompit Millat, « chef » signifiant dans l'argot de North London et en vertu de mystérieux transferts lexicaux *crétin, pauvre con, branleur*, bref, quelqu'un dont il n'y a rien à attendre.

« Eh ben moi, mes pommes, elles sont meilleures et pis j'en ai plus, sit'veuxsavoir, et pis j'ai aussi du gâteau à la menthe, des acras et du poisson salé.

— J'déteste les acras et l'poisson salé.

— Personne a dit qu'y z'étaient pour toi.

— J'y toucherais pas, à cette bouffe.

— T'auras pas à l'faire.

— Ben, c'est aussi bien comme ça, passque j'en voudrais pas.

— Ben, c'est aussi bien comme ça, passque j't'en donnerais pas même si que t'en voulais.

— Ben, ça tombe bien passque justement, j'en veux pas. La honte », dit Millat qui, sans enlever son Tomytronic, s'empressa de signifier la honte comme le voulait la tradition, autrement dit en passant la paume de sa main sur le front d'Irie.

« Te fais pas d'bile, va, passque t'en auras pas...

— Ça brûle, ça brûle ! » piailla Magid, imprimant lui aussi ses stigmates sur le front d'Irie. « T'as la honte, ma vieille !

— D'abord, c'est pas vrai, j'ai pas la honte, c'est vous qui l'avez, passque c'est pour Mr. J.P. Hamilton...

— Notre arrêt ! » s'écria Magid, bondissant sur ses pieds et se pendant au cordon pour faire arrêter le bus.

« Si vous voulez savoir, confia un retraité écœuré à un autre, ces gens devraient tous retourner dans... »

Mais la phrase, sans doute la plus vieille du monde, fut noyée dans un concert de sonnettes et de piétinements et s'en fut, la queue basse, rejoindre les vieux chewing-gums sous les sièges.

« La honte, la honte, c'est la honte ! » chantonnait Magid, tandis que tous les trois dévalaient l'escalier pour descendre du bus.

*

Le 52 va dans deux directions. À partir du kaléi-doscope de Willesden, on peut le prendre, comme les enfants, pour aller vers l'ouest, et, en traversant Kensal Rise, Portobello, puis Knightsbridge, voir peu à peu les couleurs se fondre dans les grandes lumières blanches de la ville ; ou bien on peut, à l'instar de Samad, le prendre en direction de l'est et, en passant par Willesden, Dollis Hill, Harlesden, voir avec terreur (si l'on est aussi peureux que lui et si tout ce qu'on a appris de la ville, c'est à traverser la rue dès que se pointe un homme de couleur) le blanc faire place au jaune puis au brun, jusqu'à ce qu'apparaisse l'horloge d'Harlesden, dressée comme la haute statue de la reine Victoria à Kingston, émer-geant, toute blanche, du noir ambiant.

Samad avait été surpris, mais alors vraiment sur-pris, qu'elle ait pu lui murmurer Harlesden quand il lui avait pressé la main après le baiser — ce baiser dont il avait encore le goût sur les lèvres — et lui avait demandé où il pourrait la retrouver, ailleurs qu'ici, très loin d'ici (« *Mes enfants, ma femme* », avait-il marmonné, incohérent), s'attendant à Islington, peut-être West Hampstead, au moins Swiss Cottage, mais se voyant répondre à la place « Harlesden. J'habite Harlesden ».

« Stonebridge Estate ? » avait demandé Samad, horrifié, stupéfait devant l'ingéniosité que mettait Allah à choisir ses modes de punition et s'imaginant déjà en train de chevaucher sa maîtresse avec une lame de dix centimètres plantée dans le dos.

« Non, mais pas très loin. Vous voulez qu'on se revoie ? »

La bouche de Samad avait alors pris le pouvoir, évinçant son cerveau d'un juron triomphant.

« Oh, oui. Putain de moi, oui, alors. »

Sur quoi, il l'avait à nouveau embrassée, donnant un autre sens à un épisode jusque-là relativement chaste et lui caressant le sein de la main gauche (la bonne), heureux de constater le sursaut de plaisir avec lequel elle avait accueilli cette privauté.

S'était alors ensuivi le genre d'échange qui, si bref qu'il soit, est de rigueur quand ceux qui trichent veulent s'alléger un peu la conscience.

« Vraiment, je ne sais pas si...

— Je ne pourrais pas dire comment cela...

— Il faut que nous nous revoyions au moins pour discuter de ce qui...

— Il est vrai que ce qui s'est passé entre nous doit donner lieu à...

— Parce que quelque chose s'est bel et bien passé mais..

— Ma femme... mes enfants...

— Prenons le temps de la réflexion... Disons mercredi dans quinze jours ? Seize heures trente ? Sous l'horloge d'Harlesden ? »

Il y avait au moins une chose dont il pouvait être fier dans cette peu reluisante affaire : sa parfaite synchronisation. Il était seize heures quinze quand il descendit du bus, ce qui lui laissa cinq minutes pour se glisser dans les toilettes du McDonald's (porte ornée de gardiens noirs histoire d'empêcher les Noirs d'entrer) et troquer son pantalon pattes d'éléphant de serveur contre un complet bleu marine, assorti d'un pull en V et d'une chemise grise, dont la poche contenait un peigne qui lui servit à discipliner quelque peu son abondante chevelure. Au terme de quoi, il était seize heures vingt : cinq minutes pour aller faire un saut chez le cousin Hakim et sa femme Zinat, qui tenaient le « Tout à une livre » du coin (genre de commerce dont on croit qu'il ne vend aucun article coûtant plus d'une livre, mais qui, à l'examen, se révèle ne rien avoir d'inférieur à ce prix), et sur lesquels il comptait pour lui fournir un alibi.

« Samad Miah ! Dis donc ! Qu'est-ce qu'on est élégant aujourd'hui... Y a sûrement une raison. »

Ceci venant de Zinat Mahal, une bouche large comme le Blackwall Tunnel ; dans le genre indiscret, on ne faisait pas pire.

« Merci, Zinat », dit Samad, prenant délibérément un air de conspirateur. « Quant à la raison... eh bien, je ne suis pas sûr de pouvoir la révéler.

— Samad ! Tu me connais, muette comme la tombe ! Tout ce qu'on me dit meurt avec moi. »

Or, tout ce qu'on racontait à Zinat se retrouvait invariablement sur le réseau téléphonique, rebondissant au passage sur les antennes, les ondes et les satellites, pour être finalement récupéré par des civilisations extraterrestres avancées, sur des planètes très éloignées de la nôtre.

« Eh bien, à la vérité...

— Par Allah, dis-le, mais dis-le », s'écria Zinat, qui était penchée presque de l'autre côté du comptoir dans sa hâte à obtenir les renseignements. « Où tu t'en vas comme ça ?

— Bon... je m'en vais voir quelqu'un à Park Royal à propos d'une assurance-vie. Je veux que mon

Alsana ne manque de rien après ma mort... mais »,
dit-il en agitant un doigt en direction de son interro-
gatrice chamarrée, couverte de bijoux et de mascara,
« je ne veux pas qu'elle le sache ! Penser à la mort lui
fait horreur, Zinat.

— Tu entends un peu ça, Hakim ? Il y a des hommes
qui se préoccupent de l'avenir de leur femme, eux !
Allez, sauve-toi vite, cousin. Et surtout ne t'inquiète
pas », lui cria-t-elle tandis qu'il s'éloignait, tout en
posant déjà sur le téléphone les griffes qui lui servaient
d'ongles, « je n'en dirai pas un mot à Alsi. »

Son alibi en poche, Samad avait encore trois
minutes pour réfléchir à ce qu'un vieil homme pouvait bien offrir à une jeune femme, à ce qu'un vieil
homme à la peau brune pouvait bien offrir à une
jeune Blanche au carrefour de quatre rues noires.
Quelque chose de convenable...

« Une noix de coco ? »

Poppy Burt-Jones prit la chose velue des mains de
Samad et regarda celui-ci avec un sourire perplexe.

« C'est un peu hybride », dit Samad, fébrile. « Ça a
du jus, comme un fruit, mais c'est dur comme une
noix. C'est brun et fripé au-dehors, mais blanc et
frais au-dedans. Mais le mélange, à mon avis, n'est
pas mauvais. Il nous arrive de l'utiliser », ajouta-t-il,
un peu à court d'arguments, « dans le curry. »

Poppy sourit : un sourire extraordinaire qui ne fit
qu'accentuer la beauté naturelle de son visage et qui
contenait, se dit Samad, quelque chose de plus, de
mieux, sans trace de honte aucune, quelque chose de
meilleur et de plus pur que ce à quoi ils étaient en
train de se livrer.

« C'est merveilleux », dit Poppy.

*

Ils étaient dans la rue, à cinq minutes à pied de l'adresse inscrite sur la feuille de l'école, et Irie, le rouge de la honte lui brûlant encore le front, cherchait sa revanche.

« Vu », s'exclama-t-elle, montrant du doigt une mobylette passablement décatie, appuyée contre un mur au sortir de la station de métro de Kensal Rise. « Vu et vu », indiquant deux B.M.X. juste à côté.

Millat et Magid furent aussitôt mobilisés. Le jeu du « Vu », qui consiste, dans la rue, à s'arroger la possession, comme un colon fraîchement débarqué, d'objets qui ne vous appartiennent pas, était bien connu et également apprécié des deux garçons.

« *Cha*, man ! J'en voudwais pas, moi, d'ce t'uc-là », dit Millat, avec l'accent antillais que prenaient invariablement les gamins, quelle que soit leur nationalité, quand il s'agissait d'exprimer leur mépris. « Vu ! » dit-il, montrant une petite M.G. rouge et rutilante, assez impressionnante, il est vrai, qui tournait au coin de la rue. « Vu ! » cria-t-il à nouveau, précédant Magid d'un quart de seconde, au moment où passait à toute allure une B.M.W. « Man, j'l'ai vue d'abord, c't'à moi, tu peux pas dire l'contraire », dit-il à Magid, qui ne songeait d'ailleurs pas à contester.

Irie, quelque peu écœurée par la tournure que prenaient les événements, cessa de regarder autour d'elle pour porter les yeux par terre et fut frappée d'inspiration.

« Vu ! »

Magid et Millat s'arrêtèrent net et regardèrent, respectueux et admiratifs, les Nike d'une blancheur étincelante qui étaient maintenant en possession d'Irie (avec une bande rouge et une bleue ; si belles, comme devait plus tard le faire remarquer Millat, que ça donnait envie de se flinguer), même si à l'œil nu, elles paraissaient être en marche vers Queen's

Park, aux pieds d'un jeune Noir, abondamment pourvu de dreadlocks.

« Ça, man, chapeau ! dit Millat, opinant du chef quoique à contrecœur. J'aurais bien aimé les voir l'premier.

— Vu ! » dit soudain Magid, tapant de son doigt sale la devanture d'un magasin pour désigner une gigantesque panoplie de chimiste, arborant sur le carton le visage d'une personnalité vieillissante de la télé.

« Ouais, ça, c'est pour moi ! » dit-il en tambourinant sur la vitrine.

S'ensuivit un bref silence.

« Vu ! Pour ça ? demanda Millat, incrédule. Pour ça ? Une panoplie de chimiste ? »

Avant que le pauvre Magid ait compris ce qui lui arrivait, deux paumes venaient s'abattre sur son front et frottaient à qui mieux mieux. Magid lança un regard suppliant à Irie, genre *tu quoque, fili*, tout en sachant pertinemment que c'était peine perdue. La solidarité n'existe pas chez les presque dix ans.

« *La honte, la honte ! T'as la honte !*

— Pensez à Mr. J.P. Hamilton », gémit Magid, le rouge de la honte au front. « Regardez, on est arrivés. Sa maison est juste là. C'est une rue tranquille, on va se faire remarquer si on fait trop de bruit. Et puis, il est vieux.

— S'il est vieux, il est sourd, raisonna Millat, et quand t'es sourd, t'entends rien.

— C'est pas comme ça que ça marche. C'est dur pour les personnes âgées. T'y comprends rien.

— Il est sans doute trop vieux pour sortir tout seul les trucs des sacs, dit Irie. On devrait les sortir nous-mêmes et les porter à la main. »

Les autres approuvèrent, et il fallut quelques minutes pour arriver à disposer les marchandises, qui dans les mains, qui dans les divers coins et recoins de sa personne, de manière qu'ils puissent « surprendre » Mr. J. P. Hamilton par l'abondance de leurs dons au moment où il leur ouvrirait. Confronté, sur le pas de sa porte, à trois enfants à la peau foncée, serrant dans leurs mains quantité de projectiles, Mr. Hamilton se montra dûment surpris. Aussi vieux qu'ils se l'étaient imaginé, mais en bien plus grand et bien plus propre, il ne fit qu'entrouvrir la porte, gardant sa main, striée d'un lacis de grosses veines bleues et noueuses, sur la poignée, tandis que sa tête pointait dans l'entrebâillement. Il rappela à Irie une sorte d'aigle vieillissant mais distingué : touffes de poils, en guise de plumes, sortant des oreilles, des poignets et du col de sa chemise, grande mèche blanche lui barrant le front, doigts recroquevillés en un spasme permanent, comme des serres, et bien habillé avec ça, comme on pouvait s'y attendre de la part d'un oiseau anglais d'un certain âge au Pays des Merveilles : gilet en daim et veste en tweed, ornée d'une montre à gousset montée sur une chaîne en or.

« S'il vous plaît », dit l'homme-oiseau, d'une voix dont même les enfants devinaient qu'elle venait d'une autre classe et d'une autre époque, « je me vois dans l'obligation de vous demander de ne pas encombrer le seuil de ma porte. Je n'ai absolument pas d'argent, donc, qui que vous soyez, voleurs ou colporteurs, je crains bien que vous soyez déçus. »

Magid s'avança, essayant de se placer dans le champ de vision du vieil homme, car l'œil gauche, d'un bleu Rayleigh, s'était fixé sur l'horizon audessus d'eux, tandis que le droit, pris dans un réseau serré de rides, était à peine ouvert. « Mr. Hamilton, vous vous souvenez, c'est l'école qui nous envoie, voilà...

— Allez, au revoir », dit-il, comme s'il faisait ses adieux à une vieille tante sur le point de monter dans son train. « Au revoir », répéta-t-il, et c'est à travers les panneaux de verre cathédrale bon marché de la porte refermée que les enfants virent la longue silhouette de Mr. Hamilton, brouillée comme sous l'effet de la chaleur, s'éloigner le long d'un couloir, jusqu'à ce qu'elle se fonde dans les taches brunes que faisait le mobilier et finisse par disparaître.

Millat abaissa son Tomytronic, fronça les sourcils, et écrasa délibérément son petit poing sur la sonnette, qu'il maintint enfoncée.

« Peut-être qu'il en veut pas, d'nos trucs ? suggéra Irie.

— Y f'rait beau voir, tiens, dit Millat en relâchant une seconde sa pression. Il l'a demandé, non ? grommela-t-il en appuyant à nouveau sur la sonnette de toutes ses forces. C'est la fête d'la moisson, oui ou non ? Mr. Hamilton ! Mr. J. P. Hamilton ! »

Alors le long fondu de la disparition auquel ils venaient d'assister fut suivi d'un enchaîné où le sieur Hamilton se reconstitua peu à peu, par le biais des atomes d'un escalier et d'une armoire, avant de réapparaître grandeur nature et de passer la tête par la porte entrebâillée.

Millat, perdant patience, lui fourra la feuille de l'école dans la main. « C'est la fête d'la moisson. »

Mais le vieil homme secoua la tête, comme un oiseau dans une vasque. « Non, non, je n'ai pas l'intention de me laisser intimider et d'acheter quoi que ce soit sur mon propre pas de porte. Je ne sais même pas ce que vous vendez — par pitié, pas des encyclopédies — à mon âge les informations, voyez-vous, on n'en veut pas plus mais moins.

— Mais c'est gratuit !

— Ah, bon... vraiment ? Mais pourquoi ?

— C'est la fête d'la moisson, répéta Magid.

— Nous aidons les gens du quartier. Mr. Hamilton, vous avez dû rencontrer notre professeur, puisque c'est elle qui nous envoie chez vous. Peut-être que vous avez oublié », ajouta Irie de sa voix d'adulte.

Mr. Hamilton se tapota la tempe tristement, comme pour rameuter ses souvenirs, puis, d'un geste infiniment lent, ouvrit sa porte en grand et s'avança sur le seuil dans le soleil d'automne. « Eh bien... vous feriez mieux d'entrer. »

Ils suivirent Mr. Hamilton dans la pénombre citadine de son hall d'entrée. Bourré d'un bric-à-brac victorien passablement branlant ou ébréché, avec ici et là les signes d'une vie plus récente : vélos d'enfants hors d'usage, vieux manuels de lecture, bottes crottées de différentes tailles.

« Alors », dit-il, d'un ton enjoué, au moment où ils entraient dans le séjour, dont les superbes baies s'ouvraient sur un grand jardin, « voyons un peu ce que nous avons là. »

Les enfants se déchargèrent de leur fardeau sur une méridienne mangée aux mites, Magid détaillant les articles comme s'il s'agissait d'une liste de courses, tandis que Mr. Hamilton allumait une cigarette et inspectait le pique-nique urbain de ses doigts hésitants.

« Des pommes... oh, mon Dieu, non... des pois chiches... oh non, non... des chips... »

Il continua ainsi jusqu'au dernier article, les ramassant tous les uns après les autres avant de les reposer, pour finir par lever la tête et les regarder, les larmes aux yeux. « Je ne peux rien manger de tout ça, voyez-vous... c'est trop dur, beaucoup trop dur. Il n'y a guère que le lait de la noix de coco dont je pourrai faire quelque chose... Mais vous prendrez bien une tasse de thé ? Vous allez rester pour le thé, non ? »

Ils le regardèrent d'un œil vide.

« Allez, mes enfants, asseyez-vous. »

Irie, Magid et Millat s'entassèrent maladroitement sur la méridienne. Puis on entendit un clic-clac, et quand ils levèrent les yeux, ce fut pour découvrir les dents de Mr. Hamilton sur le bout de sa langue, comme si de la première bouche en était née une seconde. En un éclair, elles réintégrèrent leur place.

« Je ne peux absolument rien manger si ça n'a pas d'abord été réduit en poudre, vous comprenez. C'est ma faute. Le résultat d'années de négligence. Des dents saines, ça n'a jamais été une priorité dans l'armée. » Il esquissa maladroitement un salut, ramenant une main tremblante sur sa poitrine. « J'étais dans l'armée, vous comprenez. Et vous, les enfants, combien de fois par jour est-ce que vous vous lavez les dents ?

— Trois fois, dit Irie en mentant effrontément.

— HOU, LA MENTEUSE ! entonnèrent en chœur Magid et Millat. T'AS TON NEZ QUI TOURNE !

— Deux fois et demie.

— Alors, où est la vérité ? » demanda Mr. Hamilton, lissant son pantalon d'une main et soulevant sa tasse de l'autre.

« Une fois par jour », dit Irie, penaude, mais forcée à la vérité par le ton préoccupé de l'autre. « La plupart du temps.

— J'ai bien peur que tu le regrettes un jour. Et vous autres ? »

Magid était déjà en train d'élaborer un conte à dormir debout à propos d'une brosse à dents électrique qui faisait le travail pendant la nuit, quand Millat le devança avec la vérité. « Même chose. Une fois par jour. En moyenne. »

Mr. Hamilton se laissa aller contre le dossier de sa chaise, l'air rêveur. « On a tendance à oublier l'importance des dents. Nous ne sommes pas comme les animaux inférieurs — dont les dents se renouvellent régulièrement et naturellement —, nous appartenons à la classe des mammifères, voyez-vous. Et en tant que tels, nous n'avons droit qu'à deux chances, avec les dents. Encore un peu de sucre ? »

Devant leur nombre réduit de chances, les enfants déclinèrent la proposition.

« Mais comme dans tous les domaines, il y a le pour et le contre. Des dents blanches bien propres, ça n'est pas toujours recommandé, pas vrai ? Prenez mon cas, par exemple : quand j'étais au Congo, la seule façon que j'avais de reconnaître les nègres, c'était à la blancheur de leurs dents. Vous me suivez ? C'était terrible. Il faisait noir comme dans un four. Et c'est à cause de cette blancheur qu'ils mouraient, vous comprenez ? Pauvres gars ! Ou plutôt, à cause d'elle que moi, j'ai survécu, si on regarde les choses sous un autre angle. »

Les enfants restèrent assis sans un mot, jusqu'au moment où Irie se mit à pleurer, très doucement, sans faire de bruit.

« C'est le genre de décision qu'on prend sans réfléchir quand on est à la guerre, continua Mr. Hamilton. Un éclair blanc au milieu de tout ce noir, et pan !... Horrible comme expérience. Tous ces beaux garçons couchés par terre, morts, à mes pieds. Le ventre ouvert, leurs tripes sur mes chaussures. On avait l'impression que c'était la fin de ce foutu monde. Vraiment beaux, ces hommes. Recrutés par les Boches, noirs comme l'as de pique. Les pauvres, ils ne savaient même pas pourquoi ils étaient là, pour qui ils se battaient ni sur qui ils tiraient. La décision du fusil. Si rapide, les enfants, si brutale. Un petit biscuit ?

— Je veux rentrer à la maison, murmura Irie.

— Mon père, il a fait la guerre », s'interposa Millat, rouge de colère. « Du côté des Anglais.

— Tu veux dire dans l'équipe de foot ou dans l'armée ?

— Dans l'armée britannique. Il conduisait un tank. Un Mr. Churchill. Avec son père à elle, expliqua Magid.

— J'ai bien peur que tu te trompes », dit Mr. Hamilton, toujours sur le même ton courtois. « Autant que je me souvienne, il n'y avait pas de métèques — encore que je doute qu'on puisse continuer à employer ce mot de nos jours. Mais non... il n'y avait pas de Pakistanais... qu'est-ce qu'on aurait bien pu leur donner à manger ? Non, non, impossible », marmonna-t-il, examinant le problème avec la solennité de quelqu'un à qui on offre l'occasion de réécrire l'histoire sur-le-champ. « Hors de question. Moi, je n'aurais matériellement pas pu avaler une nourriture aussi riche. Les Pakistanais devaient être dans l'armée pakistanaise, vous comprenez, si jamais ça a existé. Quant aux pauvres British, ils avaient bien assez à faire avec nous... »

Mr. Hamilton étouffa un petit rire, tourna la tête et admira en silence les branches d'un cerisier qui dominait majestueusement tout un coin de son jardin. Au bout d'un long moment, il se retourna vers eux, il avait à nouveau les larmes aux yeux — des larmes qui se pressaient au bord de ses paupières comme s'il venait de se faire gifler. « Jeunes gens, vous ne devriez pas raconter des bobards comme ça, voyez-vous. Les bobards, ça finit par gâter les dents.

— C'est pas un mensonge, Mr. Hamilton, je vous assure qu'il y était », dit Magid, endossant son rôle habituel de médiateur. « Il a reçu une balle dans la main. Il a des médailles. C'était un héros.

— Et quand vos dents se gâtent...

— Mais c'est vrai ! » s'écria Millat, donnant un coup de pied dans le plateau à thé qui se trouvait par terre entre eux. « Espèce de vieux connard !

— Et quand vos dents sont gâtées », poursuivit Mr. Hamilton, souriant au plafond, « ah, alors, impossible de faire machine arrière. Les filles ne vous regardent plus comme avant. Elles ne vous accordent même plus un regard, quoi qu'on fasse. Quand on est jeune, le plus important, ce sont les troisièmes molaires. On les appelle plus communément dents de sagesse, je crois. Il faut les faire passer avant tout le reste. Ce sont elles qui ont causé ma perte. Vous ne les avez sans doute pas encore, mais mes arrière-petits-enfants commencent à les sentir pousser. Le problème avec les troisièmes molaires, c'est qu'on ne sait jamais si elles auront assez de place pour pousser. C'est la seule partie du corps à laquelle l'homme qui grandit doit se faire. Sinon, c'est la catastrophe, elles poussent de travers, ou à l'envers, ou bien refusent carrément de pousser. Elles restent bloquées dans le maxillaire — on parle alors d'inclusion, je crois — et il s'ensuit des infections terribles, absolument terribles. Il faut les faire arracher de bonne heure, c'est ce que je dis à ma petite-fille Jocelyn à propos de ses fils. Il le faut absolument. On ne peut pas lutter là contre. Si seulement je l'avais fait. Si seulement je m'y étais pris de bonne heure. Parce que, voyez-vous, ce sont les dents du père. Les dents de sagesse se transmettent par le père. J'en suis certain. Il faut donc être suffisamment grand pour leur donner la place dont elles ont besoin. Et Dieu sait que ça n'a pas été mon cas... Faites-vous arracher les vôtres et brossez-vous les dents trois fois par jour, voilà le conseil d'ami que je vous donne. »

Quand Mr. Hamilton baissa les yeux pour voir si ledit conseil d'ami intéressait ses trois visiteurs de couleur, ceux-ci avaient déjà disparu, emportant avec eux le sac de pommes (pommes qu'il voyait déjà dans le robot de Jocelyn), se bousculant et trébuchant au passage, histoire de sortir plus vite, de trouver un espace vert, un des poumons de la ville, où il leur serait enfin possible de respirer.

*

Pour connaître la ville, les enfants la connaissaient. Et ils savaient aussi qu'elle génère les fous. Ils connaissaient monsieur Visage-Pâle, un Indien qui arpente les rues de Willesden, le visage peint en blanc et les lèvres en bleu, vêtu d'une paire de collants et chaussé de grosses bottes de marche. Ils connaissaient monsieur Journal, un grand type maigre vêtu d'un immense imperméable, qui passe son temps dans les bibliothèques à sortir les journaux du jour de sa serviette et à les déchirer méthodiquement en longues bandelettes ; ils connaissaient Mary la folle, cette Noire adepte du vaudou dont on peut voir le visage rouge n'importe où entre Kilburn et Oxford Street et qui jette ses sorts depuis une poubelle à West Hampstead ; ils connaissaient monsieur Perruque, qui n'a pas de sourcils et porte un postiche non pas sur la tête mais accroché autour du cou par une ficelle. Mais ces gens-là annonçaient clairement leur folie, et, en ce sens, ils étaient moins effrayants que Mr. J.P. Hamilton ; ils affichaient leur démence, ils n'étaient pas à moitié fous et à moitié normaux, comme ce type avec ses histoires de nègres et de dents. Ils étaient normalement fous, au sens shakespearien du terme, vous tenant des discours parfaitement sensés au moment où vous vous y attendiez le moins. À North London, où, à une époque, les conseillers municipaux s'étaient mis d'accord pour rebaptiser le quartier *Nirvana*, il n'est pas inhabituel de marcher dans la rue et de se trouver soudain confronté aux messages tout à fait raisonnables de ces gens au visage de craie, aux lèvres bleues, aux yeux sans sourcils. Depuis l'autre côté de la rue ou l'autre bout d'un wagon de métro, ils utilisent leurs talents de schizophrène à trouver une logique dans le fortuit (à discerner la totalité du monde dans un seul grain de sable, à tirer un récit de rien), pour vous amener à vous interroger, vous mettre à nu, vous dire où vous allez (en règle géné-rale, Baker Street, pour la bonne raison que la grande majorité des visionnaires d'aujourd'hui voya-gent presque exclusivement sur la Metropolitan Line) et pourquoi. Mais nous, les habitants de cette ville, n'apprécions guère ces gens. Réaction viscérale qui nous amène à penser que tout ce qu'ils cher-chent, c'est à nous déstabiliser, qu'ils sont là pour nous faire honte en quelque sorte, tandis qu'ils avan-cent en chancelant dans le wagon, les yeux à fleur de tête, le nez couvert de furoncles, s'apprêtant à nous demander, comme ils le font inévitablement, *ce que nous regardons comme ça*. Ce qu'on peut bien avoir, *bordel*, à les regarder comme ça. Les Londoniens ont mis au point un système d'autodéfense qui consiste à ne pas regarder, à ne jamais regarder, à fuir le regard des autres, de manière à éviter la question tant redoutée « Qu'est-ce que vous regardez comme ça ? » ainsi que la réponse, pitoyable, lâche et inu-tile, qui s'impose : « Rien. » Mais au fur et à mesure qu'évolue le gibier (et nous sommes tous la proie des fous qui nous poursuivent et tiennent absolument à partager leur vérité avec les malheureux usagers du métro que nous sommes), le chasseur en fait autant :

les vrais professionnels commencent à se lasser de ce vieux refrain « Qu'est-ce que vous regardez comme ça ? » et préfèrent tester de nouvelles méthodes. Prenez Mary la folle. Le principe reste le même, c'est toujours une affaire de regards qui se croisent, mais maintenant c'est à cent, deux cents, voire trois cents mètres qu'elle cherche à accrocher votre regard, et si elle vous surprend en train de faire la même chose, elle fonce droit sur vous, dreadlocks, plumes et cape au vent, bâton de vaudou à la main, jusqu'à ce qu'elle vous rejoigne, vous crache dessus et commence son numéro. Samad savait tout cela — ils s'étaient déjà rencontrés, lui et Mary la folle ; il avait même eu le malheur de la voir un jour s'asseoir à côté de lui dans le bus. À n'importe quelle autre occasion, Samad ne s'en serait pas laissé compter et lui aurait rendu la monnaie de sa pièce. Mais aujourd'hui, il se sentait coupable et vulnérable, aujourd'hui, il tenait la main de Poppy dans la sienne ; il se sentait incapable de faire face à Mary la folle, aux vérités qu'elle vous assenait avec sadisme, à sa folie perverse — et c'est bien entendu pour le confronter à tout cela qu'elle était en train de le suivre à la trace, de façon tout à fait délibérée, dans Church Road.

« Pour votre sécurité, je vous en prie, ne regardez pas, dit Samad. Continuez à marcher droit devant vous. Je ne pensais pas qu'elle venait aussi loin dans Harlesden. »

Poppy lança un coup d'œil furtif à l'éclair coloré qui galopait dans la grand-rue, monté sur un cheval imaginaire.

« Mais qui est-ce ? dit-elle en riant.

— Mary la folle », dit Samad, en accélérant l'allure. « Et elle n'est pas drôle du tout. Elle est même dangereuse.

— Oh, c'est ridicule. Ce n'est pas parce qu'elle est sans abri et qu'elle a... des problèmes mentaux qu'elle va nécessairement s'en prendre à quelqu'un. Pauvre femme, ça donne une idée de ce qu'elle a dû endurer pour en arriver là.

— Pour commencer, dit Samad en soupirant, elle n'est pas sans abri. Elle a volé toutes les poubelles montées sur roues de West Hampstead pour se construire quelque chose d'assez remarquable à Fortune Green. Deuxièmement, ce n'est pas une "pauvre femme" ; tout le monde la craint, à commencer par le conseil municipal, et tous les commerçants de North London la nourrissent gratuitement depuis qu'elle a jeté un sort sur le Ramchandra et que leurs affaires se sont effondrées en un mois. » La silhouette enrobée de Samad commençait à transpirer abondamment, maintenant qu'il venait de passer à la vitesse supérieure pour essayer de semer Mary la folle, laquelle en avait fait autant sur le trottoir d'en face.

À bout de souffle, il murmura : « Et elle n'aime pas les Blancs.

— Vraiment ? » dit Poppy, dont les yeux s'écarquillèrent, comme si pareille idée ne lui avait jamais traversé l'esprit, et qui commit l'erreur fatale de se retourner. Dans la seconde qui suivit, Mary la folle leur tombait dessus.

Un crachat atteignit Samad juste entre les deux yeux, sur l'arête du nez. Il l'essuya, tira Poppy vers lui, essayant de contourner Mary la folle en plongeant dans le jardin de l'église St. Andrew, mais le bâton de vaudou s'abattit juste devant eux, traçant dans le gravier et la poussière une ligne infranchissable.

Elle parla lentement, le visage tellement grimaçant que le côté gauche semblait paralysé. « Vous-re-gar-dez-qué'qu-chose ?

— Non », couina Poppy.

Mary la folle cingla le mollet de Poppy d'un coup de bâton et se tourna vers Samad. « Et vous, m'sieur ! Vous-re-gar-dez-qué'qu-chose ? »

Samad secoua la tête.

Une seconde plus tard, elle hurlait : « TOI, L'HOMME NOIR ! Y T'EMPÊCHENT DE PASSER, OÙ QU'TU VEUILLES ALLER !!

— Je vous en prie », bégaya Poppy, manifestement terrifiée. « Nous ne voulons pas d'ennuis.

— HOMME NOIR ! CETTE SALOPE, E' VEUT T'VOIR BRÛLER ! » (Elle aimait les rimes.)

« On dérange personne… », commença Samad, aussitôt interrompu par un nouveau jet de salive, qui l'atteignit cette fois à la joue.

« *Y te suivent, y te suivent sur les collines, dans les vallées. Sur les collines, dans les vallées, le diable y va t'avaler, lui, t'avaler.* » Le tout chantonné sur le mode d'un acteur prononçant un aparté, et accompagné d'une danse à l'indienne, bras étendus et bâton fermement maintenu sous le menton de Poppy Burt-Jones.

« *Qu'essequ'y z'ont jamais fait pou'not'chair, qu'nous tuer et nous rédui' en esclavage ? Qu'essequ'y z'ont jamais fait pour nos esprits, qu'nous blesser et nous met' en rage ? Où elle est, la pollution ?* »

Mary la folle releva le menton de Poppy du bout de son bâton et demanda à nouveau : « OÙ ELLE EST, LA POLLUTION ?

— Je vous en prie, dit Poppy en pleurant, je ne sais pas ce que vous voulez que je… »

La femme siffla entre ses dents et reporta son attention sur Samad. « OÙ ELLE EST, LA SOLU-TION ?

— Je n'en sais rien. »

Elle lui asticota les chevilles de son bâton. « OÙ ELLE EST LA SOLUTION, HOMME NOIR ? »

Mary la folle était une fort belle femme et elle avait beaucoup d'allure : front noble, nez proéminent, peau d'un noir d'ébène sans âge, long cou à faire pâlir une reine. Mais c'était sur ses yeux, où brillait un éclat inquiétant, une colère qui ne demandait qu'à se déchaîner, que se concentrait Samad, dans la mesure où il voyait bien qu'ils s'adressaient à lui et à lui seul. Poppy n'avait rien à voir dans cette histoire. Mary la folle le regardait, lui, avec l'air d'avoir reconnu un de ses semblables, un compagnon de route. Elle avait reconnu en lui le fou (autrement dit, le *prophète*) ; Samad sentait qu'elle avait détecté l'homme en colère, l'homme qui se masturbait, le voyageur égaré dans le désert, loin de ses fils, l'étranger sur une terre étrangère... l'homme qui, si vous le poussez suffisamment loin, verra soudain la lumière. Sinon, pourquoi l'avoir choisi lui plutôt qu'un autre, dans cette rue pleine de monde ? Uniquement parce qu'elle l'avait reconnu. Uniquement parce qu'ils venaient du même endroit, lui et Mary la folle, c'est-à-dire de *trè-è-ès loin*.

« *Satyagraha* », dit Samad, surpris par son propre calme.

Mary la folle, peu habituée à entendre ses interlocuteurs répondre à ses questions, le regarda, ébahie. « OÙ ELLE EST, LA SOLUTION ?

— *Satyagraha*. C'est du sanskrit et ça veut dire "vérité et fermeté". Le mot favori de Gandhi. Voyez-vous, il n'aimait pas les expressions "résistance passive" ou "désobéissance civile". »

Mary la folle commençait à bougonner et à jurer abondamment dans sa barbe, mais Samad avait deviné que, d'une certaine manière, elle était tout ouïe, essayait de saisir le sens de mots autres que les siens.

« Ces mots n'étaient pas assez nobles pour lui. Il voulait montrer que ce que nous appelons faiblesse peut être une force. Il avait compris que ne pas agir peut parfois se révéler être le plus grand triomphe de l'homme. Il était hindou. Je suis musulman. Mon amie est...

— Catholique, l'interrompit Poppy d'une voix chevrotante. Non pratiquante.

— Et vous-même ? » demanda Samad.

Mary la folle dit « conne, salope, *rhasclaat* » à plusieurs reprises et cracha *par terre*, ce que Samad interpréta comme un signe positif.

« Ce que j'essaie de dire... »

Samad regarda le petit groupe de Méthodistes qui, attirés par le bruit, avaient commencé à se rassembler, non sans quelque inquiétude, sur le porche de St. Andrew. Il prit de l'assurance. Il y avait toujours eu quelque chose du prédicateur manqué chez Samad. Un petit auditoire, un bon peu d'air frais : il n'en fallait pas plus pour qu'il croie détenir tout le savoir de l'univers, tout le savoir inscrit sur les murs.

« Ce que j'essaie de dire, c'est que la vie est comme une grande église, vous ne croyez pas ? » dit-il en montrant du doigt l'affreux bâtiment de brique rouge, rempli de croyants tremblants. « Une grande église avec de larges nefs. » Il désigna du geste cette fois-ci la cohue de noirs, basanés, blancs et jaunes qui se pressaient dans la grand-rue, s'attardant sur la femme albinos qui, à l'entrée du supermarché, vendait des marguerites ramassées dans le cimetière. « Que mon amie et moi aimerions continuer à parcourir, si vous n'y voyez pas d'inconvénient. Croyez-moi, je comprends vos préoccupations », dit Samad, s'inspirant maintenant d'un autre grand orateur de rue de North London, Ken Livingstone, « j'ai moi-même des problèmes... nous en avons tous dans ce pays, ce pays qui est nouveau pour nous et que nous connaissons pourtant depuis longtemps. Nous sommes des gens partagés. »

À ce point de son discours, Samad fit une chose que personne n'avait plus fait à Mary la folle depuis une bonne quinzaine d'années : il la toucha, très légèrement, à l'épaule.

« Nous avons une double personnalité. Ainsi, moi, par exemple, d'un côté, je n'aspire qu'à rester tranquillement assis, jambes croisées, laissant déferler sur moi les forces que je ne contrôle pas. De l'autre, je voudrais mener la guerre sainte. Jihad ! Et nous pourrions sans doute débattre du problème ici même, dans la rue, mais je crains, à la réflexion, que votre passé ne soit pas le mien, ni votre vérité la mienne,... ni votre solution. Je ne peux donc pas savoir ce que vous aimeriez m'entendre dire. "Vérité et fermeté" n'est qu'une suggestion parmi d'autres, et il ne manque pas de gens à qui vous pouvez poser votre question si ma réponse ne vous satisfait pas. Personnellement, je place tous mes espoirs dans les derniers jours. Le prophète Muhammad — que la paix soit avec Lui — nous dit que le jour de la résurrection nous serons tous frappés de paralysie. Sourds et muets. Plus de bavardage. Privés de parole. Putain, mais quel soulagement ! Maintenant, si vous voulez bien m'excuser. »

Samad empoigna la main de Poppy et commença à s'éloigner, tandis que Mary la folle, momentanément frappée de mutisme, courait bientôt jusqu'au porche de l'église pour arroser de salive l'assemblée des fidèles.

Poppy essuya une larme de frayeur en poussant un grand soupir.

« Quel calme au milieu de la tempête. Impressionnant », dit-elle.

Samad, qui s'adonnait de plus en plus aux visions, vit son arrière-grand-père, Mangal Pande, agiter son mousquet, combattant la nouveauté au nom de la tradition.

« Chez nous, c'est héréditaire », dit-il.

*

Samad et Poppy arpentèrent Harlesden, contournèrent Dollis Hill, puis, au moment où ils semblaient s'approcher un peu trop de Willesden, Samad attendit que le soleil se couche, acheta une boîte de bonbons indiens collants et s'engagea dans Roundwood Park, où il admira les fleurs. Il parla, beaucoup, de cette façon qui est censée tenir à distance le désir physique mais qui ne fait que le décupler. Il lui parla de Delhi aux environs de 1942, elle lui parla de St. Albans aux environs de 1972. Elle se lamenta sur une longue liste de petits amis totalement inadéquats, et Samad, incapable de critiquer Alsana ni même de mentionner son nom, parla de ses enfants : le goût de Millat pour les obscénités et sa passion pour un show télévisé tonitruant l'inquiétaient, et il craignait que Magid n'ait pas suffisamment de soleil. Ce pays avait une mauvaise influence sur ses fils. Qu'allaient-ils donc devenir ?

« Vous me plaisez, finit-elle par dire. Vous êtes très drôle. Vous le savez ça, que vous êtes drôle ?

— Je n'ai jamais eu l'impression d'être un grand comique, dit Samad en souriant et en secouant la tête.

— Je vous assure... vous êtes drôle. Ce que vous avez dit à propos des chameaux..., dit-elle en riant d'un rire éminemment contagieux.

— Quoi donc ?

— À propos des chameaux... quand nous marchions.

— Ah, oui, "Les hommes sont comme les chameaux, il n'y en a pas un sur cent à qui l'on puisse confier sa vie".

— Oui, c'est ça !

— Ce n'est pas censé être drôle. C'est le Bukhari, huitième partie, page cent trente. Et c'est un excellent dicton, dont je n'ai jamais eu qu'à me féliciter.

— Peut-être, mais c'est quand même drôle. »

Elle se rapprocha de lui sur le banc et lui embrassa l'oreille. « Sérieusement, vous me plaisez.

— Je pourrais être votre père. Je suis marié, et musulman.

— D'accord, d'accord, le club Rencontres n'aurait sans doute pas apparié nos fiches. Et après ?

— Qu'est-ce que c'est que cette façon de s'exprimer, "Et après ?" C'est correct, ça ? Non, certainement pas. Il n'y a plus que les immigrants de nos jours pour parler correctement.

— Ce qui ne m'empêche pas de dire : et après », dit Poppy en s'esclaffant.

Samad lui mit la main sur la bouche et, un bref instant, donna l'impression de vouloir la frapper. « Et après, *tout. Tout.* Il n'y a rien de drôle dans notre situation. Rien de bon non plus », dit-il, durcissant soudain le ton. « Je n'ai nullement l'intention de discuter les tenants ou les aboutissants de cette histoire avec vous. Alors, tenons-nous-en à ce pour quoi nous sommes ici. Le physique, et pas le métaphysique. »

Poppy recula jusqu'à l'autre bout du banc et se pencha en avant, les coudes sur les genoux. « Je sais », commença-t-elle, très lentement, « qu'il n'y a pas grand-chose à attendre de notre histoire. Mais je refuse qu'on me parle comme ça.

— Je suis désolé. Je n'aurais pas dû...

— Ce n'est pas parce que vous vous sentez coupable que je dois, moi...

— Je sais. Je suis désolé, je n'ai pas...

— Parce que personne ne vous retient si vous... »

Fragments de pensée, bribes de phrases. Mettez-les bout à bout, et le tout ne représente même pas le quart de votre potentiel de départ.

« Je ne veux pas partir. C'est vous que je veux. »

Le visage de Poppy s'éclaira un peu, et elle eut son sourire mi-triste, mi-béat.

« Je veux passer la nuit... avec vous.

— À la bonne heure, répliqua-t-elle. Parce que j'ai acheté ça pour vous dans le magasin d'à côté, pendant que vous étiez allé chercher ces trucs collants.

— Qu'est-ce que c'est ? »

Elle plongea la main dans son sac, et, dans la minute moins intense qui suivit et au cours de laquelle elle fourragea au milieu des tubes de rouge à lèvres, des clés de voiture et de sa réserve de monnaie, il se produisit deux choses :

i. i Samad ferma les yeux et entendit les mots *Aux cœurs purs, tout est pur*, et presque aussitôt après, *Je ne peux pas dire mieux*.

i. 2 Samad rouvrit les yeux et vit très clairement, juste à côté du kiosque à musique, ses deux fils, occupés à planter leurs dents blanches dans deux pommes rutilantes et à lui faire de grands signes en souriant.

C'est alors que Poppy refit surface, triomphante, un morceau de plastique rouge à la main.

« Une brosse à dents », dit-elle.

8

Mitose

L'étranger qui, d'aventure, pousse la porte du Pool House O'Connell, dans l'espoir d'y retrouver l'accent chantant de son irlandais de grand-père, peut-être, ou dans l'idée de faire une bande avec la boule rouge avant de l'expédier dans la blouse d'angle, est aussitôt déçu de constater que l'endroit n'a rien d'irlandais pas plus qu'il n'est doté d'une salle de billard. Perplexe, il regarde les murs tendus de moquette, les reproductions des chevaux de course de George Stubbs, des fragments encadrés d'une écriture étrangère, sans doute orientale. Ses yeux cherchent en vain un billard, et tombent sur un grand basané, à la peau criblée d'acné, debout derrière son comptoir en train de faire frire des œufs et des champignons. Ils se posent, dubitatifs, sur un drapeau irlandais et une carte des Émirats arabes, noués l'un à l'autre et tendus en travers de la salle. Puis le malheureux intrus prend conscience des regards qui convergent sur lui, les uns condescendants, les autres incrédules, et, circonspect, sort à reculons, renversant au passage la reproduction grandeur nature de Viv Richards. Sous les rires et les quolibets des habitués. O'Connell's n'est pas fait pour les étrangers.

O'Connell's est le genre d'endroit où les pères de famille viennent chercher une autre famille. Contrairement à ce qui se passe avec les liens du sang, où tout est acquis d'emblée, ici, sa position, dans le cercle des initiés, il faut la mériter, ce qui suppose des années de glandouillage consciencieux, de gaspillage de temps et d'énergie, de taillage de bavette et de bayements aux corneilles ; en un mot, un investissement de soi autrement plus intense que celui, par comparaison bien léger, qui préside à l'acte de procréation. L'endroit, il faut le connaître. Il y a par exemple de bonnes raisons pour que O'Connell's soit une salle de billard irlandaise tenue par des Arabes et dépourvue de billard. De bonnes raisons aussi pour que Mickey le pustuleux vous prépare un frites-œufs-haricots ou un œufs-frites-haricots ou un haricots-frites-œufs-champignons, mais jamais, au grand jamais, un frites-haricots-œufs-bacon. Mais ce genre d'informations, il faut être un habitué pour en disposer. Nous reviendrons un peu plus loin sur ce sujet, si vous le voulez bien. Qu'il nous suffise pour l'instant de dire que c'est là le deuxième foyer d'Archie et de Samad ; que depuis dix ans, ils viennent ici entre dix-huit heures (heure à laquelle Archie finit son travail) et vingt heures (heure à laquelle Samad prend le sien) pour discuter de tous les sujets imaginables, depuis les problèmes d'interprétation posés par l'Apocalypse de saint Jean jusqu'aux tarifs des plombiers. Sans oublier les femmes. Mais toujours hypothétiques, les femmes. Si l'une d'elles venait à passer devant la vitre constellée de jaune d'œuf de l'établissement (on n'en avait jamais vu une se risquer à l'intérieur), ils souriaient et se mettaient à débattre (suivant l'humeur religieuse de Samad à cet instant précis) de questions capitales : savoir s'il conviendrait de s'en débarrasser au plus vite, une fois au lit, comparer les mérites respectifs des bas et des collants, ou — débat classique et incontournable — ceux des petits seins (qui pointent vers le haut) et des gros (qui débordent sur les côtés). Mais il n'était jamais question de femmes bien réelles, en chair et en os, humides et poisseuses. Du moins, il n'en avait jamais été question jusqu'à maintenant. Les événements sans précédent de ces derniers mois avaient en effet imposé une réunion au sommet chez O'Connell plus tôt qu'à l'accoutumée. Samad s'était finalement décidé à téléphoner à Archie pour le mettre au courant de toute l'affaire : il avait trahi, il trahissait encore ; il avait été vu par les enfants, et maintenant c'était lui qui les voyait partout, jour et nuit, sans relâche. Archie était resté silencieux un moment, puis s'était exclamé : « Bordel de Dieu. Quatre heures, alors. Bordel de Dieu ! » Il était comme ça, Archie. Calme au milieu de la tempête.

Mais il était maintenant seize heures quinze, et Archie n'était toujours pas là. Samad s'était rongé tous les ongles dont il disposait aussi loin qu'il le pouvait et était effondré sur le comptoir, le nez coincé contre le récipient en verre où l'on gardait au chaud les hamburgers, et les yeux au niveau d'une carte postale proposant un échantillonnage des paysages du comté d'Antrim.

Mickey, tout à la fois chef, serveur et patron, s'enorgueillissait de connaître tous ses clients par leur nom et de voir tout de suite quand l'un d'eux n'était pas dans son assiette. Il écarta le visage de Samad du verre chaud à l'aide de sa spatule.

« Oi.

— Salut, Mickey, comment va ?

— On fait aller, on fait aller. Mais on parle pas d'moi. Qu'esse-qui t'arrive à toi, putain ? Hein ?

Dis ? Qu'esse-t'as, mec ? J't'observe d'puis qu't'es entré, tu fais une tronche de dix pieds d'long. Raconte un peu à l'oncle Mickey. »

Samad poussa un gémissement.

« Ah, non, hein ! Tu vas pas m'la jouer comme ça. Tu m'connais. Moi, j'représente le côté humain des industries d'services. J'suis l'service avec un putain d'sourire. Que j'porterais une p'tite cravate rouge et que j'me collerais un p'tit calot rouge sur la tronche, comme ces connards de Burger King, si ma putain d'tête était pas si grosse. »

Aucune métaphore là-dedans. Mickey avait bel et bien une très grosse tête, comme si son acné avait réclamé davantage de place pour s'étendre et obtenu un permis de construire en bonne et due forme.

« C'est quoi, ton problème ? »

Samad leva les yeux sur la grosse tête rouge de Mickey.

« J'attends Archibald, Mickey. Je t'en prie, ne t'inquiète pas pour moi. Ça va aller.

— C't'un peu tôt, non ?

— Pardon ? »

Mickey jeta un œil sur la pendule derrière lui, celle dont le cadran s'ornait d'un bout d'œuf séché quasi préhistorique. « J'dis qu'c'est un peu tôt, non ? Pour toi et l'pote Archie. C't'à six heures qu'j'vous attends d'habitude. Un fritesharicotsœufschampignons. Et une omelettechampignons. Suivant les arrivages et la saison, bien entendu.

— On a des tas de choses à discuter, soupira Samad.

— Tu vas pas r'met' ça avec ce Mangy Pandy d'mes deux, hein ? dit Mickey en levant les yeux au ciel. Et c'est qui qu'a tiré sur qui, et qui qu'a pendu qui, et mon grand-père y commandait les Pakis ou je sais pas quels autres fils de putes, comme si on en avait kék chose à foutre, putain d'sa mère. Tu finis par faire barrer les clients, moi, j'te l'dis. T'es en train d'créer » — Mickey feuilleta sa nouvelle bible, *Pour alimenter votre réflexion : Guide à l'usage des employeurs et des employés des métiers de la restauration. Stratégie vis-à-vis de la clientèle et relations avec le consommateur* — « t'es en train d'créer un *syndrome de la répétition* qu'y dégoûte tous ces types d'leur *expérience gastrimonique.*

— Non, non. Ce n'est pas de lui, qui, entre parenthèses, était mon *arrière*-grand-père, que l'on doit discuter aujourd'hui. On a d'autres affaires plus importantes.

— Ah ben, putain, c'est pas dommage. Syndrome d'la répétition, v'là c'que c'est, dit Mickey en tapotant affectueusement son livre. C'est tout expliqué là-d'dans, mec. Mes quat' livres quatre-vingt-quinze, j'les regrette pas. À propos d'fric, t'as pas envie d'un p'tit pari aujourd'hui ? » demanda Mickey, en lui indiquant le sous-sol.

« Je suis musulman, Mickey. J'ai arrêté de jouer.

— Ouais, c'est sûr, on est tous Frères, pas vrai ? Mais faut bien vivre. Hein, faut bien vivre, t'es pas d'accord ?

— Je ne sais pas, Mickey. Est-ce qu'il faut vraiment ?

— Ben, évidemment ! dit l'autre en assenant à Samad une grande claque dans le dos. J'disais encore à mon frère Abdul...

— Lequel d'Abdul ? »

C'était la tradition, à la fois dans la famille nucléaire de Mickey et dans sa famille élargie, d'appeler tous les fils Abdul pour leur apprendre la vie — pas question de se croire supérieur au commun des mortels —, ce qui était bel et bon mais n'allait pas sans créer quelque confusion au cours des années de jeunesse. Cependant, comme chacun sait, les enfants sont inventifs, et tous ces Abdul ne manquaient pas de se parer d'un deuxième prénom, anglais celui-là, en guise de pare-chocs.

« Abdul-Colin.

— Ah, bon.

— Tu sais qu'Abdul-Colin, il a viré un peu fonda-mentaliste — ŒUFS, HARICOTS, FRITES, TOAST — la putain d'grosse barbe, pas d'porc, pas d'alcool, pas d'fille, la totale, quoi — v'la pour vous, chef. »

Ce disant, Abdul-Mickey poussa une assiette de féculents purulents en direction d'un petit vieux rabougri, dont le pantalon était remonté si haut qu'il semblait devoir l'engloutir tout entier.

« Bon, ben où qu'tu crois qu'j'l'ai vu, l'Abdul-Colin, pas plus tard qu'la s'maine dernière ? Dans l'Mickey Finn d'en bas d'Harrow Road, alors j'y dis "Oi, Abdul-Colin, vl'à un sacré putain d'revirement pour ces putains d'livres, non ?" et lui qu'y m'dit, avec sa grande barbe et tout, qu'y s'prend pas pour une queue d'cerise, qu'y m'dit...

— Mickey, je t'en prie, l'interrompit Samad, est-ce que ça t'ennuierait que nous reportions l'histoire à un peu plus tard... parce que...

— D'accord, d'accord. Je m'demande bien pourquoi j'm'inquiète.

— Si tu pouvais dire à Archibald que je suis à la table juste derrière le flipper, quand il arrivera... Oh, et pendant que j'y suis, tu me donnes comme d'habitude.

— No problemo, mec. »

Environ dix minutes plus tard, la porte s'ouvrit, et Mickey leva les yeux du chapitre 6, « Il y a une mouche dans ma soupe : comment résoudre les conflits en rapport avec l'hygiène », pour voir Archibald Jones, une valise bon marché à la main, s'approcher du comptoir.

« Alors, Arch, le pliage, ça boume ?

— Bof. *Comme si, comme sar*[1]. Samad est dans le coin ?

— Dans l'coin ? Fais-moi rire. Putain, ça fait d'mi-heure qu'y traîne ici comme une putain d'odeur d'graillon. Une tronche de dix pieds d'long. L'aurait b'soin d'se faire remonter les bretelles, et vite fait.

— Y va pas bien, hein ? dit Archie en posant sa valise sur le comptoir et en plissant le front. Entre nous, Mickey, j'me fais vraiment du mouron pour lui.

— Va-t'en raconter ça à d'autres, putain », dit Mickey, que la recommandation du chapitre 6 selon laquelle il fallait rincer les assiettes à l'eau bouillante avait fini d'énerver. « Ou, si tu préfères, va voir à la table derrière l'flipper.

— Merci, Mickey. Ah, à propos, omelette et...

— Oui, je sais, champignons. »

Archie parcourut les travées recouvertes de lino façon O'Connell.

« Salut, Denzel, 'soir, Clarence. »

Denzel et Clarence étaient deux Jamaïquains octogénaires terriblement grossiers et mal élevés. Denzel était incroyablement gros, et Clarence d'une maigreur effrayante, ils n'avaient plus de famille ni l'un ni l'autre, portaient un feutre l'un et l'autre et passaient tout le temps qu'il leur restait à vivre à jouer aux dominos.

« Qu'esse-kil a dit, c'conna'd ?

— L'a dit *'soir*.

— Y voit pas qu'j'étions en twain d'jouer aux dominos ?

1. *Sic* et en français dans le texte.

— Non, mec ! L'a une chatte à la place d'la twonche. Comment tu veux qu'y voye ? »

Archie prit ça sans se formaliser et se glissa sur la banquette, en face de Samad. « J'comprends pas », dit-il, reprenant la conversation exactement là où ils l'avaient laissée au téléphone. « Qu'esse-tu m'dis là : c'est rien qu'en imagination qu'tu les vois ou c'est pour d'vrai ?

— C'est très simple, en fait. La première fois, la toute première fois, ils étaient là. Mais depuis, Archie, tout au long des semaines qui viennent de s'écouler, je vois les jumeaux chaque fois que je suis avec elle — comme des apparitions. Même quand nous sommes en train de… je continue à les voir. Qui me regardent en souriant.

— T'es sûr qu'c'est pas l'stress ?

— Écoute, Archie. Je ne suis pas fou, je les vois. C'est un signe.

— Sam, si on essayait d's'en tenir aux faits. Quand ils t'ont vu pour d'vrai… qu'esse-t'as fait ?

— À ton avis, qu'est-ce que tu voulais que je fasse ? Je leur ai dit "Salut, les enfants. Dites bonjour à Miss Burt-Jones."

— Et qu'esse-qu'y z'ont dit ?

— Ils ont dit bonjour.

— Et qu'esse-t'as dit ?

— Archibald, tu crois que tu pourrais me laisser raconter ce qui s'est passé, sans m'interrompre sans arrêt avec tes questions ineptes ?

— FRITES, HARICOTS, ŒUFS, TOMATES ET CHAMPIGNONS !

— Sam, c'est pour toi.

— Sûrement pas. Ce n'est sûrement pas pour moi. Je ne commande jamais de tomates. Je ne voudrais pour rien au monde d'une malheureuse tomate qu'on a fait bouillir à mort avant de la faire frire.

— En tout cas, c'est sûr'ment pas pour moi. J'ai commandé une omelette.

— Ce n'est pas pour moi, non plus. Alors, je peux continuer ?

— Je t'en prie.

— Donc, j'ai regardé mes fils, Archie... Mes deux fils, si beaux... et mon cœur a flanché — non, bien pire — il s'est brisé. Il s'est brisé en mille morceaux et chacun d'eux m'a infligé une blessure mortelle. Je n'arrêtais pas de me dire : comment puis-je prétendre leur apprendre quoi que ce soit, leur montrer le droit chemin, alors que je suis moi-même complètement désorienté ?

— J'croyais, dit Archie, que l'problème, c'était la fille. Si tu sais vraiment pas quoi en faire, eh ben... on pourrait p't'êt' faire tourner une pièce, pile, tu la gardes, face, tu la laisses tomber... Comme ça, au moins, t'aurais fait un...

— J'en veux pas de ta foutue pièce, s'écria Samad en frappant du poing (le bon) sur la table. Et puis, de toute façon, c'est trop tard. Tu ne comprends donc pas ? Ce qui est fait est fait. Je suis bon pour l'enfer. Je le vois bien, maintenant. C'est à sauver mes fils que je dois désormais m'attacher. J'ai un choix à faire, un choix moral », poursuivit Samad en baissant la voix, tandis qu'Archie savait déjà à quoi il allait faire allusion. « Des choix difficiles, toi-même tu en as fait, Archie, il y a bien des années. Tu caches bien ton jeu, mais je sais que tu n'as pas oublié. Tu as un fragment de balle dans la jambe pour le prouver. Tu as dû te battre avec lui et tu as gagné. Moi non plus je n'ai pas oublié. Je t'ai toujours admiré pour ça, Archibald.

— J'aimerais autant pas..., dit Archie en regardant par terre.

— Crois-moi, je n'éprouve aucun plaisir à faire resurgir des souvenirs qui te sont pénibles, mon vieux. Mais j'essaie simplement de te faire comprendre ma situation. Aujourd'hui, comme alors, la question est la même : *Dans quel genre de monde est-ce que je veux voir grandir mes enfants ?* Toi, tu as tranché, à l'époque. Aujourd'hui, c'est mon tour. »

Ne comprenant pas plus le discours de Samad qu'il n'avait saisi ceux qu'il lui avait tenus quarante ans plus tôt, Archie resta un moment à tripoter un cure-dent.

« Ben... pourquoi t'arrêtes pas d'la voir, tout bêtement ?

— J'essaie... crois-moi.

— Aïe ! C'est bon à c'point-là, alors ?

— Non, ce n'est pas vraiment... enfin, c'est bien, oui... mais on est loin de la débauche... on s'embrasse, on s'étreint...

— Mais pas vraiment de...

— Pas à proprement parler, non.

— Mais quand même... ?

— Archibald, qu'est-ce qui t'intéresse, mes fils ou mon sperme ?

— Tes fils. Tes fils, bien entendu.

— Parce qu'il y a de la rébellion dans l'air, Archie. Je le sens, je le vois. Pour l'instant, ce n'est pas grand-chose, mais ça gagne du terrain de jour en jour. Je te le répète, je ne comprends pas ce qui est en train d'arriver à nos enfants dans ce pays. Où que tu regardes, c'est la même chose. La semaine dernière, le fils de Zinat s'est fait prendre en train de fumer de la marijuana. Comme un Jamaïquain ! »

Archie leva un sourcil interrogateur.

« Oh, excuse-moi, je ne voulais pas te froisser.

— Y a pas d'mal, vieux. Mais faut pas juger avant d'avoir essayé. Tu peux pas savoir l'bien qu'ça a fait à mon arthrite d'êt'marié à une Jamaïquaine. Enfin, bref, continue.

— Eh bien, prends les sœurs d'Alsana, par exemple. Leurs enfants ne leur causent que des ennuis. Ils refusent d'aller à la mosquée, de prier ; ils parlent bizarrement, ils s'habillent encore plus bizarrement, ils mangent toutes sortes de cochonneries, ils fréquentent Dieu sait qui. Aucun respect pour les traditions. Les gens parlent d'assimilation, moi, je dis que c'est de la corruption. De la corruption pure et simple ! »

Archie prit un air choqué, avant de s'essayer à l'air dégoûté, sans trop savoir que répondre. Il était pour la paix des ménages, Archie. Il avait dans l'idée que les gens devaient vivre en bonne entente les uns avec les autres, vous voyez, dans la paix ou l'harmonie, enfin quelque chose de ce genre, quoi.

« FRITES, HARICOTS, ŒUFS, CHAMPIGNONS ! OMELETTE ET CHAMPIGNONS ! »

Samad leva la main et se tourna vers le comptoir. « Abdul-Mickey », cria-t-il, avec un léger accent cockney qui se voulait drôle. « Par ici, chef, sivouplaît. »

Mickey regarda Samad d'un œil froid, s'appuya sur le comptoir et s'essuya le nez avec son tablier.

« T'arrête ton char, oui ? Comme si vous saviez pas qu'on s'sert tout seul, ici. On est pas au Waldorf, y a pas de putains d'larbins.

— J'y vais, dit Archie en s'extrayant de sa banquette.

— Comment y va ? demanda Mickey à voix basse en poussant l'assiette vers Archie.

— Sais pas bien, dit Archie, le sourcil froncé. Le v'là r'parti sur la tradition. Y s'fait du mouron pour ses fils, tu comprends. Les gamins, d'nos jours, y'z'ont vite fait d'dérailler. J'sais pas trop quoi lui dire, moi.

— M'en parle pas, mon pote, dit Mickey en

secouant la tête. Comme si j'la connaissais pas par cœur, l'histoire ? R'garde un peu mon dernier, Abdul-Jimmy. Y passe d'vant l'tribunal pour mineurs la s'maine prochaine, l'a chouravé des écussons de Volkswagen. J'y ai dit, moi, t'es con ou quoi ? Mais à quoi ça t'sert, merde ? Au moins, t'as qu'à voler la putain d'bagnole, si c'est comme ça qu'tu l'sens. Enfin, c'est vrai, quoi. Et tu sais c'qui m'dit ? Qu'ça a kék chose à voir avec les Beetie Boys ou une connerie d'ce genre. Ben, j'y ai dit, ceux-là, z'ont pas intérêt à m'tomber ent'les pattes, passque j'te les aplatis comme des crêpes, moi, et l'conseil, j't'le donne pour rien. Aucun sens de la tradition, aucun respect, putain, c'est pas vrai ! L'problème, il est là, j'te l'dis, moi. »

Archie opina du chef et s'empara d'un paquet de serviettes en papier pour porter les assiettes chaudes.

« Si tu veux mon avis, et j'te l'donne passque ça fait partie d'la relation patron-client, tu dis à Samad qu'il a plus qu'deux solutions. Ou bien, y renvoie ses gamins chez lui, en Inde…

— Au Bangladesh, corrigea Archie en chipant une frite dans l'assiette de Samad.

— Ouais, on s'en fout, dans son pays, quoi. Y les renvoie là-bas pour qu'y soyent élevés com'y faut, par les grands-pères et les grands-mères, pour qu'y leur inkukent leur putain d'culture et qu'y leur donnent des principes, quoi. Ou alors… attends… FRITES, HARICOTS, STEAK HACHÉ ET CHAMPIGNONS ! POUR DEUX ! »

Denzel et Clarence s'approchèrent avec une lenteur d'escargot des assiettes chaudes.

« C'bif-là, y m'a l'air biza', dit Clarence.

— Y s'rait pas en twain d'essayer d'nous empoisonner, l'aut'-là ? dit Denzel.

— Et ces champignons, y m'ont l'air cu'ieux, dit Clarence.

— S'rait pas en twain d'met' la nourriture du diab' dans nos assiettes, l'aut'-là ? » dit Denzel.

Mickey appliqua un coup de spatule sur les doigts de Denzel. « Eh, vous autres ! Vous pourriez pas un peu changer d'disque, non ?

— Ou alors quoi ? s'obstina Archie.

— L'aut'-là, m'est avisse qu'il est en twain d'essayer d'tuer un vieux, un pauv' vieux comme moi », marmonna Denzel, tandis que les deux débris retournaient d'un pas traînant à leur table.

« Bordel de Dieu, quelle plaie, ces deux-là ! S'y sont encore en vie, c'est passqu'y sont trop radins pour s'payer une incinération.

— Ou alors quoi ?

— Quoi quoi ?

— La seconde solution ?

— Ah, ouais. Ben, c'est clair, non ?

— Ah bon ?

— L'aut' solution, c'est d'accepter la situation. Va falloir qu'y s'y fasse, le Samad. On est tous anglais, maint'nant, mon pote. Qu'ça lui plaise ou pas. Ça f'ra deux liv' cinquante, Archibald, mon brave. L'âge d'or des tickets-resto, c'est fini. »

Ce fameux âge d'or avait pris fin dix ans plus tôt. Mais depuis dix ans, Mickey n'arrêtait pas de dire : « L'âge d'or des tickets-resto, c'est fini. » C'était là une des choses qui faisaient qu'Archie aimait tant O'Connell's. En ce lieu, tout était engrangé, rien n'était oublié. L'histoire ne donnait jamais lieu à révision ni à réinterprétation. Elle n'était jamais adaptée ni blanchie. Elle était aussi brute et solide que la croûte de jaune d'œuf sur la pendule.

Quand Archie revint à la table huit, Samad était

comme Jeeves[1] : sinon véritablement mécontent, du moins assez loin du contentement.

« Archibald, tu as beaucoup traîné en chemin, ce me semble. As-tu seulement prêté attention à mon dilemme ? Je suis corrompu, et mes fils ne sont pas loin de l'être, nous allons bientôt tous brûler dans les feux de l'enfer. Ce sont là problèmes pressants, Archibald.

— L'problème, il est résolu, Samad, mon ami », dit Archibald, souriant sereinement et chipant une autre frite.

« Comment ça, résolu ?

— Résolu, j'te dis. À mon avis, t'as pas trente-six solutions, t'en as qu'deux... »

*

Aux environs du début de ce siècle, la reine de Thaïlande était à bord d'un bateau, voguant avec sa suite de courtisans, de valets, de femmes de chambre, de baigneurs de pieds et de goûteurs de nourriture quand soudain, une forte lame ayant heurté la poupe du navire, la reine fut projetée par-dessus bord dans les eaux turquoise de la mer d'Andaman, où, en dépit de ses supplications, elle se noya, car personne à bord ne voulut lui porter secours. Mystérieuse pour le reste du monde, l'explication, pour les Thaï, était limpide : la tradition, encore vivante aujourd'hui, exigeait de ses sujets qu'aucun jamais ne touche à la personne de la reine.

Si la religion est l'opium du peuple, la tradition, elle, constitue un analgésique bien plus sournois, pour la bonne raison qu'elle est rarement perçue

1. Personnage de majordome dans les romans de P. G. Wodehouse.

comme telle. La religion peut être assimilée à un garrot, une veine palpitante et une seringue, tandis que la tradition relève d'une concoction nettement moins agressive : graines de pavot macérées dans du thé, cacao bien sucré corsé de cocaïne — le genre de boisson qu'aurait pu vous préparer votre grand-mère. Pour Samad, comme pour les Thaï, la tradition, c'était la culture, et la culture, c'étaient les racines, principes dont la légitimité et l'authenticité ne souffraient pas d'être remises en cause. Ce qui ne voulait pas dire pour autant qu'il était capable de les observer, ces principes, de s'y conformer ou de se couler dans leur moule, mais les racines restaient les racines, et les racines, par définition, c'était bel et bon. Il était inutile d'essayer de lui dire que les mauvaises herbes ont elles aussi des tubercules ou que le signe annonciateur de dents qui vont tomber est à chercher dans une dégénérescence au plus profond des gencives. Les racines étaient l'instrument du salut, le filin que l'on jette à un homme pour lui éviter la noyade, pour sauver son âme. Et plus Samad s'éloignait vers la haute mer, attiré vers les profondeurs par une sirène nommée Poppy Burt-Jones, plus il était décidé à donner des racines à ses fils sur la terre ferme, des racines profondes qu'aucun orage, qu'aucune tempête ne saurait arracher. Plus facile à dire qu'à faire. Il se trouvait dans le minuscule appartement de Poppy, en train de faire ses comptes, quand il lui apparut clairement qu'il avait des fils en trop grand nombre pour ses capacités financières. S'il les renvoyait tous les deux au pays, il lui faudrait tout prévoir en double : pension à verser aux grands-parents, frais de scolarité, achat des vêtements. Dans l'état actuel des choses, c'est à peine s'il avait l'argent nécessaire aux deux billets d'avion. « Et ta femme ? avait dit Poppy. Elle vient

d'une famille riche, non ? » Mais Samad n'avait
encore rien dévoilé de ses plans à Alsana. Il n'avait
fait que tâter le terrain en évoquant la question sous
l'angle général devant Clara un jour où celle-ci faisait son jardinage. Comment réagirait-elle, si quelqu'un, agissant pour le bien d'Irie, emmenait l'enfant
loin de chez elle pour lui faire connaître une vie
meilleure ? Clara avait levé le nez de son parterre de
fleurs et l'avait regardé en silence, l'air perplexe,
avant de faire entendre un long rire sonore.
L'homme qui me ferait ça, avait-elle fini par dire, en
approchant de grosses cisailles de jardin à quelques
centimètres de son entrejambe, *clac, clac*. Clac, clac,
avait médité Samad, qui avait alors compris ce qui
lui restait à faire.

« Un seul ? »

Dix-huit heures vingt-cinq, chez O'Connell. Une
frites, haricots, œufs, champignons. Et une omelette
champignons, avec *petits pois* (garniture saison-
nière).

« Seulement un ?

— Archibald, parle moins fort, tu veux !

— Mais... rien qu'un ?

— C'est ce que je viens de te dire. Clac, clac, fit-il
en coupant en deux son œuf frit. Il n'y a pas d'autre
solution.

— Mais... »

Archie réfléchissait, au mieux de ses capacités. Et
toujours aux mêmes vieilles idées. La paix dans les
ménages, les gens qui devraient vivre en bonne
entente les uns avec les autres, dans l'harmonie, ou
quelque chose de ce genre, quoi. Mais il ne dit rien de
tout cela. Il se contenta d'un : « Mais... », suivi d'un
autre « Mais... », pour finir par « Mais alors, lequel ? »

Lequel ? C'était là (si l'on ajoute billet d'avion, pension et premiers frais de scolarité) la question à trois mille deux cent quarante-cinq livres. Une fois réglés les problèmes matériels — oui, il avait hypothéqué la maison, risqué son bien, la plus grave erreur qu'un immigrant puisse commettre —, il ne restait plus qu'à choisir. La première semaine, ce fut Magid, sans aucune hésitation. Magid avait l'intelligence, il s'adapterait beaucoup mieux, apprendrait la langue plus vite, et puis Archie avait un intérêt direct à voir Millat rester en Angleterre : c'était le meilleur buteur à avoir porté les couleurs du Willesden Athletic Football Club depuis des lustres. Samad commença donc à dérober les vêtements de Magid pour les emballer en secret, fit les démarches nécessaires pour faire établir un passeport à son nom (il voyagerait avec la tante Zinat le 4 novembre) et prépara le terrain à l'école (une longue période d'éloignement, pourrait-on lui donner du travail qu'il emporterait avec lui, etc.).

La semaine suivante, revirement complet : c'était Millat qui devait partir, parce que le préféré de Samad, c'était Magid, celui qu'il tenait à voir grandir, et, de toute façon, s'il y en avait un qui avait besoin d'acquérir des principes, c'était Millat. Ce fut donc au tour de ce dernier de voir ses vêtements subtilisés, un passeport établi à son nom et son nom chuchoté dans les bonnes oreilles.

Huit jours plus tard, l'élu était à nouveau Magid, du moins jusqu'au mercredi, puis ce fut Millat, parce que le vieil ami de plume d'Archie, Horst Ibelgaufts, écrivit la lettre suivante, qu'Archie, désormais familier avec la nature étrangement prophétique de la correspondance du Suédois, s'empressa de porter à l'attention de Samad :

15 septembre 1984

Très cher Archibald,

Cela fait bien longtemps que je ne t'ai pas écrit, mais je me sens obligé de te faire part d'un changement récent dans mon jardin qui m'a apporté la plus grande satisfaction. Pour être bref, je me suis finalement décidé à jouer de la hache pour abattre le vieux chêne qui se trouvait au fond du terrain, et je ne saurais te dire à quel point les choses sont différentes désormais ! Les espèces plus faibles reçoivent maintenant beaucoup plus de lumière et se portent si bien que je peux même en couper — de mémoire d'Horst, c'est la première année que chacun de mes enfants a un vase de pivoines sur son rebord de fenêtre. J'ai toujours été persuadé que je n'étais qu'un jardinier médiocre, quand le coupable était en fait cet arbre majestueux, dont les racines couraient dans la moitié du jardin, empêchant tout le reste de pousser.

L'auteur poursuivait dans la même veine, mais Samad arrêta là sa lecture, pour demander, passablement irrité : « Et que suis-je au juste censé conclure de tout ça ?

— Clac, clac, la hache. Ça peut être que Millat, dit Archie en se tapotant le nez d'un air entendu. Un présage, mon vieux. Tu peux faire confiance à Ibelgaufts. »

Samad, qui, en règle générale, n'avait guère de temps à consacrer aux présages pas plus qu'aux tapotages de nez, était tellement indécis qu'il se laissa convaincre. Mais c'est alors que Poppy (qui ne pouvait pas ne pas sentir qu'elle était en train de se faire évincer de l'esprit de Samad au profit des enfants) se prit soudain d'intérêt pour l'affaire, affirmant avoir été « quasiment persuadée » par un rêve prémonitoire de la nécessité de choisir Magid. Et Magid ce fut donc, pour la énième fois. Désespéré, Samad accepta même à ce stade qu'Archie fasse tourner une pièce. Et c'est ainsi, croyez-le si vous voulez, que les deux compères s'employèrent à jouer à la loterie avec le destin de deux enfants, à jouer des âmes à pile ou face. On alla jusqu'à trois lancers, puis jusqu'à cinq, mais Samad n'était toujours pas prêt à s'en remettre au hasard.

À leur décharge, il convient de préciser au moins une chose : à aucun moment, le mot *kidnapping* ne fut prononcé. Pour tout dire, le terme eût-il été avancé pour désigner ce qu'il s'apprêtait à faire que Samad aurait été tout à la fois effaré et consterné et qu'il aurait aussitôt laissé tomber l'affaire, à l'instar du somnambule qui en se réveillant se retrouve dans la chambre des maîtres, un couteau de cuisine à la main. Il était bien conscient du fait qu'il n'avait encore rien dit à Alsana. Conscient aussi de ce qu'il avait réservé une place sur un vol qui partait à trois heures du matin. Mais pas conscient du tout que ces deux faits pouvaient être liés ou se combiner de façon à justifier l'emploi du mot *kidnapping*. C'est donc avec la plus grande surprise que Samad accueillit, à deux heures du matin le 31 octobre, la vision d'Alsana pliée en deux sur la table de la cuisine et secouée de violents sanglots. Il ne se dit pas *Ah, elle a donc découvert mes intentions à propos de Magid* (c'était finalement, et définitivement, Magid), pour la bonne raison qu'il n'avait rien du méchant à moustaches d'un roman victorien à deux sous et qu'il n'avait pas conscience d'avoir ourdi quelque crime que ce fût. Non, son premier réflexe fut de se dire, *Ça y est, elle est au courant pour Poppy*, et, comme tout homme coupable d'adultère, il réagit selon le principe que la meilleure défense, c'est encore l'attaque.

« Alors, voilà ce qu'il faut que je trouve en rentrant chez moi ? commença-t-il en faisant claquer son sac sur la table pour plus d'effet. Je passe pratiquement ma nuit dans ce restaurant de malheur, et quand je rentre, c'est pour subir un mauvais mélo. »

Alsana redoubla de sanglots. Samad remarqua qu'un gargouillement sortait des plis de graisse plutôt agréables qui vibraient dans l'ouverture de son sari. Elle agita les mains dans sa direction, avant de s'en boucher les oreilles.

« Est-ce que ça s'impose vraiment ? » demanda Samad, essayant de camoufler sa peur (il s'était attendu à de la colère, et ne savait trop quelle attitude adopter face à des larmes). « Je t'en prie, Alsana, tu réagis de façon excessive. »

Elle agita de nouveau la main dans sa direction, comme pour lui imposer le silence, et releva un peu le buste, ce qui permit à Samad de constater que le gargouillement n'avait rien d'organique, mais provenait d'un objet sur lequel elle était penchée. Une radio.

« Mais, bon sang, qu'est-ce... »

Alsana repoussa le transistor au milieu de la table et fit signe à Samad de monter le son. Quatre bips familiers, de ceux qui suivent les Anglais dans tous les pays conquis, résonnèrent dans la cuisine, puis dans la plus pure prononciation standard, Samad entendit :

B.B.C. World Service, bulletin de trois heures. Mrs. Indira Gandhi, Premier ministre indien, a été assassinée aujourd'hui, abattue par ses gardes du corps sikhs dans un acte de rébellion ouvert, alors qu'elle se promenait dans le jardin de sa maison de New Delhi. Il ne fait aucun doute que ce meurtre est un acte de vengeance en réponse à l'« Opération Blue Star », la prise d'assaut du sanctuaire le plus sacré des sikhs à Amritsar, en juin dernier. La communauté sikh, qui se sent attaquée dans les fondements de sa culture...

« Ça suffit, dit Samad en éteignant la radio. De toute façon, c'était une bonne à rien. Y en a pas un pour racheter l'autre. Et puis tout le monde se fiche bien de savoir ce qui se passe dans ce cloaque qu'est l'Inde. Bon Dieu... » Et avant même de continuer, il se demanda ce qui le poussait à se montrer aussi méchant ce soir. « ... tu sais que tu me fais vraiment pitié, Alsi ? Je me demande où seraient toutes ces larmes si moi, je venais à mourir. Probablement, nulle part — tu t'intéresses plus à des politiciens corrompus que tu ne connais même pas. Est-ce que tu sais que tu es l'exemple parfait de l'ignorance des masses ? Tu le sais, dis ? » lui demanda-t-il en lui relevant le menton, comme s'il était en train de morigéner un enfant. « Pleurer comme ça sur le sort des riches et des puissants qui ne condescendraient même pas à te cracher dessus. Je parie que la semaine prochaine tu pleureras toutes les larmes de ton corps parce que la princesse Diana se sera cassé un ongle. »

Alsana rassembla toute sa salive disponible et lui envoya un crachat en pleine figure.

« *Bhainchute !* Pauvre idiot, va, ce n'est pas sur elle que je pleure, mais sur le sort de mes amis. Le sang va couler dans les rues à cause de ça, en Inde *et* au Bangladesh. Il y aura des émeutes — on va sortir les couteaux et les fusils. Et il y aura des morts, je l'ai déjà vu. Ce sera comme Mahshar, le jour du Jugement — les gens vont mourir dans les rues, Samad. Je le sais, et toi aussi. Et à Delhi, ce sera pire qu'ailleurs, c'est toujours pire qu'ailleurs. J'ai de la famille à Delhi, des amis, *d'anciens amants...* »

À ce stade, Samad la gifla, en partie à cause des « anciens amants », en partie parce que cela faisait des années que personne ne l'avait traité de *bhainchute* (traduction : quelqu'un qui, pour simplifier, baise ses sœurs).

Alsana ne broncha pas et continua d'une voix calme : « Je pleure de tristesse pour ces pauvres familles et de soulagement, oui de soulagement, pour mes propres enfants ! Leur père ne s'occupe pas d'eux sauf pour les brutaliser, mais au moins ils ne mourront pas comme des rats dans la rue. »

Voilà qu'ils retombaient dans une de ces disputes dont ils étaient coutumiers : mêmes positions, mêmes arguments, mêmes récriminations, mêmes crochets du droit. À mains nues. À l'appel du gong, Samad bondit sur le ring.

« Non, mais ils vont avoir à endurer quelque chose de pire, de bien pire, s'ils restent dans ce pays moralement corrompu, auprès d'une mère qui devient folle. Complètement cinglée, en fait. Mais regarde-toi, regarde à quoi tu ressembles ! Regarde comme tu es grosse ! » dit-il en lui empoignant la chair à pleines mains, puis en la relâchant, comme s'il avait peur d'être contaminé. « Regarde un peu la manière dont tu t'habilles. Des tennis et un sari ? Et ça, qu'est-ce que c'est ? »

C'était un des foulards africains de Clara, un long morceau de Kenté orange, magnifique, dont Alsana avait pris l'habitude de se servir comme d'un turban pour retenir son abondante crinière. Samad le lui arracha et l'envoya voler dans la pièce, tandis que les cheveux d'Alsana tombaient en cascade dans son dos.

« Tu ne sais même pas ce que tu es, ni d'où tu viens. On ne voit plus jamais la famille — j'ai trop honte de te montrer. *Mais quelle idée tu as eue d'aller chercher une femme au Bengale ?* voilà ce qu'ils me demandent, si tu veux savoir. *T'avais pas besoin d'aller plus loin que Putney.* »

Alsana sourit amèrement, secoua la tête, tandis que Samad, faisant semblant de se calmer, remplissait la bouilloire d'eau et la faisait claquer sur le fourneau.

« Et toi, Samad Miah, c'est un bien beau lungi que tu as là », dit-elle, avec un signe de tête en direction de son survêtement en éponge bleu et de la casquette de base-ball des Raiders de Los Angeles, offerte par Poppy.

« La différence, elle est là, dit Samad sans la regarder et en se frappant la poitrine juste en dessous du sein gauche. Tu dis que tu remercies le ciel d'être en Angleterre, mais c'est parce que tu as avalé toutes leurs couleuvres. Moi, je peux te dire que ces garçons auraient une vie bien meilleure au pays que celle qu'ils pourront jamais...

— Samad Miah ! Inutile de te fatiguer ! Il faudra d'abord me passer sur le corps avant que cette famille aille vivre dans un endroit où la vie de ses membres sera en danger ! Clara m'a dit des choses à ton sujet, figure-toi. Elle m'a parlé de ces questions bizarres que tu lui as posées. Qu'est-ce que tu manigances, Samad ? Zinat m'a appelée pour me parler d'une histoire d'assurance-vie... mais, dis-moi, personne n'est en train de mourir. Ça ne présage rien de bon, tout ça. Et je te le répète, il faudra d'abord me passer sur le corps...

— Mais si tu es déjà morte, Alsi...

— Ah, tais-toi ! Mais tais-toi donc ! Je n'suis pas folle. C'est toi qui essaies de me rendre folle ! J'ai téléphoné à Ardashir, Samad. Il m'a dit que tu quittes ton travail à onze heures et demie, ces temps-

ci. Et tu rentres à deux heures du matin. J'suis pas
folle, quand même !

— Non, c'est pire. Tu as l'esprit gangrené. Tu te dis
musulmane... »

Alsana fit volte-face pour affronter Samad, lequel
s'efforçait de concentrer son attention sur la vapeur
qui sortait en sifflant de la bouilloire.

« Ah non, Samad, je t'en prie ! Je ne prétends rien,
moi. C'est toi qui te dis musulman. Toi qui négocies
avec Allah. C'est à toi qu'il s'adressera le jour de
Mahshar. À toi, Samad Miah. Toujours toi. Rien que
toi. »

Deuxième round. Samad gifle Alsana, qui riposte
par un crochet du droit à l'estomac, suivi d'un coup
sur la pommette gauche. Puis elle se précipite vers la
porte de derrière, mais Samad l'attrape par la taille, la
plaque au sol comme un rugbyman, et, une fois à
terre, lui enfonce le coude dans le coccyx. Relevant le
derrière, Alsana, qui est plus lourde que Samad, n'a
aucune peine à le soulever et à le retourner comme
une crêpe ; puis elle le traîne dans le jardin, où elle lui
envoie deux coups de pied tandis qu'il est allongé au
sol, deux coups rageurs en plein front, mais sa
semelle, caoutchoutée qu'elle est, ne fait que peu de
dégâts, et, en un instant, il est à nouveau sur les
genoux. Ils s'empoignent alors par les cheveux,
Samad bien décidé à tirer jusqu'au sang. Mais le
genou d'Alsana peut maintenant agir en toute liberté,
et il s'empresse d'aller lier connaissance avec les parties génitales de Samad, obligeant celui-ci à lâcher
prise et à expédier à l'aveuglette un coup visant la
bouche, mais atteignant l'adversaire à l'oreille.

C'est à peu près le moment que choisirent les
jumeaux pour émerger, à moitié endormis, de leur lit
et venir se placer derrière la longue fenêtre de la cuisine afin d'assister au pugilat, tandis que s'allu-

maient les projecteurs de surveillance des maisons
voisines, illuminant le jardin des Iqbal comme un
stade un soir de nocturne.

« Abba », dit Magid, après avoir observé un
moment le déroulement du combat. « Abba, et de
loin.

— Mais non, mec. Y a pas moyen », dit Millat, que
la lumière faisait cligner des yeux. « J'te parie deux
sucettes à l'orange qu'Amma va l'dérouiller comme
pas possible.

— Oooooh ! » crièrent les jumeaux à l'unisson,
comme s'ils étaient à un feu d'artifice. « Aaaaah ! »

Alsana venait de mettre un terme au combat, avec
l'aide du râteau.

« Dites donc, vous autres ! beugla un voisin. Y en
a qui bossent d'main matin et qui voudraient bien
dormir un peu, bordel ! Putains d'Pakis ! »

Quelques minutes plus tard (parce qu'au terme de
ces pugilats il leur fallait rester un moment dans les
bras l'un de l'autre, dans une étreinte motivée autant
par la nécessité de s'accrocher l'un à l'autre pour se
relever que par l'affection), Samad rentra du jardin,
encore légèrement sonné, et dit « Allez, au lit »,
avant de passer une main affectueuse dans l'épaisse
chevelure de chacun de ses fils.

Au moment où il atteignait la porte, il s'arrêta :
« Tu me remercieras un jour ! » dit-il en se tournant
vers Magid, qui sourit faiblement, dans l'idée que
peut-être son père avait finalement décidé de lui
acheter cette panoplie de chimiste. « Tu me remercieras un jour. Ce pays ne vaut rien. Nous ne faisons
que nous y déchirer. »

Puis il monta téléphoner à Poppy Burt-Jones, qu'il
réveilla pour lui dire qu'il n'y aurait plus d'amour

l'après-midi, plus de promenades coupables, plus de taxis furtifs. Aventure terminée.

Peut-être bien que les Iqbal étaient tous des prophètes dans l'âme, parce que les événements qui s'ensuivirent confirmèrent plus que jamais le flair d'Alsana pour les catastrophes. Décapitations publiques, familles entières brûlées vives pendant leur sommeil, corps sanguinolents accrochés devant la porte du Cachemire, gens mutilés se traînant, hébétés, dans les rues, membres arrachés aux musulmans par les sikhs, aux sikhs par les hindous, jambes, doigts, nez, orteils, dents, des dents partout, éparpillées sur tout le territoire, se mêlant à la poussière. Déjà un millier de morts le 4 novembre, quand Alsana refit surface dans sa baignoire pour entendre la voix de Notre Correspondant à Delhi, étouffée par les crachotements de la radio, lui narrer les événements depuis le haut de l'armoire à pharmacie.

Quelle horreur que cette histoire ! Samad, lui, avait une autre vision des choses : si certains pouvaient se permettre le luxe de rester assis dans leur bain à écouter les nouvelles de l'étranger, d'autres devaient aller gagner leur croûte, oublier une liaison et organiser l'enlèvement d'un enfant. Il se faufila dans son pantalon pattes d'éléphant blanc, vérifia qu'il avait le billet d'avion, appela Archie pour revoir avec lui les différentes phases de l'opération et partit travailler.

Dans le métro, assise juste en face de lui, il y avait une gamine, assez jeune, assez jolie, foncée de peau, l'air vaguement espagnol, qui portait de longues jambières roses et qui pleurait, pleurait à chaudes larmes. Personne ne disait rien. Ni ne faisait rien. Tout le monde espérait secrètement la voir descendre à Kilburn. Mais elle continua comme ça, à rester assise dans son coin et à pleurer : West Hampstead, Finchley Road, Swiss Cottage, St. John's Wood. Arrivée à Bond Street, elle sortit une photo d'un jeune homme peu avenant de son sac à dos et la montra à Samad et à certains des autres passagers.

« Pourquoi lui partir ? Lui briser mon cœur... Neil, c'est son nom, il a dit. Neil, Neil, *Neil*. »

À Charing Cross, terminus de la ligne, Samad la regarda traverser le quai et reprendre le métro dans le sens inverse, direction Willesden Green. Romantique, en un sens. Cette façon qu'elle avait de dire « Neil », comme s'il s'agissait d'un mot lourd de nostalgie, de passion perdue. Et cette façon bien féminine d'exprimer son chagrin. C'était une réaction de ce genre qu'il avait secrètement espérée de la part de Poppy : il avait pris le téléphone en se préparant à des larmes de bon ton, loin de toute hystérie ; plus tard, il y aurait eu des lettres, peut-être, parfumées et un peu délavées. Et dans sa douleur à elle, lui aurait prospéré, comme le dénommé Neil était probablement en train de le faire à cet instant ; sa douleur de femme lui aurait apporté une sorte d'épiphanie, le rapprochant de sa rédemption. Au lieu de quoi, il n'avait obtenu qu'un « Va t'faire foutre, pauvre con ! »

« J'te l'avais pas dit ? dit Shiva en secouant la tête et en faisant passer à Samad un panier de serviettes jaunes à plier en forme de château fort. Je t'avais dit qu'tu t'ferais baiser dans c't'affaire, non ? Trop d'passé, mec. Tu comprends, c'est pas qu'après toi qu'elle en a. »

Samad haussa les épaules en signe d'incompréhension et se mit au travail sur les tours.

« Non, mec, le passé. Le poids d'l'histoire. C'est l'coup classique de l'homme de couleur qui laisse tomber une Anglaise, c'est Nehru qui dit "À un d'ces quatre" à Madame Britannia », poursuivit Shiva, qui, désireux de se cultiver, s'était inscrit à l'Université pour tous. « C'est compliqué, drôlement compliqué, c'bordel. C'est tout une question d'orgueil. J'te parierais bien dix livres qu'é't'voulait comme domestique, comme boy pour p'ler ses raisins.

— Non, protesta Samad. C'était pas ça du tout. On n'est plus au Moyen Âge, Shiva, on est en 1984.

— Ça montre à quel point t'es ignorant. D'après c'que tu m'as dit, c'est un cas classique, mec, tout c'qu'y a d'plus classique.

— Oh, peu importe, j'ai d'autres problèmes en ce moment », marmonna Samad (tout en supputant à part lui que ses enfants, à l'heure qu'il était, devaient dormir tranquillement chez les Jones, où ils passaient la nuit, et qu'Archie ne réveillerait pas Magid avant encore deux bonnes heures, laissant Millat poursuivre sa nuit). « Des problèmes d'ordre familial.

— Non, pas l'temps ! » cria Ardashir, arrivé par-derrière, comme d'habitude sans s'annoncer, pour examiner les créneaux des châteaux de Samad. « On n'a pas de temps à consacrer aux problèmes de famille, cousin. Tout le monde se fait du souci, tout le monde essaie de faire sortir sa famille de la pagaille qui règne au pays — moi-même, je suis en train d'allonger mille tickets pour obtenir un billet pour ma grande gueule de sœur — mais faut bien que je vienne travailler, faut bien que je m'occupe de faire tourner l'affaire. C'est un soir chargé, cousin, cria à nouveau Ardashir en sortant de la cuisine pour aller faire le tour du restaurant dans son smoking noir. C'est pas l'moment de me laisser tomber. »

C'était effectivement le soir le plus chargé de la semaine, un samedi, le soir où les clients arrivent par vagues : avant le théâtre, après le théâtre, après le pub, après la boîte de nuit. Les premiers, polis et diserts, les seconds, fredonnant les airs du spectacle dont ils sortent, les troisièmes, bruyants et débraillés, les derniers, apathiques et volontiers grossiers. Les clients qui allaient au spectacle ou qui en sortaient étaient évidemment les préférés des serveurs : humeur égale, gros pourboires, curiosité quant à la géographie des plats (pays d'origine, historique), autant de détails joyeusement inventés par les serveurs les plus jeunes (dont le plus grand voyage vers l'est se limitait au trajet qu'ils effectuaient quotidiennement pour rentrer chez eux à Whitechapel, Smithfield ou the Isle of Dogs) ou bien fidèlement et fièrement consignés par les plus âgés au stylo bille noir sur l'envers d'une serviette rose.

Je parie qu'elle l'est ! tel était le titre du spectacle à l'affiche du National Theatre depuis quelques mois, une comédie musicale des années cinquante qu'on venait de redécouvrir et dont l'action se déroulait dans les années trente : une fille riche s'enfuit de chez elle et fait la connaissance en chemin d'un garçon qui s'en va combattre en Espagne pendant la guerre civile. Ils tombent amoureux. Même Samad, qui n'avait pourtant pas l'oreille particulièrement musicale, avait ramassé suffisamment de programmes abandonnés par les clients et entendu suffisamment d'entre eux chanter à tue-tête pour connaître la plupart des airs ; ces mélodies lui plaisaient, lui changeaient agréablement les idées (mieux même — ce soir, elles lui faisaient oublier son souci majeur : Archie réussirait-il à amener Magid devant le Palace à une heure pile ?) ; il les fredonnait avec le reste de la cuisine, en guise d'accompagnement musical, tout en émincant, tranchant ou pilant.

J'ai vu l'opéra de Paris et les merveilles de l'Orient

« Samad Miah, t'as pas vu les graines de moutarde Rajah ?

Passé mes étés au bord du Nil et mes hivers sur les pistes...

— Les graines de moutarde... je crois que c'est Muhammed qui les a.

J'ai eu des diamants, des rubis, des fourrures et des capes en velours...

— Qu'est-ce que vous racontez... j'ai pas vu l'ombre d'une graine de moutarde.

Howard Hughes en personne m'a pelé un grain de raisin...

— Je suis désolé, Shiva, si c'est pas le vieux qui les a, c'est que je les ai pas vues.

Mais sans l'amour, qu'est-ce que tout ça ?

— Et ça alors, c'est quoi ? » dit Shiva, qui de là où il était, juste à côté du chef, avait repéré un paquet de graines de moutarde à proximité du coude droit de Samad. « Alors, Sam, tu t'bouges ? T'as la tête dans les nuages, c'soir, ou quoi ?

— Je suis désolé... j'ai des tas de problèmes...

— Toujours cette p'tit'amie, c'est ça ?

— Ne parle pas si fort, Shiva.

— *On m'dit que je suis une poule de luxe qu'amène que des ennuis* », chanta Shiva, avec un accent d'outre-Atlantique indianisé des plus curieux. « Allez, les chœurs, *Mais qu'on me donne un peu d'amour, et vous verrez ce que je suis.* »

Shiva attrapa un petit vase bleu outremer et chanta le refrain final dans le col évasé, « *Mais tout l'argent du monde ne me rendra pas mon amour...* Tu d'vrais suivre le conseil, Samad Miah », dit-il, convaincu que la récente hypothèque de Samad servait à financer ses amours illicites. « Il est tout c'qu'y a d'bon. »

Quelques heures plus tard, Ardashir franchissait à nouveau les portes battantes de la cuisine, interrompant les chansons, pour son deuxième laïus de la soirée. « Messieurs, messieurs ! En voilà assez. Écoutez-moi, maintenant ; il est vingt-deux heures trente. Les clients sortent du spectacle. Ils ont faim. Ils ont absorbé tout au plus un petit pot de glace pendant l'entracte et un bon peu de gin de Bombay, dont nous savons tous qu'il donne envie de manger un curry. Et c'est là, messieurs, que nous entrons en scène. Deux tables de quinze viennent tout juste de s'installer dans le fond de la salle. Quand ils vont vous réclamer de l'eau, qu'est-ce que vous allez faire ? Hein, Ravind, qu'est-ce que tu vas faire ? »

Ravind était tout nouveau : seize ans, neveu du chef, les nerfs à fleur de peau. « Je leur dis...

— Non, Ravind, avant même d'ouvrir la bouche, qu'est-ce que tu fais ?

— J'sais pas, Ardashir, dit l'autre en se mordant les lèvres.

— *Tu secoues la tête*, dit Ardashir en secouant la sienne. En même temps que tu te montres préoccupé de leur bien-être », poursuivit Ardashir, avec regard approprié à l'appui de la démonstration. « Et c'est alors seulement que tu dis ?

— "L'eau ne va pas apaiser la brûlure, monsieur."

— Mais qu'est-ce qui va le faire, Ravind ? Qu'est-ce qui va calmer la sensation que ressent le client en ce moment ?

— Davantage de riz, Ardashir.

— Et... et ? Et quoi encore ? »

Ravind ne sachant que répondre se mit à transpirer abondamment. Samad, qui s'était trop souvent vu rabaisser par Ardashir pour prendre plaisir à voir quelqu'un d'autre endosser le rôle de victime, se pencha pour souffler la réponse à l'oreille moite de Ravind.

« Davantage de naan, Ardashir », dit ce dernier, le visage illuminé de gratitude.

« Exact, parce qu'il absorbe le piment, et, plus important encore, qu'il coûte une livre vingt, alors que l'eau est gratuite. Maintenant, cousin, dit Ardashir en se tournant vers Samad et en agitant un doigt osseux à son adresse, comment veux-tu que ce garçon apprenne quelque chose ? Laisse-le se débrouiller tout seul la prochaine fois. Tu as de quoi t'occuper : deux dames à la table douze ont expressément demandé à être servies par le chef de rang, alors...

— Elles m'ont demandé, moi ? Mais je croyais que ce soir je pouvais rester à la cuisine. Et puis on ne peut pas me réclamer comme si j'étais une sorte de majordome à usage exclusif, il y a beaucoup à faire par ailleurs, ce n'est pas une bonne politique, cousin. »

Samad sent la panique monter en lui. Il est bien trop préoccupé par l'enlèvement, programmé pour une heure, par la perspective de séparer les jumeaux, pour arriver à faire face aux assiettes chaudes, aux bols de dal fumants, à la graisse crachotante des poulets cuits au four de brique, à tous les dangers qui guettent un serveur manchot. Il a la tête pleine de ses fils. Il est en grande partie absent ce soir. Il s'est encore une fois rongé les ongles jusqu'à l'os et il a tellement grignoté les envies qu'il en est aux lunules.

« Ardashir », est-il en train de dire, s'entend-il dire, « j'ai des tonnes de choses à faire ici, à la cuisine. Et pourquoi faudrait-il...

— Parce que le chef de rang est le meilleur serveur, fuse aussitôt la réponse, et parce qu'elles m'ont —

nous ont — donné un joli pourboire pour obtenir ce privilège. Alors, pas de discussion, cousin. Table douze, Samad Miah. »

Transpirant légèrement, une serviette blanche jetée sur son bras gauche, Samad commence à fredonner les paroles du final du spectacle tout en poussant les portes pour sortir de la cuisine.

Qu'est-ce qu'un gars ne ferait pas pour une fille ?
Acheter un parfum précieux, une perle grosse comme
une bille...

Le chemin est long jusqu'à la table douze. Non qu'elle soit loin, une vingtaine de mètres à peine, mais pour l'atteindre il faut traverser les odeurs lourdes, les voix bruyantes, les appels et les piailleries des Anglais ; passer devant la table deux, où le cendrier est plein et doit être remplacé par un vide, délicatement placé au-dessus du premier auquel il se substitue avec la dextérité d'un tour de passe-passe ; s'arrêter à la table quatre, où est arrivé un plat non identifié qui n'a jamais été commandé ; plaider avec la table cinq, dont les occupants insistent pour se joindre à ceux de la six, sans se soucier des problèmes que pose pareille soudure ; et puis il y a la sept qui réclame du riz cantonais, même s'il s'agit là d'un plat chinois ; et la huit, qui est bancale et réclame encore du vin ! Encore de la bière ! Le chemin est long pour qui doit se frayer un passage dans cette jungle, et s'occuper des mille et un désirs de ses habitants, répondre aux demandes de ces visages roses que Samad voit soudain sous les traits d'hommes coiffés de casques coloniaux, les pieds sur la table, le fusil sur le ventre, ou de femmes en train de boire leur thé sur des vérandas, tandis que des boys à la peau sombre agitent des plumes d'autruche pour les rafraîchir...

Attendra-t-il des heures, sous les coups de marteau du commissaire-priseur ?

Par Allah, il ne remerciera jamais assez le ciel (*oui, madame, tout de suite, madame*), ne lui sera jamais assez reconnaissant de savoir que Magid, à défaut du reste de la famille, sera, dans quatre heures tout au plus, en route vers l'Asie, laissant derrière lui cet endroit et ses servitudes, ses éternelles exigences, cet endroit qui ne connaît ni la patience ni la pitié, où les gens veulent tout, tout de suite (*Cela fait vingt minutes que nous attendons les légumes*), s'attendant à voir amants, enfants, amis, dieux même, arriver à peu de frais et sans délai, à la manière dont la table dix attend ses crevettes tandoori...

À la vente aux enchères qu'elle a choisie, combien de Rembrandt, de Cézanne seront mis à prix ?

Tous ces gens qui échangeraient leur foi contre le sexe et le sexe contre le pouvoir, qui échangeraient la crainte de Dieu contre l'orgueil, la connaissance contre l'ironie, une tête respectueusement couverte contre des cheveux longs d'un orange criard...

C'est Poppy qui occupe la table douze. Poppy Burt-Jones. Et pour l'instant ce nom, à lui seul, suffirait (car il est on ne peut plus nerveux en cet instant, Samad : il s'apprête à séparer ses fils en deux, comme ce chirurgien des origines lorsqu'il brandit son couteau malhabile pour trancher la membrane des jumeaux de Siam), ce nom suffirait à lui faire perdre l'esprit. Le nom à lui seul est comme une torpille fondant sur un bateau de pêche, pour exploser et disperser ses pensées dans les airs. Mais c'est bien davantage que le simple nom, ou l'écho de ce nom prononcé par un vieil idiot ou trouvé au bas d'une vieille lettre, c'est Poppy Burt-Jones en personne qui est là, dans toute la gloire de ses taches de rousseur.

Assise, froide et décidée, en compagnie de sa sœur, qui, comme tous les frères ou sœurs de ceux que nous avons désirés, n'est qu'une bien pâle copie de l'original.

« Alors, tu ne dis rien ? » dit Poppy abruptement, tripotant un paquet de Marlboro. « Pas de remarque spirituelle ? Pas de conneries sur les chameaux ou les noix de coco ? Rien du tout ? »

Samad n'a rien à dire. Il cesse simplement de fredonner son air, incline la tête exactement selon l'angle de la déférence la plus respectueuse, et pose la pointe de son stylo sur le carnet, prêt à noter. La scène tient du rêve.

« Très bien », dit Poppy d'un ton sec, toisant Samad des pieds à la tête tout en allumant une cigarette. « C'est comme tu voudras. Bien, pour commencer, nous prendrons des samosas à l'agneau et le yaourt trucmuche, là.

— Ensuite, comme plat principal », enchaîne la sœur, plus petite, moins rousse, plus moche, « deux porcs vin-de-loup, avec des frites, s'il vous plaît, garçon. »

*

Au moins, Archie est dans les temps : il ne s'est trompé ni d'année, ni de jour, ni d'heure. 1984, 5 novembre, une heure du matin. Il est devant le restaurant, vêtu d'un long imperméable, debout à côté de sa Vauxhall, une main caressant ses pneus Pirelli flambant neufs, l'autre tenant une cigarette sur laquelle il tire comme Bogart, ou un chauffeur attendant son patron, ou le chauffeur de Bogart. Samad arrive, saisit la main droite d'Archie qu'il serre dans la sienne et sent que les doigts de son ami sont glacés, en même temps qu'il pense à l'énorme dette qu'il a envers lui. Involontairement, il lui souffle au visage un nuage de vapeur froide. « Je n'oublierai pas, Archibald, dit-il. Je n'oublierai jamais ce que tu fais pour moi en ce moment, mon ami. »

Archie se dandine maladroitement d'un pied sur l'autre. « Sam, avant qu'tu... j'ai kékchose à t'dire... »

Mais Samad a déjà la main sur la portière, et l'explication d'Archie suit, au lieu de la précéder, la vision de trois enfants grelottant sur la banquette arrière, telle une chute d'histoire drôle qui tombe à plat.

« Tu comprends, y s'sont réveillés, Sam. Y dormaient tous dans la même pièce. Qu'esse-tu voulais qu'je fasse ? J'leur ai juste enfilé un manteau par-dessus leur pyjama, j'voulais pas qu'Clara, elle nous entende... j'ai pas pu faire autrement, fallait bien qu'j'les amène. »

Irie est endormie, la tête sur le cendrier, les pieds sur le levier de vitesse, mais Millat et Magid font fête à leur père, tirant sur son pantalon, faisant mine de lui boxer le menton.

« Dis donc, Abba, où on va comme ça ? À une soirée disco ? En douce ? Ça serait génial ! »

Samad lance un regard sévère à Archie, lequel se contente de hausser les épaules.

« On va visiter un aéroport. Heathrow.

— Ouais, chouette !

— Et une fois là-bas, Magid... Magid... »

La scène tient du rêve. Samad sent les larmes lui monter aux yeux sans pouvoir les arrêter ; il attrape son aîné (de deux minutes) et le serre si fort qu'il en casse la branche de ses lunettes. « Et puis, Magid partira faire un voyage avec tante Zinat.

— Et y r'viendra ? demande Millat. Ça s'rait super, si y r'venait pas ! »

Magid se dégage de l'étreinte de son père. « C'est loin, où on va ? Est-ce que je serai revenu à temps pour lundi, parce qu'il faut que je voie où en est ma photosynthèse : j'ai pris deux plantes, tu comprends, j'en ai mis une dans le placard et une au soleil, et il faut que je voie ce que ça donne, Abba. Il faut absolument que je voie laquelle... »

Instants dont, des années plus tard, et même dès le lendemain, Samad préférera ne pas se souvenir. Événements que sa mémoire ne fera aucun effort pour retenir. Tombés au fond de l'eau comme une pierre, comme un dentier sombrant sans bruit au fond d'un verre.

« Est-ce que je serai revenu à temps pour l'école, Abba ?

— Allez, on démarre », dit Archie d'un ton solennel en se mettant au volant. « Faut qu'on décarre vite fait si on veut arriver à temps.

— Lundi, tu seras dans une école, Magid, je te le promets. Allez, asseyez-vous comme il faut. Faites-le pour Abba, s'il vous plaît. »

Samad claque la portière et s'accroupit sur le trottoir pour regarder ses jumeaux écraser le nez contre la vitre. Il lève sa main valide et la plaque devant leurs lèvres, roses contre le verre embué.

9

Aux armes !

Pour Alsana, ce qui faisait la différence entre les gens, ce n'était ni la couleur de la peau, ni le sexe, ni l'appartenance religieuse. Pas plus que leur aptitude plus ou moins grande à danser sur un rythme syncopé ou à ouvrir leurs poings sur une poignée de pièces d'or. Non, cette différence, elle avait une origine bien plus fondamentale, qu'il fallait chercher dans la terre et dans le ciel. On pouvait aisément, selon elle, partager les humains en deux catégories rien qu'en leur demandant de répondre à un questionnaire fort simple, du genre de ceux que l'on peut trouver tous les mardis dans *Woman's Own* :

(a) Les cieux sous lesquels vous dormez sont-ils susceptibles de s'ouvrir et de faire pleuvoir la foudre pendant des semaines ?

(b) Le sol sur lequel vous marchez risque-t-il de trembler et de se fendre sous vos pas ?

(c) Y a-t-il une chance (cochez la case, si minime que vous paraisse cette chance) pour que la montagne qui surplombe votre maison de son ombre menaçante puisse un jour entrer en éruption sans rime ni raison ?

Parce que si la réponse est oui à l'une de ces questions, ou aux trois, alors vous vivez à l'heure des ténèbres, à deux doigts de l'heure fatale, et votre vie est volatile, déjà finie avant que d'être vécue, vous risquez de la perdre comme on perd un porte-clés ou une pince à cheveux. Elle est aussi synonyme de léthargie : pourquoi, aussi bien, ne pas rester assis tout le matin, tout le jour, voire toute l'année, sous le même cyprès à tracer le chiffre huit dans la poussière ? Ou pire, elle peut vous mener au désastre, au chaos : pourquoi ne pas renverser un gouvernement sur un simple caprice, ne pas crever les yeux de l'homme que vous détestez, ne pas devenir fou et arpenter la ville en divaguant comme un dément, en gesticulant en tous sens et en vous arrachant les cheveux ? Il n'y a plus rien, alors, pour vous arrêter — ou plutôt, *tout* peut vous arrêter, à n'importe quel moment. Ce sentiment-là, voilà ce qui fait vraiment la différence dans une vie, et voilà ce dont les gens qui vivent sur une terre qui ne tremble pas, sous des cieux paisibles, n'auront jamais aucune idée. Ceux-là sont comme ces prisonniers de guerre anglais qui, à Dresde, continuaient à boire leur thé et à s'habiller pour le dîner, alors même que résonnaient les sirènes et que les bombes transformaient la ville en un immense brasier. Les natifs de ce doux et vert pays qu'est l'Angleterre, où tout est tempéré, ne peuvent pas et ne pourront jamais imaginer ce qu'est une catastrophe, même quand cette dernière est l'œuvre de l'homme.

Ce n'est pas le cas des gens originaires du Bangladesh, ex-Pakistan oriental, ex-territoire indien, ex-Bengale. Eux vivent sous la menace constante du désastre aveugle : pluies torrentielles, cyclones, ouragans, glissements de terrain. La moitié du temps, la moitié de leur pays se trouve submergée ; des populations entières sont périodiquement balayées de la surface de la terre ; l'espérance de vie est au mieux de cinquante-deux ans, et ils sont parfaitement conscients de ce que, quand on parle d'apocalypse, de victimes qui se comptent par dizaines de milliers, ce sont eux qui arrivent en tête de liste, et qu'ils seront, par exemple, les premiers touchés, les premiers à être engloutis, telle une nouvelle Atlantide, quand ces foutues calottes polaires se mettront à bouger et à fondre. C'est le pays le plus ridicule qui soit au monde, le Bangladesh. Une sorte de canular divin, Dieu s'essayant à l'humour noir. Inutile de distribuer des questionnaires aux Bengalis. Le désastre, il est inscrit dans leur vie au quotidien. Entre le seizième anniversaire d'Alsana (1971), par exemple, et l'année où elle cessa de répondre de façon directe à son mari (1985), il y eut plus de morts au Bangladesh, sous le seul effet des vents et des pluies, que sous les bombes d'Hiroshima, de Nagasaki et de Dresde réunies. Durant cette seule période, un million de personnes perdirent une vie qu'ils avaient appris très tôt à considérer comme quantité négligeable.

Pour tout vous dire, voilà pourquoi Alsana en voulait tant à Samad : au-delà de la trahison, des mensonges, du fait qu'il s'agissait d'un enlèvement pur et simple, elle ne lui pardonnait pas d'obliger Magid à *considérer désormais sa vie comme quantité négligeable*. Même s'il était relativement en sécurité, làhaut dans les collines au-dessus de Chittagong, le point culminant de ce pays de plaines, elle n'en haïssait pas moins l'idée que Magid puisse se retrouver dans la situation qu'elle-même avait connue : accroché à une vie qui ne pesait pas plus lourd qu'une pièce de dix sous, pataugeant au milieu des inondations, frissonnant sous le poids d'un ciel d'encre...

Bien entendu, elle fut hystérique. Bien entendu, elle essaya de le faire revenir. Elle s'adressa aux autorités compétentes. Lesquelles lui répondirent : « Pour être tout à fait franc, ma p'tite dame, nous, ce qui nous ennuie, c'est quand ils veulent entrer dans le pays, alors ceux qui s'en vont... » ou bien encore « À dire vrai, si c'est votre mari lui-même qui a organisé toute l'affaire, il n'y a pas grand-chose que nous... ». Au bout de quelques mois, elle cessa d'appeler. De désespoir, elle se rendit à Wembley et à Whitechapel pour passer des week-ends épiques chez des parents, au milieu des larmes, de la nourriture en abondance et des commisérations, mais son instinct lui disait que si le curry était authentique, les lamentations et les marques de sympathie l'étaient moins. Car il y avait ceux qui se réjouissaient secrètement de voir Alsana Iqbal, avec sa grande maison, ses amis café au lait, son mari qui ressemblait à Omar Sharif et son fils qui parlait comme le prince de Galles, vivre désormais comme eux tous dans le doute et l'appréhension, obligée d'apprendre à endosser le malheur comme une soie familière. Quel malin plaisir ils prenaient à voir Zinat (laquelle n'avait jamais révélé son rôle dans l'affaire) se pencher par-dessus le bras de son fauteuil pour enfermer la main d'Alsana dans ses serres compatissantes et à l'entendre dire : « Oh, Alsi, quelle honte, mais quelle honte de t'avoir privée du meilleur des deux ! Quelle intelligence chez cet enfant et quelle conduite irréprochable ! Avec celui-là, au moins, pas de souci à se faire côté drogue ou côté filles. La seule inquiétude à avoir, avec toutes ces lectures, c'était le prix des lunettes. »

Eh oui, il y avait là une vraie jouissance. Ne vous méprenez pas sur les gens, ne sous-évaluez jamais le plaisir que leur procure une douleur qui n'est pas la leur : l'annonce d'une mauvaise nouvelle, le spectacle des bombes à la télévision, le son de sanglots étouffés à l'autre bout du fil. La douleur en elle-même n'est rien d'autre que de la douleur. Mais douleur plus éloignement égale parfois divertissement, voyeurisme, *cinéma vérité*, sourire bienveillant, sourcil levé, mépris déguisé. Alsana perçut très bien ces mille et une variantes au bout du fil quand les appels déferlèrent — le 28 mai 1985 — pour l'informer du dernier cyclone en date et *compatir à sa douleur.*

« Alsi, il fallait absolument que je t'appelle. On dit qu'il y a des milliers de corps qui flottent dans la baie du Bengale... »

« Je viens juste d'entendre les tout derniers chiffres à la radio — on parle de dix mille victimes ! »

« Et les survivants dérivent, accrochés au toit de leur maison, pendant que les crocodiles et les requins essaient de leur attraper les pieds. »

« Ça doit être terrible, Alsi, de ne pas savoir, d'être dans l'incertitude... »

Pendant six jours et six nuits, Alsana ne sut rien, fut dans l'incertitude la plus complète. Pendant cette période, elle passa son temps à lire et à relire le poète bengali Rabindranath Tagore, s'efforçant de croire à ses assurances (*L'obscurité de la nuit est une enveloppe qui éclate sous l'or de l'aube*), mais, au fond d'elle-même, c'était une femme pragmatique à qui la poésie ne pouvait guère apporter de réconfort. Pendant ces six jours-là, elle vécut effectivement à l'heure des ténèbres, à deux doigts de l'heure fatale. Mais le septième jour vint la lumière : Magid allait bien, ne souffrant que d'un nez cassé, suite à la chute d'un vase soufflé de son perchoir, un rayon de la mosquée, par la première bourrasque des premiers vents (et gardez bien ce vase en mémoire, je

vous prie, car c'est celui qui mènera Magid par le
bout du nez à sa vocation).   Seuls les domestiques,
qui, deux jours plus tôt, s'étaient emparés secrètement d'un stock de gin avant de s'entasser dans la
vieille fourgonnette familiale pour aller faire une
virée à Dacca, flottaient maintenant, ventre à l'air,
sur le fleuve Yamuna, sous l'œil exorbité et songeur
des poissons aux nageoires argentées.

Samad exultait : « Tu vois ? Je te l'avais bien dit
qu'il était en sécurité à Chittagong ! Et qui plus est,
il était à la mosquée. Il vaut encore mieux qu'il ait le
nez cassé à la mosquée qu'en se battant dans la rue
à Kilburn ! C'est exactement ce que j'espérais. Il est
en train d'apprendre la tradition. Hein, dis, il n'est
pas en train de revenir aux sources ?

— Peut-être, Samad Miah, dit Alsana après avoir
réfléchi un moment.

— Pourquoi "peut-être" ?

— Peut-être que oui, peut-être que non. »

Alsana avait décidé de ne plus répondre de façon
directe à son époux. Au cours des huit années qui
allaient suivre, elle refuserait de lui dire « oui » ou
« non », l'obligeant à vivre à sa manière, c'est-à-dire
sans jamais savoir, sans jamais être sûr de rien,
réclamant son équilibre mental pour rançon, jusqu'à
ce qu'elle se considère comme satisfaite avec le
retour de son aîné de deux minutes, et qu'elle puisse
à nouveau passer une main potelée dans son épaisse
chevelure. C'était là la promesse qu'elle s'était faite,
la malédiction qu'elle avait proférée à l'encontre de
Samad, et sa vengeance fut exquise. À certains
moments, elle faillit faire basculer Samad, le pousser à avoir recours au couteau de cuisine ou au placard à pharmacie. Mais Samad était du genre à ne
pas vouloir se tuer si un tel acte risquait de faire
plaisir à quelqu'un. Il s'accrocha donc, écoutant

Alsana se tourner et se retourner dans son sommeil et marmonner : « Fais-le donc revenir, espèce de crétin... si ça te rend barjo. Ramène-moi mon petit chéri. »

Mais il n'y avait pas d'argent pour faire revenir Magid, même si Samad avait été prêt à agiter le dhoti blanc, en guise de reddition. Il apprit donc à vivre dans cet enfer. Les choses en arrivèrent au point où quand quelqu'un lui disait « oui » ou « non » dans la rue ou au restaurant, c'est à peine s'il savait quoi répondre, car il avait oublié jusqu'au sens de ces deux petits mots élégants. Il ne les entendait plus jamais des lèvres d'Alsana. Quelle que fût la question posée chez les Iqbal, il n'y avait jamais plus de réponse directe :

« Alsana, tu n'as pas vu mes pantoufles ?

— Si, peut-être, Samad Miah.

— Quelle heure est-il ?

— Trois heures, peut-être, Samad Miah, mais qui sait, il pourrait aussi bien être quatre heures.

— Alsana, où est passée la télécommande ?

— Elle peut aussi bien être dans le tiroir, Samad Miah, que derrière les coussins de la banquette. »

Et ainsi de suite.

Quelque temps après le cyclone de mai, les Iqbal reçurent une lettre de leur aîné (de deux minutes), contenant une feuille de cahier d'exercice à l'écriture soignée et une photographie récente. Ce n'était pas la première fois que Magid écrivait, mais Samad perçut quelque chose de différent dans cette lettre, quelque chose qui le transporta d'aise car la décision impopulaire qu'il avait prise s'en trouvait confortée : il y avait là un changement de ton, un soupçon de maturité grandissante, de sagesse orientale. L'ayant d'abord lue soigneusement dans le jardin, il prit

grand plaisir à la rapporter dans la cuisine pour la
lire à haute voix à Clara et à Alsana, qui sirotaient
leur thé à la menthe.

« Écoutez un peu ce qu'il dit : "Hier, grand-père a
frappé Tamim (c'est le boy) avec une ceinture
jusqu'à ce qu'il ait le derrière plus rouge qu'une
tomate. Il a dit que Tamim avait volé des bougies
(c'est vrai. Je l'ai vu faire !), et voilà comment il a été
puni. Il dit que parfois c'est Allah qui punit, mais
que parfois aussi, il faut que ce soient les hommes,
et que celui qui sait quand c'est le tour d'Allah et
quand c'est le sien est un sage. J'espère qu'un jour,
moi aussi, je serai un sage." Vous vous rendez
compte ? La sagesse, voilà ce qu'il veut. Vous en connaissez combien, vous, des gamins qui veulent être
des sages ?

— Peut-être aucun, Samad Miah, peut-être beaucoup. »

Samad regarda sa femme de travers et poursuivit.
« Écoutez encore. C'est là qu'il parle de son nez : "Il
me semble qu'un vase ne devrait pas se trouver à un
endroit d'où il peut tomber et casser le nez de
quelqu'un. C'est forcément la faute de quelqu'un, et
ce quelqu'un devrait être puni (mais pas d'une
fessée, sauf s'il s'agit d'une personne qui n'est pas
encore adulte). Quand je serai grand, je m'assurerai
de ce qu'on ne mette pas de vases dans des endroits
aussi dangereux et je dénoncerai également tout ce
qui peut nuire aux gens (au fait, mon nez va très
bien maintenant !)." Vous voyez ?

— Qu'est-ce qu'il faut voir ? demanda Clara en
fronçant les sourcils.

— De toute évidence, il est contre l'iconographie à
l'intérieur des mosquées, il déteste tous les orne-
ments païens, superflus et dangereux ! Un garçon
comme ça est promis à un grand avenir, non ?

— Peut-être que oui, Samad Miah, peut-être que non.

— Peut-être qu'il deviendra ministre ou avocat, suggéra Clara.

— Sottises ! Mon fils est fait pour servir Dieu, pas les hommes. Il n'a pas peur de remplir son devoir. Pas peur d'être un vrai Bengali, un vrai musulman. Ici, il me dit que la chèvre de la photo est morte. "J'ai aidé à tuer la chèvre, Abba. Elle a continué à remuer même quand on l'a eu coupée en deux." Est-ce que ce sont là les paroles d'un fils qui a peur ? »

Il incombait manifestement à quelqu'un de dire non, aussi Clara se chargea-t-elle de la besogne, sans grand enthousiasme, avant de prendre la photo que lui tendait Samad. On y voyait Magid, dans son habituel costume gris, à côté de la chèvre condamnée, avec la vieille maison de famille à l'arrière-plan.

« Oh, mais regardez son nez ! Regardez la cassure. Il a le nez aquilin, maintenant. On dirait un petit aristocrate, un vrai petit Anglais. Regarde, Millat », ajouta Clara en fourrant la photo sous le nez, légèrement plus petit, légèrement plus épaté de l'autre. « Vous n'avez plus tellement l'air de jumeaux, maintenant.

— Il a une gueule de *boss* », dit Millat après un bref coup d'œil.

Samad, jamais très au fait du langage de la rue à Willesden, acquiesça sobrement et tapota la tête de son fils. « C'est bien, Millat, que tu sois capable de faire la différence entre vous deux maintenant, sans attendre plus tard. » Samad envoya un regard furibond à Alsana tandis qu'elle s'enfonçait l'index dans la tempe et le faisait tourner, signifiant clairement : cinglé, barjo. « D'autres peuvent bien se moquer, mais toi et moi savons que ton frère sera celui qui conduira un peuple hors du désert. Ce sera un meneur d'hommes car il a l'âme d'un chef. »

Millat fut pris d'un rire si violent et si incontrôlable qu'il en perdit l'équilibre, glissa sur une ser-
pillière et s'ouvrit le nez contre l'évier.

*

Deux fils. L'un invisible et parfait, figé au bel âge
de neuf ans, immuable dans son cadre au-dessus de
la télé, laquelle déversait toute la merde des années
quatre-vingt : attentats en Irlande, émeutes en Angleterre, impasses dans les pourparlers transatlan-
tiques, pitoyable gâchis au-dessus duquel planait
l'enfant, intouchable et pur, élevé au statut du Bouddha éternellement souriant, investi de toute la sérénité contemplative de l'Orient, capable de tout,
leader naturel, musulman naturel, chef naturel — en
bref, tout d'une apparition. D'un daguerréotype fantomatique, obtenu à partir du vif-argent de l'imagination de son père et conservé dans la solution
saline des larmes de sa mère. À des milliers de kilomètres de là, ce fils, muet, « présumé en bonne
santé », comme la garnison d'un poste avancé dans
quelque lointaine colonie de Sa Majesté, restait figé
pour l'éternité dans sa naïveté originelle, dans un
perpétuel état pré-pubertaire. Ce fils-là, Samad ne
pouvait pas le voir. Et Samad avait appris depuis
longtemps à vénérer ce qu'il ne pouvait pas voir.

Quant au fils qu'il pouvait voir, celui qu'il avait sans
arrêt sous les yeux et dans les jambes, eh bien, mieux
valait ne pas trop brancher Samad sur ce chapitre,
celui du *Problème Millat*, même s'il nous faut bien en
parler : c'est le second fils, en retard, comme un bus,
comme une lettre affranchie en petite vitesse, c'est le
traînard, le gamin qui essaie de combler son retard,
qui a perdu la toute première course le long du canal

utérin et se trouve génétiquement prédisposé à jouer les seconds rôles, la victime des voies impénétrables d'Allah, en retard de deux précieuses minutes qu'il ne rattrapera jamais, ni dans ces miroirs paraboliques qui voient tout, ni dans les pupilles transparentes des divinités, ni aux yeux de son père.

Il est probable qu'un enfant plus mélancolique ou plus réfléchi que Millat aurait passé le reste de son existence à pourchasser ces deux minutes et à se torturer l'esprit avant de déposer cette proie longtemps insaisissable aux pieds de son père. Mais ce que ce dernier pouvait avoir à dire sur son compte n'inquiétait pas Millat outre mesure : lui-même savait qu'il n'avait rien d'un second rôle, pas plus que d'un *boss*, d'un branleur, d'un raté, d'un taré — quoi qu'ait pu en dire son père. Dans le langage de la rue, Millat était un dur, un loubard, changeant d'image comme de chemise ; un mec qui pouvait être doux comme un agneau ou vraiment pourri, capable aussi bien d'entraîner les gamins sur un terrain de foot que d'organiser des raids pour vider les machines à sous du quartier ou sortir les gosses de leur école pour leur faire fréquenter les magasins de vidéos. Chez Rocky Vidéo, le repaire préféré de Millat, tenu par un dealer de coke sans scrupules, on pouvait se procurer du porno à quinze ans, des interdits aux moins de 18 ans quand on en avait onze et des films classés X sous le comptoir pour cinq livres. C'est là en fait que Millat connut ses vrais pères. Parrains, frères de sang, pachinodeniros, hommes en complets noirs, à l'air tout à fait fréquentable, qui parlaient vite, qui n'avaient jamais été larbins, eux, et disposaient de deux mains valides et promptes à manier le revolver. Il apprit qu'il n'est pas nécessaire de vivre sous la menace des inondations ou des cyclones pour connaître les écueils et devenir un sage. Il suffit d'aller à la rencontre du danger. C'est ce que fit Millat, à douze ans, et même si Willesden Green n'est pas le Bronx ni South Central, il en trouva suffisamment pour satisfaire ses besoins en la matière. Bien doté côté cul et côté bouche, il avait son physique de beau mâle rentré comme un diable dans sa boîte et prêt à exploser à treize ans, âge auquel de leader de gamins boutonneux il fut promu au rang de leader de femmes. Tel le joueur de flûte de Willesden Green, il traîna bientôt à sa suite des filles transies, langue pendante, seins effrontés, cœur brisé... et tout cela, parce qu'il était le plus GRAND et le plus CORROMPU, qu'il vivait sa vie d'ado en lettres MAJUSCULES : le premier à fumer, le premier à boire, le premier à LE perdre — oui, parfaitement — à l'âge de treize ans et demi. D'accord, il ne sentit ni ne toucha grand-chose à cette occasion, en dehors d'une moiteur humide et déroutante, et LE perdit sans même savoir ce que c'était devenu, ce qui n'empêche pas qu'il le perdit bel et bien, ce pucelage, parce qu'il était sans conteste possible le meilleur du lot, la star de la communauté ado, et ce quels que soient les critères adoptés pour juger de la délinquance juvénile, le BOSS, le SHEIK, le TOP DU TOP, un meneur d'hommes. Le seul problème avec Millat, c'est que c'était un gamin à problèmes. Dans ce domaine, il était bon. Mieux, il était *excellent*.

On discutait beaucoup — à la maison, à l'école, dans les diverses cuisines du clan tentaculaire Iqbal / Begum — du *Problème Millat*, de Millat le mutin, qui, à treize ans, pétait en pleine mosquée, traquait les blondes et sentait le tabac, et pas seulement de Millat, mais de tous les autres gosses : Mujib (quatorze ans, déjà appréhendé pour vol de voiture), Khandakar (seize ans, petite amie blanche), Dipesh (quinze ans, marijuana), Kurshed (dix-huit ans, marijuana et baggies hyper-larges), Khaleda (dix-sept ans, rapports sexuels hors mariage avec un Chinois), Bimal (dix-neuf ans, cours d'art dramatique) ; mais qu'est-ce qu'ils avaient donc tous, ces gamins ? Qu'est-ce qu'il leur arrivait, aux membres de la première génération d'après la grande migration ? Est-ce qu'ils n'avaient pas tout ce dont ils pouvaient rêver ? Des espaces verts en quantité, des repas réguliers, des vêtements de chez Marks & Sparks, de bonnes écoles ? Les anciens n'avaient-ils pas fait de leur mieux ? N'étaient-ils pas venus dans cette île avec l'intention expresse d'y trouver la sécurité ? Et ne l'avaient-ils pas effectivement trouvée, cette sécurité ?

« Trop de sécurité », expliquait Samad, en essayant patiemment de consoler une ma ou un baba en pleurs, un *dadu* ou une *dida* perplexes. « Ils sont trop en sécurité dans ce pays. Ils vivent dans de grandes bulles en plastique que nous leur avons nous-mêmes fabriquées. Leur vie est toute tracée. Pour ma part, vous le savez, je méprise saint Paul, mais il n'a pas tort sur ce point, et sa sagesse est celle d'Allah : *laissez les enfantillages aux enfants.* Comment nos enfants deviendraient-ils des hommes quand aucune des situations auxquelles ils se trouvent confrontés ne les amène à se comporter en homme ? Je vous le demande. À la réflexion, j'ai vraiment bien fait d'envoyer Magid au pays. Voilà une solution que je suis prêt à recommander. »

À ce stade, les membres du chœur des lamentations tournaient un œil triste vers la photo tant chérie du Magid à la chèvre. Ils restaient un moment hypnotisés, comme des Hindous attendant qu'une vache en pierre se mette à pleurer, jusqu'à ce qu'une aura presque visible semble se dégager de la photo : courage et fierté dans l'adversité, au milieu des pires épreuves ; le vrai petit musulman, l'enfant qu'ils n'avaient jamais eu. Même si la chose était pitoyable, Alsana la trouvait vaguement amusante, maintenant que le sort avait tourné et que l'on ne pleurait plus sur le sien, mais sur soi-même et sa progéniture, sur les maux qu'apportaient à tous les terribles années quatre-vingt. Ces rassemblements évoquaient assez des sommets politiques de dernière minute, ou ces réunions enfiévrées où se rencontrent derrière des portes closes représentants du gouvernement et de l'Église, tandis que la rébellion se déchaîne dans les rues et fracasse les vitres. Un fossé était en train de se creuser, non plus seulement entre pères et fils, vieux et jeunes, première et deuxième génération, mais entre ceux qui restaient claquemurés chez eux et ceux qui, à l'extérieur, déchaînaient la tempête.

« Trop sûr, trop facile », répétait Samad, tandis que la grand-tante Bibi nettoyait amoureusement Magid au Glassex. « Un mois au pays, et le tri se ferait de lui-même. »

Millat, en vérité, n'avait pas besoin de retourner au pays : s'il avait un pied à Willesden, il avait l'autre au Bengale. Dans sa tête, il était autant là-bas qu'ici. Il n'avait besoin ni d'un passeport pour vivre dans ces deux endroits à la fois, ni d'un visa pour vivre la vie de son frère et la sienne en même temps (après tout, c'était un jumeau). Alsana fut la première à le comprendre. Elle confia à Clara : *Seigneur, ils sont liés l'un à l'autre par quantité de fils, synchronisés dans leurs mouvements comme une planche à bascule où quand tu fais pencher un côté l'autre remonte, tout ce que voit Millat, Magid l'a vu aussi et inversement !* Et encore Alsana ne connaissait que les petits détails : mêmes maladies, accidents simultanés, animaux domestiques mourant en même temps à plusieurs continents d'écart. Ce qu'elle ne savait pas, c'est qu'au moment où Magid regardait le cyclone de 1985 déloger les objets haut placés de leur perchoir, Millat tentait le diable en marchant sur le mur vertigineux du cimetière de Fortune Green, ni que le 10 février 1988, tandis que Magid se frayait un chemin au milieu des émeutiers dans les rues de Dacca, essayant d'éviter les coups aveugles de ceux qui s'activaient à décider d'une élection à coups de poing et de couteau, Millat, lui, faisait face dans une rue de Kilburn à trois Irlandais ivres et déchaînés, mais encore agiles, devant le pub malfamé de Biddy Mulligan. Ah, mais peut-être ne croyez-vous pas aux coïncidences ? Peut-être êtes-vous de ceux qui veulent des faits, et rien que des faits ? Vous exigez des face-à-face avec le squelette à la faux ? Qu'à cela ne tienne : le 28 avril 1989, une tornade souffle la cuisine de Chittagong, emportant tout sur son passage, sauf Magid, miraculeusement retrouvé indemne roulé en boule sur le sol. Passons à Millat, que nous découvrons à près de huit mille kilomètres de là, en train de s'allonger sur la légendaire Natalia Cavendish, élève de terminale (dont le corps recèle, à son insu, un noir secret) ; les préservatifs sont dans la poche arrière de son pantalon, intacts dans leur boîte ; mais, ô mystère, il ne sera pas contaminé, même s'il la pénètre maintenant et commence à aller et venir en elle, toujours plus loin, toujours plus haut, toujours plus vite, dans sa danse macabre.

*

Trois journées marquantes :

15 octobre 1987

Même quand les lumières s'éteignirent et que le vent se mit à secouer les doubles vitrages comme s'il voulait les arracher, Alsana, inconditionnelle devant l'éternel des oracles de la B.B.C., resta assise en chemise de nuit sur le canapé, refusant de bouger.

« Si ce Mr. Fish dit que c'est sans danger, on peut le croire. C'est la B.B.C., nom d'un chien ! »

Samad renonça (il était pratiquement impossible de faire changer Alsana d'opinion quant à la fiabilité de ses institutions anglaises préférées, au nombre desquelles figuraient : la princesse Anne, le Children's Royal Variety Performance, Eric Morecambe, *Woman's Hour*). Il prit la torche électrique dans le tiroir de la cuisine et monta au premier, à la recherche de Millat.

« Millat ? Réponds-moi, Millat ! Tu es là ?

— P't-être bien qu'oui, Abba, p't-être bien qu'non. »

Samad suivit la voix jusqu'à la salle de bains et découvrit Millat, de la mousse de savon rose et sale jusqu'au cou, en train de lire *Viz* dans la baignoire.

« Ah, p'pa. Quelle poisse. Génial, la torche ! Dirige-la un peu par ici que j'puisse lire.

— Tu t'fiches de moi, dit Samad en arrachant la bande dessinée des mains de son fils. Il y a une foutue tornade qui souffle en ce moment, et ta folle de mère a l'intention de rester assise là où elle est à attendre que le toit s'effondre. Sors de la baignoire, tu veux. Tu vas aller jusqu'à la cabane du jardin chercher des planches et des clous pour qu'on puisse...

— Mais Abba, j'suis à poil !

— Ce n'est pas le moment de couper les poils en quatre, hein... Il y a urgence. Je veux que tu... »

Le fracas d'un objet arraché au sol et projeté contre un mur leur parvint du dehors.

Deux minutes plus tard, la famille Iqbal, alignée en rang d'oignons, en tenue plus ou moins légère, regardait par la longue fenêtre de la cuisine l'endroit de la pelouse où, quelques instants plus tôt, se trouvait encore l'abri de jardin. Millat claqua trois fois des talons et dit, adoptant les accents des ménagères de la boutique du coin pour faire bonne mesure : « Mon Dieu, mon Dieu, on n'est jamais mieux qu'chez soi, ja-mais mieux qu'chez soi.

— Alors, femme, te voilà convaincue ? Tu vas consentir à te bouger, oui ?

— P't-être bien qu'oui, Samad Miah, p't-être bien qu'non.

— Nom de Dieu de bon Dieu ! C'est pas l'heure des référendums. On s'en va chez Archibald. Peut-être qu'ils ont encore de l'électricité, eux. Et puis, l'union fait la force. Allez vous habiller, et plus vite que ça. Ne prenez que l'essentiel, les objets de première nécessité, et filez dans la voiture. »

Tout en maintenant ouvert à grand-peine le couvercle du coffre que le vent s'obstinait à vouloir reclaquer, Samad fut d'abord amusé, puis bientôt déprimé, à la vue de ce que sa femme et son fils estimaient être des articles de première nécessité :

Millat	Alsana
Born to Run (album), Springsteen	Machine à coudre
Poster de De Niro dans « C'est à moi qu'tu causes », scène tirée de *Taxi Driver*	Trois pots de baume du tigre
	Gigot d'agneau (congelé)
Copie de *Purple Rain* (film rock)	*Les Signes du Zodiaque de Linda Goodman* (livre)
Levi's 501 (étiquette rouge)	Grosse boîte de cigarettes indiennes
Chaussures de base-ball noires	Divargiit Singh dans *Clair de lune sur le Kerala* (vidéo)
Orange mécanique (livre)	

Samad referma le coffre.

« Pas de canif, pas de victuailles, pas de sources de lumière. Vous avez fait très fort. Pas difficile de deviner lequel des Iqbal est l'ancien combattant. Personne n'a même pensé à prendre le Coran. Denrée de première nécessité dans une situation critique : le réconfort spirituel. Je retourne à l'intérieur. Vous, vous montez dans la voiture, et vous ne bougez pas d'un pouce. »

Une fois dans la cuisine, Samad alluma sa torche pour regarder alentour : bouilloire, plaque chauffante, tasse à thé, rideau, puis une vision surréaliste de la cabane de jardin tranquillement installée, comme un abri pour oiseaux, dans le marronnier du voisin. Il ramassa le couteau suisse qu'il se rappelait avoir laissé sous l'évier, alla dans le séjour récupérer son Coran doré à l'or fin et frangé de velours et il s'apprêtait à ressortir quand le désir le prit de sentir sur lui la tempête, de voir de près ses ravages. Il attendit que le vent se calme un peu et ouvrit la porte de la cuisine pour mettre un pied dans le jardin, au moment où un éclair illuminait une scène d'apocalypse de banlieue : chênes, cèdres, sycomores, ormes fendus ou déracinés dans tous les jardins alentour, clôtures arrachées, mobilier de jardin en miettes. Il n'y avait guère que son jardin, dont l'enceinte couverte de tôle ondulée, l'absence d'arbres, les rangées de plantes aux odeurs malsaines étaient des objets de risée pour les voisins, à être resté relativement intact.

Il était déjà en train de concevoir dans l'allégresse une allégorie à propos du roseau oriental qui plie mais ne rompt point face à l'orgueilleux chêne occidental, quand le vent, reprenant ses droits, le jeta sur le côté et continua sa course pour aller faire exploser sans effort les doubles vitrages, soufflant le verre à l'intérieur et projetant à l'extérieur tout le contenu de la cuisine. Samad, le chef couvert d'une passoire qui venait d'achever sa trajectoire dans les airs, serra son livre contre sa poitrine et se hâta vers la voiture.

« Qu'est-ce que tu fais à la place du conducteur ? »

Alsana était agrippée au volant et parlait à Millat via le rétroviseur. « Quelqu'un serait-il assez bon pour dire à mon mari que c'est moi qui vais prendre le volant ? C'est moi qui ai grandi dans la baie du Bengale, moi qui ai vu ma mère conduire au milieu de semblables tempêtes, tandis que mon mari arpentait les rues de Delhi avec des tas de petits pédés, étudiants comme lui. J'invite donc mon mari à s'installer sur le siège du passager et à ne pas bouger d'un pouce tant que je ne lui en aurai pas donné la permission. »

Alsana conduisit à cinq kilomètres-heure dans la grand-rue déserte et privée d'éclairage, tandis que des rafales soufflant à cent cinquante kilomètres-heure secouaient les sommets des immeubles les plus hauts.

« Alors, c'est ça, l'Angleterre ! Quand je pense que je suis venue dans ce pays pour ne plus jamais voir ce genre de chose. Je ne ferai plus jamais confiance à ce Mr. Crab.

— Mr. Fish, Amma, pas Mr. Crab.

— À partir de maintenant, pour moi, c'est Mr. Crab, coupa Alsana, l'œil noir. B.B.C. ou pas. »

Pas de courant non plus chez Archie, mais la maison Jones était parée pour toutes les catastrophes, depuis le raz de marée jusqu'à l'explosion nucléaire. Quand les Iqbal débarquèrent, l'endroit était illuminé grâce à des dizaines de lampes à pétrole, de bougies de jardin et de lampes tempête, la porte d'entrée et les fenêtres avaient été dûment renforcées avec des plaques d'aggloméré et les arbres du jardin avaient leurs branches attachées.

« Rien qu'une question d'préparation », annonça Archie, tout en ouvrant la porte aux malheureux

Iqbal et à leurs brassées de possessions, comme un roi de pacotille accueillant de pauvres hères. « Faut bien protéger sa famille, non ? C'est pas qu't'aies pas fait c'qu'y fallait sous c'rapport... tu vois c'que j'veux dire, mais moi, c'est comme ça que j'vois les choses : c'est moi cont' le vent. Ique-Balle, si j'te l'ai pas dit cent fois, j'te l'ai pas dit une, l'important, c'est d'vérifier les murs porteurs. S'y sont pas en état, mon pote, t'es foutu. T'es vraiment foutu. Et pis, faut toujours avoir une clé à air comprimé sous la main. C'est primordial.

— Capital, Archibald. On peut entrer ?

— Sûr, dit Archie en s'écartant. Pour tout t'dire, j'vous attendais. T'as jamais fait la différence, Ique-Balle, entre un foret et un tournevis. Côté théorie, t'es pas mal, j'dis pas, mais côté pratique, t'es nul. Allez, montez donc, attention aux lampes tempête — c't'une bonne idée, non ? Salut Alsi, toujours aussi jolie, hein ? Salut, Millat, espèce de garnement. Bon, alors, Sam, dis-moi tout, qu'esse-t'as perdu ? »

L'air penaud, Samad énuméra les dégâts qu'il avait pu constater.

« Ah, tu vois, c'est pas le vitrage — il était nickel, c'est moi qui l'ai posé — c'est tes cadres de fenêtre. Y z'ont pas t'nu l'coup avec tes murs pourris. »

Samad reconnut de mauvaise grâce que tel était le cas.

« Et t'as pas tout vu, ça risque d'êt'pire. Bon, c'qui est fait est fait. Clara et Irie sont dans la cuisine. Y a un bec Bunsen en route, et l'repas s'ra prêt dans une minute. Mais c'est une sacrée putain d'tempête, hein ? L'téléphone est coupé, l'courant la même. Jamais rien vu d'pareil. »

Dans la cuisine régnait une sorte de calme irréel. Clara remuait ses haricots, tout en fredonnant doucement l'air de *Buffalo Soldier* ; Irie était pliée en deux sur un bloc-notes, en train d'écrire son journal, avec ce côté compulsif qu'ont tous les ados de treize ans :

20 h 30. Millat vient juste d'entrer. Il est beau comme un dieu, mais agaçant aussi. Jean moulant comme d'habitude. Ne me regarde pas… comme d'habitude (me traite en copine, c'est tout). Suis amoureuse d'un crétin (crétine, moi-même !). Si seulement il avait l'intelligence de son frère… bah, c'est rien que des âneries. Premier amour d'adolescente et rondeurs idem. Tempête toujours aussi démente. Faut que j'y aille. Reviendrai plus tard.

« Bon, dit Millat.

— Bon, dit Irie.

— C'est ouf, non ?

— Ouais, carrément guedin.

— Mon vieux est en train d'piquer sa crise. La baraque, elle en a plus pour longtemps.

— Pareil ici. Une panique, j'te dis pas.

— J'aimerais bien savoir où tu s'rais sans moi, la miss », dit Archie, plantant un nouveau clou dans son contreplaqué. « Y a pas maison mieux protégée dans tout Willesden, j'te l'garantis. C'est à peine si on dirait qu'y a une tempête dehors.

— Ouais », dit Millat, essayant d'obtenir une dernière vision extatique des arbres apoplectiques par la fenêtre avant qu'Archie n'efface définitivement le ciel à coups de marteau. « C'est bien l'problème.

— Ça suffit, les impertinences, dit Samad en donnant à son fils une tape sur l'oreille. Nous savons ce que nous faisons. Je te rappelle qu'Archibald et moi avons fait face à des situations autrement difficiles. Quand il te faut réparer un tank en plein milieu d'un champ de bataille, ta vie à la merci des balles qui sifflent au-dessus de ta tête, et qu'en même temps tu dois faire des prisonniers dans les pires conditions, laisse-moi te dire qu'un ouragan, à côté, c'est de la petite bière. Ça ne vous ferait pas de mal de... c'est ça, moquez-vous bien », marmonna Samad, tandis qu'enfants et épouses feignaient de s'endormir. « Qui veut de ces haricots ?

— Et si quelqu'un racontait une histoire ? suggéra Alsana. On risque de s'ennuyer à mourir si on est obligés d'écouter toute la nuit ces deux chevaux de retour se vanter de leurs exploits guerriers.

— Vas-y, Sam, dit Archie avec un clin d'œil en direction de son ami. Raconte-nous celle de Mangal Pande. On rira toujours un bon coup. »

Un concert de « non », accompagné de gestes divers (tranchements de gorge, auto-strangulations, bouchages d'oreilles), s'éleva de l'assemblée.

« L'histoire de Mangal Pande, protesta Samad, ne prête pas à rire. C'est le précurseur, le picotement de nez avant l'éternuement, c'est celui qui nous a faits ce que nous sommes, le fondateur de l'Inde moderne, notre grande figure historique.

— C'est bien les plus grosses sottises que j'aie jamais entendues, ronchonna Alsana. Le premier crétin venu sait bien que c'est Gandhi notre grande figure historique. Ou Nehru. Ou à la rigueur Akbar, mais celui-là, avec sa bosse dans le dos et son gros nez, je l'ai jamais aimé.

— Mais bon Dieu, femme, arrête de dire des bêtises plus grosses que toi ! Qu'est-ce que tu en sais ? En fait, c'est une affaire de gros sous, de publicité, de droits d'adaptation. Et la question est simple : est-ce que les beaux acteurs aux grandes dents blanches sont prêts à jouer n'importe quel rôle ? Gandhi, lui, a eu Mr. Kingsley, tant mieux pour lui, mais qui accepterait de jouer Pande, vous voulez me le dire ? Pande n'était pas assez beau, il avait l'air trop indien avec son grand nez et ses gros sourcils. C'est bien pourquoi je suis sans cesse obligé de vous rappeler, à vous autres ingrats, un certain nombre de choses le concernant. Pour la bonne raison que si je ne le fais pas, personne ne le fera.

— Écoutez, dit Millat, moi, je vais vous faire la version abrégée. Arrière-grand-père...

— Arrière-*arrière*-grand-père pour toi, idiot, corrigea Alsana.

— Ouais, on s'en fout. Y décide de baiser les Anglais...

— Millat !

— De *se révolter* contre les Anglais, tout seul comme un grand, camé jusqu'aux yeux. Il essaie d'descendre son capitaine, et il le rate, pis il essaie d'se descendre lui, y s'rate, et y s'retrouve pendant au bout d'une corde...

— Pendu, dit Clara, l'air absent.

— Pendu ou pendant ? J'vais chercher l'dictionnaire, dit Archie en posant son marteau et en descendant de l'évier.

— On s'en fout. Fin de l'histoire. Rasoir comme pas possible. »

C'est le moment que choisit un arbre gigantesque — un de ces monstres typiques de North London, dont le tronc offre d'abord d'innombrables rejets avant de s'épanouir en une masse de verdure, habitat urbain pour des diasporas entières de pies — un arbre gigantesque, donc, pour s'arracher aux merdes de chien et au béton du trottoir, faire un pas hésitant, puis défaillir et s'effondrer, faisant successivement éclater les chéneaux, les doubles vitrages, le contreplaqué, puis renversant au passage une lampe à gaz avant d'atterrir dans le vide qu'Archie venait tout juste de laisser dans l'espace.

Archie fut le premier à passer à l'action, jetant une serviette sur les petites flammes qui progressaient le long des dalles en liège de la cuisine, tandis que les autres tremblaient, pleuraient, s'enquéraient pour savoir s'il y avait des blessés. Manifestement ébranlé par ce coup porté à sa science du bricolage, Archie eut tôt fait de reprendre le contrôle de la situation, attachant quelques branches avec des chiffons et donnant l'ordre à Millat et à Irie de faire le tour de la maison pour éteindre les lampes à gaz.

« On va pas s'laisser cramer, hein ? Faut qu'je trouve du plastique noir et d'l'adhésif. J'vais nous arranger ça.

— Arranger ça, Archibald ? demanda Samad, incrédule. Excuse-moi, mais je ne vois pas en quoi du chatterton va changer quoi que ce soit au fait que tu as la moitié d'un arbre dans ta cuisine.

— J'ai une trouille bleue », bégaya Clara, au bout de quelques minutes de silence, au moment où la tempête se calmait. « Le calme, c'est toujours mauvais signe. Ma grand-mère — qu'elle repose en paix — disait toujours ça. Le calme, c'est quand Dieu s'arrête de hurler le temps de reprendre son souffle avant de recommencer de plus belle. Il me semble qu'on devrait aller dans l'autre pièce.

— C'était le seul arbre de c'côté-ci d'la rue. Vaut mieux rester ici. L'pire est passé. Et pis, dit Archie en effleurant affectueusement le bras de sa femme, vous aut', les Bowden, vous avez connu pire ! Ta mère, elle est née pendant c'foutu tremblement d'terre, en 1907. Ça tombait d'tous les côtés dans Kingston, et c'est l'moment qu'l'Hortense, elle a choisi pour mett'le nez dehors. C'est pas un p'tit orage comme ça qui lui f'rait peur. C't'une vraie dure à cuire, celle-là.

— C'est pas une question de résistance », dit Clara tranquillement, en se levant pour aller jeter un coup d'œil par la fenêtre béante sur le chaos extérieur, « mais de chance. De chance et de foi.

— Je suggère que nous priions, dit Samad en s'emparant de son Coran fantaisie. Je suggère que nous reconnaissions la puissance du Créateur au moment où il choisit de nous faire endurer le pire. »

Samad se mit à feuilleter l'ouvrage et, lorsqu'il eut trouvé ce qu'il cherchait, alla, tel un bon patriarche, le mettre sous le nez de son épouse, laquelle le referma aussitôt avant de lui lancer un regard furibond. Alsana l'infidèle, qui en connaissait pourtant un rayon côté parole de Dieu (bonnes écoles, bons parents et le reste à l'avenant) et à qui seule la foi faisait défaut, se mit en devoir de faire ce qu'elle réservait aux cas d'urgence, à savoir réciter : « "Je ne sers pas ce que tu adores, pas plus que tu ne sers ce que j'adore. Je ne servirai jamais ce que tu adores, pas plus que tu ne serviras jamais ce que je révère. Tu as ta religion à toi, et j'ai la mienne." Surate 109, traduction N.J. Dawood. Quelqu'un aurait-il l'obligeance de rappeler à mon époux », poursuivit Alsana, avec un regard en direction de Clara, « qu'il n'est pas Mr. Manilow et qu'il n'a pas le pouvoir de faire chanter le monde avec ses chansons. Il sifflera son air, et je sifflerai le mien.

— Qui veut prier avec moi ? demanda Samad en tournant un dos dédaigneux à sa femme et en posant ses deux mains sur son livre.

— Désolé, Sam », lui parvint une voix étouffée (Archie avait la tête dans le placard et cherchait les sacs-poubelle), « c'est pas vraiment mon truc non plus. J'ai jamais bien donné là-d'dans. C'est pas pour t'vexer, hein ! »

Cinq minutes s'écoulèrent encore sans le moindre souffle de vent. Puis le calme se rompit et Dieu se mit à hurler, exactement comme Ambrosia Bowden l'avait laissé entendre à sa petite-fille. Le tonnerre roula au-dessus de la maison comme un mourant qui râle, les éclairs suivirent, comme autant de malédictions jetées avant le dernier soupir, et Samad ferma les yeux.

« Irie ! Millat ! » appelèrent successivement Clara, puis Alsana. Pas de réponse. Se relevant brusquement dans le placard, Archie eut juste le temps de se cogner la tête contre le rayon à épices avant de s'exclamer : « Mais ça fait dix bonnes minutes. Merde, alors, où y sont passés, ces gamins ? »

*

Un gamin, nous le savons, était à Chittagong, où ses camarades le mettaient au défi d'enlever son lungi pour traverser un marécage réputé abriter des crocodiles ; quant aux deux autres, ils avaient quitté la maison en douce pour aller voir de plus près l'œil de l'ouragan et étaient présentement en train de marcher contre le vent, avec autant de peine que s'ils avaient eu de l'eau jusqu'aux cuisses. Ils finirent par arriver au terrain de jeux de Willesden, où eut lieu la conversation suivante :

« C'est in-cro-yable !

— Ouais, c'est dingue !

— C'est toi qu'es dingue, ouais.

— Pourquoi ? J'vais très bien.

— Ça m'étonnerait. Tu fais que m'regarder. Et qu'est-ce que t'écrivais, d'abord ? T'es vraiment conne. T'es toujours en train d'écrire.

— C'est rien. Juste des trucs, tu sais bien, comme un journal.

— T'es folle de moi, ouais. Pas besoin d'te regarder deux fois.

— J't'entends pas ! Parle plus fort !

— FOLLE ! DE MOI ! T'AS TRÈS BIEN ENTENDU.

— Pas du tout. T'es complètement mégalo.

— C'est mon cul qu'tu veux.

— Arrête tes conneries !

— Tu perds ton temps, d'toute manière. Tu d'viens trop grosse. Et j'aime pas les grosses. Tu m'auras pas.

— De toute façon, je voudrais pas de toi, mégalo d'mes fesses.

— Et pis t'as pensé à c'qu'y r'ssembleraient, nos gamins ?

— Moi, j'pense qu'y seraient très jolis.

— Pardi, café au lait ou lait au café. Afro, nez épaté, dents de lapin et taches de rousseur, le pied ! Des vrais monstres !

— Tu peux toujours causer. Je l'ai vu, c'portrait d'ton grand-père…

— ARRIÈRE-ARRIÈRE-grand-père.

— Un nez énorme, des sourcils horribles…

— Ça, c'est la vision d'l'artiste, boss.

— Et pis, y s'raient dingues. Lui, il était dingue, comme y sont tous dingues dans ta famille. C'est génétique.

— Cause toujours.

— Et pis, si tu veux savoir, tu m'plais pas du tout. T'as l'nez crochu et t'es un mec à problèmes. Et moi, j'en veux pas, des problèmes.

— Gaffe », dit Millat, tout en se penchant et en se heurtant à des dents de lapin avant de glisser une langue furtive et de la retirer aussitôt. « Passque c'est tous les problèmes qu't'auras jamais avec moi. »

14 janvier 1989

Millat se campa sur ses jambes à la manière d'Elvis et fit claquer son portefeuille sur le comptoir. « Un aller Bradford, O.K. ? »

Le préposé aux billets approcha son visage fatigué de la vitre. « C'est une question, jeune homme, ou une demande ?

— J'viens d'dire un Bradford, O.K. ? T'as un problème, O.K. ? Toi causer l'anglais ? C'est King's Cross, ici, O.K. ? Alors, un aller Bradford, O.K. ? »

Le Gang de Millat (Rajik, Ranil, Dipesh et Hifan) ricanait en se dandinant d'un pied sur l'autre derrière lui au rythme des O.K. repris en chœur.

« S'il vous plaît ?

— Quoi, s'il vous plaît ? Un Bradford, O.K. ? Hé, man, tu m'suis ? Un Bradford, boss !

— Vous voulez un aller-retour ? Tarif enfant ?

— Ouais, mec, j'ai quinze ans, O.K. ? Forcément qu'j'veux un r'tour. Faut qu'je rentre crécher dans ma cambuse, comme tout l'monde.

— Soixante-quinze livres, s'il vous plaît. »

Annonce qui fut accueillie non sans déplaisir par Millat et sa bande.

« Hein, quoi ? Non, mais ça va pas, la tête ? Soixante... j'y crois pas, mec. Non, mais c'est dingue. J'paie pas soixante-quinze livres, moi.

— Je crains bien que ce soit le tarif. Peut-être la prochaine fois que vous agresserez une vieille dame », dit l'homme avec un coup d'œil appuyé sur les ors qui ruisselaient des oreilles, des poignets, des doigts et du cou de Millat, « vous auriez intérêt à vous arrêter d'abord ici au lieu d'aller directement à la bijouterie.

— Ça va pas la tête ! couina Hifan.

— Y t'insulte, man ! confirma Ranil.

— Tu f'rais mieux d'y dire », avertit Rajik.

Millat attendit une minute. Le timing, voilà ce qui comptait. Puis il se tourna, pointa son derrière en l'air avant d'émettre un pet long et sonore dans la direction du préposé.

Et le gang, en chœur, de crier : « *Somokami !*

— Quoi ? Qu'est-ce que vous dites ? Espèce de p'tits connards. Vous avez même pas l'courage de l'dire en anglais, hein ? Faut qu'vous parliez vot' langue de Pakis. »

Millat abattit son poing sur la vitre avec une telle violence que tous les guichets s'en trouvèrent ébranlés, jusqu'à l'autre bout de la rangée où l'on vendait des billets pour Milton Keynes.

« D'abord, j'suis pas paki, et d'un, pauv' con, va. Et d'deux, t'as pas b'soin d'traducteur, O.K. ? Passqu'la traduction, j'vais t'la donner, moi. T'es rien qu'une putain d'pédale, O.K. Pauv'folle de mes deux, sale tantouse, fiotte à la con. »

Il n'y avait rien dont la bande de Millat s'enorgueillissait davantage que la panoplie d'euphémismes dont elle disposait pour qualifier les homosexuels.

« Enfifré. Lopette. Squatter d'W.-C.

— Tu peux remercier l'ciel qu'y ait une vitre entre nous, p'tit.

— Ouais, ouais, sûr ! C'est Allah que j'remercie, O.K. ? J'espère qu'y t'emmanchera jusqu'à la gauche, O.K. ? On s'en va à Bradford pour régler leur compte à des mecs comme toi, O.K. ? Sale connard de boss, va ! »

Sur le quai 12, alors qu'ils s'apprêtaient à monter dans un train sans billet, un agent de la sécurité de la gare de King's Cross arrêta les membres du gang de Millat pour leur poser une question. « Vous cherchez pas les ennuis, vous autres, au moins ? »

La question ne manquait pas d'à-propos. Le gang de Millat respirait les « ennuis » à plein nez. Et, à l'époque, un gang qui respirait les ennuis de cette manière avait un nom bien précis : *Raggastani.*

C'était une nouvelle race, qui venait tout juste de rejoindre les rangs des autres gangs des rues : les Becks, les B-Boys, les Indiens, les Affranchis, les *ravers*, les Acidheads, les Sharons, les Tracies, les Kevs, les Nation Brothers, les Ragga et les Pakis. Sorte d'hybride culturel des trois dernières catégories, les Raggastani parlaient un étrange sabir fait de patois jamaïquain, de bengali, de gujarati et d'anglais. Le génie de leur culture, leur manifeste, si c'est là le nom qu'on pouvait lui donner, était tout aussi hybride : Allah y figurait davantage comme une sorte de *big brother* collectif que comme l'être suprême, un type de première qui pouvait, si besoin était, combattre dans leurs rangs ; le kung-fu et les films de Bruce Lee faisaient également partie des fondements de leur philosophie, auxquels il convenait d'ajouter une pointe de Black Power (tel qu'on le trouve dans l'album *Fear of a Black Planet*, Public Enemy) ; mais leur principale mission, c'était d'adapter des groupes comme The Invincible et The P. Funk en langue vernaculaire (bengali ou autre). Les gens avaient emmerdé Rajik à l'époque où il jouait aux échecs et portait des cols en V. Les gens avaient emmerdé Ranil à l'époque où il recopiait consciencieusement au fond de la classe tous les commentaires du professeur. Ils avaient emmerdé Dipesh et Hifan quand ils portaient leur costume traditionnel dans la cour de récréation. Ils avaient même trouvé le moyen d'emmerder Millat, avec son jean ultra-serré et sa poudre blanche. Mais personne ne les emmerdait plus, pour la bonne raison qu'ils décourageaient toute envie de se frotter à eux. Évidemment, il y avait aussi un uniforme. Ils dégoulinaient tous d'or, portaient des foulards noués autour du front, quand ce n'était pas autour des bras ou des jambes. Les pantalons étaient démesurément grands, la jambe gauche toujours inexplicablement roulée jusqu'au genou ; les baskets étaient tout aussi spectaculaires, la languette remontait si haut qu'elle en cachait la cheville ; la casquette de base-ball était un must, bien enfoncée et vissée une fois pour toute sur la tête, et tout, absolument tout, se devait d'être Nike™ ; partout où passaient les cinq garçons, ils laissaient derrière eux comme un chuintement sonore, marque d'approbation admirative de la compagnie. Sans compter qu'ils avaient une démarche bien spéciale, le côté gauche donnant l'impression d'une hémiplégie prise en charge par le côté droit ; une sorte de claudication saugrenue, semblable au mouvement lent et mesuré imaginé par Yeats pour sa bête d'apocalypse. Avec dix ans d'avance, alors que les habitués du L.S.D. dansaient gentiment pendant le Summer of Love, le gang de Millat se dirigeait vers Bradford.

« Pas d'ennuis, O.K. ? dit Millat à l'agent de la sécurité.

— On s'en va juste…, commença Hifan.

— À Bradford, termina Rajik.

— Pour affaires, O.K. ? expliqua Dipesh.

— À plus, mec ! » lança Hifan, tandis qu'ils sautaient dans le wagon, lui faisaient un doigt d'honneur et s'écrasaient le derrière contre les portes qui se refermaient.

« On s'prend l'coin f'nêtre, O.K. ? Sympa. Faut qu'j'm'en fume une ici, O.K. ? J'suis putain d'défoncé. Tout c'business, mec ! C'putain d'type ! C't un vrai con ! J'l'enculerais bien, O.K. ?

— Y'sera là, en personne ? »

Toutes les questions d'importance étaient toujours posées directement à Millat, et Millat répondait toujours à l'ensemble du groupe. « Pas question. Y s'ra pas là. C'est juste les frères qui y s'ront. C'est une putain d'manif, merde, qu'esse-tu voudrais qu'il aille foutre dans une manif contre lui ?

— C'était juste pour dire », dit Ranil, froissé. « J'l'enculerais bien, moi, O.K. ? S'il y était, j'veux dire. Putain d'saleté d'livre...

— C't'une putain d'insulte », dit Millat, crachant son chewing-gum sur la vitre. « Ça fait trop longtemps qu'on s'fait baiser dans c'pays ! Et maintenant, c'est les nôt' qui s'y mettent, merde alors. C'est un putain d'*bador*, un pantin dans les mains des blancs.

— Mon oncle, y dit qu'y sait même pas lire », dit d'un air écœuré Hifan, le plus religieux du lot. « Et il ose parler d'Allah !

— Allah l'encul'ra, O.K. ? » s'écria Rajik, le moins intelligent du lot, qui s'imaginait Dieu comme une sorte d'hybride de Monkey-Magic et de Bruce Willis. « Y lui pét'ra les couilles. Saleté de bouquin.

— Vous l'avez lu ? » demanda Ranil, tandis qu'ils passaient devant Finsbury Park.

Silence général.

« J'dirais pas exaquement que j'l'ai lu — mais tu penses bien qu'cette merde, j'la connais, O.K. ? »

Pour être tout à fait franc, Millat n'avait pas lu le livre. Millat ne savait rien de l'auteur, aurait été incapable d'identifier l'ouvrage noyé dans une pile parmi d'autres ; il ne s'en serait pas mieux tiré avec l'auteur (irrésistible, la tentation d'aligner ici quelques noms d'écrivains délinquants : Socrate, Protagoras, Ovide et Juvénal, Radclyffe Hall, Pasternak, D.H. Lawrence, Soljenitsyne, Nabokov, brandissant tous leur numéro pour la photo destinée aux sommiers de la police et clignant des yeux dans l'éclair du flash). Mais il savait d'autres choses. Il savait par exemple que lui, Millat, restait un Paki, quel qu'ait pu être son lieu de naissance, qu'il sentait le curry, n'avait pas d'identité sexuelle, volait le boulot des autres, ou n'en avait pas et vivait donc aux crochets de l'État, à moins qu'il ne cherchât à caser systématiquement tous les membres de sa famille ; il savait qu'il pourrait être dentiste ou commerçant, mais pas footballeur, ni cinéaste ; qu'il aurait mieux valu pour lui retourner dans son pays, et que, s'il restait ici, il lui faudrait suer sang et eau pour gagner sa putain de vie ; qu'il vénérait les éléphants et portait un turban ; qu'aucune personne lui ressemblant ou parlant comme lui n'était jamais mentionnée dans les nouvelles, à moins d'avoir été victime d'un meurtre. Bref, il savait que, dans ce pays, il n'avait ni visage ni voix, du moins jusqu'au moment où, quinze jours plus tôt, des gens comme lui s'étaient retrouvés sur toutes les chaînes, toutes les radios et dans tous les journaux : ils étaient en colère, et Millat se reconnaissait dans cette colère, au moins autant que celle-ci le reconnaissait. Résultat : il l'avait faite sienne sans hésiter.

« Alors... tu l'as pas lu ? » demanda Ranil, nerveux.

« Tu crois quand même pas que j'vais acheter une merde pareille. Y a pas d'danger.

— Moi non plus, dit Hifan.

— C't'une putain d'saloperie, dit Ranil.

— Douze livres quatre-vingt-quinze pour cette merde ! dit Dipesh.

— En plus, dit Millat d'un ton sans appel en dépit de l'interrogation ponctuant la fin de sa phrase, t'as pas besoin d'en lire trois lignes pour savoir qu'c'est sacrilège, tu m'suis ? »

*

Pendant ce temps, à Willesden, Samad Iqbal exprimait haut et fort la même opinion en regardant les nouvelles du soir.

« Je n'ai pas besoin de le lire. On m'a photocopié les passages intéressants.

— Quelqu'un aurait-il l'obligeance de rappeler à mon mari, dit Alsana à l'adresse de la présentatrice du journal, qu'il ne sait même pas de quoi parle ce foutu bouquin, parce que la dernière chose qu'il a lue, c'est ce putain de *Guide de Londres*.

— Je vais te demander une fois de plus de la fermer pour que je puisse écouter les nouvelles en paix.

— J'entends crier, mais il ne semble pas que ce soit ma voix.

— Essaie un peu de comprendre, femme. C'est la chose la plus importante qui nous soit jamais arrivée dans ce pays. On approche du point de rupture. C'est le nez qui picote avant l'éternuement. Grosse affaire, dit Samad en ponctuant ses propos de pressions répétées sur la touche volume de la télécommande. Cette femme — Moira machin-chouette — elle ne sait que marmonner. Pourquoi est-ce qu'elle s'obstine à présenter les nouvelles si elle est incapable d'articuler ? »

Moira, dont la voix avait été brutalement montée au beau milieu d'une phrase, dit : « ... l'auteur rejette toute accusation de blasphème et soutient que son livre ne traite que du conflit entre les conceptions laïque et religieuse de la vie. »

« Quel conflit ? grogna Samad. Je ne vois pas l'ombre d'un conflit. Personnellement, je m'en sors très bien. Mes neurones vont bien et je n'ai pas de problèmes affectifs.

— Il ne se passe pas un jour, dit Alsana avec un rire amer, sans que mon mari fasse la Troisième Guerre mondiale dans sa tête. Et il n'est pas le seul à...

— Non, non, et non. Il n'y a pas de conflit. Mais qu'est-ce qu'il raconte ! Il n'espère quand même pas s'en sortir avec des arguments rationnels. La raison ! Quelle vertu surfaite chez les Occidentaux ! Ah, non, alors. La vérité, c'est qu'il est choquant... il a outragé...

— Écoute, le coupa Alsana, quand mon petit groupe se réunit, si nous ne sommes pas d'accord, on trouve toujours un arrangement. Tiens, par exemple, Mohona Hossain ne peut pas sentir Divargiit Singh. Elle ne supporte pas ses films. Elle déteste, vraiment. Par contre, elle adore cet autre crétin avec ses cils de femme ! N'empêche, on se débrouille, on transige. Je n'ai jamais brûlé une seule de ses vidéos.

— Ce n'est quand même pas tout à fait la même chose, Mrs. Iqbal. Pas tout à fait la même paire de manches.

— Détrompe-toi, il y a de la passion dans les réunions de notre comité... en dépit de ce que peut penser l'ignorant que tu es. Mais moi, je ne suis pas comme Samad Iqbal. Je sais me contrôler. Je vis et je laisse vivre.

— Ça n'a rien à voir avec le fait de laisser vivre les autres. Il s'agit bel et bien de protéger notre culture, de défendre notre religion quand on l'attaque. Je te dis ça, mais je sais bien que tu t'en moques éperdument. Tu es bien trop occupée par toutes tes fadaises pour t'intéresser encore à ta culture.

— *Ma* culture ? Tu veux me dire ce que c'est, ma culture ?

— Tu es une Bengali, alors conduis-toi comme telle.

— Et une Bengali, c'est quoi, mon cher, à ton avis ?

« — Sors-toi donc de devant la télévision et va regarder dans le dictionnaire. »

Alsana sortit le tome trois (BALTIQUE-BRANCUSI) de leur encyclopédie du *Reader's Digest* en 24 volumes et lut ceci dans l'article concerné :

La grande majorité des habitants du Bangladesh sont des Bengalis, descendants, pour la plupart, des Indo-Aryens qui commencèrent à arriver dans le pays depuis l'occident il y a des milliers d'années et se mêlèrent au Bengale à des groupes autochtones d'origines diverses. Les minorités ethniques comprennent les Chakmas et les Moghs, peuplades mongoloïdes qui vivent dans le district des Chittagong Hills, les Santals, descendants d'émigrants de l'Inde moderne et les Biharis, musulmans non bengalis qui quittèrent l'Inde après la Partition.

« Dis donc ! Indo-*Aryens*... est-ce que je ne serais pas une Occidentale, après tout ? Peut-être que je devrais écouter Tina Turner et porter des jupes en cuir au ras de la touffe. En tout cas, ça prouve une chose, c'est que si on remonte très loin dans le temps, il est plus facile de trouver le bon sac aspirateur que de dénicher n'importe où dans le monde quelqu'un qui soit de race pure à cent pour cent. Tu crois qu'il existe un seul Anglais grand teint ? Quelqu'un qui ne soit qu'anglais ?

— Tu ne sais même pas de quoi tu parles. Tu es complètement paumée.

— Ah mais, dis donc, Samad Miah, dit Alsana en brandissant le volume, celui-là aussi, tu veux le brûler ?

— Écoute, je n'ai pas de temps à perdre à des idioties. J'essaie de regarder un reportage très important. Des événements vraiment graves qui se passent en ce moment même à Bradford. Alors, si tu n'y vois pas d'inconvénient...

« — Regarde ! » hurla tout à coup Alsana qui, toute
trace de sourire s'évanouissant de son visage, tomba
à genoux devant le poste, puis plaqua sur l'écran un
doigt qu'elle fit glisser par-dessus le livre en train de
brûler avant de l'immobiliser sur le visage qu'elle
venait de reconnaître, celui de son second fils qui lui
souriait par tube cathodique interposé, juste en dessous du premier, enfermé dans son cadre. « Mais
qu'est-ce qu'il fait ? Il est fou ou quoi ? Mais à quoi
il pense ? Bon sang, qu'est-ce qu'il fabrique là-bas ?
Moi qui le croyais en classe ! On aura tout vu, des
gamins qui brûlent des livres ! Mais j'y crois pas !

— Je n'y suis pour rien, moi. Juste le signe avant-
coureur de l'explosion, Mrs. Iqbal », dit Samad calmement, en se laissant aller dans son fauteuil. « Le
nez qui picote avant l'éternuement, pour ainsi dire. »

Quand Millat rentra ce soir-là, un grand feu brûlait dans le jardin, derrière la maison. Toutes ses
possessions profanes — quatre ans de pré- et post-
Raggastani, albums, posters, T-shirts éditions spéciales, une paire de baskets Air Max magnifiques, les
numéros 20 à 75 de *2000 A.D. Magazine*, une photo
dédicacée de Chuck D., un exemplaire extrêmement
rare du *Hey Young World* de Slick Rick, un autre de
L'Attrape-Cœur, sa guitare, *Le Parrain I et II*, *New
York New York*, *Shaft*, *Un après-midi de chien* — tout
avait été entassé sur le bûcher funéraire, désormais
réduit à un tas de cendres encore chaudes, d'où
s'échappait une forte odeur de papier et de plastique
carbonisés qui piquait les yeux déjà remplis de
larmes du gamin.

« Tout le monde a besoin d'une bonne leçon, un
jour ou l'autre », avait déclaré Alsana quelques
heures plus tôt, en craquant l'allumette d'un cœur
lourd. « Ou bien tout est sacré, ou bien plus rien ne

l'est. Et s'il commence à brûler le bien d'autrui, alors il doit perdre à son tour quelque chose de sacré. Chacun récolte ce qu'il a semé, tôt ou tard. »

10 novembre 1989

Un mur tombait. Qui avait des rapports avec l'histoire. C'était un grand moment historique. Personne ne savait au juste qui l'avait construit, ce mur, ni qui le démolissait, ni si c'était une bonne ou une mauvaise chose ; personne ne connaissait sa hauteur, ni sa longueur, ni pourquoi des gens étaient morts en essayant de le franchir ni même s'il cesserait d'y avoir des morts à l'avenir, mais l'événement était malgré tout hautement éducatif et fournissait une excuse comme une autre pour une petite réunion de famille. C'était un jeudi soir, Alsana et Clara avaient fait la cuisine, et tout le monde regardait l'histoire en marche à la télé.

« Qui veut encore du riz ? »

Millat et Irie tendirent leurs assiettes, se bousculant pour prendre l'autre de vitesse.

« Où on en est ? » demanda Clara en reprenant précipitamment sa place devant le poste avec un saladier plein de boulettes frites à la jamaïquaine, dans lequel Irie s'empressa de prélever trois exemplaires.

« Toujours pareil, grogna Millat. Pareil, pareil. À danser sur leur mur, à filer des coups d'marteau d'dans. J'voudrais bien voir c'qu'y a sur les autres chaînes, O.K. ?

— Pas question, jeune homme, dit Alsana en s'emparant de la télécommande et en se glissant sur la banquette entre Clara et Archie.

— C'est éducatif », dit Clara d'un ton ferme, son bloc et son crayon à portée de la main sur l'accoudoir, n'attendant que la première remarque intéressante pour passer à l'action. « C'est le genre de chose que tout le monde devrait regarder. »

Alsana opina du chef et se mit en devoir de faire descendre dans son gosier deux bhajis récalcitrants en raison de leurs formes inhabituelles. « C'est ce que je n'arrête pas de dire au gamin. Ça, c'est de l'événement. De l'histoire avec un grand H. Quand tes enfants te tireront par le pantalon pour te demander où tu étais quand...

— J'leur dirai que j'me f'sais chier comme un rat mort à r'garder ça à la télé. »

Millat récolta deux claques derrière la tête, une pour le « chier », l'autre pour l'impertinence de l'opinion exprimée. Irie, qui, dans sa tenue habituelle, ressemblait étrangement à la foule massée sur le mur (T-shirt orné de badges du mouvement pour le désarmement nucléaire, pantalon couvert de graffitis et perles dans les cheveux), secoua la tête, attristée et incrédule. Elle était à un âge où tout ce qu'elle disait retentissait comme la foudre après des siècles de silence, où tout ce qu'elle touchait l'était pour la première fois. Ses convictions n'étaient pas le fruit d'une foi aveugle mais d'une certitude absolue. Quant à ses pensées, personne avant elle ne les avait jamais conçues.

« Ça, c'est toi tout craché, Mill. Tu ne t'intéresses absolument pas à ce qui se passe dans le monde. Moi, je trouve ça extraordinaire. Ils sont libres ! Tu te rends compte ? Après tout ce temps... tu trouves pas ça extraordinaire ? Qu'après des années de totalitarisme, d'obscurantisme communiste, ils voient enfin la lumière de la démocratie occidentale, tous unis », dit-elle, citant fidèlement *Newsnight*. « Je trouve que la démocratie, c'est la plus grande invention de l'homme. »

Alsana, qui trouvait pour sa part que la fille de Clara devenait épouvantablement pontifiante, leva la tête de poisson frit qu'elle avait à la main en signe de protestation. « Non, ma chère, là tu fais erreur. C'est l'épluche-légumes qui est la plus grande invention de l'homme. Ça ou le mixeur.

— J'vais t'di', intervint Millat, y f'waient mieux d'awêter d's'emme'der avec leurs ma'teaux et d'y fout' un bon peu d'dynamite pour fai' sauter c't'affai', ouais ? Ça iwait quand même plus vite, non ?

— Pourquoi tu parles comme ça, tout d'un coup ? » demanda Irie d'un ton sec, tout en dévorant une boulette. « Ça te ressemble pas. T'as l'air grotesque !

— Et toi, t'laisses pas aller sur les boulettes, dit Millat en se tapotant l'estomac. L'noir, c'est p't-êt' beau, mais l'gros, ça l'est pas forcément.

— Oh, va te faire voir !

— Tu sais », murmura Archie, tout en rongeant une aile de poulet, « j'suis pas si sûr qu'ça soye une si bonne chose que ça. Faut pas oublier qu'moi et Samad, on y était. Et crois-moi, s'y z'ont divisé l'pays en deux, c'est qu'y avait une bonne raison. Diviser pour mieux régner, jeune fille.

— Mais bon Dieu, où tu veux en v'nir, p'pa ?

— Il sait très bien où il veut en venir, intervint Samad. Vous autres, les jeunes, vous avez tendance à oublier pourquoi on a fait certaines choses, à oublier leur signification. Nous y étions. Il y en a parmi nous qui ne voient pas d'un bon œil la réunification de l'Allemagne. C'était une autre époque, jeune fille.

— Je vois pas ce qu'y peut y avoir de mal à c'que des gens fassent un peu de bruit parce qu'ils sont libres. Regardez comme ils sont heureux. »

Samad regarda les gens heureux danser sur leur mur et éprouva non seulement un certain mépris

mais aussi quelque chose de plus irritant, qui ressemblait fort à de la jalousie.

« Ce n'est pas que je sois contre les actes de rébellion en soi, mais j'estime simplement qu'avant de
détruire un ordre ancien, il faut être sûr d'avoir
quelque chose de solide à mettre à la place ; voilà ce
qu'il faut que l'Allemagne comprenne. Prenez mon
arrière-grand-père, par exemple, Mangal Pande... »

Irie poussa le soupir le plus éloquent qui soit.
« J'aimerais mieux pas, si ça ne te fait rien.

— Irie ! » intervint Clara, par devoir plus que par
conviction.

Irie bougonna. Et pesta.

« Mais, écoute, il fait toujours comme s'il savait
tout. Il ramène toujours tout à lui... et moi, ce que
j'veux, c'est parler de maint'nant, de l'Allemagne
d'aujourd'hui. J'te parie, dit-elle en se tournant vers
Samad, que j'en sais plus long qu'toi. Allez, vas-y,
pour voir. Pose-moi des questions. Ça fait deux mois
qu'on est dessus, au bahut. Et pendant que j'y pense,
toi et p'pa, vous y étiez pas, contrairement à c'que
vous dites. Vous êtes partis en 1945, et le mur, il a
pas été construit avant 1961.

— La guerre froide », dit Samad d'un air sombre,
ignorant les propos d'Irie. « On ne parle plus jamais
de guerre "chaude". Celle où des hommes se font
tuer. C'est dans ce genre de guerre que j'ai appris ce
qu'il y avait à savoir sur l'Europe. Et ça, ça ne se
trouve pas dans les livres.

— Dites donc », s'exclama Archie, toujours prêt à
calmer les esprits. « J'suppose que vous savez qu'dans
dix minutes, c'est l'heure de *Last of the Summer
Wine*. B.B.C. deux.

— Vas-y, pour voir, insista Irie en se mettant sur
les genoux face à Samad. Pose-moi des questions.

— Le gouffre entre les livres et l'expérience vécue, commença Samad d'un ton solennel, est comme un océan solitaire.

— Ben, pardi. À vous deux, c'est fou ce que vous pouvez sortir comme con... »

Mais Clara la précéda d'une longueur, lui expédiant une tape sur le côté de la tête. « Irie ! »

Irie se rassit, non pas tant vaincue qu'exaspérée, et monta le son de la télé.

Cette longue cicatrice de quarante-deux kilomètres — le symbole le plus hideux d'un monde divisé entre l'Est et l'Ouest — n'a désormais plus aucun sens. Rares sont ceux, et votre serviteur en fait partie, qui pensaient pouvoir assister à un pareil événement de leur vivant, mais la nuit dernière, au premier coup de minuit, des milliers de gens, qui attendaient de chaque côté du mur, ont poussé une immense clameur avant d'investir les postes de contrôle et de grimper sur le mur pour passer de l'autre côté.

« Quelle idiotie ! Il va y avoir une immigration massive maintenant, dit Samad en s'adressant à l'écran et en trempant une boulette dans du ketchup. On ne peut pas laisser entrer sans risques un million de gens dans un pays riche. C'est la catastrophe assurée.

— Pour qui y se prend ? Pour Mr. Churchill-gee ? lança Alsana avec un rire méprisant. Le British cent pour cent ? Falaises de Douvres ? Pont de Londres ? *Fish and chips* ? C'est ça ?

— "Cicatrice", dit Clara en notant le mot sur son bloc. C'est le mot juste, n'est-ce pas ?

— Mais bon Dieu, y a personne ici capable de comprendre l'énormité de ce qui arrive ? On est en train de vivre les derniers jours d'un régime. Une apocalypse politique. C'est un moment historique unique.

— C'est c'qu'on arrête pas d'nous s'riner, dit Archie en feuilletant le programme télé. Mais qu'est-ce que vous diriez de *Krypton Factor*, sur I.T.V. ? C'est toujours bien ça, non ? Ça a commencé.

— Et arrête de dire "historique" », dit Millat, exaspéré par le ton prétentieux des considérations politiques d'Irie. « T'as toujours la bouche pleine de formules de merde ! Tu peux pas parler comme tout l'monde ?

— Oh, nom de Dieu de bon Dieu ! » (Elle l'aimait, c'est vrai, mais il était vraiment im-po-ssible.) « Quelle putain d'différence est-ce que ça peut bien faire ?

— Irie ! Tu es chez moi, dit Samad en se levant, et tu es mon invitée. Je ne tolérerai pas un langage pareil dans ma maison.

— Bon, eh ben, j'vais aller l'sortir dans la rue, mon langage, avec le reste du prolétariat.

— Cette gamine, tout de même, dit Alsana tandis que claquait la porte d'entrée. C'est une encyclopédie ambulante et en même temps elle parle comme une traînée.

— Tu vas pas t'y mettre, toi aussi, dit Millat en regardant sa mère. Une nencyclopédie en quoi ? Ces putains d'mots qu't'emploies ! Pourquoi esse-ce que tout l'monde dans c'te maison veut péter plus haut qu'son cul ?

— Ça suffit comme ça, dit Samad en montrant la porte. On ne parle pas comme ça à sa mère. Tu prends la porte, toi aussi.

— Je ne pense pas », dit Clara d'un ton calme, quand Millat se fut précipité dans l'escalier pour aller s'enfermer dans sa chambre, « que nous devions décourager les enfants d'avoir des opinions à eux. Je trouve ça plutôt bien qu'ils pensent par eux-mêmes.

— Qu'est-ce que tu peux bien en savoir ? persifla Samad. Penser par toi-même, c'est sûr, ça te connaît, toi qui passes tes journées à regarder la télévision !

— Je te demande pardon ?

— Avec tout le respect que je te dois, Clara, le monde dans lequel nous vivons est complexe. S'il y a une chose que ces enfants doivent comprendre, c'est qu'on a besoin de règles pour survivre dans un monde pareil, et pas de fantaisie.

— Il a pas tort, tu sais », dit Archie d'un ton sérieux, en faisant tomber la cendre de sa cigarette dans un bol de curry vide. « Tout c'qui est affectif, ça oui, c'est ton domaine...

— Ben voyons ! C'est du boulot de femmes », piailla Alsana, la bouche pleine de curry. « Merci infiniment, Archibald, tu es vraiment trop bon.

— Mais y a rien qui vaille l'expérience, non ? s'obstina Archie. Vous autres, v'z'êtes encore des jeunes femmes. Tandis qu'nous autres, ben, on est comme qui dirait des *puits d'expérience*, où les enfants, y peuvent puiser quand y z'en ont b'soin. On est comme des encyclopédies. Vous pouvez pas leur donner c'que nous autres, on a à leur offrir. En toute justice.

— Pauvre chose », dit Alsana, en posant la main sur le front d'Archie, puis en le caressant douce-ment. « T'as pas encore compris que vous êtes lar-gués, dépassés, autant que la voiture à cheval ou l'éclairage à la bougie ? Vous avez pas compris que, pour eux, vous êtes vieux et que vous puez comme le papier qui sert à emballer le poisson et les frites ? Je suis d'accord avec ta fille au moins sur un point », termina-t-elle en se levant pour suivre Clara qui, blessée par cette dernière insulte, avait gagné la cuisine, les larmes aux yeux. « Autant l'un que l'autre, vous n'arrêtez pas de sortir des vousvoyezceque jeveuxdire. »

Une fois seuls, Archie et Samad eurent quelques roulements d'yeux vers le ciel et quelques sourires désabusés pour saluer la défection de leurs deux familles. Ils restèrent assis un moment sans rien dire, tandis qu'Archie zappait d'un pouce agile : *Un grand moment d'histoire, Un drame historique ayant pour cadre Jersey, Deux hommes essayant de construire un radeau en trente secondes, Un débat sur l'avortement,* puis à nouveau *Un grand moment d'histoire.*

Clic.

Clic.

Clic.

Clic.

Clic.

« Chacun chez soi ? Le pub ? O'Connell's ? »

Archie s'apprêtait à plonger la main dans sa poche pour y chercher une pièce de dix pence, quand il se rendit compte que c'était inutile.

« O'Connell's ? dit Archie.

— O'Connell's », dit Samad.

10

Les racines de Mangal Pande

Ce fut finalement O'Connell's. O'Connell's, l'inévitable, l'incontournable. Simplement parce que chez O'Connell, on pouvait être sans famille, n'avoir ni biens ni statut, ni gloire passée ni espoir pour l'avenir — on pouvait franchir cette porte démuni de tout, exactement comme tous ceux qui se trouvaient là. On pouvait être en 1989, à l'extérieur, voire en 1999 ou en 2009, et continuer à s'asseoir au comptoir avec le pull en V qu'on portait pour son mariage en 1975, en 1945 ou en 1935. Rien ne change jamais dans ce genre d'endroit, on se contente de se souvenir, de raconter encore et toujours les mêmes vieilles histoires. C'est bien pourquoi les vieux adorent y venir.

C'est le temps qui est en cause ici. Pas simplement l'immobilité du temps, mais aussi et tout bonnement le montant disponible. Question de quantité plutôt que de qualité. C'est difficile à expliquer. Si seulement il existait une équation... du genre :

$$\frac{\text{TEMPS PASSÉ ICI}}{\text{TEMPS QUE J'AURAIS PU PASSER AILLEURS AVEC PROFIT}} \times \text{PLAISIR} \times \text{MASOCHISME} = \text{Raison pour laquelle je suis un habitué}$$

Quelque chose de rationnel qui puisse expliquer la raison pour laquelle on s'obstine à répéter inlassablement le même vieux scénario. Mais c'est bien en définitive une question de temps. Quand vous en avez dépensé une certaine quantité pour l'investir dans un seul endroit, votre solvabilité grimpe en flèche et l'envie vous prend de faire sauter la banque chronologique. Vous ressentez le désir tout à fait naturel de rester dans le lieu en question jusqu'à ce qu'il vous ait remboursé tout le capital de temps que vous y avez investi — même si vous savez pertinemment qu'il n'y réussira jamais.

Et avec le temps passé là vient la connaissance, vient l'histoire. C'était chez O'Connell que Samad avait suggéré à Archie de se remarier, 1974. C'était sous la table six, dans une flaque de vomi, qu'Archie avait fêté la naissance d'Irie, 1975. Il y a, sur l'un des angles du flipper, une tache là où Samad a répandu pour la première fois le sang d'un civil en expédiant un puissant crochet du droit au visage d'un raciste pris de boisson, 1980. Archie était au sous-sol le soir où il a vu son cinquantième anniversaire monter à la surface comme une vieille épave pour venir à sa rencontre à travers un océan de whisky, 1977. Et c'est ici qu'ils vinrent pour la Saint-Sylvestre 1989 (aucune de leurs familles respectives n'ayant exprimé le désir d'entrer dans la nouvelle décennie en leur compagnie), heureux de pouvoir profiter du menu spécial Nouvel An de Mickey : 2,85 livres pour *trois* œufs, des haricots, *deux* toasts, des champignons et une généreuse portion de dinde.

La dinde de saison venait en prime. Pour Archie et Samad, le tout était de jouer les témoins, les experts. S'ils venaient ici, c'est parce qu'ils connaissaient l'endroit. De fond en comble. De A à Z. Et si vous êtes incapable d'expliquer à votre gamin pourquoi le verre se casse en certains points d'impact et pas en d'autres, incapable de comprendre comment on peut trouver un compromis entre sécularisme démocratique et croyance religieuse à l'intérieur d'un même État, ou de vous rappeler les circonstances qui ont présidé à la partition de l'Allemagne, alors vous pouvez vous consoler en vous disant que vous connaissez au moins *un* endroit, au moins *une* époque, de façon intime et grâce aux révélations de témoins oculaires. Quel réconfort que de faire autorité sur la question, que d'avoir, *pour une fois*, le temps de son côté. Il n'y avait pas au monde historiens plus sûrs, experts plus compétents, qu'Archie et Samad sur la question de *La Reconstruction et la prospérité du billard O'Connell's dans la période de l'après-guerre*.

1952 Ali (le père de Mickey) et ses trois frères arrivent à Douvres, avec trente livres en poche et la montre en or de leur père. Tous souffrent de problèmes dermatologiques aigus qui contribuent à les défigurer.

1954-1963 Mariages ; divers boulots ; naissances d'Abdul-Mickey et des cinq autres Abdul et de leurs cousins.

1968 Après avoir travaillé trois ans comme livreurs pour le compte d'un pressing yougoslave, Ali et ses frères disposent d'un petit pécule grâce auquel ils font démarrer la compagnie des Taxis Ali.

1971 L'entreprise réussit à merveille. Mais Ali n'est pas satisfait. Il décide que ce qu'il a vraiment envie de faire, c'est de « servir de la nourriture, rendre les gens heureux, converser avec eux face à face de temps en temps ». Il rachète donc l'ancien billard irlandais situé près de la gare désaffectée de Finchley Road et se met en devoir de le restaurer.

1972   Dans Finchley Road, seuls les établissements irlandais font réellement des affaires. En conséquence de quoi et en dépit de ses origines moyen-orientales et du fait qu'il rouvre un café et non une salle de billard, Ali décide de conserver la dénomination irlandaise primitive. Il repeint toutes les boiseries en orange et vert, accroche des gravures de chevaux de course et fait enregistrer son commerce au nom de « Andrew O'Connell Yusuf ». Par respect pour le livre saint, ses frères l'encouragent à placarder également quelques fragments du Coran, de manière que l'entreprise quelque peu hybride « soit considérée d'un œil bienveillant ».

13 mai 1973   Réouverture d'O'Connell's.

2 novembre 1974   Samad et Archie tombent par hasard sur O'Connell's, un soir après pour l'un avant pour l'autre le travail et entrent pour tâter des œufs au plat.

Mai 1977   Samad gagne quinze shillings sur la machine à sous.

1979   Ali succombe à une crise cardiaque, due à un taux de cholestérol trop élevé. La famille décide, contre l'évidence, que sa mort est le résultat d'une consommation impie de viande de porc. Laquelle disparaît en conséquence du menu.

1980   Année charnière. Abdul-Mickey prend la succession de son père. Ouvre une salle de jeux en sous-sol pour combler le manque à gagner dû à la disparition des saucisses. Deux grandes tables de billard sont utilisées : la table de la « Mort » et celle de la « Vie ». La première est réservée à ceux qui jouent pour de l'argent, la seconde, plus conviviale, à ceux qui, pour des raisons religieuses ou financières, récusent le principe. L'entreprise réussit à merveille. Samad et Archie jouent à la table de la « Mort ».

Décembre 1980 Archie établit le record toutes catégories au flipper : 51 998 points.

1981 Archie tombe sur une photo de Viv Richards, abandonnée par terre chez Selfridges et la rapporte chez O'Connell. Samad demande à son tour qu'un portrait de son arrière-grand-père Mangal Pande soit accroché au mur. Mickey refuse, sous prétexte que ce dernier « a les yeux trop rapprochés ».

1982 Samad cesse de jouer à la table de la « Mort » pour des raisons religieuses, mais poursuit sa campagne pour obtenir l'accrochage du portrait susdit.

31 octobre 1984 Archie gagne 268,72 livres à la table de la « Mort ». S'achète quatre pneus Pirelli flambant neufs pour son vieux clou.

31 décembre 1989, 22 heures 30 Samad persuade enfin Mickey de suspendre le portrait. Mickey persiste à penser qu'il « va dégoûter les gens de manger ».

« J'continue à penser qu'ça dégoûte les gens d'manger. Et en plus, une veille d'jour d'l'an. J'suis désolé, vieux. Surtout, l'prends pas mal, hein ? Sûr qu'mon opinion, c'est pas une putain d'parole d'évangile, mais c'est mon opinion, et j'la partage, c'est normal, hein ? »

Mickey fixa un bout de fil de fer derrière le cadre bon marché, donna un bref coup de tablier sur le verre poussiéreux et accrocha le portrait à son piton, au-dessus du four.

« Tu comprends, il a vraiment une sale gueule. Avec cette moustache, en plus. Putain, il a l'air mauvais. Et pis, cette boucle d'oreille, qu'esse-qu'elle fait là ? C'tait quand même pas une tantouse, dis ? »

— Mais non, mais non, qu'est-ce que tu vas chercher ? À l'époque, c'était courant pour un homme de porter des bijoux. »

Mickey prit un air sceptique, le regardant de cet œil qu'il réservait à ceux qui prétendaient avoir mis leur pièce dans le billard électrique sans avoir pu jouer et demandaient à être remboursés. Il sortit de derrière son comptoir et regarda le portrait sous ce nouvel angle. « Qu'esse-t'en dis, Arch ?

— Bien, dit Archie, d'un ton convaincu. Moi, j'dirais, bien.

— Je t'en prie, dit Samad, je considérerais ça comme une grande marque d'estime si tu le laissais accroché là.

— J'te dis, faut pas l'prendre mal », dit Mickey en penchant la tête d'un côté, puis de l'autre, « mais j'continue à penser qu'il a pas l'air franc du collier, c'mec. T'as pas un aut' portrait d'lui par hasard ?

— C'est le seul qui ait survécu. Une grande marque d'estime, vraiment.

— Ben…, rumina Mickey tout en retournant un œuf. Vu qu't'es un habitué, pour ainsi dire, et qu'ça fait des années qu'tu m'tannes le cuir avec c't'affaire, j'suppose qu'y va falloir l'laisser où il est. Qu'esse-vous diriez d'un p'tit sondage ? Hein, qu'esse-t'en penses, Denzel ? Et toi, Clarence ? »

Denzel et Clarence étaient assis dans leur coin, comme à l'accoutumée, leur seule concession à la Saint-Sylvestre étant les quelques morceaux de guirlande mangée aux mites dont Denzel avait décoré son chapeau et le mirliton emplumé qui se partageait l'espace buccal de Clarence avec un cigare.

« Qu'esse-tu veux ?

— Qu'esse-vous pensez du type que Samad veut qu'on accroche ? C'est son grand-père.

— *Arrière*-grand-père, corrigea Samad.

— Tu vois pas qu'j'joue aux dominos, non ? T'essaies d'pwiver un vieux d'son plaisi', c'est ça, hein ? Quel po'trait ? demanda Denzel en se retournant non sans réticence pour y jeter un coup d'œil. Çui-là ? Ah ben, j'l'aime pas. Mais alo', pas du tout. On diwait qu'l'est so'ti tout dwoit d'l'enfe' !

— Lui, un pawent à toi ? piaula Clarence de sa voix d'eunuque à l'adresse de Samad. Ça expliquwait tout, mon vieux. L'a une twonche, çui-là, qu'il est comme le cul d'un singe. »

Denzel et Clarence éclatèrent de leur rire distingué. « Ouais. D'quoi t'fai' dégueuler ta bouffe.

— J't'l'avais bien dit, s'exclama Mickey d'un ton triomphant en se tournant vers Samad. C'est juste bon pour dégoûter les clients — c'est pas c'que j't'ai dit franco ?

— Tu ne vas tout de même pas écouter ces deux demeurés ?

— J'sais pas, moi... », dit Mickey en se tortillant devant son comptoir. Une réflexion intense s'accompagnait toujours chez lui de mouvements du corps plus ou moins contrôlés. « J'te respecte et tout ça, et pis, t'étais pote avec mon père, mais... l'prends pas mal ni rien, hein ? mais tu commences à avoir la dent salement longue, Samad, y a des clients plus jeunes qui pourraient...

— Quels clients plus jeunes ? Tu peux me les montrer ? » demanda Samad, avec un geste en direction de Clarence et Denzel.

« O.K., un point pour toi... mais l'client, il a toujours raison, si tu vois c'que j'veux dire.

— Et moi, je ne suis pas un client, peut-être ? » dit Samad, sincèrement blessé. « Et quel client ! Quinze ans que je fréquente ton établissement, Mickey. Un fameux bail, tu en conviendras.

— Ouais, mais c'est la majorité qui compte, pas vrai ? Pour les aut' trucs, dans l'ensemble, j'me plie, comme qui dirait, à ton opinion. Les gars, y t'appellent "le Professeur", et, faut être honnête, c'est pas sans raison. J'suis tout c'qu'y a d'respectueux d'ton jug'ment, disons neuf fois sur dix. Mais y'arrive un moment où qu'si t'es tout seul à commander et qu'l'équipage, y veut s'mutiner, eh ben... t'es baisé, non ? »

Mickey entreprit d'illustrer la sagesse de son propos en s'aidant de sa poêle : il montra comment douze champignons pouvaient en forcer un à passer par-dessus bord et à tomber par terre.

Avec les caquètements de Denzel et de Clarence toujours dans l'oreille, Samad sentit la moutarde lui monter au nez et une vague de colère le prendre à la gorge.

« Rends-le-moi », dit-il en tendant la main par-dessus le comptoir en direction de l'endroit où pendait le Pande, l'air penché. « Je n'aurais jamais rien dû te demander... Ce serait déshonorant, que dis-je, ignominieux, pour la mémoire de Mangal Pande que de se retrouver dans cette... dans cette maison profane, dans cette... cette maison de la honte !

— Quoi ? Répète un peu pour voir.

— Rends-le-moi !

— Écoute... Attends une minute. » Mickey et Archie voulurent s'interposer pour arrêter Samad, mais celui-ci, poussé à bout par dix années d'humiliations, continua à gesticuler pour écarter la masse imposante de Mickey. Ils luttèrent un instant, puis tout à coup, désarticulé et couvert de transpiration, Samad abandonna toute résistance.

« Écoute, Samad, dit Mickey en tapotant l'épaule de l'autre avec tant d'affection qu'il faillit en pleurer, j'avais pas compris que t'y t'nais tant qu'ça, à c't'affaire.

Allez, on r'démarre à zéro. On va laisser l'portrait au mur une semaine et voir c'qui s'passe, d'accord ?

— Merci, mon ami, merci, dit Samad en sortant un mouchoir de sa poche pour s'éponger le front. J'apprécie, tu sais. Vraiment, j'apprécie. »

Mickey lui donna une tape amicale entre les omoplates en signe de réconciliation. « J'ai tellement entendu parler de c'Pande d'mes deux pendant des années que j'peux bien accrocher sa foutue tronche au mur. Finalement, ça m'fera ni chaud ni froid. Comme-See-Comme-Sar, comme y disent les bouffeurs d'grenouilles. Qu'est-ce que ça peut m'foutre, après tout ? Et ce supplément d'dinde, Archibald, mon bon ami, ça s'règle en espèces. L'âge d'or des tickets-resto, c'est fini, mon vieux. Sei-gneur, en voilà des palabres pour pas grand-chose... »

Samad plongea les yeux dans ceux de son arrière-grand-père. Cette bataille pour sauver la réputation de Pande, ils l'avaient menée bien des fois, Samad et son ancêtre. L'un et l'autre ne savaient que trop comment se répartissaient aujourd'hui les avis sur Mangal Pande :

Un héros méconnu	Beaucoup de bruit pour rien
Samad Iqbal	Mickey
A.S. Misra	Magid et Millat
	Alsana
	Archie
	Irie
	Clarence et Denzel
	La recherche britannique de 1857 à nos jours

La question les avait occupés maintes fois avec Archie. Pendant des années, assis à leur table chez

O'Connell, ils étaient revenus sur ce même débat, parfois avec de nouveaux détails glanés ici et là par Samad qui poursuivait inlassablement ses recherches sur le sujet — mais depuis qu'Archie avait découvert la « vérité » à propos de Pande, aux environs de 1953, il n'y avait pas eu moyen de le faire changer d'avis. La seule notoriété à laquelle pouvait prétendre Pande, comme tenait à le faire remarquer Archie, c'était le legs de nature étymologique qu'il avait fait à la langue anglaise, par le biais du mot « Pandy », entrée de l'*Oxford English Dictionary* à laquelle le lecteur curieux de ce genre de choses trouvera la définition suivante :

Pandy /'pandi/ n. 2, *fam.* (auj. *hist.*) Également **Pandee**. Milieu XIXᵉ [orig. douteuse ; peut-être du nom du premier révolté cipaye de l'armée du Bengale] ; 1. Tout cipaye ayant participé à la mutinerie indienne de 1857-59 ; 2. Par ext. rebelle ou traître ; 3. Imbécile ou poltron dans un contexte militaire.

« Clair com' d'l'eau d'roche, mon pote », disait Archie en refermant le dictionnaire, l'air triomphant. « Et j'avais pas b'soin d'un dictionnaire pour l'savoir, pas plus que toi, d'ailleurs. C't'une expression courante. Quand on était à l'armée, tous les deux, c'était bien connu. Pendant un moment, t'as essayé d'me faire marcher, mais la vérité, elle finit toujours par éclater. "Pandy" a jamais voulu dire qu'un seul truc. Si j'étais toi, j'commencerais à mettre une sourdine, côté parenté avec ce mec, au lieu d'en r'battre les oreilles de tout l'monde vingt-quatre heures sur vingt-quatre.

— Archibald, c'est pas parce que le mot existe avec ce sens qu'il est une traduction fidèle de la personnalité de Mangal Pande. Nous sommes d'accord sur la

première définition : mon arrière-grand-père était
un révolté, et j'en suis fier. Je t'accorde que les choses
ne se sont pas déroulées exactement comme prévu.
Mais "traître" ? "Poltron" ? Ton dictionnaire est
vieux, ces définitions n'ont plus cours. Pande n'était
ni un traître ni un lâche.

— Ah, j'en ai marre, on en a parlé cent fois, et j'en
démords pas : *y a pas d'fumée sans feu*, si tu vois
c'que j'veux dire », disait Archie, presque étonné de
la profondeur de sa conclusion. L'expression était un
des outils analytiques auxquels il recourait systématiquement quand il se trouvait confronté à des nouvelles hors du commun, à des événements historiques ou à la tâche quotidienne qui consistait à
séparer la réalité de la fiction. *Il n'y a pas de fumée
sans feu*. Il y avait une telle naïveté dans la manière
dont Archie se reposait sur cette conviction que
Samad n'avait jamais trouvé le courage de le
détromper. Pourquoi dire à un vieil homme qu'il
peut y avoir de la fumée sans feu aussi sûrement
qu'il y a des blessures profondes qui ne saignent
pas ?

« Je comprends ton point de vue, Archie. Mais
moi, je tiens, et ce, depuis toujours, depuis qu'on a
abordé le sujet pour la première fois, je tiens que
nous n'avons pas *toute* l'histoire. Je suis bien conscient également que nous avons plusieurs fois étudié
la question dans ses moindres détails, mais il reste
que les histoires complètes sont aussi rares que
l'honnêteté, aussi précieuses qu'un diamant. Si tu as
la chance d'en dénicher une, elle risque de te hanter
longtemps. De telles histoires sont difficiles. Elles
sont longues. Elles sont épiques. Comme celles que
Dieu raconte : pleines de détails incroyablement spécifiques. Des histoires de ce genre, tu ne les trouves
pas dans les dictionnaires.

— D'accord, d'accord, professeur. Déballe ta version des faits. »

On voit souvent des vieux dans les recoins sombres d'un pub discuter et gesticuler en se servant des chopes et des salières pour figurer des gens morts depuis longtemps ou des contrées lointaines. Ils font montre alors d'une vitalité qu'ils ne manifestent en aucune autre circonstance. En détaillant une histoire complète sur la table (ici, la fourchette-Churchill, là, la serviette-Tchécoslovaquie, plus loin, un tas de petits pois froids représentent l'ensemble des troupes allemandes), ils renaissent à la vie. Mais quand Archie et Samad, dans les années quatre-vingt, avaient ces discussions de bistrot, les couteaux et les fourchettes n'y suffisaient pas. C'est la totalité de cet été indien étouffant de 1857, la totalité de cette année de révoltes et de massacres, qui se retrouvait chez O'Connell, qui resurgissait des limbes grâce à nos deux historiens improvisés. La zone qui s'étendait du juke-box à la machine à sous devenait Delhi ; Viv Richards se pliait en silence au rôle qui lui était dévolu, celui du capitaine Hearsay, le supérieur britannique de Pande ; Clarence et Denzel continuaient leur partie de dominos, chargés, sans le savoir, de représenter les hordes cipayes indiscipli-nées de l'armée britannique. Chacun des deux adversaires utilisait les éléments nécessaires à sa démonstration, les disposant et les manipulant sous les yeux de l'autre. On plantait les décors, on reproduisait la trajectoire des balles. La discorde régnait.

Si l'on en croit la légende, c'est dans une usine de Dumdum au cours du printemps 1857 que commença la fabrication d'un nouveau genre de balle. Ce projectile, censé être utilisé dans des fusils britanniques par des soldats indiens, avait, à l'instar de la plupart des balles de cette époque, une enveloppe dans laquelle il fallait mordre avant de l'introduire dans le canon. Rien de bien extraordinaire jusqu'ici, sinon qu'il se trouva un beau jour un ouvrier de la fabrique un peu curieux pour découvrir que ces balles étaient couvertes de graisse — mélange de graisse de porc, sacrilège pour les musulmans, et de graisse de vache, animal sacré pour les hindous. Erreur bien innocente — si tant est qu'il puisse exister quelque chose d'innocent sur une terre volée —, simple bourde de la part des Britanniques. Mais quelle fièvre, quel émoi quand les premiers soldats apprirent la nouvelle ! Sous le prétexte spécieux d'un nouvel armement, voilà que les Anglais cherchaient à détruire leur caste, leur honneur, leur statut aux yeux de Dieu et des hommes, en bref, tout ce qui faisait que la vie valait la peine d'être vécue. Impossible de garder pareille rumeur secrète : le bruit se répandit comme une traînée de poudre sur les terres desséchées de l'Inde, cet été-là, courant d'abord tout au long de la chaîne de production, puis gagnant la rue, la ville, la campagne pour envahir ensuite les casernes les unes après les autres et finalement enflammer le pays tout entier et le pousser à la révolte. Il atteignit bientôt les grandes oreilles si vilipendées de Mangal Pande, cipaye parfaitement obscur stationné dans la petite ville de Barrackpore, qui sortit du rang sur le terrain de manœuvres, un certain 29 mars 1857, pour laisser à sa façon un nom dans l'histoire. « Pour se couvrir de ridicule, ouais », dira bientôt Archie (car, ces derniers temps, il n'est plus prêt à avaler la Pandéologie comme il l'a fait par le passé).

« Tu ne comprends rien au sacrifice de cet homme, répliquera Samad.

— Quel sacrifice, tu veux m'dire ? Il a même pas été foutu d'se tuer correctement ! Le problème avec toi, Sam, c'est qu'tu r'fuses l'évidence. J'ai lu tout c'qu'y avait à lire là-d'ssus. Y a pas à sortir d'la vérité, même si elle est pas bonne à entendre.

— C'est pas croyable ! Eh bien, mon ami, puisque de toute évidence, tu es un expert pour ce qui concerne l'histoire de ma famille, éclaire-moi, je t'en prie. Allez, donne-moi ta version des faits. »

De nos jours, le lycéen moyen est conscient de la complexité des forces, des mouvements et des courants qui sont à l'origine des guerres et des révolutions. Mais du temps où Archie fréquentait encore l'école, le monde semblait se prêter davantage aux versions romancées de l'histoire. Laquelle était, à l'époque, bien différente de ce qu'elle est devenue, car elle était enseignée avec un œil sur l'anecdote, l'autre sur le mélodrame, sans souci aucun de vraisemblance ou d'exactitude chronologique. Dans cette optique, la Révolution russe avait éclaté parce que tout le monde détestait Raspoutine ; le déclin et la chute de l'empire romain étaient venus de ce que Marc Antoine s'envoyait Cléopâtre ; Henri V avait remporté la bataille d'Azincourt parce que les Français étaient bien trop occupés à admirer leur nouvelle tenue. Et la grande révolte indienne de 1857 avait été déclenchée par un coup de feu tiré par un pauvre ivrogne du nom de Mangal Pande. En dépit de tout ce que Samad pouvait lui opposer, Archie ressortait chaque fois plus convaincu de sa lecture de l'extrait suivant :

La scène se passe à Barrackpore, le 29 mars 1857. C'est un dimanche après-midi, mais sur le sol poussiéreux du terrain de manœuvres se déroule un drame qui n'évoque en rien la paix dominicale. Là s'agite et bavarde une foule désordonnée de cipayes, plus ou moins vêtus ou dévêtus ; certains armés, d'autres pas, mais tous très excités. À une trentaine de mètres devant les rangs du 34ᵉ, un cipaye du nom de Mangal Pande se pavane d'un air avantageux. Au comble de l'exaltation, sous les effets combinés du *bhang* et du fanatisme religieux, il arpente le terrain de long en large, menton redressé, mousquet chargé en main, gesticulant et criant d'une voix aiguë et nasillarde : « Sortez des rangs, vous autres ! Allez, dispersez-vous ! Les Anglais nous ont trahis. Si nous mordons dans ces cartouches, nous deviendrons tous des infidèles. »

L'homme, en fait, est dans cet état qu'induisent tout à la fois le *bhang* et l'hystérie et qui provoque chez un Malais une sorte de folie furieuse. Chaque cri sorti de sa bouche allume dans le cerveau de ses auditeurs une flamme qui grandit à mesure que grossit la foule des cipayes et que monte la fièvre. En un mot, une poudrière humaine est sur le point d'exploser.

Et c'est bel et bien ce qu'elle fit. Pande tira sur son lieutenant et le manqua. Puis il s'empara d'une grande épée, un *tulwar*, dont il frappa lâchement son lieutenant, tandis que celui-ci lui tournait le dos, le blessant à l'épaule. Un cipaye tenta de s'interposer, mais Pande ne se laissa pas faire. Arrivèrent alors les renforts : un certain capitaine Hearsay se précipita, son fils à ses côtés, tous deux armés et prêts à mourir pour leur pays (« Hear-say, le mot dit bien ce qu'il veut dire ! Rumeur, sottise, affabulation[1] ! ») Sur quoi, Pande se rendit compte qu'il n'avait plus rien à espérer et, plantant son énorme fusil dans le sol, il en dirigea le canon sur sa tête et actionna la détente

1. *Hearsay*, aussi nom commun signifiant « ouï-dire ». Les guillemets signalent ici un commentaire implicite de Samad

du pied gauche. Mais rata son coup. Quelques jours
plus tard, il passait en cour martiale et était reconnu
coupable. C'est à l'autre bout du pays, à Delhi,
depuis une chaise longue, que son exécution fut
ordonnée par un certain général Henry Havelock (à
la mémoire duquel, et pour le plus grand mécontentement de Samad, se dresse une statue juste
devant le Palace, sur Trafalgar Square, à la droite de
Nelson), lequel prit la peine d'ajouter — dans un
post-scriptum au document officiel — qu'il espérait
bien que cette décision couperait court à toutes les
rumeurs de mutinerie qu'on se plaisait à faire cir-
culer depuis un certain temps. Mais il était déjà trop
tard. Tandis que Pande se balançait au bout de sa
corde dans la brise étouffante, en haut d'un gibet de
fortune, ses camarades du 34e étaient en route pour
Delhi, décidés à se joindre aux forces rebelles de ce
qui allait devenir l'une des révoltes avortées les plus
sanglantes de toute l'histoire.

Cette version des événements (celle d'un historien
de l'époque du nom de Fitchett) mettait Samad dans
une fureur noire. Quand un homme n'a rien d'autre
que son sang pour le recommander, la moindre
goutte de ce sang revêt une importance capitale et
doit être jalousement défendue. Protégée des détrac-
teurs et des calomniateurs. Elle mérite qu'on se
batte pour elle. Mais à l'instar d'une rumeur insi-
dieuse, le Pande incompétent et ivre de Fitchett
s'était transmis, au fil du temps, d'un historien à
l'autre, au mépris de la vérité, obligée de reculer à
mesure que s'amplifiait la rumeur. Peu importait que
le *bhang*, cette boisson à base de hachisch utilisée à
petites doses comme médicament, fût incapable de
produire une ivresse de ce genre ou que Pande, en
Hindou convaincu qu'il était, eût estimé sacrilège
d'en boire ne fût-ce qu'une goutte. Peu importait que

Samad n'ait jamais réussi à trouver une seule preuve corroborant la version selon laquelle Pande aurait absorbé du *bhang* ce matin-là. L'histoire collait à la réputation des Iqbal, comme une gigantesque fausse citation, aussi solide et immuable, apparemment, que l'idée selon laquelle Hamlet aurait dit un jour « bien » connaître Yorick.

« Ça suffit ! Que tu m'aies lu ces trucs-là des centaines de fois, Archibald, ne change rien à l'affaire. » (Archie arrivait habituellement chargé d'un sac en plastique plein de livres de la bibliothèque Brent qui n'étaient que propagande anti-Pande et contrevérités manifestes.) « Ces types me font penser à des gamins qui se font prendre, la main dans un énorme bocal de miel : ils vont tous me raconter le même mensonge. Ce genre de calomnie ne m'intéresse pas. Pas plus que ne m'intéressent les marionnettes ou les farces tragiques. Ce qui m'intéresse, mon ami, c'est l'action. » À ce stade, Samad mimait le motus et bouche cousue et la clé que l'on jette pour être sûr de garder le secret. « L'action. Pas les mots. Je te le répète, Archibald, Mangal Pande a sacrifié sa vie au nom de la justice pour son pays, et pas parce qu'il était ivre ou qu'il avait perdu la raison. Passe-moi le ketchup. »

C'était le soir de la Saint-Sylvestre 1989 chez O'Connell, et la dispute avait repris de plus belle.

« Certes, ce n'était pas un héros comme vous autres, Occidentaux, les aimez — son seul titre de gloire, c'est une mort honorable. Mais imagine la situation : il est assis là » (et Samad désigna du doigt Denzel sur le point de placer son domino gagnant), « devant ses juges, sachant que ce qui l'attend c'est la mort, et il refuse obstinément de révéler le nom des autres conspirateurs...

— Ça, ça dépend de c'que tu lis », le coupa Archie flattant de la main sa pile de sceptiques, Michael Edwardes, P.J.O. Taylor, Syed Moinul Haq et consorts.

« Non, Archie. C'est là une erreur répandue. La vérité ne dépend pas de ce que tu lis. S'il te plaît, ne nous embarquons pas dans un débat sur la nature de la vérité. Comme ça, tu n'auras pas à dessiner avec mon fromage, et moi, j'éviterai de manger ta craie.

— D'accord, d'accord. Mais l'bonhomme Pande, qu'est-ce qu'il a fait, en fin de compte ? Rien ! Tout c'qu'il a fait, c'est déclencher une révolte — et trop tôt encore, avant la date convenue. Une sacrée connerie, en termes militaires. Des trucs comme ça, ça s'prépare, ça s'fait pas sur un coup d'tête. Ton type, il a causé plein de morts qu'ont servi à rien. Et dans les deux camps.

— Tu me permettras de penser que c'est faux.

— Eh ben t'as tort.

— Tu me permettras de penser que j'ai raison.

— Enfin, Sam, regarde les choses en face, dit Archie en rassemblant une pile d'assiettes sales que Mickey s'apprêtait à mettre dans le lave-vaisselle. Vlà tous les gens qu'ont écrit sur ton Pande ces cent et quelques dernières années. Main'nant, v'là ceux qui sont d'accord avec moi, poursuivit-il en mettant dix assiettes de son côté, et ça, c'est l'cinglé qu'est d'ton côté, termina-t-il en poussant une assiette dans la direction de Samad.

— A.S. Misra. Un membre de l'administration indienne des plus respectés. Et pas du tout un cinglé.

— Bon, si tu veux. Mais en tout cas, y te faudrait encore cent et quelques années pour accumuler autant d'assiettes que moi, même si tu d'vais les fabriquer toi-même, et j'te parie que, une fois qu'tu les aurais, y aurait pas un pékin pour vouloir manger d'dans. C't'une image, une expression, forcément. Tu m'suis ? »

A.S. Misra était effectivement le seul à défendre les couleurs de Samad. L'un des neveux de Samad, Rajnu, lui avait écrit au printemps 81 de son *college* de Cambridge pour lui signaler qu'il était tombé sur un ouvrage qui risquait de l'intéresser. On y trouvait une défense éloquente de leur ancêtre commun, Mangal Pande. Le seul exemplaire encore existant se trouvait à la bibliothèque de son *college*, et l'auteur en était un certain Misra. Son oncle en avait-il entendu parler ? Si ce n'était pas le cas, ce pourrait être (ajoutait Rajnu dans un P.-S. prudent) une bonne occasion pour revoir son oncle.

Samad arriva par le train le lendemain même et salua chaudement son gentil neveu sous une pluie battante, lui serrant la main à plusieurs reprises et parlant comme si l'habitude de la parole était en train de se perdre.

« Un grand jour », répéta-t-il à plusieurs reprises, jusqu'à ce que les deux hommes fussent trempés jusqu'aux os. « Un grand jour pour notre famille, Rajnu, et un grand jour pour la vérité. »

Les gens trempés n'étant pas admis dans les bibliothèques, ils passèrent la matinée à se sécher dans un salon de thé à l'atmosphère confinée, rempli de dames comme il faut, prenant exactement le thé qu'il fallait. Rajnu, qui avait toujours su écouter, prêta une oreille patiente aux débordements de son oncle (Que cette découverte était donc importante ! Avec quelle impatience il avait attendu ce moment !), hochant la tête aux bons endroits et souriant gentiment quand Samad balayait de la main quelques larmes qui lui perlaient au coin de l'œil. « C'est un

grand et beau livre, n'est-ce pas, Rajnu ? » demanda
Samad d'un ton suppliant, tandis que son neveu laissait un généreux pourboire aux serveuses renfro-
gnées qui n'avaient guère apprécié de voir des
Indiens surexcités passer trois heures devant un thé
au lait et laisser des marques humides partout sur
les meubles. « C'est un livre qui fait autorité, n'est-ce
pas ? »

Rajnu était convaincu de la médiocrité de l'ouvrage, lequel était à juste titre tombé dans l'oubli,
mais il aimait son oncle, si bien qu'il lui sourit en
réponse, opina du chef et sourit à nouveau, d'un air
plus assuré.

Une fois dans la bibliothèque, Samad fut prié de
remplir le livre des visiteurs :

> *Nom* : Samad Miah Iqbal
> *Collège* : Études à l'étranger (Delhi)
> *Projet de recherche* : La vérité.

Rajnu, amusé par cette dernière entrée, prit le
stylo pour ajouter « et la tragédie ».

« Vérité et tragédie », dit un bibliothécaire impassible, en tournant le livre vers lui. « Vous avez une
idée précise ?

— Ne vous inquiétez pas, dit Samad d'un ton
aimable. On trouvera. »

Il fallut un escabeau pour atteindre l'ouvrage,
mais celui-ci valait l'étirement. Quand Rajnu le fit
passer à son oncle, Samad sentit des picotements au
bout de ses doigts et, quand il en aperçut la couverture, la forme et la couleur, il se rendit compte que
tout cela correspondait à ce dont il avait toujours
rêvé. Le livre, lourd et énorme, était relié pleine peau
couleur miel et couvert d'une légère couche de poussière, de celle qui dénote quelque chose d'infiniment

précieux, que l'on a scrupule à manipuler trop souvent.

« J'ai laissé un marque-page dedans. Il y a beaucoup à lire, mais il y a quelque chose dont j'ai pensé que tu aimerais le voir en premier », dit Rajnu, en posant le volume sur un bureau. Samad regarda la page sélectionnée par son neveu. Elle dépassait toutes ses espérances.

« Ce n'est qu'une vision d'artiste, mais la ressemblance entre...

— Ne dis rien », dit Samad, faisant glisser ses doigts sur le portrait. « Ceci est notre sang, Rajnu. Je ne pensais pas voir un jour... Quels sourcils ! Quel nez ! J'ai son nez, tu ne trouves pas ?

— Et son visage aussi, mon oncle. En plus fringant, bien sûr.

— Et qu'est-ce que dit la légende en dessous ? Bon sang ! Où sont passées mes lunettes ? Lis-le-moi, Rajnu, c'est écrit trop petit.

— La légende ? *Mangal Pande, l'homme qui tira le premier coup de fusil du mouvement de 1857. Son sacrifice fut le détonateur d'une insurrection qui vit le pays prendre les armes contre un despote étranger, avant de se transformer en un soulèvement de masse sans parallèle aucun dans l'histoire mondiale. Bien que la tentative n'ait pas porté de fruits immédiats, elle a jeté les bases de l'Indépendance finalement obtenue en 1947. Mangal Pande paya son patriotisme de sa vie. Mais il refusa jusqu'à son dernier souffle de révéler le nom des instigateurs du soulèvement..* »

Samad s'assit sur la dernière marche de l'escabeau et pleura.

« Si j'te comprends bien, t'es en train d'me dire que sans Pande, y aurait jamais eu d'Gandhi. Que sans ton cinglé d'grand-père, y aurait pas eu d'putain d'indépendance…

— *Arrière*-grand-père.

— On s'en fout, laisse-moi finir. Sérieusement, tu prétends quand même pas nous faire croire ça ? » demanda Archie en envoyant une claque dans le dos du couple Clarence-Denzel, qui ne manifestait pas le moindre intérêt pour la question. « T'y crois, toi ? demanda-t-il à Clarence.

— Moi, j'y cwas pas », dit Clarence, qui n'avait pas la moindre idée de ce dont on parlait.

« Pou' di' la véwité, moi, pas cwoir 'ien, dit Denzel en se mouchant dans une serviette. Pas entend' le mal, pas voi' le mal, et pas l'di'. Voilà mon cwedo.

— C'est lui qui le premier a senti venir l'explosion, Archibald. C'est aussi simple que ça. Le picotement avant l'éternuement, je te dis. »

Une minute de silence, pendant laquelle Archibald regarda trois morceaux de sucre fondre dans sa tasse de thé. Puis il reprit, non sans quelque hésitation : « Tu sais, j'ai ma p'tite idée. Qu'a rien à voir avec les bouquins, j'veux dire.

— Je t'en prie, éclaire-nous, dit Samad avec une petite courbette.

— Tu vas pas l'prendre mal, hein ? Mais réfléchis bien, juste une minute. Pourquoi est-ce qu'un type aussi croyant que Pande aurait bu du *bhang* ? Sérieusement, j'sais bien que j't'énerve avec ça, mais pourquoi ?

— Tu connais mon opinion là-dessus. Il n'en a jamais bu. Pure intox' de la part des Anglais.

— Et c'était un tireur adroit…

— Aucun doute là-dessus. A.S. Misra produit la copie d'un document précisant que Pande a passé un an dans une unité spécialisée dans l'utilisation du mousquet.

— Bon. Alors, tu veux m'dire pourquoi il a trouvé l'moyen d'rater sa cible ?

— À mon avis, la seule explication possible, c'est que l'arme était défectueuse.

— Ouais, c'est pas impossible. Mais y a p't-êt' aut' chose. P't'-êt' que c'est les autres qui l'ont obligé à aller sur l'terrain d'manœuvres et à faire du raffut. Et p't-êt' que dès l'début, il a jamais voulu tuer personne. Alors, il a fait semblant d'êt'soûl, pour qu'les gars à la caserne, y trouvent pas bizarre qu'il ait manqué son coup.

— C'est bien la théorie la plus stupide que j'aie jamais entendue », soupira Samad, tandis que l'aiguille de la pendule maculée d'œuf de Mickey entamait le compte à rebours des dernières trente secondes avant minuit. « Le genre de choses que tu es bien le seul à pouvoir concocter. C'est absurde.

— Et pourquoi ?

— Pourquoi ? Mais, Archibald, parce que ces Anglais, tous ces capitaines Hearsay, Havelock et les autres, c'étaient des ennemis jurés des Indiens. Pourquoi aurait-il épargné la vie de gens qu'il ne pouvait que mépriser ?

— P't-êt' que, tout bêtement, il a pas pu. P't-être que c'était pas l'genre à tuer comme ça, d'sang-froid.

— Parce que tu crois vraiment qu'il y a une espèce d'hommes qui tue et une autre qui ne tue pas ?

— P't'-êt' ben qu'oui, Sam, p't'-êt' ben qu'non.

— On croirait entendre ma femme », grogna Samad, épongeant un dernier morceau d'œuf dans son assiette. « Laisse-moi te dire une chose, Archibald. Un homme est un homme, un point, c'est tout. Si sa famille est menacée, sa religion attaquée, son mode de vie détruit, tout son univers en train de s'effondrer autour de lui, alors, il devient capable de tuer. Ne crois pas qu'il laissera le nouvel ordre l'écraser sans d'abord lutter. Il y aura des gens qu'il n'hésitera pas à tuer.

— Et y en aura d'autres qu'il sauvera », dit Archie Jones, avec un air mystérieux dont son ami, à cause de tous ces plis et de ces traits poupins, l'aurait cru incapable. « Tu peux me croire.

— Cinq ! Quat' ! Twois ! Deux ! Un ! Vive la Jamaïque ! » crièrent en chœur Denzel et Clarence, levant leur irish coffee pour saluer la nouvelle année avant de reprendre derechef leur neuvième partie de dominos.

« BONNE ANNÉE À TOUS, VINGT DIEUX ! » hurla Mickey de derrière son comptoir.

IRIE

1990, 1907

« Dans ce monde rigide où causes et effets s'enchaînent inéluctablement, se pourrait-il que cette palpitation secrète que je leur ai volée n'ait en rien changé *leur* avenir ? »

Lolita, Vladimir Nabokov

11

Erreurs de parcours
dans l'éducation d'Irie Jones

Dans ses rêves, Irie s'était mise à voir apparaître un lampadaire, celui qu'elle voyait régulièrement dans la réalité quand elle se rendait de chez elle au lycée de Glenard Oak. Pas exactement le lampadaire, mais une petite annonce, rédigée à la main et collée au fût avec du scotch, à hauteur d'homme. Qui disait :

PERDEZ DU POIDS
ET GAGNEZ DE L'ARGENT

081 555 6752

Irie Jones avait alors quinze ans et, disons-le, elle était grosse. Les proportions européennes de la silhouette de Clara avaient sauté une génération, et sa fille se retrouvait affligée de l'imposante carrure jamaïquaine d'Hortense, abondamment pourvue d'ananas, de mangues et de goyaves ; la gamine était en surcharge pondérale à tous les niveaux : nichons, fesses, hanches, cuisses ; elle avait même de grosses dents. Elle faisait bien ses quatre-vingts kilos ; le même chiffre s'inscrivait sur son carnet de caisse d'épargne, mais en livres, celui-là. Elle savait qu'elle était le public-cible par excellence de cette pub (si toutefois il en existait un), elle ne pouvait pas ignorer, tout en se rendant à l'école d'un pas traînant, la bouche pleine de *doughnuts*, essayant de contenir ses rondeurs par tous les moyens, que ce message s'adressait à elle. PERDEZ DU POIDS (voilà ce qu'il disait) ET GAGNEZ DE L'ARGENT. Vous, vous, Miss Jones, avec vos bras et votre veste savamment placés pour tenter de dissimuler vos fesses (question, restée jusqu'ici sans réponse : comment diminuer cet énorme renflement qu'est le postérieur antillais ?), avec votre gainette à aplatir le ventre et votre soutien-gorge à écraser les seins, avec votre corset en lycra — miracle des années quatre-vingt-dix destiné à remplacer les baleines — et vos ceintures élastiques. Oui, c'était à elle que l'annonce s'adressait. Mais que voulait-elle dire au juste ? De quoi s'agissait-il ? De minceur sponsorisée ? De l'aptitude des gens minces à gagner de l'argent ? Ou bien de quelque chose de carrément plus jacobéen, l'invention de quelque sordide Shylock de banlieue, une livre de chair contre une livre d'or : *de la chair contre de l'argent* ?

Parfois dans ses rêves, elle se retrouvait au bahut en bikini, avec l'énigme du lampadaire écrite à la craie sur ses rondeurs brunes, sur ses diverses saillies (qui pouvaient recevoir livres, tasses de thé, paniers ou, avec davantage d'à-propos, enfants, sacs de fruits et seaux d'eau), saillies génétiquement programmées pour un autre pays, un autre climat. À d'autres moments, c'était le rêve de la minceur sponsorisée : elle faisait du porte-à-porte, les fesses à l'air, un panneau autour du cou, baignée de soleil, et essayait d'encourager les vieux à pincer un centimètre de chair ou à en prélever une livre. Les pires moments ? Ceux où elle s'arrachait des morceaux entiers de chair flasque pour les mettre dans ces anciennes bouteilles de Coca aux courbes bien particulières, les portait ensuite à la boutique du coin, les posait sur le comptoir, et le boutiquier, qui n'était autre que Millat, bindi au front et pull en V, les comptait et, après avoir ouvert son tiroir-caisse à contrecœur avec des pattes tachées de sang, lui tendait la monnaie. *Un peu de chair jamaïquaine contre un peu d'argent anglais.*

C'était une obsession chez Irie Jones. Sa mère se faisait du souci à ce sujet et, de temps en temps, la coinçait dans le couloir au moment où elle s'apprêtait à se faufiler dehors, pour tâter la corseterie compliquée avant de lui demander : « Mais à quoi tu penses, grands dieux ? Au nom du ciel, qu'est-ce que tu as là-dessous ? Comment arrives-tu seulement à respirer ? Irie, ma chérie, tu es juste bien — tu es bâtie comme une vraie Bowden, c'est tout — mais tu es juste bien, crois-moi. »

Comment Irie aurait-elle pu la croire ? D'un côté, l'Angleterre, gigantesque miroir ; de l'autre, Irie, sans reflet ni image. Une étrangère sur une terre d'étrangers.

Cauchemars et rêves éveillés, dans le bus, dans la baignoire, en classe. Avant. Après. Avant. Après. Avant. *Après.* Le mantra du junkie qui veut décrocher. Peu disposée à se satisfaire de son destin génétique, elle attendait le moment où elle passerait du sablier jamaïquain, lourd de tous les sables qui s'accumulent autour de Dunn River Falls, à la Rose anglaise — vous ne connaissez qu'elle : cette chose délicate, élancée, peu faite pour la chaleur et le grand soleil, une planche de surf ridée par la vague :

Avant :   Après :

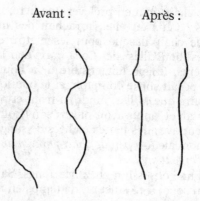

Mrs. Olive Roody, professeur de lettres capable de repérer le moindre petit dessin en cours à vingt mètres à la ronde, se pencha par-dessus son bureau pour s'emparer du cahier d'Irie dont elle arracha la page incriminée. Elle la regarda d'un air dubitatif. Avant de s'enquérir avec son mélodieux accent écossais « Avant et après quoi ?

— Heu... quoi ?

— Avant et après *quoi* ?

— Oh, rien, miss.

— Rien ? Allons, allons, miss Jones. Inutile d'être aussi modeste. C'est manifestement plus intéressant que le sonnet 127.

— Non, rien. C'est rien, j'vous assure.

— Vous êtes sûre ? Vous ne souhaitez pas retarder la classe plus longtemps ? Parce qu'il y en a certains ici qui veulent écouter... que dis-je, qui sont un tant soit peu intéressés... par ce que je raconte. Si donc, vous pouviez distraire un peu de temps de vos griffonnages et vous joindre à nous, nous pourrions continuer. Alors ?

— Alors, quoi ?

— Allez-vous nous accorder un peu de votre temps ?

— Oui, Mrs. Roody.

— Bon, très bien. Voilà qui me remplit d'aise. Sonnet 127, s'il vous plaît.

— *La brune au temps jadis passait pour être laide* », poursuivit Francis Stone, sur ce ton catatonique on ne peut plus monocorde, typique des lycéens lisant de la poésie élisabéthaine. « *Ou, belle, n'avait point le renom de beauté..* »

Irie posa sa main droite sur son estomac, le rentra et essaya d'accrocher le regard de Millat. Mais ce dernier était en train de montrer à la jolie Nikki Tyler comment il pouvait replier sa langue pour en faire une sorte de petite flûte. De son côté, Nikki Tyler lui montrait la manière dont les lobes de ses oreilles étaient plaqués sur les côtés de sa tête au lieu de pendre dans le vide. Flirt pseudo-scientifique suite au cours de sciences naturelles du matin : *Caractéristiques héritées, Première partie (a).* Collé. Décollé. Enroulé. Plat. Œil bleu. Œil marron. Avant. Après.

« *Le sourcil de m'amie est noir comme corbeau ; Son œil, de noir vêtu, semble en deuil... Ma maîtresse a des yeux qui n'ont rien du soleil / Et ses lèvres n'ont point la rougeur coralline... Et, si la neige est blanche, est brune sa poitrine*[1]. »

La puberté, la vraie (et pas simplement le renflement d'un jeune sein ou l'ombre ténue d'une toison naissante), avait séparé ces vieux amis qu'étaient Irie Jones et Millat Iqbal. Ils n'étaient plus du même côté de la barrière à l'école. Irie était convaincue d'avoir

---

1. Shakespeare, *Sonnets*, traduction Jean Fuzier, Bibliothèque de la Pléiade, Gallimard, Paris, 1959.

reçu en partage toutes les mauvaises cartes : courbes beaucoup trop accentuées, dents de lapin porteuses d'un lourd appareil en métal, cheveux dans le plus pur style afro, et, pour couronner le tout, une myopie de taupe qui exigea bientôt des lunettes à verres épais rose pâle. (Même les fameux yeux bleus, qui avaient déclenché tant d'enthousiasme chez Archie, n'avaient guère duré plus de quinze jours. Elle était certes née avec, mais un jour Clara l'avait à nouveau regardée pour vérifier, et c'étaient des yeux marron qu'elle avait vus, sans avoir pu détecter le moment précis où la transition s'était effectuée, pas plus que l'œil, pourtant aux aguets, n'arrive jamais à saisir le passage du bouton encore fermé à la fleur éclose.) La conviction qu'elle avait de sa laideur, de son inadéquation au monde, l'avait considérablement calmée : elle gardait désormais pour elle ses commentaires de petite futée, gardait sa main droite sur son estomac. Un cas désespéré, voilà ce qu'elle était.

Alors que Millat, lui, était l'image même de la jeunesse vue à travers le monocle nostalgique de la vieillesse, la beauté se parodiant elle-même : grand, mince, nez aquilin cassé, veines peu saillantes, muscles souples ; yeux marron avec cet éclat vert de la lune quand elle danse sur une mer sombre, sourire irrésistible, belles dents blanches. À l'école de Glenard Oak, les Noirs, les Pakistanais, les Grecs, les Irlandais étaient autant de races. Mais tous étaient loin derrière ceux qui avaient du sex-appeal, lesquels constituaient une espèce à part.

« *À de noirs fils de fer ses cheveux sont pareils*[1]*...* »

Elle l'aimait, bien sûr. Mais il lui disait volontiers : « Le problème, c'est qu'les gens comptent sur moi.

---

1. *Ibid.*, Sonnet 127.

Ils ont besoin que je réponde à l'image qu'y s'font de Millat. Ce bon vieux Millat. Ce vaurien d'Millat. Ce gentil Millat, doux comme un agneau. Ils ont besoin d'moi pour s'sentir bien. C'est comme qui dirait une responsabilité. »

Et c'en était comme qui dirait pratiquement une. Ringo Starr a dit un jour à propos des Beatles qu'ils n'avaient jamais été aussi grands qu'à la fin de 1962, alors qu'ils étaient encore à Liverpool. Par la suite, ils se contentèrent de se faire connaître à l'étranger. Ce fut le cas pour Millat. Il acquit une telle stature à Cricklewood, Willesden et West Hampstead pendant l'été 1990 que rien de ce qu'il put faire par la suite ne vint ajouter à sa notoriété. Après avoir débuté avec son petit groupe Raggastani, il avait créé des gangs à l'école, puis dans tout North London. Il était devenu trop grand pour n'être que l'objet de l'affection d'Irie, le chef des Raggastanis, ou le fils de Samad et d'Alsana Iqbal. Il lui fallait plaire à tout le monde tout le temps. Pour les Cockneys en jeans blancs et chemises de couleurs, il était celui qui plaisantait, prenait des risques, et méritait le respect pour ses conquêtes. Pour les Noirs, c'était un compagnon de fumerie et un client de prix. Pour les Asiatiques, un héros et un porte-parole. Un vrai caméléon social. Mais sous cette apparence se dissimulaient une colère perpétuelle et une profonde blessure, le sentiment d'être de nulle part qui vient à ceux qui ont l'impression d'être de partout. C'était cette faiblesse qui le rendait si cher au cœur d'Irie et des petites-bourgeoises aux longues jupes qui jouaient du haut-bois, si cher aux cœur de ces demoiselles qui passaient leur temps à rejeter leurs cheveux en arrière et à chanter des fugues ; il était leur prince des ténèbres, leur amant, à l'occasion, ou leur impossible amour, le sujet de leurs fantasmes torrides et de leurs rêves les plus ardents...

Mais il était aussi pour elles un défi : que pouvait-on faire pour Millat ? Il fallait a-bso-lu-ment qu'il arrête de fumer de l'herbe. Qu'on essaie de l'empêcher de faire constamment sauter les cours. Elles s'inquiétaient de son « attitude » lors des soirées, discutaient de ses études de manière hypothétique avec leurs parents (*Disons qu'il y a un Indien, un garçon qui n'arrête pas de se mettre dans des situations...*), écrivaient même des poèmes sur le sujet. Les filles le désiraient ou désiraient le réformer. Le plus souvent les deux à la fois. Elles souhaitaient le réformer juste assez pour pouvoir le désirer à leur aise. Millat Iqbal, ou l'encanaillement garanti.

« Mais toi, t'es différente, disait Millat à la martyre Irie Jones, vraiment différente. C't'une vieille histoire, nous deux. On a un passé, toi et moi. T'es une vraie amie. Les autres, tu sais, j'm'en fiche. »

Irie aimait à s'en persuader. Se persuader de ce qu'ils avaient un passé, qu'elle était différente. Dans le bon sens.

« *...à mon avis ton noir toute beauté surpasse*[1]... »

Mrs. Roody arrêta Francis en levant un doigt. « Qu'est-ce que le poète veut dire ici ? Annalese ? »

Annalese Hersh, qui avait passé son temps depuis le début du cours à tresser du rouge et du jaune dans ses cheveux, leva un œil paniqué.

« Alors, Annalese ? Une petite idée de ce qu'il peut bien vouloir dire ? Ne serait-ce qu'une toute petite. Allons, un bon mouvement. »

Annalese se mordit la lèvre. Regarda le livre. Puis Mrs. Roody. Puis à nouveau le livre.

« Le noir ?... c'est... bien ?

1. *Ibid.*, Sonnet 131.

— Si l'on veut... Je suppose que nous allons ajouter ça à ta contribution de la semaine dernière : Hamlet ?... Il est... fou ? Quelqu'un d'autre ? Et tenez, écoutez ceci. *Depuis que toute main détient l'art de Nature / Et d'un masque d'emprunt la laideur embellit* [1]. Qu'est-ce que cela peut bien vouloir dire, je me le demande ? »

Joshua Chalfen, le seul gamin dans la classe à jamais avoir une opinion à exprimer, leva le doigt.

« Oui, Joshua ?

— C'est une allusion au maquillage.

— Mais oui ! » dit Mrs. Roody, au bord de l'orgasme. « Oui, Joshua, c'est ça. Tu peux nous expliquer ?

— Elle a le teint foncé, et elle essaie de l'éclaircir par le biais du maquillage, d'un artifice. Les Élisabéthains aimaient les peaux très claires.

— Y z'auraient été fous de toi, alors », se moqua Millat, car Joshua avait un teint blanchâtre d'anémique, des cheveux bouclés et un visage joufflu. « T'aurais été le putain d'Tom Cruise de l'époque. »

Rires. Non pas qu'il y eût quelque chose de particulièrement drôle là-dedans, mais parce que Millat remettait un pauvre type à sa place.

« Encore un mot, Mr. Ique-Balle, et c'est la porte !

« Shakespeare. Turbin. Conneries. En voilà trois. Vous dérangez pas, j'connais l'chemin. »

Voilà le genre de choses que faisait Millat avec un art consommé. Il claqua la porte en sortant. Les filles bien échangèrent des regards qui voulaient tout dire (Il est tellement rebelle... tellement *fou*... il a vraiment besoin d'aide, besoin d'être suivi de près, de *très près*, par une amie, *une vraie*...). Les garçons partirent d'un grand rire. Le professeur se demanda

1. *Ibid.*, Sonnet 127.

s'il s'agissait là des prémisses d'une rébellion. Quant à Irie, elle se couvrit l'estomac de sa main droite.

« Magnifique. Très mature. Je suppose que Millat Ique-Balle est une sorte de héros. » Mrs. Roody, après avoir fait le tour des visages fermés de la 5F, se rendit compte pour la première fois, et avec une terrible lucidité, que c'était bel et bien le cas.

« Quelqu'un d'autre a-t-il quelque chose à dire à propos de ces sonnets ? Miss Jones ! Est-ce que vous allez regarder encore longtemps la porte de cet air lugubre ? Il est parti, d'accord ? À moins que vous ne vouliez le suivre ?

— Non, Mrs. Roody.

— Très bien. Alors, avez-vous quelque chose à dire à propos des sonnets ?

— Oui.

— Quoi donc ?

— Est-ce qu'elle est noire ?

— Qui ?

— La dame brune.

— Non, elle a la peau foncée. Elle n'est pas noire au sens moderne du terme. Il n'y avait pas de… d'Antillais en Angleterre à cette époque. C'est un phénomène contemporain, comme tu le sais certainement. Mais là, nous sommes au tout début du XVIIᵉ. Je ne suis pas sûre à cent pour cent, bien sûr, mais il semble très improbable qu'elle ait été noire, ou alors c'était une sorte d'esclave. Mais là encore, il est peu probable que le poète ait dédié toute une série de sonnets à un lord, puis une autre à une esclave, tu ne crois pas ? »

Irie rougit. Elle avait cru, l'espace d'un instant, entrevoir une sorte de reflet de sa propre image, mais l'impression était déjà passée, et elle répondit : « J'sais pas, Miss.

— De plus, il dit on ne peut plus clairement, *Car tu n'es noire en rien, si ce n'est en ta vie*[1]... Non, petite, elle a simplement le teint foncé, vois-tu, comme le mien, sans doute. »

Irie regarda Mrs. Roody. Elle avait la couleur d'une mousse à la fraise.

« Joshua a tout à fait raison, vois-tu : à cette époque, on préférait les femmes au teint très pâle. Le sonnet a pour sujet l'opposition entre la coloration naturelle de la dame et le maquillage qui était alors à la mode.

— J'pensais juste que... quand il dit : *Alors je jurerai que noire est la beauté*[2]... et puis cette histoire de boucles, de cheveux comme des fils de fer noirs... »

Irie renonça devant les ricanements et haussa les épaules.

« Non, Irie, tu lis le texte avec un œil moderne. Il ne faut jamais lire un texte ancien avec un œil moderne. Tenez, ce sera là la maxime du jour... Voulez-vous bien tous la noter par écrit, s'il vous plaît. »

La 5F nota diligemment. Et le reflet qu'avait entrevu Irie sombra dans l'obscurité familière. En sortant de la classe, Annalese Hersh fit passer un petit papier à Irie avec un haussement d'épaules signifiant qu'elle n'en était pas l'auteur, mais simplement l'un des nombreux passeurs : « De William Shakespeare : ODE À LETITIA ET À TOUTES CES SALOPES À GROS CUL ET À CHEVEUX CRÉPUS. »

*

Le coiffeur, mystérieusement appelé P.K.'s Afro Hair : Création et Entretien, était sis entre les pompes

1. *Ibid.*, Sonnet 131.
2. *Ibid.*, Sonnet 132.

funèbres Ôbeaufixe et le cabinet dentaire Rajddan,
cette proximité commode signifiant qu'il n'était pas le
moins du monde inhabituel pour un cadavre d'origine
africaine de passer par ces trois établissements avant
d'échouer dans un cercueil. Si bien que quand vous
téléphoniez pour prendre un rendez-vous chez le coiffeur et qu'Andrea, Denise ou Jackie vous disait
« D'accord, trois heures et demie, heure jamaïquaine », cela voulait dire, bien sûr, « venez tard »,
sans toutefois exclure la possibilité qu'une dévote
raide morte avait soudain décidé d'être mise en terre
dûment manucurée et permanentée. Si étrange que
cela puisse paraître, des tas de gens refusent d'aller à
la rencontre du Seigneur avec des cheveux afro.

Ignorante de tels us et coutumes, Irie se présenta
à son rendez-vous à l'heure exacte, prête à la
métamorphose, prête à lutter contre ses gènes, un
foulard camouflant le nid d'oiseau de ses cheveux, sa
main droite délicatement posée sur son estomac.

« T'y veux kékchose, mon poulet ? »

Des cheveux décrêpés. Décrêpés et longs, noirs,
lisses, des cheveux que l'on puisse rejeter en arrière
et secouer, dans lesquels on puisse passer les doigts,
dans lesquels puisse jouer le vent... Avec une frange.

« Quinze heures trente, avec Andrea », répondit
Irie, incapable d'en dire plus.

« Andwea, mon cœu', l'es' à côté », répliqua la
femme, tirant sur son chewing-gum et désignant
Ôbeaufixe d'un signe de tête. « Elle pwend du bon
temps avec ces che' dispa'us. Vaut mieux t'asseoi'
pour l'attende et pas m'ennuyer, hein, passque j'sais
pas pou' combien d'temps elle en a. »

Irie avait l'air perdu, à rester debout ainsi au
milieu de la boutique, accrochée à ses bourrelets. La
femme eut pitié d'elle, rentra son chewing-gum et
l'examina des pieds à la tête ; elle se sentit encore

mieux disposée quand elle remarqua le teint cacao de la visiteuse et ses yeux clairs.

« Je m'pwésente, Jackie.

— Irie.

— On est pas bien foncée, hein ? Taches de wousseu' et tout. Mexicaine ?

— Non.

— Awabe ?

— Moitié jamaïquaine, moitié anglaise.

— Métisse, alors, précisa Jackie. C'est ta mè' qu'est blanche ?

— Mon père.

— D'habitude, c'est l'invesse, dit Jackie en plissant le nez. Y sont v'aiment cwépus ? Laisse-moi voi' c'qu'y a là-d'ssous... », ajouta-t-elle en tendant la main vers le foulard d'Irie, laquelle, horrifiée à la pensée de se voir dénudée dans une pièce pleine de monde, la battit d'une longueur et s'agrippa à son camouflage.

« Qu'esse-tu veux qu'on y fasse, nous aut', si tu nous laisses pas y voi' », dit Jackie, avec un claquement de langue désapprobateur.

Irie haussa les épaules. Jackie hocha la tête, amusée.

« T'es jamais v'nue chez nous ?

— Non, jamais.

— Et qu'esse-tu veux ?

— Décrêpés », dit Irie d'un ton ferme, en pensant à Nikki Tyler. « Décrêpés et rouge foncé.

— Eh ben, toi, alo' ! T'as-t'y lavé tes cheveux ces jou'-ci ?

— Hier », dit Irie, offusquée, tandis que Jackie lui envoyait une petite tape sur la tête.

« Jésus Ma'ie, les lave pas ! Si tu les veux décwépés, faut pas les laver. T'as t'y jamais eu d'l'ammoniaque su' ta tête ? C'est comme si l'diable, y m'nait sa java su' ta tête. T'es pas folle ? Les lave pas pendant quinze jou', et pis r'viens apwès. »

Mais Irie n'avait pas quinze jours devant elle. Tout était parfaitement synchronisé : elle allait passer chez Millat le soir même, elle arriverait avec sa nouvelle crinière nouée en un chignon serré, puis elle enlèverait ses lunettes et laisserait tomber ses cheveux d'un seul coup, et Millat ne pourrait que s'exclamer : « Dis donc, Miss Jones, j'aurais jamais cru... dis donc, Miss Jones, t'es bien là... »

« Y faut absolument que j'le fasse aujourd'hui. C'est pour le mariage de ma sœur.

— Comme t'y veux, mon poulet. L'Andrea, quand é s'ra rev'nue, elle va t'fai' un mal de chien, et t'auwas d'la chance si tu reso's pas d'ici la peau du cwâne à l'ai'. Mais apwès tout, c'est ton pwoblème. Tiens, dit-elle en fourrant une pile de magazines dans les mains d'Irie. Là-bas », ajouta-t-elle en lui montrant une chaise.

P.K.'s était séparé en deux, hommes d'un côté, femmes de l'autre. Côté hommes, au son d'un reggae obstiné qui arrivait par vagues inégales en raison d'une stéréo poussive, des gamins se faisaient dessiner des logos sur l'arrière du crâne par des as de la tondeuse électrique à peine plus âgés qu'eux. ADIDAS. BADMUTHA. MARTIN. Chez les hommes, on riait, on bavardait, on plaisantait ; il régnait un laisser-aller qui devait beaucoup au fait qu'aucune coupe ici ne coûtait plus de six livres ni ne prenait plus d'un quart d'heure. Il s'agissait d'un échange simple et banal dont le plaisir n'était pas exclu : bourdonnement des lames autour des oreilles, coup de brosse énergique sur les épaules, glaces tendues devant et derrière pour permettre de juger de la transformation. On entrait avec une tête hirsute, des cheveux pointant dans tous les sens, camouflés sous une casquette de base-ball, et, au bout de quelques minutes, on repartait tout neuf, embaumant l'huile de noix de coco et arborant une coupe aussi tranchante qu'un juron.

Par comparaison, le côté femmes, c'était l'enfer. Là, la chimère du décrêpage et du « mouvement » menait une lutte quotidienne contre l'obstination du poil africain à friser ; l'ammoniaque, les bigoudis brûlants, les fers, les pinces et le feu à l'état pur avaient tous été enrôlés dans cette guerre et faisaient de leur mieux pour forcer chaque frisure à demander grâce.

« Est-ce qu'ils sont raides ? » telle était la question, et la seule, que l'on entendait tandis que tombaient les serviettes et que les têtes douloureuses émergeaient des séchoirs. « Ils sont lisses, Denise ? Dites-moi, Jackie, ça y est, ils ne frisent plus ? »

À quoi Jackie ou Denise, qui n'avaient aucune des obligations des coiffeurs blancs, aucunement besoin de préparer du thé ou de faire des ronds de jambe, de flatter ou de faire la conversation (car elles n'avaient pas affaire à des clientes, mais à de malheureuses *patientes*), répondaient par un grognement sceptique en enlevant la blouse vert vomi de la cliente : « Sont aussi waides qu'y pouwont jamais l'êt' ! »

Pour l'instant, assises devant Irie, quatre femmes se mordaient la lèvre et fixaient d'un œil avide la longue glace sale, attendant que leur autre moi, le raide, le lisse, se matérialise. Tandis qu'elle feuilletait fébrilement des magazines de coiffure américains destinés aux Noires, les quatre suppliciées grimaçaient de douleur. De temps à autre, l'une d'elles demandait à sa voisine « Combien de temps ? — Un quart d'heure, répondait l'autre fièrement. Et vous ? — Vingt-deux minutes. Ça fait déjà vingt-deux minutes que j'ai cette merde sur la tête. Z'ont intérêt à être lisses ! »

C'était à qui souffrait le plus. Comme ces femmes riches qui, dans les meilleurs restaurants, commandent des salades de plus en plus microscopiques.

Finalement explosait un cri ou un « Ça suffit ! Merde, j'peux plus tenir ! » ; la tête en question était alors précipitée vers un bac pour être lavée, mais jamais assez vite (l'ammoniaque n'est jamais rincée avec suffisamment de célérité), et les larmes silencieuses commençaient à couler. C'est à ce stade que naissait l'animosité : les cheveux de certaines étaient plus crépus que ceux de leurs voisines, certaines crinières résistaient davantage, et quelques-unes se montraient carrément rebelles à toute transformation. Une animosité qui englobait bientôt la coiffeuse, s'étendant de la compagne de souffrance au bourreau, car en définitive il était assez normal de soupçonner Jackie ou Denise de sadisme ou de quelque chose d'approchant : leurs doigts étaient trop lents quand elles rinçaient les cheveux pour éliminer l'ammoniaque, l'eau s'obstinait à couler en un mince filet au lieu d'arriver à flots, et pendant ce temps, le diable en personne se payait du bon temps à vous brûler le cuir chevelu.

« Ils sont raides, Jackie ? Dites-moi, ils ne sont plus frisés ? »

Les garçons passèrent la tête pour voir ce qu'il en était de l'autre côté de la cloison qui séparait le salon en deux, et Irie leva les yeux de son magazine. Il n'y avait pas grand-chose à dire. Les cheveux étaient effectivement raides, ou à peu près. Mais ils étaient comme morts. Secs. Leur belle vitalité envolée. Pareils aux cheveux d'un cadavre quand l'humidité s'est évaporée.

Jackie ou Denise, qui savaient pertinemment que le poil africain recourbé finit toujours par suivre les instructions génétiques, annonçaient la mauvaise nouvelle avec une certaine philosophie. « Aussi waides qu'y le se'ont jamais. Twois s'maines, avec un peu d'chance. »

En dépit de l'échec patent de la tentative, chacune des femmes de la rangée avait l'impression que, pour elle, ce serait différent, que quand arriverait l'heure de la délivrance, elle serait l'heureuse détentrice de longues mèches qu'elle pourrait secouer, que le vent pourrait agiter. Irie revint à son magazine, aussi confiante que les autres.

Malika, la jeune star dynamique de *La Vie de Malika*, le sitcom qui bat en ce moment tous les records d'audimat, nous explique comment elle procède pour obtenir cette souplesse et cette fluidité : « J'enveloppe mes cheveux tous les soirs dans une serviette chaude, après avoir enduit toutes les pointes d'African Queen Afro Sheen™, et le matin, je mets un fer à chauffer pendant approximativement... »

Retour d'Andrea. Irie se voit arracher le magazine des mains, sent qu'on lui enlève son foulard sans qu'elle puisse esquisser le moindre geste de défense, et cinq longs ongles éloquents commencent à explorer sa tignasse.

« Ooooh », murmure Andrea.

Signe d'approbation si rarement entendu dans la boutique qu'il suffit à faire apparaître plusieurs têtes derrière la cloison.

« Aaaah, dit Denise joignant ses doigts à ceux d'Andrea. Si légers. »

Grimaçant de douleur sous son casque, une dame plus âgée approuve du chef, pleine d'admiration.

« Y bouclent souple », renchérit Jackie, qui a laissé tomber une patiente à la tête en feu pour venir tâter la merveille.

« Des vwais ch'veux de métis, ça. J'donnewais che' pou' avoi' les mêmes. Y vont s'détend' fa-acile.

— J'les déteste, dit Irie en faisant la grimace.

— Vous entendez ça, clame Denise à la canto-nade, elle les déteste. Et y sont châtain clai' pa' end'oits !

— J'me suis occupée d'un cadav' toute la matinée ; ça va êt' sympa d'pouvoi' enfin met' les doigts dans kékechose de doux, dit Andrea, émergeant de sa rêverie. Tu veux les décwéper, ma belle ?

— Oui, j'les veux lisses. Défrisés et rouges. »

Andrea noua une blouse verte au cou d'Irie et l'assit sur un fauteuil pivotant. « Pou' l'rouge, j'sais pas twop, ma p'tite. On peut pas défwiser et teindre le même jou'. Sinon, l'cheveu, y tombe waide mo'. Mais j'peux les défwiser, ça c'est sû'. Ça d'vwait ma-cher au qua'd'poil, ma jolie. »

Les échanges entre les coiffeuses de chez P.K. étant des plus réduits, personne ne songea à informer Andrea qu'Irie venait de se laver les che-veux, et que son cuir chevelu n'était donc plus pro-tégé. Deux minutes après l'application de l'épaisse pâte gluante à l'ammoniaque, la sensation de froid du début se transforma en une chaleur insuppor-table, et Irie se mit à hurler.

« J'viens juste de l'mett' ! Tu les veux défwisés, pas vwai ? Alo's, awête de crier comme ça !

— Mais ça fait un mal de chien.

— La vie aussi, ça fait mal. Faut souffwi' pou' êt' belle. »

Irie serra les dents encore trente secondes, jusqu'à ce que du sang se mette à couler au-dessus de son oreille droite. Puis la malheureuse tomba dans les pommes.

Quand elle revint à elle, la tête au-dessus du bac, ce fut pour voir ses cheveux, qui se détachaient par touffes entières, disparaître en tourbillonnant dans le trou d'évacuation.

« T'auwais dû m'le di', marmonnait Andrea. T'auwais dû m'dire qu'tu t'les étais lavés. Faut qu'y soient sales. Main'nant, r'ega'de un peu le twavail ! »

Ses cheveux, qui lui descendaient jusqu'au milieu des reins, n'avaient plus maintenant que quelques centimètres de long.

« Rega'de un peu c'que t'as fait », poursuivit Andrea, tandis qu'Irie pleurait à chaudes larmes. « J'aimewais bien savoi' c'qu'y va dire, Mr. Paul King. Vaudwait mieux qu'j'lui téléphone pou' voi' si on peut t'awanger ça gwatuit'ment. »

Mr. Paul King, le P.K. de l'enseigne, était le propriétaire du salon. C'était un Blanc, un grand type d'une cinquantaine d'années, qui avait été entrepreneur dans le bâtiment jusqu'au moment où le Mercredi Noir et les excès de son épouse en matière de cartes de crédit ne lui avaient laissé que quelques briques et un peu de ciment. À la recherche d'une nouvelle idée, il avait lu un beau matin dans son journal que les femmes noires dépensaient jusqu'à cinq fois plus que les Blanches en produits de beauté et jusqu'à neuf fois plus en soins du cheveu. Prenant sa femme, Sheila, comme archétype de la femme blanche, notre homme s'était mis à saliver. Quelques recherches supplémentaires à la bibliothèque de son quartier lui avaient révélé qu'il s'agissait là d'un marché de plusieurs millions de livres. Il avait alors racheté une boucherie désaffectée de Willesden High Road, s'était transformé en chasseur de têtes, débusquant Andrea dans un salon de Harlesden, et s'était lancé dans la coiffure noire. Le succès avait été immédiat. À sa grande stupéfaction, il avait découvert que des femmes au budget très réduit étaient prêtes à dépenser des centaines de livres par mois pour leurs cheveux et plus encore pour leurs ongles et d'autres accessoires. Et il avait été presque amusé quand Andrea lui avait expliqué que la douleur physique faisait partie du processus. Et le plus beau, c'est que toute poursuite était exclue, puisque les brûlures faisaient pratiquement partie du contrat. Le business, sinon le crime, parfait.

« O.K., Andrea, tu mets ça sur la maison », dit Paul King, hurlant dans son portable pour couvrir les bruits du chantier de son nouveau salon, qui n'allait pas tarder à ouvrir à Wembley. « Mais fais attention, faudrait pas que ça devienne une habitude. »

Andrea revint aussitôt apporter cette bonne nouvelle à Irie. « Ça s'awange, ma p'tite chéwie. C'est la maison qui paye.

— Mais qu'est-ce que…, commença la pauvre gamine en regardant dans la glace son image de rescapée d'Hiroshima. Qu'est-ce que vous pouvez…

— Remets ton foula'd su' ta tête, tou'ne à gauche en so'tant d'ici et wemonte la gwand-rue jusqu'à qu'tu tombes su' un magasin qu's'appelle Roshi's Haircare. Tu pwends cette ca'te et tu leur dis qu'c'est P.K. qui t'envoie. Tu d'mandes huit paquets d'cheveux noi's, type 5, avec reflet 'ouge, et tu 'eviens ici en vitesse.

— Des ch'veux ? répéta Irie en pleurant et en reniflant. Des faux ch'veux ?

— Bêtasse, va. C'est pas des faux. Sont tout c'qu'y a d'plus vwai. Et quand y sewont su' ta tête, ça sewa tes ch'veux à toi, tout paweils. Allez, file ! »

Pleurnichant comme un bébé, Irie sortit de chez P.K. en traînant les pieds et remonta la grand-rue, en évitant soigneusement de se regarder dans les vitrines des magasins. Quand elle arriva devant chez Roshi, elle rassembla son courage, plaqua sa main droite sur son estomac et poussa la porte.

Il faisait sombre dans la boutique, où l'on sentait la même odeur que chez P.K. : ammoniaque et huile de noix de coco, la douleur mêlée au plaisir. À la faible lumière d'un néon instable et clignotant, Irie s'aperçut qu'il n'y avait pas de rayons à proprement parler, mais plutôt des montagnes de produits entassés du sol au plafond, tandis que les accessoires (peignes, bandeaux, vernis à ongle) étaient agrafés au mur, avec les prix inscrits à côté au crayon feutre. Le seul article à peu près reconnaissable était disposé juste en dessous du plafond en une longue boucle qui courait tout autour de la pièce et trônait à la place d'honneur, comme une collection de scalps ou de trophées de chasse. Des cheveux. En longues tresses, agrafées à quelques centimètres les unes des autres. Et sous chacune d'elles, un écriteau en carton affichait le pedigree :

2 mètres. Thaï naturels. Lisses. Châtains.

1 mètre. Pakistanais naturels. Légèrement ondulés. Noirs.

5 mètres. Chinois naturels. Lisses. Noirs.

3 mètres. Synthétiques. Boucles tire-bouchonnées. Roses.

Irie s'approcha du comptoir. Une énorme femme en sari se dirigea en se dandinant vers la caisse avant d'en repartir avec vingt-cinq livres qu'elle tendit à une jeune Indienne dont les cheveux avaient été coupés à la diable très près du crâne.

« Et m'regarde pas comme ça. Vingt-cinq livres, c'est plus que raisonnable comme prix. J'peux pas faire mieux, avec tous ces bouts cassés. »

La fille protesta, dans une autre langue, ramassa le sac de cheveux, objet de la controverse, sur le comptoir et fit mine de quitter les lieux, mais la femme le lui arracha des mains.

« Réfléchis un peu à ce que tu fais. Ces bouts cassés, on les a vus toutes les deux. Vingt-cinq livres, j'peux pas faire mieux. T'en tireras pas plus ailleurs. Ça suffit maintenant, y a d'autres clients qui attendent », conclut-elle en jetant un coup d'œil à Irie.

Irie vit des larmes assez semblables aux siennes monter aux yeux de la fille. Un bref instant, elle sembla se figer sur place, contenant sa colère, puis sa main s'abattit sur le comptoir, et elle rafla ses vingt-cinq livres avant de se diriger vers la porte.

La grosse femme agita ses multiples mentons à l'adresse de la jeune Indienne qui sortait de la boutique. « Quelle ingrate ! »

Puis elle détacha une étiquette de son support et la colla sur le sac de cheveux : « 6 mètres. Indiens. Lisses. Noirs, reflets rouges. »

« À nous, maintenant. Qu'est-ce que je peux faire pour toi ? »

Irie répéta à la lettre les instructions d'Andrea, tout en tendant la carte.

« Huit paquets ? Ça fait à peu près six mètres, ça, non ?

— J'sais pas.

— Si, c'est ça. Tu les veux raides ou ondulés ?

— Raides. Tout c'qu'il y a de plus raides. »

La femme se livra à un petit calcul en silence avant de ramasser le sac que venait juste d'abandonner l'Indienne. « C'est exactement c'que tu cherches. J'ai pas eu le temps d'les emballer comme y faut. Mais y sont tout propres. Tu les prends ? »

Irie eut un air sceptique.

« Oublie ce que j'viens de dire à cette fille. Y a pas de bouts cassés. C'était juste parce qu'elle essayait d'me truander de quelques livres. Y a des gens qui comprennent rien aux lois du marché... Comme ça lui fait mal de s'défaire de ses cheveux, elle voudrait des millions en échange ou quéqu'chose d'aussi dingue. C'est des beaux cheveux qu'elle avait là. Quand j'étais jeune, mes cheveux, y z'étaient beaux, à moi aussi ! » La grosse femme éclata d'un rire aigu, sa lèvre supérieure faisant frémir, sous le coup, sa moustache. Puis le rire s'éteignit.

« Dis à Andrea qu'y en a pour trente-sept livres cinquante. Nous autres, les Indiennes, c'est nous qu'avons les plus beaux cheveux. Tout le monde en veut ! »

Une Noire avec des enfants dans une poussette pour jumeaux attendait derrière Irie avec un sachet d'épingles à cheveux. Elle fit claquer sa langue. « Ah vous, alors, vous vous prenez vraiment pour les chefs », marmonna-t-elle, en partie pour elle-même. « Y en a chez nous qui sont très contents de leurs cheveux africains, merci bien. Moi, par exemple, j'ai pas envie d'acheter les cheveux d'une pauv' petite Indienne. Et je donnerais cher pour pouvoir acheter mes produits à des Noirs. On s'en sortira jamais dans c'pays si on a pas nos propres commerces. »

La vendeuse de cheveux pinça fortement les lèvres. Elle commença à bougonner tout en mettant les cheveux d'Irie dans un sac et en lui délivrant un reçu. Elle adressait tous ses commentaires à la femme par l'intermédiaire d'Irie, en faisant de son mieux pour ignorer les interjections de l'autre. « Si vous aimez pas c'magasin, vous avez qu'à pas y v'nir... personne vous y oblige ? Hein, y a quelqu'un qui vous y oblige ? C'est pas croyable, une insolence pareille. J'suis pas raciste, mais quand même, j'comprends pas. Moi, j'fournis un service, c'est tout, un service. Et en plus, je m'fais insulter, vous avez qu'à laisser vot' argent sur l'comptoir. Moi, si on m'insulte, j'sers pas.

— Mais personne vous a insultée, bon Dieu !

— C'est ma faute, p't'êt', si elles veulent toutes des ch'veux décrêpés, et une peau plus pâle, aussi, comme Michael Jackson ? Lui aussi, c'est ma faute, p't'êt' ? On m'dit qu'y faut plus vendre le Blanchis-seur du Dr. Peacock — le foin qu'y'z'ont pas fait dans l'journal local ! —, et pis y z'en r'demandent... tu donn'ras ce reçu à Andrea, ma grande, tu veux bien ? Moi, j'essaie juste de gagner ma vie dans c'pays, comme tout l'monde. Voilà, ma grande, et voilà tes ch'veux. »

La Noire contourna Irie et fit claquer l'appoint sur le comptoir d'un coup rageur. « Putain d'bordel !

— J'y peux rien, moi, si c'est c'qu'elles veulent — après tout, c'est la loi d'l'offre et d'la demande, hein ? Mais les insultes, ça, j'supporte pas. Attention à la marche en sortant, ma grande. Quant à toi, tu r'mets pas les pieds ici, s'il te plaît, sinon j'appelle les flics. J'vais quand même pas m'laisser marcher sur les pieds. T'as bien compris, hein, j'appelle les flics.

— Ouais, ouais, cause toujours. »

Irie tint la porte ouverte pour permettre le passage de la poussette, dont elle souleva les roues pour lui faire franchir la marche. Dehors, la femme mit les épingles dans sa poche. Elle avait l'air épuisé.

« Je supporte pas cet endroit, dit-elle. Mais j'ai b'soin d'épingles, bon sang.

— Et moi, de ch'veux, dit Irie.

— Des cheveux, t'en as plein », dit la femme en secouant la tête.

Cinq heures et demie plus tard, grâce à une opération fort complexe consistant à tresser les cheveux de quelqu'un d'autre avec les deux centimètres restants d'Irie et à les fixer avec de la colle, Irie Jones avait enfin de longs cheveux décrêpés, noirs aux reflets rouges.

« Y sont droits ? » demanda-t-elle, n'en croyant pas ses yeux.

« Dwoits comme des "i", dit Andrea, admirant son travail. Mais, mon cœu', va falloir les twesser comme y faut, si tu veux les ga'der comme ça. Pou'quoi tu veux pas que j't'le fasse ? Vont pas t'ni' si tu les laisses flotter comme ça.

— Si, y vont tenir », dit Irie, sous le charme de son image dans la glace. « Faudra bien. »

Pourvu qu'il (Millat) la voie une fois, rien qu'une fois, dans cet appareil, elle n'en demandait pas plus. Pour être sûre d'apparaître à sa vue dans toute sa splendeur capillaire, elle fit tout le trajet jusque chez les Iqbal les mains sur la tête, terrifiée à l'idée que le vent puisse mettre à mal sa nouvelle coiffure.

Ce fut Alsana qui lui ouvrit la porte. « Ah, c'est toi, bonjour ! Non, il est pas là. Sorti. Et me demande pas où, il ne m'dit jamais rien. J'en sais quasiment plus sur les allées et venues de Magid. »

Irie entra dans le hall et coula un œil furtif en direction de la glace. Tout était là, bien en place.

« J'peux l'attendre ici ?

— Bien sûr. T'as changé, on dirait... T'as minci ?

— Non, regarde mes cheveux, dit Irie d'un air béat.

— Ah, oui... On dirait une journaliste de la télé. Très réussi. Allez, entre dans le séjour. Nièce-de-la-Honte est là avec son amie pas possible, mais essaie de pas faire attention à elle. Samad est dans le jardin, et je travaille dans la cuisine, alors pas trop de bruit, hein ? »

Irie entra dans le séjour. « Oh, pute borgne ! s'écria Neena en la regardant approcher. Bordel, t'as vu d'quoi t'as l'air ! »

De quoi elle avait l'air ? D'une beauté, aux cheveux lisses, décrêpés. D'une star de magazine.

« Eh ben, y t'ont pas ratée ! Putain, Maxine, regarde-moi ça. Mais bon Dieu, Irie, tu cherchais quoi au juste ? »

Parce que ça ne se voyait pas, ce qu'elle cherchait ? Des cheveux qui ne soient plus recroquevillés sur eux-mêmes. Qui soient longs, flottants. Et secouables.

« C'était quoi, la grande idée ? La Meryl Streep noire ? » dit Neena, pliée en deux dans un accès de fou rire.

« Nièce-de-la-Honte ! leur parvint depuis la cuisine la voix d'Alsana. La couture, ça demande de la concentration. Alors, ferme-la un peu, Miss Grande-Gueule, si tu veux bien. »

L'amie « pas possible » de Neena, également connue comme la petite amie de Neena, une grande fille mince et sexy du nom de Maxine, avec un beau visage de porcelaine, des yeux sombres et une masse de cheveux châtains bouclés, tira sur les curieuses mèches d'Irie. « Qu'est-ce que t'as fait ? T'avais vraiment de beaux cheveux. Qui bouclaient naturellement. Ils étaient superbes. »

Sur le moment, Irie fut incapable de rien dire. Elle n'avait pas envisagé la possibilité qu'on puisse ne pas apprécier son nouveau look.

« J'me suis juste fait couper les cheveux. Y a pas de quoi en faire une histoire.

— Mais c'est pas tes cheveux, ça, putain, c'est ceux d'une pauvre Pakistanaise qui avait sans doute besoin du fric pour ses gosses », dit Neena, qui tira un bon coup et fut récompensée par une pleine poignée de cheveux. « OH, MERDE ! »

Neena et Maxine eurent une nouvelle crise de fou rire.

« Vous allez arrêter, oui ? » dit Irie, qui alla s'asseoir dans un fauteuil et remonta les genoux sous le menton. « Au fait, ajouta-t-elle d'un air faussement détaché, il est où, Millat ?

— Parce que tout ça, c'est en son honneur ? » demanda Neena, stupéfaite. « En l'honneur de mon pauvre crétin de cousin ?

— Mais non. Va te faire foutre !

— Ben, il est pas là, Millat. Il s'est dégoté une nouvelle poule. Genre gymnaste des pays de l'Est, avec un estomac à l'avenant. Elle a son charme, note bien, des nichons qui méritent le détour, mais alors, radine comme t'as pas idée. Son nom… j'ai oublié…

— Stasia », dit Maxine, levant brièvement les yeux de son *Top of the Pops*. « Ou une connerie d'ce genre. »

Irie s'enfonça un peu plus dans les ressorts déglingués du fauteuil préféré de Samad.

« Irie, tu veux que j'te donne un bon conseil ? Depuis que j'te connais, t'arrête pas de suivre ce garçon comme un p'tit chien. Et pendant c'temps, elles y sont toutes passées, il les a toutes baisées les unes après les autres, tu m'entends, toutes, sauf toi. Même moi, et j'suis sa cousine germaine, bordel.

— Et moi aussi, dit Maxine, et Dieu sait qu'les mecs, c'est pas mon truc.

— Tu t'es jamais demandé pourquoi il a pas essayé avec toi ?

— Parce que j'suis moche. Et grosse. Et à cause de mes ch'veux.

— Mais non, putain d'ta mère, parce que t'es tout c'qu'il a. Il a *besoin* d'toi. Vous deux, vous avez tout un passé en commun. T'es la seule à vraiment le connaître. Tu vois bien qu'il est mal dans sa peau, non ? Un jour, c'est Allah par-ci, Allah par-là, et le lendemain, y donne dans les blondes plantureuses, les gymnastes russes et y fume d'la jamaïquaine premier choix. Il est complèt'ment paumé, comme son père. Y sait pas qui il est ni c'qu'il est. Mais toi, tu l'connais, au moins un p'tit peu. Et c'est ça dont il a besoin. Pour lui, t'es pas comme les autres. »

Irie roulait des yeux blancs. Parfois, c'est vrai qu'on a envie d'être différente. Mais, à d'autres moments, on donnerait tous ses cheveux sur sa tête pour être comme les autres.

« Écoute, Irie, t'es loin d'être idiote, mais on t'a farci l'crâne de conneries. Faut tout reprendre à zéro. Réaliser ton potentiel, arrêter d'être à ses pieds comme ça, vivre ta vie. Trouve-toi un mec, Irie, trouve-toi une fille, vis ta vie.

— Tu sais qu't'es drôlement sexy, Irie, dit doucement Maxine.

— Tu parles !

— Fais-lui confiance, y a pas plus gouine qu'elle, dit Neena en ébouriffant affectueusement les cheveux de l'autre et en lui plantant un baiser sur la joue. C'qu'y a, c'est qu'la coupe à la Barbra Streisand que t'as là, elle t'arrange vraiment pas. L'afro, ça, c'était cool. C'était ton genre, et puis c'était toi, merde. »

Alsana s'encadra soudain dans la porte, avec une énorme assiette de biscuits et un air des plus soupçonneux. Maxine lui envoya un baiser.

« Tu veux des biscuits, Irie ? Viens manger un ou deux biscuits. Avec moi. À la cuisine.

— Cool, tantine ! persifla Neena. On est pas en train d'en faire une nouvelle adepte de Sappho.

— Je me fiche pas mal de c'que vous faites. D'ailleurs, j'sais pas ce que vous faites, et je veux pas l'savoir.

— On regarde la télé. »

Sur l'écran, Madonna était en train de caresser les deux cônes de ses seins.

« Passionnant, j'en suis sûre », lança Alsana, gratifiant Maxine d'un regard noir. « Des biscuits, Irie ?

— Moi, j'aimerais bien un p'tit biscuit », murmura Maxine, accompagnant sa demande d'un battement de ses cils immensément longs.

« Je n'en doute pas », dit lentement Alsana, qui avait décodé le message. « Mais le genre de biscuit que t'aimes, j'ai pas. »

Neena et Maxine s'écroulèrent à nouveau de rire.

« Irie ? » dit Alsana, montrant la cuisine à la jeune fille. Irie la suivit hors de la pièce.

« Je suis pas plus étroite d'esprit qu'une autre », se plaignit Alsana, une fois qu'elles se retrouvèrent seules, « mais je me demande pourquoi elles ont toujours besoin de rire comme des bossues et de faire toutes ces histoires à propos de rien. J'arrive pas à croire que l'homosexualité, ça soit drôle à ce point-là. Ce qu'il y a de sûr, c'est que c'est pas le cas de l'hétérosexualité.

— Je ne crois pas avoir envie d'entendre à nouveau ce mot sous mon toit », dit avec le plus grand sérieux Samad, qui entrait au même instant dans la cuisine et posait ses gants de jardin sur la table.

« Lequel ?

— Les deux. Je fais de mon mieux pour que cette maison vive dans le respect de Dieu. »

Samad repéra une silhouette assise à la table de sa cuisine, plissa le front, décida qu'il s'agissait bien d'Irie Jones et entama l'échange auquel tous deux étaient habitués. « Bonjour, Miss Jones. Et comment va votre père ?

— Vous le voyez plus souvent que nous, dit Irie entrant dans le jeu avec un haussement d'épaules. Et comment va Dieu ?

— Très bien, merci. Tu as vu mon bon à rien de fils, ces derniers temps ?

— Non, pas récemment.

— Et mon bon fils, tu l'as vu ?

— Pas depuis des années.

— Voudrais-tu dire au bon à rien qu'il est un bon à rien la prochaine fois que tu le verras ?

— Je ferai de mon mieux, Mr. Iqbal.

— Dieu te bénisse.

— *Gesundheit*.

— Maintenant, si tu veux bien m'excuser », dit Samad en prenant son tapis de prière sur le réfrigérateur avant de quitter la pièce.

« Qu'est-ce qu'il a ? » demanda Irie, remarquant que Samad avait récité son rôle avec fort peu d'enthousiasme. « Il a l'air, j'sais pas, moi, triste.

— Il l'est, dit Alsana en soupirant. Il a l'impression d'avoir tout bousillé. Et c'est vrai qu'il a tout bousillé, mais, d'un autre côté, on va pas jouer à qui jettera la première pierre, tu vois c'que j'veux dire. Il arrête pas de prier. Mais il refuse de regarder les choses en face : Millat qui passe son temps à traîner avec Dieu sait qui, toujours fourré avec des Blanches, et Magid... »

Irie eut une vision de son premier amour, auréolé d'un trouble halo de perfection, illusion née des multiples désillusions que lui avait infligées Millat au fil des ans.

« Mais qu'est-ce qu'il a, Magid ? »

Alsana fronça les sourcils et attrapa sur le rayon du haut du meuble de cuisine une mince enveloppe-avion qu'elle fit passer à Irie et d'où celle-ci sortit la lettre et la photographie qui l'accompagnait.

C'était une photo de Magid, qui était maintenant un grand jeune homme à l'air distingué. Ses cheveux, partagés par une raie sur le côté gauche, étaient du même noir profond que ceux de son frère, mais loin de lui retomber sur le front, ils étaient plaqués sur le crâne et ramenés derrière l'oreille droite. Il était vêtu d'un costume en tweed et portait — mais il était difficile d'être catégorique sur ce point, car la photo n'était pas très bonne — un foulard autour du cou. Il tenait un chapeau de paille dans une main, tandis que l'autre étreignait celle du grand écrivain indien sir R.V. Saraswati. Celui-ci était vêtu de blanc des pieds à la tête, coiffé d'un chapeau à large bord et sa main libre agrippait une canne ostentatoire. Tous deux avaient l'air assez satisfaits d'eux-mêmes, arboraient un sourire avantageux, et donnaient l'impression à les voir qu'ils étaient sur le point de se flatter mutuellement le dos ou qu'ils venaient de le faire. Le soleil de midi inondait les marches de l'entrée de l'université de Dacca, où la photo avait été prise.

« Tu connais Saraswati ? » demanda Alsana en grattant de l'index une tache sur la photo.

Irie opina du chef. Texte au programme du General Certificate of Education : *Un point à temps*, de R.V. Saraswati. Un conte doux-amer des derniers jours de l'Empire.

« Samad ne supporte pas Saraswati, tu comprends. Pour lui, l'homme représente un retour à l'impérialisme. C'est un lèche-cul britannique. »

Irie choisit un paragraphe au hasard dans la lettre et entreprit de le lire à haute voix.

*Comme vous pouvez le constater, j'ai eu la chance
de rencontrer ce célèbre écrivain indien. C'était en
mars dernier : après avoir remporté un prix (le titre de
mon essai était : « Bangladesh — Vers qui se tourner
aujourd'hui ? »), je suis allé à Dacca pour le recevoir
(un parchemin ainsi qu'une modeste somme en
espèces) des mains du grand homme en personne, lors
d'une cérémonie organisée à l'université. Je suis heureux de pouvoir dire qu'il m'a honoré de sa sympathie,
et nous avons passé ensemble un après-midi fort
agréable : nous avons pris le thé dans l'intimité, puis
nous nous sommes promenés dans les quartiers les
plus agréables de Dacca. Au cours de notre long
échange, Sir Saraswati a beaucoup loué mon intelligence, allant jusqu'à dire, et je le cite, que j'étais « un
jeune homme exceptionnel » — commentaire que je ne
suis pas près d'oublier ! Il a suggéré que je pourrais
faire une carrière de juriste, de professeur ou même
devenir, comme lui, écrivain ! Je lui ai répondu que la
première éventualité était celle qui répondait le mieux
à mes aspirations et qu'il était depuis longtemps dans
mes intentions de faire des pays d'Asie des endroits où
prévaudraient l'ordre et la raison, où seraient antici-
pées les catastrophes et où les jeunes garçons seraient
à l'abri des chutes accidentelles de vases (!). De nouvelles lois, de nouvelles dispositions sont nécessaires
(lui ai-je dit) si nous voulons lutter contre notre
destin, les catastrophes naturelles. C'est alors qu'il m'a
corrigé : « Il ne s'agit pas de destin. Nous avons trop
souvent tendance, nous autres Indiens, Bengalis,
Pakistanais, à lever les bras au ciel et à crier "C'est le
destin !" face à l'histoire. Mais nombreux, parmi
nous, sont ceux qui n'ont pas d'instruction et qui ne
comprennent pas le monde. Il nous faut être davantage comme les Anglais. Eux savent combattre le
destin jusqu'à la mort. Ils n'écoutent l'histoire*

qu'autant qu'elle leur dit ce qu'ils veulent entendre.
Nous, nous disons "C'était écrit !". Mais ça ne l'était
pas. Rien ne l'est nécessairement. » En un après-midi,
j'ai plus appris de ce grand homme qu'en...

« Il n'a rien appris ! »

C'était Samad, de retour dans la cuisine, qui, l'air
furieux, jeta la bouilloire sur le gaz. « Qu'est-ce qu'il
peut bien apprendre d'un homme qui ne sait rien ?
Où est sa barbe ? Où est son khamize ? Où est son
humilité ? Si Allah décrète qu'il y aura une tempête,
eh bien, il y aura une tempête. Et si ça doit être un
tremblement de terre, ce sera un tremblement de
terre. Bien sûr que ça doit arriver puisque c'était
écrit ! C'est précisément pour cette raison que j'ai
envoyé ce gamin là-bas... pour comprendre que
nous sommes fondamentalement faibles, que nous
ne maîtrisons rien. Qu'est-ce que veut dire "Islam" ?
Le mot lui-même, qu'est-ce qu'il veut dire ? *Je*
m'abandonne. Je m'abandonne à Dieu. Je m'abandonne à lui. Ceci n'est pas ma vie, mais la sienne.
Cette vie que j'appelle mienne est à lui, pour en faire
ce qu'il juge bon. En vérité, je serai ballotté et roulé
par la vague, impuissant face à mon destin. Et il n'y
a rien que je puisse faire. La nature elle-même est
musulmane, parce qu'elle obéit aux lois que le Créateur a plantées en elle.

— Ne t'avise pas de venir prêcher dans cette
maison, Samad Miah ! Y a des endroits pour ça. Va
à la mosquée, mais épargne-nous tes discours dans
la cuisine. Une cuisine, c'est fait pour qu'on y
mange...

— Mais nous, nous n'obéissons pas systématiquement. Nous autres humains, nous sommes les créatures les plus fourbes que le monde ait jamais portées. Nous avons le diable en nous sous la forme du

libre arbitre. Il faut que nous apprenions à obéir. Et c'est bien ce que je voulais que mon enfant, Magid Mahfooz Murshed Mubtasim Iqbal, découvre. Je ne l'ai quand même pas expédié là-bas pour qu'une espèce de vieille tantouse hindoue, qui lèche le cul des Anglais, lui empoisonne l'esprit ?

— Peut-être que oui, Samad Miah, peut-être que non.

— Tu ne vas pas recommencer, Alsi, je te préviens...

— Oh, fous-nous la paix, espèce de vieux radoteur ! dit Alsana en rassemblant ses pneus comme un lutteur de sumo. T'arrêtes pas de dire qu'on ne contrôle rien, et tu passes ton temps à vouloir tout contrôler ! Lâche-nous, Samad Miah. Lâche un peu le gamin. Lui, c'est la deuxième génération — il est né ici — et il fera les choses différemment, c'est évident. Tu peux pas tout régenter. Après tout, qu'est-ce qu'il y a de si terrible là-dedans ? T'en feras pas un alim, d'accord, mais il est instruit, il est sain.

— Et c'est tout ce que tu attends de ton fils ? Qu'il soit sain ?

— Peut-être que oui, Samad Miah, peut-être...

— Et ne me parle pas de deuxième génération, s'il te plaît ! Une génération, et une seule ! Indivisible ! Éternelle ! »

Quelque part au beau milieu de cette dispute, Irie sortit de la cuisine en catimini et se dirigea vers la porte d'entrée. Elle surprit son image dans le tain éraflé et taché de la glace : elle avait tout du bâtard de Diana Ross et d'Engelbert Humperdinck.

« *Il faut leur laisser commettre leurs erreurs...* » La voix d'Alsana traversa le bois mince de la porte de la cuisine pour parvenir dans le hall d'entrée, où Irie, debout face à son image, empoignait à pleines mains les cheveux d'une autre pour s'en débarrasser.

*

Comme n'importe quelle école, Glenard Oak avait une géographie complexe. Non pas que l'établissement fût particulièrement labyrinthique dans sa conception. Il avait été construit en deux étapes : la première, en 1886, en avait fait un asile de pauvres (monstrueuse forteresse victorienne de brique rouge), la seconde, en 1963, en avait fait une école en ajoutant au bâtiment initial une deuxième construction (monolithe gris dans le style logement social des mornes utopies à la Huxley). Les deux horreurs avaient été reliées en 1974 par une énorme passerelle tubulaire en Plexiglas. Mais un pont n'avait pas suffi à faire des deux corps de bâtiment un seul, ni à influer sur la propension des élèves à se scinder en groupes et en factions. L'école avait appris à ses dépens qu'on ne peut réunir mille enfants sous une seule devise, fût-elle latine (*Laborare est Orare*, Travailler c'est prier) ; les gamins sont comme les chats qui pissent ou les taupes qui creusent leurs tunnels, pour marquer leur territoire, chaque portion possédant ses lois, ses croyances, son code d'honneur. En dépit de tous les efforts accomplis pour tenter de les gommer, l'école était un assemblage de repaires, tanières, territoires contestés, états satellites, états d'urgence, îles, ghettos et enclaves. Il n'existait aucune cartographie officielle des lieux, mais c'était une simple question de bon sens que de ne pas s'aventurer par exemple dans la zone qui s'étendait entre les poubelles et le bâtiment de technologie. Il y avait eu des victimes (entre autres, un pauvre crétin du nom de Keith, qui s'était retrouvé la tête prise dans un étau), et il ne s'agissait pas d'aller chatouiller les grands gamins secs et nerveux qui patrouillaient dans le coin — maigres rejetons des gros hommes qui arboraient dans la poche arrière de leur pantalon des *tabloïds* pervers, comme d'autres un revolver, et qui prônaient une justice simpliste et sommaire : *une vie pour une autre ; la pendaison, c'est encore trop bon pour eux.*

En face de cette zone : les Bancs, trois en tout, alignés en rang d'oignons. Réservés au commerce furtif de quantités infinitésimales de drogue. Exemple : deux livres cinquante de résine de marijuana, dose si infime qu'elle avait toute chance de se perdre dans votre trousse ou d'être confondue avec un morceau de gomme. Ou bien un quart d'ecstasy, utilisé pour l'essentiel comme analgésique en cas de règles particulièrement douloureuses. Les naïfs pouvaient également se procurer toute une série de denrées, type thé au jasmin, herbes de jardin, aspirine, réglisse, farine, qu'on leur faisait passer pour des drogues de Classe A, à fumer ou à avaler dans le creux encaissé qui se trouvait derrière les salles d'art dramatique. Là, une portion de mur concave mettait raisonnablement à l'abri du regard des profs les élèves trop jeunes pour aller fumer dans le jardin prévu à cet effet (un jardin bitumé à l'usage des plus de seize ans, lesquels avaient tout loisir de fumer tant qu'ils voulaient — existe-t-il encore des écoles de ce genre aujourd'hui ?). Le creux derrière les salles d'art dramatique était un autre endroit à éviter. Rempli de petites canailles endurcies qui, à douze ou treize ans, fumaient comme des pompiers et se foutaient du tiers comme du quart. Ils se foutaient vraiment de tout — de votre santé, de la leur, des profs, des parents, des flics —, en un mot comme en cent : de tout. Fumer, c'était leur réponse au monde, leur idéal leur *raison d'être*[1]. C'étaient des

---

1. En français dans le texte.

inconditionnels de la clope. Pas des connaisseurs, pas regardants quant à la marque, il suffisait que ce soient des clopes. Ils tiraient dessus comme des nouveau-nés au sein, et quand ils en avaient terminé, ils écrasaient les mégots dans la boue, les yeux pleins de larmes. Putain, ils aimaient ça, les clopes. Leur seul centre d'intérêt en dehors des cigarettes, c'était la politique, ou, pour être plus précis, cet enculé de ministre des Finances qui ne cessait de faire grimper les prix du tabac. Parce que, bien entendu, il n'y avait jamais assez d'argent et jamais assez de cigarettes. Il fallait devenir expert dans l'art d'emprunter, taxer, chouraver, cravater, truander des clopes. Une tactique assez répandue consistait à claquer son argent de poche de la semaine pour acheter un paquet de vingt, en distribuer le contenu à droite et à gauche, et passer le mois suivant à rappeler ses largesses passées aux heureux détenteurs des petits cylindres tant convoités. Mais il s'agissait là d'une stratégie à haut risque. Mieux valait avoir un visage qui passait totalement inaperçu, pour pouvoir taxer une cigarette et revenir cinq minutes plus tard pour une autre sans qu'on vous reconnaisse. Mieux valait cultiver un personnage insipide, être un petit morveux sans marques distinctives, avec pour nom Mart, Jules ou Ian. Sinon, il ne restait plus qu'à compter sur la charité des autres ou à s'adonner au coupage de clopes en quatre. Une cigarette peut se partager de cent façons différentes. Le plus souvent, cela se passe ainsi : quelqu'un (celui qui a effectivement fait l'emplette d'un paquet) en allume une. Un autre crie « moitiés ». À mi-chemin, la cigarette change de main, mais à peine a-t-elle trouvé son deuxième fumeur qu'on entend « tiers », puis « gaffe » (un demi-tiers dans le jargon), puis « mégot ! » ; enfin, s'il fait froid et que l'envie est irrépressible, « dernière taffe ! ». Mais la dernière taffe est réservée aux désespérés, puisqu'elle va au-delà de la marque, au-delà de ce que l'on peut raisonnablement appeler mégot. La dernière taffe, c'est la bourre jaunie de ce qui reste du mégot, la substance qui ne mérite plus le nom de tabac et qui se dépose dans les poumons comme une bombe à retardement, détruit le système immunitaire et déclenche les rhinites chroniques. La substance qui jaunit les dents blanches.

Tout le monde à Glenard Oak était au travail dans cette tour de Babel qui abritait des habitants de toute condition et de toute couleur, parlant toutes les langues de la terre. Tous, chacun dans leur coin, exhalaient de leur bouche comme d'un encensoir leur offrande de fumée aux multiples dieux au-dessus de leur tête (Rapport officiel pour l'année 1990 : 67 religions et 123 langues).

Laborare est Orare :

Forts en thème, debout au bord de la mare, en train d'observer les grenouilles qui copulent.

Filles prout-prout dans le département de musique, qui chantent de vieux airs français en canon, parlent une caricature de latin, suivent des régimes à base de raisin, tout en refoulant leurs tendances homosexuelles.

Mecs obèses dans les vestiaires du gymnase en train de se branler.

Filles déjantées devant le bâtiment des langues, qui lisent des comptes rendus d'affaires criminelles.

Indiens, qui jouent au cricket avec des raquettes de tennis sur le terrain de foot.

Irie Jones, à la recherche de Millat Iqbal.

Scott Breeze et Lisa Rainbow dans les toilettes en train de baiser.

Joshua Chalfen, lutin, nain et ancien, derrière le bâtiment des sciences, plongé dans le jeu de rôles *Lutins et Gorgones*.

Et tout le monde, sans exception, qui fume, cigarette sur cigarette, qui s'active à quémander, allumer, aspirer la fumée, ramasser les mégots pour en refabriquer, à célébrer le pouvoir de la cigarette à rassembler les gens de toutes races, de toutes cultures, de toutes croyances, mais d'abord et avant tout à fumer — *passe m'en une, allez, sois sympa* —, à cracher la fumée comme de petites cheminées, au point de produire un nuage si épais que les premiers occupants des lieux à l'époque de l'asile de pauvres, en 1886, se sentiraient, pour ainsi dire, chez eux.

Et dans ce brouillard, Irie cherchait Millat. Elle avait essayé le terrain de basket, le jardin fumeurs, le département de musique, la cafétéria, les toilettes des deux sexes et le cimetière, qui jouxtait l'arrière de l'école. Il fallait à tout prix qu'elle le prévienne. Une descente se préparait, visant l'ensemble des fumeurs d'herbe ou de tabac, mise sur pied conjointement par le personnel enseignant et la maréchaussée du quartier. Les grondements annonciateurs de la secousse tellurique étaient venus d'Archie, véritable ange de la révélation : c'est en l'entendant parler au téléphone qu'Irie avait surpris les secrets de l'Association parents-professeurs. Elle se retrouvait maintenant lestée d'un fardeau bien plus lourd que celui du sismologue, comparable, de fait, à celui du prophète, puisqu'elle connaissait le jour et l'heure du tremblement de terre (ce jour même, quatorze heures trente), qu'elle en connaissait la force (l'expulsion) ainsi que les victimes potentielles. Il fallait absolument qu'elle le sauve. La main agrippée à ses rondeurs tressautantes, suant sang et eau sous sept centimètres de cheveux afro, elle courait dans tous les sens, l'appelant, s'enquérant auprès des autres, inspectant tous les lieux qu'il fréquentait d'ordinaire. Mais en vain. Il restait introuvable : il n'était ni avec les Cockneys, ni avec les demoiselles prout-prout, ni avec la bande des Indiens, ni avec les Noirs. Elle se dirigea finalement vers le bâtiment des sciences et cet endroit de l'école particulièrement apprécié où, avant d'atteindre le mur du fond et l'angle est, on rencontrait une trentaine de mètres d'herbe très précieux puisqu'un élève se livrant à des actes illicites s'y trouvait entièrement caché à la vue. C'était une belle journée d'automne, au froid un peu vif, et l'endroit était plein : Irie fut obligée de déranger les participants aux championnats d'exploration linguale, d'enjamber le jeu *Lutins et Gorgones* de Joshua Chalfen (« Dis donc, fais gaffe où tu mets les pieds ! Et la Caverne des morts, alors ? ») et de se frayer un chemin à travers une phalange compacte de fumeurs de cigarettes avant d'atteindre Millat, qui en était l'épicentre et qui, laconique, tirait sur un joint en forme de cône tout en écoutant parler un grand type barbu.

« Mill !

— Pas maintenant, Jones.

— Mais Mill !

— J't'en prie, Jones. Regarde, c'est Hifan. Un vieux copain. J'voudrais bien écouter c'qu'il a à dire. »

Imperturbable, le dénommé Hifan continuait de pérorer. Il avait une voix grave et douce, aussi inexorable que le murmure d'un ruisseau, et il aurait fallu une force plus grande que la soudaine apparition d'Irie, plus grande peut-être que celle de la pesanteur, pour en arrêter le cours. Il portait un costume noir, une chemise blanche et un nœud papillon vert. La poche de sa veste était brodée d'un petit emblème, deux mains autour d'une flamme, avec un autre motif en dessous, trop petit pour qu'on puisse le distinguer. Bien qu'il ne fût pas plus âgé que Millat, sa grande barbe le faisait paraître beaucoup plus vieux.

« ... et donc la marijuana affaiblit nos capacités, diminue nos forces et nous enlève nos meilleurs hommes dans ce pays : des hommes comme toi, Millat, qui ont des qualités naturelles de chef, qui ont l'étoffe nécessaire pour prendre un peuple par la main et le sortir de l'ornière. On peut lire dans les hadith de al-Bukhari, cinquième partie, page deux : *Les membres les meilleurs de ma communauté sont mes contemporains et mes alliés.* Tu es mon contemporain, Millat, je prie pour que tu deviennes aussi mon allié ; nous sommes en guerre, Millat, je dis bien, en guerre. »

Il continua ainsi, enchaînant les mots les uns aux autres, sans ponctuation ni pause aucune, sur le même mode sirupeux — on aurait presque pu grimper dans ses phrases et s'y endormir.

« Mill, Mill, c't'important. »

Millat avait l'air abruti, sans qu'on puisse savoir si c'était sous l'effet du hash ou du discours de l'autre. Se débarrassant d'Irie qui le tirait par la manche, il tenta des présentations : « Irie, Hifan. Lui et moi, on était potes dans l'temps. Hifan... »

Hifan fit un pas en avant, surplombant Irie comme un clocher d'église. « Heureux de te rencontrer, sister. Je m'appelle Hifan.

— Super. *Millat !*

— Irie, enfin, merde ! Tu pourrais la boucler, juste une minute ? dit Millat en lui passant son joint. J'essaie d'écouter c'mec, O.K. ? Hifan, c't'un boss. T'as vu un peu l'costard... genre maffieux ! » Millat caressa du doigt le revers d'Hifan, et celui-ci ne put s'empêcher d'afficher un air rayonnant. « C'est vrai, Hifan, man, t'as tout d'un De Niro, là-d'dans. Classe, mec !

— Tu trouves ?

— Et comment ! Cent fois mieux qu'les trucs que tu mettais quand on glandait ensemble, hein ? Du temps de Kilburn. Tu t'rappelles quand on est allés à Bradford et... »

Mais Hifan se rappela... à l'ordre, s'obligeant à reprendre son expression de pieuse détermination. « Je crains bien de ne pas me souvenir de l'époque de Kilburn, frère. En ce temps-là, j'étais dans l'ignorance. Je n'étais pas le même qu'aujourd'hui.

— Ouais, O.K., dit Millat d'un air penaud. 'Scuse. »

Il donna à l'autre une grande bourrade dans l'épaule, mais Hifan resta de marbre.

« Alors, comme ça, on est en guerre ? Une putain d'guerre d'religion, hein ? Merde, c'est dingue ! Remarque, c'est pas trop tôt, ça s'rait l'moment qu'on fasse un peu parler d'nous dans c'putain d'pays. C'est quoi, déjà, l'nom d'ton groupe ?

— J'appartiens aux Keepers of the Eternal and Victorious Islamic Nation, branche de Kilburn », annonça fièrement Hifan.

Irie inspira profondément.

« Gardiens de l'islam éternel et victorieux, répéta Millat, impressionné. Waow, c't'un nom d'tueur. Ça fait penser à un truc de kung-fu ou d'kick-boxing.

— Ça fait K.E.V.I.N. ? dit Irie le sourcil froncé.

— Nous sommes bien conscients », dit Hifan d'un ton solennel, en montrant les initiales brodées en dessous de la flamme sur la poche de sa veste, « d'avoir un problème avec cet acronyme.

— À peine.

— Mais les mots sont ceux d'Allah lui-même, et on ne peut rien y changer... Pour en revenir à ce que je disais, Millat, mon ami, tu pourrais diriger la branche de Cricklewood...

— Mill !

— Tu connaîtrais alors cette paix qui est la mienne, au lieu de vivre dans la confusion et le chaos, de dépendre d'une drogue spécifiquement importée par les gouvernements dans le but de soumettre les communautés noire et asiatique, dans le but de saper nos forces vives.

— Ouais », dit tristement Millat, en train de rouler un autre joint. « C'est pas vraiment comme ça que j'vois les choses, mais j'suppose qu'c'est comme ça que j'devrais.

— MILL, tu m'écoutes ?

— JONES, tu nous lâches, ouais ? Tu vois pas qu'chui en pleine discussion, bordel ! Hifan, mec, t'es dans quelle école, main'nant ? »

Hifan secoua la tête en souriant. « J'ai quitté le système éducatif anglais il y a déjà quelque temps. Mais, pour autant, mon éducation est loin d'être terminée. Si je peux me permettre de citer le Tabrizi, hadith 220 : *Celui qui part à la recherche du savoir est au service de Dieu jusqu'à son retour et le...*

— Mill », murmura Irie, dominant sans peine le ronron visqueux de Hifan. « *Mill.*

— Oh, putain, mais j'y crois pas. Qu'esse qu'y a ? Excuse-moi, mon pote, juste une minute. »

Irie tira fort sur son joint et transmit enfin sa nouvelle. Sur quoi, Millat eut un soupir apitoyé. « Irie, y'z'arrivent d'un côté, et, nous, on s'tire de l'autre. C'est pas nouveau. On a l'habitude. D'accord ? Et maint'nant, va donc t'amuser avec les p'tits, hein ? Ici, c'est du sérieux, ma vieille.

— Heureux de t'avoir rencontrée, Irie, dit Hifan en lui tendant la main et en la regardant de la tête aux pieds. Si je puis me permettre, je dirai qu'il est réconfortant de voir une femme qui s'habille avec modestie et porte les cheveux courts. K.E.V.I.N. est d'avis qu'une femme ne devrait pas avoir besoin de flatter bassement les fantasmes érotiques de la sexualité occidentale.

— Euh... ouais, comme tu dis. Merci. »

S'apitoyant sur son sort et déjà un peu camée, Irie repartit en sens inverse, franchissant à nouveau le rideau de fumée et piétinant, du même coup et une fois de plus, le jeu de Joshua Chalfen.

« Hé, y en a qui essaient de jouer ici !

— ET ALORS ? » lança Irie, pleine de fureur rentrée, après avoir fait volte-face.

Les amis de Joshua — un obèse, un boutonneux et un troisième doté d'une tête anormalement grosse — accusèrent le coup. Joshua, lui, ne broncha pas. Dans ce semblant d'orchestre que possédait l'école, lui et son hautbois se tenaient juste derrière Irie et son alto. Il avait souvent examiné les cheveux bizarres et les larges épaules de cette fille tout en se disant qu'il avait peut-être une chance avec elle. Elle était intelligente et pas totalement dépourvue de charme, et il y avait quelque chose en elle qui suggérait fortement la bûcheuse, en dépit de ce garçon avec lequel elle traînait. Cet Indien. Elle passait son temps à lui tourner autour, mais elle n'était pas comme lui. Joshua Chalfen aurait juré qu'elle appartenait en fait à son monde à lui. Ce quelque chose enfoui en elle, sa nature profonde, il se sentait capable de les faire sortir au grand jour. C'était une émigrée dure à la tâche qui avait fui la terre des gros, avec son faciès reconnaissable et son intelligence désarmante. Elle avait escaladé les montagnes de Caldor, traversé à la nage le fleuve Leviathrax et bravé le gouffre Duilwen, dans une course précipitée qui l'avait amenée de la terre de ses ancêtres dans un nouveau pays.

« C'était juste pour dire. T'as l'air d'avoir envie de pénétrer dans le pays de Golthon. Tu veux jouer avec nous ?

— Non, je veux pas jouer avec vous, espèce de p'tit connard. Je te connais même pas.

— Joshua Chalfen. J'étais en primaire à Manor School. Mais on est ensemble en anglais, ici. Et ensemble aussi dans l'orchestre.

— Non, tu te goures. Il se trouve que je suis dans l'orchestre, et que tu y es de ton côté. Mais en aucun cas, nous n'y sommes *ensemble*. »

Le Joshua trois en un, lutin, nain et ancien, appréciait les jeux de mots, et il ne put retenir un ricanement flagorneur devant cette repartie. Les insultes, ça le connaissait. Il en encaissait depuis toujours (certaines affectueuses, *Chalfen le Chérubin, Josh le choc, Josh le juif* ; d'autres moins, *Enculé de hippy, Pédé à bouclettes, Lèche-cul de première*), il en avait encaissé tout au long de sa putain d'existence, et il avait survécu. Une insulte n'était rien qu'un petit caillou sur son chemin, tout juste bon à démontrer l'infériorité intellectuelle de son auteur. Il poursuivit comme si de rien n'était.

« J'aime bien ce que tu as fait de tes cheveux.

— Tu t'fous de moi ?

— Non, j'aime bien les cheveux courts chez une fille. J'aime bien ce côté androgyne. Sans blague.

— T'as un problème, mec ?

— Pas du tout, dit Joshua en haussant les épaules. Et il n'y a pas besoin d'être freudien pour voir que c'est toi qui as un problème. D'où tu tires toute cette agressivité ? Je croyais que quand on fumait, on était plus relax. Tu m'en donnes un peu ?

— Ah, ça ? dit Irie qui avait oublié le joint qui se consumait entre ses doigts. Alors, comme ça, on en tête régulièrement ?

— Je bricole un peu, oui. »

Le nain, l'ancien et le lutin s'unirent pour émettre divers reniflements et bruits liquides.

« Vas-y, soupira Irie en lui passant le joint. C'est comme tu l'sens.

— Irie ! »

C'était Millat. Il avait oublié de reprendre son joint et accourait maintenant pour le récupérer. Irie, qui s'apprêtait à le tendre à Joshua, fit volte-face en pleine action et, dans la même seconde, aperçut Millat qui venait dans sa direction et sentit sous ses pieds un grondement sourd, puis un tremblement qui mit par terre la petite armée des lutins de Joshua avant de la balayer de la plaque où elle se trouvait.

« Putain d'... », dit Millat.

C'était la descente annoncée. À la suggestion d'un des délégués de parents au conseil, Archibald Jones, ex-soldat doté d'une certaine expérience en matière d'embuscade, les participants avaient décidé d'attaquer des deux côtés à la fois (tactique qui n'avait jamais été utilisée jusqu'alors), leur détachement, fort de cent hommes, agissant par surprise et ne trahissant sa présence qu'au dernier moment. C'est ainsi qu'ils purent encercler ces petits salopards, leur couper toute retraite et prendre Millat Iqbal, Irie Jones, Joshua Chalfen et leurs semblables en flagrant délit de consommation de marijuana.

*

Le proviseur de Glenard Oak était en état d'implosion permanente. Ses cheveux s'étaient retirés et, telle une marée perverse, s'obstinaient à ne pas vouloir revenir, ses yeux s'étaient enfoncés dans leurs orbites, sa bouche avait aspiré ses lèvres, et il n'avait pas de corps à proprement parler, ou plutôt ce qui lui en tenait lieu était replié en une sorte de paquetage compact qu'il maintenait fermé en croisant bras et jambes. Comme pour contrebalancer les effets de ce tassement interne, il avait pour la circonstance disposé les sièges en un grand cercle, initiative dont il espérait qu'elle aiderait chacun à s'adresser aux autres et à mieux les voir, qu'elle permettrait à chacun d'*exprimer son point de vue*, de *faire entendre sa voix*, de manière que, tous ensemble, ils s'orientent vers *la recherche de solutions*, plutôt que vers *un système punitif des comportements*. Certains parents se désolaient de voir que l'école avait pour proviseur un libéral au grand cœur. Si l'on avait demandé son avis à Tina, sa secrétaire (mais personne n'aurait jamais songé à le lui demander, pas de risque, et elle n'avait affaire qu'à des questions du genre *Alors, de quoi doivent répondre ces trois garnements ?*), l'homme avait sous ce rapport un cœur hypertrophié qui le rendait bien trop clément.

« Alors, dit le proviseur à Tina, un sourire contrit sur les lèvres, de quoi doivent répondre ces trois garnements ? »

D'un ton las, Tina lut les chefs d'accusation des susdits : possession de « mari-jou-ana ». Irie leva la main pour protester, mais le proviseur lui imposa silence en lui souriant gentiment.

« Je vois. Ce sera tout, Tina. Si vous pouviez simplement laisser la porte entrouverte en partant, oui, comme ça, encore un peu… parfait… il ne faudrait pas que ces jeunes gens se sentent enfermés. Bien. Alors, il me semble que la manière la plus civilisée de procéder, et afin d'éviter que tout le monde parle en même temps », dit le proviseur en posant les mains sur ses genoux, paume en l'air, histoire de prouver qu'il ne cachait pas d'armes, « c'est que je commence, et ensuite vous dites ce que vous avez à dire chacun à votre tour, toi d'abord, Millat, puis Irie et on termine par Joshua, et quand on aura tout mis à plat, c'est à moi qu'il reviendra de conclure. C'est sans douleur, ou presque. D'accord ? D'accord.

— Y m'faut une clope », dit Millat.

Le proviseur changea de position. Il enleva sa jambe droite de sa jambe gauche, croisa la seconde sur la première, porta ses deux index en triangle à ses lèvres et rétracta la tête comme une tortue.

« Millat, je t'en prie.

— V'z'avez un cendrier ?

— Non, Millat. S'il te plaît.

— J'vais juste aller en griller une à l'entrée, alors. »

C'est ainsi que le lycée tout entier faisait chanter le proviseur. Il ne pouvait se permettre de laisser des centaines de gamins alignés le long des rues de Cricklewood, en train de fumer et de ternir l'image de l'établissement. C'était l'époque où le classement de l'équipe de foot dans le championnat inter-écoles comptait énormément. L'époque aussi des parents fouineurs, qui fourraient leur nez dans les pages du *Times Educational Supplement* et évaluaient les mérites des divers lycées en fonction des statistiques et des rapports des inspecteurs. Le proviseur de Glenard Oak se voyait contraint de débrancher les avertisseurs d'incendie pendant des trimestres entiers, afin de garder son millier de fumeurs dans l'enceinte de l'établissement.

« Bon, écoute... tu n'as qu'à rapprocher ta chaise de la fenêtre. Et arrête tes histoires, tu veux. Ça y est, on peut continuer ? »

Une Lambert & Butler était apparue à la bouche de Millat. « Du feu ? »

Le proviseur fouilla dans la poche de sa chemise, où un paquet de tabac à rouler allemand et un briquet étaient enfouis au milieu d'un tas de mouchoirs en papier et de stylos-billes.

« Tiens. » Millat alluma sa cigarette, souffla la fumée en direction du proviseur, qui se mit à tousser comme une petite vieille. « Bon, Millat, c'est toi qui commences. J'attends au moins ça de ta part. Que tu te mettes un peu à table.

— J'étais là-bas derrière, derrière le bâtiment d'sciences, à discuter d'maturation spirituelle », dit Millat.

Le proviseur se pencha en avant et tapota ses lèvres de son triangle digital à plusieurs reprises. « Il va falloir m'en dire un peu plus, Millat. Si c'est une question de religion, ça ne peut que parler en ta faveur, mais j'ai besoin d'en savoir plus.

— J'parlais à mon pote, Hifan, développa Millat.

— Je ne te suis pas, Millat, dit le proviseur en secouant la tête.

— C't'un chef spirituel. J'lui d'mandais conseil.

— Un chef spirituel ? Hifan ? Il est chez nous ? C'est une histoire de secte, Millat ? Si c'est le cas, il faut que je le sache.

— Mais non, c'est pas une foutue secte ! » aboya Irie, à bout de patience. « On peut continuer ? J'ai violon, moi, dans dix minutes.

— C'est Millat qui parle, Irie. C'est lui que nous écoutons. Et on peut espérer que quand viendra ton tour, Millat te montrera un peu plus de respect que tu n'es prête à lui en témoigner. D'accord ? Il faut absolument qu'on apprenne à communiquer ensemble. Bien, continue, Millat. Quel genre de chef spirituel ?

— Musulman. Y m'aidait à r'trouver la foi, O.K. ?
C'est l'chef de la branche de Cricklewood des Keepers of the Eternal and Victorious Islamic Nation.

— Ça fait K.E.V.I.N. ? » dit le proviseur, perplexe,
le sourcil froncé.

« L'acronyme fait problème, mais ils en sont conscients, expliqua Irie.

— Bon. Alors, poursuivit le proviseur avec
empressement, ce type de K.E.V.I.N., c'est lui qui
vous avait fourni la dope ?

— Non », dit Millat, écrasant sa cigarette sur le
rebord de la fenêtre. « L'herbe, elle était à moi. Lui,
y m'causait, et moi, j'la fumais.

— Écoutez », dit au bout d'un moment Irie,
exaspérée de les voir tourner en rond. « C'est simple,
quand même. C'était l'herbe de Millat. J'ai fumé le
joint sans vraiment penser à c'que j'faisais et puis je
l'ai donné à Joshua pour qu'y m'le tienne une
minute, le temps de refaire mon lacet, mais il a rien
à voir là-dedans. O.K. ? On peut s'en aller
maintenant ?

— Mais si, j'suis impliqué !

— QUOI ? dit Irie en se tournant vers Joshua.

— Elle essaie de me couvrir. En fait, une partie de
la marijuana était à moi. J'étais en train de dealer. Et
puis les flics me sont tombés dessus.

— Bon Dieu, j'y crois pas ! Chalfen, t'es complètement dingue. »

Peut-être bien. Mais ces deux derniers jours,
Joshua avait appris à se faire respecter davantage,
s'était fait quelques amis branchés et s'était mis à
prendre des airs supérieurs qu'on ne lui avait jamais
vus. Un peu de l'aura de Millat semblait avoir déteint
sur lui, par le seul fait de leur proximité, quant à
Irie... eh bien, il se trouvait qu'un « vague intérêt »
pour cette jeune personne s'était transformé, en deux

jours, en une folle passion. Ou plus exactement, sa folle passion avait deux objets : la fille *et* le garçon. Tous deux avaient en eux quelque chose d'irrésistible. De bien plus irrésistible que le nain Elgin ou le sorcier Moloch. Il était flatté qu'on établisse un lien entre lui et eux, si ténu fût-il. Ils l'avaient arraché au monde des bosseurs et sorti de l'anonymat sans le vouloir pour le propulser sur le devant de la scène. Il n'avait pas l'intention de rentrer dans le rang sans se battre.

« C'est vrai, Joshua ?

— Oui... euh, ça a commencé sur une petite échelle, mais maintenant, je crois que j'ai un vrai problème. C'est pas que je veuille absolument dealer, non, mais c'est comme une sorte de compulsion...

— Oh non, j'y crois pas...

— Irie, s'il te plaît, tu laisses parler Joshua. Ce qu'il a à dire mérite notre attention au moins autant que ce que toi tu peux avoir à dire. »

Millat tendit la main vers la poche du proviseur et en sortit un gros paquet de tabac. Dont il vida le contenu sur la petite table basse.

« Dis donc, Chalfen, le rescapé du ghetto, si tu m'en m'surais pour dix livres, pour voir ? »

Joshua regarda d'un air dubitatif le monticule nauséabond de tabac brun.

« Fais donc ce que te demande Millat », dit le proviseur d'un ton irrité, en se penchant sur sa chaise pour examiner le tabac. « Qu'on règle au moins cette question. »

Les doigts tremblants, Joshua fit glisser une partie du tabac dans la paume de sa main, puis la présenta au proviseur. Lequel poussa l'ensemble sous le nez de Millat pour que celui-ci rende son jugement.

« Ça ? C't'à peine si y en a pour cinq livres », dit Millat, méprisant. « J'f'rais pas affaire avec toi, j'peux t'dire.

— O.K., Joshua, dit le proviseur en remettant le tabac dans son paquet. M'est avis que ta petite comédie est finie. Même moi, je savais que tu étais loin de la marque. Mais ce qui m'inquiète, c'est que tu aies éprouvé le besoin de mentir. Il va falloir que nous trouvions un moment pour reparler de tout ça.

— Oui, m'sieur.

— En attendant, j'ai parlé à tes parents, et, en accord avec la politique de l'établissement, qui consiste à éviter le recours à un système punitif primaire pour privilégier une gestion constructive des comportements déviants, ils ont très généreusement suggéré un programme de deux mois.

— Un programme ?

— Deux fois par semaine, le mardi et le jeudi, toi, Millat, et toi, Irie, vous irez chez Joshua pour travailler avec lui après l'école pendant deux heures les maths et la biologie, qui sont vos matières les plus faibles, alors que ce sont ses points forts.

— C'est pas sérieux ? s'enquit Irie.

— Oh, mais si, tout ce qu'il y a de plus sérieux. Je pense que c'est une idée extrêmement intéressante. De cette manière, vous pourrez bénéficier des dons de Joshua à parts égales, tout en profitant d'un environnement stable, qui présentera de surcroît l'avantage de vous mettre tous les deux à l'abri des tentations de la rue. J'en ai parlé à vos parents respectifs, et ils approuvent totalement ce... comment dire, cet *arrangement*. Et le plus beau, c'est que le père de Joshua est un scientifique éminent et sa mère est horticultrice, je crois, si bien que vous allez pouvoir tirer un maximum de cette expérience. Vous avez tous les deux un gros potentiel, que vous êtes malheureusement en train de gâcher... à cause de votre environnement familial ou de problèmes personnels, je n'en sais rien, mais c'est dommage. Vous avez là une occasion unique. J'espère que vous comprendrez qu'il s'agit de bien autre chose que d'une vulgaire punition. C'est une mesure constructive, fondée sur la collaboration et l'entraide. Et j'espère sincèrement que vous mettrez tout votre cœur à l'ouvrage. Ce genre d'expérience s'inscrit dans le droit fil de l'histoire, du génie de Glenard Oak, procède de l'esprit même de sir Edmund Glenard, son illustre fondateur. »

*

L'histoire, l'esprit et le génie de Glenard Oak, comme le savait tout Glenardien digne de ce nom, remontaient à sir Edmund Flecker Glenard (1842-1907), que l'école avait décidé d'honorer en sa qualité de bienfaiteur victorien. La version officielle voulait que Glenard ait fait la donation qui devait permettre la construction du bâtiment originel parce qu'il avait à cœur la promotion sociale des éléments défavorisés de la population. Plutôt que d'un *asile de pauvres*, la brochure de l'association de parents d'élèves préférait parler d'un « atelier-hospice à vocation éducative », fréquenté en son temps par des Anglais aussi bien que par des Antillais. Selon cet imprimé, le fondateur de Glenard Oak était un philanthrope de l'éducation populaire. Mais il faut dire aussi que, dans ce même opuscule, on vous conseillait de parler non plus de « retenue », et moins encore de « colle », mais de « session additionnelle de réflexion sur les comportements délictueux ».

Une recherche un peu plus fouillée dans les archives de la bibliothèque du coin aurait révélé que sir Edmund Flecker Glenard était un riche colon qui avait fait fortune en Jamaïque dans la culture du tabac, c'est-à-dire qu'il s'était contenté de gérer d'immenses plantations où d'autres cultivaient le tabac pour lui. Au bout de vingt ans, ayant accumulé plus d'argent que nécessaire, sir Edmund se laissa aller dans son énorme fauteuil en cuir et se demanda s'il ne pourrait pas enfin *faire* quelque chose. Quelque chose qui lui permettrait de devenir gâteux avec la conscience en paix de celui qui a aidé ses semblables. Qui a aidé ces gens du peuple qu'il apercevait de sa fenêtre. Ceux qui trimaient là-bas dans les champs.

Pendant quelques mois, sir Edmund ne trouva rien. Et puis un dimanche, alors qu'il se promenait tranquillement dans les rues de Kingston, tard dans l'après-midi, il entendit un son qui, en dépit de sa familiarité, éveilla en lui un écho inhabituel. Des hymnes. Des claquements de mains. Des pleurs et des gémissements. Des voix chaudes et extatiques s'échappaient de toutes les églises de Kingston, portées dans l'air lourd des tropiques comme un chœur invisible. Il y avait peut-être quelque chose à faire de ce côté-là, se dit sir Edmund. Car, contrairement à nombre de ses pairs expatriés, qui stigmatisaient ces simagrées qu'ils jugeaient païennes, sir Edmund avait toujours été troublé par la dévotion des chrétiens de Jamaïque. Il aimait l'idée d'une église conviviale, d'un lieu de culte où l'on pouvait renifler, tousser ou faire un mouvement brusque sans que le pasteur vous lance un œil noir. Sir Edmund était certain que Dieu, dans sa grande sagesse, n'avait jamais voulu que le service divin soit ce triste exercice extrêmement guindé qu'il était à Tunbridge Wells, par exemple, mais bien plutôt une fête où l'on pouvait chanter, danser, taper du pied et des mains. Et cela, les Jamaïquains l'avaient manifestement compris. On avait même parfois l'impression que c'était la seule chose qu'ils étaient capables de comprendre.

S'arrêtant un instant devant une église particulièrement bruyante, sir Edmund en profita pour réfléchir plus avant à la question qui le préoccupait depuis déjà quelque temps : la différence remarquable entre la dévotion de l'indigène à son Dieu et sa dévotion à son employeur. Il s'était trouvé que ce mois-là, tandis qu'il était assis dans son bureau, à essayer de se concentrer sur son problème, ses contremaîtres étaient venus le voir à plusieurs reprises avec des nouvelles alarmantes : trois grèves avaient éclaté, on avait trouvé des hommes endormis ou drogués sur leur lieu de travail, et il s'était formé un collectif de mères de familles (parmi elles, des femmes du clan Bowden) qui se plaignaient de salaires trop bas et refusaient de travailler. Ainsi donc, les Jamaïquains étaient capables de prier à n'importe quelle heure du jour et de la nuit, d'envahir les églises lors de n'importe quelle fête religieuse, si obscure fût-elle, mais si on les lâchait des yeux ne fût-ce qu'une minute dans les champs de tabac, le travail s'arrêtait aussitôt. Pour honorer Dieu, ils étaient pleins d'énergie, excités comme des puces, braillant comme des perdus dans les travées... mais quand il s'agissait de travailler, ils étaient apathiques et refusaient de coopérer. La question le turlupinait au point qu'il avait écrit une lettre au *Gleaner* un peu plus tôt dans l'année sollicitant l'avis des lecteurs, sans toutefois obtenir de réponses satisfaisantes. Plus il y pensait, plus il lui apparaissait clairement que la situation était exactement inverse en Angleterre. On ne pouvait manquer d'être impressionné par la foi du Jamaïquain mais on ne pouvait, dans le même temps, que déplorer son attitude face au travail et son niveau d'éducation, composantes qu'inversement, on ne pouvait qu'admirer chez l'Anglais tout en regrettant la foi défaillante de celui-ci. Sur le chemin qui le ramenait à son domaine, sir Edmund eut une illumination : il était en mesure, lui, d'influer sur cet état de choses, mieux, de renverser carrément la tendance. Et cet homme plutôt corpulent, qui donnait l'impression d'en cacher un autre, rentra en sautillant pratiquement tout le long du chemin.

Dès le lendemain, il écrivait une lettre vibrante au *Times* où il annonçait qu'il faisait don de quarante mille livres à une mission, à la condition que cette somme contribue à l'achat d'une grande propriété à Londres. Là, des Jamaïquains pourraient travailler à empaqueter les cigarettes de sir Edmund aux côtés d'ouvriers anglais, dont ils recevraient le soir des cours d'instruction générale. On construirait une petite chapelle en annexe à l'usine, et le dimanche, continuait le philanthrope, les Jamaïquains emmeneraient leurs homologues anglais à l'église pour leur donner une idée de la vraie piété.

Une fois la construction achevée, sir Edmund, après leur avoir fait miroiter des rues pavées d'or, expédia trois cents Jamaïquains vers les brumes de North London. Quinze jours plus tard, depuis l'autre bout du monde, ceux-ci lui télégraphiaient qu'ils étaient arrivés sans encombre. Sur quoi, Glenard leur répondit par le même canal, suggérant l'ajout d'une devise latine sur la plaque qui portait déjà son nom. *Laborare est Orare*. Pendant un temps, les choses ne se passèrent pas trop mal. Les Jamaïquains voyaient leur transplantation d'un bon œil. Ils s'efforcèrent d'oublier les rigueurs du climat, aidés en cela par la chaleur communicative de l'enthousiasme de sir Edmund et l'intérêt qu'il prenait à leur bien-être. Mais sir Edmund avait toujours eu beaucoup de mal à préserver longtemps ses enthousiasmes et ses intérêts. Il avait une cervelle grosse comme un petit pois et trouée comme une passoire, d'où les tocades s'échappaient régulièrement, et *La Foi des Jamaïquains* fut bientôt supplantée dans son esprit par d'autres préoccupations plus pressantes : *L'Excitabilité du soldat hindou*, *Le Manque de réalisme de la vierge anglaise*, *Les Effets d'un climat chaud sur les pratiques sexuelles des habitants de l'île de la Trinité*. Pendant les quinze ans qui suivirent, en dehors des chèques qu'envoyait assez régulièrement le comptable de sir Edmund, l'usine de Glenard Oak n'entendit plus parler de son bienfaiteur. Jusqu'à ce jour de 1907, où, au cours du tremblement de terre de Kingston, Glenard fut tué par la chute d'une madone en marbre sous les yeux de la grand-mère d'Irie. (Ce sont là de vieux secrets. Qui finiront par voir le jour, comme les dents de sagesse, le moment venu.) L'événement tombait on ne peut plus mal. En effet, ce même mois, Glenard avait projeté de retrouver les rivages britanniques pour voir ce qu'il advenait de son expérience si longtemps négligée. Une lettre où il donnait des détails sur son voyage arriva à Glenard Oak le jour où un ver, après un périple de deux jours à travers les circonvolutions de son cerveau, sortait par l'oreille gauche du malheureux. S'il finit bel et bien, comme tout un chacun, mangé par les vers, Glenard s'épargna malgré tout une rude épreuve, car son expérience ne marchait pas fort. Les frais occasionnés par le transport vers l'Angleterre d'un tabac humide et lourd s'étaient vite avérés exorbitants ; quand les subsides de sir Edmund avaient commencé à se raréfier six mois plus tôt, l'affaire avait capoté, les gens de la mission s'étaient mystérieusement évaporés, et les ouvriers anglais étaient allés se chercher du travail ailleurs. Les Jamaïquains, incapables d'en faire autant, restèrent sur place, comptant les jours, jusqu'au moment où les vivres vinrent à manquer. Ils étaient maintenant totalement sensibilisés à l'emploi des auxiliaires modaux, à la table par neuf, à la vie et à l'époque de Guillaume le Conquérant ainsi qu'aux propriétés du triangle équilatéral, mais ils avaient faim. Certains en moururent, d'autres furent jetés en prison pour ces larcins mineurs qui ont un estomac vide pour mobile, et nombreux furent ceux qui allèrent dans l'East End grossir les rangs du prolétariat anglais. Quelques-uns se retrouvèrent dix-sept ans plus tard à l'Exposition de l'empire britannique de 1924, habillés en Jamaïquains dans le stand de leur pays, engagés dans une horrible parodie de leur existence antérieure — tambours et colliers de corail —, car, désormais, ils étaient anglais, plus anglais que les Anglais, ne serait-ce qu'en vertu de leurs multiples désillusions. L'un dans l'autre, donc, le proviseur avait tort : on ne pouvait pas dire de sir Edmund Glenard qu'il avait transmis un flambeau bien reluisant aux générations futures. Un héritage n'est pas quelque chose que l'on choisit de donner ou de recevoir, et il n'existe aucune certitude dans le domaine délicat de la succession. L'influence de Glenard, si détestable qu'ait pu être une telle idée pour le personnage, se révéla être d'ordre personnel, et non professionnel ou humanitaire ; elle eut des répercussions dans le quotidien de trois générations d'immigrants qui, même entourés des leurs et attablés devant un grand festin, continuaient à se sentir abandonnés et affamés ; elle avait encore des répercussions sur la vie d'Irie Jones, du clan jamaïquain des Bowden, sans même qu'elle le sache (il faut dire que personne ne l'avait avertie de garder un œil sur le passé et sur Glenard ; la Jamaïque est un tout petit pays, dont on peut faire le tour à pied en une journée, et où tout le monde, à un moment ou à un autre, finit par rencontrer tout le monde).

*

« Est-ce qu'on a vraiment le choix ? demanda Irie.

— Vous avez été francs avec moi, dit le proviseur en mordant sa lèvre décolorée, je serai donc franc avec vous.

— Ça veut dire qu'on a pas le choix.

— Franchement, non. En fait, c'est ça, ou deux mois de sessions additionnelles de réflexion sur les comportements délictueux. Il faut que chacun y trouve son compte, Irie. Et si on ne peut pas faire plaisir à tout le monde tout le temps, on peut au moins essayer de contenter certains...

— Ouais, super.

— Les parents de Joshua sont des gens vraiment formidables, tu sais. Je suis convaincu que cette expérience va se révéler pleine d'enseignements pour vous. Ce n'est pas ton avis, Joshua ?

— Oh si, m'sieur, dit Joshua, enthousiaste. J'en suis sûr.

— Et le plus beau de l'affaire, c'est que l'expérience pourrait servir de projet-pilote pour toute une série d'initiatives », dit le proviseur, rêvant tout haut. « Mettre des enfants de milieux ou de minorités défavorisés au contact de gamins qui auraient des choses à leur offrir. Sans compter qu'il pourrait y avoir échange : les enfants défavorisés apprenant aux autres à jouer au basket ou au foot, par exemple. On pourrait obtenir des subventions. » Une fois lâché le mot magique de « subventions », les yeux déjà enfoncés du proviseur disparurent derrière des paupières papillotantes.

« Merde alors, mec. Y m'faut une sèche, dit Millat en secouant la tête d'un air incrédule.

— Tu m'fileras la moitié, dit Irie en sortant derrière lui.

— Salut, les mecs. À jeudi », dit Joshua.

12

Canines :
où les oiseaux ont des dents

Si la comparaison n'apparaît pas trop fantaisiste, je dirai que la révolution culturelle et sexuelle que nous avons connue ces deux dernières décennies n'est pas si éloignée de la révolution horticole qu'ont vécue dans le même temps nos massifs d'herbacées et nos plates-bandes. Là où, il fut un temps, nous nous satisfaisions de nos bisannuelles aux couleurs ternes, pointant timidement hors de terre et fleurissant (avec beaucoup de chance) deux ou trois fois dans l'année, nous exigeons aujourd'hui de nos fleurs variété et continuité et nous leur demandons en plus les couleurs vives des floraisons exotiques d'un bout de l'année à l'autre. Là où, dans le temps, les jardiniers ne juraient que par l'auto-pollinisation, phénomène par lequel le pollen tombe de l'étamine sur le stigmate de la même fleur (autogamie), nous avons désormais un esprit plus aventureux et n'hésitons pas à chanter les louanges de la pollinisation croisée, où le pollen passe d'une fleur à une autre sur la même plante (geitonogamie), ou à une fleur d'une autre plante de la même espèce (xénogamie). Les oiseaux et les abeilles, le pollen et sa poussière épaisse — tous méritent nos plus vifs encouragements ! Certes, l'auto-pollinisation est le plus simple et le plus sûr des deux mécanismes de fécondation, en particulier pour de nombreuses espèces qui se répandent en reproduisant *ad nauseam* le même caractère génétique parental.

Mais une espèce qui clone des rejetons aussi uniformément semblables court le risque de voir tous ses représentants balayés d'un seul coup par un caprice de l'évolution. Au jardin, comme sur la scène politique et sociale, le changement devrait être la seule constante. Nos parents et les pétunias de nos parents ont appris cette leçon à leurs dépens. L'Histoire ne fait pas de sentiment, qui piétine impitoyablement dans sa marche en avant les générations et leurs plantes annuelles.

Le fait est que la pollinisation croisée produit des rejetons plus variés et plus résistants face aux mutations de l'environnement. On dit par ailleurs que les plantes à pollinisation croisée ont également tendance à produire des graines en plus grande quantité et de meilleure qualité. Si j'en juge par mon fils d'un an (fruit d'une telle pollinisation entre une horticultrice féministe et ex-catholique et un intellectuel juif !), je suis prête à me porter garante de cette affirmation. Mes sœurs, je vous le dis, nous n'avons pas le choix : si nous devons continuer à porter des fleurs dans nos cheveux au cours de la décennie à venir, il va falloir qu'elles soient résistantes au gel et disponibles tout au long de l'année, chose que seul peut assurer le jardinier amoureux de son art. Si nous voulons donner d'agréables terrains de jeux à nos enfants et des oasis de réflexion à nos maris, il nous faut créer des jardins pleins de variété et d'intérêt. Dame Nature sait être bonne et généreuse, mais elle a parfois besoin qu'on lui prête main forte !

Joyce Chalfen, extrait de *The New Flower Power*,
1976, Caterpillar Press.

Joyce Chalfen écrivit *The New Flower Power* au cours de l'été caniculaire de 1976, dans une chambre mansardée exiguë donnant sur son jardin quelque peu chaotique. Débuts modestes pour un étrange petit bouquin — où l'on parlait davantage des relations humaines que des fleurs —, qui se vendit plutôt bien et de manière régulière jusqu'à la fin des années soixante-dix (certes pas un *must* de table de salon, mais il y a fort à parier que vous en trouverez un exemplaire poussiéreux sur les rayons de plus d'un membre de la génération du baby-boom, aux côtés de ces autres incontournables que sont le docteur Spock, Shirley Conran et un exemplaire fatigué de *La Troisième Vie de Grange Copeland* d'Alice Walker, aux Éditions des Femmes). Joyce elle-même fut la première surprise du succès rencontré par le livre. Il s'était pratiquement écrit tout seul, en trois mois à peine, qu'elle avait passés vêtue d'un minuscule T-shirt et d'un slip pour tenter de lutter contre la chaleur, s'interrompant de temps à autre pour donner mécaniquement le sein à Joshua, tout en se disant, entre deux paragraphes, que c'était là exactement la vie dont elle avait toujours rêvé. C'était l'avenir qu'elle avait osé envisager le jour où, sept ans plus tôt, elle avait vu Marcus pour la première fois, vu ses petits yeux intelligents s'attarder sur ses grosses cuisses blanches, alors qu'elle traversait la cour de son *college* oxbridgien en minijupe. Elle faisait partie de ces gens qui savent tout de suite, dès la première rencontre, et elle avait su avant même que son futur époux ait eu le temps d'ouvrir la bouche pour lui lancer un bonjour tendu.

Un mariage très heureux. Cet été 1976, entre la chaleur, les mouches et les mélodies interminables des vendeurs de glaces, tout s'était passé comme dans un brouillard — au point que Joyce devait parfois se pincer pour se persuader qu'elle ne rêvait pas. Le bureau de Marcus était à droite, au fond du couloir ; elle s'y rendait deux fois par jour, Joshua calé sur une hanche accueillante, poussant de l'autre la porte pour vérifier qu'il était toujours là, qu'il existait bien, et, se penchant avec vigueur au-dessus du

bureau, elle dérobait un baiser à son petit génie préféré, qui travaillait comme un fou sur ses étranges
hélices, ses lettres et ses nombres. Elle aimait le
sortir de ce fatras et lui montrer les dernières
prouesses de Joshua : bruits, reconnaissance d'une
lettre, mouvements coordonnés, imitation ; « exactement comme toi », disait-elle à Marcus, qui lui
répondait « Que veux-tu, quand les gènes sont
bons », tout en lui flattant le derrière et en caressant
ses cuisses somptueuses, ou en soupesant ses seins
tour à tour dans sa main et en tapotant le léger renflement de son ventre, l'appelant tout au long sa
déesse de la fertilité... satisfaite, elle retournait à petits
pas dans son bureau, comme une grosse chatte, son
petit dans sa gueule, couverte d'une heureuse moiteur. Elle se surprenait à fredonner une sorte de version orale des gribouillages que les adolescents laissent sur les portes des toilettes publiques : Joyce et
Marcus, Marcus et Joyce.

Marcus écrivait également un livre cet été-là.
Moins un livre (dans l'idée de Joyce) qu'une étude.
Intitulée *Au royaume des chimères : Évaluation et
vérification expérimentale du travail de Brinster
(1974) à propos de la fusion d'embryons de souris
arrivés au stade de 8 cellules et provenant de lignées
différentes.* Joyce avait étudié la biologie à l'université, mais ne se risquait pas à toucher à l'épais
manuscrit qui montait comme une taupinière aux
pieds de son mari. Elle connaissait ses limites. Elle
n'éprouvait pas le désir de lire les ouvrages de
Marcus. Il lui suffisait de savoir qu'ils s'écrivaient.
Qu'ils étaient écrits par l'homme qu'elle avait
épousé. Lequel faisait plus que simplement gagner
de l'argent, fabriquer un produit ou vendre les produits des autres : il créait bel et bien des êtres.
Repoussant les limites de l'imagination divine et

fabriquant des souris que Jéhovah lui-même eût été incapable de concevoir : des souris avec des gènes de lapin, des souris aux pattes palmées (du moins, c'est ce que Joyce s'imaginait, elle ne posait aucune question), des souris qui, année après année, exprimaient de manière de plus en plus éloquente les visées de Marcus : comment passer du processus hasardeux de croisement et de sélection à la fusion d'embryons pour produire des « chimères » et aux rapides développements qui, insoupçonnés de Joyce, allaient peupler l'avenir de Marcus : micro-injection d'A.D.N., transfert de gènes par vecteurs rétroviraux (travail pour lequel il passerait tout près du prix Nobel en 1987), ou reconstitution d'animaux à partir de cellules souches embryonnaires, autant de techniques permettant à Marcus de manipuler des cellules germinales, en régulant en plus ou en moins l'expression de gènes et en implantant du même coup des instructions destinées à s'exécuter en caractéristiques physiques. Il créait en somme des souris dont le corps faisait exactement ce qu'il leur enjoignait de faire. Et toujours avec l'homme présent à l'esprit — traitement pour le cancer, la paralysie cérébrale ou la maladie de Parkinson —, toujours avec la conviction inébranlable que toute vie est perfectible et peut être rendue plus efficace et plus logique (car la maladie, pour Marcus, n'était rien d'autre qu'une logique erronée de la part du génome, tout comme le capitalisme procédait d'une logique erronée chez l'animal social), plus performante en tout cas, et plus « chalfenienne » dans sa manière de fonctionner. Il tenait dans un égal mépris les obsédés des droits des animaux (des gens vraiment horribles dont Joyce avait dû repousser les assauts à l'aide d'une tringle à rideau le jour où quelques excités avaient eu vent des expériences de Marcus sur les

souris), les hippies, les écologistes et, en règle générale, tous ceux qui étaient incapables de comprendre
que progrès social et progrès scientifique mar-
chaient de pair. C'était là la manière Chalfen, transmise de génération en génération dans une famille
dont les membres témoignaient d'une incapacité
congénitale à supporter sans broncher les crétins.
Si vous discutiez avec l'un d'entre eux, essayant par
exemple de défendre ces étranges Français qui soutiennent que la vérité est une fonction du langage
ou que l'histoire est interprétative et la science
métaphorique, le Chalfen concerné vous écoutait
sans un mot, avant d'agiter une main comme pour
clore le sujet, sans éprouver le besoin d'honorer
pareilles sottises d'une réponse. Pour un Chalfen,
la vérité était la vérité, un point, c'est tout. Et le
génie était le génie. Il n'y avait pas à revenir là-
dessus. *Marcus créait des êtres.* Et Joyce était son
épouse, entièrement vouée à la création de modèles
réduits de Marcus.

*

Faisons maintenant un bond en avant de quinze
ans, et nous retrouvons Joyce toujours prête à défier
quiconque lui opposerait un mariage plus heureux
que le sien. Trois autres enfants avaient suivi
Joshua : Benjamin, Jack et Oscar, respectivement
âgés de quatorze, douze et six ans, tous vifs, bouclés,
intelligents et amusants. *La Vie secrète des plantes
d'intérieur* (1984) et une chaire d'université avaient
permis au jeune couple de traverser le boom et la
récession des années quatre-vingt, de faire installer
une salle de bains supplémentaire et une serre et de
jouir des plaisirs de la vie : fromage français, bons
vins, vacances d'hiver à Florence. Il y avait en ce

moment deux autres ouvrages en préparation : *Passions secrètes du rosier grimpant* et *Souris transgéniques : Étude comparative des limites inhérentes à la micro-injection d'A.D.N. (Gordon et Ruddle, 1981) et du transfert de gènes aux cellules souches embryonnaires (Gossler et al., 1986).* Marcus travaillait également, mais sans enthousiasme, en collaboration avec un romancier, à un ouvrage de vulgarisation scientifique dont il espérait qu'il financerait une bonne partie des études universitaires des deux aînés. Joshua était un crack en maths. Benjamin voulait être généticien, comme son père ; Jack avait une passion pour la psychiatrie, et Oscar était capable de mettre le roi de son père échec et mat en quinze coups. Et ce, en dépit du fait que les Chalfen avaient envoyé leurs enfants à Glenard Oak, osant prendre ce pari idéologique qu'évitaient leurs pairs, ces libéraux à la conscience coupable qui, tout en haussant des épaules embarrassées, crachaient l'argent nécessaire à des études dans un établissement privé. Les enfants Chalfen n'étaient pas seulement brillants, ils étaient aussi heureux. Leur seule activité extra-scolaire (ils méprisaient toute forme de sport) consistait en une thérapie individuelle qu'ils suivaient cinq fois par semaine chez une freudienne de la vieille école, Marjorie, qui s'occupait de Joyce et de Marcus (séparément) le week-end. Mesure sans doute extrême aux yeux du néophyte, mais Marcus avait été élevé dans le respect quasi religieux de la psychothérapie (laquelle avait depuis beau temps supplanté le judaïsme dans sa famille), et les résultats obtenus ne souffraient aucune discussion. Tous les Chalfen se proclamaient sains d'esprit et parfaitement équilibrés. Les enfants avaient fait leur complexe d'Œdipe de bonne heure et dans le bon ordre, tous étaient violemment hétérosexuels, ils adoraient

leur mère et admiraient leur père, et, contrairement
à ce qui se passe d'ordinaire, pareils sentiments ne
faisaient que croître et embellir avec l'adolescence.
Chez eux les disputes étaient rares et gardaient un
ton enjoué, car elles portaient toujours sur des sujets
politiques ou intellectuels (l'importance de l'anar-
chie, la nécessité d'impôts plus élevés, le problème
de l'Afrique du Sud, la dichotomie corps / âme), à
propos desquels ils n'étaient de toute façon jamais
en désaccord.

Les Chalfen n'avaient pas d'amis. Leurs contacts
se bornaient aux membres de la famille élargie (les
bons gènes auxquels on faisait si souvent allusion :
deux scientifiques, un mathématicien, trois psy-
chiatres et un jeune cousin qui militait au parti tra-
vailliste). Ce n'était que par obligation et lors de certains jours fériés qu'ils rendaient visite à la famille
de Joyce, ce clan Connor rejeté depuis longtemps où
l'on écrivait des lettres au *Daily Mail* et où l'on n'arrivait toujours pas, au bout de si nombreuses années,
à masquer son dégoût pour cet Israélite dont Joyce
était allée s'enticher. En résumé : les Chalfen n'avaient
besoin de personne. Leur auto-référence permanente
prenait la forme de noms, de verbes, à l'occasion,
d'adjectifs spécifiques : *C'est là la manière Chalfen,
Alors il leur a sorti un vrai chalfenisme, Le revoilà en
train de chalfener, Il faut nous montrer un peu plus
chalfeniens dans cette histoire.* Joyce mettait au défi
quiconque de lui montrer une famille plus heureuse,
plus chalfenienne, en somme, que la sienne.

Et pourtant... et pourtant, Joyce se languissait de
cet âge d'or où elle était le pivot de la famille
Chalfen. De cette époque bénie où on ne pouvait pas
manger sans elle. S'habiller sans son aide. Aujour-
d'hui, même Oscar était capable de se confectionner
un sandwich tout seul. Il lui semblait parfois qu'il

n'y avait plus d'amélioration possible dans quelque domaine que ce fût, qu'il n'y avait plus rien à cultiver ; récemment, elle s'était surprise, tout en taillant les branches mortes de son rosier grimpant, à rêver de pouvoir trouver une lacune chez Joshua, un traumatisme secret chez Jack ou Benjamin, une perversion chez Oscar. Mais ils étaient tous parfaits. Parfois, quand les Chalfen étaient attablés le dimanche devant leur poulet, à le dépecer jusqu'à ce qu'il ne reste plus qu'une carcasse déchiquetée, dévorant en silence, n'ouvrant la bouche que pour réclamer le sel ou le poivre... un ennui mortel pesait sur la cérémonie. Le siècle tirait à sa fin, et les Chalfen s'ennuyaient. Comme autant de clones les uns des autres, ils reproduisaient l'image de la perfection à l'infini autour de la table, le chalfenisme et tous ses principes se répercutant *ad nauseam* au-dessus des plats, d'Oscar à Joyce, de Joyce à Joshua, de Joshua à Marcus, de Marcus à Benjamin, de Benjamin à Jack. Ils n'avaient pas cessé d'être cette famille remarquable qu'ils avaient toujours été, la question n'était pas là. Mais comme ils avaient coupé tous les liens avec leurs pairs d'Oxbridge — juges, directeurs de programmes à la télévision, publicistes, avocats, acteurs et autres professions frivoles méprisées du Chalfenisme —, ce dernier se retrouvait sans personne pour l'admirer, pour louer sa superbe logique, sa compassion, son intellect. Ils ressemblaient à des passagers du *Mayflower* ébahis devant l'absence de tout rocher à l'horizon. Pèlerins et prophètes dépourvus de nouveau monde, ils s'ennuyaient, et Joyce plus que les autres.

Histoire de remplir les longues journées solitaires à la maison (Marcus avait son laboratoire à l'université), Joyce, pour tromper son ennui, feuilletait les innombrables revues auxquelles était abonnée la famille (*New Marxism, Living Marxism, New Scientist, Oxfam Report, Third World Action, Anarchist's Journal*) et était remplie de nostalgie à la vue de ces petits Roumains chauves, de ces Éthiopiens affamés si beaux avec leurs ventres distendus — oui, bien sûr, c'était terrible comme réaction, mais, bon, c'était comme ça —, tous ces enfants qui pleuraient sur papier glacé et qui avaient besoin d'elle. Elle avait terriblement besoin qu'on ait besoin d'elle. Elle aurait été la première à en convenir. Elle avait détesté le moment où ses enfants, véritables accros du lait maternel, avaient décidé, chacun à leur tour, de se désintoxiquer. Elle avait fait durer le plaisir deux ans, voire trois, et même quatre dans le cas de Joshua, mais le jour arrivait inévitablement où, bien que l'offre ne fît pas mine de vouloir se tarir, la demande s'éteignait. Elle vivait dans l'angoisse du moment où ils passeraient des drogues douces aux dures, où le calcium serait remplacé par les délices sucrés du Ribena. C'est quand elle avait cessé de nourrir Oscar au sein qu'elle s'était remise au jardinage, retournant à la tiédeur du compost où de minuscules organismes avaient besoin d'elle.

Et puis, un beau jour, Millat Iqbal et Irie Jones entrèrent, quoique à contrecœur, dans sa vie. Elle se trouvait dans le jardin à ce moment-là, examinant, les larmes aux yeux, ses delphiniums Garter Knight (bleu cobalt avec un cœur d'un noir de geai, comme le trou que ferait une balle dans le ciel) pour y déceler des traces de thrips — un horrible parasite qui avait déjà dévasté ses eschscholtzias. On sonna à la porte. Relevant la tête, Joyce attendit pour s'assurer que Marcus descendait bien de son bureau afin d'aller répondre, avant de se replonger dans le feu de l'action. Le sourcil levé, elle inspecta les excroissances goulues qui se tenaient au garde-à-vous le long des tiges des delphiniums. *Thrips*, se dit-elle à voix haute, reconnaissant les dentelures qui affectaient une fleur sur deux ; *thrips*, répéta-t-elle, non sans un certain plaisir, car il allait désormais falloir agir, ce qui donnerait peut-être, qui sait, naissance à un livre, ou du moins à un chapitre ; *thrips*, la bestiole ne lui était pas inconnue :

Thrips : nom communément attribué à des insectes minuscules qui se nourrissent d'une grande variété de plantes et affectionnent l'atmosphère chaude nécessaire aux plantes d'intérieur et aux plantes exotiques. La plupart des espèces n'excèdent pas 1,5 mm de long quand elles atteignent la taille adulte ; certaines sont dépourvues d'ailes, mais d'autres en ont deux paires, très courtes et frangées de poils. Les nymphes comme les adultes possèdent des organes buccaux suceurs et perceurs. Même si le thrip a la capacité de polliniser certaines plantes ainsi que de détruire certains insectes nuisibles, il est tout autant malédiction que bénédiction pour le jardinier d'aujourd'hui, et passe en général pour un parasite, qui doit être traité au moyen d'insecticides, notamment le Lindex. **Classification scientifique** : les thrips constituent l'ordre des Thysanoptera.

Joyce Chalfen, *La Vie secrète des plantes d'intérieur*, extrait de l'index sur les espèces nuisibles et les parasites.

Oui, c'était bien ça. Le thrip a de bons instincts au départ : il est essentiellement charitable, en ce qu'il constitue un organisme productif qui aide la plante à se développer. Le thrip est tout ce qu'il y a de bien intentionné, mais il va malheureusement trop loin, ne se contentant pas de la pollinisation et de la destruction des parasites, mais allant jusqu'à attaquer la plante elle-même, à la dévorer de l'intérieur. Il est capable de vous saccager des générations entières de delphiniums si vous n'y prenez garde. Mais que faire si, comme dans ce cas précis, le Lindex reste inopérant ? Que faire, sinon tailler sans pitié et repartir de zéro ? Joyce prit une profonde inspiration. C'était ce qu'elle allait faire pour les delphiniums. Parce que, sans elle, ils n'avaient aucune chance de survivre. Elle sortit la grosse cisaille de son tablier de jardin, saisit fermement les poignées d'un orange criard et plaça la gorge exposée d'un delphinium bleu entre deux lames d'argent. C'est dur, parfois, l'amour.

« Joyce ! Jo-o-isse ! C'est Joshua et ses amis fumeurs de marijuana ! »

La beauté à l'état pur, telle fut l'impression que reçut Joyce quand Millat Iqbal se présenta à l'entrée de sa serre, dédaignant les plaisanteries discutables de Marcus et abritant ses yeux violets d'un pâle soleil d'hiver. La beauté sous la forme d'un grand jeune homme à la peau brune qui n'aurait pas dû lui paraître bien différent des jeunes gens à qui elle achetait d'ordinaire son lait et son pain, à qui elle donnait ses comptes à vérifier ou vers qui elle faisait glisser son carnet de chèques de l'autre côté du verre épais d'un guichet de banque.

« Mill-yat I-que-Balle, dit Marcus, détachant laborieusement les syllabes. Et Irie Jones, apparemment. Des amis de Josh. J'étais juste en train de dire à Josh que c'étaient là les amis les plus beaux qu'il nous ait jamais présentés ! D'ordinaire, ils sont plutôt petits et malingres, affublés de grosses lunettes de myope et de pieds bots. Et ce sont toujours des garçons. Bref », poursuivit Marcus d'un ton enjoué, ignorant le regard horrifié de Joshua, « c'est drôlement bien que vous ayez débarqué. Nous cherchions justement une femme pour épouser ce vieux Josh... »

Marcus se tenait sur les marches du jardin, admirant sans vergogne les seins d'Irie (encore que, pour être tout à fait franc, celle-ci fît une bonne tête de plus que lui). « C'est un bon bougre, et futé, un peu faible sur les fractales mais ça ne nous empêche pas de l'aimer beaucoup. Eh bien... »

Marcus s'interrompit, le temps pour Joyce de sortir du jardin, d'enlever ses gants, de serrer la main de Millat et de les suivre tous dans la cuisine. « Dites donc, vous êtes ce qu'on appelle une belle plante.

— Euh..., merci.

— On aime bien les bons mangeurs chez nous. Tous les Chalfen sont des bons mangeurs. Moi, je ne prends jamais un gramme, mais Joyce, si. Aux bons endroits, bien entendu. Vous restez à dîner ? »

Irie se tenait au milieu de la cuisine, muette, bien trop émue pour trouver quelque chose à dire. Des parents de cette espèce étrange, elle n'en avait jamais vu.

« Fais pas attention à Marcus, intervint Joshua avec un clin d'œil amusé. C'est un vieux libidineux. Ça, c'était juste une blague à la Chalfen. Ici, on aime bien noyer les gens sous un flot de paroles dès qu'ils ont franchi la porte. Pour voir comment ils réagissent, si c'est des rapides. Joyce, je te présente Irie et Millat. Ceux du bâtiment de sciences. »

Joyce, qui ne s'était pas encore vraiment remise de sa première vision de Millat Iqbal, se ressaisit suffisamment pour jouer son rôle de Maman Chalfen.

« Ah, les mauvaises fréquentations de Josh, c'est donc vous. C'est vous qui avez corrompu mon grand fils. Je m'appelle Joyce. Vous voulez prendre le thé avec nous ? J'étais en train de tailler les delphiniums. Voici Benjamin, Jack, et, là-bas dans le hall, Oscar. Fraise et mangue ou nature, le thé ?

— Nature pour moi, merci, Joyce, dit Joshua.

— Même chose pour moi, merci, dit Irie.

— Ouais, dit Millat.

— Trois nature et un mangue, s'il te plaît, Marcus.
Mon chéri, *s'il te plaît*. »

Marcus, qui se dirigeait vers la porte avec une pipe
fraîchement bourrée, revint sur ses pas, un sourire
las aux lèvres. « Je suis l'esclave de cette femme »,
dit-il en lui passant les bras autour de la taille pour
l'attirer à lui, comme un homme rassemblant ses
piles de jetons à une table de jeux. « Mais si ce n'était
pas le cas, elle risquerait de partir avec le premier
joli garçon venu. Or, je n'ai aucune envie d'aller
grossir les rangs des victimes du darwinisme. »

Cette étreinte, aussi explicite que peut l'être une
étreinte de ce genre, c'est à Millat, apparemment,
qu'il incombait de l'apprécier. Les grands yeux d'un
bleu laiteux de Joyce ne l'avaient pas quitté une
seconde.

« Voilà ce qu'il te faut, Irie », dit Joyce en un
aparté d'acteur, comme si elles se connaissaient non
pas depuis cinq minutes, mais depuis cinq ans. « Un
homme comme Marcus, sur le long terme. Les
oiseaux de passage, c'est parfait pour s'amuser, mais
ils font de drôles de pères, non ?

— Joyce », dit Joshua, le rouge aux joues, « elle
vient tout juste de mettre un pied dans la maison !
Laisse-lui au moins boire son thé !

— Je ne t'ai pas mise dans l'embarras, au moins ? »
dit Joyce, feignant la surprise. « Tu vas devoir
excuser Maman Chalfen, mais elle a l'habitude de
dire ce qu'elle pense. »

Irie n'était nullement embarrassée : elle était fasci-
née, sous le charme, séduite au bout de cinq minutes.
Personne chez les Jones ne faisait d'allusions à
Darwin, ne disait ce qu'il pensait, ne proposait des

parfums de thé différents, ni ne permettait à la conversation de couler aussi librement entre adultes et enfants, comme si les canaux de communication entre ces deux peuples, sans jamais s'enliser dans la vase de l'histoire, restaient à tout moment ouverts et accessibles.

« Bien », dit Joyce, qui, une fois libérée de l'étreinte de Marcus, alla s'asseoir à la table ronde en les invitant à en faire autant. « Vous avez l'air te-lle-ment… exotique. D'où venez-vous, si je puis me permettre ?

— Willesden, dirent en même temps Irie et Millat.

— Oui, je comprends bien. Mais je voulais dire, à l'origine ?

— A-ah, dit Millat en prenant son accent le plus distingué. Vous voulez dire, d'où viens-je, *à l'origine* ?

— Oui, c'est ça, dit Joyce, l'air confus.

— Whitechapel, dit Millat en sortant une cigarette. *Via* le Royal London Hospital et la ligne 207. »

Tous les Chalfen qui tournaient dans la cuisine, Marcus, Josh, Benjamin et Jack, éclatèrent de rire. Joyce suivit obligeamment l'exemple.

« Doucement, les mecs, dit Millat, aussitôt sur la défensive. Y avait pas d'quoi s'marrer à c'point. »

Mais les Chalfen ne pouvaient plus s'arrêter. Leurs blagues étaient rares, et elles étaient soit particulièrement nulles, soit de nature numérique, voire les deux à la fois. Un zéro rencontre un huit. Qu'est-ce qu'il lui dit ? Quelle belle ceinture.

« Vous n'allez pas fumer ça ? » demanda soudain Joyce, une pointe de panique dans la voix, quand les rires eurent cessé. « Je veux dire, ici ? Nous ne supportons pas l'odeur. Nous n'aimons que celle du tabac allemand. Et si nous fumons, c'est uniquement dans le bureau de Marcus, sinon ça rend Oscar malade, n'est-ce pas, mon chéri ?

— Non », dit Oscar, le plus jeune et le plus joufflu des garçons, occupé à monter un empire en Lego. « Ça m'est complètement égal.

— Ça le rend malade », répéta Joyce, adoptant à nouveau le mode de l'aparté d'acteur. « Il a ho-rreur de ça.

— Je... vais... aller... dans... le... jardin », dit Millat avec ce genre de voix que l'on utilise pour parler aux débiles mentaux ou aux étrangers. « Je... reviens... dans... une... minute. »

Dès que Millat ne fut plus à portée de voix, et tandis que Marcus arrivait avec ses mugs, Joyce sembla perdre vingt ans d'un coup, et elle se pencha par-dessus la table, excitée comme une collégienne. « Seigneur, il est superbe, non ? Il me fait penser à Omar Sharif, il y a trente ans. Avec ce drôle de nez aquilin. Est-ce que toi et lui, vous...

— Laisse-la donc tranquille, Joyce, la gronda Marcus. De toute façon, elle ne te dirait rien, tu penses bien !

— Non », dit Irie, certaine qu'elle pourrait tout dire à ces gens. « Nous ne sommes pas ensemble.

— C'est aussi bien comme ça. Ses parents ont sans doute déjà quelqu'un en vue pour lui. Le proviseur m'a dit qu'il était musulman. Je suppose qu'il devrait remercier le ciel de ne pas être une fille, hein ? C'est in-croyable ce qu'ils font aux filles. Tu te souviens, Marcus, de cet article dans *Time* ?

— Ouais, ouais, incroyable », dit Marcus, qui four-rageait dans le frigo à la recherche d'une assiette avec les pommes de terre de la veille.

« Mais vous savez, si j'en crois l'expérience que j'en ai, il ne ressemble pas du tout aux autres jeunes musulmans. C'est vrai, je visite pas mal d'écoles avec mon jardinage et je travaille avec des gamins de tous les âges. Habituellement, on ne les entend pas, ils sont te-rriblement dociles, mais lui, il est te-lle-ment… bourré d'énergie ! Et puis, c'est le genre de garçon qui recherche les grandes blondes, non ? Ah, qu'est-ce que tu veux, c'est inévitable, quand on est beau comme lui. Je sais ce que tu ressens… Moi aussi, j'adorais les fauteurs de trouble quand j'avais ton âge, mais avec le temps, on apprend, tu verras. Le danger, ce n'est pas aussi sexy que ça en a l'air, crois-en mon expérience. Tu serais bien mieux avec quelqu'un comme Joshua.

— M'man !

— Il n'a pas arrêté de parler de toi de toute la semaine.

— Ma-man !

— Peut-être que je suis un peu trop franche avec vous autres, les jeunes », dit Joyce, qui accueillit la réprimande avec un petit sourire. « Je ne sais pas… De mon temps, on était beaucoup plus direct, il le fallait, si on voulait mettre la main sur le bon type. Deux cents filles à l'université pour deux mille mecs ! Ils se battaient pour en avoir une… mais si la fille était futée, elle prenait le temps de choisir.

— Bon sang, c'est ce que tu as fait », dit Marcus, s'approchant d'elle par-derrière et se mettant à lui mordiller l'oreille. « Et avec un bon goût consommé, encore ! »

Joyce accepta ses caresses comme une fille qui cède aux caprices du jeune frère de son meilleur ami.

« Mais ta mère n'était pas convaincue, n'est-ce pas ? Elle me trouvait trop intellectuelle, elle pensait que je ne voudrais pas avoir d'enfants.

— Mais tu l'as convaincue. Des hanches pareilles, ça convaincrait n'importe qui.

— Oui, au bout du compte... Mais c'est vrai qu'elle me sous-estimait, non ? Elle ne croyait pas que j'avais l'étoffe d'une Chalfen.

— Elle ne te connaissait pas suffisamment à l'époque, c'est tout.

— On lui a fait une belle surprise, pas vrai ?

— Il a fallu copuler dur pour plaire à cette femme !

— Et pas moins de quatre petits-enfants ! »

Pendant cet échange, Irie essaya de se concentrer sur Oscar, lequel était maintenant en train de fabriquer un équivalent du serpent mythique qui se mord la queue avec un gros éléphant rose, en lui enfonçant la trompe dans le derrière. Elle n'avait jamais approché de si près cette chose étrange et si belle qu'est la classe moyenne, et elle éprouvait cette gêne qui n'est rien d'autre que de la fascination. Elle se faisait l'impression de quelqu'un de très prude qui traverserait une plage de nudistes, les yeux rivés sur le sable. De Christophe Colomb rencontrant les Arawaks en tenue d'Adam et ne sachant où poser les yeux.

« Excuse mes parents, dit Joshua. Ils sont sans arrêt en train de se tripoter. »

Le reproche n'excluait pas une pointe d'orgueil, car les enfants Chalfen savaient que leurs parents étaient de ces créatures rares qui forment ce que l'on appelle un couple heureux en ménage, le genre de couple qui se comptait sur les doigts d'une main à Glenard Oak. Irie pensa à ses propres parents, dont les attouchements n'étaient plus maintenant que virtuels, leurs doigts ne se rencontrant plus et ne faisant que se succéder sur un certain nombre d'objets : la télécommande, le couvercle de la boîte de biscuits, les interrupteurs.

« Ça doit être super d'être toujours amoureux au bout de vingt ans... », dit-elle.

Joyce pivota sur sa chaise, comme si quelqu'un venait soudain d'appuyer sur un bouton. « C'est merveilleux ! C'est in-croyable ! On se réveille un beau matin pour se dire que finalement la monogamie n'est pas une entrave... mais une libération ! Et c'est dans cette idée que les enfants ont besoin d'être élevés. Je ne sais pas si tu en as personnellement fait l'expérience, mais on lit te-llement de choses sur les difficultés qu'ont les Antillais à établir des relations sur le long terme. C'est triste, non ? Dans mon livre, *La Vie secrète des plantes d'intérieur*, je parle d'une Haïtienne qui a déménagé six fois avec son azalée en pot, pour suivre six hommes et installer chaque fois sa plante dans un endroit différent, un rebord de fenêtre, un coin sans lumière, une chambre exposée au sud, etc. Ce ne sont pas des choses à faire à une plante. »

C'était là un des grands classiques de Joyce, et Marcus et Joshua eurent un regard attendri à son adresse.

Millat, sa cigarette terminée, fit sa réapparition.

« Alors, on s'met au boulot, oui ? C'est bien joli tout ça, mais moi, j'sors ce soir. »

Tandis qu'Irie, toute à ses rêveries, étudiait les Chalfen comme un anthropologue nostalgique, Millat avait fait le tour du jardin, regardé à l'intérieur de la maison par les fenêtres, se livrant à des repérages dignes d'un cambrioleur. Là où Irie voyait culture, raffinement, classe, intellect, Millat ne voyait qu'argent. Et de l'argent facile, qui s'étalait partout et restait sans emploi, de l'argent qui n'attendait qu'une bonne cause pour servir... alors, pourquoi pas Millat Iqbal ?

« Ainsi donc », dit Joyce, en tapant dans ses mains et en essayant de les retenir tous encore un moment dans la pièce, afin de repousser au maximum le moment où se réinstallerait le silence Chalfen, « vous allez tous étudier ensemble ! Vous êtes les bienvenus, toi et Irie. Je disais à votre proviseur, n'est-ce pas, Marcus, que vous ne deviez en aucun cas prendre ça comme une sanction. Après tout, ce n'est pas un crime, ce que vous avez fait. Entre nous, à une époque, j'ai moi-même fait pousser de l'herbe avec un certain succès...

— Le pied ! » dit Millat.

Il faudra beaucoup de soins, se dit Joyce. De la patience, des arrosages réguliers et beaucoup de maîtrise de soi au moment de la taille.

« ... oui, votre proviseur nous a expliqué que votre environnement familial à tous les deux n'était pas à proprement parler... disons... Bref, je suis sûre que vous trouverez plus facile de travailler ici. L'année du *General Certificate*, c'est important. Ce serait dommage de gâcher des talents pareils, rien qu'à vos yeux, on voit bien que vous êtes remarquablement intelligents. N'est-ce pas, Marcus ?

— Josh, ta mère me demande si le Q.I. peut être évalué grâce à des caractéristiques physiques secondaires comme la couleur des yeux, leur forme, etc. Y a-t-il une réponse sensée à cette question ? »

Joyce ne se laissa pas arrêter pour autant. Les souris, les hommes, les gènes, les germes, c'était la spécialité de Marcus. La sienne, c'étaient les semis, les sources de lumière, la croissance, le cœur secret des choses. Comme sur tout vaisseau missionnaire, les tâches étaient partagées. Marcus à la proue, surveillant le ciel, Joyce dans l'entrepont, vérifiant qu'il n'y avait pas de punaises dans les draps.

« Votre proviseur sait à quel point j'ai horreur de voir un potentiel gâché... c'est pour cette raison qu'il vous a envoyés chez nous et pas ailleurs.

— Et parce qu'il sait que la plupart des Chalfen sont cent fois plus futés que lui », dit Jack en sautant en l'air. Il était très jeune et n'avait pas encore appris à manifester d'une façon plus conventionnelle combien il était fier de sa famille. « Même Oscar est plus futé que lui !

— C'est pas vrai, dit l'intéressé en donnant un coup de pied dans le garage en Lego qu'il venait de construire. Y a pas plus crétin que moi.

— Oscar a un Q.I. de 178, murmura Joyce. C'est un peu intimidant, même quand on est sa mère.

— Ben vrai », dit Irie, en se tournant, avec les autres, vers Oscar, qui essayait d'avaler la tête d'une girafe en plastique. « C'est incroyable.

— Certes, mais il faut dire qu'il a eu tout ce dont on peut rêver, à commencer par une attention constante. Et c'est ça l'essentiel, non ? Nous avons eu la chance de pouvoir lui donner beaucoup, et avec un père comme Marcus... c'est comme si un grand soleil brillait au-dessus de sa tête vingt-quatre heures sur vingt-quatre, n'est-ce pas, chéri ? Quelle chance pour un enfant. Quelle chance, en fait, pour tous les quatre. Vous allez sans doute trouver ça bizarre, mais j'ai toujours su qu'il était dans mon intérêt d'épouser un homme plus intelligent que moi. » Joyce mit ses mains sur ses hanches, attendant qu'Irie trouve ça bizarre. « C'est vrai, reprit Joyce, je vous assure. Je suis pourtant une féministe convaincue, Marcus peut vous le dire.

— C'est une féministe convaincue, souligna Marcus en écho depuis les profondeurs du frigo.

— Je ne pense pas que vous puissiez comprendre ça — votre génération a des idées toutes différentes —, mais je savais que ce serait pour moi une source de libération. Et je savais quel genre de père je voulais pour mes enfants. Bon, j'imagine que tout cela doit vous surprendre. Désolée, mais les conversations sans intérêt n'ont pas cours chez les Chalfen. Si vous devez venir toutes les semaines, je crois qu'il vaut mieux que vous sachiez d'emblée à quoi vous en tenir. »

Tous les Chalfen qui se trouvaient à portée de voix sourirent et approuvèrent du chef le commentaire final.

Joyce s'arrêta un instant pour examiner Irie et Millat avec l'œil qu'elle avait eu pour son delphinium Garter Knight. Elle était rapide et sûre en matière de détection, et elle voyait là de sérieux dégâts. Une douleur muette chez la première *(Irieanthus negressium marcusilia)*, peut-être un père absent, des dons encore inexploités, une piètre opinion de soi ; et chez le second *(Millaturea brandolidia joyculatus)*, une tristesse plus profonde, une perte terrible, une blessure béante. Un trou qui nécessitait bien plus que de l'instruction ou de l'argent. Qui exigeait de l'amour. Joyce avait hâte d'appliquer la magie de ses doigts verts sur la plaie pour la refermer.

« Si je peux me permettre de demander, ton père, qu'est-ce qu'il... ? »

(Joyce se demandait ce que faisaient, ce qu'avaient fait les parents. Quand elle tombait sur une première floraison après transplantation, elle voulait toujours savoir d'où venait la bouture. En l'occurrence, ce n'était pas la bonne question. Les parents n'étaient pas en cause. Ce qui était en cause, c'était le siècle tout entier, et non une seule génération. Pas le bouton, mais l'arbuste.)

« Porteur d'curry, dit Millat. Serveur.

— Le mien, il est dans l'papier, commença Irie. Il le plie, comme qui dirait... y travaille sur des trucs comme les perforations... c'est comme du mailing publicitaire, sauf que c'est pas vraiment d'la pub, en tout cas, pas le côté conception... y plie, en somme. C'est dur à expliquer, dit-elle en renonçant.

— Oui, oui, je vois très bien. Quand le modèle masculin fait défaut... c'est là... d'après l'expérience que j'en ai, que les choses commencent à mal tourner. Récemment, j'ai écrit un article pour *Woman's Earth*, où je décris une expérience que j'ai faite dans une école : j'avais donné à chacun des enfants une plante en pot en leur demandant de s'occuper d'elle comme le ferait un père ou une mère d'un bébé. Chacun des enfants pouvait choisir celui des deux parents qu'il voulait imiter. Un adorable petit jamaïquain, Winston, avait choisi son papa. La semaine suivante, la mère me téléphonait pour me demander pourquoi j'avais dit à Winston de nourrir sa plante au Pepsi et de la mettre devant la télévision. C'est terri-ble, non ? Mais je crois que des tas de parents ne savent pas apprécier leurs enfants à leur juste valeur. C'est en partie la culture qui est responsable. Mais vous ne pouvez pas savoir à quel point ça m'exa-spère. La seule chose que j'autorise Oscar à regarder à la télévision, c'est *Newsround*, une demi-heure par jour. C'est plus que suffisant.

— Quel veinard, cet Oscar ! dit Millat.

— Enfin bref, je suis vraiment en-chantée que vous soyez ici, parce que... parce que les Chalfen,... enfin, ça peut paraître bizarre, mais je tenais vraiment à persuader votre proviseur que c'était la meilleure idée, et maintenant que je vous ai rencontrés, j'en suis encore plus convaincue... parce que les Chalfen...

— Savent faire en sorte que vous donniez le meilleur de vous-mêmes, termina Joshua. C'est ce qu'ils ont fait avec moi.

— Oui », dit Joyce, rayonnant d'orgueil et soulagée de ne plus avoir à chercher ses mots. « C'est exactement ça. »

Joshua repoussa sa chaise et se leva. « Bon, il faudrait quand même qu'on se mette au travail. Marcus, tu pourrais monter nous donner un coup de main un peu plus tard pour la bio ? Je ne vais pas m'en sortir si je dois réduire tous ces trucs sur la reproduction en petites bouchées pour les faire ingurgiter à d'autres.

— Pas de problème. Mais il faut que je travaille sur ma Souris du Futur. » Il s'agissait là du nom que, pour plaisanter, la famille avait donné au projet de Marcus, et les plus jeunes le poursuivaient souvent en scandant « Souris du Futur ! », avec à l'esprit l'image d'un rongeur anthropomorphe en short rouge. « Et il faut que je fasse un peu de piano avec Jack. Scott Joplin. Jack fait la main gauche, moi, la droite. Pas tout à fait Art Tatum, mais enfin, on s'en sort », dit-il en ébouriffant au passage les cheveux de Jack.

Irie essaya de son mieux d'imaginer Mr. Iqbal en train de jouer Scott Joplin de la main droite (la mauvaise). Ou Mr. Jones en train de réduire un sujet en petites bouchées ingurgitables. La chaleur de la révélation chalfenienne lui faisait monter le sang aux joues. Ainsi donc, il existait des pères qui s'occupaient du présent, qui ne traînaient pas l'histoire derrière eux comme un boulet. Ainsi donc, il existait des hommes qui ne se laissaient pas enfoncer jusqu'au cou dans le bourbier du passé.

« Vous restez dîner avec nous, n'est-ce pas ? supplia Joyce. Oscar a vraiment envie que vous restiez. Il adore avoir des étrangers dans la maison. Il trouve ça te-llement stimulant. Surtout les étrangers basanés. N'est-ce pas, Oscar ?

— Non, pas du tout, confia méchamment Oscar à l'oreille d'Irie. Les étrangers basanés, j'les déteste.

— Il trouve les étrangers basanés terriblement stimulants », chuchota Joyce.

*

Ce siècle aura été celui des étrangers, bruns, jaunes et blancs. Celui de la grande expérience de l'immigration. Ce n'est qu'aujourd'hui qu'on peut entrer dans une école et y trouver Isaac Leung au bord de la mare, Danny Rahman dans les buts sur le terrain de foot, Quang O'Rourke jouant avec un ballon de basket et Irie Jones fredonnant une chanson. Des enfants dont le prénom et le nom sont apparemment incompatibles. Des noms qui évoquent exodes massifs, bateaux et avions bondés, arrivées dans le froid, visites médicales. Ce n'est qu'aujourd'hui, et peut-être seulement à Willesden, que les inséparables Sita et Sharon sont constamment prises l'une pour l'autre parce que Sita est blanche (sa mère avait un faible pour ce prénom) et que Sharon est pakistanaise (sa mère a jugé un prénom anglais préférable, pour éviter les ennuis). Et pourtant, en dépit de ce mélange, en dépit du fait que nous nous sommes glissés dans la vie les uns des autres sans trop de problèmes (comme un homme qui rejoindrait le lit de sa maîtresse après une petite promenade nocturne), il est toujours aussi difficile d'admettre qu'il n'y a pas plus anglais que l'Indien, et pas plus indien que l'Anglais. Et il existe encore des Blancs, qu'un tel état de choses contrarie, pour débouler, à l'heure de la fermeture, dans les rues mal éclairées, un couteau de cuisine au poing.

L'immigrant ne peut que rire des peurs du nationaliste (l'envahissement, la contamination, les croisements de races) car ce ne sont là que broutilles, clopinettes, en comparaison des terreurs de l'immi-

grant : division, résorption, décomposition, disparition pure et simple. Même la toute flegmatique
Alsana Iqbal se réveillait parfois, trempée de sueur,
après avoir été poursuivie toute la nuit par des
visions de Millat (génétiquement *B.B.*, *B.* signifiant
Bengali) épousant une fille du nom de Sarah (aa,
« a » signifiant aryen), avec pour fruit de cette union
un enfant appelé Michael (*B*a), qui, à son tour, épou-
serait une Lucy (aa), condamnant Alsana à une
ribambelle d'arrière-petits-enfants méconnaissables
(Aaaaaa !), toute ascendance bengali définitivement
diluée, le génotype complètement masqué par le
phénotype. C'est le sentiment à la fois le plus irra-
tionnel et le plus normal qui soit. En Jamaïque, il est
même inscrit dans la grammaire : aucun choix pour
ce qui est des pronoms personnels, aucune différen-
ciation entre *moi*, *vous*, ou *ils*, il n'existe qu'un *Je*
protéiforme. Le jour où Hortense Bowden, elle-même
mulâtre, avait eu vent du mariage de Clara, elle était
venue trouver cette dernière, et refusant d'entrer, lui
avait déclaré sur le seuil de sa porte : « Qu'ça soye
bien clai' : à pa'tir de dowénavant, moi et moi, on
s'pa'le plus ! » Puis elle avait tourné les talons et,
depuis, était restée fidèle à sa parole. Elle ne s'était
quand même pas donné tout ce mal, épousant du
noir pour sauver ses gènes de l'abîme, pour le plaisir
de voir sa fille mettre au monde des enfants qui
iraient encore grossir les rangs des éclaircis.

De la même manière, la ligne de démarcation était
claire chez les Iqbal. Quand Millat ramenait une
Emily ou une Lucy à la maison, Alsana pleurait en
silence dans la cuisine, et Samad allait passer ses
nerfs sur la coriandre dans le jardin. Le lendemain
matin, on voyait sa patience mise à rude épreuve et
on passait son temps à se mordre la langue jusqu'à
ce que l'Emily ou la Lucy en question ait quitté les

lieux et que la guerre des mots puisse enfin commencer. Entre Irie et Clara, en revanche, c'était plutôt une affaire de non-dit : Clara se savait dans une position fausse, difficilement tenable. Pour autant, elle ne faisait aucun effort pour cacher sa tristesse ou sa déception. Entre les idoles hollywoodiennes aux yeux verts qui ornaient la chambre-sanctuaire d'Irie et le troupeau de copines blanches qui y pénétraient ou en sortaient régulièrement, Clara voyait sa fille perdue au milieu d'un océan de peaux roses et craignait la lame qui finirait par l'emporter.

C'est en partie pour cette raison qu'Irie choisit de ne pas parler des Chalfen à ses parents. Non pas qu'elle eût l'intention de *s'unir* à eux... mais elle y songeait, éprouvant pour eux ce genre de passion d'adolescente qui, faute de direction, cherche encore un objet sur lequel se fixer. En somme, elle ne demandait qu'à *se fondre* en eux. Partager leur identité anglaise, leur nature chalfenienne. Jouir de cette *intégrité* qui était la leur. Il ne lui venait pas à l'esprit que, d'une certaine manière, les Chalfen étaient eux aussi des immigrants (troisième génération, origine : Allemagne et Pologne, vrai nom : Chalfenovsky) ou qu'ils pouvaient avoir besoin d'elle au moins autant qu'elle-même avait besoin d'eux. Aux yeux d'Irie, les Chalfen étaient plus anglais que nature. Quand elle franchissait leur seuil, elle éprouvait un frisson coupable, comme un juif mâchonnant une saucisse ou un hindou plantant les dents dans un Big Mac. Elle passait une frontière, s'introduisait clandestinement en Angleterre, avec l'impression de commettre un acte de rébellion ouverte, comme si elle endossait l'uniforme de quelqu'un d'autre ou revêtait une peau qui n'était pas la sienne.

Elle se contenta de dire, sans autre commentaire, que, le mardi soir, elle allait à partir de dorénavant à l'entraînement de netball.

*

La conversation ne tarissait jamais chez les Chalfen. Irie avait l'impression qu'ici personne ne priait, ni ne cachait ses sentiments dans une boîte à outils sous prétexte de bricolage ni ne caressait discrètement des photos jaunies par le temps en s'interrogeant sur ce qui aurait pu être. La conversation, c'était l'âme même de la vie.

« Bonjour, Irie ! Entre, entre donc, Joshua est dans la cuisine avec Joyce. Dis-moi, tu as l'air en forme. Millat n'est pas avec toi ?

— Il viendra plus tard. Il avait un rancard.

— Ah, bon. Si, à l'examen, vous avez des questions sur la communication orale, il est sûr de s'en sortir brillamment. Joyce ! Irie est là ! Alors, comment ça marche, le travail ? Ça fait… combien ? quatre mois maintenant, c'est ça ? Est-ce que le génie Chalfen commence à porter ses fruits ?

— Ouais. Un peu. J'aurais jamais cru avoir la bosse des sciences, mais… on dirait qu'ça marche. J'sais pas bien, remarquez. Des fois, j'ai mal au crâne.

— C'est juste la partie droite de ton cerveau qui se réveille après un long sommeil, et qui retrouve enfin une activité digne de ce nom. Vraiment, tu m'impressionnes ; mais je te l'avais bien dit qu'on pouvait transformer en un rien de temps une littéraire moyenne en scientifique — oh, à propos, j'ai les clichés de la Souris du Futur. Il faut que je te les montre, tu voulais bien les voir, non ? Joyce ? La grande déesse brune est arrivée !

— Hé, cool, Marcus... Salut, Joyce. Salut, Josh. Salut, Jack. Hé, sa-a-lut, Oscar, p'tite tête.

— Bonjour, Irie ! Tu viens m'embrasser. Oscar, tu as vu, c'est Irie qui revient nous voir ! Oh, regardez-le... il se demande où est Millat, c'est ça, Oscar, hein ?

— Pas du tout.

— Mais si, c'est ça... regardez-le... ça le perturbe beaucoup quand Millat ne vient pas. Dis à Irie comment tu as appelé ton nouveau singe, Oscar, celui que papa t'a donné.

— George.

— Pas du tout. Tu l'as appelé Millat le Singe, tu te rappelles bien ? Parce que les singes font des sottises et que Millat est exactement comme eux, n'est-ce pas, Oscar ?

— J'sais pas. Et pis j'm'en moque.

— Ça le perturbe te-rriblement quand Millat ne vient pas.

— Il ne va pas tarder à arriver. Il avait un rancard.

— Comme d'habitude ! Ah, toutes ces filles à gros seins ! On deviendrait jaloux à moins, n'est-ce pas, Oscar ? Il passe plus de temps avec elles qu'avec nous. Mais je ne devrais pas plaisanter là-dessus. Je suppose que c'est ho-rriblement difficile pour toi, Irie.

— Non, ça va bien, Joyce. J'y fais plus attention. Je suis habituée maintenant.

— Mais tout le monde adore Millat, n'est-ce pas, Oscar ? On ne peut pas s'en empêcher, n'est-ce pas, Oscar ? N'est-ce pas qu'on l'adore, Oscar ?

— J'le déteste !

— Voyons, ne dis pas de sottises, Oscar.

— Est-ce qu'on pourrait arrêter de parler de Millat ? Par pitié.

— D'accord, d'accord, Joshua. Vous entendez ça, comme il est jaloux ? J'essaie bien de lui dire que Millat a besoin d'un peu plus d'attention que les autres. Qu'il vient d'un milieu défavorisé. C'est exactement comme quand je consacre plus de temps à mes pivoines qu'à mes asters, les asters, ça pousse partout... tu sais que tu es te-rriblement égoïste parfois, Joshi.

— O.K., O.K., m'man. Qu'est-ce qu'on fait pour le repas, avant ou après les devoirs ?

— Avant, Joyce, tu ne crois pas ? Il faut que je travaille à ma souris toute la nuit.

— Sou-ris... du futur ! Sou-ris... du futur !

— Chchu-ut, Oscar, laisse parler papa.

— Je fais une communication demain, alors je préférerais manger de bonne heure. Si ça ne te gêne pas trop, Irie. Je sais que tu aimes bien manger.

— C'est parfait pour moi.

— Ne dis pas des choses comme ça, chéri. Tu sais qu'elle est très sensible dès qu'on parle de son poids.

— Non, non. Je suis pas...

— Sensible ? Quand on parle de son poids ? Mais tout le monde aime les filles aux formes généreuses, non ? En tout cas, moi, oui.

— Salut, tout l'monde. La porte était entrouverte, alors j'suis entré. Un jour, quelqu'un va s'pointer ici et tous vous zigouiller, ça vous pend au nez.

— Millat ! Oscar, regarde, c'est Millat ! Tu es content de voir Millat, mon chéri, n'est-ce pas ? »

Oscar plissa le nez, fit semblant de vomir et expédia un marteau en bois dans les tibias de Millat.

« On ne peut plus le tenir, dès qu'il te voit. Bon. Tu es juste à l'heure pour le dîner. Poulet et chou-fleur au gratin. Assieds-toi. Josh, prends la veste de Millat et mets-la quelque part. Alors, comment ça va la vie ? »

Millat se laissa choir sur une chaise. On aurait dit qu'il venait de pleurer. Il sortit sa blague à tabac et un petit sac d'herbe.

« Putain, ça va mal.

— Mal comment ? » s'enquit Marcus qui, occupé à se couper un bout de fromage dans un énorme bloc de Stilton, ne prêtait qu'une attention distraite à la conversation. « Impossible de mettre la main dans la culotte de la fille ? Ou si c'est elle qui n'a pas voulu mettre la sienne dans ton slip ? À moins qu'elle n'ait pas porté de culotte ? Par pure curiosité, quel genre de culotte est-ce qu'elle...

— P'pa ! Tu nous lâches, gémit Joshua.

— Si au moins tu te faisais une fille, Josh, dit Marcus avec un regard appuyé en direction d'Irie, je pourrais peut-être prendre mon pied par ton intermédiaire, mais jusqu'ici...

— Ça suffit, vous deux, intervint Joyce. Je voudrais bien savoir ce que Millat a à dire. »

Quatre mois auparavant, avoir un copain aussi cool que Millat était apparu à Josh comme une sacrée chance. L'avoir chez lui tous les mardis avait contribué à faire remonter sa cote de popularité à Glenard Oak plus qu'il n'aurait jamais osé l'espérer. Et maintenant que Millat, poussé par Irie, s'était mis à venir de son propre chef, s'était socialement apprivoisé, Joshua Chalfen, né Chalfen le Chérubin, aurait dû avoir l'impression que son étoile montait au firmament. Mais c'était tout le contraire. Il en avait plus que sa claque. En fait, il avait compté sans l'attirance quasi magnétique qu'exerçait Millat. Il voyait bien qu'Irie lui collait toujours après comme une sangsue, et que même sa mère était parfois incapable de s'intéresser à quelqu'un d'autre : toute l'énergie qu'elle consacrait d'ordinaire à son jardin, ses enfants, son mari, convergeait vers cet unique objet comme de la limaille de fer. Vraiment, il en avait plus qu'assez.

« Parce que je ne peux plus parler maintenant ? Je suis chez moi, et on ne me laisse plus parler ?

— Joshi, arrête. Tu es ridicule. Manifestement, Millat a des problèmes... j'essaie de m'occuper de ça en priorité, c'est tout.

— Pauv' petit Joshi, dit Millat d'une voix prétendument apitoyée et pleine de méchanceté. On réclame l'attention d'sa p'tite maman ? On veut qu'elle vous essuie l'derrière ?

— Va t'faire foutre, Millat, dit Joshua.

— OoooooOOO...

— Joyce, Marcus », supplia Joshua, appelant des tiers à la rescousse.

Marcus se mit un gros morceau de fromage dans la bouche et haussa les épaules. « Tu chais qu'Millat, il est du rechort de ta mè'.

— Laisse-moi d'abord m'occuper de ça, Joshi, commença Joyce. Et plus tard... »

Joyce laissa la fin de sa phrase se faire happer par la porte de la cuisine au moment où son fils la reclaquait derrière lui.

« Tu veux que je lui coure après ? demanda Benjamin.

— Non, Benji, dit Joyce en hochant la tête et en embrassant Benjamin sur la joue. Il vaut mieux le laisser se calmer tout seul. Alors, qu'est-ce qui se passe ? » continua-t-elle en se tournant vers Millat et en suivant du doigt sur son visage la trace salée de vieilles larmes.

Millat se mit à rouler lentement son joint. Il aimait bien les faire attendre. On tirait toujours plus d'un Chalfen si on le faisait attendre.

« Oh, Millat, par pitié, ne fume pas cette cochonnerie. Ces derniers temps, tu n'as pas arrêté de

fumer. Oscar le vit très mal. Il n'est pas si jeune que
ça et comprend bien plus de choses que tu ne crois.
La marijuana, il sait ce que c'est.

— C'est quoi, la marie ou anna ? demanda Oscar.

— Tu sais très bien ce que c'est, Oscar. C'est ce qui
rend Millat si désagréable, on en parlait pas plus
tard qu'aujourd'hui. Et puis, c'est ce qui tue les
petites cellules de son cerveau.

— Putain d'ta race, Joyce, tu m'lâches !

— J'essaie juste…, dit Joyce en poussant un soupir
mélodramatique et en se passant les doigts dans les
cheveux. Millat, qu'est-ce qui se passe, à la fin ? Tu as
besoin d'argent ?

— Ouais. Y s'trouve que j'en ai b'soin.

— Pourquoi ? Qu'est-ce qui est arrivé, Millat ?
Raconte-moi. Encore la famille ? »

Millat finit de rouler sa cigarette et la glissa entre
ses lèvres. « Tu vas pas l'croire, mais mon père m'a
foutu dehors.

— Oh non ! » dit Joyce, dont les larmes jaillirent
aussitôt et qui rapprocha sa chaise de celle de Millat
pour lui prendre la main. « Si j'étais ta mère, moi, je…
oui, d'accord, ce n'est pas le cas… mais elle est te-llement incompétente… ça me rend vraiment… c'est
vrai, ça, laisser son mari lui enlever un de ses enfants
et faire Dieu sait quoi avec l'autre, j'avoue que…

— Arrête de parler d'ma mère. Tu l'as jamais rencontrée. Et puis, c'était même pas d'elle que j'cau-
sais.

— C'est elle qui refuse de me rencontrer, non ?
Comme si toutes les deux, on était en concurrence.

— Tu vas la fermer, bordel ?

— Bon, ce n'est pas la peine que je m'obstine. Je
vois bien que ça te perturbe de parler de ça… c'est
trop frais, sans doute… Marcus, va faire du thé, il en
a besoin.

— Oh, pu-tain ! J'en veux pas d'vot'thé d'merde. C'est tout c'que vous buvez dans cette taule. Ma parole, vous d'vez pisser du thé à longueur d'temps.

— Millat, j'essaie simple…

— Ouais, ben, essaie pas. »

Un petit brin de hash tomba du joint de Millat et se colla sur sa lèvre. Il l'enleva et se le fourra dans la bouche. « Mais j'dirais pas non à un coup d'cognac, si y en a. »

Joyce se tourna vers Irie avec un regard du genre Qu'est-ce qu'on peut faire sinon capituler et lui fit signe de servir Monsieur en mesurant une dose minuscule de son cognac Napoléon trente ans d'âge entre le pouce et l'index. Irie grimpa sur un seau renversé pour attraper la bouteille sur le rayon du haut.

« Bon, on se calme, O.K. ? Alors, qu'est-ce qui s'est passé cette fois-ci ?

— J'l'ai traité d'vieux con. Et c'est c'qu'il est, merde », dit Millat en tapant sur les doigts d'Oscar qui rampaient à la recherche d'un nouveau jouet et s'apprêtaient à s'emparer de ses allumettes. « J'vais avoir besoin d'une turne pendant quéque temps.

— Tu sais bien que ce n'est même pas la peine de poser la question. Tu peux rester ici, évidemment. »

Irie vint s'immiscer entre eux deux pour poser le verre ballon sur la table devant Millat.

« Irie, laisse-le un peu respirer, tu veux ?

— J'étais simple…

— D'accord, d'accord, Irie. Inutile de l'étouffer pour l'instant, il a besoin d'air…

— C't'un putain d'hypocrite, mec », coupa Millat, les yeux dans le vide, s'adressant au moins autant à la serre qu'à son auditoire. « Il prie cinq fois par jour, mais y continue à boire et il a aucun pote musulman. Et avec ça, il a l'culot d's'en prendre à moi passque j'baise avec une Blanche. Et pis, il est écœuré avec Magid. Et c'est moi qu'en prends plein la gueule. Y veut qu'j'arrête de voir les gens d'K.E.V.I.N. Mais l'plus musulman des deux, c'est moi, bordel. Qu'il aille s'faire foutre !

— Tu préfères parler de ça devant tout le monde, dit Joyce en jetant un regard circulaire plein de sous-entendus, ou tu veux qu'on en parle juste toi et moi ?

— Joyce, dit Millat en sifflant son verre cul sec, si tu savais c'que j'm'en fous. »

Ce que Joyce interpréta comme voulant dire *juste toi et moi*. Les autres furent donc priés, du regard, de sortir de la cuisine.

Irie, pour sa part, n'était pas mécontente de quitter la pièce. Depuis quatre mois qu'elle et Millat venaient chez les Chalfen pour travailler les sciences et déguster leur panoplie complète d'aliments bouillis, les choses avaient évolué de manière étrange. Plus Irie faisait de progrès — que ce fût dans ses études, dans ses tentatives pour entretenir une conversation polie ou imiter en tout point le chalfenisme —, moins Joyce lui témoignait d'intérêt. En revanche, plus Millat déraillait — débarquant à l'improviste le dimanche soir, passablement ivre, ramenant des filles avec lui, fumant de l'herbe dans toute la maison, buvant en douce leur Dom Pérignon 1964, pissant sur les rosiers, tenant une réunion avec les membres de K.E.V.I.N. dans la pièce de devant, leur laissant une note de téléphone de trois cents livres pour des appels au Bangladesh, traitant Marcus de pédé, Oscar de petit merdeux pourri par sa mère, menaçant de châtrer Joshua, accusant Joyce elle-même d'être folle à lier —, oui, plus il déconnait, et plus Joyce l'adorait. En quatre mois, il lui devait déjà plus de trois cents livres, une couette neuve et une roue de bicyclette.

« Tu montes avec moi ? » demanda Marcus, en refermant la porte de la cuisine sur les deux autres et en se faisant secouer comme un roseau dans le vent par ses enfants qui passaient en trombe à côté de lui. « J'ai ces photos que tu voulais voir. »

Irie lui adressa un sourire reconnaissant. Finalement, c'était Marcus qui, sans en avoir l'air, s'occupait d'elle. C'était lui qui l'avait aidée pendant ces quatre mois à transformer la bouillie qui lui tenait lieu de cerveau en un noyau dur et bien formé, tandis qu'elle se familiarisait petit à petit avec les us et coutumes des Chalfen. Elle avait d'abord interprété cette attitude comme un grand sacrifice de la part d'un homme aussi occupé, mais, depuis quelque temps, elle se demandait s'il n'y prenait pas un certain plaisir. Comme, par exemple, quelqu'un qui regarderait un aveugle suivre des doigts les contours d'un objet inconnu. Ou un cobaye essayer de comprendre l'agencement d'un labyrinthe. Quoi qu'il en soit, pour le remercier de ses attentions, Irie s'était mise à manifester un intérêt, dans un premier temps tactique, puis dans un second tout à fait sincère, pour sa Souris du Futur. En conséquence de quoi, les invitations de Marcus à le suivre dans son bureau, tout en haut de la maison — c'était la pièce qu'elle préférait, et de loin —, s'étaient multipliées.

« Eh bien, ne reste pas là à sourire comme l'idiot du village. Viens donc ! »

Le bureau de Marcus ne ressemblait à rien de ce qu'avait pu connaître Irie. Il n'avait aucune utilité communautaire, pas d'autre raison d'être que de servir de retraite à Marcus ; ne renfermait ni jouets, ni bric-à-brac, ni objets cassés, ni planches à repasser ; personne n'y dormait, n'y mangeait ou n'y faisait l'amour. Il n'avait rien à voir avec l'espace que s'était réservé Clara au grenier, caverne digne du

Kubla Khan de Coleridge, remplie de saletés
diverses, toutes soigneusement rangées dans des
boîtes et étiquetées au cas où il lui faudrait un jour
fuir ce pays pour un autre. Rien à voir non plus avec
les débarras des immigrants, encombrés jusqu'aux
poutres de montagnes d'objets hétéroclites qu'on ne
jette pas, si abîmés qu'ils soient, parce qu'ils témoignent de ce que les occupants des lieux ont maintenant des *biens*, là où auparavant ils ne possédaient
rien. La pièce de Marcus était entièrement consacrée
à Marcus et à ses travaux. Un bureau, en somme.
Comme dans les romans de Jane Austen ou dans
Upstairs, Downstairs, ou comme celui de Sherlock
Holmes. Sauf que c'était le premier bureau qu'il était
donné à Irie de voir en vrai.

La pièce elle-même était petite et biscornue, avec
un sol légèrement en pente, un toit mansardé qui faisait qu'à certains endroits on ne pouvait pas se tenir
debout, et, en guise de fenêtre, une lucarne qui laissait entrer la lumière en rais minces où dansaient les
grains de poussière. Il y avait quatre fichiers métalliques, énormes bêtes dont la gueule ouverte crachait du papier, et des paperasses s'empilaient partout, sur le sol et les étagères, encerclant les chaises.
Une odeur lourde et douceâtre de tabac allemand
flottait dans un nuage à hauteur d'homme, jaunis-
sant les pages des livres les plus haut perchés, et une
panoplie de fumeur très complète trônait sur une
table basse — embouts de rechange, pipes de tous
ordres, depuis les plus classiques jusqu'aux plus
tarabiscotées, tabatières, morceaux de gaze de
tailles diverses —, le tout disposé dans une mallette
en cuir doublée de velours, comme celles qui servaient aux médecins à ranger leurs instruments. Dis-
tribuées un peu partout sur les murs et tapissant la
cheminée, des photos du clan Chalfen, dont quelques

portraits avenants de Joyce en jeune hippie, sein
impertinent et nez retroussé pointant entre deux
grandes tresses. Et puis quelques clichés plus grands,
et encadrés. Un arbre généalogique de la famille
Chalfen. La tête de Mendel, l'air particulièrement
suffisant. Un grand poster d'Einstein à l'époque où
l'Amérique l'encensait — cheveux de professeur
Folamour, regard ahuri, énorme pipe —, avec, en
guise de légende, la citation *Dieu ne joue pas aux dés
avec le monde*. Enfin, juste derrière le grand fauteuil
en chêne de Marcus, Crick et Watson, apparemment
fatigués mais ravis, se carraient devant une reconstitution de la structure de l'acide désoxyribonucléique, un escalier en spirale de grosses agrafes
métalliques qui partait du sol de leur labo de Cambridge pour poursuivre sa course au-delà du champ
de l'objectif.

« Où est donc Wilkins ? demanda Marcus, se penchant à un endroit où le plafond était plus bas et
tapotant la photo avec son crayon. En 1962, Wilkins
remporte le Nobel de médecine avec Crick et
Watson. Mais pas trace de Wilkins sur les photos.
Uniquement Crick et Watson. Watson et Crick. L'histoire adore les génies solitaires ou les duos. Mais n'a
pas de temps à consacrer aux trios. À moins, ajouta-
t-il après une seconde de réflexion, qu'il s'agisse de
comiques ou de musiciens de jazz.

— Alors, va falloir que tu sois un génie solitaire »,
dit joyeusement Irie, se détournant de la photo pour
s'asseoir sur une chaise suédoise sans dossier.

« Ah, pas tout à fait solitaire, parce que j'ai un
maître », dit-il en montrant du doigt une photographie en noir et blanc de la grandeur d'un poster qui
couvrait une partie de l'autre mur. « Mais les
maîtres, vois-tu, c'est une autre affaire. »

C'était un gros plan d'un homme âgé, dont le visage était clairement délimité par des hachures, comme sur une carte topographique.

« Un vieux Français extraordinaire, un gentleman et un savant. C'est lui qui m'a appris pratiquement tout ce que je sais. Plus de soixante-dix ans, et toujours aussi alerte. Mais, tu vois, avec les maîtres, ce qu'il y a de bien, c'est qu'on n'a pas besoin de reconnaître publiquement sa dette. Mais où est-ce que j'ai foutu cette photo... »

Tandis que Marcus farfouillait dans un fichier, Irie étudia une petite section de l'arbre généalogique des Chalfen, un chêne illustré et touffu qui remontait de l'époque contemporaine jusqu'au début du XVIIᵉ. Les différences existant entre les Chalfen et les Jones/Bowden sautaient immédiatement aux yeux. Pour commencer, tous les Chalfen semblaient avoir eu un nombre d'enfants normal. Mieux encore, on semblait toujours savoir de qui étaient ces enfants. Les hommes vivaient plus vieux que les femmes. Les mariages étaient uniques et duraient longtemps. Les dates de naissance et de mort n'avaient rien de fantaisiste. Et les Chalfen savaient bel et bien qui ils étaient en 1675. Archie Jones, lui, était incapable de remonter au-delà de l'apparition fortuite de son père sur la planète, dans l'arrière-salle d'un pub de Bromley, en 1895 ou 1896, peut-être 1897, l'année variant en fonction de l'ex-barmaid nonagénaire auprès de laquelle on prenait des renseignements. Quant à Clara Bowden, elle savait deux ou trois bricoles sur sa grand-mère et ajoutait presque foi à l'histoire selon laquelle son célèbre et prolifique oncle P. aurait eu trente-quatre enfants, mais sur le chapitre de la généalogie, il n'y avait qu'une chose qu'elle pût affirmer avec certitude : sa mère était née à quatorze heures quarante-cinq le 14 janvier 1907,

dans une église catholique, au beau milieu du tremblement de terre de Kingston. Le reste n'était que
rumeur, folklore et mythe :

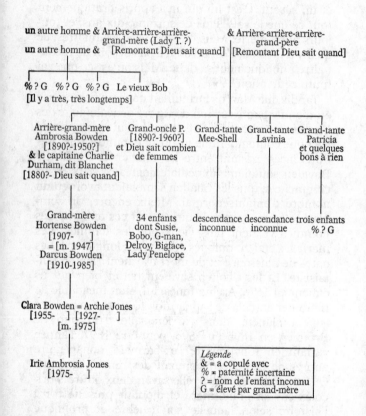

un autre homme & Arrière-arrière-arrière-
grand-mère (Lady T. ?)   & Arrière-arrière-arrière-
grand-père
un autre homme &   [Remontant Dieu sait quand]   [Remontant Dieu sait quand]

%? G   %? G   %? G   Le vieux Bob
[Il y a très, très longtemps]

Arrière-grand-mère   Grand-oncle P.   Grand-tante   Grand-tante   Grand-tante
Ambrosia Bowden   [1890?-1960?]   Mee-Shell   Lavinia   Patricia
[1890?-1950?]   et Dieu sait combien   et quelques
& le capitaine Charlie   de femmes   bons à rien
Durham, dit Blanchet
[1880?- Dieu sait quand]

Grand-mère   34 enfants   descendance descendance trois enfants
Hortense Bowden   dont Susie,   inconnue   inconnue   %? G
[1907-   ]   Bobo, G-man,
= [m. 1947]   Delroy, Bigface,
Darcus Bowden   Lady Penelope
[1910-1985]

Clara Bowden = Archie Jones
[1955-   ] [1927-   ]
[m. 1975]

Irie Ambrosia Jones
[1975-   ]

> *Légende*
> & = a copulé avec
> % = paternité incertaine
> ? = nom de l'enfant inconnu
> G = élevé par grand-mère

« Vous remontez tellement loin, vous autres », dit Irie tandis que Marcus venait se pencher par-dessus son épaule pour voir ce qui l'intéressait. « C'est incroyable. Je n'arrive pas à imaginer l'impression que ça doit faire.

— Ridicule ! Nous remontons tous aussi loin les uns que les autres. C'est simplement que les Chalfen ont toujours gardé une trace écrite », dit Marcus avec prévenance, tout en bourrant sa pipe. « Ça aide, si on tient à rester dans les mémoires.

— Je suppose que ma famille a plutôt eu recours à la tradition orale, dit Irie en haussant les épaules. Mais tu devrais interroger Millat à ce sujet. Il descend de…

— D'un grand révolutionnaire. C'est ce que je me suis laissé dire. À ta place, je n'y croirais pas trop. Un petit quart de vérité pour trois gros quarts de fiction dans cette famille, j'en ai peur. Des figures historiques majeures de ton côté ? » demanda Marcus, qui se désintéressa aussitôt de sa question pour reprendre ses recherches dans le fichier numéro deux.

« Non… personne… d'important. Mais ma grand-mère est née en janvier 1907, pendant le tremblement…

— Ah, enfin ! »

Marcus émergea d'un tiroir en métal, brandissant victorieusement une mince pochette en plastique avec quelques papiers à l'intérieur.

« Les clichés. Expressément pour toi. Si la S.P.A. voyait ça, ils seraient fichus d'engager un tueur à gages. Doucement, un à la fois. Et ne mets pas les doigts dessus. »

Il passa la première photo à Irie. On y voyait une souris sur le dos, l'estomac constellé d'espèces d'excroissances brunes qui ressemblaient à des champignons. La bouche était étirée de manière inhabituelle, en raison de la position du corps, en une sorte de rictus douloureux. Mais la douleur n'avait rien d'authentique, pensa Irie, elle paraissait plutôt théâtrale. Comparable à celle d'une souris qui se donnerait en spectacle. Une souris de mélodrame. Une petite souris domestique qui aurait pris un air sarcastique.

« Tu comprends, les cellules embryonnaires, c'est très bien, elles nous aident à comprendre les éléments génétiques qui peuvent contribuer au cancer, mais ce que l'on cherche à savoir, c'est comment progresse une tumeur dans des *tissus vivants*. Et ça, on ne peut pas s'en faire une idée à l'aide d'une culture. C'est pour cette raison qu'on introduit des carcinogènes chimiques dans un organe-cible, mais... »

Irie n'écoutait qu'à moitié, fascinée par les photos que lui tendait Marcus. La suivante représentait la même souris, pour autant qu'elle pût en juger, disposée cette fois-ci de façon à laisser voir les tumeurs les plus grosses. Il y en avait une, sur le cou, qui était pratiquement de la taille de son oreille. Mais la souris avait l'air d'en être très contente. Comme si elle avait développé à dessein un nouvel organe pour le plaisir d'entendre Marcus parler d'elle. Irie se rendait bien compte qu'il était stupide de réagir ainsi devant un cobaye. Mais encore une fois, l'animal avait un air rusé. Une lueur sarcastique dans ses yeux de souris. Un sourire narquois de souris sur sa bouche de souris. Vous avez dit maladie incurable ? (semblait dire la souris à Irie). Vous voulez rire.

« ... lent et imprécis. Mais si on modifie la structure du génome existant, de manière à programmer des cancers spécifiques dans des tissus spécifiques à des moments prédéterminés du développement de la souris, on élimine le facteur hasard, notamment les effets fortuits d'une mutagenèse. Et c'est alors qu'on peut vraiment parler du *programme génétique* de la souris, car les oncogènes sont activés à l'intérieur même de la cellule. Tiens, regarde, tu as là un jeune mâle... »

La photo en question montrait Souris du Futur© tenue par les pattes de devant par deux doigts roses de géant et forcée de se dresser à la verticale comme une souris de dessin animé, la tête relevée. Elle semblait tirer sa petite langue rose de souris, au départ au photographe, et maintenant à Irie. Les tumeurs pendaient à son menton comme de grosses gouttes de pluie.

« ... il exprime l'oncogène H-ras dans certaines de ses cellules épidermiques si bien qu'il développe de multiples papillomes bénins. Ce qui est intéressant, évidemment, c'est que les jeunes femelles ne manifestent pas, elles, les mêmes symptômes, donc... »

Un œil était fermé, l'autre ouvert. Comme pour un clin d'œil. Un clin d'œil de souris futée.

« ... et pourquoi ? En raison de la rivalité entre les mâles — les combats débouchent inévitablement sur une abrasion cutanée. Il s'agit d'un impératif social, et non plus biologique, mais, génétiquement, le résultat est le même. Et ce n'est qu'avec les souris transgéniques, en manipulant expérimentalement le génome, qu'on peut arriver à comprendre ce genre de différence. Dis-toi bien, Irie, que cette souris, celle que tu regardes en ce moment, est une souris unique. Je programme un cancer, et ce cancer apparaît précisément au moment où je l'attends. Quinze semaines plus tard. Cet animal a un code génétique nouveau. Il appartient à une nouvelle race. De quoi déposer un brevet. Ou au moins négocier des royalties : quatre-vingts pour cent pour Dieu, vingt pour cent pour moi. Ou le contraire, si je trouve un bon avocat. Ces pauvres crétins de Harvard en sont toujours à débattre du problème. Personnellement, le brevet ne m'intéresse pas. Ce qui m'intéresse, c'est la science.

— Ouah, dit Irie en lui rendant les photos non sans réticence. C'est pas évident à piger. Jusqu'à un certain point, ça va, mais après, j'y comprends plus rien. Mais c'est fantastique.

— Bof, dit Marcus, jouant au modeste. Ça aide à passer le temps.

— Arriver à éliminer le facteur hasard...

— Élimine ce facteur, et tu deviens le maître du monde, dit Marcus simplement. Pourquoi en rester aux oncogènes ? On pourrait programmer tous les stades du développement d'un organisme : reproduction, habitudes alimentaires, espérance de vie... » (voix d'automate, bras étendus comme ceux d'un zombie, yeux qui roulent dans leurs orbites) « LE MAÎTRE DU MONDE.

— Je vois d'ici les manchettes des journaux à sensation.

— Sérieusement », dit Marcus, en remettant ses photos dans la chemise en plastique et en se dirigeant vers le fichier pour la reclasser, « l'étude de races isolées d'animaux transgéniques fait apparaître le hasard sous un nouvel angle. Tu me suis ? Une seule souris sacrifiée pour plus de cinq milliards d'humains. Pas vraiment un génocide pour la gent trotte-menu. Et pas exorbitant comme prix à payer.

— Non, évidemment.

— Bon Dieu ! Mais quel foutoir là-dedans ! »

Marcus essaya par trois fois de refermer le tiroir du bas, avant de perdre patience et de flanquer un coup de pied dans le côté du meuble. « Saloperie, va ! »

Irie jeta un coup d'œil dans le tiroir ouvert. « Il te faut plus d'intercalaires, dit-elle d'un ton ferme. Et en plus, tu utilises à peu près tous les formats de papier.

Il faudrait classer et plier tout ça correctement ; tout ce que tu fais pour l'instant, c'est de tout fourrer n'importe comment dans tes tiroirs. »

Marcus rejeta la tête en arrière et éclata de rire. « Un système de pliage ! De ta part, ça n'a rien d'étonnant. Tel père, telle fille. »

Il s'agenouilla devant le tiroir, qu'il essaya à nouveau de fermer.

« Je n'plaisante pas, tu sais. Je me demande comment tu peux arriver à travailler dans ces conditions. Mes petits trucs d'école sont mieux rangés que tes paperasses, et moi, je ne fais pas dans le genre Maître du Monde. »

Toujours à genoux, Marcus leva les yeux. Vue sous cet angle, elle avait quelque chose d'une chaîne de montagnes, une version adoucie et moelleuse des Andes.

« Tiens, je te propose un marché : quinze livres hebdomadaires si tu viens deux fois par semaine essayer de remédier à ce désastre. Toi, ça te donnera l'occasion d'apprendre des trucs, et moi, j'aurai enfin de l'ordre dans mes papiers, ce dont j'ai grand besoin. Qu'est-ce que tu en dis ? »

Qu'avait-elle à en dire ? Joyce donnait déjà trente-cinq livres par semaine à Millat pour des activités diverses : baby-sitting, lavage de voiture, désherbage, nettoyage de vitres et recyclage de vieux papiers. Ce qu'elle payait en réalité, c'était, bien entendu, la présence de Millat. La force d'attraction qu'il représentait. Et la dépendance qu'il manifestait à son égard.

Irie savait quel type de marché elle s'apprêtait à conclure. Elle ne s'y précipitait pas, comme Millat, à moitié ivre, ou droguée, ou désespérée. Au contraire, elle en avait envie ; elle avait envie de se fondre aux Chalfen, de ne plus faire avec eux qu'une seule et même chair, abandonnant la chair chaotique et imprévisible de sa propre famille pour être unie transgénétiquement à une autre. Tel un animal unique. Une nouvelle race.

« Il t'en faut un temps pour réfléchir, dit Marcus en fronçant les sourcils. J'aimerais bien une réponse avant la fin du millénaire, si tu n'y vois pas d'inconvénient. C'est une bonne idée ou pas ?

— Sûr que c'est une bonne idée, dit Irie en hochant la tête et en souriant. Quand est-ce que je commence ? »

*

Alsana et Clara n'étaient pas des plus contentes. Mais il leur fallut un certain temps pour confronter leurs opinions et se conforter mutuellement dans leur mécontentement Clara suivait des cours du soir, trois fois par semaine (sujets : l'impérialisme britannique de 1765 à nos jours, la littérature médiévale galloise, le féminisme noir), et Alsana était à sa machine à coudre toutes les heures que le bon Dieu faisait, tandis qu'autour d'elle sévissait une guerre familiale. Elles ne se parlaient au téléphone que de loin en loin et se voyaient encore moins souvent. Mais elles n'appréciaient guère ces Chalfen, dont on ne cessait de leur rebattre les oreilles. Après quelques mois de surveillance discrète, Alsana était désormais certaine que c'était chez les Chalfen que se rendait Millat quand il s'absentait de la maison. Quant à Clara, elle pouvait s'estimer heureuse si elle arrivait à trouver Irie à la maison un soir par semaine, et il y avait belle lurette qu'elle ne croyait plus aux entraînements de netball. Depuis des mois maintenant, c'était les Chalfen par-ci, les Chalfen par-là ; Joyce était merveilleuse, Marcus prodigieusement intelligent. Mais Clara n'était pas du genre à faire des histoires ; elle aurait fait n'importe quoi pour qu'Irie ait ce qu'il y avait de mieux pour elle, et elle avait toujours été convaincue qu'être parent, c'était d'abord savoir se sacrifier. Elle alla même jusqu'à proposer de rencontrer les Chalfen, mais ou bien elle était paranoïaque ou bien Irie faisait de son mieux pour éviter que la rencontre ait lieu. Quant à Archibald, il était inutile d'attendre quoi que ce soit de sa part. Il ne voyait Irie qu'à intervalles très brefs et irréguliers — quand elle rentrait se doucher, s'habiller ou manger — et ne semblait nullement gêné de l'entendre divaguer sans fin à propos des enfants Chalfen *(Ils ont l'air gentil, ma chérie)* ou de ce que faisait Joyce *(Vraiment ? C'est drôlement malin, non ?)* ou d'une remarque de Marcus *(Un vrai p'tit Einstein, hein, ma chérie ? J'suis bien content pour toi. Faut qu'j'me sauve. J'dois retrouver Sammy chez O'Connell à huit heures)*. Archie avait un cuir d'hippopotame. Pour lui, le statut de père conférait une position génétique tellement inexpugnable à son détenteur qu'il ne concevait pas que quelqu'un puisse seulement songer à lui disputer son titre. C'était à Clara qu'il incombait de se mordre les lèvres dans son coin, tout en espérant qu'elle n'était pas en train de perdre sa fille unique.

Alsana en était finalement arrivée à la conclusion qu'il s'agissait d'une guerre en bonne et due forme et qu'elle avait besoin d'une alliée. Fin janvier 91, une fois Noël et le Ramadan dûment emballés, elle s'empara du téléphone.

« Alors, t'es au courant pour ces Chaffinch ?

— Chalfen. Je crois qu'ils s'appellent Chalfen. Oui, ce sont les parents d'un ami d'Irie, je crois », dit Clara non sans déloyauté, car elle voulait d'abord savoir ce qu'Alsana avait à lui apprendre. « Joshua Chalfen. Ils ont l'air d'une gentille famille. »

Alsana émit un sifflement réprobateur. « Et moi, j'les appellerai Chaffinch[1], si ça me chante — ces espèces de p'tits oiseaux anglais qui dévastent tout et picorent les meilleures graines ! Ces gens, y font à mon garçon exactement la même chose que ces oiseaux à mes feuilles de laurier-sauce. Y sont pires, en fait, parce qu'eux, c'est des oiseaux avec des dents, des petites canines bien pointues — y s'contentent pas de chaparder, y déchiquettent tout ! Qu'est-ce tu sais sur leur compte ?

— Pas grand-chose, pour tout dire. Ils donnent un coup de main à Irie et Millat en sciences, du moins c'est ce qu'elle m'a dit. Je suis sûre qu'il n'y a pas de quoi se mettre martel en tête, Alsi. Et Irie se débrouille drôlement bien en classe maintenant. C'est vrai qu'elle n'est plus jamais à la maison, mais je ne vois pas bien au nom de quoi je pourrais protester. »

Clara entendit Alsana abattre violemment son poing sur la rampe d'escalier des Iqbal. « Tu les as seulement rencontrés ? Parce que moi, non, mais ça les empêche pas de donner de l'argent et un toit à mon fils comme s'il avait ni l'un ni l'autre, et sans doute de me débiner par-derrière. Dieu seul sait c'qu'il leur raconte sur mon compte ! Qui c'est d'abord, ces gens-là ? J'les connais ni d'Ève ni d'Adam ! Millat passe tout son temps avec eux, et j'vois pas spécialement d'amélioration dans ses notes à l'école, moi, et il a pas arrêté d'fumer de l'herbe et d'coucher avec des filles. J'ai bien essayé d'en toucher un mot à Samad, mais tu penses, il est dans son monde à lui et y m'écoute pas. Il fait que

1. En anglais, « pinson ».

crier après Millat et y refuse de m'parler. On essaye de rassembler l'argent pour faire rev'nir Magid et le mettre dans une bonne école. J'fais tout pour garder cette famille unie, moi, et ces Chaffinch, y z'ont qu'une idée en tête, c'est d'la détruire ! »

Clara se mordit la lèvre et opina du chef en silence à l'adresse du combiné.

« Dis donc, t'es toujours là ?

— Oui, oui, dit Clara. Tu comprends, Irie... elle a l'air de les adorer, ces gens. Ça m'a déboussolée au début, mais après, je me suis dit que j'étais bête de m'en faire comme ça. Archie me dit que c'est ridicule.

— Si tu disais à cette espèce d'enflé qu'y a pas d'pesanteur sur la lune, y t'dirait qu't'es ridicule. Ça fait quinze ans qu'on s'passe de son avis, ça va pas changer maintenant. Clara, dit Alsana dont le souffle lourd résonnait dans l'appareil, on s'est toujours soutenues, toutes les deux... J'ai b'soin d'toi dans cette affaire, tu vas pas m'laisser tomber ?

— Euh... non... je pense seulement que...

— J't'en prie. Ne pense pas. J'ai vu qu'y passaient un vieux film français, comme tu les aimes... c't'après-midi, à deux heures et demie. Retrouve-moi devant le Tricycle Theatre. Y a Nièce-de-la-honte qui vient aussi. Après, on prend le thé, et on cause. »

Le film était *À bout de souffle*, tourné en 16 mm et en noir et blanc. Vieilles Ford et Grands Boulevards, pantalons à revers et pochettes, cigarettes et baisers. Clara adora (Superbe Belmondo ! Superbe Seberg ! Superbe Paris !), Neena trouva le film trop français, et Alsana ne comprit absolument rien à l'histoire. « Deux jeunes gens qui parcourent la France et passent leur temps à dire des idioties, à tuer des flics, à voler des voitures. Et la fille qui porte jamais d'soutien-gorge. Si c'est ça l'cinéma européen, j'préfère cent fois Bollywood. Et si on passait aux choses sérieuses, maintenant ? »

Neena alla chercher les thés et les posa sur la petite table.

« Alors, qu'est-ce que c'est que cette histoire de conspiration des pinsons ? On s'croirait dans un film d'Hitchcock. »

Alsana fit un résumé succinct de la situation.

Neena chercha ses cigarettes dans son sac, en alluma une et exhala une fumée parfumée à la menthe. « Tantine, ces gens m'ont l'air d'être des bourgeois tout à fait respectables qui cherchent juste à aider Millat dans ses études. C'est pour ça qu'tu m'as tirée d'mon boulot ? J'veux dire, c'est quand même pas Jonestown, si ?

— Non, bien sûr..., dit Clara prudemment, tout ce que veut dire ta tante, c'est que Millat et Irie passent un temps fou là-bas, alors on aimerait bien en savoir un peu plus sur le compte de ces gens, tu comprends. C'est assez normal, non ?

— C'est pas tout, j'ai pas fini, objecta Alsana. Ces gens sont en train de m'voler mon fils ! Des oiseaux avec des dents, j'vous dis ! Y sont en train d'me l'anglifier complèt'ment ! Y veulent le séparer d'sa culture, d'sa famille et d'sa religion...

— Ça, c'est nouveau. Depuis quand tu te préoccupes de sa religion ?

— Toi, Nièce-de-la-honte, tu sais rien. Tu sais pas que j'sue sang et eau pour c'gamin. Tu sais rien de...

— Si j'sais rien de rien, bordel, je me demande pourquoi tu m'as fait venir ici ? J'ai d'autres choses à faire qu'à écouter tes conneries, merde, dit Neena en prenant son sac et en faisant mine de se lever. Désolée, Clara. Je sais pas pourquoi il faut toujours que ça se passe comme ça. À bientôt...

— Reste assise, siffla Alsana en la prenant par le bras. D'accord, un point pour toi, Miss Lesbienne-futée. Écoute, on a b'soin d'toi, d'accord ? Alors, assieds-toi. Je m'excuse, je m'excuse, ça va comme ça ?

— Ça va », dit Neena, écrasant sa cigarette d'un geste mauvais sur une serviette en papier. « Mais je vais t'parler franchement, et pour une fois, t'as intérêt à fermer cette grande gueule qui te sert de bouche, compris ? Bon. Tu viens juste de dire qu'Irie avait fait des progrès fantastiques à l'école, et si pour Millat ça marche pas aussi bien, y a pas d'mystère... il a jamais bossé, ce gamin. Au moins, maintenant y a quelqu'un qui essaie de l'aider. Et s'il est toujours fourré chez ces gens, je suis sûre que c'est bien parce qu'il le veut. Ça n'a rien à voir avec eux. C'est pas précisément ce que j'appellerais la vie en rose chez toi en ce moment. Y peut plus se voir, ce gamin, et y cherche quelque chose qui soit aussi loin que possible des Iqbal.

— Qu'esse-tu racontes ? Y z'habitent à deux rues d'ici ! dit Alsana d'un air triomphant.

— Je me suis mal exprimée, tantine. Je voulais dire, aussi loin que possible par *l'esprit*, pas par la distance. Tu sais que pour un Iqbal, c'est pas marrant tous les jours. Cette famille, il l'utilise comme un refuge. Je sais pas, moi, mais ils ont probablement une bonne influence sur lui.

— Ouais, tu sais pas, dit Alsana d'un air sombre.

— Mais qu'est-ce qui te fait peur au juste, Alsi ? Il est de la seconde génération, Millat, et t'arrêtes pas de dire toi-même que ceux-là, il faut les laisser vivre leur vie. Regarde où j'en suis, moi, je suis peut-être Nièce-de-la-honte pour toi, mais en attendant, je gagne bien ma vie avec mes chaussures. » Alsana jeta un coup d'œil sceptique sur les grandes bottes noires qu'avait conçues et fabriquées Neena et qui lui arrivaient au genou. « Et je n'suis pas mécontente de la vie que je mène... j'ai des principes et je m'y tiens. C'est pour dire, quoi. Millat, c'est déjà la guerre avec son père, alors si tu t'y mets aussi, tu vois un peu. »

Alsana marmonna dans son thé à la mûre.

« Si vraiment tu tiens à te faire du souci, tantine, pose-toi plutôt des questions sur ces K.E.V.I.N. avec qui il traîne. C'est des vrais dingues, ces types, et ils sont partout. Et pas là où tu t'attendrais à les trouver. Mo, tu sais, le boucher... oui, les Hussein-Ishmael, du côté d'Ardashir... eh bien, il en fait partie. Et ce foutu Shiva, celui du resto... lui aussi, il vient de se convertir !

— Ça peut pas lui faire d'mal, dit Alsana d'un ton acide.

— Mais ça n'a rien à voir avec l'islam proprement dit, Alsi. C'est un groupe politique. Et avec quelles idées ! Un de ces p'tits merdeux nous a dit, à moi et à Maxine, qu'on irait rôtir dans les feux de l'enfer. Apparemment, on fait partie des créatures les plus méprisables qui soient. Pires que des limaces. Le type, il est reparti avec un bon coup de pied dans les couilles, je peux t'dire. C'est ces gens-là qui devraient te faire faire du souci. »

Alsana secoua la tête et fit mine d'écarter les objections de Neena de la main. « Mais tu comprends donc rien ? J'me fais du souci passqu'on est en train d'm'enlever mon fils. J'en ai déjà perdu un. Six ans, qu'j'ai pas vu Magid. Six ans, tu t'rends compte ? Et voilà qu'ces gens, ces Chaffinch, y passent plus de temps avec Millat qu'moi. Tu peux quand même comprendre ça, non ? »

Neena poussa un soupir, tripota un bouton de son corsage, puis, voyant les yeux de sa tante s'emplir de larmes, s'adoucit, hochant la tête en silence.

« Millat et Irie vont souvent manger le soir là-bas, dit Clara doucement. Et Alsana... enfin, ta tante et moi, on se demandait... si tu ne pourrais pas y aller une fois avec eux... tu as l'air jeune, tu ne fais pas ton âge, tu pourrais y aller et...

— Revenir faire mon rapport », termina Neena à sa place, roulant des yeux blancs. « Infiltrer l'ennemi, en somme. Ces pauvres gens... ils ignorent dans quoi ils ont mis les pieds, pas vrai ? Ils sont sous surveillance et ils le savent même pas. On se croirait dans les *Trente-Neuf Marches*.

— Nièce-de-la-honte, c'est oui ou c'est non ?

— C'est oui, tantine, gémit Neena. Mais c'est bien pour vous faire plaisir.

— Merci quand même », dit Alsana en finissant son thé.

*

On ne pouvait pas dire que Joyce était homophobe. Elle aimait bien les homos. Qui le lui rendaient bien d'ailleurs. À l'université, elle avait même, sans le vouloir, regroupé autour d'elle un petit fan club d'homos, des garçons qui voyaient en elle une sorte de Barbra Streisand, mâtinée de Bette Davis et de Joan Baez et qui se retrouvaient une fois par mois pour lui faire à dîner et admirer la façon dont elle s'habillait. Joyce n'était donc pas homophobe. Mais les homos femmes..., c'était différent. Ce n'est pas qu'elle ne les aimait pas. Non, disons plutôt qu'elle ne les comprenait pas. Elle admettait tout à fait que des hommes puissent aimer d'autres hommes, elle-même avait consacré sa vie à le faire, elle était donc à même de concevoir de quoi il retournait. Mais l'idée d'une femme aimant d'autres femmes était si éloignée de la compréhension cognitive qu'elle avait du monde qu'elle n'arrivait pas à l'intégrer. La simple idée... non, c'était au-dessus de ses forces. Dieu sait pourtant qu'elle avait fait des efforts. Pendant les années soixante-dix, elle avait lu consciencieusement *Le Puits de solitude* et *Nous et notre corps* (qui contenait un court chapitre sur le sujet) ; plus récemment, elle avait non seulement lu mais regardé *Il y a d'autres fruits que les oranges*, mais rien n'y faisait. Elle n'était pas offusquée ni choquée. Simplement, elle ne voyait pas l'intérêt de la chose. Aussi, le jour où Neena arriva pour dîner, bras dessus bras dessous avec Maxine, Joyce se contenta-t-elle de rester assise à les dévisager pendant l'entrée (légumes secs sur pain de seigle), complètement pétrifiée. Muette pendant les vingt premières minutes, laissant le reste de la famille se charger du numéro Chalfen, sans y apporter son concours, d'ordinaire si apprécié. Comme si elle était sous hypnose ou assise sur un nuage, et qu'à travers la brume, elle ait entendu les bribes d'une conversation qui se déroulait sans elle.

« Alors, comme toujours, la première question Chalfen : qu'est-ce que vous faites dans la vie ?

— Des chaussures. Je fais des chaussures.

— Hum. Pas précisément de quoi alimenter une conversation brillante, j'en ai peur. Et la belle dame ?

— Moi, je suis une belle oisive. Je porte les chaussures qu'elle fabrique.

— Ah, vous n'êtes pas à l'université, alors ?

— Non, je n'en ai pas vu l'intérêt. Ça vous ennuie ?

— Et pendant qu'on y est », dit Neena, également sur la défensive, « moi non plus.

— Loin de moi l'idée de vous embarrasser...

— Rassurez-vous, vous n'avez embarrassé personne.

— Cela dit, ce n'est pas vraiment une surprise... Je sais que vous ne faites pas partie de ces familles, disons, conventionnelles. »

Joyce se rendait bien compte que les choses n'allaient pas au mieux et elle aurait voulu pouvoir y mettre bon ordre, mais elle n'arrivait pas à retrouver la parole. Des allusions toutes plus provocantes les unes que les autres lui venaient à l'esprit, et elle craignait, si elle faisait seulement mine d'entrouvrir la bouche, que l'une d'elles jaillisse sans y être invitée. Marcus, qui ne se demandait jamais si ses remarques pouvaient être blessantes, continuait à bavarder gaiement.

« Vous êtes de sacrées tentations, toutes les deux, pour les hommes.

— Ah oui ?

— Remarquez, c'est toujours le cas avec les lesbiennes. Je suis sûr que certains d'entre nous auraient leur chance, notez bien... encore que vous soyez sans doute du genre à préférer le physique à l'intellect, j'en ai peur. Autrement dit, je suis fichu d'avance.

— Vous semblez bien sûr de vos capacités intellectuelles, Mr. Chalfen.

— Pourquoi ne le serais-je pas ? Je suis terriblement intelligent, vous savez. »

Joyce continuait à les regarder, tout en pensant : *Qui dépend de qui ? Qui enseigne à qui ? Qui fait progresser qui ? Qui pollinise et qui fait grandir ?*

« En tout cas, c'est génial d'avoir une autre Iqbal à notre table, n'est-ce pas, Josh ?

— Je suis une Begum, pas une Iqbal, dit Neena.

— Je ne peux pas m'empêcher de penser », poursuivit Marcus, sans relever, « qu'un Chalfen et une Iqbal feraient un mélange explosif. Un peu comme Ginger et Fred. Vous, vous nous apporteriez le sexe, et nous, nous vous donnerions la sensibilité ou quelque chose comme ça. Avec vous, les Chalfen seraient obligés d'être constamment sur le qui-vive... vous êtes aussi fougueuse qu'une Iqbal. Ah, la femme orientale. C'est drôle, mais dans votre famille, la première génération, c'est tous des cinglés, alors que la deuxième a la tête bien carrée sur les épaules.

— Dites, personne ne traite ma famille de cinglés, O.K. ? Des cinglés, on en a, c'est vrai, mais ce n'est certainement pas à vous de le dire.

— Attention, vous devriez essayer de parler correctement. On peut dire "personne ne traite ma famille de cinglés", c'est vrai, mais comme vous l'avez employée, la phrase n'est pas correcte. Pour la bonne raison que les gens le font effectivement, et le feront. Vous devriez donc dire "Je refuse de voir traiter...". Ce n'est pas grand-chose, mais on se comprend beaucoup mieux les uns les autres, si on emploie les mots et les expressions à bon escient. »

C'est alors, au moment où Marcus s'apprêtait à sortir du four le plat principal (ragoût de poulet), que la bouche de Joyce s'ouvrit et qu'en sortit, pour quelque inexplicable raison, la question suivante : « Est-ce que vous vous servez mutuellement de vos seins comme d'oreillers ? »

La fourchette de Neena, qui allait disparaître dans sa bouche, s'arrêta net, à hauteur de son nez. Millat s'étouffa avec un morceau de concombre. Irie eut les plus grandes difficultés à ne pas rester bouche bée. Et Maxine pouffa de rire.

Mais Joyce n'était pas du genre à rougir. Joyce descendait de ces maîtresses femmes qui continuaient à s'enfoncer dans les marais africains alors même que les porteurs indigènes avaient déjà laissé tomber leur fardeau pour faire demi-tour et que les hommes, appuyés sur leurs fusils, secouaient la tête d'un air incrédule. Elle était taillée dans ce bois dont, à l'époque, on faisait les femmes de la frontière américaine, lesquelles, armées seulement d'une bible, d'une carabine et d'une moustiquaire, faisaient face avec le plus grand sang-froid aux hommes bruns surgis de l'horizon. Joyce ignorait ce que reculer veut dire. Elle n'était donc pas prête à céder un seul pouce de terrain.

« C'est simplement que, dans la poésie indienne, on parle beaucoup de seins qu'on utilise comme oreillers, des seins duveteux, moelleux, comme des oreillers. Je me demandais juste... si... le blanc dort sur le brun, ou, comme on pourrait s'y attendre, si c'est le brun qui dort sur le blanc. Et en filant la... la métaphore de l'oreiller, vous voyez, je me demandais de quelle manière... on pouvait... »

Le silence fut long et pesant. Neena secoua la tête, écœurée, et laissa tomber avec fracas ses couverts sur son assiette. Maxine tambourina des doigts sur la nappe, pianotant nerveusement l'air de *Guillaume Tell*. Josh donnait l'impression d'être sur le point de fondre en larmes.

Pour finir, Marcus rejeta la tête en arrière, applaudit et s'esclaffa bruyamment. « J'avais envie de poser la question depuis le début de la soirée. Bien joué, maman Chalfen ! »

*

Et c'est ainsi que, pour la première fois de sa vie, Neena fut obligée de reconnaître que sa tante avait raison. « Tu voulais un rapport, eh bien le voilà, ton rapport : fous à lier, dingues, cinglés, barjos, il leur manque plus que les murs capitonnés et les camisoles de force. Y en a pas un pour racheter l'autre. »

Alsana opina du chef, la bouche ouverte, et demanda à Neena de répéter pour la troisième fois le truc du dessert, quand Joyce, qui était en train de servir un diplomate, avait demandé si les musulmanes ne trouvaient pas difficile de faire de la pâtisserie avec ces espèces de grands draps noirs dans lesquels elles s'enroulaient. Est-ce que les pans qui leur recouvraient les bras ne trempaient pas dans la farine ? Est-ce qu'elles ne risquaient pas de prendre feu quand elles se penchaient sur le gaz ?

« Complètement marteaux », conclut Neena.

Mais, comme souvent en pareil cas, une fois la chose confirmée, personne ne sut trop que faire de l'information. Irie et Millat avaient seize ans révolus et ne cessaient de répéter à leur mère respective qu'ils avaient désormais l'âge légal requis pour un certain nombre d'activités et pouvaient donc faire ce qu'ils voulaient, quand ils voulaient. À moins de multiplier les verrous sur les portes et de mettre des barreaux aux fenêtres, Clara et Alsana étaient totalement impuissantes. Les choses allèrent bientôt de mal en pis. Irie passait plus de temps que jamais à s'immerger dans le chalfenisme. Clara remarqua que sa fille tiquait en écoutant la conversation de son père ou en la voyant, elle, s'installer dans son lit avec pour lecture un tabloïd sans grandes prétentions intellectuelles. Quant à Millat, il disparaissait pendant des semaines entières, avant de revenir avec de l'argent qui n'était pas à lui et un accent bâtard qui tenait à la fois de l'anglais bon chic bon genre des Chalfen et du parler des rues du clan K.E.V.I.N. Il mettait Samad dans des rages folles, parfois sans commune mesure avec la réalité. En fait, ce que ne comprenait pas le père, c'était que le fils n'était pas une chose plutôt qu'une autre, qu'il n'était ni ceci ni cela, ni musulman ni chrétien, ni anglais ni bengali, mais qu'il vivait dans et pour l'entre-deux, conformément à son deuxième prénom, *Zulfikar*, la rencontre de deux épées.

« Combien de fois », bougonna Samad, après avoir vu son fils acheter l'autobiographie de Malcolm X, « faut-il dire "merci" au cours d'une seule et unique transaction ? Merci quand tu tends le livre, merci quand la vendeuse le prend, merci quand elle te donne le prix, merci quand tu signes ton chèque, merci quand elle l'accepte ! On appelle ça la politesse anglaise, mais c'est purement et simplement de l'arrogance. Le seul être qui mérite tous ces remerciements, c'est Allah ! »

Et Alsana de se retrouver, une fois de plus, coincée entre les deux, essayant désespérément de trouver la voie moyenne. « Si Magid était ici, il vous mettrait d'accord. Forcément, un avocat, il arrangerait les choses. » Mais Magid n'était pas ici, il était là-bas, et il n'y avait toujours pas suffisamment d'argent pour le faire revenir.

Puis vint l'été, et, avec lui, les examens. Irie se classa juste derrière Chalfen le Chérubin, et Millat s'en tira mieux que quiconque, lui compris, aurait pu s'y attendre. Ce ne pouvait être que le résultat de l'influence des Chalfen, et Clara, pour sa part, se sentit un peu honteuse. Alsana, elle, se contenta de déclarer : « L'intelligence des Iqbal ! Elle finit toujours par triompher », mais n'en décida pas moins de fêter l'événement à l'aide d'un barbecue Iqbal/Jones, organisé conjointement sur la pelouse de Samad.

Neena, Maxine, Ardashir, Shiva, Joshua, les tantes, les cousins, les amis d'Irie, ceux de Millat, les membres de K.E.V.I.N. et le proviseur, tout le monde vint se divertir (sauf les K.E.V.I.N., qui faisaient bande à part), un verre en plastique à la main, rempli d'un mousseux espagnol bon marché.

Tout se déroula au mieux jusqu'au moment où Samad repéra le cercle de bras croisés et de nœuds papillons verts.

« Qu'est-ce qu'ils font ici, ceux-là ? Qui a laissé entrer les infidèles ?

— Et toi, tu veux m'dire c'que tu fais ici ? » coupa Alsana, avec un regard appuyé sur les trois cannettes de Guinness vides auxquelles Samad avait déjà fait un sort, tandis que le jus de son hot dog lui coulait le long du menton. « Qui jette la première pierre à un barbecue ? »

Samad lui lança un œil noir et s'éloigna d'un pas titubant en compagnie d'Archie pour aller admirer leur réalisation commune : la reconstruction de l'abri de jardin. Clara saisit l'occasion pour prendre Alsana à part et lui poser une question.

« Non et non ! Pas question », dit Alsana, qui piétina un plant de coriandre en tapant du pied. « Pourquoi y faudrait que j'la remercie ? S'il a réussi, c'est grâce à son intelligence à lui. Celle des Iqbal. Pas une seule fois, pas une seule malheureuse fois, cette espèce de Chaffinch aux dents longues a daigné m'téléphoner. J'veux êt' pendue si j'fais un geste.

— Mais... je pensais juste que ce serait peut-être une bonne idée d'aller la voir pour la remercier de tout le temps qu'elle a consacré aux enfants... Peut-être qu'on l'a mal jugée, après tout, tu ne crois pas ?

— Mais, Madame Jones, personne t'empêche d'y aller, dit Alsana, méprisante. Mais moi, j'veux bien êt' pendue si j'fais un geste. »

*

« Et voici le docteur Solomon Chalfen, le grand-père de Marcus. Il a été l'un des rares à écouter

Freud à une époque où tout le monde à Vienne était persuadé d'avoir un pervers sur les bras. Incroyable, ce visage, vous ne trouvez pas ? Il y a tant de sagesse dans l'expression. La première fois que Marcus m'a montré ce portrait, j'ai su tout de suite que je voulais l'épouser. Je me suis dit : si mon Marcus a cet air-là à quatre-vingts ans, je serai la femme la plus heureuse du monde. »

Clara sourit et admira le daguerréotype. Elle en avait déjà admiré huit du même genre sur le manteau de la cheminée, traînant à sa suite une Irie boudeuse, et il en restait à peu près autant.

« C'est une belle et noble famille, et si vous ne me trouvez pas trop présomptueuse, Clara... je peux vous appeler Clara ?

— Bien sûr, Mrs. Chalfen. »

Irie attendit vainement que Joyce propose à Clara de l'appeler Joyce.

« Bien, comme je vous le disais, c'est une grande et noble famille, et si vous ne me trouvez pas trop présomptueuse, je considère qu'Irie fait maintenant, elle aussi, partie de la famille, en quelque sorte. C'est une enfant te-llement remarquable. Nous avons te-llement apprécié de l'avoir parmi nous.

— Je crois que c'est réciproque. Elle vous doit beaucoup, en fait. Nous vous sommes tous redevables.

— Oh non, abso-lument pas. Je crois à la Responsabilité des Intellectuels... et puis, ça a été un i-mmmense plaisir pour nous. Vraiment. J'espère que nous continuerons à la voir, même maintenant que les examens sont terminés. Il reste encore les A-levels, pour l'entrée à l'université !

— Oh, je suis sûre qu'elle viendra de toute façon. Elle parle de vous sans arrêt. Les Chalfen par-ci, les Chalfen par-là...

— Oh Clara, dit Joyce en prenant les mains de l'autre dans les siennes. Ça me fait te-elllement plaisir. Et ça me fait plaisir aussi que nous ayons finalement pu nous rencontrer. Ah, c'est vrai, je n'avais pas fini. Où en étions-nous... ah oui, voici Charles et Anna, un grand-oncle et une grand-tante, enterrés depuis longtemps, malheureusement. Il était psychiatre — eh oui, encore un —, et elle, botaniste. Une femme selon mon cœur. »

Joyce prit un peu de recul, comme un critique d'art dans une galerie, et resta immobile une minute, les mains sur les hanches. « On est bien obligé de finir par se dire que c'est dans les gènes, n'est-ce pas ? Toute cette intelligence. Ce que je veux dire, c'est que l'éducation et les soins n'expliquent pas tout. Il faut se rendre à l'évidence, non ?

— Euh, oui, acquiesça Clara. Sans doute.

— Par pure curiosité — vous ne m'en voudrez pas, mais je suis te-lllement curieuse —, de quel côté, à votre avis, Irie tient-elle son intelligence ? Le jamaï-quain ou l'anglais ? »

Clara parcourut des yeux l'alignement de tous ces Blancs maintenant morts, en col amidonné, certains portant monocle, d'autres l'uniforme, certains assis au milieu de leur famille, chacun figé dans sa posture pour laisser à l'appareil le temps de faire son lent travail. Ils lui rappelaient tous un peu quelqu'un. Son propre grand-père, le sémillant capitaine Charlie Durham, sur la seule photographie en pied qu'on possédât de lui : pâle, le visage creusé, fixant l'objectif d'un air de défi, donnant l'impression moins de se faire photographier que de vouloir imprimer de force son image sur l'acétate. Ce que l'on appelait dans le temps un chrétien musclé. Les Bowden, eux, l'appelaient « Blanchet ». Un pauv' cwétin qui cwoyait qu'tout c'qu'y touchait lui appa'tenait.

« De mon côté, dit Clara, hésitante. L'élément anglais de mon côté. Mon grand-père était anglais, voyez-vous, plutôt de la haute, d'après ce qu'on m'a dit. Son enfant, ma mère, est née pendant le tremblement de terre de Kingston, en 1907. J'ai toujours pensé que les secousses avaient peut-être contribué à remettre d'aplomb le cerveau des Bowden, parce que, depuis, on ne s'est pas trop mal débrouillés ! »

Joyce vit que Clara s'attendait qu'elle rie et s'empressa de s'exécuter.

« Je ne plaisante pas. C'est probablement grâce au capitaine Charlie Durham. C'est lui qui a appris à ma grand-mère tout ce qu'elle savait. Qui lui a donné une éducation anglaise. Je ne vois vraiment pas qui ça pourrait être d'autre.

— Mais c'est fascinant, ça ! Je n'arrête pas de le dire à Marcus, c'est une question de gènes, quoi qu'il en dise. Il dit que je simplifie trop les choses, mais la vérité, c'est qu'il est trop théorique. Et puis, vous voyez bien, les événements me donnent raison tous les jours ! »

Tandis que la porte d'entrée se refermait derrière elle, Clara se mordit la lèvre, cette fois-ci de frustration et de colère. Pourquoi avait-elle dit que cela venait du capitaine Charlie Durham ? C'était un mensonge éhonté. Aussi faux que ses fausses dents blanches. Clara était plus intelligente que le capitaine Charlie Durham. Hortense aussi. Même grand-mère Ambrosia était probablement plus intelligente que le capitaine Charlie Durham. « Blanchet » n'était pas intelligent. Il croyait l'être, mais c'était faux. Il avait sacrifié un millier de personnes pour sauver une femme qu'il n'avait jamais vraiment connue. Le capitaine Charlie Durham était un pauv' cwétin et un bon à 'ien.

13

Les racines d'Hortense Bowden

Un soupçon d'éducation anglaise peut se révéler fort dangereux. L'exemple favori d'Alsana en la matière était la vieille histoire de lord Ellenborough, qui, après avoir pris la province de Sind à l'Inde, avait expédié à Delhi un télégramme d'un seul mot : *Peccavi*, en latin *J'ai péché*. « Les Anglais sont bien les seules personnes au monde, disait-elle avec dégoût, à prétendre vous apprendre quelque chose alors même qu'ils sont en train de vous voler. » Il ne fallait pas aller chercher plus loin la raison de la méfiance d'Alsana à l'égard des Chalfen.

Clara était d'accord, mais en vertu de raisons plus personnelles : une tare dans la famille Bowden, une trace de sang impur impossible à oublier. Sa propre mère, quand elle se trouvait encore dans le sein de sa mère (car si cette histoire doit être contée dans toute sa vérité, il va nous falloir les imbriquer les unes dans les autres, toutes ces femmes, à la manière des poupées russes, Irie dans Clara, Clara dans Hortense, Hortense dans Ambrosia), avait été le témoin silencieux de ce qui arrive quand un Anglais se met tout à coup dans l'idée de faire votre éducation. Car le capitaine Charlie Durham, depuis peu en poste à la Jamaïque, ne s'était pas contenté d'engrosser la fille adolescente de sa propriétaire un soir de beuverie dans le cellier des Bowden, en mai 1906. D'autres se seraient satisfaits de lui prendre sa virginité, mais lui, il avait fallu qu'il l'*éduque*.

« Moi ? Y veut m'appwend' à moi ? » avait dit Ambrosia Bowden en posant sa main sur la bosse encore minuscule qu'était Hortense et en essayant de prendre son air le plus innocent. « Mais pou'quoi y veut m'appwend' ?

— Twois fois pa' s'maine, avait répliqué sa mère. Et m'demande pas pou'quoi. Et pis, ça t'ferait pas d'mal d'êt' un peu éduquée, j'te l'dis. Tu pouwais êt' reconnaissante quand on t'fait une bonne ma-aniè' tout d'même. Y a pas d'pou'quoi ni d'comment qui tienne, quand un beau gentleman anglais, et honnête avec ça, com' missié Dewham, y veut s'montrer généweux. »

Même Ambrosia Bowden, une grande sauterelle capricieuse qui n'avait jamais quitté son village ni vu la couleur d'une école en quatorze ans d'existence, savait que pareil conseil était mal avisé. Quand un Anglais se montre généreux, la première chose à faire, c'est de se demander pourquoi. Parce qu'il y a toujours une raison.

« T'es enco' là, pitchoune ? Y d'mande à t'voi', l'capitaine. T'avise pas d'me laisser cwacher pa' terre et d'pas êt' montée avant qu'ça soye sec ! »

Ambrosia Bowden, Hortense en son sein, était donc montée à toute vitesse dans la chambre du capitaine, où elle était retournée par la suite trois fois par semaine pour y recevoir son instruction. Alphabet, calcul, Bible, histoire de l'Angleterre, trigonométrie... et quand on en avait fini avec tout ça, quand on était sûr que la mère d'Ambrosia avait quitté la maison, un peu d'anatomie, leçon de choses plus longue que les autres et donnée à même l'élève, allongée sur le dos et gloussante. Le capitaine Durham lui disait de ne pas s'inquiéter pour le futur bébé, il ne lui ferait pas de mal. Il lui disait, le capitaine, que leur enfant secret serait le négrillon le plus intelligent de toute la Jamaïque.

Au fur et à mesure que les mois passaient, Ambrosia apprenait des tas de choses merveilleuses grâce au beau capitaine. Il lui apprit à déchiffrer les tribulations de Job et les prophéties de l'Apocalypse, à manier une batte de cricket et à réciter « Jérusalem ». À additionner une colonne de chiffres. À décliner un nom en latin. À embrasser l'oreille d'un homme jusqu'à ce qu'il pleure comme un enfant. Mais surtout, il lui apprit qu'elle n'était plus une vulgaire bonne, que son éducation l'avait élevée dans la hiérarchie sociale, qu'elle était maintenant une vraie dame, même si son labeur quotidien n'avait en rien changé. *Là, là*, aimait-il à dire en mettant le doigt juste en dessous de son sternum, à l'endroit précis, en fait, où elle appuyait d'ordinaire son balai. *Finie la bonne, Ambrosia, finie la bonne*, disait-il alors.

Et puis, un après-midi, alors qu'Hortense avait encore cinq mois à patienter avant de sortir, Ambrosia grimpa les escaliers quatre à quatre, vêtue d'une robe ample en faux vichy, frappa d'une main à la porte du capitaine, tout en tenant de l'autre un bouquet de soucis anglais caché dans son dos. Elle voulait en faire la surprise à son amant, sachant que ces fleurs lui rappelleraient son pays. Elle cogna, cogna longtemps, appela... L'oiseau s'était envolé.

« Me d'mande pas pou'quoi », dit la mère d'Ambrosia, regardant le ventre de sa fille d'un œil soupçonneux. « Y s'est jus' mis dans la tête de pa-arti', comme ça. Mais c'est pas pou' ça qu'on va plus s'occuper d'toi. Il a dit qu'tu vas à la plantation en vitesse et qu'tu t'pwésentes à missié Glena'd, qu'il est

un missié gentil cwétien. Ça t'ferait pas d'mal d'êt'
un peu éduquée, j'te l'dis. T'es enco' là, pitchoune ?
T'avise pas d'me laisser cwacher pa'terre… »

Mais Ambrosia était déjà loin.

Apparemment, Durham était parti pour Kingston
avec mission d'empêcher la situation de dégénérer
dans une imprimerie où un jeune homme du nom de
Garvey était en train d'organiser une grève pour
obtenir une hausse des salaires. Après quoi, il reste-
rait absent trois autres mois, qu'il consacrerait à
l'entraînement des soldats de Sa Majesté sur l'île de
la Trinité, histoire de leur apprendre un peu ce
qu'était le métier des armes. Les Anglais n'ont pas
leurs pareils pour abandonner une responsabilité et
en endosser une autre. Mais ils aiment aussi avoir la
conscience tranquille ; c'est pourquoi Durham avait
confié, dans l'intervalle, la poursuite de l'éducation
d'Ambrosia Bowden à son bon ami sir Edmund
Flecker Glenard, qui, comme le capitaine, était
d'avis que les indigènes avaient besoin d'instruction,
tant spirituelle qu'intellectuelle. Glenard était en-
chanté de cette nouvelle acquisition, et qui ne l'eût
été ? Une jolie fille, obéissante, pleine de bonne
volonté et efficace dans les tâches ménagères. Las !
Au bout de quinze jours, son état s'étalait au grand
jour et commençait à faire jaser. Impossible donc de
continuer ainsi.

« Me d'mande pas pou'quoi », dit la mère d'Ambrosia, arrachant des mains de sa fille en larmes la lettre
de regret de Glenard. « P't'êt' qu'y a pas moyen
d't'éduquer, p't'êt' qu'y veut pas du péché dans sa
maison. Te v'là d'retour, en tout cas ! Y a plus 'ien à
y fai' ! » Mais il se trouva que la lettre contenait un
message d'espoir. « Y dit là qu'y veut qu't'u voyes une

dame, qu'elle s'appelle ma'am Brenton. Y dit qu'tu peux wester avec elle. »

Durham avait laissé des instructions pour qu'Ambrosia devienne membre de l'Église anglicane, et Glenard, lui, avait suggéré l'Église méthodiste de Jamaïque. Mais Mrs. Brenton, vieille fille écossaise autoritaire, spécialisée dans les âmes perdues, n'était pas du genre à se laisser dicter sa conduite. « Nous allons à la Vérité », dit-elle d'un ton sans réplique quand arriva le dimanche, car elle n'employait jamais le mot « église ». « Toi et moi et le petiot, dit-elle en tapotant le ventre d'Ambrosia à quelques centimètres de la tête d'Hortense, nous allons entendre la parole de Jéhovah. »

(Car ce fut elle, Mrs. Brenton, qui initia les Bowden aux Témoins, aux Russellites, au *Phare*, à la Bible Tract Society — à l'époque, leurs noms étaient légion. Mrs. Brenton avait fait la connaissance de Charles Taze Russell en personne à Pittsburgh au début du siècle, et elle avait été frappée par les connaissances de l'homme, son dévouement, sa barbe imposante. Sous son influence, elle avait lâché le protestantisme, et, comme tout converti de fraîche date, elle prenait grand plaisir à réformer son prochain. Elle trouva en la personne d'Ambrosia et de l'enfant à naître deux sujets d'autant plus faciles à convaincre et pleins de bonne volonté qu'ils ne croyaient en rien jusque-là.)

La Vérité pénétra les Bowden au cours de l'hiver 1906 et passa directement du sang d'Ambrosia dans celui d'Hortense. Hortense croyait ferme que, au moment où sa mère avait reconnu Jéhovah, elle-même, bien qu'encore dans le sein de sa génitrice, s'était éveillée à la conscience. Des années plus tard, elle était toujours prête à jurer sur n'importe quelle bible que, même dans le ventre de sa mère, elle avait senti passer comme par osmose dans son âme chaque mot du *Millenial Dawn*, l'ouvrage de Mr. Russell dont on abreuvait Ambrosia soir après soir. C'était le seul phénomène qui pût expliquer pourquoi la lecture de ces six volumes lui était apparue plus tard, à l'âge adulte, comme une sorte de « souvenir », et pourquoi elle avait pu alors couvrir les pages de sa main et les citer de mémoire, alors qu'elle ne les avait jamais lues auparavant. C'est pour cette raison que les racines d'Hortense remontent au tout début : elle y était, et elle se souvient. Les événements du 14 janvier 1907, le jour du terrible tremblement de terre, n'ont rien de secret pour elle ; le souvenir qu'elle en a est clair et précis.

« De bonne heure je te chercherai... Mon âme aspire à toi, ma chair se languit de toi dans un pays aride où règne la soif, où aucune eau... »

Ainsi chantait Ambrosia en descendant King Street, alors que sa grossesse atteignait son terme, priant pour le retour du Christ ou celui de Charlie Durham — les deux hommes encore capables de la sauver, si semblables dans sa tête qu'elle avait pris l'habitude de les confondre. Elle était au milieu du troisième verset, du moins c'est ainsi que le voulait le récit d'Hortense, quand ce vieil ivrogne de sir Edmund Flecker Glenard, la trogne plus rouge qu'à l'ordinaire après quelques verres de trop au Jamaica Club, leur avait barré la route à sa mère et à elle. *La bonne du capitaine Durham !* s'était-il exclamé en guise de salutation, Hortense s'en souvenait fort bien, mais Ambrosia ne l'avait gratifié que d'un regard noir. Elle avait essayé de le contourner, mais il s'était à nouveau placé en travers de son chemin.

Alors, chère enfant, est-ce qu'on est une bonne fille, maintenant ? La rumeur m'apprend que Mrs. Brenton t'a accueillie dans son Église. Des gens intéressants, ces Témoins. Mais sont-ils prêts à recevoir ce nouveau mulâtre dans leur communauté, je me le demande ?

Hortense se souvenait très bien de la main grasse et chaude qui s'était alors posée sur sa mère et des coups de pied énergiques à l'aide desquels elle-même avait essayé de la chasser.

Oh, c'est pas la peine de jouer au plus fin avec moi, petite. Le capitaine m'a raconté ton secret. Mais bien sûr, tout secret a son prix, Ambrosia. Exactement comme les yams et le piment et mon tabac ont leur prix. Est-ce que tu as déjà vu la vieille église espagnole de Santa Antonia ? Est-ce que tu es déjà entrée à l'intérieur ? C'est tout près d'ici. C'est une vraie merveille à l'intérieur, d'un point de vue esthétique plutôt que religieux. Ça ne prendra que quelques minutes, mon petit. Il ne faut jamais laisser passer l'occasion de s'instruire, après tout.

Tout événement se produit deux fois : au-dedans et au-dehors, et donne lieu à deux versions différentes. Pour Ambrosia, au-dehors, il y avait beaucoup de pierre blanche, pas âme qui vive, un autel dégoulinant d'ors, très peu de lumière, des cierges qui fumaient, des noms espagnols gravés sur le sol et une grande madone en marbre, la tête inclinée, perchée sur un piédestal. Tout était d'un calme surnaturel quand Glenard commença à la tripoter. Mais au-dedans, il y avait un cœur qui battait la chamade, des milliers de muscles bandés dans un effort unique visant à repousser les tentatives pédagogiques de Glenard, à se soustraire à ses doigts moites qui s'emparaient de son sein, s'insinuant sous l'étoffe mince et pinçant des mamelons déjà lourds de lait, d'un lait qui n'avait jamais été destiné à une bouche aussi rude. Au-dedans d'elle-même, Ambrosia descendait déjà King Street en courant. Mais au-dehors, elle était pétrifiée. Figée sur place, statufiée comme une madone.

C'est alors que le monde se mit à trembler. Au-dedans d'Ambrosia, les eaux lâchèrent. Au-dehors, le sol de l'église s'ouvrit. Le mur du fond s'écroula, les vitraux explosèrent, et la madone tomba de son perchoir comme un ange évanoui. Ambrosia essaya de fuir, mais n'alla pas plus loin que les confessionnaux car le sol s'ouvrit à nouveau devant elle — une crevasse énorme, cette fois-ci ! —, et elle tomba, sous les yeux de Glenard, lequel gisait écrasé sous le poids de la madone, les dents éparpillées sur le sol, le pantalon baissé jusqu'aux chevilles. Et la terre de continuer de vibrer. Vint une troisième secousse. Puis une quatrième. Les piliers s'effondrèrent, la moitié du toit disparut. En toute autre occasion, les cris d'Ambrosia, ceux qui accompagnaient chacune de ses contractions tandis qu'Hortense poussait pour sortir, auraient attiré l'attention, et quelqu'un lui aurait porté secours. Mais, cet après-midi-là, c'était la fin du monde à Kingston. Et tout le monde criait.

Si nous étions dans un conte de fées, l'heure aurait sonné pour le capitaine Durham d'assumer le rôle du héros. Il semble posséder tous les attributs requis pour ce faire. Il est beau, il est grand, il est fort, il ne cherche qu'à aider Ambrosia, et il l'aime (il l'aime vraiment... enfin, autant que les Anglais aimaient l'Inde, l'Afrique et l'Irlande ; l'amour, c'est bien là le problème, fait qu'on traite souvent mal ceux qu'on aime), tout cela ne fait aucun doute. Mais peut-être est-ce le lieu qui ne convient pas. Peut-être n'y a-t-il rien de bon à attendre d'une histoire qui se déroule sur une terre usurpée.

Toujours est-il que quand Durham réapparaît, le lendemain des premières secousses, c'est pour trouver une île ravagée, deux mille victimes, des collines en feu, des rues englouties, des pans entiers de Kingston tombés dans la mer, la faim, la terreur — mais rien qui le terrifie autant que la pensée qu'il pourrait ne plus jamais la revoir. Il comprend maintenant ce que c'est que l'amour. Il se retrouve sur le terrain de manœuvres, solitaire et égaré, entouré d'un millier de visages noirs qu'il ne reconnaît pas ; la seule autre silhouette blanche en vue, c'est la statue de Victoria : cinq secousses successives l'ont fait petit à petit tourner sur elle-même, si bien qu'elle se présente au peuple de dos maintenant. L'image colle on ne peut mieux à la réalité. Car ce sont les Américains, et non les Anglais, qui ont les ressources nécessaires pour assurer des secours dignes de ce nom : trois navires de guerre pleins de provisions, en provenance de Cuba, sont déjà en vue des côtes jamaïquaines. Opération publicitaire américaine qui n'est guère du goût du gouvernement britannique. À l'instar de ses compatriotes, Durham ne peut se défendre d'un sentiment d'orgueil blessé. Il continue à considérer cette terre comme la sienne, une terre qu'il peut aider ou combattre, selon son humeur, même si elle vient de prouver qu'elle a une volonté bien à elle. Il se sent offensé quand il repère deux soldats américains qui ont débarqué sans permission (aucun débarquement ne peut se faire sans l'aval de Durham ou de ses supérieurs) et se tiennent maintenant devant le bâtiment de leur consulat, en train de mastiquer leur chique d'un air arrogant. C'est un sentiment étrange que cette impuissance, que de découvrir qu'il existe un pays mieux équipé que l'Angleterre pour venir au secours de cette petite île. Étrange sentiment, aussi, que de fouiller du regard cet océan de peaux d'ébène sans pouvoir y trouver celle qu'il aime, celle dont il pense qu'elle lui

appartient. Car si Durham est ici, c'est qu'il a des
instructions : il doit appeler les noms d'une poignée
de serviteurs, de majordomes et de femmes de
chambre, les quelques élus que les Anglais ont choisi
d'emmener avec eux à Cuba, le temps pour les incendies de s'éteindre dans l'île. Si seulement il connaissait son nom de famille, bien sûr qu'il l'appellerait.
Mais ce nom, il ne le connaît pas, parce qu'il n'a
jamais songé à le demander.

Ce n'est pourtant pas à cause de cette négligence
que le capitaine Durham, le grand éducateur, resta à
jamais un *pauv' cwétin* dans les annales du clan
Bowden. Il finit bel et bien par découvrir où elle se
trouvait ; il dénicha la petite cousine Marlene au
milieu de la foule et l'envoya avec un message à
l'église où elle avait aperçu Ambrosia pour la dernière fois, en train de chanter avec les Témoins,
offrant des actions de grâces pour le jour du Jugement dernier. Tandis que Marlene courait aussi vite
que le lui permettaient ses petites jambes, Durham,
tout à l'idée que le dénouement était en vue, se dirigeait calmement vers King's House, la résidence de
sir James Swettenham, gouverneur de la Jamaïque.
Là, il demanda qu'une exception fût faite en faveur
d'Ambrosia, une « négresse instruite » qu'il souhaitait épouser. Elle était différente des autres. Il fallait
qu'elle obtienne une place à ses côtés sur le prochain
bateau en partance.

Mais quand on veut gouverner une terre qui n'est
pas la sienne, on s'habitue à ne pas faire d'exceptions ; Swettenham lui fit savoir sans détour qu'il n'y
avait pas place sur ses bateaux pour les catins noires
ou le bétail. Durham, blessé et vindicatif, insinua
que Swettenham n'avait aucun pouvoir, que l'arrivée
des Américains le prouvait assez et, en guise de
flèche du Parthe, fit allusion aux deux soldats améri-

cains qu'il avait vus fouler le sol britannique sans
aucune permission, arrogants parvenus sur une
terre qui n'était pas la leur. *Faut-il jeter le bébé avec
l'eau du bain ?* demanda Durham, le visage cramoisi,
recourant à cette religion de la propriété qui était la
sienne par droit de naissance. *Ne serions-nous plus
chez nous ? Suffit-il de quelques grondements dans le
sol pour que notre autorité soit renversée ?*

Le reste appartient à cette terrible réalité qu'est
l'histoire. Tandis que Swettenham donnait l'ordre
aux bateaux américains de repartir pour Cuba, Marlene revenait en courant, porteuse de la réponse
d'Ambrosia. Une phrase empruntée au livre de Job :
Mon savoir, j'irai le chercher aux origines. (Hortense
gardait la bible d'où la page avait été arrachée et
aimait à dire que, depuis ce jour, les femmes du clan
Bowden ne recevaient plus de leçons que du Seigneur.) Marlene tendit la feuille à Durham et courut
sur le terrain de manœuvres, heureuse comme une
reine, à la recherche de son père et de sa mère, qui,
affaiblis et blessés, ne tenant plus debout, attendaient les bateaux comme des milliers d'autres. Elle
voulait leur communiquer la bonne nouvelle, celle
que lui avait donnée Ambrosia : *C'est pour bientôt,
c'est pour bientôt.* Les bateaux ? avait demandé Marlene, et Ambrosia avait acquiescé, trop absorbée
dans sa prière pour seulement entendre la question.
C'est pour bientôt, c'est pour bientôt, avait-elle dit,
répétant la leçon de l'Apocalypse, et ce que Durham,
puis Glenard et enfin Mrs. Brenton, chacun à sa
manière, lui avait enseigné ; ce dont témoignaient
aussi les incendies, le tonnerre et les crevasses dans
le sol. *C'est pour bientôt*, avait-elle dit à Marlene, qui
avait pris ces mots pour paroles d'évangile. C'est dire
à quel point un soupçon d'éducation anglaise peut se
révéler dangereux.

14

Plus anglais que nature

Dans la grande tradition de l'éducation anglaise, Marcus et Magid devinrent compagnons de plume. Comment ils le devinrent fut l'objet d'une violente controverse (Alsana accusa Millat, Millat prétendit qu'Irie avait glissé l'adresse à Marcus, Irie soutint que Joyce l'avait obtenue en jetant un œil à la dérobée dans son carnet d'adresses — la dernière explication était la bonne), mais toujours est-il qu'à partir de mars 91, ils se mirent à échanger des lettres avec une fréquence que les défaillances chroniques des services postaux bengalis furent seules à contrarier. Leur production cumulée ne laissait pas d'être impressionnante. En deux mois, ils avaient rempli un volume digne de rivaliser avec la correspondance de Keats et, au bout de quatre mois, ils approchaient en quantité les records des grands épistoliers, saint Paul, Clarissa, « Écœurés » du courrier du cœur. Dans la mesure où Marcus gardait des copies de toutes ses lettres, Irie se trouva dans l'obligation de réorganiser son système de classement de manière à réserver un tiroir entier à leur correspondance. Elle choisit d'archiver les lettres selon deux critères, d'abord l'auteur, ensuite la date d'écriture, plutôt que de s'en remettre à la simple chronologie. Parce que, somme toute, c'étaient des gens qui étaient en cause. Des gens établissant des liens par-delà les continents, par-delà les mers. Elle confectionna deux étiquettes pour séparer les liasses de documents. Sur l'une, elle inscrivit : *De Marcus à Magid*, et sur l'autre : *De Magid à Marcus*.

Un mélange de jalousie et d'animosité amena Irie à outrepasser son rôle de simple secrétaire. À plusieurs reprises, elle préleva quelques lettres, en assez petit nombre pour que le larcin passe inaperçu, les emporta chez elle, les fit glisser de leur enveloppe, puis, après une lecture si attentive qu'elle aurait fait honte à un F. R. Leavis, les remit soigneusement à leur place dans le fichier. Ce qu'elle découvrit dans ces enveloppes avion aux timbres colorés ne lui apporta aucun plaisir. Son mentor avait désormais un nouveau protégé. Marcus et Magid. Magid et Marcus. Ça sonnait encore mieux. Un peu comme Watson et Crick sonnait mieux que Watson, Crick et Wilkins.

John Donne a dit un jour *plus que les baisers, les lettres mêlent les âmes*, et il avait raison. Irie fut effarée de découvrir une telle symbiose, une fusion aussi aboutie entre deux êtres séparés par une si grande distance et ce simplement grâce à de l'encre et à du papier. Des lettres d'amour n'auraient pas été plus ardentes. Dès le début, la passion avait été réciproque. Les premières missives étaient pleines de cette joie sans limites que procure une mutuelle reconnaissance : fastidieuse pour les postiers indiscrets de Dacca, stupéfiante pour Irie, fascinante pour les rédacteurs eux-mêmes :

J'ai l'impression de t'avoir toujours connu ; si j'étais hindou, je serais prêt à croire que nous nous sommes déjà rencontrés dans une vie antérieure. — Magid.

Ta pensée procède comme la mienne. Tu es d'une précision rigoureuse. Et j'aime ça. — Marcus.

Tu dis si bien les choses que tu arrives à exprimer mes pensées mieux que je ne saurais le faire Dans mon désir d'étudier le droit, dans mon aspiration à améliorer le sort de mon pauvre pays — victime des moindres caprices de Dieu, de tous les ouragans, de toutes les inondations —, quel est l'instinct le plus fondamental ? Quelle est la racine, quel est le rêve qui lie ces ambitions ? Rendre le monde intelligible. Éliminer le hasard. — Magid.

Puis vint l'admiration mutuelle. Laquelle dura quelques bons mois.

L'objet de ton travail, Marcus — ces remarquables souris —, est tout bonnement révolutionnaire. Quand tu te plonges dans les mystères des caractères hérités, tu ne peux que plonger au cœur de la condition humaine, avec ce sens du tragique propre au poète, si ce n'est que tu disposes d'une arme essentielle que le poète n'a pas : la vérité. Je voue un respect mêlé de crainte aux idées visionnaires et à leurs concepteurs. Je voue une admiration mêlée d'effroi à Marcus Chalfen. C'est un honneur pour moi que de pouvoir le dire mon ami. Je te remercie du fond du cœur de t'être intéressé, de manière pour moi inexplicable, au bien-être de ma famille. — Magid.

Je trouve incroyable que l'on fasse tout ce souk à propos d'une idée telle que le clonage. Le jour où le clonage sera là (et je peux te dire que ce jour ne saurait tarder), on se rendra compte qu'il ne s'agit en fait que d'une gémellité à retardement, or, je n'ai jamais ren-

contré dans ma vie un couple de jumeaux qui démente plus formellement le déterminisme génétique que celui que tu formes avec Millat. Dans tous les domaines où il est déficient, toi-même, tu excelles, je voudrais pou voir retourner cette phrase pour obtenir l'effet contraire, mais la dure vérité, c'est qu'il n'excelle en rien, sauf lorsqu'il s'agit d'ensorceler l'élastique des petites culottes de ma femme. — Marcus.

Et pour finir, il y eut les projets d'avenir, conçus dans la précipitation de l'enthousiasme et rappelant l'histoire de ce pauvre crétin d'Anglais qui épousa une Mormone du Minnesota de cent vingt kilos parce qu'elle avait une voix sexy sur le web.

Il te faut revenir en Angleterre aussi vite que possible, au plus tard début 93. Je participerai moi-même aux frais du voyage s'il le faut. Nous t'inscrirons alors à l'école du coin et, une fois tes examens passés, nous t'expédierons le plus rapidement possible vers celui des ces hauts lieux du savoir qui t'attirera le plus (encore qu'à mon sens, le choix s'impose de lui-même), et pendant que tu y es, tu pourrais aussi bien te dépêcher de vieillir un peu, de t'inscrire au barreau et de me fournir en ta personne le genre d'avocat qu'il me faut pour faire valoir mes droits. Ma Souris du Futur© a besoin d'un ardent défenseur. Allez, dépêche-toi, mon vieux. Je ne peux pas attendre indéfiniment. — Marcus.

La dernière lettre, non pas la dernière échangée, mais la dernière qu'Irie fut en mesure de digérer, était de Marcus et se terminait sur le paragraphe suivant :

Pas grand-chose à raconter ici, si ce n'est que mes fichiers sont impeccablement rangés grâce aux bons soins d'Irie. Elle te plaira : c'est une fille intelligente, et elle a des seins extraordinaires... Malheureusement, je ne me fais pas trop d'illusions quant à ses ambitions dans le domaine des « sciences dures », notamment dans ma partie, la biotechnologie, qui semble l'intéresser en priorité... elle est très vive, d'une certaine manière, mais elle excelle surtout dans les tâches subalternes, le gros boulot mécanique et fatigant — elle ferait sans doute une bonne assistante de laboratoire, mais l'intelligence conceptuelle lui fait totalement défaut. Elle pourrait essayer la médecine, je suppose, mais même dans ce domaine, il faut un peu plus de culot et d'initiative qu'elle n'en possède... il faudra peut-être qu'elle se tourne, notre Irie, vers des études dentaires (ce qui lui permettrait de s'occuper de ses propres dents), et une profession certes respectable, mais que, j'espère, tu sauras éviter...

Finalement, Irie n'en fit pas une maladie. Elle pleurnicha pendant quelque temps, mais sans plus. Elle était comme sa mère, comme son père — capable de se réinventer, de se faire une raison. Impossible d'être correspondant de guerre ? Tant pis, coureur cycliste fera l'affaire. Impossible d'être cycliste professionnel ? Tant pis, on pliera du papier. Impossible de faire partie des 144 000 élus élevés à la gloire du Seigneur ? Tant pis, on ira rejoindre les rangs de la Grande Foule. Et si c'est invivable, eh bien, on épousera Archie. Irie ne se formalisa pas outre mesure. Elle se dit simplement que puisque c'était comme ça, elle serait dentiste. Très bien. Dentiste.

*

Pendant ce temps, Joyce s'affairait non sans mal à essayer de résoudre les problèmes qu'avait Millat avec les femmes blanches. Et ils étaient légion. Toutes les femmes, quelle que fût leur couleur de peau, du noir le plus noir jusqu'au blanc albinos, étaient à genoux devant lui. Elles lui glissaient leur numéro de téléphone, lui faisaient des pipes dans les lieux publics, se frayaient un chemin à travers des pubs bondés pour lui offrir un verre, le séquestraient dans les taxis, le suivaient jusque chez lui. Quelle qu'en fût la cause — le nez aquilin, les yeux sombres comme une mer profonde, la peau couleur chocolat, les cheveux comme des rideaux de soie noire ou peut-être, purement et simplement, sa forte odeur —, c'était le succès garanti. Allons, inutile d'être jaloux. À quoi bon ? Il y a toujours eu et il y aura toujours des gens qui respirent, que dis-je, qui transpirent le sexe par tous les pores de leur peau. Quelques exemples au hasard : le jeune Brando, Madonna, Cléopâtre, Pam Grier, Rudolph Valentino, une fille du nom de Tamara, qui habite juste en face du London Hippodrome, Imran Khan, le *David* de Michel-Ange. Impossible de lutter contre ce genre de pouvoir magique et sans limites, car ce n'est pas toujours une question d'équilibre des proportions ou de beauté à l'état pur (le nez de Tamara, par exemple, n'est pas tout à fait droit), et ce n'est pas une chose qui s'acquiert quand on ne l'a pas naturellement. Rien de plus pertinent ici que la vieille expression, applicable aussi bien aux domaines économique et politique qu'au domaine sentimental : *ou ça passe ou ça casse*. Et avec Millat, ça passait toujours. La gamme qui s'offrait à lui allait de la taille 34 à la taille 50, des Asiatiques aux Africaines, de Zanzibar à Zurich, il avait de la fesse disponible et consentante à ne pas savoir qu'en faire. On pourrait raisonnablement s'attendre qu'un homme doté d'un pareil talent par la nature soit prêt à manger à tous les râteliers, à diversifier au maximum ses expériences. Mais non, les conquêtes majeures de Millat Iqbal avaient presque toutes le même profil : taille 38, blanches, protestantes, âgées de quinze à vingt-huit ans, habitant West Hampstead ou ses environs immédiats.

Au départ, cette situation n'avait guère inquiété Millat, ni ne lui avait paru inhabituelle. Son lycée était rempli de filles qui répondaient au profil. Suivant la loi des moyennes — et dans la mesure où il était le seul mec vraiment baisable à Glenard Oak —, il finirait forcément un jour ou l'autre par en avoir baisé une bonne partie. Avec Karina Cain, l'élue du moment, les choses étaient vraiment agréables. Il ne la trompait qu'avec trois autres femmes (Alexandra Andruiser, Polly Houghton, Rosie Dew), et c'était là un record personnel. Qui plus est, Karina Cain était différente des autres. Avec elle, il n'y avait pas que le sexe. Elle lui plaisait vraiment, et la réciproque était vraie, et puis elle avait le sens de l'humour, ce qui tenait du miracle, et elle prenait soin de lui quand il n'avait pas le moral, et lui aussi, à sa manière, prenait soin d'elle, lui offrant des fleurs et diverses babioles. C'était à la fois la loi des moyennes et un coup de chance qui le rendaient plus heureux qu'il ne l'avait jamais été. Bref, c'était comme ça.

Sauf que K.E.V.I.N. ne voyait pas les choses du même œil. Un soir, après que Karina, conduisant la Renault de sa mère, l'eut déposé à une réunion de K.E.V.I.N., frère Hifan et frère Tyrone traversèrent la mairie de Kilburn comme deux montagnes faites hommes, décidés à se jeter aux pieds de Mahomet.

« Salut, Hifan, mon pote, Tyrone, mon vieux, pourquoi vous tirez une tronche pareille ? »

Les frères refusèrent de s'expliquer sur leur tronche. Ils se contentèrent de lui tendre une brochure intitulée : *Qui est vraiment libre ? Les sœurs de K.E.V.I.N. ou les sœurs de Soho ?* Millat les remercia cordialement. Avant de fourrer ladite brochure au fond de son sac.

Alors, comment t'as trouvé ça ? lui demandèrent-ils la semaine suivante. Frère Millat avait-il apprécié sa lecture ? À dire le vrai, frère Millat n'avait pas trouvé le temps d'en lire la première ligne (pour être tout à fait franc, il préférait de beaucoup les dépliants du genre *Le grand épouvantail américain : Comment la mafia américaine gouverne le monde* ou *La science contre le Créateur : une partie perdue d'avance*), mais il voyait bien que les deux autres avaient la chose à cœur. Il leur dit donc qu'il avait lu leur brochure. Visiblement satisfaits, ils lui en remirent une deuxième, séance tenante. Intitulée, celle-là : *La libération du Lycra ? Le viol dans le monde occidental.*

« La lumière commence-t-elle à percer les ténèbres, frère Millat ? » lui demanda frère Tyrone, lors de la réunion hebdomadaire le mercredi suivant. « Les choses sont-elles plus claires, maintenant ? »

« Clair » n'était sans doute pas l'adjectif qu'aurait choisi Millat en l'occurrence. Plus tôt dans la semaine, il avait pris le temps de lire les deux brochures et, depuis, il se sentait bizarre. En l'espace de trois jours, Karina Cain, un amour de fille, une bonne fille, vraiment, qui ne l'énervait jamais (mieux que ça, qui le rendait heureux !), avait réussi à l'agacer plus qu'elle ne l'avait jamais fait en un an de baise commune. Et il ne s'agissait pas d'un agacement banal. Mais d'une irritation profonde, insupportable, comme une démangeaison imaginaire qu'il eût été bien en peine d'expliquer.

« Ouais, claires, Tyrone mon frère, dit Millat en opinant du chef et en adressant à l'autre un grand sourire. Comme de l'eau d'roche, mon pote, comme de l'eau d'roche. »

Frère Tyrone opina en retour. Millat fut heureux de constater qu'il avait l'air content. Il avait l'impression de vivre pour de vrai un épisode de la mafia ou de regarder un film de James Bond, tandis qu'ils étaient là tous les deux, en tenue noir et blanc, à s'approuver mutuellement de la tête. *Si je comprends bien, nous nous comprenons.*

« Je te présente sœur Aeyisha », dit frère Tyrone, redressant le nœud papillon vert de Millat avant de le pousser vers une jeune Noire, petite mais très belle, avec des yeux en amande et des pommettes saillantes. « C'est une déesse africaine.

— Vraiment ? dit Millat, impressionné. Tu viens d'où ?

— Clapham North, dit sœur Aeyisha en souriant timidement.

— Yo, man, alors, tu connais forcément le Redback Café, dit Millat en joignant les mains et en tapant du pied par terre.

— Tu parles si j'connais, mec », dit la déesse africaine, dont le visage s'éclaira. « T'y vas, toi aussi ?

— Tu veux rire, j'y suis sans arrêt. Sacré endroit, le Redback ! On s'verra p't'être un jour dans les parages. Content d't'avoir rencontrée, ma sœur. Frère Tyrone, faut qu'j'me tire, man, ma môme m'attend. »

Frère Tyrone eut l'air déçu. Juste avant le départ de Millat, il lui fourra une autre brochure dans la main, dont le papier finit par se détremper entre leurs mains jointes.

« Tu pourrais être un grand leader, Millat », dit frère Tyrone sans lui lâcher la main (mais pourquoi est-ce que tout le monde s'obstinait à lui répéter la même chose ?), le regardant d'abord lui, puis Karina Cain, dont les seins laissaient deviner leur courbe juste au-dessus de la portière, tandis qu'elle actionnait son klaxon. « Mais en ce moment, tu n'es qu'une moitié d'homme. Ce dont nous avons besoin, c'est de l'homme tout entier.

— Ouais, génial, merci, mon frère », dit Millat en jetant un coup d'œil rapide sur la brochure, avant de pousser les portes du bâtiment. « À plus. »

« Qu'est-ce que c'est, ce truc ? » demanda Karina en se penchant pour ouvrir la portière côté passager et en remarquant le papier détrempé dans la main de Millat.

Instinctivement, celui-ci enfouit la brochure au fond de sa poche. Ce qui était bizarre, puisque, à l'ordinaire, il ne cachait rien à Karina. Le seul fait qu'elle lui ait posé la question lui porta sur les nerfs. Et puis, qu'est-ce que c'était que cette tenue ? Le même petit haut que d'habitude, sauf que... est-ce qu'il n'était pas un peu plus court ? Est-ce qu'on ne voyait pas davantage la pointe de ses seins ?

« Rien », dit-il d'un air bougon. Mais ce n'était pas rien. C'était une publication de K.E.V.I.N., la dernière de la série sur les femmes occidentales. *Le droit de se dénuder : La vérité nue sur la sexualité occidentale.*

Puisque nous en sommes au chapitre nudité, disons tout de suite que Karina Cain avait un joli corps. Tout en rondeurs crémeuses et fines extrémités. Le week-end venu, elle aimait porter une tenue propre à le mettre en valeur. La première fois que Millat l'avait remarquée, c'était au cours d'une petite fête où il avait aperçu un éclair de pantalon argenté et un autre de bustier tout aussi argenté, et, entre les deux, une légère protubérance ornée, à la place du nombril, d'un autre éclat d'argent. Le petit ventre de Karina Cain avait quelque chose de touchant, d'accueillant. Elle le détestait, mais Millat, lui, l'aimait bien. Et il aimait bien lui voir porter des trucs qui le révélaient à la vue. Mais les brochures rendaient les choses décidément « plus claires » maintenant. Il se mit à faire attention à ses vêtements et à remarquer la manière dont les autres hommes la regardaient. Et quand il y faisait allusion, c'était pour s'entendre répondre : « Ah, ça me dégoûte. Tous ces vieux dégueulasses. » Mais il avait l'impression qu'elle les encourageait, qu'elle avait vraiment envie que les hommes la regardent, qu'elle « prostituait son corps aux regards masculins », pour citer *Le droit de se dénuder*. Et surtout aux regards des Blancs. Parce que c'était comme ça que ça se passait entre les hommes et les femmes dans ce pays, non ? Ça ne les gênait pas, de s'exhiber en public. Plus Millat y pensait, et plus ça le foutait en rogne. Pourquoi est-ce qu'elle ne se couvrait pas un peu ? Qui donc cherchait-elle à impressionner ? Les déesses africaines de Clapham North avaient, elles, le respect d'elles-mêmes, alors, pourquoi pas Karina Cain ? « Comment veux-tu que j'te respecte », lui expliquait consciencieusement Millat, en répétant mot pour mot ce qu'il avait lu, « si tu te respectes pas d'abord toi-même ? » Karina lui répondait que c'était très exactement ce qu'elle faisait, mais Millat ne pouvait se résoudre à la croire. Ce qui était curieux, parce qu'il n'avait jamais vu cette fille lui mentir. Pas une seule fois. Ce n'était pas son genre.

Alors qu'ils s'apprêtaient à sortir un soir, il lui dit : « C'est pas pour moi qu'tu t'habilles, c'est pour tout l'monde ! » À quoi elle répondit qu'elle ne s'habillait ni pour lui ni pour les autres, mais pour elle-même. Quand elle chanta *Sexual Healing* au karaoké du pub du coin, il lui dit : « Le sexe, c'est quelque chose d'intime, entre toi et moi, c'est pas pour les autres ! » Et Karina de répondre que quand elle chantait, elle chantait, sans faire l'amour devant tous les habitués du Rat and Carrot. Quand, plus tard, ils firent effectivement l'amour, il dit encore : « Fais pas ça... T'offre pas comme une pute. T'as jamais entendu parler d'actes contre nature ? Et puis, j't'prends si j'veux. Pourquoi tu peux pas t'conduire comme une femme respectable, sans faire tout c'raffut ! » Karina Cain le gifla et pleura beaucoup, disant qu'elle ne comprenait pas ce qui était en train d'arriver à son Millat. Le problème, se dit le Millat en question, tout en claquant la porte comme un forcené, c'est que *moi non plus*. Après cette dispute, ils restèrent un bon moment sans se parler.

Quinze jours plus tard environ, un soir qu'il travaillait au Palace pour se faire un peu d'argent de poche, il amena le sujet sur le tapis avec Shiva, converti de fraîche date et star montante de l'organisation. « Me parle pas des Blanches », bougonna Shiva, tout en se demandant à combien de générations d'Iqbal il allait devoir donner ce conseil. « On en est arrivé au point, dans les pays occidentaux, où les femmes sont comme les hommes. Ce que j'veux dire, c'est qu'elles ont les mêmes désirs et les mêmes envies qu'eux — elles en veulent toute la putain d'sainte journée. Et elles s'habillent comme si elles voulaient que tout l'monde sache bien qu'elles en veulent et qu'elles en r'demandent. Tu trouves ça bien, toi ? Hein, dis ? »

Mais avant que la discussion puisse progresser, Samad franchit la double porte à la recherche de chutney à la mangue, et Millat se remit à son éminçage.

Ce soir-là, après le travail, Millat aperçut, à travers la vitre d'un café de Piccadilly, une Indienne au visage de pleine lune et à l'air réservé, qui, de profil, lui rappela des photos de sa mère dans sa jeunesse. Elle était habillée d'un col roulé noir, d'un pantalon noir, et ses yeux étaient en partie masqués par de longs cheveux noirs ; pour toute parure, elle avait les dessins que faisait le henné sur les paumes de ses mains. Elle était seule à une table.

Avec la même inconscience dont il faisait preuve quand il baratinait les poupées écervelées des discos, avec le culot de celui qui n'éprouve aucun scrupule à adresser la parole à un parfait étranger, Millat entra et se mit à lui débiter, pratiquement mot pour mot, le texte de la quatrième de couverture de la brochure qui l'avait tant marqué, dans l'espoir qu'elle comprendrait. Ça parlait d'âmes sœurs, du respect de soi-même, des femmes qui cherchent à apporter un « plaisir visuel » uniquement aux hommes qui les aiment. « La libération par le voile, tu comprends ? lui expliqua-t-il. Comme c'est dit là-d'dans : *Libérée de l'entrave de l'œil masculin et délivrée de son obligation traditionnelle de séduction, la femme peut enfin être telle qu'en elle-même, elle n'est plus perçue comme un symbole sexuel, n'est plus convoitée comme si elle n'était qu'un vulgaire morceau de viande sur un rayon, que l'on peut prendre et examiner à loisir.* C'est ce que nous pensons », dit-il, sans trop savoir si c'était ce que *lui-même* pensait. « C'est là notre opinion », dit-il, sans trop savoir si c'était bien là *son* opinion. « Tu comprends, j'appartiens à ce groupe qui... »

La dame plissa le visage et posa délicatement son index sur les lèvres de Millat. « Chéri, murmura-t-elle tristement devant tant de beauté, est-ce que tu t'en iras, si je te donne de l'argent ? »

Son ami arriva sur ces entrefaites, un Chinois étonnamment grand, vêtu d'une veste de cuir.

Sur le point de céder à la panique, Millat décida de faire à pied les douze kilomètres qui le séparaient de chez lui, traversant d'abord Soho et jetant des regards noirs aux prostituées à moitié nues, qui arboraient leurs porte-jarretelles et leurs boas en plumes. Quand il arriva à Marble Arch, il était dans un tel état de fureur qu'il appela Karina Cain d'une cabine téléphonique aux parois couvertes de femmes à poil (des putes, des putes et encore des putes) et la largua sans plus de cérémonie. Les trois autres filles qu'il baisait, des petites roulures de bourgeoises bien salopes, il s'en foutait. Mais Karina Cain, c'était une autre affaire, parce que c'était sa meuf à lui, qu'il l'aimait, et que sa meuf ne pouvait appartenir à personne d'autre. Protégée comme la femme de Liotta dans *Les Affranchis* ou la sœur de Pacino dans *Scarface*. Traitée comme une princesse. Se conduisant comme une princesse. Dans une tour d'ivoire. Voilée.

Ayant ralenti le pas, puisque maintenant plus personne ne l'attendait, il se fit héler dans Edgware Road par tous les vieux types bedonnants (« Hé, regardez ! Mais c'est Millat ! Le tombeur d'ces dames ! Millat, le roi des tringleurs ! Y nous snobe maintenant, pas vrai ? ») et finit par leur céder, un sourire piteux aux lèvres. Hookahs, poulet halal frit, absinthe de contrebande, le tout consommé dehors, autour de tables branlantes, à regarder les femmes passer à pas rapides, enveloppées de la tête aux pieds, pareilles à des fantômes noirs hantant les rues, faisant leurs courses en pleine nuit ou courant à la recherche de maris peu pressés de rentrer. Millat prenait plaisir à les observer : conversations animées, couleurs exquises des yeux si communicatifs, éclats de rire fusant de lèvres invisibles. Il se souvenait d'une remarque que lui avait faite son père, à l'époque où ils se parlaient encore. Tu ne comprendras pas le sens de l'érotisme, Millat, le sens du *désir*, que le jour où, assis dans Edgware Road, fumant un narguilé, tu feras appel à toutes les ressources de ton imagination pour essayer de voir ce qu'il y a au-delà des dix centimètres de peau que laisse voir le hajib, ce qu'il y a sous ces grands draps couleur de nuit.

Environ six heures plus tard, Millat se retrouva à la table des Chalfen, complètement ivre et pleurant des larmes de rage. Il saccagea la station de pompiers en Lego d'Oscar, envoya valser la machine à café à travers la cuisine. Puis il fit ce que Joyce attendait depuis maintenant douze longs mois. Il lui demanda conseil.

Il semblait que, depuis, on avait passé des mois assis à cette table, Joyce, après avoir sorti les autres de la cuisine, lisant les documents qu'elle avait rassemblés et se tordant les mains, tandis que se mêlaient dans l'air l'odeur de l'herbe et le parfum d'innombrables tasses de thé à la fraise. Car Joyce aimait vraiment Millat et ne cherchait qu'à l'aider, même si ses conseils étaient confus et alambiqués. Elle avait beaucoup lu sur le sujet, et il lui était apparu que Millat, dégoûté de lui-même, faisait un rejet de ceux de sa race ; qu'il était peut-être profondément masochiste ou souffrait d'un complexe de la couleur centré sur sa mère (il était bien plus foncé qu'elle), ou d'un désir d'autodestruction par fusion dans un patrimoine génétique blanc, ou qu'il avait tout simplement du mal à réconcilier deux cultures opposées... elle avait découvert que soixante pour cent des Asiatiques faisaient ceci... que quatre-vingt-dix pour cent des musulmans pensaient cela... c'était un fait avéré que les familles asiatiques étaient souvent... que d'un point de vue hormonal les garçons étaient davantage susceptibles de... et l'analyste qu'elle lui avait trouvé était vraiment gentil, trois fois par semaine, et ne te fais pas de souci pour l'argent... et ne t'inquiète pas pour Joshua, il boude, c'est tout... et puis, et puis...

Perdu dans les fumées du hash et le dédale de la conversation, Millat se souvenait d'une fille, Karina quelque chose, qu'il avait bien aimée à une époque. Et qui, elle aussi, l'aimait bien. Elle avait le sens de l'humour, ce qui tenait du miracle, et elle prenait soin de lui quand il n'avait pas le moral, et lui aussi, à sa manière, prenait soin d'elle, lui apportant des fleurs et diverses babioles. Elle semblait très loin maintenant, aussi loin que les jeux de son enfance. À quoi bon tous ces regrets ?

*

Tout n'allait pas pour le mieux chez les Jones. Irie s'apprêtait à devenir la première Bowden ou la première Jones (peut-être, si tout allait bien, par la Grâce de Dieu, à condition de croiser les doigts) à entrer à l'université. Pour ses A-levels, elle avait choisi chimie, biologie et histoire des religions. Elle voulait faire des études dentaires (col blanc ! plus de 20 000 livres par an !), ce qui réjouissait tout le monde, mais d'abord elle voulait prendre « une année sabbatique » dans le sous-continent indien et en Afrique (Malaria ! Misère ! Ver solitaire !), ce qui déclencha trois mois de guérilla ouverte entre elle et Clara. D'un côté, on voulait obtenir argent et permission, de l'autre, on était bien décidé à n'accorder ni l'un ni l'autre. Le conflit se prolongea et s'envenima tant et si bien que toutes les tentatives de médiation se soldèrent par un échec, les médiateurs repartant les mains vides (*Cette femme est têtue comme une mule, ce n'est même pas la peine de discuter —*

Samad) ou s'enlisant dans une guerre des mots (*Pourquoi elle irait pas au Bangladesh, si elle en a envie ? Mon pays est p't'êt' pas assez bien pour ta fille ?* — Alsana).

L'impasse était telle qu'il avait fallu procéder à un partage des lieux : Irie avait réclamé sa chambre et le grenier, Archie, qui jouait à l'objecteur de conscience, uniquement la chambre d'amis, une télévision et une parabole, et Clara s'était approprié le reste, la salle de bains figurant une sorte de territoire neutre. On en était à claquer les portes. L'heure des pourparlers était passée.

Le 25 octobre 1991, à une heure du matin, heure locale, Irie décida de contre-attaquer. Elle savait d'expérience que sa mère n'était jamais plus vulnérable que lorsqu'elle était au lit. Tard dans la nuit, Clara parlait d'une voix douce, comme un enfant, et la fatigue lui donnait une élocution bizarre ; c'était à ces moments-là qu'on avait le plus de chance d'obtenir ce à quoi on aspirait depuis longtemps : argent de poche, vélo neuf, permission de sortie plus tardive. La tactique était tellement éculée qu'Irie l'avait jusqu'alors refusée, la jugeant indigne de cette dispute, la plus longue et la plus violente qu'elle ait jamais eue avec sa mère. Elle ne s'y était résolue que parce qu'elle n'avait rien trouvé d'autre.

« Irie ? Qu'esse... ? On est en plein milleu d'la nuit... R'dourne te cousser... »

Irie ouvrit un peu plus la porte, pour laisser la lumière du hall inonder la chambre.

Archie enfouit la tête sous son oreiller. « Bon Dieu, cocotte, c'est deux heures du matin ! Y en a qui bossent demain.

— J'veux parler à maman », dit Irie d'un ton ferme, s'approchant du pied du lit. « Elle refuse de me parler pendant la journée, alors j'ai pas d'autres moyens.

— Irie... sss'y te plaît... Ch'suis vadiguée... ch'voudrais bien dormir...

— C'est pas seulement que j'ai envie d'partir un an, mais j'en ai besoin. C'est indispensable... Je suis jeune. Je veux connaître d'autres trucs. J'ai passé toute mon enfance et mon adolescence dans cette bon Dieu d'banlieue. Tout est pareil ici, tout l'monde se ressemble. Je veux aller voir comment sont les gens ailleurs... c'est ce que fait Joshua, et ses parents l'aident, lui.

— Ouais, mais nous, on peut pas s'le permettre », bougonna Archie, émergeant de ses plumes. « On a pas des boulots dans les sciences, nous, on est pas friqués comme eux.

— Mais l'argent, j'm'en moque — je m'trouverai un boulot, ce que je veux, c'est votre permission. À tous les deux. Je veux pas avoir à passer six mois loin de la maison à me dire tous les jours que vous m'en voulez.

— Mais ça dépend pas d'moi, mon lapin, pas vrai ? Faut voir ça avec ta mère... moi, je...

— Oui, p'pa. Merci de m'prendre pour une conne. Comme si j'm'en étais pas rendu compte.

— Ah, si c'est comme ça, dit Archie en se tournant vers le mur. À l'avenir, je m'garderai mes r'marques pour moi...

— Oh p'pa, j'voulais pas dire ça... M'man ? S'il te plaît, est-ce que tu peux t'asseoir et me parler pour de bon ? J'essaie de te parler, euh... Mais j'ai l'impression de parler toute seule, euh », dit Irie, ponctuant ses phrases de ces « euh » qui émaillaient alors la conversation des adolescentes. « Écoute, j'ai besoin de ta permission, d'accord ? »

Même dans l'obscurité, Irie voyait bien que Clara avait l'air furieux. « Permichon pour quoi faire ? Pour aller regarter des pauv' Noirs chous l'nez ? Pour jouer au tokteur Livingchtone, ch'préjume ? Ch'est cha qu'y t'ont app'is les Chalfen ? Pachque que chi ch'est ch'que tu veux, tu peux le faire ichi, tranquille. T'as qu'à m'regarter pendant chix mois !

— Mais tu comprends rien, c'est pas ça ! Je veux juste voir comment les gens vivent ailleurs !

— Et t'faire tuer par la même okajon ? Tu peux auchi bien aller chez les voijins. Tu verras bien comment y vivent ! »

Saisie d'une rage folle, Irie agrippa la boule du lit et vint se planter du côté de Clara. « Est-ce que tu vas te redresser, bon Dieu, et me parler comme y faut, à la fin, sans prendre cet accent ridicule ? »

Dans le noir, Irie renversa un verre en donnant un coup de pied dedans et réprima un frisson en sentant l'eau froide s'infiltrer entre ses doigts de pied et se répandre sur la moquette. Puis, tandis que l'eau finissait de s'écouler, Irie ressentit une étrange sensation de morsure.

« Aïe !

— Oh, bordel, dit Archie en tendant le bras pour allumer la lampe de chevet. Qu'esse qu'y a encore ? »

Irie regarda son pied, là où elle avait senti la douleur. Si violent qu'ait pu être le combat, un coup bas comme celui-ci était impardonnable. Les dents de devant d'un dentier, libérées de toute attache buccale, étaient refermées sur son pied droit.

« Bordel de merde ! Mais qu'est-ce que c'est qu'ce truc ? »

Mais la question ne s'imposait pas ; au moment même où les mots se formaient dans sa bouche, Irie avait déjà compris. L'élocution embarrassée, la nuit. La blancheur et l'alignement parfait pendant la journée. Bien sûr...

Clara se pencha brusquement pour aller récupérer ses dents sur le pied d'Irie, et, comme il était maintenant trop tard pour vouloir cacher quoi que ce soit, les posa carrément sur la table de chevet.

« Chatichfaite ? » demanda-t-elle d'un ton las. (Non pas qu'elle eût jamais cherché à lui cacher la vérité. Simplement, l'occasion ne s'était jamais présentée.)

Mais Irie avait seize ans, et à cet âge, tout semble délibéré. À ses yeux, il ne s'agissait là que d'un mensonge supplémentaire à ajouter à la liste déjà longue des dissimulations et des demi-vérités parentales, une nouvelle illustration du don des Jones / Bowden pour les histoires mystérieuses qu'on ne vous racontait jamais ou qu'on vous dévoilait à moitié, pour les rumeurs que vous n'arriviez jamais à authentifier, ce qui n'aurait guère été gênant si chaque jour n'avait pas apporté son lot d'indices ou de pseudo-révélations : le shrapnel dans la jambe d'Archie... la photo du grand-père Durham... le prénom « Ophélie » et le mot « asile de fous »... un casque de cycliste et un vieux garde-boue... l'odeur de friture de chez O'Connell... le souvenir confus d'un trajet en voiture au beau milieu de la nuit et de gestes d'adieu à un garçon qui prenait l'avion... des enveloppes avec des timbres suédois, un nom, Horst Ibelgaufts, et la mention « en cas d'absence à cette adresse, retourner à l'expéditeur... ».

Que la toile que nous tissons est donc serrée. Millat avait raison : leurs parents étaient abîmés, avec leurs mains atrophiées et leurs dents manquantes. Et ces parents, ils savaient des tas de choses qu'eux-mêmes auraient bien aimé savoir mais avaient peur d'entendre. Irie en avait assez, elle était fatiguée. Elle en avait marre de ne jamais pouvoir obtenir toute la vérité. Elle préférait encore retourner chez l'expéditeur.

« C'est pas la peine de faire une tête pareille, mon lapin, dit Archie d'un ton aimable. C'est rien qu'des foutues dents. Bon, maintenant t'es au courant. C'est pas la fin du monde, quand même. »

Si, dans un sens, c'était bel et bien la fin du monde. Trop, c'est trop. Irie retourna dans sa chambre, mit ses affaires de classe et quelques vêtements dans un sac à dos et enfila un gros manteau par-dessus sa chemise de nuit. L'espace d'une seconde, elle pensa aux Chalfen, mais elle savait déjà que les réponses, elle ne les trouverait pas là-bas. Qu'il s'agissait d'un autre endroit d'où il fallait s'échapper. Et puis, il n'y avait qu'une chambre d'amis, et Millat l'occupait déjà. Elle savait où elle devait se rendre, au cœur des choses, là où seul le N17 pourrait la mener à cette heure de la nuit, après un périple de quarante-sept arrêts, effectué sur une banquette à l'étage striée de vomissures.

« Seigneu' Jésus, c'est-y possible ? » marmonna Hortense sur le seuil, l'œil chassieux, ses rouleaux bien en place dans ses cheveux. « C'est-y bien toi, Iwie Ambwosia Jones ? »

15

Où s'affrontent Chalfenisme et Bowdenisme

C'était bel et bien Irie Jones. Avec six ans de plus que lors de leur dernière rencontre. Plus grande, plus large, des seins, mais pas de cheveux, et les pieds dans des pantoufles à peine visibles sous un long duffle-coat. Et c'était bien Hortense Bowden. Six ans de plus, plus petite, plus large, les seins lui tombant sur le ventre et pas de cheveux (ce qui ne l'empêchait pas, bizarrement, de mettre des rouleaux dans sa perruque), et les pieds dans des pantoufles qui dépassaient à peine d'une longue robe de chambre molletonnée rose bonbon. Mais la vraie différence, c'était qu'Hortense avait quatre-vingt-quatre ans. Sans rien d'une petite vieille, elle était ronde et robuste, la peau du visage si bien tendue que celui-ci avait du mal à se rider. N'empêche, quatre-vingt-quatre ans, c'est autre chose que soixante-dix-sept ou soixante-trois ; à cet âge, il n'y a plus que la mort devant soi, fastidieuse à force d'insistance. Elle était présente sous toutes ses formes sur ce visage : attente, appréhension, divine libération.

En dépit des différences, Irie, en descendant les quelques marches qui menaient à l'appartement d'Hortense en sous-sol, fut frappée par l'impression que rien n'avait changé. Qu'elle se retrouvait, enfant, à l'époque où, accompagnée d'Archie, elle venait voir sa grand-mère assez régulièrement lors de visites qu'elle lui rendait en cachette, pendant que sa mère s'en allait suivre ses cours du soir, et qui la voyaient toujours repartir avec quelque chose de peu commun : une tête de poisson au vinaigre, des boulettes au piment, les paroles d'un psaume isolé, gravées dans la mémoire. Et puis, à la mort de Darcus en 1985, la petite Irie, alors âgée de dix ans, avait laissé tomber ces visites, auxquelles Clara avait mis fin une bonne fois pour toutes. Elles continuaient à s'appeler au téléphone, de loin en loin. Et Irie recevait régulièrement de courtes lettres sur papier d'écolier, avec, glissé dans l'enveloppe, un exemplaire du *Phare*. Il lui arrivait de regarder sa mère et de retrouver dans ce visage celui de sa grand-mère : pommettes hautes et majestueuses, yeux de félin. Mais cela faisait maintenant six ans qu'Irie et Hortense ne s'étaient pas retrouvées face à face.

Quant à l'appartement lui-même, c'était comme si toutes les années passées n'avaient jamais existé. Toujours en sous-sol, toujours aussi sombre et humide. Toujours décoré de centaines de figurines (« Cendrillon en route pour le bal », « Mrs. Tiddlytum indiquant aux petits écureuils le chemin du pique-nique »), chacune sur son petit napperon, riant sous cape à l'idée que quelqu'un puisse payer cent cinquante livres en quinze versements pour des pièces en porcelaine et en verre de si piètre qualité. Une immense tapisserie en trois panneaux, dont Irie se rappelait la confection, était maintenant accrochée au mur, au-dessus de la cheminée, représentant les élus siégeant aux côtés de Jésus dans le ciel. Cheveux blonds, yeux bleus, les élus paraissaient aussi sereins que le permettait la laine grossière utilisée par Hortense, et regardaient d'en haut la Grande Foule, dont les membres (l'air heureux, mais pas aussi béat malgré tout que les élus) s'ébattaient joyeusement dans un éternel paradis terrestre. La Grande Foule regardait à son tour d'un œil apitoyé les païens (de loin les plus nombreux), entassés dans leurs tombes comme des sardines dans leurs boîtes.

Le seul élément manquant était Darcus (dont Irie gardait un souvenir confus : odeur de naphtaline et contact de la laine humide) ; son énorme fauteuil, toujours aussi fétide, trônait pourtant à la même place, ainsi que sa télévision, toujours en marche.

« Mais rega'dez-la un peu ! Elle a 'ien su'l'dos, la pitchoune. E' doit êt' frigowifiée. E'twemble pareil com'une feuille. Fais-moi voi' ton front. T'as la fièv' ! T'vas pas m'appo'ter la fièv' dans ma maison ? »

Il était capital, en présence d'Hortense, de ne jamais admettre qu'on était malade. Le traitement, comme dans bon nombre de foyers jamaïquains, était toujours plus douloureux que le mal lui-même.

« Ça va, je t'assure. J'ai pas du tout…

— Ah, tu cwois ça ? dit Hortense en prenant la main d'Irie et en la lui appliquant sur le front. Que j'brûle dans les flammes d'l'enfe' si c'est pas d'la fièv', ça ! Tu sens pas ? »

Irie sentait bien qu'elle était brûlante.

« Viens-t'en donc là », dit Hortense, qui attrapa un plaid sur le fauteuil de Darcus et en enveloppa Irie. « Allez, tu trottes dans la cuisine, main'nant. Faire la folle à couwi' les rues pa' une nuit pa'eille, avec une fanfweluche qu'est mince comme tout. Tu vas m'boi' une infusion d'bourrache et t'met' au lit plus vite que ça. »

Irie accepta la couverture, qui sentait un peu le moisi, et suivit Hortense dans la petite cuisine, où elles s'assirent toutes deux.

« Laisse-moi te rega'der un peu », dit Hortense en s'appuyant contre le four, les mains sur les hanches. « T'as une tête à faire peu'. Comment qu't'es awivée ici ? »

Là encore, il fallait se garder de répondre n'importe quoi. Le mépris dans lequel Hortense tenait les transports en commun londoniens lui était d'un grand réconfort dans son vieil âge. Elle était capable de s'emparer d'un mot, comme *rame* par exemple, pour en tirer une courte mélodie (*Northern Line*), qu'elle transformait en une aria (*le Métro*), qui s'amplifiait en un thème (*les Bus*) lequel, exponentiellement, donnait naissance à une opérette (*Maux et iniquités des chemins de fer britanniques*).

« Euh... J'ai pris le N17. Il faisait pas chaud à l'étage, et j'ai peut-être bien pris froid.

— Y a pas de peut-êt', ma fille. Et j'vois pas pou'quoi, faut qu'tu pwennes le bus, qu'y met toujours twois heu's pour awiver et qu'toi, t'attends dans le f'oid, et une fois qu't'es d'dans, y a pas une fenêt' qu'elle est fe'mée et t'as d'la chance si t'attwapes pas la mort. »

Hortense versa dans sa main un liquide incolore qui sortait d'un flacon en plastique. « Appwoche un peu.

— Mais pourquoi ? » demanda Irie, aussitôt soupçonneuse. « Qu'est-ce que c'est ?

— C'est 'ien. Viens-t'en ici, j'te dis. Et enlève-moi tes lunettes. »

Hortense s'approcha d'elle, le liquide dans le creux de la main.

« Pas dans l'œil, hein ? J'ai rien aux yeux !

— Awête-moi ces maniè'es. J'veux 'ien y met' dans ton œil.

— Alors, dis-moi c'que c'est », supplia Irie, essayant de deviner à quel orifice était destinée la mixture et se mettant à pousser des cris dès qu'elle sentit la main se poser sur son visage et étaler le liquide du front jusqu'au menton. « Aïe, Aïe, ça brûle !

— Du tafia d'laurier », dit Hortense, froidement informative. « Ça b'ûle la fièv' qu'elle pwend peur et qu'elle s'en va. Non, tu l'enlèves pas. Faut qu'il ait l'temps de fai' son twavail. »

Irie serra les dents, tandis que la torture de milliers de piqûres d'épingles perdait peu à peu de son intensité, pour faire place à la sensation de chaleur que laisse une gifle.

« Alo's », dit Hortense, bien réveillée maintenant et assez fière d'elle. « J'vois qu't'as fini pa' l'abandonner, cette femme sans Dieu. Et qu't'as twouvé l'moyen d'attwaper la mort en même temps. Ben, tu vois, j'en connais qui sont pas pwêts à t'donner tort. Pe'sonne, y la connaît mieux qu'moi, cette femme. Jamais chez elle, toujou' à s'farci' la tête avec des gwands mots à l'unive'sité, à laisser l'mari et la p'tiote cwever d'faim à la maison. Seigneu', pas étonnant qu't'es pa'tie…, dit-elle en soupirant et en posant une bouilloire en cuivre sur le gaz. Écoute c'qu'est écwit. *Vous fuirez à la vallée enfermée entre mes montagnes, parce qu'elle sera proche, vous fuirez comme vous l'avez fait au tremblement de terre qui arriva sous le règne d'Osias, roi de Juda ; et alors le Seigneur mon Dieu viendra, et tous les saints avec lui.* Zacharie, 14.5. Les bons, y finissent toujours pa' fui' l'mal. Ah, Irie Ambwosia… j'savais bien qu'tu viendwais. Tous les enfants du bon Dieu, y finissent toujou' par rentwer au be'cail.

— Mamy, j'suis pas venue ici pour trouver Dieu. Tout c'que je veux, c'est étudier tranquillement et prendre le temps de faire le point. J'ai besoin de rester ici quelques mois — au moins jusqu'au nouvel an. Là, là… j'me sens un peu patraque. Je peux avoir une orange ?

— Ouais, y finissent toujou's pa' rev'ni' au Seigneu' », poursuivit Hortense pour elle-même, tout en mettant sa bourrache à infuser. « C'est pas une vwaie owange, p'tite. Ces fwits, y sont tous en plastique. Les fleu' aussi. J'cwois pas qu'le Seigneu', y veut me voi' dépenser mes quat'sous su' des den'ées péwissables. Pwends donc des dattes, va. »

Irie ne put réprimer une grimace devant les fruits tout ratatinés qu'Hortense lui mit sous le nez.

« Alo's, comme ça, t'as laissé l'Achibald avec cette femme… pov' Achie, va. Moi, j'l'ai toujours bien aimé, l'Achibald », dit Hortense d'un air attristé, tout en enlevant les traces brunes d'une tasse à thé à l'aide de deux doigts savonneux. « Lui, j'ai jamais 'ien eu à lui r'pwocher. L'a toujours eu la tête su' les épaules, à c'qui m'semble. Bénis soient ceux qui che'chent la paix. M'a toujours eu l'ai' d'quelqu'un qu'était pou' la paix des ménages. Mais c'est plus une question d'pwincipe, tu compwends ? Les Blancs et les Noi's ensemb', ça a jamais 'ien donné d'bon. L'Sei-gneu', l'a jamais voulu qu'on s'mélange, les uns dans les aut'. C'est pou' ça qu'il a fait toute cette histoi', passqu'les enfants des hommes, y constwisaient la tou' d'Ba-abel. Lui, y veut qu'on weste chacun dans not' coin. *Et c'est là que fut confondu le langage de toute la terre, et le Seigneur les dispersa ensuite dans toutes les régions.* Genèse, 11.9. Quand on fait des mélanges, ça donne 'ien d'bon. Sauf toi, ajouta-t-elle, après une seconde de réflexion. T'es ben la seule bonne chose qu'est so'tie d'tout ça… Des fois, c'est paweil comme si j'me voyais dans une glace, con-tinua-t-elle en prenant le menton d'Irie dans ses doigts fripés. T'es faite com'moi, tu sais. Forte. Avec

des hanches, des cuisses et des nichons. Ma mè'
aussi, l'était pa'eille. T'as même le nom d'ma mè'.

— Irie ? » demanda Irie, faisant de son mieux
pour écouter, mais se sentant sombrer dans le
brouillard moite de la fièvre.

« Non, p'tiote, Ambwosia. Comme ce t'uc que si tu
l'bois, tu meurs jamais. Bon, dit-elle en tapant dans
ses mains et en étranglant du même coup la question que s'apprêtait à poser Irie. Tu couches dans
l'séjou'. J'vais aller t'che'cher une couve'ture et des
oweillers, et pis, on r'met la causette à d'main. J'me
lève à six heu', pou' l'twavail des Témoins, alo's t'en
vas pas cwoi' qu'tu peux dormi' ap'ès huit heu'. Tu
m'écoutes, la p'tiote ?

— Mmmm. Et l'ancienne chambre de maman ?
Pourquoi je peux pas y dormir ? »

Hortense, la portant à demi, la conduisit dans le
séjour. « Non, ça, c'est pas possib'. Y s'est passé des
choses, dit Hortense d'un air mystérieux, mais qu'ça
attendwa d'main pour que j't'explique. *Ne les crai-
gnez donc point. Car il n'y a rien de caché qui ne doive
être découvert* », déclama-t-elle tranquillement, tout
en faisant demi-tour pour quitter la pièce. « *Ni rien
de secret qui ne doive être connu.* Ça, c'est Mat-cheu,
10.26. »

*

L'automne, de bonne heure, c'était le seul moment
de l'année où cet appartement en sous-sol était sup-
portable. Entre six et sept, quand le soleil était
encore bas, la lumière entrait à flots par la fenêtre de
devant, inondait le salon de jaune, tachetant le bout
de jardin tout en longueur (deux mètres sur dix) et
donnant aux tomates un vernis de bon aloi. On arrivait presque à se convaincre, à six heures du matin,

qu'on se trouvait dans un bungalow en Provence, ou au moins au niveau de la rue à Torquay, et non au-dessous du sol à Lambeth. L'éclat était tel que l'on avait du mal à distinguer les voies de garage du chemin de fer, là où s'arrêtait l'étroit talus, ou les pieds pressés qui passaient devant la fenêtre du salon, envoyant voler la poussière sur la vitre, à travers les barreaux. Tout n'était que blancheur et ombres subtiles à cette heure. Assise à la table de la cuisine, les mains autour d'une tasse de thé, Irie regardait l'herbe dans le soleil et voyait des vignobles, des paysages florentins, au lieu du fouillis des toits de Lambeth ; elle voyait la silhouette musclée et fantomatique d'un Italien cueillant des mûres avant de les piétiner. Puis le mirage s'évanouit, au moment où la scène était obscurcie par un gros nuage. Il ne resta plus que quelques H.L.M. délabrées datant de l'époque édouardienne, des voies de garage envahies par les herbes, une bande de terrain étroite où rien, ou presque, ne poussait. Et un homme, un rouquin aux jambes arquées et au teint blafard, chaussé de bottes Wellington, qui tapait des pieds dans la boue pour essayer de se débarrasser des restes d'une tomate écrasée.

« Tiens, voilà Mr. Topps », dit Hortense, traversant la cuisine en toute hâte dans sa robe bordeaux, dont les agrafes et les crochets n'étaient pas mis, avec à la main un chapeau décoré de fleurs en plastique toutes de travers. « Y m'a bien aidée d'puis la mo't d'mon Da'cus. Y m'calme l'espwit et y m'enlève mes p'tits soucis. »

Elle lui fit un grand signe de la main, et il se redressa avant d'en faire autant. Irie le regarda ramasser deux sacs en plastique remplis de tomates et remonter le jardin, pieds en dedans, en direction de la porte de derrière.

« Et y a personne d'aut' qu'a jamais réussi à fai' pousser quéque chose là deho'. Des tomates comme t'en as jamais vues ! Irie Ambwosia, awête de r'garder comme ça, et viens m'aider avec ma robe. Dépêche-toi, avant qu'les yeux, y t'so'tent d'la tête.

— Il vit ici ? » murmura Irie, effarée, en se battant avec la robe pour arriver à la fermer sur le flanc opulent d'Hortense. « J'veux dire, avec toi ?

— Pas 'ien dans l'sens qu'tu cwois, fit Hortense avec une petite grimace. Mais y m'aide bien dans mon gwand âge. Ça fait ben six ans qu'l'est avec moi. Dieu l'bénisse et lui ga'de son âme. Tiens, passe-moi donc c't'épingle. »

Irie lui tendit la longue épingle à chapeau qui se trouvait sur le beurrier. Hortense remit en place les œillets en plastique du chapeau, puis les transperça d'un coup sec avant de faire ressortir l'épingle du feutre, en laissant cinq centimètres d'argent dépasser du couvre-chef comme un piolet tyrolien.

« C'est pas la peine d'prend' cet air, va. C't awang'ment, y satisfait tout l'monde. Une femme, ça a b'soin d'un homme dans la maison, sinon ça s'en va tout à vau-l'eau. Mr. Topps et moi, on est des vieux soldats qu'on mène la bataille du Seigneu'. Y s'est conve'ti aux Témoins y a déjà quéque temps d'ça, et l'est vite monté en gwade, va. J'ai attendu cinquante ans pou' fai' quéque chose d'aut' que d'nettoyer dans l'Kingdom Hall, dit Hortense d'un air triste, mais y veulent pas qu'les femmes, è s'mêlent des vwaies affai' d'l'église. Mais Mr. Topps, lui, y fait beaucoup, beaucoup, et y m'laisse l'aider d'temps en temps. L'est bon, c't'homme-là. Mais sa famille, c'est tous des méchants, murmura-t-elle sur un ton confidentiel. L'père, il est tewible, y joue et y twaîne avec des mauvaises femmes... alo's, j'ai fini pa' lui d'mander de v'ni' habiter chez moi, vu qu'y avait une chamb' de vide et qu'Da'cus, l'est plus là. C'est un ga'çon bien honnête. S'est jamais ma'ié. Pou' sû' qu'l'est ma'ié à l'église. Et y m'a toujou' app'lée Mrs. Bowden, d'puis six ans qu'il est là, jamais 'ien d'aut', poursuivit Hortense en poussant un soupir à peine perceptible. Y sait pas c'que c'est que d'se condui'mal. Tout c'qu'y veut, c'est d'veni' un élu. J'ai une gwande admiwation pou' lui. Il a fait tellement d'progwès. Y pa'le bien, main'nant ! Et y fait des miwacles avec la plombe'ie. Et ta fièv', comment elle va ?

— Pas terrible. Attends, je suis au dernier crochet... tiens, ça y est. »

Hortense se dégagea vivement et gagna le hall pour aller ouvrir la porte de derrière à Ryan.

« Mais, mamy, pourquoi est-ce qu'il vit...

— Bon, ben va falloi' manger c'matin... la fièv, faut la nourri', par cont', le rhume, faut l'laisser cwever. On va fai' fwire ces tomates avec des plantains et l'weste de poisson d'hie'. J'vais l'fai' main'nant et j'le mettwai au micwo-ondes.

— Je croyais qu'on disait qu'il fallait nourrir le rhume et...

— Bonjou', Mr. Topps.

— Bonjour, Missus Bowden », dit Mr. Topps, qui referma la porte derrière lui et ôta un long anorak chargé de protéger un costume bleu marine bon marché, dont le revers était orné d'une minuscule croix en or. « J'espère qu'vous êtes dans un état de préparation avancé ? Faut qu'on soye à l'église à sept heures pile. »

Ryan n'avait pas encore aperçu Irie. Il était penché en train de secouer la boue de ses bottes. Ses mouvements étaient incroyablement lents, aussi lents que son élocution, et ses paupières translucides battaient comme celles d'un homme dans le coma. D'où elle était, Irie ne le voyait qu'à moitié : une frange rouquine, un genou plié et une manchette de chemise.

Mais la voix était en soi un poème. Raffinée, en dépit de l'accent cockney, c'était une voix sur laquelle on avait beaucoup travaillé — il y manquait des consonnes clés, d'autres avaient été ajoutées là où elles n'avaient aucune raison d'être, et le tout était presque entièrement filtré par le nez, avec une aide minimale de la bouche.

« Belle journée, Mrs. B. De quoi remercier ıe Seigneur. »

Hortense donnait l'impression de redouter terriblement le moment où il lèverait la tête et verrait la gamine, debout à côté de la cuisinière. Elle n'arrêtait pas de faire signe à Irie d'avancer, tout en la repoussant en même temps, ne sachant pas si, tout compte fait, il ne valait pas mieux qu'ils ne se voient pas.

« Oh, certainement, Mr. Topps. Et j'suis comme qui di'ait prête, quasiment. C'est mon chapeau qu'm'a donné un peu d'fil à r'tord', mais j'ai mis la main sur mon épingle et...

— Mais le Seigneur s'intéresse pas aux vanités de la chair, n'est-ce pas, Mrs. Bowden ? » dit Ryan, prononçant chaque mot lentement et avec peine, tandis que, plié en deux, il enlevait sa botte gauche. « C'est de votre âme que se préoccupe Jéhovah.

— Oh, pou' sû' qu'c'est la vérité vwaie », dit Hortense, troublée, tout en tripotant ses œillets en plastique. « Mais d'un aut' côté, une dame des Témoins, ça veut pas r'ssembler à une salisson dans la maison du Seigneu'.

— Ce que je veux dire, dit Ryan en fronçant les sourcils, c'est qu'il faut que vous évitez d'interpréter les Écritures par vous-même, Mrs. Bowden. À l'avenir, discutez-en d'abord avec moi ou avec mes collègues. Demandez-nous, par exemple, si l'fait de bien s'habiller compte aux yeux du Seigneur, et moi et mes collègues qui font partie des élus, on consultera les chapitres et les versets haddock... en somme.

— J'sais pas pou'quoi, mais j'peux pas m'en empêcher, Mr. Topps, dit Hortense en secouant la tête. Des fois j'me dis que j'pouwais fai' pa'tie d'ceux qui déliv'ent l'message du Seigneu', vous voyez ? Même si j'suis qu'une femme... passque j'ai l'impwession qu'le Seigneu', y m'parle à moi, tout spécial... c'est juste une mauvaise habitude... mais y en a tant des choses dans l'église qu'ont changé ces temps-ci qu'des fois j'awive pas bien à suiv' les wègles et les wèglements. »

Ryan regarda dehors par le double vitrage, le visage peiné.

« Mais la parole de Dieu, elle est toujours la même, Mrs. B. C'est les gens qui se trompent. Le mieux que vous avez à faire pour faire triompher la Vérité, c'est de prier pour que la congrégation de Brooklyn nous communique bientôt la date comme qui dirait fatidique... en somme.

— Oh, bien sû', Mr. Topps. C'est c'que j'fais jou' et nuit.

— Bon, je m'trompe ou si vous avez parlé de plantain pour le p'tit déjeuner ? » dit Ryan, simulant l'enthousiasme en tapant dans ses mains.

« Oui, oui, Mr. Topps, et ces tomates, est-ce que vous se'iez assez bon pou' les fai' passer au chef ? »

Comme l'avait espéré Hortense, la transmission des tomates coïncida avec la découverte d'Irie.

« Alo', y faut qu'je vous pwésente ma p'tite-fille, Irie Ambwosia Jones. Et voici Mr. Ryan Topps. Dis bonjou', ma fille. »

Irie s'exécuta, mal à l'aise, et s'avança en tendant la main pour serrer celle de l'autre. Lequel resta sans

réaction. Le déséquilibre ne fit que s'accuser davantage quand Ryan Topps parut tout à coup la
reconnaître ; il y eut une lueur dans ses yeux quand
ils se posèrent sur elle. Irie, de son côté, était dans
l'incapacité de rattacher ce visage à un type ou à un
genre plus ou moins connu : cet individu était tout
simplement monstrueux, plus rouquin et plus semé
de taches de rousseur que tout ce qu'elle avait jamais
pu voir, plus veiné de bleu qu'un homard.

« Ben voilà, c'est... c'est la fille d'Clawa », dit Hortense, horriblement mal à l'aise. « Tu vois, Mr. Topps,
il a connu ta mè', dans l'temps. Y a pas d'pwobème,
Mr. Topps, elle s'en vient habiter avec nous.

— Seulement pendant quelque temps », corrigea
Irie en toute hâte, remarquant l'air horrifié de
Mr. Topps. « Quelques mois peut-être, jusqu'à la fin
de l'hiver. Le temps de travailler pour mes examens. »

Mr. Topps ne bougea pas d'un pouce. Mieux, rien
sur lui ne faisait mine de bouger. Comme un soldat
de cette armée chinoise en terre cuite, il donnait
l'impression d'être prêt pour la bataille et pourtant
incapable de faire un pas.

« Eh oui, la fille d'Clawa, répéta Hortense dans un
murmure geignard. Ça auwait pu êt' la vôt'. »

Cet aparté final n'eut aucun effet de surprise sur
Irie ; elle se contenta de l'ajouter à sa liste d'allusions
mystérieuses : Ambrosia Bowden qui avait accouché
pendant un tremblement de terre... Ce capitaine
Charlie Durham qui n'était qu'un pauv' cwétin, un
bon à 'ien... un dentier dans un verre... Ça aurait pu
être la vôtre...

Pour la forme, sans même attendre de réponse,
Irie demanda : « Comment ?

— Oh c'est 'ien, Irie. 'ien du tout. Laisse-moi donc
commencer ma fwitu', va. J'entends les vent's qui
ga'gouillent. Vous vous la wapp'lez, Clawa, Mr. Topps,

pas vwai ? Elle et vous, v'z'étiez... bons amis.
Mr. Topps ? »

Depuis maintenant deux bonnes minutes, Mr. Topps
fixait Irie sans ciller, le corps totalement rigide, la
bouche légèrement entrouverte. En entendant la
question, il parut se reprendre, ferma la bouche et
s'assit devant la table qui n'était pas encore mise.

« La fille de Clara... en somme ? » Il sortit de sa
poche de poitrine ce qui avait tout l'air d'un bloc-
notes de flic et en approcha un stylo, comme si ce
seul geste était en mesure de faire redémarrer sa
mémoire.

« Voyez-vous, nombre des épisodes, des gens et
des événements qui appartiennent à ma vie antérieure ont été comme qui dirait anéantis par l'épée
toute-puissante qui m'a coupé de mon passé le jour
où le Seigneur Jéhovah a jugé bon de m'éclairer de
sa Vérité, et comme il m'a choisi pour un nouveau
rôle, il m'a fallu suivre les sages conseils de Paul
dans son Épître aux Corinthiens et me défaire des
enfantillages, rejetant ainsi mes incarnations antérieures dans un grand brouillard au sein duquel »,
dit Ryan Topps, ne reprenant son souffle que le
temps de s'emparer du couteau et de la fourchette
que lui tendait Hortense, « il semble que votre mère,
et tous les souvenirs que je pourrais avoir d'elle, ont
comme qui dirait disparu... en somme.

— Elle a jamais parlé de vous non plus, dit Irie.

— Bah, c'est ben loin, tout ça », dit Hortense, se
forçant à la gaieté. « Mais v'z'avez fait d'vot'mieux,
Mr. Topps, avec elle. C'tait mon enfant miwacle,
Clawa. Un bébé à quawante-houit ans ! J'ai ben cru
qu'c'était l'enfant d'Dieu. Mais Clawa, l'était faite
pou' l'mal... l'a jamais r'gardé vers le Seigneu', et pis
apwès, y a rien eu à fai'.

— Mais Sa vengeance sera terrible, Mrs. B. », dit Ryan, plus animé soudain qu'Irie ne l'avait vu jusqu'ici. « Il infligera les pires tourments à tous ceux qui les ont mérités. Trois plantains pour moi, s'il vous plaît. »

Hortense posa les trois assiettes sur la table, et Irie, soudain consciente qu'elle n'avait rien mangé depuis pratiquement vingt-quatre heures, entassa sur la sienne une montagne de plantains.

« Aïe, c'est chaud.

— Vaut mieux chaud qu'tiède, dit Hortense d'un air sombre et avec un frisson éloquent. Toujou' mieux. Ââmen.

— Amen », dit Ryan en écho, bravant les plantains brûlants. « Amen. Alors, qu'est-ce que vous étudiez, au juste ? » demanda-t-il, regardant avec une telle insistance au-delà d'Irie qu'il fallut quelques instants à celle-ci pour comprendre qu'il s'adressait à elle.

« Chimie, biologie et histoire des religions, dit Irie en soufflant sur un morceau qu'elle s'apprêtait à engloutir. Je veux être dentiste.

— Histoire des religions ? » dit Ryan, qui avait dressé l'oreille. « Et est-ce qu'on vous parle de la seule vraie Église ?

— Euh…, dit Irie en s'agitant sur sa chaise. C'est plutôt les trois grandes, je crois. Les juifs, les musulmans et les chrétiens. On a passé un mois sur le catholicisme.

— Et vous vous intéressez à autre chose ? dit Ryan après avoir fait la grimace.

— La musique », dit Irie, après un temps de réflexion. « J'aime bien la musique. Les concerts, les clubs, ce genre de truc.

— J'étais bien pour ce genre de chose, passé un temps, moi aussi. Jusqu'au jour où la Bonne Nouvelle m'a été révélée. Ces grands rassemblements de jeunes, pour les concerts, sont trop souvent l'occasion de débordements sataniques. Une fille avec des... atouts physiques comme les vôtres pourrait bien se retrouver entre les bras lascifs d'un obsédé sexuel, dit Ryan en se levant de table et en regardant sa montre. À la réflexion, dans une certaine lumière, vous ressemblez beaucoup à votre mère. Mêmes... pommettes, en somme. »

Ryan essuya la sueur qui perlait à son front. S'ensuivit un silence pendant lequel Hortense resta debout, immobile, les doigts serrés sur son torchon, tandis qu'Irie s'obligeait à traverser la pièce pour aller chercher un verre d'eau, histoire de se soustraire au regard insistant de Mr. Topps.

« Bien. Il nous reste vingt minutes, Mrs. B. Je vais me préparer, d'accord ?

— Bien sûr, bien sûr, Mr. Topps », dit Hortense avec un grand sourire. Mais Ryan n'avait pas plus tôt quitté la pièce que le sourire était remplacé par une mine sévère.

« Qu'est-ce t'as b'soin d'aller dire des choses paweilles, hein ? La musique ! Y va t'prend' pou' une de ces filles pe'dues qu'ont l'diab' au corps. Tu pouvais pas di' qu'tu collectionnais les timb', ou j'sais pas, moi ? Allez, dépêche-toi un peu, faut qu'je lave ces assiettes. »

Irie regarda son assiette encore bien remplie et se tapota l'estomac d'un air coupable.

« Tu penses, c'tait cou'u d'avance. T'as les yeux plus gwands qu'le vent'. Donne-moi ça. »

Hortense s'appuya contre l'évier et se mit à enfourner des morceaux de plantain. « Méfie-toi d'pas faire l'impe'tinente avec Mr. Topps pendant qu'tu se'as là. T'as ton twavail à fai', et lui, l'a l'sien », dit Hortense, baissant la voix. « L'est en *consultation* avec les autowités d'Brooklyn en c'moment... sont

en twain *d'fixer la date définitive*, et cette fois, y au'a
pas d'erreur. Y a qu'à rega'der c'qui s'passe dans
l'monde pou' savoi' qu'le grand jou', l'est pas bien
loin.

— Je ferai pas d'histoires, dit Irie, en s'approchant
de l'évier pour faire la vaisselle, en signe de bonne
volonté. C'est juste qu'il a l'air un peu... bizarre.

— Ceux qu'sont choisis par l'Seigneu', y paraissent
toujou' biza' pour les aut'. Les gens, ils le compwen-
nent pas, ce pauv' Mr. Topps. Mais pou'moi, y
compte beaucoup. J'ai jamais eu pe'sonne avant lui.
Ta mè', elle t'a 'ien dit d'puis qu'elle a pris ses gwands
ai', mais nous aut', les Bowden, on a pas eu des vies
faciles. J'suis née pendant l'twembl'ment d'terre.
Qu'j'ai failli êt' mo'te avant d'êt' vivante. Et ma fille
qui m'quitte, quand moi, j'suis pwesque vieille. Et
pis, j'vois jamais la seule p'tite-fille qu'j'ai. J'ai eu
qu'le Seigneu' pendant toutes ces années. Mr. Topps,
c'est le p'emier qui me rega'de et qui m'pwends en
pitié et qui s'occupe de moi. Ta mère, l'a pas été bien
maligne de l'laisser filer, ça, j'peux t'le dire !

— Comment ça ? Qu'est-ce que tu veux dire, au
juste ? » demanda Irie, faisant une dernière tentative.

« Oh, 'ien. 'ien du tout... V'là qu'moi et moi, on dit
n'impo'te quoi, c'matin... Ah, Mr. Topps, vous êtes là.
On va pas êt' en reta'd, au moins ? »

Mr. Topps, qui venait juste d'entrer dans la pièce,
était vêtu de cuir noir de pied en cap et portait un
énorme casque de motard sur la tête, un petit feu
rouge fixé à la cheville gauche et un blanc à la droite.
Il remonta la visière d'un coup sec.

« Non, nous sommes à l'heure, grâce à Dieu. Où
est votre casque, Mrs. B. ?

— Ah j'le range dans l'fou', main'nant. Ça l'ga'de
au chaud les matins où ça pince. Irie Ambwosia, va
m'le che'cher, s'y-te-plaît. »

Sur la grille du milieu, dans le four préchauffé thermostat 2, trônait bel et bien le casque d'Hortense. Irie le sortit et le plaça délicatement sur les œillets plastifiés de sa grand-mère.

« Vous roulez en moto », dit Irie, histoire de dire quelque chose.

« Oh, juste une Vespa G.S., dit Mr. Topps sur la défensive. Tout ce qu'il y a de banal. J'ai bien pensé un moment à y renoncer. Ça me rappelait une vie que j'aurais préféré oublier, si vous voyez c'que j'veux dire. Une moto, c'est comme un aimant sexuel et, Dieu m'pardonne, mais je m'en suis servi de cette manière à une époque. J'étais bien décidé à m'en débarrasser, et puis Mrs. B. a fini par me convaincre : avec tous ces discours que je fais en public, y faut que je puisse me déplacer rapidement. Et puis Mrs. B., elle a pas trop envie de prendre le bus ou le métro à son âge, pas vrai, Mrs. B. ?

— Ah non, alo'. Y m'a ach'té un p'tit cha'iot…

— Un side-car, corrigea Ryan avec humeur. On appelle ça un side-car. C'est un Minetto adaptable, modèle 1973.

— Ah oui, bien sû', un side-ca', on est aussi bien là-d'dans qu'dans son lit. On va pa'tout avec, Mr. Topps et moi. »

Hortense prit son manteau accroché derrière la porte et sortit des poches deux brassards réflecteurs en Velcro qu'elle enroula autour de ses bras.

« Bon, j'ai tout un tas d'affai' à m'occuper aujou'd'hui. Alo', ma fille, tu vas t'fai' à manger tout' seule, passque j'sais pas quand on s'ra de retou'. Mais t'inquiète pas, j'fe'ai aussi vite que j'peux.

— Pas de problème.

— *Pas de pwoblème*, dit Hortense en levant les yeux au ciel. C'est ça qu'y veut di' son nom dans la langue de chez nous : *Irie*, pas d'p'oblème. V'z'allez pas m'dire qu'c'est un nom à donner... »

Mr. Topps ne répondit pas. Il était déjà sur le trottoir, en train d'emballer le moteur de la Vespa.

*

« Ah, c'est complet ! J'ai déjà pas assez de mal avec ces Chalfen », vitupère Clara au téléphone, la voix vibrante de colère et de peur, « il me manquait plus que vous, tiens. »

À l'autre bout du fil, sa mère est en train de sortir la lessive de la machine et écoute sans un mot, le sans-fil coincé entre l'oreille et son épaule lasse, attendant son heure.

« Hortense, je t'interdis de lui farcir la tête de toutes ces âneries. Tu m'entends ? Ta mère s'était laissé embobiner avant toi, tu en as fait autant, mais avec moi, le moule s'est cassé, et on va en rester là. Si jamais Irie revient à la maison avec ces sornettes à la bouche, tu peux tout de suite oublier le second avènement, parce que tu s'ras morte avant, compte sur moi. »

Paroles extrêmes que celles-ci. Mais que l'athéisme de Clara est donc fragile ! Aussi fragile que l'une de ces minuscules tourterelles que conserve Hortense dans la vitrine du séjour — il suffirait d'un souffle pour la renverser. En parlant de souffle, Clara retient le sien quand elle passe devant une église, exactement comme les jeunes végétariens pressent le pas devant une boucherie ; elle évite Kilburn le samedi par crainte de tomber sur les prédicateurs perchés sur leurs caisses à savon aux carrefours. Hortense perçoit très bien la peur de Clara. Elle fourre tranquillement un autre chargement de blanc dans la machine, mesure la quantité de liquide nécessaire

avec l'œil expert de la femme économe et répond
enfin, brièvement et fermement : « Te fais su'tout pas
d'souci pou' Irie Ambwosia. Elle est en sû'eté,
main'nant. Tiens, elle va t'le di' elle-même. » À croire
qu'Irie est déjà montée au ciel avec les cohortes
célestes, au lieu d'aller s'enterrer à Lambeth avec
Ryan Topps.

Clara entend sa fille prendre la ligne sur le poste
fixe : d'abord un craquement, puis une voix aussi
claire qu'un carillon. « Écoute, pas question de rentrer à la maison, d'accord ? Pas pour le moment. Je
rentrerai quand j'en aurai envie. T'inquiète pas pour
moi. » Et c'est vrai qu'il ne devrait pas y avoir à
s'inquiéter, qu'il n'y a *aucune* raison de s'inquiéter…
si ce n'est peut-être que dehors il fait un froid sibé-
rien, que même les crottes de chien sont gelées, que
la glace commence à se former sur les pare-brise…
Clara a passé plus d'un hiver dans cette maison, elle
sait donc ce qu'il en est. Oh certes, incroyablement
lumineux à six heures du matin, incroyablement
clair, pendant une heure, soixante minutes, pas
davantage. Mais plus les jours se font courts, plus les
nuits se font longues et plus sombre la maison, et
plus il devient facile, très facile, de confondre une
ombre avec la main qui écrit sur le mur, de
confondre un bruit de pas là-haut avec le roulement
lointain du tonnerre ou la cloche carillonnant à
minuit pour la nouvelle année avec le glas annon-
çant la fin du monde.

*

Mais Clara n'avait pas d'inquiétude à avoir :
l'athéisme d'Irie n'avait pas la fragilité du sien. Il
était d'une assurance quasi chalfenienne, et Irie
envisageait son séjour chez Hortense avec un déta-

chement amusé. Elle était intriguée par l'atmosphère qui régnait dans la maison. C'était un lieu de
fins de parties, de codas et de sursis, où compter sur
l'arrivée du lendemain était faire preuve d'une faiblesse coupable et où tous les services, depuis le lai-
tier jusqu'à l'électricité, étaient payés sur une base
strictement quotidienne, car pourquoi avancer de
l'argent quand Dieu pouvait décider de réapparaître
à tout moment pour déchaîner sa sainte vengeance ?
Le bowdenisme redonnait tout son sens à l'expression « vivre au jour le jour ». Il s'agissait bien de
vivre dans l'instant éternel, sans cesse en équilibre
au bord du précipice de l'anéantissement total. Il y a
des gens qui sont prêts à se bourrer de drogues simplement pour faire l'expérience d'un état comparable à celui que connaissait quotidiennement Hortense Bowden, à quatre-vingt-quatre ans, dans son
existence de tous les jours. Vous avez peut-être vu
des nains s'ouvrir le ventre pour vous montrer leurs
entrailles, vous avez peut-être été une télévision que
l'on éteint sans crier gare, ou peut-être perçu le
monde entier en un unique éclair de conscience,
libéré de votre ego, flottant dans le cosmos infini de
l'âme ? Et alors, la belle affaire ! C'est vraiment que
dalle à côté du trip de saint Jean quand le Christ lui
a fourgué les vingt-deux chapitres de l'Apocalypse.
Ça a dû lui filer un sacré coup à l'apôtre (surtout
après le Nouveau Testament et ses paroles apai-
santes, ses sentiments élevés) que de découvrir que
la vengeance style Ancien Testament les attendait
tous au tournant. *Je reprends et châtie ceux que
j'aime.* Pas mal comme révélation.

L'Apocalypse, c'est là que finissent tous les cinglés.
Dernier arrêt avant la camisole. Or le bowdenisme,
mélange de Témoins de Jéhovah et d'Apocalypse, à
hautes doses, était ce que l'on faisait de mieux en la

matière. *Par exemple* [1], Hortense Bowden interprétait au pied de la lettre ce passage de l'Apocalypse (3.15-16) : *Je sais quelles sont vos œuvres ; que vous n'êtes ni froid ni chaud. Que n'êtes-vous ou froid ou chaud ! Mais parce que vous êtes tiède, et que vous n'êtes ni froid ni chaud, je suis prêt à vous vomir de ma bouche.* En conséquence, elle tenait la « tiédeur » pour une abomination. Elle avait toujours un micro-ondes à portée de main (c'était là sa seule concession à la technologie moderne — même si, pendant long-temps, elle avait beaucoup hésité entre le service du Seigneur et une exposition quotidienne au lavage de cerveau made in U.S.A. effectué à l'aide d'ondes haute fréquence et de tubes cathodiques), car elle voulait pouvoir porter ses repas à une température incroyable ; dans le même temps, elle conservait des pleins seaux de glace pour refroidir tous ses verres d'eau afin qu'ils soient « plus froids que froid ». Elle portait en permanence deux culottes en prévision d'éventuels accidents de la circulation ; quand Irie lui en demanda un jour la raison, elle lui répondit, l'air un peu gêné tout de même, que dès les premiers signes de l'approche du Seigneur (tonnerre, voix de stentor, accords wagnériens), elle avait l'intention de se défaire au plus vite de celle du dessous pour la remplacer par celle du dessus, de manière que Jésus la trouve bien propre, bien nette et prête pour le ciel. Elle conservait aussi un grand bidon de peinture noire dans son hall pour pouvoir, le moment venu, barbouiller les portes de ses voisins du signe de la Bête, épargnant ainsi au Seigneur la peine d'avoir à trier les mauvais, à séparer les moutons des chèvres. Et il fallait se garder de faire une phrase dans cette maison comportant les mots « fin », « fini », « ter-

1. En français dans le texte.

miné », etc., sous peine de déclencher, chez Hortense et Ryan, les habituels commentaires satisfaits et morbides :

Irie : J'ai fini la vaisselle.

Ryan Topps (secouant la tête d'un air solennel devant la vérité de cette assertion) : Comme nous serons un jour tous finis, Irie, ma fille ; prie donc avec ferveur et repens-toi.

Ou bien :

Irie : Il était génial, ce film. La fin était super !

Hortense Bowden (les larmes aux yeux) : Et ceux qui s'attendent à c'que l'monde finisse comme ça, y vont êt'cwuellement déçus. Car Il viendwa répand' la terreu', et en véwité, la généwation qu'a vu les événements d'1914, y verront le tiers des arb' qu'y b'ûlent, le tiers d'la me' qu'elle devient com' du sang et le tiers de...

Sans compter les bulletins météorologiques qu'Hortense avait en horreur. Le présentateur, quel qu'il fût, avait beau avoir l'air le plus affable, la voix la plus douce, les vêtements les plus ordinaires, elle l'injuriait copieusement tout le temps qu'il restait debout devant sa carte, puis, par pur esprit de contradiction, semblait-il, s'employait à prendre le contre-pied systématique de tous les conseils offerts (veste légère et pas de parapluie si on annonçait du mauvais temps, anorak et chapeau de pluie si on prévoyait du soleil). Il fallut plusieurs semaines à Irie pour comprendre que les météorologues étaient l'antithèse profane de ce qui constituait la grande œuvre d'Hortense, à savoir, essentiellement, une sorte de tentative supracosmique pour anticiper les desseins du Seigneur à l'aide d'une exégèse biblique des bulletins météo. Par comparaison, les météorologues étaient d'aimables plaisantins.... *Et il faut s'attendre pour demain à un grand brasier qui, venant de l'est, enveloppera toute la région de flammes qui ne donneront pas de lumière mais une obscurité visible... les régions du nord, en revanche, auront tout intérêt à s'habiller chaudement pour se protéger d'un grésil épais, et il y a de grandes chances pour que la côte soit battue par les ouragans et une grêle impitoyable qui, sur la terre ferme, ne fondra pas...* Michael Fish et ses semblables pataugeaient lamentablement en se fiant aux stupidités concoctées par l'Office national de la météo et, du même coup, tournaient en dérision cette science exacte, l'eschatologie, qu'Hortense avait passé plus de cinquante ans de sa vie à étudier.

« Du nouveau, Mr. Topps ? » (Cette question était presque invariablement posée pendant le petit déjeuner, avec les accents inquiets d'une petite fille qui s'enquiert du père Noël.)

« Non, Mrs. B. Nous n'avons toujours pas terminé notre étude. Il vous faut nous laisser, mes collègues et moi, aller au fond des choses. Dans cette vie, il y a ceux qui enseignent et ceux qui reçoivent cet enseignement. Il y a huit millions de Témoins de Jéhovah de par le monde qui attendent notre décision, qui attendent le jour du Jugement. Mais il vous faut apprendre à laisser ces choses entre les mains de ceux qui ont une ligne directe avec le Seigneur, Mrs. B. »

*

Après une absence de plusieurs semaines, Irie retourna en classe. Mais le lycée semblait si loin que le seul voyage du sud au nord de Londres tous les matins prenait l'allure d'une véritable expédition polaire, d'un voyage qui, bien pire, n'atteignait pas son but et se terminait dans les régions tempérées, une sorte de non-événement en somme comparé au maelström bouillonnant de la maison Bowden. *Mais parce que vous êtes tiède, et que vous n'êtes ni froid ni chaud, je suis prêt à vous vomir de ma bouche.* On finit par tellement se faire aux extrêmes que, tout à coup, rien d'autre ne saurait les remplacer.

Elle voyait Millat régulièrement, mais leurs conversations étaient brèves. Il arborait le nœud papillon vert désormais et paraissait très pris. Elle s'occupait toujours des fichiers de Marcus deux fois par semaine, mais évitait soigneusement le reste de la famille. Elle voyait Josh par intermittence. Il semblait, de son côté, éviter les Chalfen avec une assiduité au moins égale à la sienne. Ses parents, elle les retrouvait le week-end, rencontres d'une grande froideur, pendant lesquelles chacun s'adressait aux autres par leur prénom *(Irie, peux-tu passer le sel à Archie ? Clara, Archie veut savoir où sont les ciseaux)* et où tout le monde se sentait rejeté. Elle se doutait que l'on disait des choses derrière son dos dans tout le NW 2, de cette manière qu'ont les habitants de North London quand ils soupçonnent quelqu'un de tomber malade de la religion, cette méchante affection. Alors, elle rentrait en toute hâte à Lambeth, 28 Lindaker Road, soulagée de retrouver l'obscurité et cette sensation qu'elle avait d'être en train d'hiberner ou d'être enfermée dans un cocon ; elle était d'ailleurs curieuse de voir dans quel état elle en sortirait. Elle n'avait pas l'impression d'être en prison, car la maison était pour elle comme une jungle pour un explorateur. Dans les placards, les tiroirs jamais ouverts et les cadres jamais nettoyés se trouvaient les secrets accumulés depuis si longtemps, auxquels elle avait enfin accès. Elle découvrit des photos de son arrière-grand-mère Ambrosia, une grande et belle fille, avec d'immenses yeux en amande, et une autre de Charlie Durham, le « Blanchet », debout sur un tas de décombres, avec, en toile de fond, une mer sépia. Elle mit la main sur une bible dont une page avait été arrachée, sur des instantanés de Photomaton de Clara en uniforme d'écolière, dont le sourire de démente révélait toute l'horreur de ses dents manquantes. Elle lut des extraits de l'*Anatomie dentaire* de Gerald M. Cathey et de La Bible de la Bonne Nouvelle ; elle dévora la bibliothèque d'Hortense, petite mais éclectique, soufflant sur la poussière rouge de quelque école jamaïquaine qui recouvrait les ouvrages et se servant souvent d'un canif pour découper des pages qui ne l'avaient jamais été. Voici sa liste pour le mois de février :

Un sanatorium aux Antilles, Geo. J. H. Sutton Moxly, Londres, Sampson, Low, Marston & Co., 1886. (Il existe une relation de type inversement proportionnel entre la longueur du nom de l'auteur et l'intérêt présenté par son ouvrage.)

Le Journal de bord de Tom Cringle, Michael Scott, Édimbourg, 1875.

Au pays de la canne à sucre, Eden Phillpotts, Londres, McLure & Co., 1893.

Conseils aux futurs colons désireux de s'établir en République dominicaine, son Excellence H. Hesketh Bell, C. M. G., Londres, A. & C. Black, 1906.

Plus elle lisait, plus cette photo du sémillant capitaine Durham éveillait sa curiosité naturelle : beau et mélancolique sur son tas de briques, il avait l'air, en dépit de sa jeunesse, d'en savoir long, d'être anglais jusqu'au bout des ongles et capable d'en remontrer à plus d'un. Peut-être avait-il quelque chose à dire à Irie elle-même. Juste au cas où, elle gardait sa photo sous son oreiller. Et le matin, plus de vignobles italiens au-dehors, mais du sucre, du sucre à perte de vue, et, plus loin, des champs de tabac. Présomptueuse, elle s'imaginait que l'odeur du plantain frit la transportait ailleurs, dans un lieu forcément imaginaire puisqu'elle n'y avait jamais mis les pieds. Un ailleurs que Christophe Colomb avait appelé Saint-Jago, mais que les Arawaks avaient tenu à rebaptiser Xaymaca, nom qui survit à leur disparition. *Des forêts et de l'eau en abondance.* Non pas qu'Irie eût jamais entendu parler de ces petits bonshommes au ventre rond et au tempérament amène, victimes justement de leur aménité. Il s'agissait là d'autres Jamaïquains, oubliés de l'histoire. Elle revendiquait le passé — sa version du passé — avec passion, comme si elle cherchait à récupérer du courrier égaré. C'était donc de là qu'elle venait. Tout cela lui appartenait de droit, comme une paire de boucles d'oreilles ou un bon de la poste. Irie mettait sa marque sur tout ce qu'elle trouvait, collectionnant les moindres bricoles (certificats de naissance, cartes, articles de journaux, rapports de l'armée) et les engrangeant sous la banquette, comme si, par une sorte d'osmose, leur richesse devait traverser le tissu pendant son sommeil et pénétrer en elle.

*

Avec l'apparition des premiers bourgeons, Irie reçut des nouvelles du monde dans sa retraite. D'abord grâce à des voix. Celle de Joyce Chalfen dominant les craquements de la radio antédiluvienne d'Hortense au cours de l'émission *L'heure des jardins* :

Animateur : Une autre question de nos auditeurs, je crois. Mrs. Sally Whitaker, de Bournemouth, a une question pour nos invités. Mrs. Whitaker ?

Mrs. Whitaker : Merci, Brian. Je suis nouvellement venue au jardinage et c'est mon premier gel. Mon jardin, qui était une explosion de couleurs, s'est complètement dénudé en moins de deux mois... Des amies m'ont conseillé des fleurs à tiges courtes, mais je me retrouve avec des tas de minuscules oreilles-d'ours et de pâquerettes doubles, qui ont l'air ridicules parce que le jardin est très grand. J'aimerais vraiment planter quelque chose d'un peu plus imposant, de la taille d'un delphinium, par exemple, mais le vent risque de le casser, et quand les voisins regarderont par-dessus la clôture, ils vont se dire : Mon Dieu ! Mon Dieu ! *(rires de compassion dans le public du studio)*. Ma question à vos invités est donc la suivante, comment est-ce qu'on peut encore avoir un semblant de jardin au beau milieu de l'hiver ?

Animateur : Merci, Mrs. Whitaker. Je pense qu'il s'agit là d'un problème assez courant... et difficile à résoudre même pour le jardinier averti. Personnellement, j'ai toujours beaucoup de difficultés dans ce domaine. Mais nous allons interroger nos invités. Joyce Chalfen, une réponse ou un conseil pour les jours les plus sombres de l'hiver ?

Joyce Chalfen : Laissez-moi d'abord vous dire que vos voisins ont l'air bien curieux. À votre place, je leur dirais de se mêler de ce qui les regarde *(rires dans le public)*. Mais trêve de plaisanteries, je crois que cette nouvelle mode qui consiste à vouloir des fleurs toute l'année est en fait très malsaine pour le jardin, et le jardinier, et surtout pour le sol, je le crois vraiment... Je suis convaincue que l'hiver devrait être une période de repos, de demi-teintes, voyez-vous... et quand arrivent enfin les derniers jours du printemps, les voisins en prennent plein la vue ! Boum ! Cette explosion dont vous parliez, elle éclate enfin dans toute sa gloire. Je pense que le cœur de l'hiver est une saison de soins : il faut *soigner* le sol, le retourner, lui permettre de se reposer et préparer son avenir de manière à mieux surprendre les voisins indiscrets. Le sol d'un jardin me fait penser à un corps de femme, qui évolue par cycles, vous me suivez, fertile à certains moments et pas à d'autres, ce qui est parfaitement naturel. Mais si vous êtes décidée à avoir des fleurs coûte que coûte, alors je vous conseille les roses Lenten — *Helleborus corsicus* —, qui s'accommodent remarquablement d'un sol froid et calcaire, même si elles sont...

Irie coupa le sifflet à Joyce. Ce qui se révéla hautement thérapeutique. Mais ce n'était pas uniquement une question de personne : cette lutte pour arriver à tirer quelque chose d'un sol anglais récalcitrant lui apparaissait soudain ennuyeuse et stérile. Quel intérêt, alors qu'il y avait maintenant cet ailleurs ? (Car Irie voyait la Jamaïque comme un pays qui venait d'être nouvellement créé. Comme Christophe Colomb lui-même, elle l'avait fait exister simplement en le découvrant.) Ce lieu avec des forêts et de l'eau en abondance. Où les choses sortaient de terre à profusion, sans même qu'on ait besoin de s'en occuper, et où un jeune capitaine blanc pouvait rencontrer une jeune Noire sans ameuter les foules, tous deux innocents, sans tache, sans passé ni avenir programmé — un lieu où les choses se contentaient d'être, tout simplement. Pas de fictions, de mythes, de mensonges, ni d'écheveaux emmêlés dans cette patrie qu'imaginait Irie. « Patrie », mot magique qui, comme « licorne », « âme » et « infinité », est maintenant passé dans la langue de tous les jours. La magie toute spéciale de « patrie », le charme qu'exerçait le mot sur Irie venait du fait qu'il annonçait un début. L'origine des origines. Le premier matin dans le jardin d'Éden, le lendemain de l'apocalypse. Une page blanche.

Mais chaque fois qu'Irie avait l'impression de s'en rapprocher, de se rapprocher de cette blancheur parfaite du passé, le présent, sous une forme ou une autre, sonnait à la porte de la maison Bowden et jouait les intrus. Un dimanche vers la mi-carême, elle eut une visite surprise de Joshua, amaigri, hors de lui, plus débraillé encore qu'à l'ordinaire. Avant qu'Irie ait eu le temps d'exprimer surprise ou inquiétude, il s'était précipité dans le séjour après avoir reclaqué la porte d'entrée. « J'en ai marre, marre ! Vraiment plein l'cul ! »

La vibration de la porte avait fait tomber le capitaine Durham de son perchoir sur le rebord de la fenêtre, et Irie le remit soigneusement en place.

« Ouais, contente de te revoir, moi aussi. Tu veux pas t'asseoir et te calmer un peu ? T'en as marre de quoi ?

— D'eux, pardi. Y m'dégoûtent. Y z'arrêtent pas de parler de droits, de libertés, et y mangent des dizaines de poulets toutes les semaines. Putain d'hypocrites ! »

Irie eut d'abord du mal à faire le lien. Elle sortit une cigarette, se préparant à écouter une longue histoire. À sa grande surprise, Joshua en prit une également, et ils allèrent ensemble s'agenouiller sur la banquette devant la fenêtre pour souffler la fumée par la grille donnant sur la rue.

« Est-ce que tu sais seulement comment vivent les poulets dans ces élevages en batterie ? »

Irie n'en avait pas la moindre idée, et Joshua se chargea donc de l'éclairer. Enfermés pendant la plus grande partie de leur malheureuse vie de poulet dans l'obscurité la plus totale, encaqués comme des sardines, si l'on peut dire, dans leurs cages pleines de merde de poulet et nourris au plus mauvais grain de poulet qui soit.

Et encore, ceci n'était rien, à en croire Joshua, à côté de la vie qu'on faisait aux porcs, aux vaches et aux moutons. « C'est un putain d'crime, ouais. Mais va-t'en dire ça à Marcus. Essaie un peu de l'faire renoncer à son festin du dimanche. Putain, y sait rien, finalement. T'avais remarqué ? Y connaît un nombre de trucs incroyable sur un sujet bien précis, et puis pour tout l'reste, c'est un... Ah, attends, pendant qu'j'y pense, faut qu'tu me prennes une brochure. »

Irie n'aurait jamais pensé voir un jour Joshua Chalfen lui tendre une brochure. Mais elle en avait bel et bien une dans la main. Intitulée *Les mangeurs de viande sont des criminels*, une publication de l'association F.A.T.E.

« Ça veut dire *Fighting Animal Torture and Exploitation* [1]. C'est le noyau dur de Greenpeace, si tu veux. Lis-le... c'est pas juste des écolos déjantés, ils ont une formation scientifique et universitaire solide et ils travaillent dans une perspective anarchiste. J'ai l'impression d'avoir vraiment trouvé mon créneau, tu sais ! C'est un groupe super. À fond pour l'action directe. Le président est un ancien d'Oxford.

— Ah, ouais ? Et comment va Millat ?

— J'sais pas trop, dit Joshua en haussant les épaules. Il est cinglé. De plus en plus. Et Joyce qui continue à lui passer tous ses caprices ! M'en parle pas. Y m'rendent malade. Tout a changé », dit Josh en passant nerveusement les doigts dans ses cheveux, qui lui tombaient maintenant sur les épaules. « J'saurais même pas te dire à quel point les choses

---

1. Lutte contre la torture et l'exploitation des animaux. Le sigle donne en anglais l'acronyme F.A.T.E., « destin ».

ont changé. Tu t'rends compte, je connais de vrais...
de vraies illuminations. »

Irie approuva du chef. Les illuminations, elle comprenait ça. Sa dix-septième année en était pleine. Et
puis, la métamorphose de Joshua ne la surprenait
pas le moins du monde. Quatre mois dans la vie d'un
ado de dix-sept ans suffisent à tout bouleverser : à
vous transformer un fan des Stones en fan des
Beatles, un conservateur en démocrate libéral, puis
à nouveau en conservateur, un accro du 33 tours en
accro du C.D. Jamais plus dans sa vie, on ne
retrouve une telle aptitude à la métamorphose.

« J'savais bien que tu comprendrais. J'aurais aimé
te parler plus tôt, mais j'peux vraiment plus me voir
dans cette baraque en ce moment, et les rares fois où
j'aurais pu te parler, il y avait toujours Millat en train
de traîner. Ça m'fait vraiment plaisir de te voir.

— Moi aussi, ça m'fait plaisir. T'as changé, tu
sais. »

Josh lui signifia d'un geste de ne pas faire attention à ses vêtements, qui étaient nettement moins
ploucs que par le passé.

« On peut quand même pas porter le vieux velours
côtelé paternel toute sa vie.

— Non, évidemment.

— Tu sais que j'ai pris mon billet pour Glastonbury ? dit Joshua en frappant dans ses mains. Et
y s'pourrait que j'revienne pas. C'est ces types de
F.A.T.E. que j'ai rencontrés, je pars avec eux.

— On n'est qu'en mars. Tu partirais avant l'été,
alors ?

— Joely et Crispin — c'est les types que j'ai rencontrés —, ils disent qu'on pourrait y aller plus tôt
que prévu. On camperait pendant quelque temps.

— Et les cours ?

— Si tu peux faire sauter, j'vois pas pourquoi j'en ferais pas autant... j'crois pas que ça me pénaliserait beaucoup. J'ai toujours une tête de Chalfen sur les épaules, t'inquiète... Je reviendrai passer les exams, et pis j'me barre tout d'suite après. Irie, il faut absolument que tu rencontres ces gens. Y sont vraiment... incroyables. Lui, c'est un dadaïste. Et elle, une anarchiste. Une vraie. Pas comme Marcus. J'lui ai raconté pour Marcus, et sa foutue Souris du Futur. Elle pense qu'il est dangereux, comme mec. Peut-être même psychopathe.

— Hmm, ça me surprendrait quand même », dit Irie, après un instant de réflexion.

« Et puis, c'est décidé, dit Joshua en lançant sa cigarette sur le trottoir sans même l'éteindre, je mange plus d'viande. J'm'en tiens au poisson pour l'moment. C'est qu'une demi-mesure, parce qu'en fait, j'suis en train de devenir un putain d'végétarien. »

Irie haussa les épaules, ne sachant trop quelle attitude adopter.

« Tu sais qu'il y a du vrai dans le vieil adage ?

— Lequel ?

— Celui qui dit qu'il faut combattre le mal par le mal. C'est seulement en adoptant des comportements limites qu'on peut arriver à atteindre des types comme Marcus. Il soupçonne même pas à quel point il est à côté d'la plaque. Ça sert à rien de s'montrer raisonnable avec lui, parce qu'il est convaincu qu'y a pas plus raisonnable que lui. Qu'est-ce que tu veux faire avec des gens comme ça ? Oh, et pis j'oubliais, je renonce au cuir — j'veux dire, à le porter, et à tous les dérivés animaux. La gélatine et les trucs comme ça. »

Après avoir regardé passer les pieds — baskets, talons, en cuir ou pas — pendant un moment, Irie finit par dire : « Ça leur apprendra ! »

Le 1er avril, c'est Samad, tout de blanc vêtu puisqu'il se rendait à son travail, visage fripé, traits tirés, au bord des larmes, qui débarqua. Irie le fit entrer.

« Bonjour, Miss Jones, dit-il en s'inclinant légèrement. Et comment va votre père ?

— Vous le voyez plus souvent que nous », dit Irie, qui sourit en reconnaissant leur petit numéro. « Et comment va Dieu ?

— Très bien, merci. Est-ce que vous avez vu mon bon à rien de fils dernièrement ? »

Sans laisser le temps à Irie de passer à la réplique suivante, Samad s'effondra devant elle, et elle dut le conduire dans le séjour, l'asseoir dans le fauteuil de Darcus et lui apporter une tasse de thé avant qu'il soit à nouveau en état de parler.

« Mr. Iqbal, qu'est-ce qui ne va pas ?

— Tu veux me dire ce qui va, toi ?

— Il est arrivé quelque chose à papa ?

— Non, non... Archibald va bien. Il est comme la machine à laver de la pub. Il marche comme au premier jour.

— Alors, c'est quoi ?

— Millat. Ça fait trois semaines qu'on ne l'a pas vu.

— Bordel ! Vous avez essayé les Chalfen ?

— Il n'est pas chez eux. Mais je sais où il est... et c'est pire. Il fait une sorte de retraite avec ces cinglés de types à nœud papillon vert. Dans un centre sportif, à Chester.

— Merde, alors ! C'est vrai qu'il était pas en cours, mais j'pensais pas que ça faisait si longtemps, dit Irie en s'asseyant par terre et en sortant une cigarette. Si vous savez où il est, c'est...

— Je ne suis pas venu ici pour le trouver, je suis venu te demander ton avis, Irie. Qu'est-ce que je peux faire ? Tu le connais, toi... comment on communique avec lui ?

— Je ne sais pas », dit Irie en se mordant la lèvre, une vieille habitude de sa mère. « On est plus aussi proches qu'avant... Mais j'ai toujours pensé que ça avait peut-être quelque chose à voir avec Magid... il lui manque... il le reconnaîtrait pour rien au monde... mais Magid, c'est son frère jumeau et peut-être que s'il le voyait...

— Non, non, non. Je donnerais cher pour que ce soit la solution. Allah sait que j'ai mis tous mes espoirs en Magid. Et voilà qu'il va rentrer étudier le droit en Angleterre, et que ce sont les Chalfen qui vont lui payer ses études. Il fait passer les lois des hommes avant les lois de Dieu. Il n'a retenu aucune des leçons de Muhammad — la paix soit avec Lui ! Bien entendu, sa mère est ravie. Mais pour moi, c'est une terrible déception. Il est devenu plus anglais que nature. Crois-moi, Magid ne fera aucun bien à Millat, et inversement. Il se sont perdus en route, tous les deux. Ils se sont écartés bien loin de la vie que j'avais prévue pour eux. Je les vois tous les deux épouser des Blanches du nom de Sheila et me condamner à une mort précoce. Tout ce que je voulais, moi, c'étaient deux bons petits musulmans. Oh, Irie..., dit-il en lui prenant la main et en la tapotant affectueusement. Je n'arrive pas à comprendre où je me suis trompé. Tu as beau essayer de leur inculquer quelque chose, ils ne t'écoutent pas, parce qu'ils ont une autre musique dans les oreilles. Tu leur montres la voie, et ils prennent un foutu chemin de traverse qui mène à la faculté de droit. Tu essaies de les guider, et ils t'échappent pour aller dans un centre sportif de Chester. Tu essaies de tout planifier, et rien ne se passe comme tu l'avais prévu... »

Mais si vous pouviez tout recommencer, pensa Irie, si vous pouviez remonter avec eux jusqu'à la source du fleuve, au début de l'histoire, au pays natal... Mais elle ne dit rien de tout cela, parce que ce qu'elle sentait, il le sentait aussi, et parce que tous deux savaient que c'était aussi inutile que de courir après son ombre. Elle se contenta de dégager sa main, qu'elle posa sur celle de Samad, pour, à son tour, la caresser. « Ah, Mr. Iqbal, je ne sais pas quoi vous dire...

— Parce qu'il n'y a pas de mots pour le dire. Celui que j'envoie au pays revient cent pour cent anglais, costume blanc et perruque d'avocat. Et celui que je garde ici finit comme terroriste fondamentaliste à plein temps. Il y a des moments où je me demande pourquoi je continue à me faire du souci », dit Samad, laissant transparaître les inflexions dues à vingt ans de fréquentation de la langue anglaise dans le pays. « Oui, vraiment. Plus je vais et plus j'ai l'impression qu'on fait un pacte avec le diable quand on débarque sous ces latitudes. On tend son passeport au contrôle, on obtient un tampon, on essaie de gagner un peu d'argent, de démarrer... mais on n'a bientôt plus qu'une idée en tête : retourner au pays. Qui voudrait rester ? Il fait froid et humide ; la nourriture est immonde, les journaux épouvantables — qui voudrait rester, je te le demande ? Dans un pays où on passe son temps à vous faire sentir que vous êtes de trop, que votre présence n'est que tolérée. Simplement tolérée. Que vous n'êtes qu'un animal qu'on a fini par domestiquer. Il faudrait être fou pour rester ! Seulement voilà, il y a ce pacte avec le diable... qui vous entraîne toujours plus loin, toujours plus bas, et qui fait qu'un beau jour on n'est plus apte à rentrer, que vos enfants sont méconnaissables, qu'on n'appartient plus à nulle part.

— Allons, allons, vous ne croyez pas vraiment ce que vous dites.

— Et c'est alors qu'on commence à renoncer à l'idée même *d'appartenance*. Qui tout d'un coup vous apparaît comme un mensonge, un sale mensonge... Je commence à croire que les lieux de naissance relèvent du hasard, que tout n'est que hasard. Mais si on se met à croire ça, où va-t-on ? Qu'est-ce qu'on fait ? À quoi bon continuer ? »

Tandis que Samad dressait ce noir tableau, des accents tragiques dans la voix, Irie découvrait à sa grande honte qu'un pays où tout ne relevait que du hasard avait pour elle des allures de paradis. Était synonyme de liberté.

« Tu comprends ça, mon enfant ? Oui, je sais que tu peux le comprendre. »

Ce qu'il voulait dire, en fait, c'était : parlons-nous le même langage ? Venons-nous du même endroit ? Sommes-nous semblables ?

Irie lui pressa la main et hocha vigoureusement la tête, espérant qu'il n'allait pas se mettre à pleurer. Que pouvait-elle lui dire d'autre que ce qu'il avait envie d'entendre ?

« Oui, Mr. Iqbal, je comprends. »

Quand Hortense et Ryan rentrèrent ce soir-là, après une séance de prières exceptionnellement longue, ils étaient tous les deux dans un état d'extrême agitation. L'annonce officielle, c'était pour ce soir. Après avoir donné à Hortense une kyrielle d'instructions quant à la mise en page et à la dactylographie de son tout dernier article pour *Le Phare*, Ryan alla dans le hall pour téléphoner à Brooklyn et avoir les dernières nouvelles.

« Mais je croyais qu'il décidait avec eux, qu'il était dans le secret, pour ainsi dire.

— Oui, oui, bien sû'..., mais la confi'mation définitive, tu compwends, elle doit v'ni' de Mr. Cha'les Wintwy lui-même en pe'sonne, à B'ooklyn », dit Hortense, qui avait de la peine à retrouver son souffle. « Quelle jou'née ! Mais quelle jou'née ! Aide-moi à la soul'ver la machine à écwi'... J'en ai b'soin su' la table. »

Irie s'exécuta, transportant l'énorme vieille Remington jusqu'à la cuisine et la posant devant Hortense, laquelle lui tendit une liasse de feuillets couverts des pattes de mouche de Ryan.

« Bon, main'nant, tu m'lis tout ça, lentement, et moi, j'le tape. »

Irie s'exécuta et lut pendant une bonne demi-heure, tiquant devant la prose horriblement alambiquée de Ryan, passant le correcteur quand besoin était et grinçant des dents chaque fois que l'auteur, réapparaissant périodiquement dans la pièce, venait les interrompre pour corriger sa syntaxe ou reformuler un paragraphe.

« Alo', Mr. Topps, vous les avez eus ?

— Pas encore, Mrs. B., pas encore. Il est très occupé, Mr. Charles Wintry. Je vais aller réessayer. »

Une phrase, une des phrases de Samad, revint à l'esprit d'Irie. *Il y a des moments où je me demande pourquoi je continue à me faire du souci.* Et elle se dit qu'elle pourrait profiter de l'absence temporaire de Ryan pour poser sa question, en la formulant soigneusement.

Hortense se laissa aller contre le dossier de sa chaise et posa les mains sur ses cuisses.

« Voilà bien longtemps qu'ça m'occupe, c't'affai', Irie Ambwosia. Et j'attends c'moment depuis le jou' où j'étais toute petiote.

— Mais c'est pas une raison pour...

— Qu'esse t'en sais, des waisons, toi ? Rien du tout. L'église des Témoins, c'est là qu'elles sont mes wacines. Elle a été bonne pou' moi, l'église, quand pe'sonne d'aut', il l'était. C'est la seule bonne chose qu'ma mè', elle m'a jamais donnée, et c'est pas 'ien main'nant qu'j'vais tout laisser tomber, qu'on est si pwès du but.

— Mais mamy, c'est pas... tu seras jamais...

— Laisse-moi t'di' une bonne chose. J'suis pas 'ien comme les Témoins qu'ont juste peu' d'mouri', moi. Eux, y veulent qu'tout l'monde y meu' sauf eux. Mais ça, c'est pas une bonne waison pou' donner sa vie à Dieu. Moi, j'ai des idées qu'elles sont bien dif-féwentes. J'espè' toujou' fai' pa'tie des élus, même si j'suis qu'une femme. J'l'ai voulu toute ma vie. J'veux êt' là-haut aux côtés du Seigneu' à fai' les lois et à décider les choses. Mais quand même, l'église, elle me cou' sur le hawicot, à m'di' toujou' que j'suis qu'une femme et qu'j'ai pas l'instwuction. Tout l'monde, il essaie toujou' d'vous instwui', et que j't'instwuis pa'-ci et que j't'instwuis pa'-là... Ça a toujou' été le pwoblème des femmes d'la famille. Y a toujou' eu quéqu'un pou' essayer d'faire leur éduca-ation, en leu' faisant cwoi' qu'c'était pou' leu' bien, alors qu'c'est 'ien... qu'une question de pouvoi', pour ainsi di'. Mais si j'arrive à êt' un des cent quawante-quat', alo's pe'sonne y l'osewa plus m'instwui'. Ça, ça se'ait mon boulot à moi ! J'fe'ais mes lois à moi et j'demandwais rien à pe'sonne. Ma mè', elle en avait, d'la volonté, et moi, j'suis paweille comme elle. Et Dieu sait qu'ta mè' aussi, elle était paweille. Et pis toi, t'es la même aussi.

— Parle-moi d'Ambrosia, dit Irie, détectant dans l'armure d'Hortense un interstice dans lequel elle allait peut-être pouvoir se glisser. S'il te plaît.

— T'en sais ben assez com'ça, dit Hortense, iné-branlable. Le passé, faut l'laisser dormi'. L'a plus 'ien à apprend' à pe'sonne. Début d'la page cinq... c'est là qu'on en était westé, non ? »

À cet instant, Ryan rentra dans la pièce, le visage plus rubicond que jamais.

« Alo', Mr. Topps ? On sait quéque chose ? »

— Dieu aide les mécréants, Mrs. B., car le grand jour est proche ! C'est bien comme le Seigneur l'avait laissé entendre dans son livre de l'Apocalypse. Il n'y aura pas de troisième millénaire. Bon, il faut que vous finissiez de taper cet article, et après, y en aura un autre, que je vous dicterai comme ça, au pied levé... et puis il va falloir que vous téléphonez à tous les membres de Lambeth et que...

— Oui, oui, bien sû', Mr. Topps... mais laissez-moi d'abo'd une minute 'ien qu'pou' digéwer la nouvelle. Ça peut pas êt' un aut' jou', Mr. Topps, on est sû' d'ça, hein ? J'vous l'avais dit, hein, qu'j'le sentais dans ma chai'.

— J'suis pas sûr que votre chair a grand-chose à voir dans l'affaire, Mrs. B. Il faut surtout en attribuer le mérite à l'étude approfondie des Écritures que nous avons menée, moi et mes collègues...

— Et à Dieu, j'imagine », l'interrompit Irie, en lui lançant un regard noir et en s'approchant d'Hortense, secouée de sanglots, pour la serrer contre elle. La vieille femme embrassa Irie sur les deux joues, et celle-ci sourit en sentant la chaleur des larmes sur sa peau.

« Ah, Irie Ambwosia, j'suis si contente qu'tu soyes là pou' pa'tager ça avec nous. J'suis v'nue dans c'monde dans un twemblement d'te' tout au début d'ce siècle, et j'm'en vais voi' dispawaît' tout l'mal et les péchés du monde dans les gwondements d'un aut' twemblement d'te'. Loué soit l'Seigneu' ! C'est tout com' il l'avait pwomis, final'ment. J'savais bien qu'il le fwait. J'ai plus qu'sept ans à attend'. Quat'-vingt-douze, j'auwai ! Mais c'est 'ien du tout ça. Ma gwand-mè', cent twois ans qu'elle a vécu, et elle couwait enco' comme un lapin l'jour où elle a calanché et qu'l'est tombée waide mo'te. J'y awive'ai, va. J'suis bien awivée jusqu'là. Ma mè', elle a souffert pou' m'met' au monde, mais e' connaissait la vwaie église et elle m'a fait sorti' dans un moment qu'était terrib' pou' qu'j'puisse voir ce jou' de gloi'.

— Amen !

— Oh, amen, Mr. Topps. Faut revêti' toute l'armu' du Seigneu' ! Tiens, Irie Ambwosia, j'te pwends à témoin : j'sewai là pou' le gwand soi'. Et je sewai même à la Jamaïque pou'l'voi'. C't année-là, j'm'en vais retou'ner chez nous. Et tu pouwas veni' avec moi si qu't'app'ends et qu't'écoutes bien c'que j'dis. Tu veux-t'y veni' avec moi à la Jamaïque en l'an deux mille ? »

Irie poussa un petit cri et se précipita pour embrasser à nouveau sa grand-mère.

« Seigneu' Jésus, di' qu'j'ai vécu tout c'siècle ! s'exclama Hortense en essuyant ses larmes avec son tablier. Eh oui, tout ce siècle terrib' avec ses malheu' et ses vécéssitudes. Et gwâce soit rendue au Seigneu', j'vais senti' une gwande s'cousse aux deux bouts. »

MAGID, MILLAT ET MARCUS

1992, 1999

fondamental, adj. 1. Qui sert de base, de fond, de fonde-
ment. 2. Qui a un caractère essentiel, déterminant par rapport à d'autres choses. 3. Qui concerne le fond, l'essentiel
de qqch. 4. Qui est profondément enraciné chez qqn.

fondamentalisme n.m. 1. Courant théologique qui s'oppose
à toute interprétation historique et scientifique et s'en tient
au fixisme. 2. Tendance de certains adeptes d'une religion
quelconque à revenir à ce qu'ils considèrent comme fondamental, originel.

> « Rappelle-toi ceci, un baiser reste un
> baiser,
> Un soupir, un soupir ;
> Le temps a beau passer,
> L'essentiel refuse de mourir. »

> Herman Hupfeld,
> « Le temps qui passe »
> (chanson, 1931)

16

Le retour de
Magid Mahfooz
Murshed Mubtasim Iqbal

« Excusez-moi, vous n'allez pas fumer ça, tout de même ? »

Marcus ferma les yeux. Il détestait cette construction. Qui lui donnait toujours envie de répondre, avec une perversité grammaticale au moins égale : Si, je ne vais pas fumer ça. Non, je vais fumer ça.

« Excusez-moi, je vous ai demandé si...

— Oui, j'ai bien compris », dit Marcus doucement, en se tournant sur sa droite vers celle avec laquelle il partageait un unique bras de fauteuil, pour la bonne et simple raison que les sièges en plastique moulé étaient accolés deux par deux. « Et pour quelle raison devrais-je m'abstenir ? »

Son irritation s'évanouit à la vue de son interlocutrice : une Asiatique mince et jolie, avec un espace charmant entre les dents de devant, un pantalon de l'armée et une queue-de-cheval relevée très haut sur la tête, qui tenait sur ses genoux (par quel hasard !) un exemplaire de son ouvrage scientifique de vulgarisation, paru le printemps précédent (et écrit en collaboration avec le romancier Surrey T. Banks), *Bombes à retardement et horloges biologiques : Voyages dans notre avenir génétique.*

« Pour la bonne raison, connard, qu'il n'est pas

permis de fumer dans Heathrow. Pas dans cette section en tout cas. Et certainement pas une pipe, nom de Dieu. Vous voyez bien que ces sièges sont collés les uns aux autres, et puis je fais de l'asthme. Ça vous suffit comme raisons ?

— Amplement », dit Marcus en haussant les épaules d'un air conciliant. « C'est un bon livre ? »

C'était là une expérience toute nouvelle pour lui. Rencontrer un de ses lecteurs. Et dans le hall d'un aéroport. Il était l'auteur d'ouvrages universitaires, de textes qui n'avaient guère pour lecteurs qu'un petit nombre de gens choisis que, la plupart du temps, il connaissait personnellement. Il n'avait jamais lancé son travail dans le monde comme on lance un serpentin, sans trop savoir où il va atterrir.

« Pardon ?

— Ne vous inquiétez pas. Je n'ai pas l'intention de fumer si ça vous dérange. Je me demandais simplement si c'était un bon livre que vous aviez là. »

La fille fit la grimace. Elle n'était finalement pas aussi jolie que Marcus l'avait d'abord cru, la mâchoire était un tantinet trop dure. Elle referma le livre (elle en était à peu près à la moitié) et regarda la couverture comme si elle avait oublié de quel bouquin il s'agissait.

« Ouais, pas mal. Un peu bizarroïde, quand même. Et puis, sacrément prise de tête ! »

Marcus fronça les sourcils. Le livre avait été une idée de son agent : quelque chose à mi-chemin entre la recherche pure et le grand public. Marcus écrirait un chapitre « costaud » sur un des développements récents de la génétique, suivi en parallèle d'un chapitre de la plume du romancier explorant les idées déjà exposées mais d'un point de vue futuriste, romanesque, genre « et si cela arrivait un jour ». Il était prévu que chacun des deux auteurs rédigerait huit chapitres. Marcus devait penser aux études supérieures de ses fils, sans compter la faculté de droit de Magid, et il avait accepté essentiellement pour des raisons financières. De ce point de vue, le livre n'avait pas été le succès escompté, et Marcus, quand par hasard il y pensait, considérait l'entreprise comme un échec. Mais « bizarroïde », « prise de tête »... la réaction de cette fille l'interpellait.

« Ah bon, bizarroïde, mais de quelle manière ?

— Qu'est-ce que vous cherchez, au juste ? dit la fille, soudain soupçonneuse. Toutes ces questions... on dirait un flic. »

Marcus fut un peu refroidi. Son assurance chalfenienne légendaire était nettement plus aléatoire quand il s'aventurait dans le monde, loin du giron familial. C'était un homme direct, qui ne voyait pas l'utilité de poser des questions autrement que de manière directe, mais, ces dernières années, il avait eu l'occasion de se rendre compte que ce franc-parler n'entraînait pas nécessairement, comme c'était le cas au sein de son petit cercle d'intimes, des réponses directes de la part des étrangers. Dans le vaste monde, en dehors de son *college* et de son foyer, il fallait orner son langage de quelques fioritures. Surtout si, physiquement, on avait l'air un peu bizarre, ce qui, Marcus en était conscient, était son cas, et si l'on était un peu vieux, que l'on avait des cheveux frisés et pas coiffés et des petites lunettes qui n'étaient pas cerclées. Il fallait enrober son langage pour le rendre plus agréable au goût. Urbanités, mots bouche-trou, remarques faites en passant, s'il vous plaît et merci.

« Non, ce n'est pas un interrogatoire. Il se trouve que, tout bêtement, j'avais moi-même l'intention de me procurer ce livre. On m'en avait dit le plus grand bien, voyez-vous. Et je me demandais pourquoi vous le trouviez bizarre. »

En ayant conclu que Marcus n'était ni un terroriste ni un violeur, la fille se détendit un peu. « Oh, je sais pas au juste. Peut-être pas bizarre, non... plutôt effrayant.

— Pourquoi effrayant ?

— Ben, toutes ces manipulations génétiques, vous trouvez pas que ça fait froid dans le dos ?

— Ah bon ?

— Ben oui, ces gens qui trafiquent comme ça avec le corps humain. Ils ont l'air de dire qu'il y a un gène pour l'intelligence, un autre pour la sexualité, en fait pour pratiquement tout. Les techniques de recombinaison de l'A.D.N... », dit la fille, utilisant le terme avec précaution, comme un ballon d'essai, afin de se faire une idée de l'étendue des connaissances de son interlocuteur. N'ayant détecté aucun signe de reconnaissance sur son visage, elle poursuivit, avec davantage d'assurance : « Une fois qu'on connaît l'enzyme d'extraction pour un fragment donné d'A.D.N., on peut déclencher ou arrêter n'importe quoi, exactement comme avec une foutue chaîne stéréo. C'est ce qu'ils font avec ces pauvres souris. Ça fout les jetons, non ? Sans parler des organismes pathogènes, c'est-à-dire qui engendrent des maladies, qu'ils cultivent dans leurs boîtes de Petri. Moi, je suis étudiante en sciences politiques, et, forcément, je me pose des questions : qu'est-ce qu'ils sont en train de nous fabriquer ? Qui est-ce qu'ils cherchent à éliminer ? Parce qu'il faudrait être vraiment naïfs pour ne pas penser que l'Occident a l'intention d'utiliser toute cette merde contre l'Orient, les Arabes en particulier. Y aurait pas plus expéditif pour se débarrasser des fondamentalistes musulmans... non, sérieusement, mon vieux, dit la fille en réponse aux sourcils inter-

rogateurs de Marcus, c'est un truc à vous flanquer
une frousse terrible. Quand on lit ça, on comprend à
quel point la science est proche de la science-
fiction. »

De l'avis de Marcus, la science et la science-fiction
avaient tout de deux navires se croisant dans le
brouillard par une nuit sans lune. Un robot de
science-fiction, par exemple — sans même aller plus
loin que ce que son fils Oscar pouvait attendre d'un
robot —, avait mille ans d'avance sur tout ce que la
robotique ou l'intelligence artificielle était capable
de réaliser. Tandis que les robots imaginés par Oscar
chantaient et dansaient, totalement en symbiose
avec la moindre de ses craintes ou de ses joies, un
pauvre type du M.I.T. essayait péniblement d'obtenir
d'une machine qu'elle recrée ne serait-ce que les
mouvements d'un malheureux pouce humain. Le
gros ennui, c'était que les faits biologiques les plus
simples, la structure des cellules animales, par
exemple, étaient encore un mystère pour tout le
monde sauf pour un gamin de quatorze ans ou un
scientifique comme lui : le premier passait son
temps à dessiner ces cellules en classe, le second leur
injectait de l'A.D.N. étranger. Entre les deux, du
moins aux yeux de Marcus, s'étendait un immense
océan d'idiots, de conspirateurs, de cinglés fanatiques, de romanciers présomptueux, de défenseurs
des droits des animaux, d'étudiants en sciences politiques, et autres espèces fondamentalistes qui ne
songeaient qu'à soulever les plus étranges objections
devant les résultats de ses recherches. Ces derniers
mois, depuis que sa Souris du Futur avait commencé à faire parler d'elle, il s'était vu dans l'obligation de croire à l'existence de ces gens, à leur nombre
invraisemblable, et c'était là pour lui quelque chose
d'aussi difficile que de se faire emmener au fond du

jardin pour se faire dire qu'en cet endroit vivaient des fées.

« Ce que je veux dire, c'est qu'ils parlent de progrès », dit la fille, maintenant passablement excitée, « ils parlent de percées fantastiques dans le domaine de la médecine, et patati et patata, mais la vérité c'est que si quelqu'un découvre comment éliminer certaines qualités "indésirables" chez les gens, comment voulez-vous que certains gouvernements ne soient pas tentés ? Et qui va décider de ce qui est indésirable ? Il y a un danger de dérive fasciste làdedans... C'est pas mauvais, comme bouquin, mais il y a quand même des endroits où on se dit : mais où est-ce que ça va nous mener ? À des millions de blonds aux yeux bleus ? À des bébés sur commande ? Quand on est indien, comme moi, on a quand même du souci à se faire, non ? Sans parler des cancers qu'ils implantent dans ces pauvres souris, comme s'ils avaient le droit de trafiquer avec la nature ! Créer un animal simplement pour le faire mourir — c'est se prendre pour Dieu ! Personnellement, je suis hindoue, d'accord ? Bon, je suis pas croyante ni rien, mais quand même je crois au caractère sacré de la vie. Et ces types, pour ainsi dire, y *programment* la souris, décident du moindre de ses mouvements, du moment où elle va faire ses petits, de celui où elle va mourir... C'est contre nature, ça ! »

Marcus hocha la tête, essayant de cacher son épuisement. C'était tout bonnement épuisant de l'écouter. À aucun moment dans le livre, Marcus ne touchait à l'eugénisme — ce n'était pas son domaine, et il ne s'y intéressait pas outre mesure. Et pourtant, cette fille avait réussi à lire un ouvrage presque entièrement consacré aux applications pratiques de la recombinaison de l'A.D.N. — thérapie génétique, protéines pour dissoudre les caillots, clonage de l'insuline — et à en ressortir la cervelle pleine des habituels fantasmes néo-fascistes — clones humains robotisés, détermination génétique des caractères sexuels et raciaux, maladies génétiquement programmées, etc. Seul son chapitre sur la souris pouvait à la rigueur déclencher une réaction aussi hystérique. C'était à sa souris que le titre faisait allusion (encore une idée de l'agent) et c'était sur sa souris que s'était portée l'attention des médias. Marcus voyait clairement ce qu'il n'avait fait que soupçonner jusque-là : sans la souris, le livre n'aurait éveillé que très peu d'intérêt. Aucun de ses travaux antérieurs ne semblait avoir autant frappé l'imagination populaire que ses souris. Pouvoir décider de l'avenir d'une souris, voilà qui semblait capable de remuer les foules. Précisément parce que les gens ne voyaient les choses que sous cet angle : pour eux, ce qui était en cause, ce n'était ni la guérison éventuelle d'un cancer, ni la prévision d'un cycle de reproduction, ni l'aptitude au vieillissement, mais tout bonnement l'avenir de la *souris*. Les gens se focalisaient sur ce petit animal et paraissaient tout à fait incapables de le voir uniquement comme un site biologique où conduire des expériences sur l'hérédité, la maladie, la mortalité. Impossible d'échapper à toute cette sensiblerie. Quand le *Times* avait publié la photo d'une de ses souris transgéniques, en même temps qu'un article sur ses difficultés pour obtenir un brevet, autant lui que le journal avaient reçu des tonnes de lettres de protestation, en provenance de factions aussi diverses que l'Association des conservatrices, le lobby contre la vivisection, la Nation de l'Islam, le recteur de la paroisse St. Agnes, dans le Berkshire, et le comité directeur du journal d'extrême gauche, *Schnews.* Neena Begum lui avait téléphoné pour lui faire savoir qu'il serait réincarné en cafard. Glenard Oak, toujours sensible à la position des médias, avait annulé l'invitation lancée auprès de Marcus pour venir faire une conférence pendant la semaine nationale de la science. Son propre fils, son Joshua, refusait toujours de lui adresser la parole. Le caractère démentiel de toute cette affaire l'avait profondément marqué. Quelle terreur il avait déclenchée, bien malgré lui. Et tout ça, parce que le public avait plusieurs longueurs d'avance sur lui, comme le robot d'Oscar ; les gens avaient déjà joué la phase finale de leur jeu, avaient déjà décidé des résultats de sa recherche — que lui-même ne se risquait même pas à imaginer ! —, avec leurs histoires de clones, de zombies, d'enfants sur mesure, de gènes homos. Certes, il comprenait que son travail comportait une part de risques, moralement parlant, mais il en allait ainsi pour tous les hommes de science. On travaille toujours un peu à l'aveuglette, sans connaître les développements éventuels, sans se douter de l'horreur qui s'attachera peut-être un jour à votre nom, des morts dont peut-être on vous rendra responsable. Quand on s'attaque à un domaine nouveau, quand on s'engage dans une œuvre véritablement visionnaire, on ne peut être sûr à cent pour cent de franchir ce siècle ou le suivant sans se salir les mains. Mais arrêter le travail ? Bâillonner Einstein ? Ficeler les mains de Heisenberg ? Ce n'était pas non plus la solution.

« Mais justement », commença Marcus, plus déstabilisé qu'il ne s'y serait attendu, « justement, c'est là tout l'intérêt. Tous les animaux sont, dans un sens, programmés pour mourir. C'est tout ce qu'il y a de plus naturel. Et si cela nous paraît être le résultat du hasard, c'est parce que nous ne comprenons pas vraiment le phénomène, vous ne croyez pas ? Nous ne comprenons pas pourquoi certains individus semblent prédisposés au cancer. Pourquoi certains meurent de causes naturelles à soixante-trois ans, et d'autres à quatre-vingt-dix-sept. Il serait intéressant d'en savoir un peu plus long là-dessus, non ? L'intérêt de quelque chose comme une souris transgénique, c'est de nous donner la chance d'observer une vie et une mort pas à pas, sous le micros...

— Ouais, bon, peut-être bien, dit la fille en glissant le livre dans son sac. Faut que je file porte 52. C'était sympa de discuter avec vous. Mais oui, finalement, je crois vraiment que vous devriez lire ce bouquin. Je suis une fan de Surrey T. Banks... des fois, c'est vraiment glauque, mais c'est bien. »

Marcus regarda la fille et sa queue-de-cheval qui dansait derrière elle s'éloigner le long de la grande allée pour finir par se perdre au milieu d'autres filles à la peau sombre. Instantanément, il se sentit soulagé et se rappela avec plaisir son propre rendez-vous : Magid Iqbal, porte 32. Là, ce serait une autre paire de manches. Il avait un quart d'heure devant lui et, ayant abandonné son café qui, de brûlant, était devenu tiédasse en un rien de temps, il se mit lentement en route en direction des portes 40 à 50. L'expression « la rencontre de deux esprits » ne cessait de l'obséder. Il se rendait bien compte que penser de cette manière à un gamin de dix-sept ans était absurde, mais il ne pouvait s'en défendre, et le sentiment s'accompagnait d'une certaine allégresse, comparable à celle qu'avait peut-être éprouvée son maître quand le jeune Marcus Chalfen, âgé de dix-sept ans, était entré pour la première fois dans son petit bureau à l'université. D'une certaine satisfaction, aussi. Marcus connaissait bien ce contentement de soi qui lie maître et disciple dans une appréciation mutuelle (Vous êtes brillant, et pourtant vous daignez passer votre temps avec moi ! Je suis brillant, et vous me jugez plus digne d'attention que les autres !). Ce qui ne l'empêchait pas de s'y abandonner sans arrière-pensée. Et il était heureux de rencontrer Magid pour la première fois, seul, qui plus est, sans que l'on puisse lui reprocher d'être à l'origine de cet état de choses. C'était plutôt le résultat d'une série d'heureux hasards. La voiture des Iqbal était tombée en panne, et sa berline cinq portes n'était pas très grande. Il avait réussi à convaincre Samad et Alsana que, s'ils l'accompagnaient, il n'y aurait pas suffisamment de place pour les bagages de Magid. Millat était à Chester avec K.E.V.I.N. et avait dit, paraît-il (dans une langue qui n'était pas sans rappeler sa période films vidéo sur la mafia) : « Je n'ai plus de frère. » Irie avait un examen dans la matinée. Quant à Joshua, il refusait obstinément de monter dans une voiture en compagnie de Marcus ; pour tout dire, il avait tendance, ces derniers temps, à refuser la voiture tout court, ayant opté pour le deux-roues, beaucoup plus satisfaisant d'un point de vue écologique. L'attitude de Marcus face à la position de Josh était celle qu'il adoptait toujours face à toutes les positions de ce type, d'où qu'elles viennent. Si on les considérait d'un point de vue purement théorique, on ne pouvait être ni pour ni contre. Il n'y avait aucune explication logique à ce que faisaient les gens. Il se sentait plus impuissant que jamais face à cette brouille qui l'éloignait de Joshua. Que son propre fils ne fût pas aussi chalfenien qu'il l'escomptait, il avait du mal à l'accepter. Et c'est pourquoi depuis quelques mois, il s'était mis à fonder de grands espoirs sur Magid (ce qui expliquerait la raison pour laquelle il accélérait maintenant le pas : portes 28, 29, 30). Peut-être avait-il commencé à espérer, voire à croire fermement, que Magid

deviendrait une sorte de phare du chalfenisme orthodoxe, alors même que la doctrine était en train de
mourir de sa belle mort dans ce désert. Ils se sau-
veraient mutuellement. Serait-ce par hasard de la
foi, Marcus ? Il aborda la question de front, sans
chercher à l'éluder, alors qu'il approchait de son but,
et en fut fortement troublé, l'espace d'un instant.
Puis il se ressaisit, rassuré par la réponse. Pas de la
foi, non ; en tout cas, pas une foi aveugle. Mais
quelque chose de plus fort, de plus solide, une foi
intellectuelle.

Bref, nous voilà porte 32. Il n'y aurait donc qu'eux
deux, se retrouvant enfin, après avoir franchi la
béance qui sépare deux continents : le professeur,
l'élève enthousiaste, et puis, le moment historique de
la première poignée de main. Marcus n'imaginait
pas une seconde que la rencontre pouvait, pourrait
mal se passer. Il n'avait guère étudié l'histoire (et les
sciences lui avaient appris que le passé était plus ou
moins synonyme d'obscurantisme, alors que le futur
était un lieu de lumière où l'on faisait bien, ou du
moins mieux, les choses), il ne connaissait aucun
exemple malheureux qui pût lui faire redouter la
rencontre d'un homme blanc avec un autre à la peau
foncée, deux hommes pleins d'une folle espérance,
dont un seul cependant détenait le pouvoir. Il n'avait
pas apporté non plus de panneau de carton blanc,
contrairement à ceux qui attendaient en sa compagnie, munis de leur bannière avec un nom inscrit
dessus. Cet oubli ne laissa pas de l'inquiéter. Comment se reconnaîtraient-ils ? Puis il se souvint que
c'était un jumeau qu'il venait attendre, et cette
pensée le fit s'esclaffer tout haut. Il lui paraissait
incroyable et sublime, même à lui, que sorte de ce
tunnel un garçon doté exactement du même code
génétique qu'un autre qu'il connaissait déjà, et pour-

tant aussi radicalement différent qu'on pouvait l'imaginer. Il le verrait et pourtant, ce ne serait pas lui qu'il verrait. Le reconnaîtrait, tout en sachant que cette re-connaissance serait fallacieuse. Avant qu'il ait eu le temps d'aller plus loin dans ses réflexions, somme toute assez oiseuses, il les vit venir dans sa direction, les passagers du vol British Airways 261 : une foule brune, bavarde mais épuisée, qui se précipitait vers lui comme un torrent, détournant son cours à la dernière minute comme à l'approche d'une chute. *Nomoskar... salam a lekum... kamon acho*[1] ? Voilà ce qu'ils se disaient entre eux et disaient à leurs amis de l'autre côté de la barrière ; des femmes voilées de la tête aux pieds, d'autres en sari, des hommes vêtus d'étranges mélanges de tissu, de cuir, de tweed, de laine, de nylon, et portant de petits calots comme Marcus en avait vu sur les photos de Nehru, des enfants avec des pulls *made in Taiwan* et des sacs à dos colorés, rouge et jaune. Tous se pressaient pour franchir les portes et retrouver qui une tante, qui un chauffeur, qui des enfants, qui un officiel, qui un membre du personnel chargé des passagers en transit...

« Vous devez être Mr. Chalfen. »

La rencontre de deux esprits. Marcus leva les yeux pour regarder le grand jeune homme qui se tenait devant lui. C'était le visage de Millat, sans aucun doute possible, avec un contour cependant plus ferme et une allure plus jeune. Les yeux n'étaient pas aussi violets, ou du moins d'un violet moins profond. Les cheveux étaient flous, à la manière dont les portent les élèves des *public schools*, et coiffés vers l'avant. La silhouette était légèrement empâtée mais respirait la santé. Marcus ne s'y connaissait guère en

---

1. *Nomoskar* : Bonjour ; *kamon acho* : comment ça va ?

vêtements, mais il était capable de voir que ceux-là étaient entièrement blancs et qu'ils semblaient être bien coupés et de bonne qualité. Et Magid était beau garçon, même Marcus s'en rendait compte. S'il ne semblait pas être doté du charisme byronien de son frère, il avait en revanche une plus grande noblesse, grâce à un menton plus ferme et à une mâchoire pleine de dignité. Il ne s'agissait là que de petits détails, de ces différences que l'on ne remarque que parce que la ressemblance est tellement frappante. Ils étaient jumeaux depuis le nez légèrement recourbé jusqu'aux énormes pieds disgracieux. Marcus en conçut une légère déception. Mais il se dit aussitôt que, sous l'apparence physique, il n'y avait pas à se méprendre quant à la personne à laquelle ressemblait vraiment ce garçon. Magid ne l'avait-il pas immédiatement repéré au milieu de la foule ? Ne venaient-ils pas de se reconnaître mutuellement à un niveau bien plus profond, bien plus fondamental ? Non pas jumelés comme deux villes ou comme les deux moitiés d'un ovule, mais appariés comme les deux membres d'une équation : logiquement, essentiellement, inévitablement. Comme le font souvent les esprits rationnels, Marcus renonça un instant au rationalisme devant la stupéfiante beauté de la chose. Cette rencontre instinctive, porte 32 (Magid était venu directement vers lui d'un pas décidé) ! Se trouver aussi infailliblement au milieu d'au moins cinq cents personnes ! C'était impensable ! Aussi improbable que l'exploit du spermatozoïde franchissant les obstacles dans sa course aveugle vers l'ovule. Aussi miraculeux que cet œuf qui se sépare en deux. Magid et Marcus. Marcus et Magid.

« Oui, c'est bien moi. Magid ! Enfin, on se retrouve. J'ai l'impression que je te connais déjà... ce

qui est vrai, en un sens... Mais, bon sang, comment
as-tu fait pour me reconnaître ? »

Le visage de Magid s'illumina, se fendant d'un
sourire en coin à damner un ange. « Mais, mon cher
Marcus, il se trouve que tu es le seul visage pâle à
cent mètres à la ronde. »

*

Le retour de Magid Mahfooz Murshed Mubtasim
ébranla sérieusement les maisons Iqbal, Jones et
Chalfen. « J'le r'connais pas, confia Alsana à Clara
quand il eut passé quelques jours sous le toit familial. Il a quelque chose de bizarre. Quand j'lui ai dit
que Millat était à Chester, il a pas pipé mot. Visage
de marbre, pour ainsi dire. Ça fait huit ans, t'entends, huit ans, qu'il a pas vu son frère. Mais pas un
bruit, pas un murmure. Samad dit qu'c'est un clone,
pas un Iqbal. C'est à peine si on ose le toucher. Ses
dents, il les brosse au moins six fois par jour. Et ses
sous-vêtements, dis, il les repasse. Le matin, on s'fait
l'impression de prendre le p'tit déjeuner avec David
Niven. »

Joyce et Irie considérèrent le nouveau venu d'un
œil au moins aussi soupçonneux. Elles avaient tant
aimé l'autre frère et pendant tant d'années que ce
nouveau visage, pourtant si familier, leur donnait
l'impression qu'elles regardaient leur feuilleton télé
préféré pour constater que le héros était maintenant
joué par un autre acteur doté de la même coupe de
cheveux. Pendant les premières semaines, elles ne
surent tout bonnement pas qu'en penser. Quant à
Samad, si on l'avait laissé agir à sa guise, il l'aurait
volontiers escamoté, en l'enfermant dans le placard
sous l'escalier ou en l'expédiant au Groenland. Il
appréhendait les inévitables visites des parents et

des amis (ceux auprès desquels il s'était tant vanté, les fidèles qui étaient venus se recueillir devant l'autel de la photographie encadrée), et le moment fatal où ils se repaîtraient la vue de cet Iqbal junior, avec ses nœuds papillons, son Adam Smith, son foutu E. M. Forster, et son athéisme ! Le seul bon côté de la chose fut le changement qui s'opéra en Alsana. Le plan de Londres ? *Oui*, Samad Miah, il est dans le tiroir de droite en haut, *oui*, c'est là qu'il est, *oui*. La première fois qu'elle lui répondit ainsi, il faillit tomber raide. La malédiction était levée. Plus de *peut-être que oui, Samad Miah*, plus de *pourquoi pas, Samad Miah*. Oui, oui, oui. Non, non, non. Les fondamentaux. Soulagement infini, certes, mais pas suffisant, car ses fils l'avaient trahi. La souffrance était intolérable. Au restaurant, il se déplaçait d'un pas lourd, les yeux rivés au sol. Si des tantes ou des oncles téléphonaient, il faisait dévier la conversation ou mentait effrontément. Millat ? Il était à Birmingham, travaillait à la mosquée, oui, à raffermir sa foi. Magid ? Oui, il allait bientôt se marier, un excellent garçon, vraiment, oui, il cherchait une jeune Bengali, oh, il n'y avait pas meilleur défenseur des traditions.

Vint d'abord la période où l'on se disputa les maisons comme on se dispute les sièges au jeu des chaises musicales. Millat rentra début octobre. Plus mince, barbu, et bien décidé à ne pas voir son jumeau, pour des raisons tant politiques que religieuses et personnelles. « Magid n'a qu'à rester » (dans le genre plutôt De Niro, cette fois-ci), « je m'en vais. » Et parce que Millat avait maigri, avait l'air fatigué et un peu perdu, Samad décida qu'il pouvait rester, ce qui ne laissa pas d'autre choix à Magid que d'aller s'installer chez les Chalfen (au grand dam d'Alsana) jusqu'à ce que l'on trouve une solution. Joshua, furieux de se voir supplanté dans l'affection de ses parents par un autre Iqbal, alla chez les Jones, tandis qu'Irie, si elle avait ostensiblement rejoint le foyer familial (à la condition expresse qu'on lui accorde son « année sabbatique »), passait tout son temps chez les Chalfen, s'occupant des affaires de Marcus afin de gagner de quoi alimenter ses deux comptes bancaires (*Jungle amazonienne, été 93*, et *Jamaïque, an 2000*), travaillant souvent très tard le soir et dormant sur la banquette.

« Les enfants nous ont quittés, ils courent le vaste monde », dit Samad à Archie au téléphone, d'un ton si mélancolique que ce dernier pensa qu'il s'agissait d'une citation. « Ce sont des voyageurs sur des terres étrangères.

— C'est des vagabonds, ouais, répondit Archie d'un ton sévère. J'vais t'dire, si j'avais r'çu un penny chaque fois qu'j'ai vu Irie ces derniers mois... »

Il en aurait eu une petite dizaine, le pauvre. Irie n'était jamais à la maison. Elle était prise entre Charybde et Scylla. Coincée dans une impasse, comme l'Irlande, comme Israël, comme l'Inde. Si elle restait chez elle, Joshua n'arrêtait pas de lui reprocher sa collaboration avec Marcus et ses souris. Elle n'avait pas d'arguments à lui opposer, ni aucune envie de s'embarquer dans ce genre de discussions : *peut-on faire breveter un organisme vivant ? A-t-on le droit d'implanter des germes pathogènes dans un animal ?* Irie n'en savait rien, et avec cet instinct qu'elle avait hérité de son père, ne disait mot et gardait ses distances. Mais chez les Chalfen, où ses occupations étaient devenues un job d'été à plein temps, elle se trouvait confrontée à Magid, et la situation était tout bonnement invivable. Son travail pour Marcus, qui avait commencé timidement neuf mois plus tôt par la mise en ordre d'un fichier et du classement de documents, avait littéralement décuplé ; l'intérêt récemment suscité par les recherches de son employeur faisait qu'elle devait s'occuper de répondre aux appels des médias, de trier des tonnes de courrier, d'organiser des rendez-vous. Ses émoluments avaient suivi la même courbe ascendante et atteignaient presque le salaire d'une secrétaire. Mais c'était justement là qu'était le problème : elle restait une secrétaire, là où Magid était un confident, un apprenti et un disciple, accompagnant Marcus dans ses voyages, l'observant dans son laboratoire. C'était le *golden boy*. L'élu. Non seulement il était brillant, mais il était aussi charmant. Non seulement était-il charmant, mais il était aussi généreux. Il était l'être que Marcus appelait de ses vœux. Voilà un garçon qui pouvait mettre sur pied les plus beaux systèmes de défense, et les plus compatibles avec la morale, avec un professionnalisme que son jeune âge n'aurait pas laissé attendre, et qui aidait Marcus à formuler des arguments qu'il n'aurait pas eu, seul, la patience de mettre en mots. C'était Magid qui l'encourageait à sortir de son laboratoire et lui prenait la main pour l'entraîner dans le monde aveuglant de lumière où l'attendait le grand public. Les gens réclamaient Marcus et sa souris, et Magid savait comment les leur donner. Si le *New Statesman* avait besoin de deux mille mots sur la controverse du brevet, c'était Magid qui écrivait sous la dictée, habillant les paroles de Marcus dans un anglais élégant, faisant des affirmations brutales d'un scientifique qui ne s'intéressait pas aux problèmes d'ordre moral les arguments subtils d'un philosophe. Si *Channel 4* avait besoin d'une interview, c'était Magid qui expliquait comment il fallait se tenir sur son siège, bouger les mains, incliner la tête. Et tout ceci de la part d'un garçon qui avait passé la plus grande partie de sa vie dans les Chittagong Hills, sans l'ombre d'une télévision ni même d'un journal. Marcus, même si depuis toujours il détestait ce mot, était tenté de parler de miracle. Ou pour le moins de phénomène « extrêmement inattendu ». Ce garçon était en train de changer sa vie, et pareil événement était « extrêmement inattendu ». Pour la première fois de son existence, Marcus était prêt à admettre qu'il avait des défauts — oh, pas des gros, non — mais... tout de même... des défauts. Peut-être s'était-il trop complu dans son isolement. Peut-être s'était-il montré trop agressif face à l'intérêt dont témoignait le public pour son travail. Il se rendait compte qu'il y avait place pour le changement. Et le trait de génie, dans toute cette affaire, le coup de maître, c'était qu'à aucun moment Magid ne donnait à penser à Marcus qu'il composait avec le chalfenisme. Il exprimait quotidiennement son attachement indéfectible à la doctrine. Tout ce que voulait Magid, expliquait-il au grand prêtre, c'était apporter le chalfenisme au reste du monde. Et il convenait de donner aux gens ce qu'ils voulaient sous une forme qu'ils étaient susceptibles de comprendre. Il y avait quelque chose de si extraordinaire dans la manière dont il le disait, quelque chose de si apaisant, de si *authentique*, que Marcus, qui aurait rejeté ce genre de proposition avec la plus grande véhémence six mois plus tôt, cédait sans protester.

« Il y a encore de la place pour une autre grande figure dans ce siècle », lui disait Magid (ce type avait un art consommé de la flatterie). « Freud, Einstein, Crick et Watson... Il y a encore un siège vide, Marcus. Le bus n'est pas tout à fait complet. Ding ! Ding ! *Il reste une place libre...* »

Quel plus beau compliment ? Comment y résis-

ter ? Marcus et Magid. Magid et Marcus. Rien
d'autre ne comptait. Ils étaient l'un comme l'autre
inconscients du mal qu'ils pouvaient faire à Irie,
autant que du trouble, des étranges secousses tellu-
riques que leur soudaine amitié avait provoqués
dans leur entourage. Marcus avait plié bagage,
comme Mountbatten quittant l'Inde ou un ado ras-
sasié laissant tomber sa dernière copine. Il déclinait
toute responsabilité, pour tout et pour tout le monde
— Chalfen, Iqbal ou Jones —, sans distinction
aucune, sauf pour Magid et ses souris. Tous les
autres étaient des fanatiques. Et Irie se mordait la
langue pour ne pas exploser, parce que Magid était
bon et que Magid était gentil et qu'il arpentait la
maison tout de blanc vêtu. Mais comme toutes les
incarnations du Second Avènement, comme tous les
saints, les sauveurs et les gourous, Magid Iqbal était
aussi, pour reprendre les mots éloquents de Neena,
un emmerdeur de première, un emmerdeur cent
pour cent, un emmerdeur patenté. Conversation
typique :

« Irie, j'ai un problème.

— Pas maintenant, Magid. Je suis au téléphone.

— Je ne voudrais pas empiéter sur ton temps, qui
est précieux, mais c'est assez urgent, tu sais. J'ai
vraiment un problème.

— Magid, est-ce que tu pourrais...

— Tu comprends, Joyce m'a très gentiment acheté
ce jean. C'est un Levis.

— Écoutez, est-ce que je peux vous rappeler plus
tard ? D'accord... O.K... au revoir. Bon, alors, qu'est-
ce qu'il y a, Magid ? C'était un appel important, bon
sang. Qu'est-ce que tu veux ?

— Voilà, j'ai un jean américain, blanc, magnifique,
que la sœur de Joyce a rapporté d'un séjour à Chicago, la Cité du vent, comme on l'appelle, encore que

le climat, me semble-t-il, n'y ait rien extraordinaire, si l'on songe à la proximité de cette ville par rapport au Canada. Donc j'ai un jean de Chicago. Un cadeau tellement attentionné ! Mais j'ai un problème : l'étiquette que j'ai trouvée sur la couture intérieure dit que le jean est apparemment "shrink-to-fit". Je me demande ce que ça peut bien vouloir dire.

— Ça veut dire qu'il rétrécit jusqu'à ce qu'il aille parfaitement. Enfin, c'est ce qu'il me semble.

— Mais Joyce avait pris la précaution de m'acheter juste la bonne taille, un 32, 34. Tu veux voir ?

— Non, ça ira comme ça. Je te crois sur parole. Dans ce cas, ne le fais pas rétrécir.

— C'est la conclusion à laquelle j'étais d'abord arrivé. Mais il semblerait qu'il n'existe pas de procédure spéciale pour le faire rétrécir. Si on le lave, il rétrécit, tout bêtement.

— Fascinant !

— Et tu te doutes bien qu'à un moment ou à un autre, il va falloir que je le lave.

— Où veux-tu en venir, Magid ?

— Eh bien, je voudrais savoir si le pantalon rétrécit dans des proportions pré-calculées, et si oui, lesquelles ? Si le fabricant a fait une erreur, il est évident qu'il s'expose à des tas de recours. Ça ne sert à rien qu'il rétrécisse pour être à la "bonne taille", après tout, s'il ne rétrécit pas pour être à ma taille à moi. Il existe une autre possibilité, comme me l'a suggéré Jack, c'est qu'il rétrécisse pour s'adapter à ta silhouette. Mais comment est-ce possible ?

— Et pourquoi t'irais pas t'foutre dans un bain avec ton putain de jean sur toi, histoire de voir c'qui s'passe, hein ? »

Mais il fallait davantage que des paroles pour provoquer Magid. Puisque le plus souvent, il se contentait de tendre l'autre joue. Parfois jusqu'à des centaines de fois par jour, comme une institutrice de maternelle shootée à l'ecstasy. Ni blessé, ni furieux, il vous adressait d'abord un étrange sourire, puis inclinait la tête (exactement selon le même angle que son père, quand celui-ci prenait une commande de crevettes au curry) dans un geste de pardon sans réserve. Il était en totale empathie avec tout le monde, Magid. Et c'était chiant comme pas possible.

« Oh, merde, j'voulais pas dire ça... Excuse-moi. J'sais pas ce qui... Mais faut dire aussi que t'es... T'as des nouvelles de Millat ?

— Mon frère me fuit », dit Magid, le visage toujours empreint de la même expression de calme et de pardon universel. « Il m'a marqué du signe de Caïn parce que je suis non croyant. En tout cas parce que je ne crois pas en son dieu, ni en aucun de ceux qui sont traditionnellement reconnus. Et à cause de cela, il refuse de me voir, ou même de me parler au téléphone.

— Oh, il changera sûrement d'avis, tu sais. Il a toujours été buté.

— Évidemment, toi, tu l'aimes, poursuivit Magid sans donner à Irie le temps de protester. Alors, tu connais ses habitudes, ses mœurs, et tu es capable de comprendre avec quelle violence il réagit à ma conversion. Parce que je me suis converti à la Vie, moi. Son dieu, je le vois dans la millionième décimale du nombre π, dans les arguments du *Phèdre* de Platon, dans une antinomie logique parfaite. Mais, pour Millat, ça ne suffit pas. »

Irie le regarda bien en face. Il y avait sur ce visage quelque chose qu'elle cherchait à identifier depuis quatre mois sans y parvenir, et qui était masqué par sa jeunesse, son apparence physique, ses vêtements bien propres et son hygiène corporelle. Mais elle savait maintenant à quoi s'en tenir : il faisait partie de ces êtres à part... comme Mary la folle, l'Indien au visage pâle et aux lèvres bleues, ou le type qui transportait partout sa perruque au bout d'une ficelle ; comme ces gens qui arpentent les rues de Willesden sans aucune intention d'acheter de la bière Black Label, de voler une stéréo, de toucher l'allocation chômage ou de pisser dans une impasse. Ces êtres qui n'avaient qu'une idée en tête : jouer les prophètes. Ce besoin se lisait clairement sur le visage de Magid. Ce qu'il voulait d'abord, c'était vous parler, vous parler encore et encore.

« Millat est du genre à exiger une reddition complète.

— C'est bien son style, effectivement.

— Il veut que je devienne membre des Keepers of the Eternal...

— Ouais, K.E.V.I.N. J'les connais. Alors, tu lui as bel et bien parlé ?

— Je n'ai pas besoin de lui parler pour savoir ce qu'il pense. On est jumeaux, tu sais. Je n'ai pas envie de le voir. Et je n'en ressens pas le besoin. Tu comprends la nature de la gémellité ? Tu comprends le sens du mot "clivage" ? Ou plutôt l'ambiguïté qui...

— Magid. J'voudrais pas t'faire de peine, mais j'ai du boulot.

— Bien sûr », dit Magid, accompagnant ses paroles d'une petite révérence. « Excuse-moi, je vais de ce pas soumettre mon jean de Chicago à l'expérience que tu as proposée. »

Irie grinça des dents, prit le téléphone et reforma le numéro du correspondant qu'elle avait interrompu quelques minutes auparavant. C'était un journaliste (il n'y avait que des journalistes, ces temps-ci), et elle avait quelque chose à lui lire. Elle avait suivi un cours accéléré sur les relations avec les médias depuis qu'elle avait passé ses examens, et ses contacts avec eux lui avaient appris qu'il ne servait à rien de chercher à traiter individuellement avec chacun d'eux. Donner un point de vue original au *Financial Times*, un autre au *Mirror*, et un troisième au *Daily Mail* était impossible. C'était leur boulot, pas le sien, de trouver le bon angle, d'écrire chacun leur livre de l'énorme bible médiatique. Les journalistes étaient des fanatiques qui avaient l'esprit de clan et défendaient leur territoire de manière obsessionnelle, offrant la même pâture jour après jour. Il en avait toujours été ainsi. Qui aurait jamais deviné que Luc et Jean adopteraient des points de vue aussi différents sur le scoop du siècle, la mort du Seigneur ? C'était bien la preuve que, ces types, on ne pouvait pas leur faire confiance. Le travail d'Irie, en conséquence, consistait simplement à transmettre l'information, à dicter mot à mot les textes rédigés par Marcus et Magid et épinglés au mur devant elle.

« O.K., dit le pisse-copie. Magnéto branché. »

C'était toujours là qu'Irie trébuchait, sur la première difficulté du métier de *public relations* : faire semblant de croire à ce qu'on vend. Non pas que la foi lui manquât. C'était plus profond que ça. Elle n'y croyait pas en tant que réalité physique. Souris du Futur© avait désormais pris les dimensions d'une énorme caricature d'idée (on en parlait dans tous les journaux, soit pour la discuter âprement — *L'invention devait-elle être brevetée ?* —, soit pour la porter aux nues — *La plus grande réalisation de ce siècle ?*), si bien que l'on s'attendait presque à voir cette foutue souris se lever et commencer à parler. Irie prit une profonde inspiration. Elle avait eu beau les répéter des dizaines de fois, les mots semblaient toujours aussi fantastiques, aussi absurdes — de la fiction portée sur les ailes de la fantaisie —, avec davantage qu'une simple trace de Surrey T. Banks :

COMMUNIQUÉ DE PRESSE :
15 OCTOBRE 1992

Sujet : Lancement de Souris du Futur©

Le professeur Marcus Chalfen, écrivain, scientifique de renom et figure de proue d'un groupe de généticiens de St. Jude's College, a l'intention de « lancer » son dernier « produit » auprès du public, afin de permettre une plus grande compréhension des développements les plus récents de la génétique et de susciter un plus grand intérêt pour son travail. L'entreprise est destinée à démontrer la complexité du travail accompli en matière de manipulation des gènes et à démythifier cette branche de la recherche biologique qui est au centre de tant de controverses. Il y aura sur les lieux une exposition permanente, un auditorium, un espace multimédias et des jeux interactifs pour les enfants. Les fonds viendront en partie de la Millenial Science Commission du gouvernement, auxquels s'ajouteront des subventions du monde des affaires et de l'industrie.

Une Souris du Futur de deux semaines sera exposée au Perret Institute de Londres à partir du 31 décembre 1992. Et jusqu'au 31 décembre 1999. Cette souris est génétiquement normale, à l'exception d'un groupe sélectionné de gènes qui ont été ajoutés au génome. Pour ce faire, un clone A.D.N. de ces gènes est injecté dans un œuf fertilisé de souris (ou zygote) et va s'intégrer dans un des chromosomes ; le « transgène » pourra ainsi être transmis à toutes les cellules de l'embryon qui dérivent de cet œuf. Les transgènes sont préalablement modifiés de manière à être actifs seulement dans certains tissus de l'animal, et à certains moments de son développement. La souris sera un site d'expérimentation pour l'étude du vieillissement des cellules, la progression du cancer dans les cellules et d'autres sujets qui seront autant de « surprises » tout au long de cette période !

Le journaliste s'esclaffa. « Putain, mais qu'est-ce que ça veut dire ?

— J'sais pas, dit Irie. Des surprises, quoi. »

Elle poursuivit :

La souris vivra les sept ans pendant lesquels elle sera exposée, ce qui représente à peu près deux fois l'espérance de vie normale d'une souris. Ce qui implique aussi que son développement est retardé dans des proportions de deux ans pour un. À la fin de la première année, l'oncogène T. du virus S.V. 40, que la souris porte dans les cellules pancréatiques productrices d'insuline, donnera des carcinomes qui continueront à se développer à un rythme ralenti tout au long de sa vie. À la fin de la deuxième année, l'oncogène H-ras dans les cellules de la peau commencera à se manifester sous forme de multiples papillomes bénins que l'on pourra discerner à l'œil nu trois mois plus tard. Quatre ans après le début de l'expérience, la souris commencera à perdre son aptitude à produire de la mélanine, suite à la destruction progressive et programmée de la tyrosinase. À ce stade, elle perdra toute pigmentation et deviendra albinos : une souris blanche. En l'absence de toute interférence extérieure ou imprévue, la souris vivra jusqu'au 31 décembre 1999, et mourra dans le mois suivant cette date. L'expérience de la Souris du Futur© offre au public une occasion unique de voir un processus de vie et de mort « en gros plan », d'avoir un accès direct à une technologie qui pourrait ralentir les progrès de la maladie, contrôler le processus du vieillissement et éliminer les défectuosités génétiques. Souris du Futur© ouvre la voie à une nouvelle ère de l'histoire de l'humanité, où nous ne serons plus les jouets du hasard mais où nous pourrons décider de notre destin.

« Nom de Dieu ! s'exclama le journaliste. Ça fout les j'tons, c'truc-là.

— Ah, oui ? » dit Irie, l'air absent (elle avait encore dix appels à passer au cours de la matinée). « Vous voulez que je vous envoie quelques photos ?

— Ouais, allez-y. Ça m'évitera d'aller fouiller dans les archives. Salut. »

Au moment où Irie raccrochait, Joyce entra dans la pièce comme une comète déguisée en hippy, grande traînée noire de velours frangé, caftan et foulards de soie.

« Arrête avec ce téléphone ! Combien de fois faudra-t-il que je te le dise ? Il faut laisser la ligne libre. Millat risque d'appeler. »

Quatre jours plus tôt, Millat n'était pas allé au rendez-vous que Joyce avait fixé pour lui chez la psychiatre. On ne l'avait pas revu depuis. Tout le monde savait qu'il était avec K.E.V.I.N., et tout le monde savait aussi qu'il n'avait nullement l'intention d'appeler Joyce. Tout le monde sauf Joyce.

« Il faut a-bso-lu-ment que je lui parle s'il appelle. Nous n'avons jamais été aussi près de débloquer la situation. Marjorie est pratiquement certaine qu'il s'agit de troubles de la concentration dus à une hyperactivité.

— Et comment est-ce que toi, tu peux être au courant ? Je croyais que Marjorie était médecin. Le secret professionnel, vous vous en foutez, en somme.

— Oh, Irie, ne sois pas stupide. Marjorie est aussi une amie. Elle essaie simplement de me tenir informée.

— Ouais, ça ressemble comme deux gouttes d'eau à un coup de la mafia bourgeoise.

— Oh, tu es impossible ! Tu es devenue franchement hystérique, ces temps-ci. Écoute, il ne faut à aucun prix que tu bloques la ligne.

— Je sais. Tu viens d'le dire.

— Parce que si Marjorie a raison et qu'il souffre de troubles de la concentration, il faut absolument qu'il contacte un médecin et qu'il commence un traitement. C'est une affection débilitante.

— Joyce, il ne souffre d'aucun trouble. Il est musulman, c'est tout. Ils sont un milliard comme lui. Tu vas pas m'faire croire qu'ils ont tous la même affection.

— Tu es parfaitement cruelle, dit Joyce, accusant le coup. Voilà un commentaire totalement déplacé. »

En deux ou trois enjambées, elle se retrouva à côté de la planche à pain et se coupa, la larme à l'œil, un énorme morceau de fromage. « Écoute, dit-elle, ce qui compte maintenant, c'est que j'arrive à les faire se rencontrer tous les deux. C'est vraiment le moment.

— Pourquoi maintenant ? demanda Irie, sceptique.

— Parce qu'ils ont besoin l'un de l'autre, voilà pourquoi, dit Joyce en engloutissant le morceau de fromage.

— Mais s'ils en ont pas envie, pourquoi les forcer ?

— Il arrive que les gens ne sachent pas eux-mêmes ce dont ils ont envie. Ce dont ils ont besoin. Ces deux garçons ont besoin l'un de l'autre comme... » Joyce réfléchit un instant. La métaphore n'était pas son fort. Dans un jardin, on ne plante jamais une chose là où une autre est censée se trouver. « Ils ont besoin l'un de l'autre comme Laurel et Hardy, comme Crick avait besoin de Watson...

— Ou comme le Pakistan oriental avait besoin du Pakistan occidental.

— Je ne trouve pas ça drôle du tout, Irie.

— Mais je ne plaisante pas, Joyce. »

Joyce se coupa un autre bout de fromage, arracha deux morceaux de pain à la miche qui se trouvait devant elle et se confectionna un énorme sandwich.

« La vérité, c'est que ces garçons ont tous les deux de gros problèmes affectifs, et le fait que Millat refuse de voir Magid n'arrange pas les choses. Ça le perturbe énormément. Ils ont été séparés par leur religion, et par leur culture. Tu imagines le traumatisme ? »

Irie, à cet instant, regretta d'avoir interrompu Magid, de ne pas l'avoir laissé parler, autant qu'il en avait envie. Au moins, elle aurait eu un minimum de renseignements. Elle aurait eu quelque chose à répondre à Joyce. Parce que quand on prend la peine d'écouter les prophètes, ils vous fournissent des munitions. Le phénomène de la gémellité. La millionième décimale de π (les nombres infinis ont-ils un début ?). Et, par-dessus tout, la double signification du mot « clivage ». Est-ce que Magid savait ce qui était le pire, le plus traumatisant : remettre ensemble ou séparer ?

« Joyce, pourquoi tu t'occuperais pas un peu de ta propre famille, pour changer ? Josh, par exemple. Tu l'as pas vu depuis quand ? »

Joyce se raidit. « Josh est à Glastonbury.

— D'accord. Mais Glastonbury, ça fait deux mois que c'est fini.

— Il doit voyager un peu. Souviens-toi, il en avait parlé avant de partir.

— Et avec qui, hein ? Tu ne sais rien, absolument rien de ces gens. Pourquoi est-ce que, pour une fois, tu t'inquiéterais pas un peu de ça, au lieu d'aller fourrer ton putain d'nez dans les affaires d'tout l'monde ? »

En dépit de la violence de la remarque, Joyce ne broncha pas. Difficile d'imaginer à quel point elle s'était habituée aux insultes des adolescents ; elle y était exposée si régulièrement, ces temps-ci, de la part de ses propres enfants, sans parler de ceux des autres, qu'un juron ou une méchanceté ne l'affectaient même plus. Elle se contentait de les ignorer.

« La raison pour laquelle je ne me fais pas de souci pour Josh, comme tu le sais très bien », dit Joyce en souriant, de son ton de conseillère parentale, « c'est parce qu'il essaie tout bonnement d'attirer l'attention sur lui. Un peu comme toi d'ailleurs, en ce moment. Il est à un âge où il est parfaitement normal pour les enfants de la bourgeoisie cultivée de se livrer à quelques écarts de conduite. » (Contrairement à beaucoup de nos contemporains, Joyce n'avait aucune honte à recourir au mot « bourgeoisie ». Dans le lexique des Chalfen, la bourgeoisie était l'héritière directe des Lumières, la créatrice du *welfare state*, l'élite intellectuelle et la source de toute culture. D'où leur était venue pareille idée, difficile à dire.) « Mais ils ne tardent pas à s'assagir. Je fais toute confiance à Joshua en la matière. Il traverse simplement une période où il rejette son père. Ça lui passera. Tandis que Magid, lui, a de vrais problèmes. Je me suis documentée, Irie, et il y a des tas de symptômes. Qui ne sont pas bien compliqués à déchiffrer.

— Moi, j'ai l'impression que tu les déchiffres mal », contre-attaqua Irie, qui sentait poindre l'affrontement. « Magid va parfaitement bien. Je viens juste de lui parler. Il a tout d'un maître zen. C'est le mec le plus serein que j'aie jamais rencontré. Il travaille avec Marcus, ce qui est exactement ce qu'il a envie de faire, et il est heu-reux, merde. Et si, pour une fois, on essayait tous de se mêler de c'qui nous regarde ? Un peu d'laisser-faire, qu'est-ce que t'en dirais ? Je te l'répète, Magid va très bien.

— Irie, ma chérie », dit Joyce, obligeant l'autre à se décaler d'une chaise et à s'installer sur celle qui jouxtait le téléphone, « ce que tu n'arrives pas à comprendre, c'est que les gens sont extrêmes. Ce serait fantastique si tout le monde était comme ton père, capable de faire comme si de rien n'était quand la moitié de la toiture a déjà été emportée. Mais la grande majorité des gens sont incapables d'un tel détachement. Magid et Millat, eux, ont des comportements extrêmes. Oh, c'est très bien de parler de laisser-faire et de prôner la tolérance, mais la vérité, c'est que Millat est en train de se fourrer dans un guêpier terrible avec ces fondamentalistes. Terrible, crois-moi. Je n'en dors plus te-llement cela me tient en souci. On lit te-llement de choses dans les journaux à propos de ces groupuscules... Et ça perturbe terriblement Magid, cette histoire. Crois-tu vraiment que je puisse rester assise dans mon coin à les regarder se détruire chacun de leur côté, simplement parce que leurs parents — je suis bien obligée de le dire, puisque que c'est vrai — parce que leurs parents n'ont pas l'air de s'inquiéter le moins du monde ? Je n'ai jamais voulu que le bien-être de ces garçons, et s'il y en a une qui devrait le savoir, c'est toi. Ils ont besoin qu'on les aide. Tiens, je suis passée tout à l'heure devant la salle de bains pour voir quoi, je te l'demande ? Magid assis dans la baignoire, tout habillé ! Oui, dans l'eau, avec son jean. Tu te rends compte ? Tu peux dire de moi ce que tu veux », dit Joyce, affichant une sérénité de bovin, « mais je sais quand même reconnaître un enfant traumatisé quand j'en vois un. »

17

Pourparlers et tactiques
de la onzième heure

« Mrs. Iqbal ? C'est Joyce Chalfen. Mrs. Iqbal ? Je vous vois parfaitement. C'est Joyce. Je crois vraiment qu'il faut que nous parlions. Pourriez-vous... euh... ouvrir la porte ? »

Elle le pourrait, oui. Théoriquement, du moins. Mais dans la tension ambiante, entre des fils en guerre et des factions déchaînées, Alsana avait besoin d'une tactique qui lui soit propre. Elle avait tâté du silence, avait fait la grève des mots et mangé plus que de raison (le contraire d'une grève de la faim : la surcharge pondérale comme tentative d'intimidation de l'ennemi), elle allait maintenant essayer le sit-in.

« Mrs. Iqbal... je vous demande cinq minutes. Magid est vraiment très perturbé par toute cette affaire. Il est inquiet au sujet de Millat, et moi aussi. Cinq minutes, Mrs. Iqbal, je vous en prie. »

Alsana ne bougea pas de sa chaise. Elle se contenta de continuer son ourlet, gardant un œil sur le fil noir tandis qu'il passait d'une cannette à l'autre avant de se planter dans le P.V.C., appuyant comme une forcenée sur la pédale de la Singer, telle une Valkyrie pressant les flancs de sa monture sur le chemin du couchant.

« Tu pourrais aussi bien la laisser entrer », dit Samad d'un ton résigné, en émergeant du séjour où l'insistance de Joyce l'avait empêché d'apprécier pleinement *The Antiques Roadshow*. (En dehors de *The Equalizer*, animé par ce grand arbitre de la morale qu'est Edward Woodward, c'était l'émission favorite de Samad. Il avait passé quinze longues années télévisuelles à attendre qu'une ménagère cockney sorte un jour de son sac à main une babiole ayant appartenu à Mangal Pande. *Oh, Mrs. Winterbottom, voilà qui est absolument passionnant. Nous avons ici le canon du mousquet de...* Il attendait, la main droite sur le téléphone, pour pouvoir, au cas où les choses se passeraient effectivement ainsi, appeler aussitôt la B.B.C. et demander l'adresse de ladite Mrs. Winterbottom et le prix de l'objet en question. Tout ce qu'il avait vu passer jusqu'ici, c'étaient des médailles commémorant la mutinerie et une montre de gousset ayant appartenu à Havelock, mais il n'en continuait pas moins à regarder.)

Il jeta un coup d'œil au bout du corridor à la silhouette de Joyce, que l'on distinguait à travers la vitre de la porte d'entrée, et se gratta les testicules, tristement. Samad était en grand appareil télévisuel : pull à col en V d'une couleur on ne peut plus criarde, laissant voir un estomac rebondi comme une bouillotte bien remplie, longue robe de chambre mangée aux mites, boxer-short à motif cachemire d'où sortaient deux allumettes en guise de jambes, héritage de sa jeunesse. Quand il était d'humeur télévisuelle, il était incapable de la moindre décision. La boîte dans l'angle de la pièce (qu'il aimait à considérer comme une sorte d'objet ancien, à qui sa caisse en bois et ses quatre pieds donnaient l'allure de quelque robot victorien) l'aspirait pour le vider de toute son énergie.

« Alors, tu vas t'décider à faire quéque chose ? Débarrasse-nous d'elle. Au lieu d'rester là, à exhiber ta panse flasque et ton zizi riquiqui. »

Samad ronchonna et remballa la cause de tous ses ennuis, deux gros testicules poilus et une queue molle et résignée, dans la doublure intérieure de son short.

« Elle ne voudra pas partir, murmura-t-il. Et si elle le faisait, ce serait pour revenir avec des renforts.

— Mais pourquoi ? Elle trouve qu'elle a pas causé assez d'ennuis comme ça ? » demanda Alsana tout fort, suffisamment pour que Joyce l'entende. « Elle a sa famille à elle, non ? Pourquoi elle va pas les emmerder eux, pour changer un peu ? Quatre garçons, ça lui suffit pas ? Il lui en faut combien ? Combien, nom de Dieu ? »

Samad haussa les épaules et alla chercher dans le tiroir de la cuisine les écouteurs qu'on pouvait brancher directement sur la télé de manière à court-circuiter le monde extérieur. Comme Marcus, il s'était désengagé. Qu'ils se débrouillent. Qu'ils s'entre-déchirent et lui foutent la paix.

« Merci, merci infiniment », dit Alsana, caustique, tandis que son mari allait retrouver Hugh Scully et son bric-à-brac. « Merci, Samad Miah, pour cette appréciable contribution. Voilà bien les hommes. Ils sèment le bousin et y nous laissent, nous les femmes, nettoyer la merde. Merci, cher époux. »

Elle augmenta la cadence, précipitant la couture sous l'aiguille tout au long de l'entrejambe, tandis que le Sphinx de la boîte aux lettres continuait à poser des questions destinées à rester sans réponse.

« Mrs. Iqbal... pouvons-nous parler un moment ? Voulez-vous me dire ce qui nous en empêche ? Avons-nous vraiment besoin de nous comporter comme des enfants ? »

Alsana se mit à chanter.

« Mrs. Iqbal ? Je vous en prie. Nous n'arriverons à rien de cette façon. »

Alsana chanta plus fort.

« Je tiens à vous dire », annonça Joyce, aussi audible que jamais en dépit de trois épaisseurs de bois et d'un double vitrage, « que je ne suis pas ici pour mon plaisir. Que vous le vouliez ou non, je suis *engagée*, vous comprenez ? »

Engagée. Au moins, elle avait trouvé le mot juste, se dit Alsana, tout en levant le pied de la pédale et en laissant la roue tourner toute seule avant de s'arrêter en couinant. Parfois, ici en Angleterre, aux arrêts de bus et dans les feuilletons télévisés de l'après-midi, on entendait les gens dire « nous nous sommes engagés à fond dans notre relation », comme s'il devait en résulter un état éminemment désirable et délibérément recherché. Alsana ne voyait pas du tout les choses sous cet angle. L'« engagement », pour elle, s'opérait sur une période relativement longue et menaçait de vous engloutir comme des sables mouvants. C'était, par exemple, ce qui était arrivé à Alsana Begum et au beau Samad Miah huit jours après qu'on les eut entraînés dans la salle de restaurant d'un hôtel de Delhi pour leur annoncer qu'on allait les marier. Et quand Clara Bowden avait rencontré Archie Jones au bas d'un escalier, eux aussi s'étaient retrouvés « engagés ». Tout comme une fille nommée Ambrosia et un garçon du nom de Charlie (oui, Clara lui avait raconté cette triste histoire), le jour où ils s'étaient embrassés dans le cellier d'un pavillon d'invités. Être engagé, ce n'est en soi ni bon ni mauvais. C'est simplement une conséquence de la vie, du métier, de l'immigration, des empires et de l'expansion, du fait de vivre dans les jambes les uns des autres... On finit par se retrouver engagé, et la route est longue, qui vous ramènera à votre état antérieur de non-engagement. Cette femme avait raison, on n'était pas « engagé » pour son plaisir. Rien, en cette fin de siècle, n'était fait pour le plaisir des gens. Alsana ne se faisait aucune illusion sur la condition des hommes et des femmes d'aujourd'hui. Elle regardait les causeries télévisées, toute la journée, elle les regardait — *Ma femme a couché avec mon frère, Ma mère refuse de laisser mon petit ami vivre sa vie* —, et celui qui tenait le micro, que ce fût Grand Bronzé aux Dents Blanches ou Couple Marié Terrifiant, posait toujours la même question idiote : *Mais pourquoi ressentez-vous le besoin de... ?* Complètement à côté de la plaque. Il fallait qu'Alsana leur explique, à travers l'écran. Pauvre imbécile : ce n'est pas qu'ils en ont envie, ce n'est pas qu'ils le veulent, ils se retrouvent tout bêtement engagés, tu comprends ? Ils avancent un peu, et crac ! Les voilà piégés, coincés entre ces deux « g », *enGaGés*. Les années passent, et les ennuis s'accumulent et on est faits comme des rats. Ton frère couche avec la cousine de la nièce de mon ex-femme. « Engagé », réalité banale et incontournable. Quelque chose dans la manière dont Joyce avait prononcé le mot — le ton las, légèrement amer — lui donna à penser qu'il avait la même signification pour elles deux. Une immense toile d'araignée que l'on tisse dans le seul but de se faire prendre dans ses fils.

« O.K., O.K., m'dame, j'arrive. Mais vous restez cinq minutes, pas plus. Pasqu'y a pas à tordre, faut qu'je fasse mes trois combinaisons-pantalons c'matin. »

Alsana ayant ouvert la porte, Joyce entra dans le couloir, et pendant un moment elles se jaugèrent, chacune essayant de deviner le poids de l'autre, comme deux boxeurs au moment de la pesée. La lutte se ferait incontestablement à armes égales. Ce qui faisait défaut à Joyce, côté cage thoracique, elle le compensait côté fesses. Quant à Alsana, elle compensait la faiblesse inhérente à ses traits délicats — joli nez mince, fine arcature des sourcils — par la rondeur de ses bras, creusés des fossettes du pouvoir maternel. Car, après tout, la mère ici, la mère des garçons en cause, c'était elle. C'était elle qui détenait la carte maîtresse, si jamais elle était contrainte de s'en servir.

« Bien, bien, bien », dit Alsana, en se glissant tant bien que mal par l'étroite porte de la cuisine et en faisant signe à Joyce de la suivre. « Thé ou café ?

— Thé, dit Joyce d'un ton décidé. Aux fruits, si possible.

— Aux fruits, pas possible. Même l'Earl Grey, c'est pas possible. Moi qui viens du pays du thé, j'peux même pas m'offrir une tasse de thé correcte dans c'te ville pourrie. Tout c'qu'y a de possible, c'est P.G. Tips, et rien d'autre.

— Alors, P.G. Tips, s'il vous plaît, dit Joyce avec une grimace.

— Comme vous voudrez. »

Le thé qui fut posé sans cérémonie sur la table devant Joyce, quelques minutes plus tard, était grisâtre, frangé d'écume sur le dessus et parcouru en tous sens de milliers de petits microbes, moins micros cependant qu'on aurait pu l'espérer. Alsana accorda à Joyce un instant pour considérer le breuvage.

« Laissez-le r'poser un moment, expliqua-t-elle d'un air dégagé. Un jour, mon mari a touché une canalisation en creusant pour planter une rangée d'oignons. Et d'puis, notre eau, elle est un peu bizarre. Y s'peut bien qu'ça vous donne la courante, mais c'est pas obligé. Si on la laisse reposer une minute, elle s'éclaircit. Regardez ! » Alsana remua le liquide sans grande conviction, faisant remonter à la surface des particules encore plus grosses de matières non identifiées. « Vous voyez ? Shah Jahan lui-même trouverait rien à redire. »

Joyce but une gorgée circonspecte avant de reposer la tasse et de la pousser sur le côté.

« Mrs. Iqbal, c'est vrai que nous n'avons pas été dans les meilleurs termes ces temps-ci, mais...

— Mrs. Chalfen, dit Alsana en levant son long index pour arrêter Joyce, y a deux règles d'or à observer que tout l'monde connaît, depuis l'Premier ministre jusqu'au balayeur. La première, c'est d'jamais laisser son pays devenir un comptoir commercial. C'est capital, ça. Si mes ancêtres avaient suivi c'conseil, ma situation à l'heure actuelle serait radicalement différente. Mais, bon, c'est la vie. La deuxième, c'est d'pas s'mêler des affaires des autres. Du lait ?

— Non, non, merci. Un peu de sucre... »

Alsana déversa une énorme cuillerée à soupe de sucre dans la tasse de Joyce.

« Vous trouvez que je m'immisce dans vos affaires ? reprit Joyce.

— C'est déjà fait.

— Mais je voudrais simplement que les jumeaux acceptent de se voir.

— C'est d'votre faute s'ils se voient pas.

— Mais Magid vit avec nous uniquement parce que Millat refuse d'habiter ici avec lui. Et si j'en crois Magid, c'est à peine si votre mari le supporte. »

Sous pression depuis un bon moment déjà, Alsana explosa : « Et pourquoi il le supporte pas, à votre avis ? Parce que vous, vous et votre mari, vous avez engagé Magid dans quèque chose qu'est tellement contraire à not' culture, à nos convictions qu'on l'reconnaît plus ! Voilà c'que vous avez fait ! Et maintenant, il est à couteaux tirés avec son frère. Et Millat, pendant c'temps, il est fourré avec ces salopards de nœuds papillons verts. Engagé jusqu'au cou. Y m'dit rien, mais j'suis au courant. Y s'disent défenseurs d'l'Islam, ces types, mais c'est rien qu'une bande de voyous qui écument Kilburn, comme tous les autres cinglés. Et les voilà maint'nant qu'envoient ces — comment vous les appelez ? — ces trucs sur papier plié...

— Des imprimés ?

— C'est ça, des imprimés. Des imprimés sur votre mari et sa satanée souris. Va y avoir du grabuge, j'vous l'dis, moi. J'les ai trouvés sous son lit, y'en avait des centaines. » Alsana se leva, sortit une clé de la poche de son tablier et ouvrit un placard, plein à craquer de dépliants verts qui se déversèrent sur le sol. « Il a d'nouveau disparu, ça fait trois jours. Va falloir que j'les remette en place avant qu'y découvre qu'y sont plus là. Allez-y, servez-vous, m'dame, prenez-en, allez donc les lire à Magid. Montrez-lui un peu c'que vous avez fait. Deux garçons qu'habitent plus l'même monde. Qui s'font la guerre, et tout ça, à cause de vous. Oui, c'est vous, et personne d'autre, qui les avez séparés. »

Quelques minutes plus tôt, Millat avait ouvert la porte d'entrée avec sa clé sans faire le moindre bruit. Depuis, debout dans le couloir, il écoutait la conversation tout en fumant une cigarette. Génial ! Il se serait cru en train d'assister à l'affrontement de deux mamas italiennes appartenant à des clans rivaux. Millat adorait les clans. C'était pour cette raison (et aussi pour l'uniforme et le nœud papillon) qu'il avait rejoint les rangs de K.E.V.I.N. Et ces clans, il les aimait encore plus quand ils étaient en guerre. Marjorie, l'analyste, avait suggéré que ce désir chez lui de faire partie d'un clan venait du fait que c'était un jumeau, c'est-à-dire une moitié de. Elle pensait, l'analyste, que sa conversion participait davantage d'un besoin d'immersion dans un groupe que d'une quelconque croyance, plus ou moins verbalisée, en l'existence d'un créateur tout-puissant. Peut-être bien. On s'en foutait. Pour ce que ça l'intéressait, on pouvait bien analyser la chose jusqu'à perpète, rien ne valait le fait d'être habillé tout en noir, de fumer une clope en écoutant deux mamas se crêper verbalement le chignon à votre propos dans le plus pur style mélo :

« Vous dites qu'vous voulez aider mes fils, mais tout c'que vous avez réussi à faire jusqu'ici, c'est à les dresser l'un contre l'autre. C'est trop tard maint'nant. Ma famille est détruite. Pourquoi vous allez pas r'trouver la vôtre et qu'vous nous fichez pas la paix ?

— Parce que vous croyez peut-être que c'est le paradis sur terre chez moi ? Ma famille aussi est divisée, à cause de cette histoire. Joshua ne parle plus à Marcus. Vous le saviez, ça ? Et ces deux-là étaient si proches... » Joyce avait l'air au bord des larmes, et Alsana ne put faire moins que de lui tendre le Sopalin. « Moi, j'essaie d'aider tout le monde, de nous aider tous. Et la première chose à faire, c'est d'obtenir de Millat et de Magid qu'ils se parlent à nouveau, avant que la situation se détériore davantage. Je crois que nous ne pouvons qu'être d'accord sur ce point toutes les deux. Si l'on arrivait à trouver un terrain neutre, un endroit où ils ne se sentiraient l'objet d'aucune pression ni d'aucune influence extérieure...

— Mais des terrains neutres, y en a plus ! J'suis bien d'accord avec vous qu'y devraient s'rencontrer, mais où et comment ? Vous et vot' mari, vous nous avez mis dans une situation impossible.

— Mrs. Iqbal, si vous me permettez, vos problèmes familiaux avaient commencé, me semble-t-il, bien avant que mon mari et moi-même nous intervenions.

— C'est bien possible, Mrs. Chalfen, mais vous, vous êtes le sel sur la plaie, c'est comme ça qu'vous dites ? V'z'êtes le poivre dans la sauce piquante. »

Millat entendit Joyce prendre une brusque inspiration.

« Encore une fois, si vous me permettez, je ne peux pas accepter de tels reproches. Ce n'est pas d'aujourd'hui que datent vos difficultés avec Millat. Il m'a raconté que vous aviez brûlé toutes ses affaires, il y a des années de cela. Ce n'est là qu'un exemple, mais je ne crois pas que vous mesuriez le trau-ma-tis-me que ce genre d'incident a pu représenter pour lui. Ce garçon est très abîmé, croyez-moi.

— Oh, on veut jouer au prêté pour le rendu, c'est ça ? Et c'est moi qui suis l'prêté. C'est pas que ça vous r'garde le moins du monde, mais si j'lui ai brûlé ses affaires c'jour-là, c'était pour lui donner une leçon, pour qu'il apprenne à respecter la vie des autres !

— Vous avouerez que c'était une bien curieuse façon de le faire.

— J'avoue rien du tout ! Qu'est-ce que vous en savez, d'abord ?

— Je crois ce que je vois. Et ce que je vois, c'est que Millat est psychologiquement très fragile. Vous ne le savez peut-être pas, mais je le fais suivre par mon analyste. Et je peux vous dire que sa vie intérieure — son *karma*, comme vous diriez, j'imagine, en bengali —, en fait, son inconscient tout entier est gravement atteint. »

En fait, le problème avec l'inconscient de Millat (et il n'avait pas besoin de Marjorie pour le lui dire), c'est qu'il lui fallait fonctionner à deux niveaux. D'un côté, il faisait vraiment tout son possible pour vivre comme le préconisaient Hifan et les autres. Ce qui supposait l'observation de quatre préceptes fondamentaux.

1. Adopter un mode de vie ascétique (autrement dit, réduire considérablement sa consommation d'alcool, de marijuana et de femmes).
2. Toujours conserver en mémoire la gloire de Muhammad (que la paix soit avec Lui !) et la toute-puissance du Créateur.
3. Parvenir à une compréhension totale de K.E.V.I.N. et du Coran.
4. Se laver des souillures de l'Occident.

Il savait que pour K.E.V.I.N. il était un atout important, et il ne voulait pas les décevoir. Dans les trois premiers domaines, il se débrouillait plutôt bien. Il fumait encore une ou deux cigarettes par-ci par-là et buvait une Guinness à l'occasion (à quoi bon se montrer plus royaliste que le roi ?), mais il avait triomphé et de l'herbe satanique et de la tentation de la chair. Il ne voyait plus Alexandra Andrusier, Polly Houghton ou Rosie Dew (encore qu'il rendît visite de temps à autre à une certaine Tanya Chapman, une toute petite rouquine qui comprenait fort bien la nature délicate de son dilemme et lui taillait une pipe dans les formes sans exiger de Millat en retour qu'il la touche. C'était un arrangement qui satisfaisait les deux parties : d'un côté, une fille de juge ravie de scandaliser son vieux birbe de père, de l'autre, un garçon qui avait besoin d'éjaculer sans contribution active de sa part). Côté Écritures, il trouvait que Muhammad (la paix soit avec Lui !) était un sacré mec, un type vraiment super, et il tenait le Créateur dans une révérence mêlée d'effroi... une terreur à en chier dans son froc, ce qui, selon Hifan, était la seule attitude viable. Il comprenait l'idée selon laquelle sa religion n'était pas fondée sur la foi — comme celle des chrétiens, des juifs et des autres —, mais pouvait être justifiée rationnellement par les meilleurs esprits. En soi, l'idée ne lui posait pas de problème. Malheureusement, il était loin de faire partie des meilleurs esprits, et même loin de posséder un esprit rationnel ; utiliser ses facultés intellectuelles pour prouver ou réfuter quoi que ce soit, il en était incapable. Il n'empêche qu'il comprenait que s'en remettre entièrement à la foi, comme le faisait son père, était méprisable. Et personne ne pouvait l'accuser de ne pas se dévouer corps et âme à la cause. Ce qui semblait suffire à K.E.V.I.N. Ils appréciaient surtout ce qui restait son point fort, à savoir la transmission du message. Le packaging, en somme. Par exemple, si une femme angoissée se présentait au stand K.E.V.I.N. dans le hall de la bibliothèque de Willesden et voulait se renseigner sur la vraie foi, Millat se penchait sur le bureau, s'emparait de la main de la dame, la pressait dans les siennes et déclarait : « Non, pas la foi, ma sœur. Nous ne nous intéressons pas à la foi ici. Allez passer cinq minutes avec mon frère Rakesh, et il va vous prouver rationnellement l'existence du Créateur. Le Coran est un document scientifique, illustrant une pensée rationaliste. Cinq minutes, ma sœur, c'est tout ce que je vous demande, si ce qui vous préoccupe, c'est votre avenir dans l'au-delà. » Pour faire bonne mesure, il plaçait en général quelques bandes (*La Guerre idéologique* ou *Intellectuels, attention !*), à deux livres pièce. Ou même, s'il était vraiment en grande forme, une ou deux de leurs publications. Tout le monde dans le groupe était très impressionné. Jusque-là, tout allait pour le mieux. Quant aux programmes d'action directe de K.E.V.I.N., un peu moins orthodoxes, ceux-là, Millat était toujours en première ligne ; il était de loin leur meilleur atout, prêt à livrer toutes les batailles de la guerre sainte, impassible au milieu des dangers, l'homme d'action dans toute sa gloire, comme Brando, Al Pacino ou Liotta. Mais au moment même où il se faisait cette réflexion, dans le hall d'entrée de sa mère, il fut pris de découragement. Car c'était bien là qu'était le problème. Quatrième précepte : se laver des souillures de l'Occident.

Il savait en effet — comment aurait-il pu l'ignorer ? — qu'il n'y avait pas meilleure illustration de *la violence, de la décadence, de la dégénérescence, de la sexualité débordante de la culture capitaliste occidentale et de la fin où la conduisait inévitablement son obsession des libertés individuelles* (Brochure : *Ce qui se passe en Occident*) que le cinéma hollywoodien. Et il savait aussi (combien de fois n'en avait-il pas discuté avec Hifan !) que le film de gangsters, de mafieux, en était le pire avatar. Et pourtant... c'était ce à quoi il avait le plus de mal à renoncer. Il aurait donné tous les joints qu'il avait jamais fumés, toutes les femmes qu'il avait jamais baisées pour récupérer les films brûlés par sa mère, ou seulement les quelques-uns qu'il avait achetés récemment et que Hifan lui avait confisqués. Il avait déchiré sa carte de membre du club Rocky Video et jeté le magnétoscope de la famille Iqbal pour se mettre à l'abri de la tentation, mais était-ce sa faute si Channel 4 proposait un cycle De Niro ? Était-ce sa faute si la musique « Rags to Riches » de Tony Bennett s'échappait d'une boutique de fringues pour venir pénétrer son âme, au moment où il passait devant ? Il n'aurait osé l'avouer à personne tant il avait honte, mais chaque fois qu'il ouvrait une porte — portière de voiture, coffre, porte de la salle de réunion de K.E.V.I.N. ou porte d'entrée de sa maison —, il revoyait les premières images des *Affranchis* et entendait toujours la même phrase résonner dans ce qu'il supposait être son inconscient :

Aussi loin que je me souvienne, j'ai toujours voulu être gangster.

Il la voyait même écrite comme ça, cette phrase, dans ce caractère-là, comme sur l'affiche du film. Et quand il se surprenait dans cet état, il essayait désespérément de lutter, de chasser cette vision de son esprit, mais c'était une telle pagaille dans sa tête que, le plus souvent, il se retrouvait en train de pousser la porte, tête rejetée en arrière, épaules en avant, façon Liotta, et de penser :

Aussi loin que je me souvienne, j'ai toujours voulu être musulman.

Il savait, d'une certaine manière, que c'était encore pire, mais il ne pouvait pas s'en empêcher. Il mettait toujours une pochette blanche dans sa poche de poitrine et avait toujours des dés sur lui, même s'il n'avait pas la moindre idée de ce qu'était en réalité le zanzi, il adorait les longues vestes en poil de chameau, et il était capable de préparer une fricassée de fruits de mer comme personne, alors qu'il n'aurait pas su faire un curry d'agneau. Tout cela était *haraam*, absolument interdit, et il le savait bien.

Et le pire, c'était la colère qui l'agitait. Non pas le juste courroux de l'homme de Dieu, mais la hargne

violente, bouillonnante, d'un gangster, d'un délin-
quant juvénile, bien décidé à faire ses preuves, à
diriger le clan, à être le plus fort. Et si l'enjeu c'était
Dieu, s'il s'agissait d'un combat contre l'Occident,
contre les prétentions de la science occidentale,
contre son frère ou Marcus Chalfen, il était décidé à
le gagner. Millat écrasa sa cigarette sur la rampe de
l'escalier. Ces réflexions avaient quelque chose
d'impie, et ça le tracassait. Mais elles n'étaient pas
tellement à côté de la plaque, après tout. Et les fondamentaux, il les avait, non ? Une vie propre, la
prière (cinq fois par jour, sans faute), le jeûne, le travail pour la cause, la diffusion de la bonne parole. Ça
suffisait, non ? Peut-être... peut-être pas. Peu importait. De toute façon, pas moyen de faire machine
arrière maintenant. Puisque c'était comme ça, il rencontrerait Magid, ouais, il le rencontrerait... il y
aurait une vraie confrontation, et il en ressortirait
plus fort ; leur tête-à-tête ne ferait que renforcer sa
décision d'aller jusqu'au bout de son destin. Millat
redressa son nœud papillon, s'avança avec des
allures de Liotta (à la fois menaçant et charmeur) et
ouvrit la porte de la cuisine (*Aussi loin que je me souvienne...*), attendant que deux paires d'yeux, semblables à deux caméras de Scorsese, fassent un
panoramique pour venir se fixer sur son visage :

« Millat !

— Amma.

— Millat !

— Joyce. »

(*Génial, sou-perbe, tout le monde se connaît*, ainsi
monologuait Millat dans sa tête, avec la voix de Paul
Sorvino. *Maintenant, on peut passer aux affaires*.)

*

« Du calme, messieurs. Vous n'avez aucune raison de vous inquiéter. Ce n'est que mon fils. Magid, je te présente Mickey. Mickey, Magid. »

Chez O'Connell, une fois de plus. Parce que Alsana avait fini par se rendre aux arguments de Joyce, sans pour autant être prête à se salir les mains. Elle se contenta donc d'exiger de Samad qu'il emmène Magid « quelque part » et passe la soirée à le convaincre de rencontrer Millat. Mais le seul « quelque part » que connaissait Samad était O'Connell's, et la perspective d'avoir à y emmener son fils lui répugnait. Lui et son épouse s'étaient donc livrés à un pugilat en règle dans le jardin pour décider de la question, et au moment où il pensait qu'il allait enfin triompher, Alsana avait feinté un croc-en-jambe avant de le clouer au sol d'une clé au bras. Il se retrouvait donc là — chez O'Connell —, et le choix de l'endroit se révélait aussi peu heureux qu'il l'avait craint. Quand Archie, Magid et lui-même étaient entrés, en s'efforçant à la plus grande discrétion, la consternation s'était répandue tant chez le personnel que parmi les clients. Le dernier étranger que l'on se souvenait avoir vu arriver en compagnie d'Arch et de Sam était le comptable de ce dernier, un petit homme à face de rat qui s'était mis en tête de parler à tous les présents de leurs économies (comme si chez O'Connell les gens avaient des économies !) et avait réclamé du boudin non pas une fois mais deux, alors qu'on lui avait préalablement expliqué que l'on ne servait pas de porc. C'était aux alentours de 1987, et personne ne gardait un bon souvenir de l'événement. Et voilà que maintenant, à peine cinq ans après cette fâcheuse expérience, se présentait un autre étranger, tout de blanc vêtu, celui-là — d'une propreté, à vrai dire, insultante pour un vendredi soir chez O'Connell —, et bien en dessous du

minimum exigible en matière d'âge (trente-six ans).
Mais que cherchait donc Samad ?

« Qu'esse-tu cherches à nous faire, Sammy ? »
demanda Johnny, un ex-orangiste d'Irlande du Nord,
triste et maigre comme un cent de clous, qui était
venu chercher son hachis au chou sur la plaque
chauffante. « T'veux nous envahir, c'est ça ?

— Qui c'est, çui-là ? » demanda Denzel, qui n'était
toujours pas mort.

« Ton cinglé d'fils ? » s'enquit Clarence, qui, lui
aussi, par la grâce de Dieu, traînait toujours dans les
parages.

« Du calme, messieurs. Vous n'avez aucune raison
de vous inquiéter. Ce n'est que mon fils. Magid, je te
présente Mickey. Mickey, Magid. »

Mickey eut l'air quelque peu ahuri par ces présentations et resta une minute sans rien dire, un œuf frit
glaireux accroché au bout de sa spatule.

« Magid Mahfooz Murshed Mubtasim Iqbal, dit
Magid le plus sereinement du monde. C'est un honneur de vous rencontrer, Michael. J'ai beaucoup
entendu parler de vous. »

Ce qui était pour le moins curieux, dans la mesure
où Samad ne lui avait jamais rien dit du personnage.

Mickey regardait toujours Samad par-dessus
l'épaule de Magid, comme pour avoir confirmation.
« Comment ça ? Mais tu veux dire, Sammy, qu'c'est
çui que... qu't'avais renvoyé au pays ? C'est Magid ?

— Oui, oui, c'est Magid », s'empressa de répliquer
Samad, écœuré de voir qu'on faisait tant de cas du
gamin. « Bon, Archibald et moi, on prendra comme
d'habitude et...

— Magid Iqbal, répéta lentement Mickey. Eh ben,
putain, si on m'avait dit... Tu sais quoi, on d'vin'rait
jamais qu't'es un Iqbal. T'as une bonne tête, t'as l'air

comme qui dirait sympathique, si tu vois c'que j'veux dire.

— Et pourtant, je suis bel et bien un Iqbal, Michael », dit Magid en posant ce regard de totale empathie dont il avait le secret sur Mickey et les autres rebuts de l'humanité rassemblés autour du comptoir. « Même si j'ai été absent fort longtemps.

— Ça, tu peux l'dire. Bon Dieu, pour une surprise, c't'une surprise ! Tu sais que j'ai ton... attends, qu'j'me trompe pas... ton arrière-*arrière*-grand-père là-haut, t'as vu ?

— Je l'ai remarqué tout de suite en entrant, Michael, et je puis vous assurer que je vous en suis reconnaissant du fond du cœur », dit Magid, un sourire d'ange illuminant son visage. « Je me sens un peu comme chez moi, et dans la mesure où cet endroit est cher à mon père et à son ami Archibald Jones, je suis convaincu qu'il me sera cher aussi. Ils m'ont amené ici, je crois, pour discuter d'affaires importantes, et, pour ma part, je n'aurais pas pu rêver meilleur endroit pour pareille entrevue, en dépit de cette affection de la peau qui doit être pour vous un sérieux handicap. »

Mickey en resta comme deux ronds de flan, et fut incapable de cacher son plaisir quand il reprit la parole, adressant sa réponse autant au reste de l'auditoire qu'à Magid.

« Y parle putain d'bien, pas vrai ? Un vrai Laurence Olivier, merde alors. C'est l'putain d'anglais d'la haute, ça. L'est vraiment bien, c'garçon. Des clients comme toi, Magid, j'cracherais pas d'ssus, moi j'te l'dis. Poli et tout. Et t'inquiète pas pour ma peau, va, elle touche pas la bouffe, et pis, ça m'gêne pas beaucoup. Bon Dieu, un vrai môssieur, hein ? On s'dit qu'faudrait surveiller son langage avec des gens comme ça, pas vrai ?

— Bon, comme d'habitude pour Archibald et moi, Mickey, s'il te plaît, dit Samad. Je laisse à mon fils le temps de se décider. On sera là-bas, près du flipper.

— Ouais, ouais, d'accord », dit Mickey, le regard rivé aux yeux sombres de Magid.

« L'est-y pas joli, c'costume qu'vous avez là », murmura Denzel, caressant le tissu blanc d'un air nostalgique. « C'est ça qu'les Anglais, y po'taient par là-bas, chez nous, à la Jamaïque, tu t'rappelles, Clarence ? »

Clarence acquiesça lentement de la tête, l'air béat, le menton couvert de débris de nourriture.

« Allez, vous autres, foutez-moi l'camp d'ici », ronchonna Mickey, les chassant de la main. « J'vous apport'rai ça, d'accord ? J'veux parler à Magid. Y grandit c'gamin, faut qu'y mange. Alors, qu'esse que j'vais t'donner, Magid ? » demanda Mickey en se penchant au-dessus du comptoir, avec la sollicitude d'une vendeuse débordante de zèle. « Œufs ? Champignons ? Haricots ? Patates sautées ?

— Je crois », dit Magid en passant en revue les menus poussiéreux inscrits à la craie sur un tableau noir accroché au mur avant de se tourner vers Mickey, le visage illuminé, « que je vais prendre un sandwich au bacon. Oui, c'est ça, un bon sandwich au bacon avec du ketchup, bien moelleux mais cuit à point. Avec du pain bis. »

Ah, le douloureux dilemme ! Ah, le terrible combat qu'on pouvait voir se livrer sur le visage du gargotier ! Ah, les grotesques contorsions ! Lutte homérique entre le service du client le plus raffiné qu'il ait jamais eu jusqu'ici et la règle la plus sacrée, la plus inviolable de l'établissement. PAS DE PORC.

L'œil gauche de Mickey se mit à cligner nerveusement.

« Tu voudrais pas une belle assiette d'œufs brouillés ? Les brouillés, j'les réussis com' personne, pas vrai, Johnny ?

— Pour sûr qu'c'est vrai », dit Johnny, loyal, depuis la table où il était assis, même si les œufs de Mickey étaient connus pour être grisâtres et secs. « Que j'meure si c'est pas vrai ! »

Magid fit la moue et secoua la tête.

« Bon, d'accord... alors, qu'esse-tu dirais d'une assiette de champignons et d'haricots ? Ou bien d'une omelette frites ? Y a pas d'meilleures frites dans tout Finchley Road. Allez, fiston », plaida-t-il, désespéré. « T'es musulman, non ? Tu voudrais pas briser l'cœur d'ton pauv' père avec un sandwich au bacon...

— Je ne pense pas qu'un sandwich au bacon puisse briser le cœur de mon père. S'il doit se briser, ce sera bien plutôt sous l'effet d'une accumulation de graisse saturée, elle-même conséquence d'une fréquentation de votre établissement vieille de quinze ans. On peut se demander, continua Magid d'un ton égal, s'il n'y aurait pas moyen de poursuivre en justice les restaurateurs qui négligent de fournir des précisions sur la teneur en matières grasses de leurs menus et de délivrer les mises en garde qui s'imposent. Oui, la question mérite réflexion. »

Tout ceci d'une voix on ne peut plus douce, on ne peut plus mélodieuse, et sans l'ombre d'une menace. À telle enseigne que le pauvre Mickey n'aurait su dire si c'était du lard ou du cochon.

« Oui, sûr », dit-il, plutôt nerveux, « en théorie, c't une question intéressante. Très intéressante.

— Je le crois aussi.

— Ouais, absolument. »

Mickey n'en dit pas plus et laissa passer une minute, pendant laquelle il s'employa à frotter avec

application la plaqu chauffante, activité a laquelle il
se livrait environ une fois tous les dix ans.

« Voilà. On pourrait s'regarder d'dans pas vrai ?
Bon… alors, on en était où ?

— À un sandwich au bacon. »

Au mot « bacon certaines oreilles commencèrent à se dresser ici et là autour des tables les plus
proches.

« Si tu pouvais parler un peu plus bas .

— Un sandwich au bacon, murmura Magid.

— Au bacon, très bien. Va falloir que j'fasse un
saut à côté, passque j'en ai pas pour l'instant… mais
va donc t'assoir là-bas avec ton père, j'te
l'apport'rai. Ça 'ra un peu plus cher probable. Y a
l'déplacement, tu comprends. Mais t'inquiète pas,
j'te l'apporte. Et dis à Archie qu'y s'fasse pas d'bile s'il
a pas assez d'liquide. Un ticket-resto f'ra l'affaire.

— C'est très aimable à vous, Michael. Prenez donc
ceci, dit Magid en sortant de sa pocne un papier plié
en deux.

— Oh, bordel, encore un d'ces rucs ? Putain de
Dieu — excuse le langage, fiston — on peut pas faire
un pas en c'moment dans North London sans se
faire refiler des tonnes de dépliants et de tracts de
merde. Mon frère, Abdul-Colin, il arrête pas d'm'en
faire passer. Mais bon, comme c'est toi… allez,
aboule ton machin.

— Ce n'est pas un tract, dit Magid en prenant un
couteau et une fourchette sur le plateau. C'est une
invitation à une inauguration.

– Hein, quoi ? » dit Mickey d'un ton surexcité
(dans le vocabulaire de son tabloïd quotidien, « inauguration » voulait dire caméras de télé, super nanas
à gros nichons et tapis rouges). « T'es sérieux ?

— Il y aura des choses incroyables à voir et à
entendre là-bas, dit Magid en lui tendant l'invitation.

— Ah, c'est ça ! » dit Mickey, déçu, jetant un œil au carton luxueux. « J'ai entendu parler d'ce m'ec et d'sa souris. » C'était précisément dans ce même tabloïd, où l'article, intitulé UN MEC ET SA SOURIS, faisait office de bouche-trou entre deux paires de nichons.

« C'est quand même un peu risqué, non, d'bricoler comme ça avec les créatures du bon Dieu ? Et pis, moi, j'ai pas comme qui dirait l'esprit scientifique. Tout ça, ça m'passe par-d'ssus la tête.

— Ah, ne raisonnez pas comme ça. Il faut essayer de considérer la chose du point de vue de son application pratique. Prenez votre peau, par exemple.

— J'aim'rais mieux que ça soye quelqu'un d'autre qui m'la prenne, plaisanta aimablement Mickey. J'commence à en avoir un peu plein l'cul, d'cette peau.

— Vous souffrez de graves troubles endocriniens », dit Magid, imperturbable. « Ce que j'entends par là, c'est qu'il ne s'agit pas simplement des séquelles d'une acné juvénile, causée par un excès de sébum, mais d'une affection due à une déficience hormonale. Je suppose qu'il y a d'autres cas semblables dans votre famille ?

— Euh... oui, effectivement. Tous mes frères, y sont comme ça. Et mon fils, Abdul-Jimmy, pareil. On est plein d'boutonneux dans la famille.

— Mais vous n'aimeriez pas voir votre fils transmettre cette affection à ses enfants ?

— Ah, ben non, alors. J'ai eu des ennuis terribles à l'école à cause de ça. J'porte toujours un couteau sur moi, même encore aujourd'hui. Mais, pour êt' franc, j'vois pas bien comment on pourrait l'éviter. Ça fait des siècles qu'ça dure.

— Mais si, justement », dit Magid (ah, comme il s'y entendait pour faire jouer la corde sensible), « on pourrait très bien l'éviter. Ce serait fort simple, et vous vous épargneriez beaucoup de soucis. C'est de ce genre de choses que nous discuterons lors de l'inauguration.

— Ah bon, si c'est comme ça, j'suis partant. J'pensais qu'c'était juste une de ces putains d'histoires d'souris mutantes. Mais si c'est comme ça...

— Le 31 décembre, dit Magid avant de se diriger vers la table de son père. Ce sera merveilleux de vous retrouver là-bas.

— Eh ben, t'en as mis un temps, dit Archie en voyant Magid approcher.

— T'es passé par le Gange pour venir ou quoi ? » dit Samad d'un ton irrité, en se poussant sur la banquette pour lui faire une place.

« Excusez-moi. J'étais en train de parler avec votre ami, Michael. Un type vraiment très bien. Oh, avant que j'oublie, Archibald, il a dit que si vous vouliez payer avec des tickets-restaurant ce soir, c'était tout à fait possible. »

Archie faillit s'étouffer avec le cure-dent qu'il était en train de mâchonner. « Il a dit quoi ? T'es bien sûr d'avoir compris ?

— Tout à fait. Alors, Abba, veux-tu que nous commencions ?

— Mais il n'y a rien à commencer », ronchonna Samad, refusant de le regarder en face. « Je crains bien d'être déjà irrémédiablement engagé dans le sombre avenir que me réserve le destin. Et je tiens à te faire savoir que je ne suis pas ici de mon plein gré, mais bien parce que ta mère m'en a prié et que j'ai davantage de respect pour cette pauvre femme que toi ou ton frère n'en avez jamais eu.

— Je croyais que tu étais ici, dit Magid en feignant un petit sourire aimable, parce que tu avais eu le dessous avec Amma quand tu t'es battu avec elle.

— C'est ça, tourne-moi en ridicule », dit Samad, le regard mauvais. « Entendre ça de la bouche de son propre fils. Tu ne lis donc jamais le Coran ? Tu ne connais donc pas les devoirs d'un fils envers son père ? Vraiment, tu m'écœures, Magid Mubtasim.

— Allez, Sammy, mon vieux », dit Archie, jouant avec la bouteille de ketchup et essayant de ne pas envenimer la discussion. « Calme-toi !

— Non, j'ai pas l'intention de me calmer ! Ce garçon est ma bête grise.

— Noire, tu veux dire ?

— Archibald, ne te mêle pas de ça, veux-tu ? »

Archie reporta son attention sur la salière et la poivrière, essayant de verser le contenu de la seconde dans la première.

« D'accord, Sam.

— J'ai un message à transmettre, et je le transmettrai, mais sans plus. Magid, ta mère veut que tu rencontres Millat. La Chalfen s'en occupera. Elles sont d'avis que vous devez vous parler, tous les deux.

— Et ton avis à toi, Abba ?

— Je suis sûr qu'il ne t'intéresse pas.

— Bien au contraire, Abba, il m'intéresse énormément.

— Selon moi, c'est une erreur. Je crois que vous ne pouvez vous être mutuellement d'aucun secours. Je crois que vous devriez vivre à des milliers de kilomètres l'un de l'autre. Je dois avoir été maudit pour qu'on m'ait donné deux fils qui soient plus ennemis que ne l'ont jamais été monsieur Caïn et monsieur Abel.

— Je suis, pour ma part, tout à fait prêt à le rencontrer, Abba. Si, de son côté, il est d'accord.

— Apparemment, il l'est, c'est du moins ce qu'on m'a dit. Personnellement, je n'en sais rien. Je ne lui parle pas plus qu'à toi. J'ai trop à faire en ce moment à essayer de me réconcilier avec Dieu.

— Euh… », dit Archibald, broyant son cure-dent de faim autant que de nervosité, tant Magid le mettait mal à l'aise. « J'vais voir si c'est prêt, hein ? Ouais, c'est c'que j'vais faire. Qu'est-ce que c'est pour toi, Madge ?

— Un sandwich au bacon, s'il vous plaît, Archibald.

— Au bac… ? Ah bon, d'accord. Pas de problème. »

Le visage de Samad éclata comme une des tomates frites de Mickey. « Tu cherches à me narguer, c'est ça ? Là, sous mon nez, tu ne trouves rien de mieux à faire que de me montrer le kafir que tu es devenu. Eh bien, vas-y, mange donc ton porc devant moi ! Tu es tellement futé, pas vrai, monsieur je-sais-tout. Monsieur l'Angliche en pantalons blancs, avec ses dents blanches et ses airs supérieurs. Tu crois tout savoir, hein, tu te crois assez malin pour échapper au jour de ton jugement.

— Oh non, Abba, je ne suis pas aussi intelligent que ça.

— Oh que non ! Tu n'es pas moitié aussi intelligent que tu le crois. Je me demande bien pourquoi je prends encore la peine de te mettre en garde, mais je le fais quand même. Vous allez tout droit à un affrontement brutal, toi et ton frère. Je laisse traîner mes oreilles un peu partout, vois-tu, et j'entends ce que dit Shiva au restaurant. Et il n'est pas le seul, il y en a d'autres : Mo Hussein-Ishmael, le frère de Mickey, Abdul-Colin, et son fils, Abdul-Jimmy — sans compter tous les autres, et c'est contre toi qu'ils s'organisent. Millat marche avec eux. Ton Marcus Chalfen s'est attiré bien des inimitiés, et il y a des gens, ces types aux nœuds papillons verts, qui sont prêts à passer à l'action. Qui sont assez fous pour faire ce qu'ils croient être juste. Assez fous pour déclencher une guerre. Ils ne sont pas nombreux à être comme ça, et la plupart se contentera de suivre, une fois la guerre déclarée. Mais certains ne cherchent qu'à envenimer les choses. Ils sont prêts à entrer sur le terrain de manœuvres et à tirer le premier coup de feu. Et ton frère est de ceux-là. »

Pendant toute cette tirade, tandis que le visage de Samad se convulsait de colère, de désespoir, et prenait les allures d'un visage de dément, celui de Magid était resté totalement vide, impassible.

« Alors, tu ne dis rien ? La nouvelle ne te surprend pas ?

— Pourquoi est-ce que tu n'essaies pas de les ramener à la raison, Abba ? dit Magid au bout d'un moment. Tu es un homme respecté dans cette communauté. Discute avec eux.

— Pourquoi je n'essaie pas ? Parce que je désapprouve, tout autant qu'eux, même s'ils sont à moitié fous. Marcus Chalfen n'a pas le droit. Il n'a pas le droit de faire ce qu'il fait. Ce ne sont pas ses affaires, mais celles de Dieu. Si on se mêle de vouloir modifier la vie d'une créature, sa nature même, qu'il s'agisse d'une souris ou de tout autre être vivant, on empiète sur le domaine réservé de Dieu : la création. Cela veut dire implicitement qu'on pense pouvoir faire mieux que le Créateur. Mais c'est impossible. Marcus Chalfen est un homme présomptueux qui s'attend à être vénéré, alors que la seule chose au monde qui mérite l'adoration, c'est Allah. Et toi, tu as tort de l'aider. Même son fils l'a renié. Et c'est pourquoi », conclut Samad, incapable de réprimer son penchant pour le mélodrame, « il me faut te renier à mon tour.

— Alors... j'ai une frites, haricots, œuf et champignons pour toi, Sammy, mon pote, dit Archibald en arrivant à la table et en faisant passer l'assiette. Et une omelette, champignons pour moi...

— Et un sandwich au bacon pour le jeune professeur », dit Mickey, qui avait tenu à apporter la commande lui-même, mettant ainsi un terme à une tradition vieille de quinze ans.

« Il n'est pas question qu'il mange *ça* à ma table.

— Allez, Sam, arrête, dit Archie d'un ton conciliant. Lâche-lui un peu les baskets, à c'gamin.

— J'ai dit qu'il n'était pas question qu'il mange ça à ma table !

— J'me trompe ou si on d'viendrait pas un peu fondamentaliste sur les bords en prenant d'l'âge ? » dit Mickey, tout en se grattant le front.

« J'ai dit et je répète que...

— Comme tu voudras, Abba », dit Magid, toujours avec ce sourire exaspérant d'infinie tolérance. Et il prit l'assiette des mains de Mickey pour aller s'installer à la table voisine, celle de Clarence et Denzel, lequel l'accueillit avec un grand sourire.

« Cla'ence, rega'de un peu voi' ! C'est l'jeune pwince en blanc. L'est v'nu jouer aux dominos. J'ai eu qu'à l'rega'der et sû' com' j'te vois, j'ai su qu'y jouait aux dominos. C'est un ekspe'.

— Est-ce que je peux vous poser une question ? dit Magid.

— Pou'sû'. Vas-y don'.

— Est-ce que vous croyez que je devrais rencontrer mon frère ?

— J'sais pas trop si j'peux bien y répond' à c'te quession », répliqua Denzel, après avoir mûrement réfléchi et posé cinq dominos à la suite.

« Moi, j'dirais qu't'as l'air d'un p'tit gars qui peut s'faire son opinion tout seul », dit Clarence, prudent.

« Vous trouvez ? »

Magid se tourna vers la table qu'il occupait précédemment, où son père faisait de son mieux pour l'ignorer et où Archie jouait avec son omelette d'un air songeur.

« Archibald ! Est-ce que je dois rencontrer mon frère ou non ? »

Archie regarda Samad d'un air coupable, puis replongea le nez dans son assiette.

« Archibald ! La question est de la plus haute importance pour moi. Alors, oui ou non ?

— Vas-y, dit Samad d'un ton amer. Réponds-lui. S'il préfère l'avis de deux vieux crétins et d'un homme qu'il connaît à peine à celui de son père, qu'est-ce que tu attends pour le lui donner ? Alors ? Qu'est-ce qu'il doit faire ?

— Euh... ben..., dit Archie en se tortillant sur sa chaise. J'sais pas si... j'veux dire... c'est pas à moi de décider... j'suppose que si y veut... mais, d'un aut' côté, si toi, tu penses que... »

Samad assena un tel coup de poing sur les champignons d'Archie que l'omelette fit une embardée sur l'assiette avant de glisser sur le sol.

« Tu vas te décider, oui ? Est-ce que, pour une fois dans ta vie, tu pourrais prendre une décision ?

— Hum... Pile, c'est oui, souffla Archie en sortant de sa poche une pièce de vingt pence. Face, c'est non. Prêts ? »

La pièce monta en l'air en tournant sur elle-même, comme le fait toute pièce bien constituée dans un monde normal, lançant suffisamment d'éclats pour attirer sur elle tous les regards. Puis, arrivée à un certain point de son ascension triomphale, elle se mit à dévier de sa trajectoire, et Archibald comprit qu'elle n'allait pas revenir du tout vers lui, mais qu'elle allait atterrir derrière lui, très loin derrière. Quand il se retourna avec les autres pour la suivre des yeux, il la vit accomplir une élégante descente en direction du flipper et, après une dernière culbute, s'introduire directement dans la fente de l'appareil. Aussitôt, l'énorme vieille chose s'éclaira, la boule fut éjectée et entama son trajet chaotique et bruyant le long d'un labyrinthe semé de portes battantes, de battes automatiques, de cibles et de clochettes, jusqu'à ce que, sans personne pour l'assister ni lui imprimer une quelconque direction, elle rendît l'âme et fût engloutie dans le trou béant.

« Ben, ça alors ! » s'exclama Archibald, visiblement content de lui. « Vous avez vu... Quand vous pensez qu'y avait pas une chance sur un million. »

*

Un terrain neutre. Les occasions d'en trouver un, de nos jours, se font rares, plus rares encore que les chances qu'avait Archie de réussir le coup du flipper. Quand on pense à tout le fatras qu'il faut déblayer avant de pouvoir repartir de zéro. Race. Nationalité. Propriété. Convictions religieuses. Exactions. Sang. Du sang, toujours, et partout. Et non seulement faut-il que le terrain soit neutre, mais aussi le messager qui vous y conduit, ainsi d'ailleurs que le messager qui envoie le messager. Il n'y a plus de gens ni d'endroits comme ceux-là dans North London. Mais Joyce fit avec les moyens du bord. Elle alla d'abord trouver Clara. Dans le haut lieu du savoir que fréquentait alors celle-ci, une université de fondation récente sise dans les quartiers sud-ouest, près de la Tamise, où il y avait une salle libre le vendredi après-midi. Un enseignant attentionné en avait prêté la clé à Clara. Toujours vide, la salle, entre trois et six. Contenu : un tableau noir, plusieurs tables, quelques chaises, deux lampes d'architecte, un rétroprojecteur, un fichier, un ordinateur. Rien qui n'eût plus de douze ans, Clara pouvait en attester. L'université elle-même ne datait pas de plus de douze ans. Construite sur un terrain en friche — pas de tombes indiennes, pas de viaducs romains, pas de vaisseau spatial enterré, pas de fondations de vieille basilique, rien. Juste de la terre. Plus neutre, difficile à faire. Clara donna la clé à Joyce, qui la donna à Irie.

« Mais pourquoi moi ? J'suis pas concernée.

— Justement, ma petite. Moi, je ne peux pas, je suis trop engagée. Mais toi, tu es parfaite, pour ce rôle. Parce que tu le connais sans le connaître », dit Joyce, sibylline, tout en faisant passer à Irie son long manteau d'hiver, des gants et un bonnet appartenant à Marcus et surmonté d'un pompon ridicule. « Et parce que tu l'aimes, même si, lui, ne t'aime pas.

— Merci, Joyce. C'est vraiment trop gentil de ta part de me le rappeler.

— L'amour explique tout, Irie.

— Non, Joyce, l'amour n'explique rien, bon Dieu », dit Irie, qui, debout sur le seuil des Chalfen, regardait la traînée blanche que laissait sa respiration dans l'air glacé de la nuit. « C'est juste un mot qui permet de fourguer des assurances sur la vie et des shampooings. Y fait un d'ces putains de froid dehors. J'espère que tu m'revaudras ça.

— Oui, on est toujours redevable de quelque chose à quelqu'un », acquiesça Joyce en fermant la porte.

Irie se retrouva dans les rues qu'elle connaissait depuis toujours, sur un chemin qu'elle avait parcouru des milliers de fois. Si quelqu'un lui avait demandé alors ce qu'était la mémoire, sa définition *la plus exacte* de la mémoire, elle aurait répondu que c'était la rue dans laquelle vous aviez sauté pour la première fois dans un tas de feuilles mortes. Et c'était justement celle-là qu'elle longeait en ce moment même. À chaque crissement sous ses pas surgissait le souvenir d'autres crissements, plus anciens. Elle était entourée d'odeurs familières : écorce humide et gravier mouillé au pied des arbres, crottes fraîches sous les feuilles détrempées. Elle se sentait émue. Elle avait beau avoir choisi de devenir dentiste, elle n'en avait pas perdu pour autant tout sens de la poésie, c'est-à-dire qu'elle était encore capable de vivre de temps à autre ce moment proustien où l'on remonte d'une strate à une autre, même si elle avait tendance à voir le phénomène sous l'angle odontologique. Elle sentit un élancement — comme dans le cas d'une dent un peu trop sensible, ou d'une « dent fantôme », quand le nerf est à vif —, un véritable *élancement*, en passant devant le garage où elle et Millat, un jour de leur treizième année, avaient glissé sur le comptoir cent cinquante pennies, dérobés dans un bocal de confiture chez les Iqbal, dans une tentative désespérée pour acheter un paquet de clopes. Elle ressentit une *douleur* (comme dans le cas d'une mauvaise occlusion quand une dent du haut vient buter sur une dent du bas), au moment où elle passa devant le parc où, enfants, ils avaient fait du vélo, où ils avaient fumé leur premier joint et où, au beau milieu d'un orage, il l'avait embrassée. Irie aurait voulu pouvoir s'abandonner à ce passé devenu fictif, se vautrer dans ces souvenirs, les adoucir, les prolonger, surtout le baiser. Mais elle avait dans la main une clé, glacée, et autour d'elle des vies, plus étranges que celles que la fiction a à offrir, plus drôles et plus cruelles aussi, avec des conséquences que la fiction ignore. Elle n'avait aucune envie de se retrouver impliquée dans la longue histoire de ces vies, mais elle l'était, en dépit d'elle-même, et elle se sentait entraînée, comme si on la tirait par les cheveux,

vers leur dénouement, tout le long de la grand-rue
— *Mali's Kebabs, Mr. Cheungs, Raj's, Malkovich
Bakeries* — elle aurait pu réciter la liste les yeux
fermés ; puis la descente sous le pont maculé de
fiente de pigeon et cette longue et large avenue qui
se jette dans Gladstone Park comme dans un océan
de verdure. On pouvait se noyer dans de tels souvenirs, mais elle s'efforça de nager pour leur échapper.
Elle sauta par-dessus le petit mur qui entourait la
maison des Iqbal, comme elle l'avait fait tant de fois
auparavant, et sonna à la porte d'entrée. Temps
passé, futur imparfait.

À l'étage, dans sa chambre, Millat était depuis un
quart d'heure en train d'essayer de comprendre les
instructions écrites de frère Hifan concernant la pratique de la prostration (brochure : *L'Art de la prière*) :

SAJDA : prostration. Dans la *sajda*, les doigts doivent
être joints et pointés vers la qibla, dans le prolongement des oreilles, la tête doit être entre les mains. Il
est *fard* de poser le front sur quelque chose de propre,
pierre, terre, bois, fragment de tissu, et il est dit (par
les sages) qu'il est *wajib* de baisser le nez. Il n'est pas
permis de ne mettre que le nez sur le sol sans une
bonne raison Il est *makruh* de ne poser que le front
sur le sol. Dans la *sajda*, on doit obligatoirement dire
Subhana rabbiyal-ala au moins trois fois. Si l'on en
croit les Shiis, il vaut mieux faire la *sajda* sur une
brique fabriquée avec de l'argile de Karbala. Il est soit
fard, soit *wajib* de poser les deux pieds ou du moins un
orteil de chaque pied sur le sol. Certains érudits préfèrent dire que c'est *sunnat*. Autrement dit, si les deux
pieds ne sont pas posés sur le sol, *namaz* soit ne sera
pas accepté, soit deviendra *makruh*. Lever le front, le
nez ou les pieds du sol pendant un court instant pendant la sajda est sans conséquence. En revanche, il est
sunnat de plier les orteils et de les tourner vers la

qibla. Il est écrit dans Radd-ul-mukhtar que ceux qui disent[1]...

Millat n'alla pas plus loin, et il en restait pourtant encore trois pages. Il était en sueur à force d'essayer de mémoriser tout ce qui était halal ou haraam, fard ou sunnat, makruh-tahrima (strictement défendu) ou makruh-tanzihi (défendu mais parfois toléré). En désespoir de cause, il avait enlevé son T-shirt, enroulé une série de ceintures plus ou moins en diagonale autour de son remarquable torse, et, debout devant la glace, se livrait à un exercice différent, plus facile et très bien connu de lui :

C'est moi qu'tu r'gardes ? Dis, c'est moi qu'tu r'gardes ?
Putain, tu veux m'dire qui tu r'gardes, hein ?
J'vois personne d'autre ici.
C'est moi qu'tu r'gardes ?

Il était en plein effort, exhibant sa musculature saillante à la porte de l'armoire, quand Irie entra.

« Eh oui, c'est toi que j'regarde. » L'autre s'arrêta net, décontenancé.

Elle lui expliqua brièvement et calmement les raisons de sa venue (le terrain neutre, la salle de cours, le jour de la semaine, le créneau horaire). Elle y alla de son couplet sur la nécessité d'un compromis, de l'harmonie, et de la prudence aussi, puis elle s'approcha de lui pour glisser la clé dans sa main tiède. Sans le vouloir, ou presque, elle lui toucha la poitrine. Juste à l'endroit où, entre deux ceintures, son cœur, comprimé par le cuir, battait si fort qu'elle en entendait les battements dans son

1. *Fard* : recommandé ; *wajib* : obligatoire ; *makruh* : fortement déconseillé ; *namaz* : prière.

oreille. Manquant d'expérience dans ce domaine, Irie prit tout naturellement pour les manifestations d'une passion violente ce qui n'était que palpitations dues à un afflux de sang insuffisant. Quant à Millat, cela faisait bien longtemps que personne ne l'avait touché et qu'il n'avait touché personne. Si l'on ajoute à cela les souvenirs partagés, dix ans d'amour non payés de retour, le parfum d'une longue, très longue histoire… on comprendra que la suite était inévitable.

Bientôt, leurs bras se mêlaient, puis leurs jambes, leurs lèvres, et ils roulaient sur le sol, ventre contre ventre (difficile de s'engager davantage), et faisaient l'amour sur un tapis de prière. Mais, commencé dans la hâte et la fièvre, l'amour se termina de la même façon : ils se séparèrent brusquement, horrifiés l'un et l'autre, mais pour des raisons différentes. Irie se précipita vers la porte, où elle se recroquevilla pour cacher sa nudité, embarrassée et honteuse parce qu'elle voyait sans peine que l'autre regrettait déjà ce qu'il avait fait ; Millat s'empara de son tapis de prière et l'orienta vers la Kaba, s'assurant qu'il n'était pas plus haut que le niveau du sol, ne reposait sur aucun livre, aucune chaussure, puis, doigts joints et dirigés vers la qibla dans le prolongement des oreilles, front et nez collés au sol, pieds fermement posés par terre et orteils bien raides, il se mit en devoir de réparer les dégâts. Il observa scrupuleusement tous les mandements, tandis qu'Irie s'habillait en pleurant et quittait la pièce, et s'il le fit avec autant de soin, c'est parce qu'il croyait que la grande caméra là-haut était braquée sur lui, et aussi parce que c'était *fard* et que « celui qui veut changer les rites n'est pas loin de devenir infidèle » (brochure : *Le Droit chemin*).

*

L'enfer ne connaît pas la fureur... Irie, le visage en feu, s'éloigna de la maison des Iqbal et reprit le chemin de celle des Chalfen avec une seule idée en tête, se venger. Mais pas de Millat. Il s'agissait plutôt de le venger, lui, car elle avait toujours été son défenseur, son chevalier blanc — en l'occurrence, un peu noir. Vous comprenez, Millat ne l'aimait pas. Et s'il ne l'aimait pas, c'était parce qu'il ne *pouvait* pas. Elle le croyait atteint au point de ne plus pouvoir aimer personne. Ce qu'elle voulait, c'était trouver celui ou celle qui lui avait fait tout ce mal, qui l'avait pratiquement détruit ; trouver celui ou celle qui l'avait rendu incapable de l'aimer.

Le monde moderne ne laisse pas d'être comique. On entend des filles dans les toilettes de certains clubs dire : « Ouais, il s'est tiré et il m'a plaquée. Il ne m'aimait pas. Il ne pouvait tout simplement pas faire face à l'amour. Il était trop paumé pour savoir comment m'aimer. » Comment pareille chose est-elle possible ? Qu'est-ce qui, dans ce siècle détestable, a bien pu nous convaincre que, en tant que peuple, en tant qu'espèce, nous sommes éminemment dignes d'être aimés ? Qu'est-ce qui peut bien nous amener à croire que ceux qui ne nous aiment pas sont forcément esquintés, déficients, anormaux, en somme ? Surtout s'ils nous remplacent par un dieu, une Madone en pleurs ou un Christ au cœur sanglant — auquel cas, nous les traitons de fous. D'aveugles. D'attardés. Nous sommes tellement convaincus de notre supériorité, de la supériorité de notre amour que nous ne supportons pas l'idée qu'il pourrait y avoir quelque chose de plus digne d'amour, de plus digne d'adoration que nous-mêmes. Des cartes de vœux de toutes sortes nous rappellent quotidienne-

ment que tout le monde a droit à l'amour. À l'eau courante, oui. Mais pas à l'amour, et pas tout le temps.

Millat n'aimait pas Irie, et Irie était convaincue
que la faute en incombait forcément à quelqu'un.
Son cerveau se mit à carburer. Quelle était la racine
du mal ? Le sentiment qu'avait Millat de son inadap-
tation socio-affective. Et quelle était la cause de ce
sentiment ? Magid. C'était à cause de Magid qu'il
était né en second, à cause de Magid qu'il avait toujours été le mal-aimé.

Joyce lui ouvrit la porte, et Irie se précipita aussitôt dans l'escalier, décidée à faire de Magid le
second, avec un retard de vingt-cinq minutes, cette
fois-ci. Elle l'empoigna, l'embrassa et lui fit l'amour,
avec colère, sans ménagement, sans un mot ni la
moindre trace d'affection. Après l'avoir bousculé, lui
avoir tiré les cheveux, enfoncé ce qu'elle avait
d'ongles dans le dos, elle fut heureuse de constater
que, quand il jouit, ce fut avec un léger soupir,
comme si on venait de lui arracher quelque chose.
Mais elle avait tort de croire qu'il s'agissait là d'une
victoire. Non, c'était un soupir de tristesse, parce
qu'il avait deviné d'où elle venait et pourquoi elle
était ici, avec lui. Ils restèrent allongés côte à côte,
nus et silencieux, pendant un long moment, la
lumière d'automne faiblissant un peu plus dans la
chambre avec chaque minute qui passait.

« Il me semble », finit par dire Magid, alors que la
lune commençait à éclipser le soleil, « que tu as
essayé d'aimer un homme comme s'il était une île
déserte et toi-même une naufragée, désireuse de
marquer cette terre pour tienne. Il me semble que
l'époque est révolue pour ce genre de choses. »

Puis il lui déposa sur le front un baiser qui avait
des airs de baptême, et elle pleura comme une
enfant.

*

5 novembre 1992, quinze heures. Les deux frères se retrouvent (enfin !), dans une salle anonyme, au bout de huit ans de séparation et découvrent que leurs gènes, ces prophètes de l'avenir, ont emprunté des voies différentes. Millat est abasourdi par l'ampleur de ces différences. Le nez, la ligne de la mâchoire, les yeux, les cheveux. Son frère est pour lui un étranger, et il le lui dit.

« Simplement parce que tu veux que je le sois », dit Magid d'un air entendu.

Mais Millat est direct, les devinettes ne l'intéressent pas, et une seule phrase lui suffit pour poser sa question et y répondre. « Alors, tu persistes et tu signes, c'est ça ?

— Ce n'est pas à moi de dire s'il faut continuer ou pas, frère, dit Magid en haussant les épaules. Mais oui, j'ai bien l'intention d'apporter ma contribution là où elle est utile. C'est un grand projet.

— C'est une abomination, ouais. » (Brochure : *La Sainteté de la création*.)

Millat tire une chaise à lui et s'assied dessus sens devant derrière, comme un crabe dans une nasse, bras et jambes écartés.

« Moi, j'y vois plutôt la possibilité de corriger les erreurs du Créateur.

— Le Créateur commet pas d'erreurs.

— Donc tu as l'intention de continuer, toi aussi ?

— Je veux, oui.

— Et moi aussi.

— Eh ben, comme ça, c'est clair, non ? On a déjà pris la décision. K.E.V.I.N. fera tout c'qu'y faut pour t'arrêter, toi et ta bande. Voilà, fin d'cette foutue discussion. »

Mais Millat se trompe : il ne s'agit pas d'un film, et il n'y a donc pas de fin, pas plus qu'il n'y a de commencement. Les deux frères se mettent donc à discuter. Et les choses s'enveniment en un rien de temps, au point qu'ils dénaturent complètement la notion de terrain neutre, qu'ils en viennent à barbouiller cette salle d'histoire — de l'histoire du passé, du présent, de l'histoire de l'avenir (car pareille chose existe bel et bien) ; ils prennent ce qui était vierge et anonyme et le maculent des excréments puants du passé, comme des enfants qui se complaisent dans la scatologie. Ce terrain soi-disant neutre, ils y impriment leur marque. Avec leurs vieilles rancunes, leurs souvenirs les plus lointains, leurs principes controversés, leurs croyances antagonistes.

Millat dispose les chaises de manière à illustrer la conception du système solaire si clairement et remarquablement exposée dans le Coran, des siècles avant les découvertes de la science occidentale (brochure : *Le Coran et le cosmos*) ; Magid dessine le terrain de manœuvres de Pande sur le tableau noir, s'efforçant de reconstruire, à grand renfort de détails, la trajectoire possible des balles, et sur un autre tableau, un diagramme montrant une enzyme d'extraction tranchant bien proprement dans le vif d'une séquence de nucléotides. Millat se sert de l'ordinateur comme d'une télévision, d'une éponge pour représenter la photo « Magid à la chèvre », puis, à lui seul, imite tous les babas débiles, les grand-tantes et les cousins venus cette année-là sacrifier au rite blasphématoire de l'adoration d'une icône ; Magid utilise le rétroprojecteur pour montrer un article qu'il vient d'écrire, exposant point par point son propos : la défense du principe d'un brevet pour les organismes génétiquement transformés ;

Millat se sert du fichier comme d'un substitut pour un autre fichier qu'il méprise et le remplit de lettres imaginaires échangées par un scientifique juif et un musulman hérétique ; Magid met trois chaises ensemble et allume deux lampes de bureau : ce sont maintenant deux frères dans une voiture, frissonnants, serrés l'un contre l'autre, et, quelques minutes plus tard, la séparation définitive et l'envol d'un avion en papier.

Et ainsi de suite.

Ce qui prouve que ce que l'on a souvent dit des immigrants est vrai : ils sont pleins de ressources ; ils savent faire avec. Ils se servent de ce qu'ils peuvent quand ils peuvent, comme ils peuvent.

*

Parce que nous nous imaginons souvent que les immigrants ont la bougeotte et sont capables de changer leurs plans à tout instant, de manifester à la moindre occasion leur légendaire débrouillardise. On nous a beaucoup parlé des ressources inépuisables de Mr. Schmutters, de l'absence d'attaches de Mr. Banajii, qui débarquent à Ellis Island, Douvres ou Calais et posent le pied sur leur terre étrangère comme des gens *vierges*, libres de toute entrave, radieux et prêts à laisser leur altérité sur le quai et à saisir leur chance dans ce nouveau pays, à se fondre dans l'anonymat de ce vert-et-doux-pays-paradis-de-la-liberté.

Quel que soit le chemin qui se présente à eux, ils l'empruntent, et s'il mène à un cul-de-sac, eh bien, Mr. Schmutters et Mr. Banajii en prendront joyeusement un autre, quitte à ne pas arrêter de zigzaguer dans l'heureux royaume de la pluriculture. Ma foi, tant mieux pour eux. Mais Magid et Millat étaient

incapables d'une telle attitude. Ils quittèrent leur
« terrain neutre » comme ils y étaient entrés :
ployant sous leur fardeau, incapables de dévier en
rien de leur course respective ni de modifier leur
périlleuse trajectoire. Ils semblent ne faire aucun
progrès. Les cyniques diraient qu'ils n'avancent
même pas du tout — que Magid et Millat sont
comme l'incroyable flèche de Zénon d'Élée, immo-
biles car occupant un espace égal à leur volume et,
ce qui est plus effrayant, égal à celui qu'occupent
Mangal Pande ou Samad Iqbal. Deux frères piégés
dans l'instant. Deux frères qui pervertissent toute
tentative pour dater cette histoire, pour suivre les
personnages et proposer des jours et des heures,
parce qu'il n'y a pas, qu'il n'y a jamais eu, qu'il n'y
aura jamais de *durée*. En fait, rien ne bouge. Rien ne
change. Ils courent sur place. Symboles du paradoxe
de Zénon.

Mais ce Zénon, qu'est-ce qu'il voulait au juste
(parce que tout le monde veut quelque chose) ?
Qu'est-ce qu'il avait derrière la tête ? Il y a une tradition qui veut que ses paradoxes fassent partie d'un
programme plus large, d'ordre *spirituel*. Visant à

(a) dénoncer la multiplicité, le *Pluriel*, comme illusion, et

(b) établir ainsi la réalité comme un tout fluide et
uniforme. L'*Un* unique et indivisible.

Parce que si l'on admet que l'on peut diviser à
l'infini la réalité en ses parties, comme le firent les
frères ce jour-là, il en résulte un paradoxe insuppor-
table. Plus de mouvement, plus de direction, plus de
progrès possible.

Mais la multiplicité n'est pas une illusion. Pas plus
que l'empressement que mettent à se précipiter vers
elle ceux qui mijotent dans le melting pot. Paradoxes

mis à part, ils courent, comme courait Achille. Et ils dépasseront les autres, exactement comme Achille aurait fait manger à sa tortue la poussière de ses pas. Ouais, Zénon avait bel et bien quelque chose derrière la tête. Il voulait l'Un dans un monde Pluriel. Et pourtant, ce paradoxe ne laisse pas d'être séduisant. Plus Achille essaie de rattraper la tortue, plus éloquente est la manière dont celle-ci manifeste son avance. De la même façon, les deux frères ne vont se précipiter vers leur avenir que pour mieux découvrir à quel point ils expriment, ce faisant, leur passé, ce lieu qu'ils occupaient encore il y a un instant. Parce qu'il y a autre chose à propos des immigrants (réfugiés, émigrés, voyageurs) : ils ne peuvent pas davantage échapper à leur histoire que vous-même n'avez le loisir de vous séparer de votre ombre.

18

Le dernier homme
ou la fin de l'Histoire

« Regardez ce qui se passe autour de vous ! Quel est le résultat de cette soi-disant *démocratie*, de cette soi-disant *tolérance*, de cette soi-disant *liberté* ? L'oppression, la persécution, les *massacres*. Frères, vous le voyez tous les jours à la télévision nationale, tous les soirs, sans exception. Le désordre, la confusion, le *chaos*. Aucune honte, aucun embarras, aucune *gêne* chez ces gens ! Ils n'essaient pas de camoufler, de cacher, de *déguiser* ! Ils savent ce que nous-mêmes savons : le monde entier est en plein bouleversement. Partout les hommes s'abandonnent à la luxure, la promiscuité, la débauche, le vice et la corruption. Le monde entier souffre d'un mal appelé *Kufr* — qui veut dire rejet de l'unicité du Créateur. Et en ce jour du 1er décembre 1992, je me porte témoin de ce qu'il n'existe rien qui soit digne d'adoration en dehors du *Créateur*, lequel est sans égal. En ce jour, nous devrions savoir que quiconque a été *guidé* par le Créateur n'a pu être égaré, et que quiconque a été détourné par lui du droit chemin ne saurait rentrer dans le droit chemin tant qu'il n'aura pas à nouveau été guidé et que le Créateur ne lui aura pas montré la *lumière*. Je vais maintenant entamer ma troisième conférence, que j'ai intitulée "La guerre idéologique", ce qui signifie — j'explique pour ceux qui pourraient ne pas comprendre — la guerre de ces choses... de ces idéologies, contre les Frères de K.E.V.I.N... "idéologie", cela signifie une sorte de lavage de cerveau... et à l'heure actuelle, mes frères, nous nous faisons endoctriner, manipuler et *laver le cerveau*. Je vais donc essayer d'élucider, d'expliquer et de *démontrer...* »

Personne dans la salle n'aurait été prêt à l'admettre, mais force était de reconnaître que frère Ibrahim ad-Din Shukrallah n'avait pas l'étoffe d'un grand orateur. Même si on passait sur la désagréable habitude qu'il avait d'utiliser trois mots là où un seul aurait suffi et de mettre sur le dernier terme de ses triplets tout le poids de ses inflexions antillaises, même si l'on affectait de ne pas s'en formaliser, et tout le monde dans la salle faisait un bel effort dans ce sens, l'homme restait, physiquement parlant, très décevant : une barbiche aux poils rares, un dos voûté, un répertoire entier de gestes nerveux passablement ridicules et une vague ressemblance avec Sidney Poitier, trop vague cependant pour lui permettre de commander un quelconque respect. Sans compter qu'il était tout petit. Sur ce dernier point, Millat ne pouvait s'empêcher de se montrer très déçu. Un sentiment tangible d'insatisfaction parcourut la salle quand frère Hifan en eut fini de présenter le conférencier en termes on ne peut plus fleuris et que le célèbre mais minuscule frère Ibrahim ad-Din Shukrallah remonta l'allée pour atteindre l'estrade. Non pas que quiconque eût exigé d'un uléma qu'il fût d'une taille imposante ou osé une seconde suggérer que le Créateur avait raté frère Ibrahim ad-Din Shukrallah, en ne lui donnant pas exactement la taille que Lui-même, dans sa sainte omnipotence, avait prévu de lui donner. Pour autant,

on ne pouvait s'empêcher de penser, tandis que
Hifan baissait maladroitement le micro et que frère
Ibrahim maladroitement s'étirait pour se hausser à
son niveau, non, on ne pouvait s'empêcher de
penser, avec cette accentuation typique sur le troisième terme, qu'il ne faisait pas plus d'un mètre cin-
quante-*cinq*.

Frère Ibrahim ad-Din Shukrallah avait un autre
problème, peut-être bien le plus grave de tous : un
penchant immodéré pour la tautologie. Il avait beau
ne pas cesser de promettre élucidation, explication,
démonstration, il faisait penser, linguistiquement
parlant, à un chien qui cherche à se mordre la
queue. « Il existe plusieurs types de guerre... j'en
nommerai quelques-uns. La guerre chimique est
celle où les hommes s'entre-tuent *chimiquement* par
la guerre. Elle peut être terrible. Et puis la guerre
physique ! C'est-à-dire la guerre qui se fait à l'aide
d'armes physiques et dans laquelle les gens s'entre-
tuent *physiquement*. Il y a aussi la guerre des bacté-
ries, quand un homme qui sait être porteur du virus
H.I.V. va dans un pays ennemi et répand son virus en
couchant avec les femmes de mauvaise vie de ce
pays ; c'est une guerre des virus. La guerre *psychologique*, l'une des plus perverses, où l'on essaie de vous
vaincre psychologiquement. C'est ce qu'on appelle la
guerre psychologique. Mais la guerre idéologique,
qui constitue le sixième type de guerre, est la plus
meurtrière ! »

Et pourtant, frère Ibrahim ad-Din Shukrallah était
le fondateur de K.E.V.I.N. Né à la Barbade en 1960,
sous le nom de Monty Clyde Benjamin, fils de deux
va-nu-pieds dyspepsiques et presbytériens, il s'était
converti à l'islam à la suite d'une « vision » à l'âge de
quatorze ans. À dix-huit ans, il avait quitté les luxu-
riantes frondaisons de son pays natal pour le désert

entourant Riyad et les livres tapissant les murs de l'université islamique Al-Imam Muhammad ibn Saud. Il y avait étudié l'arabe pendant cinq ans, perdu ses illusions sur la plupart des dignitaires du clergé islamique et exprimé pour la première fois son mépris pour ce qu'il appelait les « religieux laïcs », ces idiots d'ulémas qui prétendent séparer la politique de la religion. Il estimait que bon nombre de mouvements politiques radicaux modernes étaient pertinents pour l'islam et, qui plus est, se trouvaient déjà en germe dans le Coran, si on prenait la peine de lire celui-ci d'assez près. Il avait écrit plusieurs pamphlets à ce sujet, pour finir par découvrir que ses opinions radicales n'étaient pas en odeur de sainteté à Riyad. On le considérait comme un élément perturbateur, et sa vie avait été menacée « un nombre de fois considérable, infini, *innombrable* ». C'est ainsi qu'en 1984, frère Ibrahim, désireux de poursuivre son œuvre, était arrivé en Angleterre et s'était enfermé dans le garage d'une tante à Birmingham, où il avait passé les cinq années suivantes avec pour seule compagnie le Coran et les fascicules du Bonheur Infini. Il s'alimentait grâce à la nourriture qu'on lui faisait passer par la chatière, déposait sa pisse et sa merde dans une boîte de biscuits Coronation qu'il ré-expédiait par la même voie, et s'astreignait quotidiennement à des séances de tractions et d'abdominaux pour prévenir une éventuelle atrophie musculaire. Pendant cette période, le *Selly Oak Reporter* fit paraître assez régulièrement des entrefilets le concernant, où on l'appelait le « Gourou du garage » (vu l'importance de la communauté islamique de Birmingham, cette étiquette fut jugée préférable à celle qui avait les faveurs du rédacteur en chef, à savoir le « Cinglé de la cellule »), et quelques reporters s'amusèrent à interviewer sa tante ébahie, une certaine Carlene Benjamin, membre dévoué de l'église des saints des derniers jours.

Ces articles, cruels, moqueurs et offensants, avaient été écrits par un dénommé Norman Henshall et constituaient désormais des classiques du genre, que l'on distribuait aux membres de K.E.V.I.N. à travers toute l'Angleterre en guise d'exemple (s'il en était besoin) de la campagne de calomnie qu'avait menée la presse contre le mouvement, même à ce stade embryonnaire. Vous noterez — faisait-on remarquer aux fidèles — que les articles de Henshall cessent brutalement de paraître vers la mi-mai 87, c'est-à-dire au moment où frère Ibrahim ad-Din Shukrallah réussit à convertir sa tante Carlene par le biais de la chatière, sans autre recours que la vérité, telle qu'elle est formulée par le prophète Muhammad (que la paix soit avec Lui !). À noter aussi que Henshall omet de rendre compte des queues qui se forment à l'extérieur du garage et qui rassemblent les gens venus parler à frère Ibrahim, des queues si longues qu'elles vont de la chatière jusqu'à la salle de bingo, trois blocs plus loin, en plein centre de Selly Oak ! Tout comme il persiste à ne pas publier les 637 règles et lois que ledit frère a passé cinq ans à collationner à partir du Coran (les classant selon leur degré de sévérité, puis les regroupant en sous-classes selon leur nature, exemple : *Règles concernant la propreté et plus particulièrement l'hygiène buccale et génitale*). Si vous gardez tout ceci présent à l'esprit, mes frères et mes sœurs, vous ne pourrez que vous étonner de l'extraordinaire pouvoir du bouche-à-oreille. Et vous vous émerveillerez devant la ferveur de l'engagement des jeunes de Birmingham !

Leur enthousiasme et leur diligence furent si remarquables (si inouïs, extraordinaires, *incroyables*) que, pratiquement avant que le frère sorte de sa retraite et annonce lui-même la création du mouvement, l'idée de K.E.V.I.N. était née dans la communauté noire et asiatique : un nouveau groupe radical où politique et religion formaient les deux côtés d'une même pièce. Le mouvement se réclamait très librement du garveyisme[1], des Droits civiques américains et de la pensée d'Elijah Muhammed, tout en respectant à la lettre la stricte observance du Coran. K.E.V.I.N. : The Keepers of the Eternal and Victorious Islamic Nation. En 1992, ils constituaient une organisation de petite taille mais avec des ramifications qui s'étendaient jusqu'à Édimbourg et Land's End, le cœur conservant son siège à Selly Oak et l'âme dans Kilburn High Road. K.E.V.I.N. : groupuscule extrémiste dissident, adepte de l'action directe, souvent violente ; désavoué par le reste de la communauté islamique ; populaire auprès des seize-vingt-cinq ans ; craint et ridiculisé dans la presse ; et rassemblé ce soir-là à la mairie de Kilburn, debout sur les chaises dans la salle comble, pour écouter le discours de leur père fondateur.

« Il y a trois choses », poursuivait frère Ibrahim, jetant un coup d'œil à ses notes, « que les pouvoirs impérialistes souhaitent réaliser à vos dépens, frères de K.E.V.I.N. D'abord, ils veulent votre mort *spirituelle*... croyez-moi, il n'y a rien qui les intéresse tant que votre *esclavage mental*. Vous êtes trop nombreux à leur goût à lutter main dans la main ! Mais s'ils réussissent à s'approprier vos esprits, alors... »

« Hé, chuchota un gros homme à voix basse. Frère Millat ! »

---

1. Doctrine de Marcus Garvey (1885-1940), originaire de la Jamaïque et précurseur, avec W. E. B. DuBois, du panafricanisme.

Le gros homme n'était autre que Mohammed Hussein-Ishmael, le boucher. Il transpirait toujours aussi abondamment et s'était frayé un chemin non sans mal dans une longue queue dans le seul but, apparemment, de venir s'asseoir à côté de Millat. Ils étaient vaguement parents, et ces derniers mois, Mo s'était rapproché du saint des saints de K.E.V.I.N. (Hifan, Millat, Tyrone, Shiva, Abdul-Colin et quelques autres), en vertu de l'aide financière qu'il apportait au mouvement et de son intérêt déclaré pour la tendance « active » du groupe. Personnellement, Millat ne lui faisait pas entière confiance et n'appréciait guère son gros visage obséquieux, la grande coque qui sortait de son toki et son haleine qui sentait le poulet.

« En retard. Fallait que jé ferme la boutique. Mais j'étais débout dans lé fond depuis un moment. J'ai écouté. Impressionnant, lé frère Ibrahim, non ?

— Mmouais.

— Très impressionnant », répéta Mo, tout en tapotant le genou de Millat d'un air de conspirateur. « Un frère très impressionnant. » C'était Mo Hussein qui finançait en partie la tournée de frère Ibrahim en Angleterre, et il était donc dans son intérêt (ou du moins avait-il l'impression de rentrer quelque peu dans ses deux mille livres) de trouver le frère impressionnant. Mo était un converti de fraîche date (après avoir été un musulman tout juste passable pendant vingt ans), et son enthousiasme pour le groupe avait une double origine. En premier lieu, il était flatté, vraiment flatté, d'être considéré comme un homme d'affaires musulman suffisamment prospère pour pouvoir cracher tout cet argent. En temps ordinaire, il leur aurait montré la porte et dans quelle partie de leur individu ils pouvaient se mettre un poulet fraîchement saigné, mais la vérité était qu'à ce moment-là, Mo se sentait un peu fragilisé, son Irlandaise d'épouse, la filiforme Sheila, l'ayant récemment plaqué pour un patron de bistrot ; si bien que lorsque K.E.V.I.N. demanda cinq mille livres à Ardashir et les obtint, et que Nadir, de la boucherie halal rivale, en proposa trois, Mo voulut jouer au macho et y alla de son obole.

La seconde raison qui avait motivé la conversion de Mo était d'ordre plus personnel. C'était la violence. La violence et le vol. Pendant dix-huit ans, Mo avait eu la boucherie halal la plus connue de North London, si connue, en fait, qu'il avait pu acheter le fonds de commerce voisin et s'agrandir, ajoutant à la boucherie un tabac-journaux. Et pendant toute la période où il avait dirigé les deux établissements, il avait été victime de vols et de violences physiques graves, au rythme régulier de trois fois dans l'année. Chiffre qui, notons-le, n'inclut ni les nombreux coups sur la tête, ni les coups de barre de fer, ni les coups de pied dans les parties, ni aucun coup n'entraînant pas d'effusion de sang. Mo ne prenait même pas la peine de téléphoner à sa femme, sans parler d'avertir la police, pour l'informer de ce genre d'incident. Non, entendons-nous bien, nous parlons de violences *graves*. Il avait reçu des coups de couteau à cinq reprises, s'était fait couper trois doigts, briser aussi bien les bras que les jambes, brûler la plante des pieds, casser les dents et loger une balle de carabine à air comprimé dans le postérieur, qu'il avait heureusement fort charnu. L'homme avait pourtant une carrure impressionnante, et il ne manquait pas de courage. Les corrections ne lui avaient en aucune manière appris à filer doux, ni à surveiller son langage. Il rendait coup pour coup. Seulement voilà, il était seul contre toute une armée, et il ne savait où trouver de l'aide. La toute première fois, en janvier 1970, quand un coup de marteau lui avait défoncé les côtes, il était allé, en toute naïveté, porter plainte au commissariat du coin et s'était vu récompenser d'une visite nocturne au cours de laquelle cinq flics l'avaient passé à tabac. Depuis, la violence et le vol étaient devenus partie intégrante de son existence, triste sport que s'empressaient de fuir les clients de peur d'être les prochaines victimes. La violence et le vol. Les coupables étaient aussi bien des lycéens qui entraient par la boutique de l'angle pour acheter des bonbons (raison pour laquelle Mo ne laissait entrer qu'un élève de Glenard Oak à la fois, ce qui, bien entendu, ne changeait rien à l'affaire, puisqu'ils le tabassaient alors à tour de rôle) que des poivrots décrépits, des loubards, des parents de loubards, des fascistes de tout poil, des fascistes plus pointus genre néo-nazis, l'équipe locale de billard, de fléchettes, de football et des bataillons entiers de secrétaires à grande gueule et à talons meurtriers. Ces gens divers lui en voulaient pour diverses raisons : c'était un Paki (allez donc expliquer à un emballeur de supermarché ivre et taillé comme une armoire à glace que vous êtes bangladeshi) ; il consacrait la moitié de sa boutique à la vente d'une viande paki plutôt bizarre ; il portait une coque sur la tête ; il aimait Elvis Presley (« Alors, comme ça, on aime Elvis, hein ? C'est ça ? Eh, l'Paki, j'te cause ! ») ; il vendait ses cigarettes trop cher ; il n'avait qu'à rentrer chez lui ; ou, tout simplement, il avait une tête qui ne revenait pas à ses bourreaux. Lesquels avaient tous un point commun : ils étaient blancs. Ce seul détail avait fait bien plus pour politiser Mo que tous les discours, pétitions et meetings du monde. L'avait ramené bien plus sûrement au bercail de sa foi que n'aurait pu le faire même une visite punitive de l'ange Jabrail. La dernière goutte d'eau, si l'on peut dire, était tombée trois mois avant qu'il ne rejoigne les rangs de K.E.V.I.N., quand trois « jeunes » blancs, après l'avoir ligoté, l'avaient précipité dans l'escalier de la cave, avant de lui voler tout son argent et de mettre le feu à sa boutique. Il s'en était sorti grâce à ses mains désarticulées (conséquence de plusieurs fractures des poignets). Mais il en avait assez de frôler la mort. Quand K.E.V.I.N. lui avait donné une brochure expliquant qu'il y avait une guerre en train, il s'était dit : mais c'est vrai, bon Dieu. Il avait enfin trouvé quelqu'un qui parlait le même langage. Mo était depuis dix-huit ans en première ligne dans cette guerre. Certes, ses enfants se débrouillaient bien, ils fréquentaient une bonne école, prenaient des cours de tennis et avaient le teint trop pâle pour que quelqu'un songe jamais à porter la main sur eux. C'était bien. Mais ce n'était pas suffisant. Lui aussi avait envie d'être payé de retour. Pour lui-même. Il avait envie de voir frère Ibrahim sur cette estrade et de l'entendre mettre en pièces la culture chrétienne et la moralité occidentale jusqu'à ce qu'il n'en reste plus rien. Il voulait qu'on lui explique la nature dégénérée de ces gens. Il voulait en connaître l'histoire, l'origine et les implications politiques. Il voulait qu'on dénonce leur art et leur science, qu'on dévoile leurs goûts et leurs dégoûts. Mais les mots n'y suffiraient jamais ; des mots, il en avait tant entendu (*Vous n'avez qu'à déposer une plainte... Si vous vouliez bien nous décrire très précisément votre agresseur...*). Rien ne valait l'action. Il voulait savoir pourquoi ces gens s'obstinaient à lui en mettre plein la gueule. Et de son côté, il aurait bien aimé, lui aussi, leur en mettre plein la gueule.

« Vraiment impressionnant, hein, Millat ? C'est tout ce qu'on attendait.

— Ouais, dit Millat sans enthousiasme. Sans doute. Moins d'baratin, et plus d'action, ce s'rait pas plus mal, si tu veux mon avis. Les infidèles sont partout.

— Absolument, frère, acquiesça Mo vigoureusement. On peut pas êt'plus d'accord là-déssus. D'après cé que jé sais, dit Mo en baissant la voix et en approchant ses grosses lèvres graisseuses de l'oreille de Millat, y en a d'autres qui sont à fond pour l'action. L'action immédiate. Frère Hifan m'a parlé. Pour lé 31 décembre. Et frère Shiva et frère Tyrone…

— Ouais, ouais, j'sais qui c'est. Y sont comme le cœur et l'poumon d'l'organisation.

— Et pis, y disent que toi tu lé connais, cé type avec ses souris. T'es bien placé. D'après cé que j'ai entendu, t'es son ami.

— J'étais, j'étais.

— Frère Hifan dit qué vous avez les billets pour entrer, qué vous organisez…

— Chchut », dit Millat, qui s'énervait. « C'est pas tout l'monde qu'a l'droit d'savoir. Si tu veux vraiment monter en grade, va falloir apprendre à la fermer. »

Millat regarda Mo de la tête aux pieds. Vit le pyjama-kurta auquel son propriétaire réussissait à donner l'allure d'une combinaison pattes d'éléphant à la Elvis de la fin des années soixante-dix. Vit l'énorme ventre qui reposait confortablement sur ses genoux.

« Tu s'rais pas un peu vieux, par hasard ?

— Espèce de mal poli, va. Jé suis fort comme un putain dé bœuf.

— Ouais, ben c'est pas vraiment d'force qu'on a b'soin, dit Millat tout en se tapotant la tempe. On a b'soin d'un peu d'cervelle là où tu sais. Va falloir s'introduire dans les lieux discrétos, tu vois ? L'premier soir. Ça s'ra bourré à craquer.

— J'sais êt' discret, dit Mo en se mouchant dans ses doigts.

— On va d'abord te d'mander d'apprendre à la fermer. »

« Et la troisième chose », continuait frère Ibrahim ad-Din Shukrallah, les interrompant d'une voix soudain plus forte qui fit vibrer les haut-parleurs, « la troisième chose qu'ils essaieront de faire, c'est de vous convaincre que c'est l'intelligence humaine et non Allah qui est omniprésente, illimitée, *toute-puissante*. Ils essaieront de vous convaincre que votre devoir n'est pas de proclamer la gloire du Créateur, mais de vous élever jusqu'à devenir l'égal du Créateur, voire à le dépasser ! Et nous abordons ici le point crucial de mon discours. C'est ici même, dans l'arrondissement de Brent, que l'infidèle est venu accomplir ses noirs desseins. Vous n'allez pas me croire, mes frères, mais il y a un homme dans cette communauté qui croit pouvoir améliorer la création d'Allah. Il y a un homme qui prétend changer, ajuster, *modifier* les décrets divins. Il prend un animal — un animal créé par Allah — et prétend modifier cette créature. Pour en créer une autre qui n'a pas de nom, qui est une innommable abomination. Et quand il en aura fini avec cette petite bête, une souris, mes frères, quand il en aura fini avec elle, il passera aux moutons, aux chats et aux *chiens*. Et qui, dans cette société anarchique, l'empêchera de créer un jour un *homme* ? Un homme né non pas d'une femme mais de la seule intelligence de l'homme ! Et cet homme vous dit que c'est de la médecine... mais K.E.V.I.N. n'a rien contre la médecine. Nous sommes une communauté civilisée, qui compte beaucoup de médecins parmi ses membres, mes frères. Ne vous laissez pas tromper, berner, *abuser*. Ce n'est pas de la médecine. Et la question que je vous pose, ô mes frères de K.E.V.I.N., est la suivante : qui va se sacrifier pour mettre fin aux activités pernicieuses de cet homme ? Qui va se dresser au nom du Créateur et montrer aux modernistes que ses lois existent toujours et sont éternelles ? Parce qu'ils essaieront de vous dire, les modernistes, les cyniques, les *orientalistes*, qu'il n'y a plus de croyances, que notre histoire, notre culture, notre *monde* est fini. Ainsi pense ce scientifique. Et c'est pourquoi il prend tant de libertés. Mais il ne va pas tarder à comprendre ce que signifie vraiment l'expression *derniers jours*. Alors, qui va lui montrer… »

« Oui, jé comprends, fermer sa gueule », dit Mo s'adressant à Millat, tout en regardant droit devant lui, comme dans un film d'espionnage.

Millat jeta un regard circulaire et vit que Hifan lui faisait signe des yeux, message qu'il transmit aussitôt à Shiva, qui lui-même le transmit à Abdul-Jimmy et Abdul-Colin, puis à Tyrone et au reste de l'équipe de Kilburn, laquelle occupait des positions stratégiques contre les murs en divers points de la salle afin de surveiller le déroulement des opérations. Hifan fit à nouveau signe à Millat, puis eut un mouvement de tête en direction de la pièce de derrière. Un mouvement de repli discret s'ensuivit.

« Y sé passe quelqué chose ? » chuchota Mo, en apercevant les hommes au brassard vert se frayer un chemin au milieu de la foule.

« Viens dans le bureau », dit Millat.

*

« Bon, je pense que l'important ici, c'est d'aborder le problème sous deux angles différents. Bien sûr, il s'agit d'un cas évident de torture sur des animaux, et nous pouvons monter ça en épingle auprès du public, mais il faut aussi, et surtout, mettre l'accent sur l'aspect anti-brevet. Parce que cette approche-là, nous pouvons vraiment l'exploiter. Et si nous insistons là-dessus, nous pourrons faire appel à un certain nombre d'autres groupes — le N.C.G.A., l'O.H.N.O. et j'en passe. Crispin les a déjà contactés. C'est un domaine que nous ne connaissons pas très bien, mais il s'agit manifestement d'un problème important — je crois que Crispin a l'intention de nous en parler plus en détail dans quelques minutes —, donc, pour l'instant, je voudrais juste évoquer le soutien que nous apporte le public. Et tout spécialement, la presse de ces dernières semaines, y compris les tabloïds, qui se sont vraiment montrés à la hauteur en traitant abondamment le sujet... l'idée de pouvoir faire breveter des organismes vivants ne suscite guère d'enthousiasme dans le grand public... je crois qu'elle dérange beaucoup les gens, et à juste titre. C'est à nous, F.A.T.E., de jouer là-dessus et de faire démarrer une campagne vraiment efficace, alors si... »

Ah, Joely, Joely, *Joely*. Joshua savait qu'il aurait dû écouter, mais c'était tellement bon de regarder. Regarder Joely, c'était *génial*. Sa façon de s'asseoir (sur une table, les genoux repliés contre la poitrine), de lever les yeux de ses notes (comme un chaton !), la façon dont l'air sifflait dans l'interstice entre ses dents de devant, sa façon de ramener constamment d'une main ses cheveux blonds derrière l'oreille et de l'autre de battre la mesure d'une chanson intérieure avec ses grosses Doc Martens. En dehors des cheveux blonds, elle ressemblait beaucoup à la mère de Joshua quand elle était jeune : lèvres pleines à l'anglaise, nez légèrement retroussé, yeux noisette. Mais le visage, pour remarquable qu'il fût, n'était qu'un simple élément de décoration destiné à couronner un corps de rêve. Longs membres, cuisses musclées, ventre plat, seins qui n'avaient jamais connu de soutien-gorge mais n'en étaient pas moins un vrai régal, et derrière qui figurait l'idéal platonicien en matière de postérieur, avec des rondeurs de pêche et une ampleur accueillante. En plus, elle était intelligente. En plus, elle était entièrement dévouée à sa cause. En plus, elle méprisait Marcus Chalfen. En plus, elle avait dix ans de plus que Joshua (ce qui lui conférait, à ses yeux, une aura sexuelle et une connaissance des techniques de l'amour qui déclenchaient chez lui, dès qu'il essayait de se les imaginer, une énorme érection, comme là, en ce moment, en pleine réunion). Et en plus, c'était la femme la plus merveilleuse que Joshua ait jamais rencontrée. Oh, Joely !

« À mon avis, ce qu'il faut faire comprendre aux gens, c'est l'idée que ça va créer un précédent. Le genre : "Mais où ça va nous mener, tout ça ?" Bon, je comprends la position de Kenny, c'est vrai que c'est extrêmement simpliste, mais je suis pas d'accord, je crois que ça s'impose... et nous mettrons ça aux voix dans une minute. Est-ce que ça te va, Kenny ? Si je peux continuer... c'est bon ? O.K. Où j'en étais ? Ah, oui, le précédent... Parce que si on peut argumenter le fait que l'animal sur lequel on fait des expériences est la propriété d'un groupe quelconque de personnes, autrement dit, que ce n'est pas un chat mais en réalité une "invention" dotée des propriétés du chat, alors ça court-circuite dangereusement, mais de manière extrêmement efficace, le travail des défenseurs des droits des animaux et ça vous donne une image du futur à vous flanquer les jetons. Bon, je crois que je vais demander à Crispin de venir pour vous en dire plus à ce sujet. »

Le con dans l'affaire, c'était que Joely était mariée à Crispin. Encore plus con, que c'était un vrai mariage d'amour : parfaite union spirituelle, totale communauté de pensée et tout le bataclan. Et comme si ça ne suffisait pas, ce mariage avait pris les allures, parmi les membres de F.A.T.E., d'une sorte de mythe fondateur, qui avait valeur d'exemple et illustrait la manière dont le groupe était né et celle dont il devrait se développer dans les années à venir. Joely et Crispin n'étaient pas du genre à exalter le personnage du chef ou à encourager le culte de la personnalité, mais c'était arrivé malgré tout : ils étaient bel et bien l'objet d'une sorte de culte. Et ils étaient indivisibles. Quand Joshua avait rejoint le groupe, il avait essayé de glaner quelques renseignements sur le couple, histoire de savoir s'il avait une chance. Est-ce que le couple était bancal ? Est-ce que la nature difficile de leur travail les avait éloignés l'un de l'autre ? Tu parles ! La réalité était terriblement déprimante, comme le découvrit Joshua quand deux vieux militants de l'association lui racontèrent l'histoire de ce duo mythique autour de quelques bières à l'enseigne du Spotted Dog. Il y avait là un ex-employé des postes psychotique nommé Kenny, qui, enfant, avait vu son père tuer son chiot, et Paddy, un inconditionnel du R.M.I., très sensible et passionné de pigeons.

« Tout le monde commence par avoir envie de baiser Joely », avait expliqué Kenny, compatissant, « mais on s'en remet. On finit par comprendre que ce qu'on peut faire de mieux pour elle, c'est de se dévouer entièrement à la cause. Et puis, le second truc qu'on finit par comprendre, c'est que Crispin est effectivement un mec *incroyable*...

— Ouais, d'accord, mais raconte. »

Et Kenny de raconter.

Il semblait que Joely et Crispin étaient tombés amoureux à l'université de Leeds pendant l'hiver 1982 : deux étudiants extrémistes, avec des posters du Che plein les murs de leur chambre, idéalistes en diable et possédés d'une même passion pour toutes les créatures qui volent, trottent, rampent et se traînent à la surface de la terre. À l'époque, tous deux étaient membres actifs de toute une kyrielle de groupuscules d'extrême gauche, mais les dissensions internes, les coups bas et les scissions incessantes ne tardèrent pas à leur ôter toutes leurs illusions quant au sort de l'*homo erectus*. Ils en eurent bientôt assez d'essayer de défendre le genre humain, cette espèce qui passe son temps à organiser des coups d'État, à vous démolir par-derrière et à se choisir d'autres représentants, pour finir par vous rendre responsable de tout. Ils préférèrent se tourner du côté de nos amies les bêtes. De végétariens qu'ils étaient, ils se firent les avocats du végétalisme, laissèrent tomber leurs études, se marièrent et, en 1985, fondèrent l'association F.A.T.E., **F**ighting **A**nimal **T**orture **a**nd **E**xploitation. La personnalité magnétique de Crispin et le charme naturel de Joely attirèrent d'autres désenchantés politiques, et ils formèrent bientôt une communauté de vingt-cinq personnes (plus dix chats, quatorze chiens, un jardin plein de lapins sauvages, un mouton, deux cochons et une petite famille de renards), travaillant à partir d'un studio de Brixton, qui donnait à l'arrière sur un lotissement resté en friche. C'étaient des pionniers à plus d'un égard. Recyclant, avant que le recyclage soit à la mode, faisant une biosphère tropicale de leur salle de bains étouffante, se consacrant à la production d'aliments organiques. D'un point de vue politique, ils étaient tous également circonspects, ayant tous d'excellentes références en matière d'extrémisme :

F.A.T.E. était à la S.P.A. ce que le stalinisme était aux démocrates libéraux. Pendant trois ans, l'association mena une campagne de terreur contre les bourreaux d'animaux, les expérimentateurs de tout bord, envoyant des menaces de mort au personnel des fabriques de cosmétiques, s'introduisant dans les laboratoires, enlevant des techniciens et s'enchaînant aux grilles des hôpitaux. Ils perturbèrent des chasses au renard, filmèrent des poulets de batterie, incendièrent des fermes, attaquèrent des points de vente de produits alimentaires à la bombe incendiaire, démolirent des tentes de cirque. Dans la mesure où leur cause était aussi vaste que fanatique (car ils s'intéressaient à tout animal, à quelque niveau d'inconfort que ce fût), ils avaient un travail fou, et leur vie n'était pas des plus faciles, semée qu'elle était de dangers et de fréquents séjours en prison. Et tout au long, les liens unissant Joely et Crispin ne firent que se resserrer, le couple servant d'exemple à tous et symbolisant un phare au milieu de la tempête. Puis, en 1987, Crispin écopa de trois ans de prison pour avoir attaqué un laboratoire gallois à la bombe et libéré 40 chats, 350 lapins et 1 000 rats de leur captivité. Avant d'être emmené à Wormwood Scrubs, Crispin fit généreusement savoir à Joely qu'elle avait sa bénédiction pour aller coucher avec d'autres membres de F.A.T.E. si elle était en manque pendant son absence (« Et elle l'a fait ? demanda Joshua. — Penses-tu ! » répliqua tristement Kenny).

Pendant la captivité de Crispin, Joely consacra son énergie et son temps à transformer F.A.T.E. : d'une petite équipe d'amis surexcités, elle fit un mouvement politique clandestin non négligeable. Elle commença par se désengager des tactiques terroristes et, après avoir lu Guy Debord, s'intéressa au « situationnisme » en tant que stratégie politique. Dans son idée, il s'agissait surtout de multiplier les recours aux grandes banderoles, aux déguisements, aux vidéos et aux reconstitutions macabres. Quand Crispin sortit de prison, F.A.T.E. avait quadruplé de volume, et la légende qui entourait Crispin (amant, combattant, rebelle et martyre) avait grandi en proportion, nourrie par l'interprétation passionnée que donnait Joely de sa vie et de son œuvre, ainsi que par une photo de lui soigneusement choisie, prise aux environs de 1980, sur laquelle il avait quelque chose de Nick Drake. En dépit d'une image ainsi relookée, Crispin n'avait rien perdu de son radicalisme. Son premier acte de citoyen rendu à la liberté fut d'organiser la libération de plusieurs centaines de campagnols, événement qui fut très largement couvert par la presse, encore que Crispin eût délégué le rôle d'exécutant à Kenny, qui, pour sa peine, fut envoyé en quartier de haute sécurité pendant quatre mois (« Le plus beau moment de ma vie »). Et puis, l'été précédent, en 1991, Joely avait persuadé Crispin de partir avec elle pour la Californie afin de se joindre aux autres groupes qui luttaient contre l'octroi de brevets sur les animaux transgéniques. Même si les tribunaux n'étaient pas le terrain favori de Crispin (« C'est un mec qui n'aime que l'action directe »), il réussit à perturber suffisamment les débats et à faire ajourner le procès pour vice de forme. Quand ils rentrèrent en Angleterre, enthousiastes mais pratiquement sans le sou, ce fut pour découvrir qu'ils s'étaient fait flanquer à la porte de leur piaule de Brixton et…

À partir de là, Joshua n'avait plus besoin de personne pour continuer l'histoire. Il les avait rencontrés une semaine plus tard, arpentant Willesden High Road à la recherche d'un squat. Ils avaient l'air

perdu, et Joshua, enhardi par l'ambiance estivale et
la beauté de Joely, les avait abordés. Ils avaient fini
par aller prendre une bière ensemble. Qu'ils prirent,
noblesse oblige, à Willesden, au Spotted Dog, un des
hauts lieux du quartier, qu'un chroniqueur décrivait
en 1792 comme « une taverne des mieux acha-
landées » (*Willesden hier et aujourd'hui*, de Len
Snow), et qui était devenu par la suite un des lieux
de prédilection des Londoniens de l'époque victorienne en quête d'une journée « à la campagne »,
puis le rendez-vous des voitures à cheval et, plus
tard encore, un « point d'eau » pour les ouvriers du
bâtiment irlandais qui travaillaient dans le secteur.
En 1992, le pub avait subi une nouvelle mutation,
pour devenir cette fois-ci le point de ralliement de
l'énorme population d'immigrants australiens qui,
au cours des cinq dernières années, avaient inexplicablement quitté leurs plages ensoleillées et leurs
mers d'émeraude pour venir s'installer dans le North
West 2. L'après-midi où Joshua pénétra dans l'établissement en compagnie de Crispin et de Joely,
ladite population était dans un état d'extrême agitation. Des résidents s'étant plaints d'une odeur insupportable émanant de l'appartement situé au-dessus
des Voyants et Mages de sœur Marie dans la grand-
rue, les services de l'hygiène avaient fait une descente et découvert que l'endroit était squatté par
seize Australiens qui avaient creusé un énorme trou
dans le plancher pour y faire rôtir un cochon, apparemment dans l'espoir de recréer les conditions des
fours creusés dans la terre par les peuples d'Océanie.
Jetés à la rue, les ex-squatters se lamentaient maintenant sur leur sort auprès du patron du pub, un
énorme Écossais barbu qui n'éprouvait qu'une sympathie mitigée pour sa clientèle des antipodes
(« Putain de Dieu, c't'à croire que Sydney est plein

d'affiches faisant d'la pub pour Willesden ! »). Après avoir écouté l'histoire, Joshua en avait conclu que l'appartement devait être vide et avait emmené Crispin et Joely y jeter un coup d'œil, fantasmant déjà sur certaines possibilités... *si j'arrive à les faire habiter pas loin, peut-être que...*

C'était une vénérable construction victorienne plutôt délabrée, avec un petit balcon, un toit en terrasse et un grand trou dans le sol. Il leur conseilla de garder un profil bas pendant un mois avant d'emménager. Ce qu'ils firent, et ce qui permit bientôt à Joshua de les voir régulièrement. Un mois plus tard, il faisait l'expérience de sa « conversion », après des heures et des heures de discussion avec Joely (des heures aussi d'observation rapprochée de ses seins à travers le coton usé de ses T-shirts). Il avait eu l'impression, sur le moment, qu'on lui prenait sa petite tête de Chalfen, qu'on lui collait deux bâtons de dynamite de dessin animé dans les oreilles pour lui creuser un énorme trou dans la conscience. Il lui était apparu en un éclair qu'il était amoureux de Joely, que ses parents étaient des trous du cul, que lui-même ne valait pas mieux et que la plus grande communauté qui existât au monde, à savoir le règne animal, était quotidiennement opprimée, emprisonnée et massacrée en toute connaissance de cause et avec l'aval de tous les gouvernements en place. Difficile de savoir dans quelle mesure cette dernière prise de conscience dépendait de la première, toujours est-il qu'il avait renoncé au chalfenisme et perdu tout intérêt au démontage systématique des pièces pour voir comment celles-ci s'agençaient. Il avait renoncé à la viande, était parti à Glastonbury, s'était fait tatouer, était devenu capable de mesurer un huitième les yeux bandés (va te faire voir, Millat) et, de manière plus générale, avait pris son pied...

jusqu'à ce que sa conscience finisse par le titiller. Il leur révéla son identité : il n'était autre que le fils de Marcus Chalfen. Joely en fut horrifiée (mais aussi, se plut à penser Joshua, un tantinet excitée... l'attrait du fruit défendu, en somme). On envoya Joshua voir ailleurs pendant deux jours, le temps pour F.A.T.E. de tenir une réunion au sommet sur le thème : *Mais c'est exactement l'individu que nous... Ah, on pourrait l'utiliser...*

L'affaire prit un temps fou, la procédure s'encombrant de mises aux voix, de résolutions secondaires, d'objections, de clauses restrictives, pour finalement en revenir, de façon hautement prévisible, à la simple question : « Tu es de quel côté ? » À quoi Joshua répondit « du vôtre ». Et Joely de l'accueillir à bras ouverts et de presser sa tête sur son sein exquis. On l'exhiba dans les réunions, on lui confia le rôle de secrétaire, et il devint en quelque sorte le joyau de leur couronne : le converti, l'ex-ennemi.

Il y avait de cela six mois, période pendant laquelle Joshua s'était complu dans un mépris grandissant pour son père, avait beaucoup vu son grand amour et élaboré un plan à long terme pour arriver à s'immiscer dans le célèbre couple (il fallait bien de toute façon qu'il vive quelque part, et le sens de l'hospitalité des Jones commençait à faiblir sérieusement). Il s'efforça d'entrer dans les bonnes grâces de Crispin, ignorant délibérément les soupçons qu'entretenait celui-ci à son égard. Il fit comme s'ils étaient les meilleurs amis du monde, s'occupa des boulots les plus chiants (photocopie, affichage, distribution de tracts), et obtint de coucher chez lui par terre. Il fêta le septième anniversaire de mariage de Crispin et lui offrit un plectre fait main pour sa guitare, tout en lui vouant une haine farouche, en convoitant sa femme comme aucune femme auparavant n'avait jamais été convoitée et en tirant des plans sur la comète pour le perdre, animé d'une jalousie aux yeux plus que verts, à faire pâlir d'envie Iago en personne[1].

Ces préoccupations avaient masqué aux yeux de Joshua le fait que l'association cherchait à perdre son propre père. Il avait approuvé le principe de cette chute au moment du retour de Magid, quand sa fureur était au plus haut et l'idée elle-même encore assez floue (des grands mots destinés à impressionner les nouveaux membres, pas davantage). À trois semaines de l'échéance fatidique du 31 décembre, Joshua refusait toujours de faire face de manière cohérente, disons chalfenienne, aux conséquences de l'événement. Il aurait d'ailleurs été bien en peine de dire clairement ce qui allait se passer, vu qu'aucune décision définitive n'avait été prise. Et voilà que, alors qu'ils étaient tous réunis là pour débattre de la question, assis, jambes croisées, autour du grand trou dans le sol, alors qu'il aurait dû prêter une oreille attentive à ces discussions capitales... voilà qu'il avait perdu le fil à force de fixer le T-shirt de Joely, la courbe athlétique de son buste, et de laisser descendre son regard plus bas, vers son pantalon en coton tacheté, et, encore plus bas...

« Josh, mon vieux, tu pourrais nous lire le compte rendu de la discussion qu'on a eue il y a deux minutes ?

— Hein, quoi ? »

Crispin soupira d'un air désapprobateur. Joely se pencha par-dessus la table pour lui déposer un baiser sur l'oreille. *L'enfoiré.*

---

1. « Oh ! prenez garde, monseigneur, à la jalousie ! C'est le monstre aux yeux verts qui produit l'aliment dont il se nourrit. » *Othello*, acte III, scène 3.

« Le compte rendu, Josh. Après les histoires de stratégies de contestation dont nous a parlé Joely. C'était un point vachement épineux. Je voudrais bien réentendre ce qu'a dit Paddy il y a deux minutes sur le thème Punition ou Libération. »

Joshua regarda son bloc vierge, qu'il plaça sur son pénis maintenant en pleine débandade.

« Ben... j'ai dû le laisser passer.

— Mais c'est chiant, ça. C'était vachement important, Josh. Faut absolument qu'tu suives, bon Dieu. Ça sert à quoi toutes ces palabres si... »

Ah, l'enfoiré, l'enfoiré ! *Le con !*

« Il fait de son mieux », intercéda Joely, se penchant à nouveau par-dessus la table, cette fois pour ébouriffer les cheveux de Joshua. « C'est certainement très dur pour Joshi, tu sais. Ça le touche quand même de très près. » Elle l'appelait souvent Joshi. Joshi et Joely. Joely et Joshi.

« D'accord, dit Crispin, le sourcil froncé, mais combien de fois est-ce que j'ai dit que si Joshua ne tenait pas à s'engager à fond dans ce boulot, en raison d'attaches personnelles, que s'il voulait partir, eh bien...

— Je reste », l'interrompit Joshua, d'un ton qu'il eut du mal à ne pas rendre trop agressif. « J'ai absolument pas l'intention de m'dégonfler.

— Voilà bien pourquoi on l'aime, notre héros, dit Joely en lui adressant un grand sourire. Retenez bien ce que je vous dis, il sera notre porte-drapeau. »

Ah, divine Joely !

« Bon, bon, on continue. Mais essaie de tout prendre en notes à partir de maintenant, d'accord ? Bien, Paddy, tu peux répéter ce que tu disais, pour que tout le monde s'en pénètre bien, parce que je crois que ça résume à la perfection le choix qu'on a à faire aujourd'hui. »

Paddy farfouilla dans ses notes. « Bon, ben, à la base... à la base c'est une question de... faut déterminer nos *priorités*. Si c'est punir les coupables et faire l'éducation du public... alors, ça implique un certain type d'approche, l'attaque directe de... ben, d'la personne en question », dit Paddy, avec un regard gêné en direction de Joshua. « Mais si c'qui nous intéresse, c'est l'animal lui-même, et j'crois que ça devrait être le cas, alors il faut monter une campagne de protestation, et si ça marche pas, libérer l'animal par la force.

— Bien », dit Crispin, d'un ton hésitant, parce qu'il ne voyait pas trop comment sa réputation allait pouvoir s'accommoder de la libération d'une seule et unique souris. « Mais il reste quand même qu'en l'occurrence, il s'agit d'une souris hautement symbolique et qu'le type en a plein d'autres dans son labo ; il faut donc prendre en compte tout le contexte. On a besoin de quelqu'un pour s'introduire sur les lieux...

— Ben... pour tout dire... à la base... j'pense personnellement qu'c'est justement l'erreur qu'a faite O.H.N.O., par exemple. Parce qu'ils prennent l'animal lui-même simplement comme symbole... et que, à mon avis, ça va complètement à l'encontre de c'que nous, on recherche. S'il s'agissait d'un homme enfermé dans une petite boîte en verre pendant six ans, ça n'aurait rien d'un symbole, vous voyez c'que je veux dire ? Et j'sais pas c'que vous en pensez, mais pour moi, y a pas de différence entre les souris et les hommes. »

Les membres présents murmurèrent leur assentiment, pour la bonne raison que c'était là le genre de déclaration qui suscitait d'ordinaire leur approbation.

« Ouais, bon », dit Crispin, qui ne put s'empêcher d'avoir l'air vexé, « mais c'est pas vraiment c'que je voulais dire, Paddy. Il faut voir c'qu'il y a derrière tout ça. C'est comme si on avait à choisir entre la vie d'un seul homme et celle d'une foule de gens, non ?

— Question préalable ! » dit Josh, levant la main, dans l'espoir de faire passer Crispin pour un crétin. Ce dernier le fusilla du regard.

« Oui, Joshi, dit Joely d'un ton enjôleur. On t'écoute.

— Je voulais juste dire que des souris, y en a pas d'autres. Enfin, si, y en a des tas, mais aucune comme celle-là. Ça revient terriblement cher, son histoire. Il a pas pu s'en offrir des wagons. Et puis, en plus, y a la presse qui a insinué que si Souris du Futur mourait en cours de route, il pouvait toujours la remplacer, ni vu ni connu, par une autre — et ça, il l'a mal pris. Il tient absolument à prouver à tout le monde que ses calculs sont corrects. Des souris comme ça, il en a qu'une, il lui fout son code-barres sur le dos, et terminé. Y en a pas d'autres. »

Joely, aux anges, se pencha pour lui masser les épaules.

« Ouais, ça se comprend, j'veux bien l'admettre. Donc, Paddy, tu dis, toi, qu'y a pas trente-six solutions : ou bien on s'en prend directement à Marcus Chalfen, ou bien on cherche à mettre un terme à la captivité de cette souris devant la presse du monde entier ?

— Question !

— Oui, Josh ?

— Tu comprends, Crispin, c'est pas comme les autres animaux qu't'as libérés dans l'temps. Cette fois, ça fera aucune différence. Parce que les dégâts sont déjà faits. La souris trimballe son destin dans ses gènes. Comme une bombe à retardement. Si tu la libères, elle ira simplement crever ailleurs, mais ça changera rien à ses souffrances.

— Question !

— Oui, Paddy, vas-y.

— Ben, à la base… est-ce que tu refuserais d'aider un prisonnier politique à s'évader sous prétexte qu'il a une maladie incurable ? »

Les têtes tout autour approuvèrent dans un bel ensemble.

« Oui, Paddy, t'as raison. Je crois que Joshua a tort sur ce point et je crois aussi que Paddy a bien présenté les choses. Le choix que nous avons à faire, nous le connaissons bien pour y avoir déjà été confrontés à plusieurs reprises. Nous avons toujours décidé en fonction des circonstances. Dans le passé, comme vous le savez, nous nous en sommes pris le plus souvent aux bourreaux. On faisait des listes et on châtiait les coupables. C'est vrai que, ces dernières années, on a un peu changé de tactique, mais je pense que même Joely serait d'accord pour dire que cette affaire est la plus belle occasion qu'on ait jamais eue de les mettre à l'épreuve. On a des individus sérieusement dérangés en face de nous. D'un autre côté, on a déjà eu l'occasion d'organiser des manifestations pacifiques sur une grande échelle et de procéder à la libération de milliers d'animaux qui étaient retenus en captivité. Dans ce cas précis, nous n'aurons ni le temps ni la possibilité de recourir à ces stratégies. C'est un endroit où il y aura du monde… mais bon, on a déjà débattu de cette question. Comme l'a dit Paddy, je crois que le choix qui sera le nôtre le 31 décembre est très simple : c'est l'homme ou la souris. Est-ce que quelqu'un voit un inconvénient à ce qu'on vote sur ce point ? Joshua ? »

Joshua se souleva légèrement pour permettre à Joely de mieux lui masser le haut du dos et annonça fermement : « Pour ce qui me concerne, pas le moindre. »

*

Le 20 décembre, à très exactement zéro heure, le téléphone sonna chez les Jones. Irie descendit en chemise de nuit et décrocha.

« Je voudrais qu'tu prends bonne note d'la date et d'l'heure de cet appel, en somme.

— Hein ? Quoi ? Qu'est-ce que c'est ? C'est toi, Ryan ? Écoute, j'voudrais pas avoir l'air mal élevée, mais c'est quand même minuit, non ? Tu veux quelque chose de...

— Irie ? Ma p'tiote ? T'es là ?

— Ta grand-mère est sur l'autre poste. Elle voulait t'parler aussi.

— Irie », dit Hortense, tout excité. « Va falloi' qu'tu pa'les plus fo't, j'entends 'ien dans c'...

— Irie, je répète, est-ce que tu as noté la date et l'heure de notre appel ?

— Quoi ? Écoutez, vraiment... J'suis crevée... ça pourrait pas attendre un peu...

— Le 20, Irie. À zéro heure. Des deux et des zéros...

— T'écoutes, pitchoune ? Mr. Topps, l'essaie d'te di' kékchose qu'est waiment impo'tant.

— Mamy, va falloir qu'vous preniez votre tour pour parler... J'suis vraiment nase.

— Deux et trois zéros, Miss Jones. Autrement dit, l'an 2000. Et tu te souviens du mois qu'on est ?

— Ryan, on est en décembre, bon Dieu. Est-ce que c'est vraiment...

— Le douzième mois, justement, Irie. Qui corres-pond aux douze tribus des enfants d'Israël. Dans chacune d'elles, douze mille avaient été marqués. Douze mille à être marqués dans la tribu de Juda. Douze mille dans la tribu de Ruben. Douze mille dans la tribu de Gad...

— Ryan, ça va, j'ai compris.

— Il y a des jours où le Seigneur souhaite nous voir agir — des jours où Il nous fait signe...

— Pou' qu'nous aut', on sauve les âmes des damnés. Qu'on les ave'tisse à l'avance.

— C'est toi qu'on avertit, ce soir, Irie.

— On essaie seul'ment d'te pwév'ni', ma p'tite chéwie, dit Hortense en sanglotant doucement.

— O.K. Génial. Me voilà prévenue. Et sur ce, bonne nuit.

— Mais tu n'as encore rien entendu, dit Ryan d'un ton solennel. Ça, c'est que le premier avertissement. Y en a d'autres.

— Et j'parie qu'y en a onze.

— Ça-a-a, alo' ! » cria Hortense, toujours audible, alors même qu'elle avait lâché l'appareil sous le coup de l'émotion. « C't'un miwacle qu'l'été visitée pa' l'Seigneu' ! Elle sait avant qu'on lui dit 'ien !

— Écoute, Ryan, y aurait pas moyen de condenser les onze autres avertissements en un seul ? Ou alors, tu me donnes juste le plus important ? Sinon, je crois que je vais retourner m'coucher. »

Une bonne minute de silence à l'autre bout de la ligne. Puis, tout à trac : « Très bien. Méfie-toi de cet homme, en somme.

— Oh, I'ie, j't'en supplie, écoute bien Mr. Topps ! 'coute-le bien !

— De quel homme ?

— Allons, Miss Jones. Ne fais pas semblant de ne pas être au courant de ton grand péché. Ouvre donc ton âme. Laisse le Seigneur me permettre de servir d'intermédiaire pour te laver de...

— Écoutez, j'suis vraiment, mais vraiment crevée. Alors tu l'craches, le nom du type ?

— C'est ce scientifique, Chalfen. L'homme que tu appelles ton ami, quand, en vérité, il est l'ennemi de toute l'humanité.

— Marcus ? Mais j'ai pas grand-chose à voir avec lui. J'me contente de répondre au téléphone et de m'occuper d'sa paperasse.

— Et c'est ainsi que tu es devenue la secrétaire du diable », dit Ryan, déclenchant chez Hortense une nouvelle vague de sanglots. « C'est ainsi que tu t'es avilie.

— Ryan, écoute-moi bien. J'ai vraiment pas d'temps à perdre avec ces conneries. Marcus Chalfen essaie simplement de trouver un certain nombre de réponses à des saloperies comme... des saloperies comme le cancer. D'accord ? Je sais pas où t'es allé pêcher tes infos, mais je peux t'assurer que c'est pas une incarnation du diable.

— Mais l'est bien un d'ses serviteu', intervint Hortense. Un des po'te-dwapeaux du démon !

— Calmez-vous, Mrs. B. Je crains bien que votre petite-fille est pas récupérable. Je m'y attendais... Depuis qu'elle nous a quittés, elle a rejoint le camp de l'Antéchrist.

— Oh, va t'faire foutre, Ryan. J'suis pas Darth Vader. Mamy, s'il te pl...

— Me cause plus, pitchoune, me cause plus. Moi et moi, on est déçues.

— Il semble donc qu'on te reverra le 31 décembre, Miss Jones.

— Arrête de m'appeler Miss Jones, tu veux ! Le combien ?

— Le 31. L'événement va nous fournir une occasion unique pour diffuser le message des Témoins. La presse du monde entier sera là. Et nous aussi. On a l'intention...

— On va tous les averti', l'interrompit Hortense. Et c'est d'jà tout pwévu d'avance. Nous aut', on va chanter des hymnes avec Mrs. Dobson, qu'elle nous accompagne à l'acco'déon, vu qu'on peut pas

twainer un piano jusqu'là-bas. Et on va fai' la gwèv'
d'la faim jusqu'à c'que c'vilain bonhomme qui twa-
fique avec la c'éation du Bon Dieu, y...

— Une grève de la faim ? Mais, Mamy, quand tu
grignotes pas à onze heures du matin, t'es malade.
T'es jamais restée plus d'trois heures dans ta vie sans
manger quelque chose. T'as quatre-vingt-cinq ans.

— T'oublies, dit Hortense d'un ton coupant,
qu'j'suis née dans la douleu', moi. J'suis une
su'vivante, moi. Un peu pas d'nouwitu', c'est pas fait
pou' m'fai' peu'.

— Et toi, tu vas la laisser faire, Ryan ? Elle a
quatre-vingt-cinq ans, Ryan, quatre-vingt-cinq, bon
Dieu. Elle peut pas faire une grève de la faim.

— J't'le wépète, I'ie, dit Hortense parlant haut et
fort dans le combiné, j'veux la fai', c'te gwève !
S'passer d'manger, c'est pas une affai'. L'bon Dieu, y
donne avec sa main dwoite et y pwend avec la
gauche. »

Irie entendit Ryan poser le téléphone, aller dans la
pièce voisine, enlever le combiné des mains d'Hortense et persuader la vieille femme d'aller se coucher. Elle entendit sa grand-mère chantonner tandis
qu'elle se laissait conduire jusqu'à sa chambre, et
répéter la même phrase sans s'adresser à quiconque
en particulier ni la chanter sur un air reconnaissable : *L'bon Dieu, y donne avec sa main dwoite
et y pwend avec la gauche !*

Mais le plus souvent, songea Irie, *ce n'est qu'un
voleur dans la nuit*. Il se contente de prendre. Et rien
d'autre, le salopard.

*

Magid était fier de pouvoir dire qu'il avait assisté à
toutes les phases de l'opération. Il avait été témoin

de la fabrication sur mesure des gènes. Témoin de l'injection des germes. Témoin de l'insémination artificielle. Et témoin de la naissance, si différente de la sienne. Une seule et unique souris. Pas de bataille le long du canal menant à la sortie, pas de premier ni de second, pas de sauvé ni de damné. Pas de facteurs de hasard. Pas de *T'as le pif de ton père et t'aimes le fromage comme ta mère*. Pas de mystères en attente. Pas de doute quant à la date de la mort. Pas de moyen de se protéger de la maladie ou de la douleur. Pas de question à se poser pour savoir qui tire les ficelles. Pas d'omnipotence douteuse. Pas de destin incertain. Pas de voyage ni d'herbe éventuellement plus verte ailleurs, car où que se rende cette souris, sa vie serait exactement la même. Elle ne voyagerait pas dans le temps (et le Temps était une belle saloperie, Magid avait au moins appris ça. Le Temps, c'est même la saloperie numéro un), parce que son futur était égal à son présent, qui lui-même était égal à son passé. Pas d'autres chemins, pas d'occasions manquées, pas de voies parallèles. Pas de secondes chances, pas de *et si*, ni de *si seulement*. Simplement la certitude. La certitude sous sa forme première. Et finalement, songe Magid — une fois terminé le constat, une fois enlevés le masque et les gants, une fois la blouse blanche rependue à son clou — finalement, est-ce que Dieu c'est autre chose que ça ?

19

Le rendez-vous final

Jeudi 31 décembre 1992

C'est ce que proclamait la manchette des journaux. Ce que clamaient les fêtards qui dansaient en début de soirée dans les rues, en soufflant dans leurs sifflets et en agitant leurs drapeaux, dans l'espoir de stimuler une humeur à la hauteur de l'événement et de hâter l'arrivée de l'obscurité (il n'était que dix-sept heures) pour que l'Angleterre puisse enfin se livrer à sa grande débauche de l'année, le moment où l'on se saoule à mort, on vomit, on pelote, on copule ; le moment où on bloque les portières des trains pour permettre aux amis de monter, où on conteste les hausses de tarifs brutales des chauffeurs de taxi somaliens, où on saute dans l'eau, on joue avec le feu, le tout, sous le couvert de la faible lumière des lampadaires. C'était le soir où l'Angleterre cesse de dire *s'ilvousplaîtmercis'ilvousplaît désolés'ilvousplaîtexcusezmoi*. Et se met à dire *s'ilte plaîtbaisemoietvatefairefoutreespèced'enfoiré*. Le soir où l'Angleterre retourne aux valeurs fondamentales. C'était le soir de la Saint-Sylvestre. Mais Joshua avait du mal à y croire. Où était donc passé le temps ? Enfui dans la fente entre les jambes de

Joely, écoulé dans les replis secrets de ses oreilles, caché dans les poils tièdes et emmêlés de ses aisselles. Et les conséquences de ce qu'il s'apprêtait à faire en ce jour, le plus grand jour de sa vie, dans cette situation critique que seulement trois mois plus tôt il aurait disséquée, compartimentée, pesée et analysée avec une ardeur toute chalfenienne — cela aussi lui avait échappé, absorbé dans les recoins secrets de ce corps. Il n'avait pas vraiment pris de décisions en cette veille de nouvel an, pas de résolutions. Il se faisait l'impression d'être aussi irréfléchi que ces jeunes gens qui sortaient en titubant des pubs, cherchant les ennuis ; aussi léger que l'enfant qui, porté sur les épaules de son père, s'en va réveillonner en famille. Et pourtant, il n'était pas l'un des leurs, il ne s'amusait pas avec eux dans les rues — il était ici, enfermé, fonçant en direction du centre-ville, emporté tout droit vers le Perret Institute, comme un missile cherchant sa cible. Il était ici, encaqué dans un minibus rouge vif avec dix autres membres, plutôt nerveux, de F.A.T.E., quittant Willesden en direction de Trafalgar Square, écoutant à peine Kenny qui citait le nom de Marcus et lisait d'une voix forte pour être entendu de Crispin, assis au volant.

« "Ce soir, au moment où il exposera sa Souris du Futur devant le public, le docteur Marcus Chalfen ouvrira un nouveau chapitre dans l'histoire de la génétique." »

Crispin rejeta la tête en arrière et poussa une exclamation de mépris.

« Ouais, comme tu dis », poursuivit Kenny, essayant, sans grand succès, d'exprimer lui aussi son mépris tout en continuant sa lecture. « Tu parles comme il est objectif, le mec. Bon, où j'en étais... Ah, oui : "De manière plus significative encore, il permettra à un énorme public d'avoir accès à ce domaine scientifique complexe et traditionnellement réservé aux initiés. Au moment où le Perret Institute se prépare à ouvrir ses portes en journée continue pour les sept ans à venir, le docteur Chalfen nous promet un événement national qui ne sera 'en rien comparable au Festival of Britain de 1951 ou à l'Exposition de l'Empire britannique de 1924 parce qu'il n'est pas assorti d'un programme politique'."

— Ha, ha », se gaussa à nouveau Crispin, se retournant cette fois-ci carrément sur son siège, si bien que le minibus de F.A.T.E. (qui n'était pas le minibus officiel de l'association, puisqu'il s'ornait toujours, sur les deux côtés, de KENSAL RISE FAMILY SERVICES UNIT en lettres jaunes de trente centimètres et qu'il était prêté par un travailleur social préoccupé du sort des petites bêtes à fourrure) faillit renverser une bande de filles chaussées de talons hauts et sérieusement pintées qui traversaient la rue en titubant. « Pas de programme politique ? Mais de qui y s'moque, le mec ?

— Regarde devant toi, chéri, dit Joely en lui envoyant un baiser. On aimerait bien arriver entiers, si possible. Attends... prends à gauche ici, dans Edgware Road.

— L'enculé », dit Crispin, jetant un œil noir à Joshua avant de se retourner. « L'en-culé !

— "En 1999" », dit Kenny, reprenant sa lecture et passant de la première page à la cinq, « "l'année où, selon les prévisions des experts, la technique de la recombinaison génétique sera opérationnelle, quinze millions de personnes environ auront vu l'exposition Souris du Futur, et beaucoup plus encore suivi les progrès de l'expérience dans la presse internationale. Le docteur Chalfen aura alors atteint son but, qui est d'instruire le pays, et aura mis la balle du débat éthique dans le camp du grand public."

— Et hop, comme ça, y s'en lave les mains, le salaud, dit Crispin d'un air écœuré. Et les autres journaux, qu'est-ce qu'ils disent ? »

Paddy brandit la bible quotidienne des classes moyennes pour que Crispin puisse voir le gros titre dans le rétroviseur : MOUSEMANIA.

« Et en plus t'as un autocollant Souris du Futur gratuit », dit Paddy, en haussant les épaules et en collant l'objet d'une grande claque sur son béret. « C'est pas mignon ?

— Curieusement, les tabloïds s'en sortent mieux », fit remarquer Minnie. Minnie était une toute nouvelle convertie : dix-sept ans, appétissante, cheveux blonds en dreadlocks et mamelons ornés d'anneaux. Pendant un temps, Joshua avait sérieusement envisagé d'en faire sa dernière obsession. Il y avait vraiment mis du sien, pour finir par se rendre compte qu'il était incapable d'abandonner son malheureux petit univers de névrosé, le monde-de-Joely, pour aller chercher la vie sur une autre planète. Disons que Minnie, à son crédit, s'en était aperçue tout de suite et était allée voir du côté de Crispin. Elle était toujours aussi légèrement vêtue que le permettait la saison et saisissait la moindre occasion d'envahir l'espace vital de Crispin de ses seins au piercing impertinent. C'est ce qu'elle fit présentement, se penchant par-dessus le siège du conducteur pour lui montrer la première page du torchon qu'elle avait à la main. Crispin essaya tout à la fois, mais sans succès, de négocier le rond-point de Marble Arch, d'éviter de presser son coude dans les seins de la fille et de jeter un coup d'œil au journal.

« J'arrive pas à voir comme y faut. Qu'est-ce que c'est ?

— La tête de Chalfen, avec des oreilles de souris, sur un poitrail de chèvre, qui se termine en derrière de cochon. Et il est en train de bâfrer dans une auge portant l'inscription "Manipulation génétique" à un bout et "Argent public" à l'autre. Titré : La Grande Bouffe de Chalfen.

— Sympa. Tout c'qui peut nous donner un coup de pouce est bon à prendre. »

Crispin refit le tour du rond-point pour prendre la bonne rue. Minnie se pencha au-dessus de lui et cala le journal sur le tableau de bord.

« Bon Dieu, il a l'air plus chalfenien que jamais ! »

Joshua regrettait d'avoir révélé à Crispin cette petite manie familiale, cette habitude qu'ils avaient tous de créer des verbes, des noms ou des adjectifs à partir de leur patronyme. À l'époque, l'idée lui avait semblé bonne : cela lui permettait de faire rire tout le monde à peu de frais et de confirmer, si besoin était, à quel bord il appartenait. Mais il n'avait jamais eu l'impression de trahir son père — n'avait jamais pris pleinement conscience des dégâts qu'il commettait en agissant comme il le faisait — jusqu'à ce qu'il entende le chalfenisme ridiculisé par les propos de Crispin.

« Regardez-le chalfener dans son auge. Exploiter tout et tout l'monde, c'est ça, la méthode Chalfen, pas vrai, Josh ? »

En guise de réponse, Joshua émit un grognement et tourna le dos à Crispin pour regarder par la fenêtre le givre qui recouvrait Hyde Park.

« Vous voyez la tête ? Ils se sont servis d'une photo connue. J'm'en souviens, c'était le jour où il a témoigné au procès de Californie. Regardez cet air supérieur. Incroyable. Très chalfenesque ! »

Joshua se mordit la langue, essayant de se raisonner : NE RÉPONDS PAS À LA PROVOCATION,

NE PAS RÉPONDRE, C'EST TE GAGNER SA SYMPA-
THIE À ELLE.

« Arrête, Crisp, s'il te plaît », dit Joely d'un ton
ferme, tout en caressant les cheveux de Joshua.
« Essaie de te rappeler ce pour quoi on est là. Il a pas
vraiment besoin de ça ce soir. »

GAGNÉ.

« Ouais, bon…, dit Crispin en écrasant l'accéléra-
teur. Minnie, t'as vérifié avec Paddy que tout le
monde a ce qu'il lui faut ? Les passe-montagnes et
tout ?

— Ouais, c'est tout bon.

— Bien. » Crispin sortit une petite boîte en argent
avec tout le matériel nécessaire pour se rouler un
joint et la jeta en direction de Joely, heurtant au passage le tibia de Joshua.

« Tiens, chérie, tu nous en fais un. »

ENFOIRÉ.

Joely récupéra la boîte sur le plancher. Et se mit
au travail, accroupie par terre, le Rizla sur le genou
de Joshua, sa longue nuque juste sous son nez, ses
seins tombant en avant au point qu'il les avait pratiquement dans les mains.

« Tu te sens nerveux ? » lui demanda-t-elle, rejetant la tête en arrière quand elle eut fini.

« Comment ça, nerveux ?

— Pour ce soir. J'sais pas, moi, mais tu dois être
quand même partagé.

— Partagé ? » murmura Josh d'un air lointain,
tout à son envie d'être dehors avec ces gens heureux,
pas partagés du tout, qui fêtaient la nouvelle année.

« Seigneur, tu sais que je t'admire. Vraiment.
F.A.T.E. se spécialise dans les actions extrêmes… Et,
tu sais, même encore maintenant, on fait parfois des
trucs que je trouve… très durs. Et je parle pourtant

du principe fondamental qui guide ma vie. Je veux dire, Crispin et F.A.T.E... c'est toute ma vie. »

GÉNIAL, songea Joshua. VRAIMENT SUPER.

« Et ça m'empêche pas d'avoir les jetons, terrible, pour ce soir. »

Joely alluma le joint et aspira une bonne bouffée, avant de le passer directement à Joshua, tandis que le minibus prenait à droite dans Parliament Square. « C'est comme l'alternative bien connue : "Si je devais choisir entre trahir mon ami et trahir mon pays, j'espère que j'aurais le cran de choisir le second." Le choix entre un devoir et un principe, tu vois ce que je veux dire ? Personnellement, je ne suis pas confrontée à un conflit de ce genre, mais je me demande si je serais capable de faire ce que je fais si je l'étais. S'il s'agissait de mon père à moi, j'veux dire. Mon premier souci, c'est les animaux, et pour Crispin, c'est pareil. Il n'y a donc pas de conflit. C'est relativement facile pour nous. Mais toi, Joshi, tu es de nous tous celui qui a fait le choix le plus difficile... et pourtant tu as l'air tellement... *calme*. Je trouve ça admirable... et je crois que tu as vraiment réussi à impressionner Crispin, parce que, vois-tu, il était pas trop sûr que tu... »

Joely continuait de parler et Josh d'acquiescer de la tête aux bons endroits, mais, sous l'effet de l'herbe thaïe plutôt raide qu'il était en train de fumer, il s'était accroché à un des mots qu'elle venait d'employer — *calme* — et en avait fait une question : *Pourquoi ce calme, Joshi ? Tu t'apprêtes à mettre les pieds dans un sacré merdier, alors, pourquoi es-tu aussi calme ?*

Sans doute parce que, vu du dehors, il *avait l'air* calme, d'un calme surnaturel, son adrénaline suivant un trajet inverse à celui de la sève montante du nouvel an, et réagissant à l'opposé de celle de ses compagnons, tous plus ou moins survoltés. Le joint aidant, il avait l'impression de marcher sous l'eau, très loin sous la surface, tandis que des enfants jouaient au-dessus de lui. Mais c'était moins du calme que de l'inertie. Et il n'arrivait pas à décider, tandis qu'ils avançaient dans Whitehall, si c'était là la bonne réaction — laisser le monde le recouvrir, les événements suivre leur cours — ou s'il aurait dû ressembler davantage à tous ces gens, là-dehors, qui hurlaient, dansaient, se battaient, baisaient, s'il aurait dû se montrer davantage, comme on disait aujourd'hui, *interactif*. Interactif face à l'avenir.

Il aspira longuement une autre bouffée, et le joint le renvoya aussitôt à ses douze ans, à l'époque où, enfant précoce, il se réveillait tous les matins imaginant ce scénario éculé de la fin du monde : *Plus que douze heures avant l'apocalypse nucléaire.* En ce temps-là, il pensait beaucoup aux décisions extrêmes, à l'avenir et à ses dates fatidiques. Même alors, il avait été frappé de constater qu'il y avait bien peu de chances pour qu'il occupât ses douze dernières heures à baiser Alice, la baby-sitter de quinze ans qui travaillait chez les voisins, à dire aux gens qu'il les aimait, à se convertir au judaïsme orthodoxe ou à faire tout ce qu'il avait toujours rêvé de faire sans jamais l'oser. Il était bien plus vraisemblable qu'il se contenterait tout bêtement de retourner dans sa chambre pour finir de construire son château médiéval en Lego. Que faire d'autre ? De quel autre choix être vraiment sûr ? Parce que pour faire des choix, il faut avoir du temps, disposer de la plénitude du temps — on prend une décision et puis on attend et on voit, *wait and see*, comme on dit. Mais c'est un joli fantasme, ce fantasme du temps qui va manquer (PLUS QUE DOUZE HEURES, DOUZE HEURES), ce moment où la notion de conséquence devient

caduque et où tout est permis (« J'en suis dingue...
j'en suis ma-lade ! » hurla quelqu'un dans la rue).
Mais le gamin de douze ans qu'était Josh était trop
névrosé, encore trop au stade anal, trop « chalfenien » pour pouvoir s'y abandonner sans arrière-
pensée. Au lieu de quoi, il restait là à se dire : et si
c'était *pas* la fin du monde, et que je baise Alice Rodwell et qu'elle tombe enceinte et...

Ce n'était guère différent aujourd'hui. Toujours
cette même peur des conséquences. Toujours cette
terrible inertie. Ce qu'il s'apprêtait à faire à son père
était tellement énorme, tellement colossal qu'il
n'arrivait même pas à en imaginer les conséquences
— même pas à imaginer la vie continuant après un
tel acte. Il n'y aurait que le vide. Le néant. Quelque
chose comme la fin du monde. L'idée de se retrouver
confronté à la fin du monde, ou simplement à la fin
de l'année, avait toujours procuré à Josh un étrange
sentiment de détachement.

Toutes les veilles de nouvel an sont une sorte
d'apocalypse miniature. On baise où on veut, on
gerbe quand on veut, on taillade qui on veut... et
puis, les extraordinaires rassemblements dans les
rues, les revues de la télé sur tous les bons et les
méchants de l'année écoulée, les dernières étreintes
effrénées, le compte à rebours 10, 9, 8...

Joshua regarda les gens vaquer dans l'insouciance
à leur répétition générale. Tous convaincus que ça
n'arriverait pas, ou que, dans le cas contraire, ils
seraient à même de faire face. Mais c'est le monde
qui vous arrive, songeait Joshua, pas vous qui
arrivez au monde. Il n'y a rien qu'on puisse faire.
Pour la première fois de sa vie, il le croyait vraiment.
Alors que Marcus Chalfen, lui, était persuadé du
contraire. Voilà, en raccourci, ce qui explique ma
présence ici, en ce moment, se dit-il tout à coup, et

pourquoi je suis là à regarder les aiguilles de Big Ben
approcher de l'heure fatidique où je ferai s'écrouler
la maison de mon père. Et c'est comme ça que nous
en sommes tous là où nous en sommes. Entre le
rocher et la falaise. Entre Charybde et Scylla.

*

AVIS

Jeudi 31 décembre 1992, Saint-Sylvestre
Signalisation en panne à Baker Street
Aucun départ de la Jubilee Line vers le sud depuis
Baker Street

Il est conseillé aux usagers d'emprunter la Metropolitan Line à Finchley Road

Ou de changer à Baker Street pour prendre la Bakerloo Line

Aucun transport de surface n'assure le parcours
Dernier départ 2 heures

Tout le personnel du métro londonien vous souhaite
une bonne et heureuse année !

Chef de station de Willesden Green, Richard Daley

Les frères Millat, Hifan, Tyrone, Mo Hussein-Ishmael, Shiva, Abdul-Colin et Abdul-Jimmy se
tenaient raides comme des piquets sur le quai de la
station, au milieu des tourbillons de la fête.

« Génial, dit Millat. Qu'est-ce qu'on fait, maintenant ?

— Tu sais pas lire ? s'enquit Abdul-Jimmy.

— On fait ce que le panneau conseille de faire, mes frères », dit Abdul-Colin, court-circuitant toute amorce de discussion de sa voix profonde de baryton. « On change à Finchley Road. Allah veille à tout. »

La raison pour laquelle Millat était dans l'incapacité de lire le panneau était on ne peut plus simple : il était défoncé. C'était le deuxième jour du Ramadan, et il était complètement défoncé. Toutes les synapses de son corps avaient fini leur journée et étaient rentrées chez elles. Un travailleur consciencieux était pourtant resté sur les lieux et s'assurait qu'une pensée circulait encore dans son cerveau. *Pourquoi ? Pourquoi s'être shooté, Millat ? Pourquoi ?* Bonne question.

À midi, il avait déniché une vieille dose de hasch dans un tiroir, un petit paquet de cellophane qu'il n'avait pas eu le courage de jeter six mois plus tôt. Et il l'avait fumé. Il en avait fumé un peu à la fenêtre de sa chambre. Encore un peu dans Gladstone Park. Et le plus gros, sur le parking de la bibliothèque de Willesden. Il avait fini le paquet dans la chambre d'étudiant d'un certain Warren Chapman, un Sud-Africain qui passait son temps sur son skate-board et avec lequel il traînait plus ou moins dans le temps. Résultat, il était tellement camé maintenant qu'il entendait non seulement des bruits sous les bruits, mais des bruits encore en dessous. Il entendait la souris détaler sur la voie et son trottinement se mêler harmonieusement aux craquements des haut-parleurs et aux reniflements un ton en dessous d'une vieille femme cinq mètres plus loin. Ces bruits, il les percevait encore malgré le grondement de la rame qui entrait dans la station. On peut être camé à un point tel, Millat le savait, mais tellement camé qu'on finit par atteindre une sorte de sérénité zen et par déboucher de l'autre côté du tunnel avec le sentiment d'être au top de sa forme, comme si on n'avait même pas allumé de joint. Millat aspirait à cet état, de toute son âme. Aurait donné cher pour l'avoir déjà atteint. Mais il lui manquait un tout petit quelque chose.

« Ça va, frère Millat ? s'enquit Abdul-Colin avec sollicitude au moment où s'ouvraient les portières. T'as vraiment pas bonne mine.

— Ouais, ça va », dit Millat, qui réussit à donner le change simplement parce que le hasch, ce n'est pas comme l'alcool ; on peut être complètement parti sans pour autant perdre le contrôle de soi. Pour se prouver la validité de cette théorie, Millat se dirigea d'un pas lent mais assuré vers le fond de la voiture et s'assit au bout de la rangée des frères, entre Shiva et quelques Australiens surexcités qui s'en allaient à l'Hippodrome.

Shiva, contrairement à Abdul-Jimmy, avait fait les quatre cents coups dans sa jeunesse et était capable de vous déchiffrer un œil rougi à vingt mètres à la ronde.

« Bon Dieu, Millat », dit-il à voix basse, certain que le bruit du train couvrirait sa voix. « Mais qu'est-ce que t'as fait ?

— J'me mets en condition, répondit Millat en regardant droit devant lui et en s'adressant à son reflet dans la vitre du wagon.

— En t'mettant dans cet état ? » siffla Shiva. Il baissa les yeux sur la photocopie de la surate 52 qu'il ne savait toujours pas par cœur. « T'es pas malade ? C'est déjà pas facile de se rappeler tout ça sans être en plus sur une autre planète. »

Millat oscilla légèrement et se tourna vers Shiva. « Pas pour c'truc-là. Non, pour l'action. Parce qu'y a personne d'autre pour le faire. Y suffit qu'on perde un élément, et vous trahissez tous la cause. Vous désertez. Mais moi, j'continue. »

Shiva ne répondit pas. Millat faisait allusion à la récente « arrestation » de frère Ibrahim ad-Din Shukrallah, inculpé, à tort, de fraude fiscale et de désobéissance civile. Personne n'avait pris les accusations très au sérieux, mais personne n'ignorait non plus qu'il s'agissait là d'un avertissement de la part de la police londonienne : elle faisait ainsi savoir qu'elle tenait à l'œil les activités de K.E.V.I.N. À la lumière de cet événement, Shiva avait été le premier à ne plus vouloir suivre le Plan A, sur lequel ils s'étaient pourtant mis d'accord, aussitôt imité par Abdul-Jimmy et Hussein-Ishmael, lequel, en dépit du fait qu'il se disait prêt à commettre toutes les violences contre n'importe qui, mais vraiment n'importe qui, devait d'abord penser à son commerce. Pendant une semaine entière, les discussions avaient fait rage (Millat défendant vigoureusement le Plan A), mais le 26 décembre, Abdul-Colin, Tyrone et, pour finir, Hifan avaient reconnu que le Plan A n'était peut-être pas dans l'intérêt à long terme de K.E.V.I.N. Tout bien considéré, ils ne pouvaient courir le risque de se faire emprisonner s'ils n'étaient pas d'abord certains que K.E.V.I.N. avait des hommes pour les remplacer à la tête du mouvement. Exit le Plan A. Le Plan B fut improvisé dans la hâte. Il prévoyait que les sept représentants de K.E.V.I.N. se lèveraient au beau milieu de la conférence de presse de Marcus Chalfen et réciteraient la surate 52, « La Montagne », d'abord en arabe (Abdul-Colin assurerait seul cette partie-là), puis en anglais. Millat ne s'en était pas remis.

« C'est tout ? C'est ça, son châtiment ? Lui lire un truc, point barre ? »

Et la vengeance, alors ? Et la punition méritée, la sanction divine, la croisade de l'islam ?

« Est-ce que tu insinuerais, s'était enquis Abdul-Colin d'un ton solennel, que la parole d'Allah, telle qu'elle a été transmise au prophète Muhammad —— *Salla Allahu 'Alaihi Wa Sallam* —, n'est pas suffisante ? »

Eh bien, non ! Millat, écœuré, avait pourtant bel et bien dû s'incliner. Au lieu des questions d'honneur, de sacrifice, de devoir, de vie et de mort qui accompagnaient la préparation d'une guerre entre clans rivaux, et qui constituaient les raisons mêmes ayant poussé Millat à rejoindre les rangs de K.E.V.I.N., se posait désormais celle de la *traduction*. Tout le monde était d'accord sur un point : aucune traduction du Coran ne pouvait prétendre représenter fidèlement la parole de Dieu, mais, dans le même temps, tout le monde était prêt à reconnaître que le Plan B perdrait de son impact durant l'exécution si personne n'était capable de comprendre ce qui se disait. La question fut donc de savoir quelle traduction retenir et en fonction de quels critères. Serait-ce une de celles des Orientalistes, claires, mais aussi peu fiables les unes que les autres : Palmer (1880), Bell (1937-39), Arberry (1955), Dawood (1956) ? Celle de l'excentrique mais poétique J. M. Rodwell (1861) ? Celle, très prisée, d'un anglican renégat, devenu fervent défenseur de l'islam, Muhammad Marmaduke Pickthall (1930) ? Ou une de celles des frères arabes, le prosaïque Shakir, ou le flamboyant Yusuf Ali ? Cinq jours. Il leur fallut cinq jours pour débattre de la question. Quand Millat pénétrait le soir dans la salle de la mairie de Kilburn, il n'avait pas à se forcer beaucoup pour prendre ce cercle de chaises bavardes, ces fondamentalistes censément fanatiques, pour une réunion du comité de rédaction de la *London Review of Books*.

« Mais Dawood est d'un plat ! avait argumenté frère Hifan avec véhémence. Je vous renvoie à 52.44 : *S'ils voyaient s'écrouler une partie du ciel, ils continueraient à dire : "Ce n'est qu'une masse de nuages !"* Une masse de nuages ! On n'est pas à un concert de rock. Au moins Rodwell essaie de donner une idée de la poésie, de la spécificité de l'arabe : *Verraient-ils tomber un fragment des cieux qu'ils diraient encore : "Ce n'est qu'un nuage dense."* Fragment, dense — l'effet est autrement fort, accha ? »

Puis, d'un ton hésitant, c'était Mo Hussein-Ishmael qui était intervenu : « Jé suis rien d'autre qu'un pauvre boucher et jé peux pas dire qué j'en sais long sur cé genre dé chose. Mais j'aime bien cette dernière ligne ; c'est de Rodwell... enfin, jé crois... oui, c'est ça, Rodwell. 52.49 : *Et au temps de la nuit, louez-Le quand les étoiles se couchent.* Au temps dé la nuit, jé trouve ça bien joli. On dirait une ballade d'Elvis. C'est bien mieux qué l'autre, en tout cas, celle de Pickthall : *Et pendant la nuit, chantez Ses louanges, et aussi quand les étoiles se couchent.* Au temps dé la nuit, c'est plus joli.

— Et c'est pour ça qu'on est ici ? leur avait hurlé Millat. C'est pour ça qu'on a rejoint l'mouvement ? Pour rien faire ? Pour rester assis sur not' cul à tripoter des mots ? »

Mais le Plan B avait été adopté, et ils s'apprêtaient maintenant à rejoindre Trafalgar Square pour le mettre à exécution. Et si Millat était camé, c'était pour se donner le courage de faire autre chose.

« Moi, j'continue. J'cède pas, articula péniblement Millat à l'oreille de Shiva. C'est pour ça qu'on est là. Pour pas céder. C'est pour ça qu'j'ai rejoint l'mouvement. Et toi, c'est pour quoi ? »

En fait, il y avait trois raisons qui avaient poussé Shiva à rejoindre les rangs de K.E.V.I.N. D'abord, il en avait par-dessus la tête d'être le seul hindou dans un restaurant bengali musulman. Ensuite, se retrouver chef de la sécurité interne de K.E.V.I.N., c'était quand même autre chose que d'être second serveur au Palace. Et enfin, les femmes. (Pas celles qui appartenaient au mouvement, qui étaient belles, certes, mais chastes à l'extrême, mais toutes les femmes de l'extérieur que désespéraient ses mœurs dissolues, et qui étaient désormais très impressionnées par son nouvel ascétisme. Elles adoraient la barbe, elles raffolaient du chapeau, et elles disaient à Shiva qu'à trente-huit ans, il avait enfin cessé d'être un gamin. Elles étaient surtout attirées par le fait qu'il avait renoncé aux femmes, et plus il y renonçait, plus il avait de succès auprès d'elles. Bien entendu, cela n'allait pas durer indéfiniment, mais, pour l'instant, Shiva se dégottait de la fesse plus qu'il ne l'avait jamais fait du temps où il était kafir.) Il sentit cependant que la vérité, en l'occurrence, ne ferait pas bonne impression. Aussi s'empressa-t-il de dire : « Pour faire mon devoir.

— Alors, on est sur la même longueur d'onde, frère Shiva », dit Millat, qui voulut tapoter le genou de l'autre mais le rata d'un rien. « La seule question, c'est de savoir si tu vas le faire.

— Excuse-moi, mon pote, dit Shiva en retirant le bras de Millat qui était retombé entre ses jambes, mais j'crois, étant donné ton... hum... ton état en ce moment, qu'la question qui s'pose, c'est plutôt : est-ce que, toi, tu es capable de l'faire ? »

Bonne question ! Millat n'était pas trop sûr que ce qu'il allait faire — peut-être, peut-être pas — était correct ou non, intelligent ou pas.

« Mill, on s'est décidés pour l'Plan B », continua Shiva, voyant le doute assombrir, telles des nuées orageuses, le visage de Millat. « Alors, on s'en tient au plan B, d'accord ? J'vois pas l'intérêt d'créer des problèmes. T'es bien l'portrait craché d'ton père, va. Un Iqbal cent pour cent. Têtu comme une mule. Tu peux pas t'empêcher, comment qu'on dit déjà, d'réveiller le chien qui mord. »

Millat se détourna et fixa le sol des yeux. Il avait été plus sûr de lui au début, imaginant le trajet d'une seule traite sur la Jubilee Line : Willesden Green → Charing Cross, sans changement, et pas ce parcours tordu qui n'en finissait plus. Une grande ligne droite jusqu'à Trafalgar Square, puis il monterait l'escalier débouchant sur la place pour se retrouver face à face avec l'ennemi de son arrière-arrière-grand-père, Henry Havelock, juché sur son piédestal couvert de fiente de pigeon. Stimulé par cette vision, il pénétrerait dans le Perret Institute, la vengeance et le révisionnisme à l'esprit et le souvenir de la gloire perdue au cœur, et il... et il...

« J'crois..., dit Millat après un instant de silence, j'crois bien qu'j'vais vomir.

— Baker Street ! » cria Abdul-Jimmy. Avec l'aide discrète de Shiva, Millat réussit à traverser le quai pour aller prendre la correspondance.

Vingt minutes plus tard, la Bakerloo Line les déposait dans le froid glacial de Trafalgar Square. Au loin, Big Ben. Sur la place, Nelson. Havelock. Napier. George IV. Derrière, près de St. Martin's, la National Gallery. Toutes les statues tournées vers l'horloge.

« Vraiment, ils raffolent de leurs fausses idoles dans c'pays », dit Abdul-Colin avec ce mélange de sérieux et d'ironie qui le caractérisait, sans prêter aucune attention à la foule de fêtards diversement occupés à cracher sur les gros blocs de pierre gris, à les escalader et à danser autour. « Est-ce que quelqu'un pourrait me dire ce qui peut bien pousser les Anglais à ériger des statues qui tournent le dos à la culture et gardent l'œil sur une pendule ? » Il s'interrompit, histoire de laisser aux frères grelottants le loisir de réfléchir à sa question toute rhétorique.

« C'est parce qu'ils regardent leur avenir pou. oublier leur passé. On serait presque tenté de les prendre en pitié, les pauvres », continua-t-il, avant de faire un tour complet sur lui-même pour regarder les hordes prises de boisson. « La foi, ils connaissent pas, les Anglais. Ils croient à ce que construisent les hommes, mais les œuvres de l'homme sont éphémères. Prenez leur empire. C'est tout ce qu'il leur reste. Charles II Street, South Africa House et tout un tas d'hommes en pierre à l'air stupide sur leurs chevaux en pierre. Il ne faut pas plus de douze heures au soleil pour se lever et se coucher sur le total. C'est dire qu'il leur reste pas grand-chose.

— J'suis putain d'frigorifié », se plaignit Abdul-Jimmy, tapant dans ses mains, pourtant protégées par des moufles, pour se réchauffer (il trouvait les discours de son oncle emmerdants au possible). « Et si on y allait ? » poursuivit-il au moment où un Anglais, rond comme une barrique pleine de bière et trempé après un passage dans la fontaine, lui rentrait dedans. « Histoire d'sortir d'ce putain de merdier. C'est dans Chandos Street.

— Frère ? » dit Abdul-Colin à Millat, qui se tenait à quelque distance du groupe. « Tu es prêt :

— J'arrive dans une minute, répondit l'autre en faisant mine de les écarter du geste. Vous inquiétez pas. Je s'rai au rendez-vous. »

Avant, il avait deux choses à voir. Un banc, d'abord, celui qui était tout là-bas, près du mur. Il se mit en route lentement, d'un pas mal assuré, louvoyant pour éviter une longue file de gens qui dansaient la conga (ah, tout ce haschisch dans sa tête, tout ce plomb dans ses semelles). Arrivé au but, il s'assit. Et vit ce qu'il cherchait.

IQBAL

En lettres de dix centimètres, entre les deux pieds du banc. IQBAL. D'un rouille sombre, le nom n'était pas très lisible, mais il était bien là. C'était une vieille histoire.

Quelques mois après son arrivée en Angleterre, son père s'était assis là pour dorloter un pouce dont le bout avait été ouvert par un coup maladroit, œuvre d'un serveur déjà âgé. Quand l'incident s'était produit, au restaurant, Samad n'avait rien senti parce que c'était sa main paralysée. Il s'était contenté de s'envelopper le pouce dans un mouchoir pour arrêter le sang et avait repris son travail. Mais le spectacle peu appétissant pour les clients qu'offrait le mouchoir détrempé avait bientôt conduit Ardashir à le renvoyer chez lui. Samad était donc parti, avec son pouce largement entaillé, traversant le quartier des théâtres, puis empruntant St. Martin's Lane. Arrivé à Trafalgar Square, il avait plongé son pouce dans la fontaine et regardé le liquide rougeâtre se répandre dans l'eau bleutée. Le regard insistant des passants l'avait décidé à fuir vers un banc pour attendre que le sang veuille bien s'arrêter de couler. En vain. Au bout d'un moment, il renonça à tenir son pouce en l'air et le laissa pendre vers le sol comme un morceau de viande halal, espérant que cette nouvelle position accélérerait l'écoulement. C'est alors que, la tête entre les jambes et le pouce dégouttant sur le trottoir, il s'était laissé aller à un instinct tout à fait primaire. Lentement, à l'aide des gouttes de sang qui tombaient de son pouce, il avait écrit IQBAL d'un pied du banc à l'autre. Puis, afin d'assurer la permanence de l'inscription, il avait entaillé la pierre en repassant sur les lettres avec un canif.

« Quand j'ai eu fini, la honte m'a submergé, avait-il expliqué à ses fils des années plus tard. Je me suis enfui dans la nuit en courant, mais c'était moi que j'essayais de fuir. Je savais que j'étais déprimé depuis mon arrivée dans ce pays… mais là, c'était différent. Je me suis retrouvé agrippé aux grilles de Piccadilly Circus, à prier à genoux, en larmes. Parce que j'avais compris ce que signifiait cet acte : *Je voulais inscrire mon nom sur la face du monde.* Il signifiait que *je me prenais pour ce que je n'étais pas.* Comme ces Anglais qui baptisaient des rues dans le Kerala du nom de leurs épouses, comme ces Américains qui avaient planté leur drapeau sur la lune. C'était un avertissement d'Allah, un message qui me disait : Iqbal, tu es en train de devenir comme eux. Voilà ce que ça signifiait. »

Non, s'était dit Millat la première fois qu'il avait entendu l'histoire. Non. Ça voulait tout simplement dire *tu n'es rien.* Et en regardant aujourd'hui ces lettres à demi effacées, Millat ne ressentait rien d'autre que du mépris. Toute sa vie, il avait cherché un père qui soit aussi un dieu, et tout ce qu'il avait rouve, c'était Samad. Un serveur manchot, égaré, stupide et usé par la vie, qui, en dix-huit ans passés en terre étrangère, n'avait laissé comme marque de sa présence que cette pitoyable inscription. *Ça veut simplement dire que tu n'es rien*, répéta Millat, évitant de mettre les pieds dans le vomi précoce (des filles qui avalaient des whiskies doubles depuis trois heures de l'après-midi) pour aller s'installer sous la statue de Havelock, le regard planté dans ses yeux de pierre. *Ça veut dire que tu n'es rien, et que lui est quelque chose.* Voilà tout. C'est pour ça que Pande s'est retrouvé pendu au bout d'une corde pendant que Havelock, le bourreau, se prélassait dans sa chaise longue à Delhi. Pande n'était rien ni personne, Havelock, lui, était quelqu'un. Pas besoin de livres de bibliothèque, d'interminables discussions ni de grandes théories pour en arriver à cette conclusion. *Tu ne comprends pas, Abba ?* murmura Millat. *C'est aussi simple que ça. C'est notre longue, très longue histoire, à nous et à eux. C'est comme ça que ça s'est passé. Y a rien eu de plus.*

Si Millat était là, maintenant, c'était pour terminer le travail. Pour se venger du passé. Pour inverser le cours de cette histoire. Il aimait à penser que son attitude, celle de la seconde génération, était différente. Si Marcus Chalfen avait l'intention d'écrire son nom partout dans le monde, Millat y écrirait aussi le sien, EN PLUS GROS. Et pas question de se tromper sur l'orthographe de son nom dans les bouquins. Pas question d'oublier ni l'époque ni les dates. Là où Pande avait trébuché, lui, Millat, avancerait d'un pas ferme. Là où Pande avait choisi le plan A, lui choisirait le B.

Oui, Millat était camé. Et il peut nous sembler absurde, à nous autres, qu'un Iqbal puisse encore croire que les miettes abandonnées sur le chemin par un autre Iqbal, des générations auparavant, n'aient pas été balayées par le vent. Mais ce que nous pensons n'a pas d'importance. Ne suffit pas à arrêter celui qui croit que sa vie présente est guidée par la perception qu'il a de son passé, ni à décourager la bohémienne qui ne jure que par les reines de son jeu de tarot. Tout comme il est difficile de faire entendre raison à la névrosée qui rend sa mère responsable de tous ses actes, ou au type solitaire qui, assis sur une chaise pliante au sommet d'une colline, passe sa nuit à guetter l'apparition des petits hommes verts. Parmi tous les étranges paysages qui ont remplacé notre croyance dans la capacité des étoiles à manifester notre destin, celui de Millat n'est pas forcément le plus bizarre. Il croit que les décisions prises ne meurent pas. Il croit au cycle éternel de la vie. En un fatalisme primaire. Ce qui passe revient inéluctablement, un jour ou l'autre.

« Dong, dong », dit Millat tout fort, en tapant sur le pied de Havelock, avant de tourner sur ses talons et de prendre d'un pas hésitant la direction de Chandos Street. « Deuxième round. »

*

31 décembre 1992

Plus on a de science plus on a de peine

Ecclésiaste, 1.18.

Quand Ryan Topps avait été chargé de compiler les *Pensées du jour* pour le calendrier 1992 du Lambeth Kingdom's Hall, il avait pris soin d'éviter les erreurs de ses prédécesseurs. Trop souvent par le passé, avait remarqué Ryan, quand le compilateur devait choisir des citations pour des fêtes profanes parfaitement niaises, il s'était laissé dominer par les sentiments, si bien que pour le jour de la Saint-Valentin 1991, on trouvait par exemple *La crainte ne se trouve point avec l'amour, mais l'amour parfait chasse la crainte*, 1ʳᵉ Épître de saint Jean, 4.18, comme si Jean avait eu en tête ce sentiment galvaudé qui, ce jour-là, pousse les gens à s'envoyer des chocolats ou des ours en peluche, en lieu et place de l'amour du Christ, que rien ne surpasse. Ryan avait donc adopté la démarche inverse. Pour un jour comme la veille du nouvel an, par exemple, quand les gens n'ont rien de plus pressé que de prendre de bonnes résolutions, pesant leurs performances de l'année passée et préparant leurs succès pour l'année à venir, il avait pensé qu'il serait bon de les ramener sur terre sans ménagement. Il tenait à leur rappeler que la vie est cruelle et futile, l'entreprise humaine dépourvue de sens, et qu'aucune action en ce bas monde ne mérite qu'on s'y attache en dehors de la quête de la faveur de Dieu et d'un billet d'entrée dans la bonne section du royaume de l'au-delà. Comme il avait terminé son calendrier l'année précédente et oublié dans l'intervalle la plupart de ses choix, il fut agréablement surpris — après avoir arraché la page du 30 pour découvrir la feuille blanche et toute fraîche du 31 — de constater à quel point son petit rappel tombait à propos. Aucune pensée n'aurait pu être plus appropriée pour le jour à venir. Aucun avertissement plus propice. Il arracha la page, la glissa dans le cuir de son pantalon collant et dit à Mrs. B. de monter dans le side-car.

« *Que c'lui qui veut êt' vaillant au milieu des tempêtes* », chantait Mrs. B. tandis qu'ils traversaient le pont de Lambeth, en route pour Trafalgar Square, « *y s'attache tout l'temps à suiv' le maît'!* »

Ryan prenait bien soin de mettre son clignotant une bonne minute avant de tourner, de manière à ne pas prendre de court ces dames du Kingdom Hall qui les suivaient dans un minibus. Il fit un rapide inventaire de ce qu'il avait mis dans la fourgonnette : livres de cantiques, instruments, banderoles, dépliants faisant de la publicité pour *Le Phare*. Il n'avait rien oublié. Ils n'avaient ni billets ni invitations, mais ils manifesteraient leur opposition dehors, dans le froid, endurant la souffrance comme de vrais chrétiens. Loué soit le Seigneur en ce jour de gloire ! Tout se présentait sous les meilleurs auspices. Il avait même fait un rêve la nuit précédente dans lequel il s'était retrouvé nez à nez avec Marcus Chalfen, le diable en personne. *Moi et vous, nous sommes en guerre*, lui avait dit Ryan. *Il ne peut y avoir qu'un vainqueur.* Puis il lui avait cité le même extrait des Écritures (il n'aurait su dire au juste lequel à l'heure qu'il était, mais c'était un passage de l'Apocalypse) une fois, deux fois, dix fois, jusqu'à ce que le diable, alias Marcus, rétrécisse de plus en plus, allonge ses oreilles et sa queue fourchue pour finalement détaler dans la peau d'une minuscule souris satanique. Il en serait dans la vie comme il en avait été dans cette vision. Ryan, inébranlable, ne plierait pas, ne reculerait pas, et pour finir le pécheur se repentirait.

Telle était la tactique de Ryan dans tous les conflits où il se trouvait engagé, qu'ils fussent d'ordre théologique, pratique ou personnel. Il ne bougeait pas, mais alors pas d'un pouce. Précisons que c'était là, chez lui, un talent inné. Doté d'une mono-intelligence, de l'aptitude à s'en tenir à une seule et unique idée avec une ténacité phénoménale, il n'avait jamais rien trouvé qui lui convînt mieux que l'Église des Témoins de Jéhovah. L'homme ne pensait qu'en noir et blanc. Le problème de ses passions antérieures — le scooter et la pop musique — c'est qu'elles n'allaient pas sans un peu de gris (même s'il reste que les meilleurs équivalents dans la vie civile d'un prédicateur des Témoins sont les gamins qui envoient des lettres au *New Musical Express* ou les accros du deux-roues qui rédigent des articles pour *Scooters Today*). Il y avait toujours place pour le doute : fallait-il teinter son appréciation des Kinks d'un peu de Small Faces ? D'où venaient les meilleures pièces détachées, d'Italie ou d'Allemagne ? Cette vie-là lui semblait désormais si étrangère que c'est à peine s'il se rappelait l'avoir vécue. Ceux qui pliaient sous le poids de tels doutes et de tels dilemmes lui faisaient pitié — tout comme lui firent pitié les chambres du Parlement lorsqu'il passa devant en compagnie de Mrs. B., parce que leurs lois n'étaient que provisoires là où les siennes étaient éternelles...

« *Jamais le découwagement ne le fewa faibli' dans sa déte'mination*, chantonnait Mrs. B. *Ceux qui l'accablent de somb' z'histoi' ne font que wedoubler sa fo'ce...* »

Il adorait ça. Il adorait se retrouver nez à nez avec le mal et dire : « Eh bien, prouvez-le-moi. Allez-y, prouvez-le ! » Il sentait qu'il n'avait pas besoin d'arguments, à l'inverse des musulmans ou des juifs. Pas besoin de preuves ni de défenses subtiles. Uniquement de sa foi. Comment la raison lutterait-elle contre la foi ? Si vraiment *La Guerre des étoiles* (en secret, le film préféré de Ryan. Le Bien ! Le Mal ! La Force ! Si simple. Si *vrai*) est la somme de tous les mythes archaïques et l'allégorie la plus pure de la vie (comme il le croyait), alors la foi, une foi naïve et sans tache, est la plus grande épée-laser de l'univers. *Allez-y, prouvez-le*. C'était ce qu'il disait tous les dimanches sur le seuil des portes, et c'était précisément ce qu'il allait faire avec Marcus Chalfen. *Prouvez-moi que vous avez raison. Prouvez-moi que vous avez raison contre Dieu*. Aucune intelligence humaine n'y parviendrait jamais.

« On awive bientôt ? »

Ryan serra dans la sienne la main frêle de Mrs. B. et traversa le Strand à toute vitesse avant de contourner l'arrière de la National Gallery.

« *Aucun ennemi ne réuissiwa à l'abatt', même si avec des géants y doit se batt', pa'tout il fe'a twiompher son dwoit à êt' le pèlerin de Dieu.* »

Bien dit, Mrs. B. ! Le droit d'être un pèlerin de Dieu ! Qui n'est pas présomptueux et cependant hérite du royaume ! Le droit d'avoir raison, d'apprendre aux autres, d'être juste en toute occasion parce que ainsi Dieu l'a ordonné, le droit de se rendre en terre étrangère parmi des peuples hostiles et de parler aux ignorants, assuré que vous êtes de ne rien dire que la vérité. Le droit d'avoir toujours raison. Bien plus précieux que ces droits qui, en leur temps, avaient été si chers à son cœur : le droit à la liberté, à la liberté d'expression, à la liberté sexuelle, le droit de fumer de l'herbe, de faire la fête, de conduire un scooter à près de cent à l'heure sur une nationale et sans casque. Ce qu'il revendiquait maintenant était bien plus précieux que tout cela. Il exerçait un droit si rare, en cette fin de siècle, qu'il en était pour ainsi dire obsolète. C'était le droit le plus fondamental : celui d'être le bon de l'histoire.

*

31/12/1992
Société des transports publics londoniens
Ligne 98
De : Willesden Lane
À : Trafalgar Square
17 h 35
Aller simple Adulte £ 0,70
Prière de conserver son ticket en cas de contrôle

Mince alors (se dit Archie) *y les font plus comme avant.* C'est pas qu'y soyent pires maintenant. C'est juste qu'y s'y sont différents, vraiment *différents.* Tous ces renseignements ! On n'en avait pas plus tôt composté un qu'on se sentait cloué sur place, comme empaillé, pétrifié dans l'instant, *piégé.* Archie se souvenait que dans le temps, c'était pas comme ça du tout. Il y a bien longtemps, il avait un cousin, Bill, qui travaillait sur l'ancienne ligne 32, celle qui passait par Oxford Street. Un chic type, Bill. Toujours un sourire et un mot gentil pour tout le monde. Il arrachait les tickets à un de ces vieux engins mécaniques à grosse manette (où donc étaient-ils passés ? Où était passée cette encre qui vous tachait les mains ?), comme ça, l'air de rien ; *tiens, voilà ton ticket, Arch.* Voilà comment il était Bill, toujours prêt à rendre service. Bref, ces billets, les vieux du moins, ils ne vous disaient jamais où vous alliez, encore moins d'où vous veniez. Il ne se rappelait pas avoir jamais vu une date non plus, et certainement pas une heure. Tout était différent maintenant, bien sûr. Tous ces renseignements, Archie se demandait à quoi ça rimait. Il tapota l'épaule de Samad. Lequel était assis juste devant lui, sur la banquette de devant à l'étage. Samad se retourna, regarda le billet qu'Archie lui mettait sous le nez, écouta la question et regarda l'autre d'un drôle d'air.

« Qu'est-ce que tu veux savoir, *exactement* ? »

Il avait l'air plutôt irritable. Comme tout le monde, d'ailleurs, à cette heure. Il y avait eu des frictions un peu plus tôt dans l'après-midi. Neena avait insisté pour qu'ils aillent tous à l'inauguration de la souris, vu la manière dont Irie et Magid étaient impliqués dans l'histoire ; le moins qu'ils pouvaient faire, quand même, c'était d'apporter leur soutien à la famille, parce que, quoi qu'on puisse penser de l'affaire par ailleurs, ces jeunes avaient investi là-dedans beaucoup d'eux-mêmes et que les jeunes ont besoin d'être épaulés par leurs parents et qu'elle irait quand même, au besoin toute seule, et que c'était vraiment dommage que la famille ne soit pas fichue de se mettre d'accord, et qu'il aurait été bien plus sympa d'y aller tous ensemble afin de fêter une pareille occasion... et patati et patata. Certains avaient fini par craquer. Irie avait éclaté en sanglots (Qu'est-ce qu'elle pouvait bien avoir, Irie ? Elle était toujours à pleurnicher, ces temps-ci), Clara avait accusé Neena de chantage affectif, Alsana avait dit qu'elle irait si Samad y allait, à quoi Samad avait répondu que cela faisait dix-huit ans qu'il fêtait la nouvelle année chez O'Connell et qu'il n'allait pas changer ses habitudes pour si peu. Archie, quant à lui, avait fait savoir qu'il voulait bien être pendu s'il acceptait d'écouter ce raffut toute la soirée — il préférait aller s'asseoir sur une colline, tout seul, bien tranquille. Ils l'avaient tous regardé d'un air bizarre quand il avait dit ça. Ils ne pouvaient pas savoir qu'il se contentait de suivre les conseils prophétiques d'Ibelgaufts, reçus la veille :

28 décembre 1992

Très cher Archibald,

C'est la saison des réjouissances... c'est du moins ce qu'on prétend, mais de ma fenêtre, je ne vois que tumulte et confusion. En ce moment même, six félins, qui se disputent le territoire, se mènent une guerre acharnée dans mon jardin. Ils ne se contentent plus, comme au cours de l'automne, d'arroser d'urine leurs parcelles, car l'hiver a déclenché en eux un besoin bien plus fondamental... on en est aux coups de griffes et aux morceaux de fourrure arrachés... les miaulements me tiennent éveillé toute la nuit ! Je ne puis m'empêcher de penser que mon chat, Gabriel, qui s'est installé sur l'abri de jardin, a fait le bon choix en renonçant à ses prétentions territoriales en échange d'une vie tranquille.

Mais c'est finalement Alsana qui l'emporta. Ils iraient tous voir la souris, que ça leur plaise ou pas. Et, pour tout dire, ça ne leur plaisait pas. D'où le fait qu'ils occupaient en ce moment même la moitié du bus, histoire d'être assis seul, chacun dans son coin : Clara derrière Alsana, elle-même derrière Archie, lui-même derrière Samad, assis en face de Neena. Irie était à côté d'Archie, uniquement parce qu'il n'y avait pas de place ailleurs.

« J'disais simplement... », dit Archie, essayant désespérément de briser le silence glacial qui s'était installé depuis leur départ de Willesden, « que c'est vraiment incroyable la masse de renseignements qu'y z'arrivent à caser sur les billets maintenant. Comparé à ce qui se passait dans l'temps. Je m'demandais pourquoi. C't intéressant, non ?

— Pour être tout à fait franc, Archie, dit Samad avec une grimace, je trouve ça particulièrement inintéressant, vois-tu. Proprement assommant.

— Ah, bon, dit Archie. T'as p't'-être raison. »

Le bus prit un de ces virages à quatre-vingt-dix degrés à vous couper le souffle.

« Alors, comme ça, tu saurais pas pourquoi les...

— Non, Jones, je n'en sais rien. Je ne connais personne au dépôt de bus et je ne suis pas dans le secret des décisions qui sont sans doute prises quotidiennement au niveau des transports londoniens. Mais si tu veux un avis non éclairé, alors je dirai que cela fait partie d'une vaste campagne gouvernementale de surveillance destinée à suivre tous les mouvements d'un certain Archibald Jones, pour s'assurer de ses faits et gestes tous les jours et à chaque minute de la journée...

— Bon Dieu », l'interrompit Neena, exaspérée, « pourquoi faut-il que tu sois aussi désagréable ?

— Pardon ? Corrige-moi, si je me trompe, Neena, mais il ne me semble pas que toi et moi, nous étions en train de discuter.

— Il te posait une question, c'est tout, et toi, tu trouves rien d'mieux que d'le rembarrer. Bon sang, ça fait des années que tu l'bouscules. T'en as pas assez ? Pourquoi tu le laisses pas un peu tranquille ?

— Neena Begum, je te jure que si tu t'avises de me donner encore un ordre aujourd'hui, je t'arrache la langue de mes mains et je m'en fais une cravate.

— Calme-toi, Sam », dit Archie, gêné de voir les proportions que prenait l'algarade déclenchée par son intervention. « Je voulais juste...

— Ah, toi, t'avise pas d'menacer ma nièce, arriva de l'arrière la voix d'Alsana. T'avise pas d't'en prendre à elle uniquement parce que t'aimerais mieux être en train de manger tes haricots et tes frites » (Ah, songea Archie, soudain nostalgique, des haricots et des frites !) « plutôt qu'd'aller assister au succès de ton propre fils.

— Je n'avais pas l'impression que tu étais toi-même si enthousiaste », dit Clara, mettant son grain de sel. « Tu sais, Alsi, je trouve que tu oublies un peu trop facilement ce qui s'est passé il y a à peine deux minutes.

— Et dire, s'exclama Samad, que c'est là le propos de la femme qui vit avec Archibald Jones ! Permets-moi de te rappeler que les gens qui vivent dans des maisons de verre...

— Non, Samad, protesta Clara. N'essaie surtout pas de t'en prendre à moi. C'est toi qui ne voulais pas venir... mais tu es incapable de t'en tenir à une décision. Toujours en train de tergiverser. Au moins Archie, lui, il est... » Clara s'arrêta net, peu habituée à prendre la défense de son époux et soudain en panne d'adjectif. « ... au moins, lui, quand il prend une décision, il s'y tient. Archie est *cohérent*, lui.

— Oh, ça, c'est sûr, dit Alsana d'un ton acide. Cohérent comme... une *pierre*, ou comme ma pauvre *babba* savait êt' cohérente, elle qu'est enterrée depuis...

— Oh, ferme-la », dit Irie.

Un instant réduite au silence, Alsana ne tarda pas à se remettre du choc et à retrouver sa langue. « Irie Jones, t'avise pas toi aussi de...

— Si, justement, je vais m'aviser », dit Irie, le rouge de la colère lui montant au front. « Et j'te l'répète, ferme-la, Alsana. Fermez-la, tous autant que vous êtes. D'accord ? Contentez-vous d'la fermer. Au cas où vous l'auriez pas remarqué, y a comme qui dirait d'autres gens dans c'bus, et croyez-moi si vous voulez, mais tout l'monde a pas forcément envie d'entendre vos histoires. Alors, fermez-la. Essayez un peu, pour voir. Le silence, *en-fin* ! » dit-elle en levant la main et en faisant mine de vouloir palper l'atmosphère qu'elle venait de créer. « C'est pas merveilleux, l'silence ? Il vous est jamais arrivé d'vous dire que c'est comme ça que vivent les autres ? Dans le silence. Demandez aux gens qui sont ici. Ils vous l'diront. Ils ont une famille, eux aussi. Et il y a des familles qui sont comme ça *tout le temps*. Y en a qui vous diront qu'ces familles-là sont frustrées ou inhibées, mais vous voulez savoir c'que j'en pense, moi ? »

Les Iqbal et les Jones, bouche bée comme les autres passagers (y compris le groupe bruyant des filles rasta qui s'en allaient fêter la nouvelle année dans un dancing de Brixton), n'avaient aucune réponse à proposer.

« Eh ben, ces gens-là, moi j'dis qu'c'est des putains de p'tits veinards.

— Irie Jones ! s'exclama Clara. Arrête de jurer ! » Mais Irie était lancée. Plus moyen de l'arrêter.

« Quelle existence paisible ! Quel bonheur de vivre comme ça ! Ces gens-là ouvrent une porte, et qu'est-ce qu'ils trouvent derrière ? Un salon tout bête, ou une salle de bains, et rien d'autre. Des terrains neutres, quoi. Et pas cette espèce de labyrinthe, avec les pièces d'aujourd'hui et les pièces d'hier, et tout ce qui s'y est dit pendant des années, toute cette saloperie d'histoire, partout dans la maison, qui vous colle après. Ils ne répètent pas inlassablement les mêmes vieilles erreurs. Ils ne sont pas toujours en train de remuer la même vieille merde. Ils étalent pas leurs angoisses dans les transports en commun. Je vous garantis que des gens comme ça, ça existe. Les grands traumatismes de leur vie, c'est quand il faut changer la moquette, payer une facture ou réparer le portail. Ils n'ont rien à redire à ce que font leurs gosses du moment qu'ils sont à peu près sains de corps et d'esprit. Heureux, quoi ! Et chaque journée qui passe n'est pas une foutue bataille entre ce qu'ils sont et ce qu'ils devraient être, ou ce qu'ils ont été et ce qu'ils seront. Demandez-leur, et vous verrez ce qu'ils vous disent. Pas de mosquée, chez eux. Un peu d'église, peut-être, et encore. Un péché par-ci, par-là. Et du pardon, en veux-tu, en voilà. Pas de grenier. Pas de saloperies entassées dans le grenier. Pas de squelettes dans les placards. Pas d'arrière-grands-pères. Je parie vingt livres, là, maintenant, que Samad est bien le seul ici à connaître la longueur du pantalon de son arrière-grand-père. Et vous savez pourquoi, eux, y savent pas ce genre de choses ? Parce qu'y s'en foutent royalement. C'est du passé pour eux, point barre. Voilà comment c'est chez les autres. Y passent pas leur temps à s'apitoyer sur leur sort. À prendre leur pied, oui, j'dis bien, à prendre leur pied à se dire qu'ils sont complètement paumés. À essayer de trouver des moyens pour rendre leur vie plus compliquée. Ils se contentent de la vivre, merde ! Les putains d'veinards. Quel cul y z'ont pas ! »

Le flux d'adrénaline déclenché par cette sortie parcourait tout le corps d'Irie, faisait battre son cœur à un rythme accéléré et s'en allait chatouiller les terminaisons nerveuses de son enfant à naître... car Irie était enceinte, de huit semaines, et elle le savait. Ce qu'elle ignorait, en revanche, et qu'elle risquait d'ignorer à tout jamais (elle s'en était rendu compte dès l'instant où elle avait vu les lignes bleu pastel apparaître sur le test de grossesse, un peu comme le visage de la Madone surgissant de la courgette d'une ménagère italienne), c'était l'identité du père. Aucun test au monde ne le lui dirait. Mêmes cheveux noirs épais. Mêmes yeux pétillants. Même habitude de mâchonner le bout de son stylo. Même pointure. Même acide désoxyribonucléique. Elle ne pouvait pas savoir à quelle décision s'était finalement rallié son corps, quel choix il avait fait, dans cette course au gamète, entre l'élu et le condamné. Elle ne pouvait pas savoir si ce choix ferait une différence. Parce que quel que fût le frère concerné, l'autre l'était aussi. Elle ne le saurait jamais.

Au début, cette perspective avait rempli Irie d'une tristesse infinie ; elle n'avait pu s'empêcher de mêler les sentiments à la biologie et d'ajouter un syllogisme de son cru : si ce n'était pas l'enfant de quelqu'un, se pouvait-il que ce soit l'enfant de personne ? Elle avait pensé à ces cartogrammes compliqués et tout à fait fantaisistes insérés dans les vieux bouquins de science-fiction que lisait Joshua. Son enfant lui faisait la même impression. Un truc parfaitement planifié sans véritables coordonnées. La carte d'une patrie imaginaire. Et puis, après des heures passées à pleurer, à arpenter sa chambre et à se mettre martel en tête, elle s'était dit : quelle importance, après tout ? De toute façon, ça devait arriver, peut-être pas ça exactement, mais quelque chose dans ce goût-là. À partir du moment où on avait affaire à des Iqbal et à des Jones, à quoi d'autre pouvait-on bien s'attendre ?

Elle finit par se calmer, posant la main sur sa poitrine palpitante et s'obligeant à respirer profondément, tandis que le bus arrivait en vue de Trafalgar Square et que les pigeons commençaient à tournoyer au-dessus d'eux. Elle annoncerait la nouvelle — ce soir même — à l'un des deux uniquement. Restait à décider lequel.

« Ça va, ma chatte ? » lui demanda Archie après un long silence, posant sur son genou sa grosse main rose constellée de taches de vieillesse brunâtres. « Ben, dis donc, t'en avais gros sur la patate.

— Ça va, papa. Ça va bien. »

Archie lui sourit et lui remit une mèche de che veux derrière l'oreille.

« P'pa ?

— Oui ?

— À propos des tickets d'bus.

— Oui, qu'esse qu'y a ?

— Y en a qui disent que c'est parce que des tas de gens paient pas ce qu'ils devraient pour leur trajet. Ces dernières années, les compagnies de bus ont perdu pas mal de fric. Tu vois, c'est marqué *À conserver en cas de contrôle*. C'est pour qu'ils puissent vérifier. Tous les détails sont imprimés, et comme ça, si t'es contrôlé et que t'as triché, t'es refait. »

Et dans le temps, se demanda Archie, est-ce qu'il y avait moins de « tricheurs » ? Est-ce que les gens étaient plus honnêtes, est-ce qu'ils laissaient volontiers leur porte d'entrée ouverte, leurs enfants chez les voisins ? Est-ce qu'ils se rendaient visite, avaient des notes chez le boucher ou l'épicier ? C'est drôle, mais quand on a passé un bout de temps quelque part, on finit par constater que ce que les gens aiment vous entendre dire, c'est que, dans le temps, c'était la vie en rose. C'est un besoin, chez eux. Archie se demanda si sa fille, elle aussi, en avait besoin. Elle le regardait d'un drôle d'air. La bouche tombante, les yeux presque suppliants. Mais que pouvait-il bien lui dire ? Que les années passent, et que les meilleures résolutions du monde ne sauraient rien changer au fait qu'il y a des sales types sur terre. Qu'il y en a toujours eu, qu'il y en aura toujours.

« Quand j'étais petite, tu sais », dit Irie doucement, appuyant sur la sonnette pour demander l'arrêt suivant, « je pensais que c'étaient des sortes d'alibis. Les tickets de bus. C'que j'veux dire c'est que, regarde, il y a l'heure, la date, l'endroit, alors, je m'disais que si j'avais à me défendre devant un tribunal, et prouver que je n'étais pas là où on prétendait que j'étais, à l'heure où on disait m'avoir vue, j'aurais qu'à sortir un de ces tickets. »

Archie ne dit rien, et Irie, qui croyait la conversation terminée, fut surprise quand, quelques minutes plus tard, une fois qu'ils se furent frayé un chemin au milieu des fêtards et des touristes qui tournaient là sans but précis, elle entendit son père lui dire sur les marches du Perret Institute : « Tiens, j'y avais jamais pensé. J'm'en souviendrai. Parce qu'on sait jamais, pas vrai ? C'est pas une mauvaise idée, tu sais. Y faudrait ramasser tous ceux qu'on trouve par terre, peut-être. Les mettre dans un bocal. Comme ça, on se multiplierait ses alibis. »

*

Et tous ces gens convergent vers le même point. L'espace final. L'ultime rendez-vous. Une grande salle, parmi les nombreuses salles du Perret Institute ; séparée de l'exposition et nonobstant appelée Salle d'Exposition ; un lieu anonyme, une ardoise vierge (du blanc / du chrome / des lignes épurées / pas de fioritures : telles étaient les consignes qui avaient été données pour la décoration intérieure) ; une salle de réunions pour ceux qui souhaitent une rencontre en terrain neutre en cette fin de XXe siècle ; un endroit virtuel où traiter leurs affaires dans une coquille vide, à l'abri de la contamination ; le terminus logique de milliers d'années d'espaces trop encombrés et trop sanglants. Cet espace-là est dépouillé, stérilisé, renouvelé jour après jour par une femme de ménage nigérienne, armée d'un aspirateur industriel, et surveillé nuit après nuit par un Polonais, Mr. De Winter, gardien de nuit (lui-même se désigne ainsi, mais son titre officiel, c'est Coordinateur de la Sécurité des Biens) ;

on peut le voir surveiller cet espace, avec, sur les oreilles, un Walkman diffusant des chansons populaires polonaises ; on peut le voir lui, et on peut voir l'espace en question à travers une immense vitre, si on passe par là : un grand vide surveillé, et un panneau rappelant le prix au mètre carré de ces innombrables mètres carrés d'un espace plus long que large et suffisamment haut pour contenir trois Archie empilés l'un sur l'autre, plus au moins une demi-Alsana. Ce soir, il y a en outre deux énormes affiches identiques (qui, demain, auront disparu), tendues comme une tapisserie le long des deux murs opposés et barrées de l'inscription COMMISSION SCIENTIFIQUE DU MILLÉNAIRE dans une grande variété de caractères d'imprimerie, qui vont de l'archaïsme délibéré de VIKING à la modernité de **impact** pour donner une idée de l'histoire des caractères, le tout faisant alterner le gris, le bleu clair et le vert foncé sous prétexte que ce sont les couleurs, nous dit la recherche, que les gens associent d'ordinaire à « la science et à la technologie » (les violets et les rouges connotent les arts et les lettres, le bleu roi « l'excellence et / ou les produits contrôlés et approuvés »), parce que, Dieu merci, après des années de synesthésie d'entreprise (sel et vinaigre / bleu, fromage et oignon / vert), les gens sont enfin capables de donner les réponses attendues quand on prétend concevoir un espace ou renouveler quelque chose, une pièce, des meubles, l'Angleterre (c'était le but recherché en l'occurrence : une nouvelle salle cent pour cent british, un espace pour la Grande-Bretagne, spécial Grande-Bretagne, un espace industriel, culturel, purement britannique) ; ils savent ce qu'on veut dire quand on leur demande comment ils réagissent à un chrome mat ; et ils savent ce que veut dire l'identité nationale, et les symboles, les tableaux, les cartes, la musique, la climatisation, les petits Noirs ou les petits Chinois souriants [cochez la case qui convient], les plantes, l'eau courante, le choix entre moquette de haute laine et moquette à poil ras, entre carrelage et plancher.

Ils savent ce qu'ils veulent, surtout ceux qui se sont vus forcés de quitter un lieu pour en gagner un autre, comme Mr. De Winter (né Wojcieck), rebaptisés, ré-étiquetés, réponse à tous les questionnaires néant espace s'il vous plaît rien qu'un peu d'espace espace néant

20

Des souris et des souvenirs

C'est comme à la télé ! C'est bien là l'appréciation la plus flatteuse que puisse donner Archie d'un événement réel. C'est comme à la télé, mais en mieux. C'est très *moderne*. C'est tellement bien conçu que c'est à peine si on ose respirer, encore moins péter. Il y a ces chaises en plastique, mais sans pieds, en forme de S, on dirait qu'elles se tiennent assises toutes seules, et en plus elles s'emboîtent parfaitement les unes dans les autres, environ deux cents d'un coup sur dix rangées, et elles emboîtent parfaitement votre corps quand vous vous asseyez dedans — moelleuses et fermes à la fois. Confortables ! Modernes ! Et ce mode de pliage, admirable, pense Archie, en se laissant aller dans un des sièges, du pliage comme ça, il en a jamais vu. Chapeau !

Il y a autre chose qui fait que c'est encore mieux qu'à la télé : c'est plein de gens qu'Archie connaît. Il y a là Millboid tout au fond (la crapule) avec Abdul-Jimmy et Abdul-Colin ; Josh Chalfen, plus au milieu, et Magid, assis au premier rang à côté de la mère Chalfen (Alsana refuse de la regarder, mais Archie agite quand même la main en signe de reconnaissance, parce que, sinon, ça fait vraiment mal élevé), et, leur faisant face à tous (près d'Archie : c'est lui qui a la meilleure place), Marcus, assis derrière une longue table, exactement comme à la télé, avec plein de micros partout, comme un essaim de frelons au gros abdomen noir. Marcus a quatre autres types à ses côtés, trois qui ont à peu près son âge et un quatrième vraiment très vieux, l'air ratatiné — *desséché*, si c'est là le bon mot. Et ils ont tous un verre devant eux, comme tous les scientifiques quand ils passent à la télé. Mais pas de vestes blanches. Tenue décontractée : cols en V, cravates, mocassins. Plutôt décevant, pour le coup.

Disons-le, des conneries de conférences de presse ou de tables rondes, Archie en a déjà vu des tas (parents en larmes, enfant disparu, ou l'inverse, enfant en larmes, parents disparus, s'il s'agit d'un scénario avec orphelin étranger), mais là, c'est autrement mieux, parce que au milieu de la table il y a quelque chose de tout à fait intéressant (qu'en principe on ne vous montre pas à la télé, vous n'avez droit qu'aux gens en train de pleurer) : une souris. Une souris lambda, marron, occupée à tourner en rond, toute seule, dans une boîte en verre qui a à peu près la taille d'une télé, avec des trous pour laisser passer l'air. Archie s'est d'abord un peu inquiété quand il l'a vue (sept ans dans cette boîte !), mais, apparemment, c'est temporaire, juste pour les photographes. Irie lui a expliqué qu'en fait, elle dispose d'un grand espace pour elle toute seule ailleurs dans l'Institut, plein de tuyaux et d'endroits secrets, de niveaux superposés, pour qu'elle ne s'ennuie pas trop. C'est là qu'on la transférera, une fois la conférence terminée. Donc, tout va bien. Et puis, elle a l'air drôlement futée, cette souris. On dirait qu'elle passe le plus clair de son temps à vous faire des grimaces. On finit par oublier à quel point c'est déluré, ces bestioles. C'est pas facile de garder ça chez soi.

C'est bien pour ça qu'il en a jamais acheté une à Irie, quand elle était petite. Les poissons rouges, c'est plus propre. Et puis ça a la mémoire courte. Pour Archie, tout ce qui a de la mémoire est aussi rancunier, et un animal domestique qui vous garde de la rancune (la fois où tu t'es trompé de nourriture, la fois où tu m'as baigné), c'est pas vraiment l'idéal.

« Là, t'as tout à fait raison », dit Abdul-Mickey, en se laissant tomber sur le siège voisin de celui d'Archie sans aucune considération pour la chaise sans pieds. « Personne voudrait s'foutre un putain d'rongeur râleur sur les bras. »

Archie sourit. Mickey, c'est exactement le genre de type avec lequel on prend plaisir à regarder un match de foot ou de cricket, ou des types en train de se battre dans la rue, parce qu'il a toujours quelque chose de profond à dire. Il est jamais en panne de commentaire. C'est une sorte de philosophe. Dans son existence de tous les jours, il est frustré, parce qu'il a pas tellement l'occasion d'exercer ce talent. Mais il suffit de lui enlever son tablier et de l'éloigner de son four, de lui donner un peu d'espace pour manœuvrer, et là, il s'éclate. Archie a toujours du temps pour Mickey. Beaucoup de temps.

« Alors, quand esse qu'y vont commencer ? demande l'intéressé à Archie. On peut pas dire qu'y prennent pas leur temps, hein ? On va quand même pas passer toute la soirée à r'garder c'te foutue souris ? On fait pas v'nir tout un tas d'gens un soir d'réveillon, si on est pas capable d'les amuser.

— Ouais, c'est pas faux », dit Archie, à la fois d'accord et pas d'accord. « J'suppose qu'y faut qu'y r'voient leurs notes et tout ça. Y s'agit pas juste de s'lever et d'sortir deux ou trois conneries. On peut pas jouer à l'amuseur public à jet continu, si tu vois c'que j'veux dire. Là, quand même, c'est d'la *Science*. »

Archie prononce le mot *Science* comme il prononce
le mot *Moderne,* comme si on les lui avait prêtés, ces
mots, en lui faisant promettre de ne pas les casser.
« La *Science* », reprend Archie, qui a pris la mesure
du mot, « c'est une autre paire de manches. »

Mickey hoche la tête, considérant cette déclaration avec beaucoup de sérieux, histoire de décider
quel poids il devrait donner à ce contre-argument
Science, avec tout ce qu'il comporte de technicité, de
hauts lieux de pensée où ni lui ni Archie n'ont jamais
mis les pieds (réponse : aucun poids), quel respect il
devrait lui accorder à la lumière de ces considérations (réponse : respect, mon cul, y'a qu'l'école d'la
vie qui compte, non ?), et combien de secondes il
devrait laisser s'écouler avant de le mettre en pièces
(réponse : trois).

« Mais non, Archibald, au contraire. Ça, c'est un
argument spisseux. Une putain d'erreur qu'tout
l'monde fait. La science, c'est pas différent du reste,
mon vieux. Si tu r'gardes bien les choses. Au bout du
compte, y faut qu'elle plaise, si tu vois c'que j'veux
dire ? »

Archie voit très bien ce que Mickey veut dire. (Il y
en a — Samad, par exemple — qui vous diront qu'il
faut se méfier des gens qui emploient à tout bout de
champ l'expression *au bout du compte* — entraîneurs
de foot, agents immobiliers, vendeurs de toutes sortes
—, mais Archie n'est pas de ceux-là. Un emploi judicieux de ladite expression n'a jamais manqué de le
convaincre que son interlocuteur allait au fond des
choses, touchait aux principes fondamentaux.)

« Et si tu crois qu'y a une différence entr'un
endroit comme çui-ci et mon bistrot », continue
Mickey dont la voix enfle sans pour autant, en
termes de décibels, s'élever au-dessus du murmure,
« eh ben, tu t'goures. C'est tout la même. Finale-

ment, y a qu'le client qui compte. Exemple à l'appui : qu'est-ce que j'irais foutre du canard *à l'orange*[1] à mon menu si personne en veut ? *Vis-à-vis*[1], à quoi ça servirait qu'ces types y dépensent des tonnes de fric pour exploiter deux ou trois idées pas con si ça doit rien apporter à personne ? Réfléchis, mon pote », dit Mickey, en se tapotant la tempe. Archie suit les instructions de son mieux.

« R'marque bien qu'ça veut pas dire qu't'y crois pas, à leurs idées », poursuit Mickey, qui se laisse entraîner par son sujet. « Faut leur donner une chance, à ces nouvelles idées. Sinon, t'es qu'un pauv'… pro-fan, Arch. Au bout du compte, tu sais bien que j'suis plutôt du genre pionnier. C'est pour ça qu'j'ai introduit mon hachis aux choux y a deux ans. »

Et Archie d'opiner d'un air entendu. Le hachis avait bel et bien été une sorte de révélation.

« Même chose ici. Faut leur donner une chance, à ces trucs. C'est c'qu'j'leur ai dit à Abdul-Colin et à mon Jimmy. Avant d'vous précipiter comme des dingues, faut aller y voir, que j'leur ai dit. Et r'garde-les, y sont là », dit Abdul-Mickey, donnant un petit coup de tête en arrière, en signe de reconnaissance, en direction de son frère et de son fils, lesquels lui renvoyèrent la pareille. « P't'-êt' ben qu'y vont pas aimer c'qu'y vont entendre, mais ça, on peut pas l'savoir, pas vrai ? Au moins, y s'ront v'nus, avec l'esprit *ouvert*. Moi, personnellement, si j'suis ici, c'est passque j'ai suivi l'conseil de c'Magid Iqueballe… ouais, moi, j'lui fais confiance à c'gamin. Mais, comme j'dis toujours, faut voir. Archie, on en apprend tous les jours, pu-tain. » Non pas que Mickey cherche à être grossier ou injurieux, mais ce

1. En français dans le texte. *Sic.*

mot qui commence par un P, il l'utilise en renfort en quelque sorte ; il ne peut pas s'en empêcher ; pour lui, c'est une espèce de bouche-trou, de garniture, au même titre que, sur ses assiettes, les haricots ou les petits pois. « On en apprend tous les jours, pu-tain. J'rigole pas, si c'qu'y disent ici ce soir arrive à me convaincre que mon Jimmy a des chances de pas s'retrouver avec plein d'boutons sur la gueule et une putain d'peau qui r'ssemble à un cratère, eh ben moi, j'marche à fond. J'vais t'dire, j'ai pas la moindre idée de c'qu'une putain d'souris peut bien avoir à faire avec la peau des Yusuf, mais moi, c'gamin Ique-balle, j'le suivrais au bout du monde. J'le sens bien, c'gosse. Il en vaut dix comme son frangin », ajoute Mickey subrepticement, baissant la voix parce que Samad est juste derrière eux. « Dix, facile. Bon Dieu, à quoi y pensait, l'Sam, hein ? Moi, j'aurais pas hésité, j'sais bien l'quel qu'j'aurais renvoyé au pays, va.

— La décision a pas été facile à prendre, dit Archie en haussant les épaules.

— Qu'esse-tu m'racontes, mec ? » dit Mickey, en croisant les bras, l'air incrédule. « C'est pas l'pro-blème. Ou t'as raison ou t'as pas raison. Et dès qu't'as compris ça, mon pote, j'peux t'dire qu'ta vie, elle devient putain d'plus facile. Tu peux m'croire. »

Archie enregistre les paroles de Mickey avec reconnaissance, les ajoutant au trésor de sagacité que lui a déjà fourni le siècle. *Ou t'as raison ou t'as pas raison. L'âge d'or des tickets-resto, c'est fini. Je ne peux pas faire mieux. Pile ou face ?*

« Ah, Ah, qu'essequi s'passe ? demande soudain Mickey avec un grand sourire. On dirait qu'ça bouge, là-bas. Micros branchés. Un-deux, un-deux. C'est parti. Eh ben, c'est pas trop tôt. »

*

« ... et ce travail est une œuvre révolutionnaire, quelque chose qui mérite l'attention et l'argent du public, une entreprise dont la signification doit faire tomber, aux yeux de toute personne sensée, les objections qui ont été soulevées contre elle. Ce dont nous avons besoin... »

C'est de sièges plus près de l'estrade, pense Joshua. Mais ça, c'est Crispin et ses plans à la con. Crispin a demandé des places en plein milieu de la salle, pour que les membres de F.A.T.E. puissent se fondre en quelque sorte dans la foule et enfiler les passe-montagnes à la dernière minute, une idée de merde qui supposait sans doute qu'il y aurait une travée au milieu ; or, de travée, point. Maintenant, il va falloir qu'ils essaient de gagner les allées latérales, comme des terroristes qui chercheraient leurs places dans un cinéma, ce qui va ralentir toute l'opération, alors que les impératifs auraient dû être rapidité et effet de surprise. Tu parles d'un spectacle ! Joshua est écœuré. Un plan aussi compliqué qu'absurde, et tout ça pour la plus grande gloire de Crispin, bien entendu. À Crispin, l'interruption tonitruante, les menaces armées, les grimaces de psychotique à la Jack Nicholson, histoire de faire dans le sensationnel. Génial ! Josh, lui, devra se contenter de dire *P'pa, s'il te plaît, donne-leur ce qu'ils réclament*, encore que, à part lui, il se dise qu'il pourra sans doute improviser : *P'pa, j't'en prie, j'suis tellement jeune. J'ai envie de vivre, merde. Donne-leur ce qu'ils réclament, par pitié. C'est rien qu'une souris, après tout... J'suis ton fils*, et puis pourquoi pas un faux évanouissement en réponse à une fausse menace au pistolet, si son père se montre hésitant ? Le plan est un vrai gruyère tellement il a de trous. Mais ça marchera (avait dit Crispin), ce genre de truc marche toujours. L'ennui c'est que, après avoir passé tout ce temps au royaume des animaux, Crispin est comme Mowgli : il ignore tout des motivations des humains. Il en sait plus sur la psychologie d'un blaireau qu'il en saura jamais sur les ressorts secrets d'un Chalfen. Et c'est ainsi qu'en regardant Marcus sur son estrade en train de célébrer, en compagnie de sa fantastique souris, la grande réalisation de sa vie, et peut-être bien de toute la génération présente, Joshua ne peut empêcher son esprit pervers de se demander si, après tout, lui-même, Crispin et F.A.T.E. ne se seraient pas complètement trompés. S'ils n'auraient pas cafouillé dans les grandes largeurs. En sous-estimant la force du chalfenisme et sa remarquable adhésion au Rationnel. Car il est fort possible que son père n'accepte pas de sauver ce qu'il aime, sans réfléchir, tout bêtement, comme le ferait le commun des mortels. Il est même fort possible que l'amour n'ait rien à voir dans l'histoire. Et cette seule pensée amène un sourire sur les lèvres de Joshua.

*

« ... et je voudrais vous remercier tous, surtout ma famille et mes amis, d'avoir ainsi sacrifié votre réveillon du jour de l'an... vous remercier tous d'être présents ce soir pour assister au lancement de ce qui, je pense que tout le monde en sera d'accord, constitue une entreprise passionnante, non pas seulement pour moi-même et les autres chercheurs mais pour... »

Marcus vient de commencer son discours, et Millat regarde les frères de K.E.V.I.N. échanger des clins d'œil. Ils vont le laisser parler une dizaine de minutes. Un quart d'heure, peut-être. Jusqu'au signal d'Abdul-Colin. De toute façon, ils suivront les instructions. Sauf lui. Il est hors de question, en tout cas, qu'il suive celles qui circulent de bouche à oreille, ou sur des petits bouts de papier. Ses instructions à lui relèvent d'un impératif inscrit dans les gènes, et le métal froid qui se trouve dans sa poche intérieure est sa réponse à un rendez-vous qu'on lui a fixé il y a bien longtemps. Il se sent une âme de Pandy. Il a la rébellion dans le sang.

Côté organisation pratique, ça n'a pas été trop compliqué : deux coups de fil à des types de l'ancienne équipe, un accord tacite, un peu d'argent provenant des fonds de K.E.V.I.N., un petit tour du côté de Brixton, et, hop, le truc était dans sa main, plus lourd qu'il l'aurait cru, mais, mis à part ça, pas de quoi en faire une affaire. Une impression de déjà-vu, en somme. La détonation lui a rappelé l'explosion d'une voiture piégée dont il avait été témoin, il y a pas mal d'années, dans la partie irlandaise de Kilburn. Il avait neuf ans et marchait tranquillement dans la rue avec Samad. Mais alors que son père avait été choqué, vraiment choqué, c'est à peine si lui avait cillé, tellement la chose lui avait paru familière. Ça ne l'avait pas affecté le moins du monde. Parce qu'il n'y a plus d'objets ni d'événements insolites, pas plus qu'il n'y en a de sacrés. Tout est connu, convenu, attendu. Tout est à la télé. Si bien que manipuler le métal froid, sentir son contact près de sa peau lui a paru facile, même si c'était la première fois. Et quand les choses vous viennent facilement, se mettent en place sans effort, il devient très tentant de parler de destin. Et le destin, pour Millat, c'est comme un téléfilm : une histoire dont on n'est pas maître, écrite, produite et réalisée par quelqu'un d'autre.

C'est sûr que maintenant qu'il est ici, défoncé et terrifié, ça n'a plus l'air aussi facile, et la poche droite de sa veste lui donne l'impression que quelqu'un y a fourré une enclume de dessin animé : maintenant, il se rend compte qu'il y a une sacrée différence entre la télé et la vie, et ça lui fout un coup, un sacré coup. Voilà pour les conséquences. Mais le seul fait d'avoir ce genre de pensées, c'est encore, quelque part, se référer au cinéma (parce que en définitive, il n'est pas comme Samad, ni comme Mangal Pande : il n'a jamais fait la guerre, n'a jamais vu de combat, n'a aucun point de comparaison à sa disposition ni aucune anecdote à raconter), c'est se souvenir d'Al Pacino dans *Le Parrain I*, tassé dans les toilettes du restaurant, comme Mangal Pande était tassé sur lui-même dans les baraquements de la caserne, à se demander ce qui va se passer quand il surgira des toilettes pour hommes et qu'il tirera comme un malade sur les deux types attablés devant leur nappe à carreaux. Et Millat se souvient parfaitement. Il se souvient d'avoir rembobiné, arrêté l'image, passé cette scène au ralenti un nombre incalculable de fois pendant toutes ces années. Il se souvient que peu importe le temps que l'on reste sur l'image de Pacino en train de réfléchir, peu importe le nombre de fois où on revoit le doute assombrir son visage, il ne fait jamais rien d'autre que ce qu'il avait décidé de faire.

*

« ... et quand on songe à la signification qu'aura cette nouvelle technologie pour l'humanité... et je crois qu'elle s'avérera l'égale des grandes découvertes de la physique au cours de ce siècle : théorie de la relativité, mécanique quantique... quand on songe aux choix qu'elle nous permettra... non pas entre un œil bleu et un œil marron, mais entre des yeux qui pourraient être aveugles et d'autres qui pourraient voir... »

Mais Irie est désormais convaincue qu'il y a des choses que l'œil humain est incapable de détecter, même à l'aide d'une loupe, d'un microscope ou de jumelles. S'il y en a une qui devrait le savoir, c'est bien elle, puisqu'elle a essayé. Elles les a regardés l'un après l'autre, à tour de rôle, et si souvent qu'elle n'a même plus l'impression d'avoir affaire à des visages, mais simplement à des sortes de toiles brunes avec d'étranges protubérances, comme quand, à force de répéter un mot, il finit par ne plus rien vouloir dire. Magid et Millat. Millat et Magid. Majlat. Milljid.

Elle a demandé à son enfant à naître de lui faire un signe, mais rien. Il y a un cantique d'Hortense qui lui a trotté un temps dans la tête — Psaume 63 — *je te cherche dès que la lumière paraît : mon âme brûle d'une soif ardente pour toi, ma chair aspire à toi...* Mais c'est trop lui demander. C'est lui demander de remonter loin, très loin, jusqu'à la racine, jusqu'au moment originel où le sperme a rencontré l'œuf et l'œuf le sperme — si tôt dans cette histoire que l'on ne saurait le situer, le retrouver. L'enfant d'Irie : jamais on ne pourra parler de son origine avec certitude. Ainsi en est-il des secrets qui, jamais, ne sont révélés. Irie, dans une vision, a eu la révélation d'un temps, qui n'est pas si éloigné, où les racines n'auront plus d'importance parce qu'elles ne peuvent ni ne doivent en avoir, parce qu'elles sont trop longues, trop tortueuses et qu'elles s'enfoncent bien trop profond. Ce moment, elle l'attend avec impatience.

*

« *Que çui qui veut êt' vaillant au milieu des tempêtes…* »

Depuis déjà quelques minutes, en fond sonore, faible et diffus, se fait entendre une sorte de fredonnement. Marcus fait comme si de rien n'était et continue, mais le bruit gagne bientôt en intensité. L'orateur se met à s'arrêter entre deux mots pour regarder autour de lui, même si ce n'est manifestement pas à l'intérieur de la salle que l'on chante.

« *Y s'attache tout l'temps à suiv' le maît'…* »

« Jésus Marie, murmure Clara en se penchant à l'oreille de son mari. C'est Hortense. *Hortense*, t'entends, Archie ? Il faut absolument que tu ailles voir ce qui se passe. Je t'en prie. C'est toi qui es le mieux placé pour sortir de la rangée. »

Mais Archie est en train de passer un sacré bon moment. Entre le speech de Marcus et les commentaires de Mickey, c'est comme s'il regardait deux télés à la fois. Très instructif.

« Demande à Irie.

— Comment veux-tu ? Elle est assise en plein milieu d'une rangée. *A'chie* », gronde-t-elle, retombant dans un patois menaçant, « ti peux pas la laisser chanter tout'la soiwée.

— Sam », dit Archie, essayant de faire parvenir son murmure jusqu'à son destinataire. « Sam, vas-y, toi. Tu tiens pas à rester, de toute façon. Hortense, tu la connais. Dis-lui d'mettre un bémol. Moi, j'aim'rais bien écouter la suite. Drôlement instructif, tout ça.

— Avec plaisir », dit Samad, se levant brusquement, sans prendre la peine de s'excuser auprès de Neena dont il vient d'écraser les orteils. « Je pense qu'il est inutile de me garder ma place. »

Marcus, qui en est au quart de son exposé sur la vie de la souris pour les sept années à venir, lève les yeux de ses notes pour voir ce qui se passe et s'arrête pour regarder, comme le reste de l'assistance, la silhouette qui s'éloigne vers la sortie.

« Voilà quelqu'un qui s'est rendu compte que cette histoire n'avait pas une fin heureuse », commente-t-il.

Tandis que l'auditoire rit discrètement avant de refaire silence, Mickey donne une bourrade dans les côtes d'Archie. « Ah, ça, tu vois, c'est d'jà mieux, dit-il. La p'tite note comique… Ça t'relève tout d'suite la sauce. Et pis, c'est pas difficile à comprendre, au moins. C'est qu'c'est pas tout l'monde qu'a pu faire leurs foutues universités. Y en a qui sont allés à…

— L'école d'la Vie », complète Archie, opinant du chef, parce qu'ils l'ont fréquentée tous les deux, celle-là, encore qu'à des époques différentes. « Y a pas mieux. »

*

À l'extérieur : Samad sent sa résolution, pourtant très forte au moment où il a reclaqué la porte derrière lui, s'étioler considérablement tandis qu'il s'approche des formidables dames des Témoins. Il en compte dix. Toutes farouchement emperruquées, debout sur les marches de l'Institut, tapant sur leurs tambours comme si elles voulaient en sortir quelque chose d'un peu plus substantiel qu'un simple tempo. Elles chantent à gorge déployée. Cinq agents de la sécurité ont déjà baissé les bras. Ryan Topps lui-même semble dépassé par son monstre de Frankenstein chantant : il se tient à quelque distance et distribue des exemplaires du *Phare* aux nombreux passants qui se dirigent vers Soho.

« Ça donne droit à une réduction, ton truc ? » demande une fille passablement ivre, tout en examinant la représentation on ne peut plus kitsch du ciel sur la couverture, avant d'ajouter la brochure à sa poignée de prospectus généreusement distribués par les boîtes de nuit du quartier. « Y a une tenue exigée à l'entrée ? »

Non sans appréhension, Samad donne une petite tape sur l'épaule de rugbyman de la joueuse de triangle. Et essaie sur elle tout le vocabulaire dont dispose un Indien s'adressant à des Jamaïquaines d'un certain âge, potentiellement dangereuses, (*siv'pouviezsiouplaîtdésolépt'êt-bensiouplaît* — le genre de choses qu'on apprend aux arrêts de bus), mais les tambours continuent à rouler, le mirliton à nasiller, les cymbales à claquer. Et ces dames à piétiner sur le sol verglacé dans leurs chaussures plates et sans grâce. Quant à Hortense Bowden, trop âgée pour rester debout, elle est assise sur une chaise pliante, regardant d'un œil fier la foule qui danse sur Trafalgar Square. Elle a une pancarte entre les genoux qui annonce, sobrement :

LE TEMPS EST PROCHE — Apocalypse, 1.3.

« Mrs. Bowden ? » s'enquiert Samad, mettant à profit une pause entre deux couplets. « Je suis Samad Iqbal. Un ami d'Archibald Jones. »

Parce que Hortense ni ne le regarde ni ne fait mine de le reconnaître, Samad se sent obligé de pousser plus loin dans la toile complexe de leurs relations. « Ma femme est une très bonne amie de votre fille, et ma petite-nièce aussi. Mes fils sont des amis de votre…

— Ch'sais bien qui t'es, va, dit Hortense en sifflant entre ses dents. Tu m'connais et j'te connais. Mais au jou' d'aujou'd'hui, y a seulement deux so'tes de gens dans l'monde.

— On se demandait seulement », s'empresse de dire Samad, qui sent venir le sermon et préfère prévenir que guérir, « si vous pouviez, peut-être, faire un tout petit peu moins de… bruit… si… »

Mais Hortense a déjà une longueur d'avance sur lui ; les yeux clos, le bras levé, témoignant de la vérité à la vieille manière jamaïquaine, elle poursuit : « Pou' sû', qu' deux so'tes, et pas plus : ceux qui chantent la gloire du Seigneu' et ceux qui l'wejettent pou' le malheu' d'leur âme. »

Elle se détourne, se lève, agite furieusement sa pancarte en direction des foules avinées qui s'ébattent comme un seul homme dans les fontaines de Trafalgar, puis elle est priée de reprendre la pose par un photographe de presse cynique qui a un blanc à remplir en page six.

« Un peu plus haut, la pancarte », demande-t-il, appareil levé, un genou dans la neige. « Allez, prenez l'air méchant… ouais, c'est ça. Quel joli jubilé ! »

Les Témoins haussent encore le ton, envoyant leurs chants vers le firmament. « *Je te cherche dès que la lumière paraît*, chante Hortense. *Mon âme b'ûle d'une soif a'dente pour toi, ma chai' aspire à toi dans cette terre désé'te où y a ni chemin ni eau…* »

Samad observe la scène et, à sa grande surprise, découvre qu'il n'a pas envie de la faire taire. En partie parce qu'il est fatigué, en partie parce qu'il est vieux. Mais, surtout, parce qu'il sent qu'il pourrait faire la même chose, au nom d'une cause différente, bien sûr. Lui aussi sait ce que c'est que de chercher. Lui aussi connaît la sécheresse. Cette soif — terrible, persistante — qui vous assaille sur une terre étrangère. Cette soif qui vous dure toute une vie, il l'a sentie, lui aussi.

Je ne peux pas faire mieux, songe-t-il, *je ne peux pas faire mieux.*

*

À l'intérieur : « Moi, j'attends toujours qu'y s'mette à causer d'ma peau. J'ai encore rien entendu là-d'ssus... et toi, Arch ?

— Non, moi non plus. J'suppose qu'il a des tas d'trucs à dire avant. L'côté pas vu d'l'affaire, tout ça, tu vois.

— Ouais, probable... Mais, quand même, quand t'as payé, t'en veux pour ton fric.

— T'as pas payé ta place, si ?

— Non, non, bien sûr qu'non. Mais ça empêche pas d'attend' kékechose, pas vrai ? Ah, attends, une minute... m'a semblé entend' "peau", là, juste main'nant... »

Mickey a bel et bien entendu le mot « peau ». Il est question de papillomes sur la peau, apparemment. Et ça dure cinq bonnes minutes. Archie n'y comprend goutte. Mais une fois le sujet épuisé, Mickey a l'air satisfait, comme s'il avait obtenu tous les renseignements qu'il pouvait souhaiter.

« V'là l'truc que j'attendais, Arch. Intéressant comme tout. Une avancée médicale comme t'as pas idée. C'est des putains d'génies, ces toubibs. »

« ... et dans ce domaine, est en train de dire Marcus, il s'est révélé absolument indispensable. Il a non seulement été pour moi une grande source d'inspiration personnelle, mais il a été à l'origine d'une bonne partie de ce travail, notamment avec cette fameuse communication qui a fait date et que j'ai entendue pour la première fois en... »

Ça alors, c'est gentil. De reconnaître les mérites du vieux type. Et on voit bien que ça lui fait quelque chose, à l'autre, de s'entendre complimenter comme ça. On dirait qu'il va pleurer. Pas entendu son nom. N'empêche, c'est sympa de la part de Chalfen de pas chercher à ramener toute la couverture à lui. D'un autre côté, faut quand même pas en faire trop non plus. À entendre Marcus, on dirait que c'est le vieux qui a tout fait.

« Merde alors », s'exclame Mickey, qui en est arrivé à la même conclusion. « Il exagère un peu, non ? J'croyais qu't'avais dit qu'c'était l'Chalfen qu'était l'boss là-d'dans.

— P't-êt' qu'y sont associés ou complices », suggère Archie.

« ... apporter les subventions, quand les travaux de ce genre souffraient d'un manque de moyens crucial et semblaient condamnés à rester de la science-fiction. Ne serait-ce que pour cette raison, il a été l'esprit, en quelque sorte, qui a guidé les recherches de notre groupe et il demeure, ce qu'il est depuis maintenant vingt ans, mon maître... »

« Tu sais qui c'est, moi, mon maître ? dit Mickey. Muhammad Ali. Y a pas photo. Intégrité d'esprit, intégrité d'l'âme et du corps. C't'un mec de première. Un sacré boxeur. Et quand il a dit qu'il était "l'plus grand", il a pas juste dit qu'il était "l'plus grand".

— Ah bon ?

— Non, mon pote, dit Mickey d'un ton solennel. L'a dit qu'il était l'plus grand *d'tous les temps*. Passé, présent, futur. Culotté, l'mec, hein ? Mon maître à moi, c'est lui. »

Et le mien ? songe Archie. Le sien, ça a toujours été Samad. Impossible de le dire à Mickey, évidemment. Ça a l'air crétin. Et bizarre. Mais c'est la vérité. Ça a toujours été Sammy. De tout temps. Même encore maintenant. Même si c'était la fin du monde. En quarante ans, jamais pris une décision sans le consulter. Ce bon vieux Sam.

« ... et s'il y a un homme à qui revient la plus grande part du mérite pour la merveille que vous avez devant vous, c'est bien le docteur Marc-Pierre Perret. Un homme remarquable et un très grand... »

Tout événement se produit deux fois : une fois à l'intérieur, une fois à l'extérieur, ce qui donne deux histoires différentes. Le nom dit vaguement — très vaguement — quelque chose à Archie, et, sans trop savoir pourquoi, il se tortille sur sa chaise pour voir si Samad est de retour dans la salle. Il aperçoit Millat, qui lui paraît avoir un drôle d'air. Pas drôle du tout. Il se balance un peu, à peine, sur son siège, et Archie n'arrive pas à croiser son regard, histoire d'échanger un signe de reconnaissance genre ça-va-mec, pour la bonne raison que les yeux de Millat sont rivés sur quelque chose. Quand Archie suit à son tour leur direction, il se retrouve en train de regarder le même spectacle étrange : un vieil homme qui verse de minuscules larmes d'orgueil. Des larmes rouges. Qu'Archie reconnaît aussitôt.

Samad les a reconnues, lui aussi ; le *capitaine Samad Miah*, qui vient d'entrer dans la salle sans bruit en poussant la porte au mécanisme silencieux ; le *capitaine Samad Miah*, qui se fige un instant sur le seuil, regarde l'homme à travers ses lunettes et comprend que le seul ami qu'il ait jamais eu au monde lui a menti pendant près de cinquante ans. Que leur amitié n'était fondée que sur du vent. Qu'Archibald Jones n'est pas du tout, mais pas du tout, celui qu'il croyait. Il comprend tout, tout d'un coup, comme à la fin d'une mauvaise comédie musicale hindi. Et puis, avec une joie qui a quelque chose de sadique, il découvre la vérité profonde de l'instant, comme dans une épiphanie : *Cet incident, à lui seul, nous permettra de continuer à vivre, ensemble, pendant les quarante ans à venir.* C'est là l'histoire qui met un terme à toutes les histoires.

« Archibald ! » Il détourne son regard du docteur pour le diriger sur son lieutenant et laisse échapper un rire bref, sonore, hystérique ; il se fait l'impression d'une jeune mariée qui regarde son époux avec des yeux totalement neufs en comprenant que tout vient de changer entre eux. « Espèce de salaud d'hypocrite, de faux-cul, *misa mata, bhainchute, shora-baicha, syut-morani, haraam jadda...* »

Samad retombe dans le bengali populaire, langue très pittoresque avec ses menteurs, ses enculés d'ta sœur, ses fils et filles de porc, ses gens qui broutent leur propre mère...

Mais avant même qu'il ait commencé sa litanie, ou du moins en même temps qu'elle, tandis que l'auditoire, médusé, regarde ce vieil homme à la peau foncée agonir d'injures étrangères un vieil homme à la peau claire, Archie sent qu'il est en train de se passer autre chose, que l'espace s'emplit de mouvement, qu'il y a du mouvement en puissance dans toute la salle (les Indiens au fond, les gamins assis à côté de Josh, Irie qui regarde tour à tour, comme un arbitre, Millat et Magid, Magid et Millat), et il s'aperçoit que Millat arrivera là-bas le premier, que Millat, comme Pande, esquisse un geste ; et Archie, qui connaît la télé, pour l'avoir beaucoup regardée, mais qui connaît aussi la vie en vrai, sait ce que signifie ce geste. Alors il se dresse, d'un bond. D'un bond, il se met en mouvement.

Et c'est ainsi qu'au moment où émerge le pistolet, il est déjà là, sans aucune pièce de monnaie pour l'aider ; il y est avant que Samad ait pu l'en empêcher, il y est sans alibi aucun, là, entre la détermination de Millat Iqbal et sa cible, il est cet instant qui sépare la pensée de la parole, il est cette intervention, fugitive, éphémère, du souvenir ou du regret.

À un moment, ils cessèrent d'avancer dans l'obscurité, et Archie poussa le docteur et l'obligea à se tenir juste devant lui : il voulait le voir.

« Bouge pas », ordonna-t-il, quand le docteur s'écarta d'un pas et se retrouva dans la clarté de la lune. « Bouge pas, nom de Dieu ! »

Parce qu'il voulait voir le mal, le mal absolu ; il avait besoin de tout voir, clairement, au moment de la grande révélation... ce n'est qu'ensuite qu'il pourrait terminer le travail comme prévu. Mais le docteur avait du mal à se tenir debout et paraissait très faible. Son visage était couvert d'un sang rouge pâle comme si l'irréparable avait déjà été commis. Archie n'avait jamais vu un air aussi défait, aussi misérable. Ce qui lui enleva ses moyens. Il fut tenté de dire : *Tu ressembles à c'que j'ressens*, car ce qu'il avait là, devant lui, c'était une assez bonne image de la douleur qui lui cognait dans la tête et de l'envie de vomir, due à l'alcool, qui lui montait des tripes. Mais aucun des deux hommes ne parla ; ils restèrent un moment à se regarder, l'un en face de l'autre, chacun d'un côté du pistolet. Archie eut la curieuse impression qu'il aurait pu plier cet homme au lieu de le tuer. Le plier, tout simplement, et le mettre dans sa poche.

« Écoute, j'suis désolé, mon vieux, finit-il par dire au bout d'une bonne vingtaine de minutes de silence. La guerre est finie, et moi, personnellement, j'ai rien cont'toi... mais mon ami, Sam, il... Bref, j'suis un peu dans la merde. Mais c'est comme ça. »

Le docteur cligna des paupières à plusieurs reprises et sembla faire de gros efforts pour contrôler sa respiration. Ses lèvres, rouges du sang qui coulait de ses yeux, s'ouvrirent : « Tout à l'heure, quand on marchait... vous avez bien dit que je pourrais plaider... ? »

Les mains toujours derrière la tête, le docteur fit mine de vouloir se mettre à genoux, mais Archie secoua la tête et dit : « Oui, j'sais bien... Mais y a pas moyen... Y vaut mieux que je... », continua-t-il d'un air résigné, en faisant le geste de presser sur la détente. « Tu penses pas qu'ça s'rait mieux... pour tout l'monde ? »

L'autre ouvrit la bouche comme pour dire quelque chose, mais Archie secoua une nouvelle fois la tête. « J'ai jamais fait ça d'ma vie et, putain, c'est pas facile... J'ai pas mal bu, franchement, j'suis bourré... Mais ça servirait à rien que j'te laisse parler... Probable qu'tes discours, y z'auraient pour moi ni queue ni tête, alors... »

Archie leva les bras jusqu'à ce qu'ils soient au niveau du front du docteur, ferma les yeux et arma son pistolet.

« Une dernière cigarette ? » plaida le docteur, dont la voix avait monté d'une octave.

Et c'est à partir de là que tout se mit à aller de travers. Comme pour Pande. Il aurait dû abattre le type là, sur-le-champ. Au lieu de quoi, il rouvrit les yeux pour voir sa victime en train d'extirper de sa poche de poitrine un paquet de cigarettes tout froissé et une boîte d'allumettes.

« Je pourrais... s'il vous plaît ? Avant que... »

Archie sentit toute l'inspiration qu'il avait prise pour tuer l'homme s'échapper par ses narines. « Une dernière volonté, ça s'refuse pas », dit-il, parce qu'il avait vu la scène au cinéma. « J'ai du feu, si tu veux. »

Le docteur acquiesça. Archie craqua une allumette, et l'autre se pencha pour approcher sa cigarette.

« Bon, eh ben, vas-y », dit Archie au bout d'un moment, incapable de résister à la perspective d'une discussion stérile. « Si t'as quelque chose à dire, dis-le. On va pas y passer la soirée.

— Alors, je peux parler ? Nous allons avoir une conversation ?

— J'ai pas dit ça », dit Archie d'un ton sec. Parce que c'était là une tactique à l'honneur dans les films nazis (et Archie n'était pas sans le savoir, lui qui avait passé les quatre premières années de la guerre à regarder ces films et leurs images tremblotantes à l'Odeon de Brighton) : les types essayaient toujours de s'en sortir en bavassant. « J'ai juste dit qu'tu pouvais parler et qu'après, j'te tuais.

— Ah oui, bien sûr. »

Le docteur s'essuya le visage sur sa manche et regarda l'autre avec curiosité, pour voir s'il parlait sérieusement. Il avait l'air tout ce qu'il y a de plus sérieux.

« Eh bien... si je puis me permettre, lieutenant... » La bouche du docteur resta ouverte, signe qu'il attendait qu'Archie veuille bien y glisser un nom, mais rien ne vint. « Lieutenant, si je puis me permettre, il me semble que vous êtes confronté à... comment dire... à une alternative d'ordre moral. »

Archie ignorait ce qu'« alternative » pouvait bien vouloir dire. Le mot (« haltères ? natives ? ») n'évoquait rien pour lui. Faute de mieux, il dit ce qui lui venait toujours spontanément en pareilles circonstances : « Tu parles !

— Euh... oui, bon », dit le docteur Malade, reprenant espoir, car une bonne minute s'était écoulée et l'autre n'avait toujours pas tiré. « Il me semble que vous êtes devant un *dilemme*. D'un côté, je ne pense pas que vous vouliez me tuer...

— Écoute, mon pote, dit Archie en redressant les épaules, on va pas...

— Et de l'autre, vous avez promis à votre ami un

peu trop zélé que vous alliez le faire. Mais il y a plus. »

Le docteur, incapable de contrôler le tremblement de ses mains, agita sa cigarette sans le vouloir, et Archie regarda les cendres tomber comme neige grise sur ses bottes.

« D'un côté, vous avez des obligations envers votre... votre pays et une cause que vous croyez juste. De l'autre, je suis un être humain, tout comme vous, je respire et je saigne comme vous. C'est un homme qui vous parle, vous savez. Simplement, vous n'êtes pas sûr à cent pour cent du genre d'homme que je suis. Vous n'agissez que sur des rumeurs. Je comprends parfaitement votre problème.

— Eh, faut pas confondre ! Le mec qui a un problème, c'est toi, c'est pas moi, mon pote.

— Et pourtant, bien que je ne sois pas votre ami, vous avez un devoir envers moi, précisément parce que je suis un être humain. Je crois que vous êtes pris entre deux feux, entre deux devoirs. Je crois que vous vous trouvez dans une situation très intéressante. »

Archie avança d'un pas et approcha le canon à cinq centimètres de la tempe du docteur. « Ça y est, t'as fini ? »

Le docteur essaya de dire « oui » mais ne réussit qu'à bafouiller.

« Bien.

— Attendez, je vous en prie. Vous connaissez Sartre ?

— Mais non ! » s'exclama Archie, exaspéré. « On a pas d'amis communs, ça j'le sais, parce que j'en ai qu'un d'ami, et y s'appelle Ique-Balle. Allez, c'est bon, cette fois j'te tue. J'suis désolé, mais...

— Non, ce n'est pas un ami. C'est un philosophe. Sartre. Jean-Paul.

— Qui ça ? » dit Archie, troublé, soupçonneux. « C'est pas français, ça ?

— Si, il est français. Et célèbre. Je l'ai rencontré très brièvement en 41, quand il était en prison. À l'époque, il avait à résoudre un problème qui, à mon avis, ressemble étrangement au vôtre.

— Vas-y, continue », dit lentement Archie, prêt à accepter toute aide, quelle qu'en fût l'origine.

« Le problème », reprit le docteur, dont le souffle se faisait de plus en plus court et qui transpirait au point que deux petites flaques s'étaient formées à la base de son cou, « était celui d'un jeune étudiant français qui devait rester à Paris pour prendre soin de sa mère malade, mais, dans le même temps, se sentait moralement obligé de passer en Angleterre pour aller combattre le national-socialisme aux côtés de la France libre. Si l'on garde en mémoire qu'il y a toutes sortes de devoirs, d'obligations — on devrait, par exemple, donner de l'argent aux œuvres charitables, mais on ne le fait pas toujours ; c'est très bien, mais, après tout, on n'y est pas tenu —, si, donc, on songe à tout cela, à votre avis, qu'est-ce que fera le jeune homme ?

— En voilà une question bête, ironisa Archie. Réfléchis un peu, poursuivit-il en agitant son pistolet et en l'éloignant du visage du docteur pour s'en tapoter la tempe. Au bout du compte, il choisira ce qu'il aime le plus. Ou bien c'est son pays, ou bien c'est sa vieille mère.

— Oui, mais que se passe-t-il s'il aime les deux autant l'un que l'autre ? Son pays *et* sa "vieille mère". S'il se sent des obligations envers les deux ?

— Ben, l'mieux, c'est encore qu'y s'décide et qu'y passe à l'action », dit Archie, sans se laisser impressionner.

« Le Français que je suis est d'accord avec vous »,

dit le docteur, s'essayant à un sourire. « Si aucun des deux impératifs ne peut vraiment être ignoré, alors il faut en choisir un et, comme vous dites, passer à l'action. L'homme doit se construire lui-même, après tout. Et assumer ses choix.

— Eh ben, c'est bon, alors. Fin d'la discussion. »

Archie se campa solidement sur ses deux jambes, histoire d'amortir le recul... et, à nouveau, arma le pistolet.

« Mais... mais... mon ami, je vous en prie... pensez à ce que... », supplia le docteur, tombant à genoux dans un petit nuage de poussière qui monta et retomba comme un soupir.

« Relève-toi », hoqueta Archie, horrifié par les rigoles de sang sur le visage de l'autre, par cette main sur sa jambe, cette bouche collée à sa chaussure. « S'il te plaît, bon Dieu... T'as pas besoin de... »

Mais le docteur entoura les genoux d'Archie de ses deux bras. « Réfléchissez... je vous en prie... tout peut arriver... je peux encore me racheter à vos yeux... ou vous pouvez vous tromper... votre décision peut se retourner contre vous comme celle d'Œdipe s'est retournée contre lui ! On ne peut jamais jurer de rien ! »

Archie obligea le docteur à se relever en le tirant violemment par le bras et se mit à hurler. « Écoute, mon pote. Tu m'as complètement embrouillé, merde. J'suis pas voyant, moi. Pour c'que j'en sais, d'main, ça sera p't-être la fin du monde. Mais ça, faut que j'le fasse, et tout de suite. Y a Sam qui m'attend. S'te plaît », dit Archie, dont la main tremblait autant que sa résolution vacillait, « s'il-te-plaît, arrête de causer. J'suis pas voyant, moi. »

Mais le docteur s'effondra à nouveau, comme un diable dans sa boîte. « Non... non... c'est vrai que nous ne sommes pas des extralucides. Jamais je n'aurais pu prévoir que ma vie finirait entre les mains d'un enfant... Première Épître aux Corinthiens, chapitre 13, versets 8-10 : *Les prophéties n'auront plus de lieu ; les langues cesseront ; et le savoir sera aboli. Car ce que nous avons maintenant de savoir et de prophétie est très imparfait. Mais lorsque nous serons dans l'état parfait, tout ce qui est imparfait sera aboli.* Mais quand ce temps viendra-t-il ? Pour ce qui me concerne, je suis fatigué d'attendre. C'est terrible, ce savoir imparfait. Terrible de ne pas connaître la perfection, la perfection humaine, quand elle est là, à portée de main », dit le docteur, qui se souleva et essaya de s'accrocher à Archie au moment où celui-ci reculait. « Si seulement nous étions suffisamment courageux pour prendre les décisions qui s'imposent... pour faire un choix entre celles qui méritent d'être suivies et les autres... Est-ce un crime que de vouloir...

— S'il te plaît, j'en supplie... », dit Archie, honteux de constater qu'il était en train de pleurer, non pas des larmes rouges de sang comme celles de l'autre, mais de grosses larmes, translucides et salées. « Reste où tu es. Et s'il te plaît, arrête de parler, pour l'amour du ciel.

— Et puis je pense à cet Allemand satanique, Friedrich. Imagine le monde sans commencement ni fin, mon garçon. » Il cracha ce dernier mot, *garçon*, qui s'enfuit comme un voleur avec les lambeaux de la détermination d'Archie pour la disperser aux quatre vents, inversant du même coup le rapport de forces entre les deux hommes. « Imagine, si tu le peux, que les événements du monde se re-produisent sans arrêt, indéfiniment, comme ils l'ont toujours fait...

— Putain, j'vous ai dit d'rester où vous étiez !

— Imagine que cette guerre recommence des millions de fois...

— Non merci », dit Archie, à demi étranglé par ses larmes. « C'est d'jà assez moche comme ça la première fois.

— Ce n'est pas une proposition à prendre au pied de la lettre, simplement un test. Seuls ceux qui témoignent d'une force suffisante et sont suffisamment ouverts à la vie — même si celle-ci ne doit faire que se répéter — ont en eux les ressources nécessaires pour supporter les pires horreurs. Je pourrais, moi, voir les choses que j'ai faites être indéfiniment répétées. Je suis de ceux qui savent où ils vont. Mais toi, non...

— S'i vous plaît, arrêtez de parler, bon Dieu. Que j'puisse...

— La décision que tu prends, Archie », dit le docteur Malade, trahissant un savoir qu'il possédait depuis le début (le prénom du garçon, qu'il attendait d'utiliser au moment le plus propice), « supporterais-tu de la voir indéfiniment répétée, jusqu'à la fin des temps ? Le supporterais-tu ?

— J'ai une pièce ! » hurla Archie, soudain fou de joie parce qu'il venait de s'en souvenir. « Oui, j'ai une pièce ! »

Le docteur Malade, pris de court, cessa sa marche en avant.

« Ouais, j'en ai une de pièce, mon salaud. Tu l'as dans l'cul ! Bouge pas », intima-t-il à nouveau à l'autre qui avait refait un pas en avant, les mains tendues dans un geste d'innocence. « Reste où t'es... Bon. Voilà ce qu'on va faire. Les discours, y en a marre. J'vais poser mon pistolet là... comme ça... là. »

Archie s'accroupit et plaça l'arme sur le sol entre eux deux, à peu près à égale distance. « Ça, c'est pour montrer qu'tu peux m'faire confiance. J'tiendrai parole, t'en fais pas. Maint'nant, j'vais faire tourner cette pièce. Et si c'est pile, j'te tue.

— Mais... », commença le docteur Malade. Et pour la première fois, Archie vit dans ses yeux quelque chose qui ressemblait vraiment à de la peur, cette même peur qui l'étreignait si fort qu'elle l'empêchait pratiquement de parler.

« Et si c'est face, j'te laisse tranquille. Non, non, j'ai plus envie d'parler. J'suis pas un penseur, moi, tout bien réfléchi. Et la pièce, c'est c'que j'peux t'offrir d'mieux. Allez, c'est parti. »

La pièce monta en l'air en tournant sur elle-même, comme le fait toute pièce bien constituée dans un monde normal, lançant suffisamment d'éclats pour attirer sur elle tous les regards. Puis, arrivée à un certain point de son ascension triomphale, elle se mit à dévier de sa trajectoire, et Archibald comprit qu'elle n'allait pas revenir du tout vers lui, mais qu'elle allait atterrir derrière lui, très loin derrière, et il se retourna pour la regarder toucher le sol. Il était en train de se baisser pour la ramasser quand une détonation retentit. Il sentit aussitôt une douleur brûlante lui déchirer la cuisse droite. Il baissa les yeux. Du sang. La balle lui avait traversé la cuisse, sans toucher l'os, mais en laissant un éclat de l'amorce profondément logé dans la chair. La douleur était intolérable et, en même temps, étrangement lointaine. Archie se retourna et vit le docteur Malade penché en avant, le pistolet pendant mollement à sa main droite.

« Mais nom de Dieu, t'avais pas b'soin d'faire ça ! » s'exclama Archie, hors de lui, arrachant sans difficulté le pistolet des mains de l'autre. « C'est face. Tu vois bien ? Face. C'était face. »

*

Ainsi donc, Archie est là, en plein sur la trajectoire de la balle, sur le point de faire quelque chose d'inhabituel, même pour la télé : sauver la vie du même homme deux fois, et la deuxième sans plus de raison que la première. Et c'est un sale boulot, que de sauver les gens. Sous les regards horrifiés de l'assistance, Archie prend la balle dans la cuisse, en plein dans le fémur, pivote sur lui-même de façon fort théâtrale avant de s'écrouler sur la boîte de la souris. Des bouts de verre volent dans tous les sens. Quel numéro ! Si c'était à la télé, on entendrait le saxo donner à fond et le générique commencerait à défiler.

Mais d'abord, le petit jeu de la fin. Parce que, peu importe ce que vous en pensez, il est incontournable, même si, comme l'indépendance de l'Inde ou celle de la Jamaïque, comme la signature d'un traité de paix ou l'arrivée à quai d'un paquebot, toute fin n'est jamais que le début d'une autre histoire, bien plus longue encore. Les designers qui ont choisi la couleur dominante de cette salle, le tapis, les caractères pour les posters, la hauteur de la table, cocheraient certainement, eux aussi, la case : voulez-vous connaître la fin de cette histoire ? Et l'on pourrait certainement classer selon des critères démographiques tous ceux qui souhaitent avoir en main les dépositions des témoins oculaires ayant identifié Magid au moins aussi souvent que Millat, ou les comptes rendus contradictoires, ou la vidéo de la victime et des familles, aussi peu coopératives l'une que les autres, pour se faire une idée un tant soit peu plus claire d'une affaire tellement embrouillée que le juge finit par renoncer et condamna les deux jumeaux à quatre cents heures de travail d'intérêt général, qu'ils effectuèrent, sans surprise aucune, comme jardiniers dans le nouveau projet de Joyce, un énorme parc du millénaire sur les rives de la Tamise...

Vraisemblablement, ce sont surtout des jeunes femmes en activité, entre vingt et trente-deux ans, qui vont vouloir ne serait-ce qu'un aperçu de ce qui se passe, sept ans plus tard, sur une plage des Caraïbes où sont assis sur le sable Irie, Joshua et Hortense (Irie et Joshua finissent par devenir amants : on ne peut pas indéfiniment échapper à son destin), tandis que la petite fille sans père d'Irie écrit des cartes postales affectueuses au Vilain Oncle Millat et au Gentil Oncle Magid, et se sent aussi libre que Pinocchio, pantin privé de ficelles paternelles. Et vraisemblablement, ce sont surtout des délinquants et des personnes âgées qui vont vouloir parier sur les gagnants d'une partie de vingt-et-un que jouent Alsana et Samad, Archie et Clara, chez O'Connell, le 31 décembre 1999, lors de cette soirée mémorable qui vit Abdul-Mickey ouvrir enfin aux femmes les portes de son établissement.

Mais raconter ces histoires à dormir debout et d'autres du même acabit contribuerait immanquablement à accélérer la diffusion du mythe, du dangereux mensonge, selon lequel le passé est toujours imparfait et le futur parfait. Et comme le sait pertinemment Archie, ce n'est pas vrai. Ça ne l'a jamais été.

Alors jetons un dernier coup d'œil au présent. Peut-être serait-il intéressant de conduire une enquête (à vous de décider de la meilleure manière de procéder) visant à séparer les spectateurs en deux groupes : ceux dont les yeux tombent sur un homme en sang, effondré en travers d'une table, et ceux qui regardent s'enfuir une petite souris rebelle. Archie, lui, en tout cas, regarde la souris. Il la voit rester immobile une seconde, l'air suffisant, comme si elle n'était pas surprise le moins du monde par la tournure que prennent les événements. Puis, il la voit détaler et courir sur son bras. Courir le long de la table et filer entre les mains qui veulent l'attraper. Puis, bondir et disparaître dans une bouche d'aération. *Vas-y, ma fille !* murmure Archie.

Impression Bussière Camedan Imprimeries
à Saint-Amand (Cher),
le 25 mars 2003.
Dépôt légal : mars 2003.
Numéro d'imprimeur : 031644/1.
ISBN 2-07-042818-4./Imprimé en France.

121826